KB233023

범우비평판세계문학선

죄와 벌

도스토예프스키 / 이철 (외대 노어과 교수) 옮김

차　례

죄와 벌

제 4부

1

　'정말 이건 꿈의 연속이 아닐까?' 다시 한번 라스콜리니코프에게는 그런 생각이 떠올랐다.

　라스콜리니코프는 조심성있고 의아스러운 얼굴로, 뜻밖에 찾아온 손님을 뚫어지게 바라보았다.

　"스비드리가이로프라고? 그럴 리가! 그럴 리가 없다!" 그는 마침내 마치 여우에라도 홀린 것 같은 기분으로 이렇게 소리치고 말았다.

　그래도 손님은 이 외침에 조금도 놀라는 기색을 보이지 않았다.

　"난 두 가지 이유로 이렇게 찾아왔습니다. 당신에 대한 퍽 흥미로운 소문을 귀가 아프도록 들었던 까닭에, 앞으로 당신과 가까이 친해봤으면 하는 것이 그 이유의 하나입니다. 둘째는, 누이동생 되시는 아브도차 양에게 직접적이고 중요한 이해관계가 있는, 어떤 계획에 당신의 도움을 좀 얻었으면 하는 것입니다. 내가 아무런 소개도 없이, 또는 본인의 사전 양해도 없이 무작정 방문하게 되면, 그분은 현재 어떤 선입관을 가지고 계시는 것이 확실하므로 십중 팔구, 마당 안에도 들여보내지 않을 것입니다. 그래서 당신께서 한 말씀 당부해주셨으면 하고 말이지요. 그렇게만 해주시면 일이 잘될 것 같아서 말입니다……."

"그건 터무니없는, 빗나간 생각입니다……" 하고 라스콜리니코프는 상대방의 말을 가로막았다.

"한 말씀 더 여쭈어보겠습니다만, 그 두 분은 아마 어제쯤 상경하셨지요?"

라스콜리니코프는 그 말엔 대답하지 않았다.

"어제요, 전 이미 알고 있습니다. 나도 그저께 막 상경했으니까요. 그런데 로지온 씨, 그 일에 대해서 한 가지 말씀드리고 싶은 것이 있습니다. 변명은 필요 없는 것으로 생각합니다만, 그래도 몇 마디 말씀은 드려야 하겠습니다. 대체로 그런 경우, 그런 사건에서 말입니다. 정말 편견이라고는 없이, 상식적으로 판단해서, 나에게도 그 어떤 특별한 범죄적인 요소 같은 것이 있다고 말할 수 있을까요?"

라스콜리니코프는 여전히 무뚝뚝한 표정으로 입을 다문 채 상대방을 찬찬히 뜯어보고만 있었다.

"내 집에서 순진한 처녀를 뒤쫓아다니면서 '추잡한 청을 해서 처녀를 모욕했다'고 말씀하시고 싶지요, 그렇지요(이쪽에서 앞질러 말하고 있는 것 같습니다만)? 그건 그렇고, 이런 일쯤은 생각해봐주시면 좋겠습니다. 즉, 나 역시 인간이란 것을 말입니다. et nihil humanum [1]…… 한 마디로 말하면 나도 여자들로부터 사랑받을 능력도, 여자를 사랑할 능력도 가지고 있다, 이 말씀입니다(이건 물론 우리들 인간의 의지가 아닌, 하느님의 의지에 의하여 그렇게 되어 있는 것이겠지만). 어떻든 이런 정도만이라도 생각해주신다면 모두가 어렵잖게 이해될 수 있을 것으로 생각됩니다. 그런데 이런 경우, 문제는 내가 악당이냐, 아니면 반대로 희생자냐 하는 데 있습니다. 왜 희생자로 생각할 수도 있느냐 하

---

1) 고대 로마의 희극 중의 대사 Homo sum, et nihil humanum a me alieum puto(나는 인간이다. 그러므로 인간적인 일로서 나와 인연이 없는 것은 아무것도 없다)로부터 일부를 인용한 것임.

면, 내가 상대편에게 함께 미국이나 스위스로 도망치자고 제안했을 무렵, 난 그녀를 무척 존경했을 뿐만 아니라 사랑하고 있었고, 동시에 우리들 서로의 행복을 다소나마 찾아야 되겠다고 굳게 다짐하고 있었기 때문입니다!…… 어쨌든 사랑을 위해선 이성(理性)까지도 봉사를 하는 것이니 말입니다. 어쩌면 난 그 사람보다 나 자신이 더 파멸되지 않았나 하는 생각도 듭니다. 한번 생각해보십시오.”

“아뇨, 그런 게 문제되는 것이 아니지요!” 하고 라스콜리니코프는 터져나오는 구역질이라도 참는 것 같은, 몹시 찌푸린 얼굴로 상대방의 얘기를 가로막았다.

“당신이 옳고 옳지 않고는 고사하고, 난 그저 당신이 싫을 뿐입니다. 자아, 교제하기 싫다고 이렇게 쫓아내는 것이니 더 이상 우물거리지 말고 돌아가시는 게 어떻겠습니까!”

스비드리가이로프는 별안간 커다란 소리로 웃어댔다.

“그러나 당신은…… 당신은 여간내기가 아니로군요?” 하고 그는 껄껄거리면서 이렇게 말했다. “난 한 가지 교활한 방법으로 당신을 좀 농락해보려고 했던 것인데, 천만 뜻밖에도 당신이 먼저 문제의 핵심을 찔러버린 셈이 되었으니 이젠 다 틀렸다고나 할까요?”

“무슨 말씀을. 그렇게 말씀하시면서도 역시 그 교활한 수작은 계속하고 있지 않습니까.”

“만약 그렇다고 해도 상관 없지 않습니까! 그렇다고 하더라도 말입니다.” 하고 스비드리가이로프는 거리낌없는 웃음을 계속하면서 같은 말을 되풀이했다.

“이건 소위 bonne guerre[1]라는 것인데 마땅히 허용되어야 할 수법입니다. 그러나 어떻든 간에 당신은 말이 막혀버린 셈이지요. 그래, 찬성 여부는 차치하고 다시 한번 되풀이해서 말씀드리자면, 뜰에서 일

---

1) 정정당당한 싸움이라는 뜻.

어난 그 사건만 없었더라도 불쾌한 일이라고는 조금도 없었을 것입니다……. 마르파는…….”

“그 마르파 부인도 당신이 지분댄 끝에 죽게 만들었다면서요?” 하고 라스콜리니코프는 거칠게 상대방의 말을 가로막았다.

“그 소문도 들으셨군요. 하긴 당신 귀에 안 들릴 수도 없는 일이지만 말입니다. 그런데 그렇게 물으신 데 대해서 어떻게 대답해야 좋을지 엄두가 안 나는군요. 그 일에 관해서는, 나로서는 양심의 가책 같은 것은 조금도 받지 않는다고 말씀드리고 싶군요. 그리고 그런 일로 해서 내가 무슨 위구심이라도 품고 있으리라고 생각하신다면, 전 정말 곤란하단 말입니다. 그 일은 처음부터 끝까지, 완전히 순서대로 한 치도 틀리지 않고 진행된 일이니까요. 검시(檢屍) 결과는 음식을 잔뜩 먹은데다가 포도주를 마시고는 곧장 멱을 감았기 때문에 뇌일혈을 일으킨 것으로 확인됐으니까요. 그렇고 말고요. 나도 한동안, 특히 이곳으로 올 때, 기차에 흔들리면서 혼자 이런 것도 생각해보았단 말입니다. 나는 그…… 불행이 발생하도록 부채질한 것은 아니었을까, 무슨 일 끝에라도 마음을 불안하게 했거나, 그와 비슷한 일이라도 하지 않았을까 하고 말입니다. 하지만 그런 일은 절대로 없었다는 결론을 얻게 되었으니…….”

라스콜리니코프는 히죽히죽 웃기 시작했다.

“당신은 뭘 그렇게까지 걱정하십니까!”

“대체 당신은 무엇이 그렇게도 우습습니까? 하여튼 한번 생각해보십시오. 내가 매를 때린 것은 두 차례뿐이란 말입니다. 그것도 멍 하나 들지 않을 정도로 가볍게 때린 것이라니깐요……. 아무튼 나를 아주 파렴치한 인간으로는 생각지 말아주십시오. 나 역시 그런 행동이 얼마나 비열한 일이라는 걸 모르지는 않으니깐요. 하지만, 또 마르파도 내가 앞뒤 생각도 없이 날뛴 것을, 오히려 재미있게 생각하고 있었다는 것은 확실한 사실입니다. 당신의 누이동생에 관한 소문도 차차 그 얘깃거리가 바닥이 나버리고, 내 아내도 집에 틀어박힌 지가 그날로 사흘째였지요. 이웃으로 돌아다니면서 들려줄 얘깃거리도 없어지고, 편지를 가지고 집집을 방문하는 것도 그 사람들이 싫증을 내고 있었으니 말입니다(사람들에게 편지를 읽어 들려주었다는 얘기는 이미 들었겠지요?). 바로 그때, 난데없이 그 두 차례에 걸친 매질 사건이 터졌던 것입니다……. 그런데 이때 아내가 재빨리 취한 조치는 마차를 부르는 일이었지요!…… 새삼스레 말할 것도 없습니다. 여자라는 건, 아무리 화내고 있는 것 같아도 모욕당하는 것을 못견디도록 즐거워한답니다. 하긴 때에 따라서 다르긴 하지만 말입니다. 이런 일은 누구나 한두 번은 겪는 일이지요. 인간이란 원래가 모욕당하는 것을 퍽 좋아한단 말입니다. 아시겠습니까? 그게 특히 여자 쪽이 더 심하다, 이 말씀이지. 여자라는 건, 그런 것을 오히려 보람으로 여기며 살고 있다고 해도 과언이 아닐 겁니다."

한순간 라스콜리니코프는 자리를 박차고 일어나서 방을 나가버리려고도 생각했으나, 그동안에 약간의 흥미도 느끼게 되었을 뿐만 아니라 또 어떤 계산 같은 것도 있어서 그냥 주저앉고 말았다.

"당신은 싸움을 좋아합니까?" 하고 라스콜리니코프는 멍한 채 질문을 던졌다.

"아니, 그다지 좋아하지는 않습니다." 하고 스비드리가이로프는 침착하게 대답했다. "아내하고 싸우는 일도 거의 없다시피 했지요. 우리 부부는 말 그대로 금슬이 좋았습니다. 아내는 나를 무척 만족하게 생각하였지요. 내가 그녀를 매질한 것은 7년간이란 부부 생활을 통해서 단지 두 번밖에 없었지요(한번 더 있긴 한데, 그것은 어떻게 말해야 좋을지, 제3의 경우라고 해두어야 할 것 같습니다만). 결혼한 지 두 달 뒤, 시골로 내려간 직후에 한 번, 그리고 마지막으로 이번에 있었던 것, 이렇게 두 번뿐입니다. 그런데 당신은 나를 굉장한 악당에다가 반동가(反動家)며, 농노제(農奴制) 찬성론자 정도로만 알았지요? 허허허……

그런데 로지온 씨, 이런 사건은 생각나시지 않습니까? 몇 년인가 전에, 아직 그 고마운 언론의 자유가 있었을 무렵[1]에 어떤 귀족이 ——성씨는 잊었습니다마는—— 전국의 신문으로부터 호되게 규탄받은 일이 있지 않았습니까. 열차내에서 독일 여자를 때렸다는 일로 말입니다. 기억하고 계실지 모르겠습니다만, 그 무렵에 또 한 가지, 아마 같은 해였다고 기억됩니다만, '《세기(世紀)》지(誌)의 추악한 행위'라고 했던 사건이 있었지요.[2] 바로 그 《이집트의 밤》[3]의 공개 낭독 말입니다. 기억하고 계십니까? "새까만 눈동자여! 아아, 지금은 어디 있나요, 나의 청춘의 황금 시대여!" 하는 것 말입니다. 그런데 나의 의견은 이렇습니다. 그 독일 여자를 매질한 신사에게는 그다지 동정하지 않습니다. 사실상 그것은…… 아무것도, 동정할 만한 점이라고는 없지 않습니까! 하지만 말입니다, 그와 동시에 이렇게는 말할 수 있을 것 같군요. 그 어떤 진보주의자라 할지라도 자기는 결코 그런 짓은 하지 않는다는 완전히 보증된 장담 같은 것을 도저히 할 수 없을 정도로 사람을 도발케 하는 '독일인 여자'도 때로는 있다고 말입니다. 당시엔 이런 관점에서 이 문제를 다룬 자는 아무도 없었습니다. 이와 같은 관점이야말로 참된 인도적인 관점이라고 할 수 있지 않을까요. 그렇지요, 당신도 생각하시겠지요!"

이렇게 말을 그치자 스비드리가이로프는 느닷없이 또 큰 소리로 웃어댔다. 라스콜리니코프가 보는 바로는 이 사내는 무언가 남모를 단단한 속셈을 가진 음흉한 인간임이 분명했다.

"당신은 아마 요 며칠 동안, 아무하고도 입을 열어 말한 일이 없었

---

1) 1861년 농노 해방 전후의 시대.
2) 실제로 이런 표제로 페테르부르크 신문이 한 페르민 출신 주부의 공개 낭독을 문제삼아 도스토예프스키 형제가 발간했던 잡지 《시대》를 공격했던 사건.
3) 푸시킨의 미완성 소설.

던 것 같은데요?" 하고 그는 물었다.

"네, 그렇다고도 할 수 있지요. 그런데 당신은 아마도 내가 마음 놓을 수 없는 사람이란 걸 알고, 놀라고 계시는 것 같은데요?"

"그건 아니지요. 난 오히려 당신이 너무나도 마음 놓을 수 있는 사람이란 걸 알고 놀라고 있는 겁니다."

"그건 당신의 무례한 질문에도 내가 노하지 않았기 때문이겠지요? 그렇지요? 아니, 아무것도 화낼 만한 일도 없었지만 말입니다. 당신이 물으신 대로 대답했을 뿐이니까요." 하고 그는 이상하리만큼 부드러운 표정으로 덧붙이고는 "나는 무슨 일에고 유별난 흥미 같은 것은 느끼지 않는 사람입니다. 정말 그렇다니깐요." 하고 무언가 깊은 생각에라도 잠겨 있는 듯한 말투로 얘기를 계속했다. "하여튼 지금은 아무 관심도 가지고 있지 않습니다. 내가 무슨 속셈이라도 있어서 이렇게 파고든다고 당신께서 생각하시는 것은 어쩔 수 없는 일이지만 말입니다. 그것도 이쪽에서 먼저 누이동생 얘기를 끄집어냈으니 말입니다. 그럼 한 마디로 말씀드린다면 난 요즈음 너무나 따분해서, 그것도 이 며칠 동안이 어떻게나 따분한지 견딜 수가 없을 정도였다, 이 말씀입니다요. 그러니 오늘 당신을 만나는 일이 어찌 기쁘지 않을 수 있겠습니까. 너무 노하지 말아주십시오, 로지온 씨. 당신 역시 내 눈에는 아주 심상찮게 보입니다그려……. 뭐라고 말씀하시든 당신에게는 무슨 일이 있는 것만은 틀림없어 보이는데요. 바로 이 시각에, 아아니, 그것도 아니고, 바로 이 순간에라고나 할까요……. 아니, 아니 그만두겠습니다. 더 말하지 않겠습니다. 너무 그렇게 떨떠름한 얼굴은 하지 말아주십시오! 난 당신이 생각하고 있는 정도로 그렇게 미련한 곰 같은 사내는 아니니까요."

라스콜리니코프는 어두운 표정으로 상대방을 바라보았다.

"천만에. 당신은 어쩌면 조금도 곰을 닮지 않은 사람일는지도 모르겠군요." 하고 그는 말했다. "내가 보기에는 당신은 상류사회의 사람 아니면, 적어도 기회만 얻으면 한 자리 할 만한 인물로 보인단 말입니다."

"그런데 난 말입니다. 남들이 나를 어떻게 생각하건 그런 데에는 별로 관심을 안 가지는 사람이란 말입니다." 하고 스비드리가이로프는 쌀쌀하면서도 오만한 표정으로 대답했다. "그러니 말입니다, 때로는 속물이 되어서는 안 된다는 법도 없다는 말이거든요. 이 속물이라는 의복은 우리나라에서는 입기가 아주 편한 것이지요. 게다가 더욱이 그 속물의 본성이 우리나라엔 알맞도록 되어 있으니 말입니다." 하고 덧붙이고는 그는 또 큰소리로 웃었다.

"하지만, 난, 당신은 이 지방에 아는 사람도 많고, 얼굴이 꽤 널리 알려져 있는 사람이라고 알고 있는데, 나에게 무슨 목적이 있어서 온 것이 아니라면 당신은 나 같은 사람하고 이렇게 시간을 허비할 필요가 없지 않습니까?"

"당신이 말씀하신 대로입니다. 아는 사람이 더러 있지요." 하고 스비드리가이로프는 요긴한 점에 대해서는 대답하지 않고 상대의 말을 가로챘다. "난 종종 만나고 있지요. 벌써 사흘째나 거리를 돌아다니고 있으니 말입니다. 이쪽에서 먼저 알아볼 때도 있지만 저쪽이 먼저 나를 발견할 때도 있습니다. 그거야 그럴 수밖에 없지요. 나 역시 단정하고 점잖은 옷차림을 하고 있고, 결코 가난뱅이 같지는 않으니까요. 그런데 우리들은 농노제(農奴制) 개혁이란 고비를 넘기면서도 그다지 상처도 입지 않았습니다. 임야 아니면 봄엔 침수되는 목초지뿐이니까 실제 수입은 감소하지 않았던 것이지요. 그러나…… 난 그런 무리들하고는 어울리지 않습니다. 이미 오래 전부터 난 싫증을 느끼고 있었지요. 그러니 내가 온 지 사흘이나 되지만 누구에게도 내가 여기 있다는 것을 알리지 않았어요. 그런데 시내의 꼬락서니가 또 굉장하더군요! 도대체 어떻게 되어서 우리나라에 이런 도시가 생겼는지 알 수가 없군요. 정말 놀랐습니다. 벼슬아치와 온갖 종류의 신학생들만 득실

거리니 말입니다. 그야 8년 전엔 나도 이 거리에서 빈둥빈둥 세월만 보내며 지낸 때도 있긴 하지만, 그런데 그때 미처 몰랐던 것이 이번엔 눈에 많이 띈단 말입니다……. 그러니 내가 지금 기대하고 있는 것은 해부 정도라고나 할까요.”

“해부라니, 무슨 말씀입니까?”

“그 많이 있지 않습니까. 무슨 클럽이다, 뒤소의 식당이다, 당신들이 좋아하는 포앙[1]이다, 그리고 또 하나 진보(進步)도 넣어야 되겠지요. 대충 이런 것들을 대상으로 한 해부란 말입니다——하지만 이런 것들은 우리들하고는 그다지 관계가 없는 것이 아니겠어요? 그러니 방관하고 있어도 누가 뭐라고 말하는 것은 아니지만 말입니다.” 하고 그는 다시 또 질문의 요점을 무시한 채 얘기를 계속했다. “그리고 또 이제 새삼스럽게 사기 도박꾼이 되는 것도 생각해볼 문제고 말입니다.”

“그렇다면 사기 도박꾼 노릇도 해보셨단 말입니까?”

“그야 물론이지요. 8년 전에 우리들은 그 방면에 날고 뛰는 놈들만 모여서 퍽 재미를 보았었지요. 그런데 우리 패들은 어느 놈이고 다 예의바르고 똑똑한 친구들이었지요. 시인도 있었고 자본가도 있었으니까. 대체로 이 러시아 사회에서는 가장 예의 바른 사람은, 갖은 고초를 겪고, 많은 경험을 가진 사람들이란 말입니다——당신은 그 점에 대해서 생각해보신 적이 있으신지? 난 이제 시골뜨기가 돼서 이렇게 구질구질한 인간이 돼버렸습니다만, 그래도 난 그 무렵엔 빚 때문이긴 하지만 감옥에까지 다 가본 사람이란 말입니다. 그때의 그 상대자라는 것이 네진에 사는 어떤 희랍인이었지요. 그때 난데없이 마르파가 나타나서 그 작자하고 교섭을 한 끝에 은화 3만 루블을 지불하고 나를 감옥에서 끌어냈습니다(나에겐 그때 약 7만 루블이라는 막대한 부채가 있었지요). 그런 연고로 난 그녀와 정식 결혼을 하게 된 겁니다. 결

----

1) 발끝으로 추는 춤.

혼하자마자, 아내는 나를 무슨 보물이나 되는 것처럼 소중하게 간수하겠다고 곧장 시골로 데리고 갔단 말입니다. 그 사람은 나보다 다섯 살이나 많았는데 퍽 귀여워해주더군요. 그래서 7년 동안이나 그 시골에서 살게 되었지요. 그런데, 아시겠습니까? 그녀는 그 딴 사람 명의로 되어 있는 차용증서를 손아귀에 꽉 움켜쥐고 오늘날까지 살아왔단 말입니다. 그러니 내가 조금만 딴 마음을 먹어도 그녀의 올가미에 즉각 걸려들게 되어 있었던 것이지요. 또 그녀는 그런 일쯤 서슴지 않을 여자지요. 확실히 여자라는 건 알다가도 모를 동물인 것 같습니다.”

“그렇다면, 그 증서만 없었더라면, 당신은 벌써 도망쳤겠군요.”

“글쎄요, 뭐라고 대답할까요. 난 뭐, 꼭 그 증서에 묶여 있었다고는 생각지 않습니다만, 아무 데도 가고 싶은 곳이 없어서 여태까지 살았다고 할 수 있을 것 같습니다. 그런데 오히려 아내가, 내가 무료하게 지내는 것을 보다 못해 외국 여행이라도 갔다 오라고 두 번이나 권했단 말입니다. 하지만 난 가지 않았습니다. 왜 그런 줄 아십니까! 가보았자 별 수 없기 때문이지요. 그 전에도 난 외국에 가본 일이 있었습니다만, 그때마다 난 그리 좋은 기분은 못 느꼈단 말입니다. 기분이 나쁘다기보다는 쓸쓸해지기만 했습니다. 해 뜨는 순간의 나폴리 앞바다 같은 것을 바라볼 때면 못 견딜 정도로 마음이 우울해졌단 말입니다. 난 우울이나 적막감을 느낄 대상이 있는 경우가 가장 싫습니다. 역시 고국이 좋지요. 자기 나라 안에 있기만 하면, 무슨 잘못이 있더라도 모조리 남에게 떠넘길 수도 있고 자신은 항상 좋은 사람으로 가장할 수도 있으니 말입니다. 그런데 난, 지금 북극 탐험에라도 한번 나가볼까 하고 생각하고 있지요. 나는 술버릇이 좋지 않아서, 술 마시는 것은 굉장히 싫어합니다만, 그렇다고 술을 안 먹는 것은 아니지요. 나에게서 술을 빼버리면 아무것도 남지 않을 겁니다. 그런데 그게 어떻게 된 겁니까? 일요일에 유수포프공원에서 베르그가 커다란 기구(氣球)를 타고 하늘을 오른다면서 일정한 요금으로 승객을 모집하고 있다는 소문 말입니다. 그게 정말일까요?”

“어떻습니까, 당신도 한번 타보시면?”

“내가? 아니…… 난 그저……” 하고 스비드리가이로프는 무슨 생각이라도 하는 것 같은 태도를 보이면서 그렇게 중얼거렸다.

‘이 사내는 어떤 생각일까, 정말 한번 타볼 작정일까?’ 하고 라스콜리니코프는 생각했다.

“아뇨, 난 무슨 증서 같은 것에 얽매여 있었던 건 아닙니다.” 스비드리가이로프는 깊은 생각 끝에 나온 말인 것처럼 이야기를 계속했다. “나는 그저 시골을 떠나지 않았을 뿐이지요. 벌써 1년이 됩니다마는, 아내가 나의 명명일(命名日)에 나에게 그 차용증서를 돌려주었고, 게다가 막대한 돈까지 줬습니다. 그녀는 상당한 부자였기 때문이지요. ‘이것을 보더라도 내가 당신을 얼마나 믿고 있는지 아셨겠지요, 아르카디?’ 하고 그녀는 정말 그렇게 말했었지요. 그런 말을 했다고는 아마 믿지 않으실 것입니다만. 그런데 말입니다, 난 시골에서도 남 못지않은 지주가 됐고 지금은 그 부근에서 나를 모르는 사람이 없을 정도로 이름도 알려져 있지요. 책 같은 것도 도시에서 주문해다가 보곤 했는데, 처음엔 아내도 찬성하더니만, 나중에는 내가 너무 공부에 열중해서 몸이라도 상하게 되지나 않을까 하고 몹시 걱정을 했습니다.”

“당신은 아무래도 마르파 부인을 퍽 그리워하고 계시는 것 같군요.”

“아마 그럴는지도 모르지요. 정말 그럴는지도 모릅니다. 그런데 당신은 유령을 믿습니까?”

“유령이라니, 어떤 유령을 말입니까?”

“어떤 유령이 어디 있나요, 보통 나타나는 유령 말이지요!”

“당신은 믿나요?”

“글쎄요, 당신이 원하는 대로라면 믿지 않는다고 말해야겠지만…… 그렇다고 전연 믿지 않는 것은 아닙니다…….”

“그럼 유령이 나온단 말인가요?”

스비드리가이로프는 이상한 눈초리로 상대편을 바라보았다.

"아내가 찾아오는 겁니다." 하고 그는 일그러지는 입가에 야릇한 웃음을 띠면서 말했다.

"어떤 모양으로 찾아오는데요?"

"벌써 세 번이나 나타났지요. 맨 처음 나타난 것은 장례식 날, 묘지에서 돌아온 한 시간 뒤였습니다. 그러니까 내가 이곳으로 출발하기 전날이었지요. 두번째는 그저께 새벽이지요. 이리 오는 도중 마라야 비세라 역에서 나타났었고, 세번째는 두 시간 전에 내가 유숙하고 있는 여관방에서 봤습니다. 그땐 나 혼자 있었지요."

"꿈이 아니고 생시에 말입니까?"

"그럼요, 생시지요. 세 번 모두 생시였단 말입니다. 나타났다 싶으면 몇 마디 씨부렁거리고는 곧장 문을 열고 돌아가버린다니까요. 언제든지 꼭 문으로 사라지지요. 발소리도 들리는 것 같았습니다."

"하긴 나도 당신에게는 그런 이상한 일이 있을 것만 같은 느낌을 아까부터 가지고 있었지요!" 하고 그는 불쑥 말하고는 자기 자신이 당황함과 동시에 몹시 흥분하고 말았다.

"네? 그렇습니까? 당신이 그렇게 생각하고 있었다구요?" 하고 스비드리가이로프는 의아한 표정으로 물었다. "정말로 그렇습니까? 그러니 내가 뭐라고 합디까? 우리들에게는 뭔가 서로 공통점이 있다고 했잖습니까! 그렇지요?"

"당신은 한번도 그런 말은 하시지 않았는데요!" 하고 라스콜리니코프는 기를 쓰고 분명히 대답했다.

"그렇게 말하지 않았다고요?"

"물론이지요, 그런 말은 하지 않았습니다!"

"나는 꼭 그렇게 말한 것같이 생각되는군요. 아까 내가 이 방으로 들어왔을 때, 당신이 눈을 지그시 감고 잠자는 시늉을 하고 계시는 것을 본 순간, 나는 '이게 바로 그 사내로구나' 하고 혼자 중얼거렸지요."

 "무슨 말씀이지요? 그 사내라니? 도대체 무슨 말을 하고 계시는 겁니까?" 하고 라스콜리니코프는 소리쳤다.

 "무슨 말씀이냐고요? 그러고 보니 나 역시 무엇이 무엇인지 모르겠군요……." 하고 스비드리가이로프는 정말 자기 자신도 무엇을 말하고 있는지 모른다는 태도로 솔직하게 말했다.

 잠시 동안 두 사람은 침묵했으나 이윽고 두 사람의 시선이 부딪치고 서로 얼굴을 바라보았다.

 "뭐야, 시시하기 짝없군." 라스콜리니코프는 어이없다는 표정으로 소리쳤다. "그래서, 나타난 부인이 당신에게 무슨 말을 하던가요?"

 "아내 말입니까? 나타나서는 그야말로 시시한 소리만 지껄인단 말입니다. 인간이란 정말 묘하게 돼먹은 거지요. 난 그런 점이 못마땅해서 죽을 지경입니다만, 맨 처음 나타났을 땐 방으로 들어오더니 ──실은 나는 그때 몹시 고단했었지요. 장례식이다, 명복을 비는 기도회다, 공양이다, 하고 어떻게나 분주하게 뛰어다녔던지 말도 못했으니까요. 이럭저럭 겨우 일을 마치고서는 혼자 서재에 들어가서 잎담배에 불을 붙여 물고 멍하니 생각에 잠겨 있을 때였지 ──그녀가 문간에서 들어오더니 '여봐요, 당신, 오늘은 너무 바빠서 식당의 시계 태엽 감는 것을 잊었군요' 하고 말하지 않겠습니까. 그 시계는 7년 동안, 매주 한 번씩 내가 꼭 그 태엽을 감아주고 있었지요. 어쩌다가 내가 그것을 잊어버리기라도 하는 날엔 그녀가 꼭 일깨워주곤 했었습니다. 그런데 그 일이 있은 다음날 나는 그곳을 출발했습니다. 나는 새벽녘에 정거장 식당에 들어가서 ──그 전날 밤엔 자는둥마는둥 했기 때문에 전신이 노곤해 있었고 눈은 거슴츠레 풀려 있는 상태였습니다만 ──커피 잔을 손에 들고, 문득 바라보니 아내가 어느샌가 트럼프 카드를 한 벌 손에 쥐고 내 옆에 앉아서 '당신의 여행길을 점쳐드릴까요, 네?' 라고 하잖습니까. 아내는 카드로 점치는 솜씨가 대단했었지요. 난 그때 그녀로 하여금 점을 치지 못하게 했던 것이 생각하면 생각할수록 후회가 되는군요! 난 등골이 오싹해서 마구 달아났는데, 그 때 마침 발차 신호가 울려서 기차 안으로 피해버릴 수가 있었지요. 그 런데 오늘은 말입니다. 식당에서 날라온 변변치 못한 점심을 잔뜩 먹 고 앉아서 담배를 피우고 있는데 느닷없이 또 아내가 들어왔단 말입 니다. 이번엔 아주 멋지게 차렸는데, 초록색 비단옷에다가 치맛자락 도 길다랗게 늘어뜨리고 그걸 질질 끌고 있지 않겠습니까. 그러고는 '안녕하세요? 당신! 지금 입은 이 옷 당신 마음에 들는지 몰라? 아니 스카도 이렇게 멋지게 만들지는 못할 거예요'라고 말한단 말입니다(아 니스카란 우리 마을의 재봉사인데, 농노 출신이긴 하지만 모스크바까지 가서 기술을 배워온 아주 멋진 아가씨지요). 아내는 내 앞에서 빙그르르 한 바 퀴 돌았습니다. 난 그녀의 하늘거리는 옷을 한번 훑어보고 난 다음, 가만히 그녀의 얼굴을 바라보면서 이렇게 말했습니다. '그런 부질없 는 짓을 하기 위해서 이 먼 데까지 일부러 나를 찾아오다니, 당신도 정말 괴짜로군.' 그러자 '당신도 별 말씀을 다 하시는구려. 잠깐 뵙고 가는 것인데 뭣이 나빠요!'라고 말한단 말입니다. 그래서 난 조금 놀 려주어서 노하게 만들어볼 양으로 이렇게 말해보았지요. '마르파, 난 재혼하려고 생각하고 있어.' 그러자, '당신이라면 능히 그런 짓도 서 슴지 않을 사람이지요. 하지만 마누라 장례를 치른 지 며칠되지도 않 아 곧장 결혼한다는 건, 남 보기에도 좋지 않을 것 같군요. 훌륭한 상 대라도 있다면 또 몰라도 말예요. 난 잘 알고 있지만 그 사람에게도 자신에게도 좋은 일은 못될 거예요. 기껏 세상 사람들의 웃음거리나 되고 말겠지요'라고 말을 마치자마자 슬그머니 문밖으로 나가버리지 않겠습니까. 그때 마룻바닥에 옷자락이 스치는 소리까지도 들리는 것 같았습니다. 이건 정말 희한한 일이 아닙니까, 네?"

"하지만 당신의 얘기는 모두 거짓말이 아닌지 모르겠군요." 하고 라스콜리니코프가 대꾸했다.

"난 결코 허황한 말은 안 합니다." 하고 스비드리가이로프는 무슨 생각에라도 잠긴 듯, 상대방의 무례한 질문도 아랑곳없다는 표정으로 대답했다.

"그러면 그 이전에 말입니다, 그런 일이 생기기 전에는 유령을 본 일이 없었습니까?"

"아…… 아니지요, 본 일이 있습니다. 꼭 한 번 6년 전 일이기는 합니다만. 우리 집에 피르카라는 하인이 있었는데 그 사내를 장사 지내고 난 뒤, 무심코 '피르카, 담배 파이프를!' 하고 고함쳤더니 그 작자가 불쑥 들어와서는 내 파이프를 얹어둔 선반 쪽으로 성큼성큼 걸어가지 않겠습니까. 난 앉은 채로 '이놈이 나에게 복수하러 온 게로구나.' 하고 생각했었지요. 왜냐하면 그가 죽기 직전, 우린 심한 말다툼을 한 일이 있었지요. 그래, 난, '이놈, 팔꿈치가 다 나온 낡은 옷을 걸치고 내 앞에 오다니 빨리 나가지 못하겠어? 이 망나니 같은 놈!' 하고 말했더니 당장 몸을 휙 돌려 나가버렸지요. 그러고 난 다음엔 다시는 나타나지 않습니다만서도 그땐 아내에게도 그 얘기는 안 했지요. 나중에 그 사내를 위해서 공양이라도 할까 했으나, 뭔가 좀 쑥스러워서 그만두어버렸습니다."

"당신은 아무래도 병원 신세를 좀 져야 하겠는데요."

"그건 당신이 얘기하시지 않더라도 나 자신, 잘 알고 있습니다. 어디가 뚜렷하게 아픈 것은 아닌데도, 건강하지 못하다는 것은 확실한 일이니까요. 하지만 내 생각으로는, 당신보다는 다섯 배 정도는 내가 더 튼튼할 겁니다. 내가 질문한 것은 유령의 출현을 믿느냐 안 믿느냐가 아니라, 유령이라는 것이 존재하느냐 않느냐 하는 것입니다."

"난 절대로 믿지 않습니다!" 하고 라스콜리니코프는 증오심조차 드러내 보이면서 소리쳤다.

"보통 사람은 어떻게 생각하고 있을까요?" 하고 스비드리가이로프는 고개를 옆으로 돌리고, 약간 기죽은 것 같은 모양을 하고서 혼잣말처럼 중얼거렸다. "사람들은 이렇게 생각하겠지요. '넌 병에 걸린 거야. 즉, 너의 눈에 보이는 것은 실재하지 않는 환영(幻影)에 지나지 않는 거야.’라고 말입니다. 그렇지만 이것은 엄밀한 논리적인 결론이라고는 말할 수 없지 않겠습니까. 유령은 병자에게만 나타난다는 점에 대해서는 나 역시 동감입니다. 그러나, 그것은 단지, 유령은 병자에게만 나타난다는 증명은 될지언정, 유령은 없다, 그 자체는 존재하지 않는다는 증명은 안 되는 것이지요.”

“물론 유령은 존재하지 않아요!” 하고 라스콜리니코프는 초조한 듯 자기 의견을 주장했다.

“존재하지 않는다? 당신은 그렇게 생각하고 있습니까?” 하고 스비드리가이로프는 찬찬히 상대편을 바라보면서 말을 이었다. “그렇다면, 이렇게 판단할 수도 있지 않을까요(지혜를 하나 나에게 빌려주십시오). ‘유령이라는 것은, 이것은, 말하자면 별세계(別世界)의 한 토막이고 한 조각이며, 동시에 그러한 것들의 실마리로서 드러나 있는 것이다. 건강한 인간에게는 물론 그런 것이 보일 리는 없다. 왜냐하면 건강한 인간은 가장 현실적인 인간이고, 따라서 생활을 충실히 하고 질서를 유지하기 위해서는 현실적인 생활만을 추구하게 되는 것이니까. 그러나 조금이라도 병에 걸려 육체의 정상적인 질서가 무너지면 금세 별세계의 가능성이 드러나게 되고, 병적으로 되면 될수록 별세계와의 접촉도 잦아지게 되며, 인간이 완전히 죽은 때는 그냥 그대로 별세계로 옮겨가버리고 만다’고, 이렇게 나는 일찍부터 생각하고 있었습니다. 만약 당신이 내세(來世)를 믿고 계신다면, 나의 이 주장도 믿어질 겁니다.”

“난 내세 같은 건 아예 믿지도 않습니다.” 하고 라스콜리니코프는 말했다.

스비드리가이로프는 생각에 잠긴 듯, 눈을 지그시 감고 앉아 있다가는, “그런데 그것이 어떨는지요? 만약 말입니다, 그곳에 거미나 아니면 그런 것 비슷한 것밖에 없다고 한다면 말입니다” 하고 불쑥 입을 열었다.

　'아무래도 미친 것 같군.' 하고 라스콜리니코프는 생각했다.

　"우리들은 평소 영원이라는 것은 무언가 불가사의한 관념, 무언가 엄청나게 큰 것이라고 상상하고 있지 않습니까! 그러나 왜, 반드시 그것은 거대한 것이 아니면 안 되느냐는 것입니다. 그런데 이것을 이렇게 한번 상상해보시란 말입니다. 즉, 그런 것이 아니고, 그곳에는 시골에서나 볼 수 있는, 그을음투성이의 목욕탕 같은 조그마한 방 하나밖에는 없고, 그 방 안에는 구석구석에 거미들이 도사리고 있다, 이것이 바로 영원이라는 것이다, 고 말입니다. 나에겐 말이지요, 간혹 그런 것이 눈앞에 떠오를 때가 있거든요."

　"당신이란 사람은 정말 딱한 사람이군요. 그런 것보다 좀더 즐겁고 좀더 진지한 것은 생각 못하는 모양이지요!" 하고 라스콜리니코프는 지긋지긋하다는 듯이 매몰스럽게 말했다.

　"좀더 진지한 것이라고? 그걸 어떻게 알 수 있다는 겁니까? 어쩌면 이것이야말로 진지한 것일는지도 모릅니다. 그리고 또 아시겠습니까, 난 말이지요, 억지로라도 그렇게 생각하고 싶단 말입니다" 하고 스비드리가이로프는 야릇한 미소를 입가에 띠면서 대답했다.

　이 괴상한 대답을 듣는 순간 라스콜리니코프는 오싹 소름이 끼치는 것을 느꼈다. 스비드리가이로프는 고개를 치켜들고 가만히 상대를 바라보다가 별안간 커다란 소리로 웃어댔다.

　"아니, 이건 도대체 어떻게 된 노릇이지요?" 하고 그는 말을 이었다. "불과 30분 전에만 해도 우리들은 서로 모르는 사이였고, 지금 역시 서로 적대시하고 있으며, 또 둘 사이엔 아직 해결하지 못한 문제도 남아 있습니다. 그런데 그런 것은 팽개쳐버리고 이따위 시시한 문학 토론에 넋을 빼앗기고 있다니! 정말 내가 말한 대로 지금 당신과 나는 결국 한 굴 속에 사는 너구리라고 할 수 있겠지요?"

　"대단히 미안한 얘깁니다만" 하고 라스콜리니코프는 얼굴에 초조한 빛을 띠면서 말을 계속했다. "이렇게 시간만 보내실 것이 아니라, 어서 자신의 의사를 밝혀주시면 좋겠습니다. 무슨 이유로 나를 만나려는 것인지, 분명히 말씀해주시면 좋겠습니다. 그리고…… 또…… 난 지금 몹시 바쁜 일이 있어서 외출도 해야 되겠고…….

"네, 네, 잘 알았습니다. 누이동생 되시는 아브도차 양은 루진 씨와 결혼할 작정인가보지요?"

"제발 그 내 누이동생 얘기도 일절 끄집어내지 말았으면 좋겠습니다. 누이의 이름도 들먹거리지 말아주십시오. 당신이 진짜 스비드리가이로프라면 어찌 내 앞에서 내 누이의 이름을 입에 담을 수가 있는지 이해할 수가 없습니다."

"하지만 난 당신의 누이동생에 대한 얘기를 하러 온 이상 그 이름을 입에 담지 않을 수도 없지 않습니까?"

"그럼 좋습니다. 말해보십시오. 다만, 구질구질한 소리는 다 치우고, 요점만 말해주시오!"

"내가 생각건대, 당신은 틀림없이 나의 친척 되는 루진 씨에 대한 자신의 견해를 가슴속에서 마무리지어놓고 있을 것입니다. 물론 그렇게 되기까지에는, 당신이 그 사내를 단 30분 정도만이라도 만나보셨거나 아니면 믿을 만한 확실한 정보를 들었을 것으로 생각합니다. 그런데 한 마디로 말씀드린다면, 그 사내는 아브도차 양에게는 조금 어울리지 않는다는 겁니다. 내 생각으로는 아브도차 양은 몹시 너그러워, 자기 욕심이라곤 조금도 없는 심정으로, 자신의 가족을 위해서…… 자신을 깨끗이 희생시키려 하고 있습니다. 난, 내가 당신에 관해 간접적으로 들은 말들을 종합해본 결과, 만약 이 혼담이 별다른 큰 손해없이 파혼이 되어버린다면, 당신도 굉장히 기뻐하실 것이 아닌가 하는 생각이 들었습니다. 더욱이 지금, 이렇게 친히 당신을 만나보니, 나의 판단에 확신을 가져도 좋겠다는 생각도 든단 말입니다."

"당신 같은 사람치고도, 그런 생각은 너무 유치한 것 같은데요. 아니, 미안합니다. 사실은 너무 뻔뻔스럽다고 말하려 했던 것인데……."
하고 라스콜리니코프는 말했다.

"당신은 내가 나 자신을 위해서 애를 쓰고 있다고 생각하시는 거지요? 그렇게 지나친 걱정은 하지 말아주십시오, 로지온 씨. 만약 내가 나 자신을 위해서 애태우고 있는 거라면 이런 말도 하지 않을 겁니다. 나 역시 그렇게 우둔한 놈은 아니니까요. 이 일에 관해서 당신에게 정말 이상한 심리적 현상을 하나 얘기해드릴까요. 아까 아브도차 양에 대한 나 자신의 연애문제를 변명했을 때, 나는 내가 희생자였다고 말씀드렸지요. 그래서 한 가지 이해해주셔야 할 것은, 난 현재로서는 당신의 누이동생에게는 조금도 애정을 느끼지 않고 있다는 점입니다. 전연 느끼지 않고 있지요. 스스로 이상하게 생각될 정도로 말입니다. 하기야 그 당시엔 무언가 좀 느끼고 있었지만……."

"나태와 방종 때문일 겁니다." 라스콜리니코프는 그의 말을 가로막고 말했다.

"확실히 난 나태하고 방종한 인간입니다. 그러나 당신의 누이동생은 훌륭한 장점을 많이 지니고 있었으므로 난 그만 깊은 감명을 받고 말았지요. 그런 장점 같은 것은 아무것도 아니며, 아무런 가치도 없는 것이지요. 난 지금 그것을 확인하고 있단 말입니다."

"그렇게 깨달은 것은 오래 되었나요?"

"깨달은 것은 제법 오래 됩니다마는, 결정적인 확신을 가진 것은 그저께 페테르부르크에 도착한 순간입니다. 그런데 모스크바에 있을 때에는 아직, 아브도차 양에게 청혼하고 루진 씨와 맞서 볼 작정이었지요."

"말씀을 가로막아서 미안합니다만 아무쪼록 얘기를 줄여서, 찾아오신 당초의 목적으로 말머리를 돌려주실 수 없겠습니까? 난 급한 일이 있어서 지금 곧 집을 나서지 않으면 안 될 형편이니까……."

"그럼, 그렇게 하지요. 난 이번에 상경한 후, 어디 좀 여행길에 나서려고 계획하고 있는데 그 여행을 떠나기 전에 꼭 필요한 몇 가지 일들을 처리해두려고 생각했습니다. 아이들은 그들의 숙모한테 맡겨두었습니다만, 제각기 재산을 가지고 있으므로 아이들로서는 나라는 인간이 필요 없는 셈이지요. 게다가 나 역시 제대로 아비 노릇도 못하고 있는 처지고. 그래서 나 자신의 몫으로는 1년 전에 아내로부터 얻은 것밖에는 가지고 온 것이 없습니다. 나에게는 이것만으로도 충분한 셈이지요. 용서하십시오, 곧 본론에 들어가겠습니다. 이번 여행길에 나서기 전에, 루진 씨와의 문제도 결말을 지어놓고 싶습니다. 난 그다지 그 사내가 참을 수 없을 정도로 눈에 거슬리는 것은 아닙니다만, 그러나 어쨌든 그 작자 때문에, 말하자면 그 작자를 위해서 당신 누이동생과의 결혼 중매를 선 것이 내 아내라는 것을 알게 되어, 아내와 나는 그 싸움을 하게 된 것이니까요. 그래서 지금 내가 바라는 것은, 당신이 입회해주시면 더욱 좋고, 당신의 주선으로 아브도차 양을 만나서 누이동생에게 우선 첫째로, 루진 씨하고 결혼해본들 조금도 이득을 보는 일은 없을 것이고 반드시 손해 볼 일만 생길 것이 분명하다는 것을 설명했으면 합니다. 그리고 이전에 그렇게 여러 가지로 귀찮게 군 데 대하여 사과를 드린 후 누이동생에게 1만 루블을 드리고, 그것으로 루진 씨와의 파혼에서 생긴 손해를 줄이시도록 해드린다, 대략 이런 작정으로 있습니다. 하긴 내가 알기로는 당신의 누이동생께서도 기회만 있으면 파혼을 서슴지 않을 것으로 알고 있습니다.”

“이건, 틀림없이 미치광이야, 당신은 틀림없이 미치광이란 말이오!” 하고 라스콜리니코프는 노했다기보다는 오히려 아연실색하여 그렇게 소리질렀다. “뻔뻔스럽기 그지없군요!”

“당신이 그렇게 노하리라는 것은 이미 각오하고 있었지요. 그러나 첫째로, 난 그다지 큰 부자는 아니나 이 1만 루블은 놀고 있는 돈이고, 나에게는 전연 필요가 없는 돈이란 얘기입니다. 만약 아브도차 양이 이 돈을 받아주시지 않으면 난 아마도 아주 고약한 곳에 써버릴 것입니다. 이것이 문제의 하나이고, 둘째는, 나로서는 추호도 양심의 가책은 받지 않는다는 것, 말할 것도 없이 난 손톱만한 타산도 없이 이 돈을 드리려는 것이니까요. 나의 말을 믿어주시든 믿어주시지 않든 머지않아 당신이나 아브도차 양께서는 이해하시게 되리라고 믿습니다만서도 문제는 결국, 내가 훌륭한 당신의 누이동생에게 적지 않은 피해를 끼쳤기 때문에 그것을 충심으로 회개함과 동시에 진심으로 그렇게 되기를 희망하고 있는 겁니다. 그렇다고 해서 그까짓 돈으로 내 잘못을 깨끗이 잊어 달라든지, 또는 그 피해를 보상하겠다든지 하는 것은 아닙니다. 다만 무언가 그 사람을 위한 좋은 일을 하고 싶을 뿐이고, 내가 무슨 나쁜 짓만 하는 전매 특허를 가진 인간이 아니라는 것을 보여주고 싶기 때문입니다. 설령 나의 이 제안이 1백만분의 1이라도 그 어떤 타산에서 우러난 것이라고 한다면 내가 그따위 1만 루블밖에 안 되는 돈만 드릴 리는 없을 겁니다. 얼마 전에만 해도, 그러니까 5주일 전에도 그것보다 훨씬 많은 돈을 드리려고 작정했었으니까요. 그뿐만 아닙니다. 난 어쩌면, 가까운 앞날에 어떤 아가씨하고 결혼하게 되는지도 모르는 처지므로 내가 아브도차 양에게 무슨 꿍꿍이 속셈을 가지고 있다는 의심은 깨끗이 해소되리라고 생각합니다. 결론적으로 말씀드린다면 아브도차 양은 루진 씨와 결혼할 때 역시 그만한 돈은 받으실 겁니다. 다만 그 돈의 출처가 다를 뿐이지만 말입니다……. 로지온 씨, 그렇게 화만 내실 것이 아니라 한번 냉정한 심정으로 생각해보십시오."

그렇게 말하는 스비드리가이로프는 지극히 냉정하고 침착한 표정이었다.

"부탁입니다. 제발 그만해 두십시오." 하고 라스콜리니코프는 말했다. "어쨌든 받아들일 수 없는 뻔뻔스러운 소청이오."

"조금도 그렇지는 않습니다. 그런 말씀을 하시면 인간은 이 세상에서 서로 부질없는 세속적인 형식 때문에 나쁜 짓만 하고, 좋은 일은 손톱만큼도 못한다는 말이 됩니다. 그렇게 된다는 건 정말 어리석은 일이 아닙니까. 만약 내가 죽고, 그만한 돈을 누이동생에게 유언으로 남긴다면, 그때도 누이동생께서는 거절하실까요?"

"십중 팔구 그렇게 하리라고 생각됩니다."

"아니, 그럴 리가 없습니다. 그러나 안 된다면 안 돼도 좋습니다. 그렇다고 해둡시다. 그러나 1만 루블이라는 돈은 다급할 때에는 긴요하게 쓰일 만한 액수인데 말입니다. 그건 어떻든 간에 지금 말씀드린 것을 아브도차 양에게 좀 전해주십시오."

"아니, 전해드릴 수는 없습니다."

"그렇다면, 로지온 씨, 난 별 수 없이 직접 만날 기회를 만들어야 되겠습니다. 결과적으로는 당신에게 근심을 끼치게 되는 일이기는 합니다만……"

"그럼, 내가 그 말씀을 전해드린다면 당신은 만나지 않아도 좋단 말입니까?"

"글쎄요, 뭐라고 말씀드려야 좋을는지. 어쨌든 한번은 꼭 만났으면 합니다."

"기대하시지 않는 것이 좋겠지요."

"그건, 정말 유감스럽군요. 하기야 당신이 나를 잘 모르는 처지니, 그렇게 말씀하실 수밖에 없겠지만 말입니다. 그러나 앞으로 서로 친해지면 그러지도 않을 것입니다."

"당신은 우리가 친해지리라고 생각합니까?"

"어째서 그런 생각을 가질 수 없다는 것입니까?" 스비드리가이로프는 빙긋이 웃으며 그렇게 말하고 자리에서 일어서며 모자를 집었다.

"나도 사실은 당신을 심히 괴롭힐 생각은 없었습니다. 여기 오면서도 그다지 기대는 하지 않았습니다. 그러나 오늘 아침에 당신의 얼굴을 봤을 때에는 좀 놀라기는 했었지요……"

"오늘 아침 어디서 나를 보셨습니까?" 하고 라스콜리니코프는 불안스럽게 물었다.

"우연한 일로 보게 되었지요……. 난 어딘지 당신에게는 나를 닮은 데가 있는 것 같이만 자꾸 생각된단 말입니다……. 그러나 걱정은 하지 마십시오. 난 짓궂은 인간은 아닙니다. 난 이래뵈도, 사기 도박꾼들의 비위도 맞추어가며 함께 살아본 경험도 있고, 먼 친척 뻘이 되는 스비르베이 공작이라는 고관에게 싫증이나 혐오감도 안겨주지 않았으며, 라파엘로의 〈마돈나〉에 관한 감상을 프리루코프 부인의 앨범에 적어 넣을 정도의 재능도 있고, 마르파 같은 여자하고는 7년 동안이나 마을에서 나가지도 않고 살았으며, 옛날 센나야의 바젬스키 씨의 저택에 유숙한 일도 있고, 지금부터도 어쩌면, 베르그와 함께 경기구를 타고 날지도 모를 그런 사람이니까요."

"뭐, 좋습니다. 그런데 좀 물어보겠습니다만, 당신은 곧 떠나시게 되나요?"

"떠난다니?"

"아니, 그 여행 말입니다. 조금 전에 당신이 말하지 않았습니까?"

"여행? 아, 그렇군! 난 당신에게 여행 얘기를 했었지요……. 아니, 그건 광범위한 문제여서 말입니다……. 그러나 당신이 묻고 계시는 그 여행이 무슨 뜻을 지니고 있느냐는 것을 이해해주시면 좋겠습니다만……" 하고 그는 덧붙이고는 잠시 커다랗게 웃었다. "아마 나는 여행 대신에 결혼할지도 모릅니다. 결혼 중매를 서 주는 사람이 있으니까요."

"여기서 말입니까?"

"네, 그렇습니다."

"어느새 그렇게까지 되셨나요?"

"그렇기는 합니다만 아브도차 양은 꼭 한번 만나고 싶습니다. 진정입니다. 그럼 이만 실례하겠습니다. 안녕히 계십시오……. 아, 참, 중요한 일을 잊고 갈 뻔했군요! 로지온 씨, 누이동생에게 이렇게 전해주십시오. 아내의 유언장에 3,000루블의 수취인으로서 당신의 누이동생의 이름이 기재되어 있다고 말입니다. 이건 틀림없는 사실입니다. 아내는 죽기 1주일 전, 내가 있는 자리에서 그와 같은 조치를 했었지요. 아마 2, 3주일 후에는 아브도차 양께서 그 돈을 받게 될 것입니다."

"그게 정말입니까?"

"물론이지요. 정말입니다. 어쨌든 그렇게 전해주십시오. 그럼 이만 실례하겠습니다. 난 여기서 얼마 안 되는 곳에 유숙하고 있습니다."

스비드리가이로프는 문간을 나가다가 라즈민과 딱 마주쳤다.

2

시각은 이미 8시에 가까웠다. 두 사람은 바카레프의 아파트를 향해 걸음을 재촉하였다. 루진보다 앞질러 당도하기 위해서였다.

"이봐, 대체 그 사람 누구야?" 하고 라즈민이 거리로 나서자마자 물었다.

"그게 바로 스비드리가이로프야. 내 누이동생이 가정교사를 하고 있을 적에 욕을 보이려던 지주야. 그자가 누이동생의 꽁무니를 쫓아다녀서, 누이는 그의 아내 마르파에게 쫓겨 그 집을 나오고 말았어. 그 마르파는 나중에 두냐에게 사과는 한 모양인데 그 여자가 이번에 갑자기 죽었어. 아까 얘기한 것은 그 여자의 얘기야. 그런데 어쩐지 난 그 작자가 무섭단 말이야. 그는 마누라의 장사를 치르자마자 곧장 이리로 온 거야. 괴상한 성격을 가진 사낸데, 무언가 남모를 결심을 굳게 가지고 있는 것처럼 보인단 말이야…… . 그 작잔 무언가 좀 알고 있는 것 같아…… . 두냐를 저 사내의 마수로부터 지켜주지 않으면 안 되겠어…… . 너에게 얘기하려고 했던 것도 바로 이 얘기란 말이야,

알겠나?"

"지키고말고! 그따위 사내에게 아브도차 양을 손가락 하나 다치게 할 수는 없지! 아니, 고마워 로쟈. 그렇게 말해주어서 말이야…… 어떤 일이 있어도 보살펴줘야지……. 그런데 그잔 어디 살고 있지?"

"모르겠는데."

"왜 물어보지 않았어? 거 참, 잘못했는데! 그렇지, 내가 찾아내고 말 테야!"

"넌 그 사내의 얼굴을 봤어?" 하고 라스콜리니코프는 한동안 지키고 있던 침묵을 깨고 입을 열었다.

"그야 보고말고. 똑똑히 봐두었어."

"정확하게 봤느냐고? 분명히 말이야?" 하고 라스콜리니코프는 자꾸 물었다.

"확실히 기억하고 있다고 하잖아! 몇천 명 속에서라도 가려낼 수 있을 정도로 똑똑히 봐두었단 말이야. 난 이래뵈도 사람 얼굴 같은 것은 잘 기억하는 편이거든."

다시 두 사람은 입을 다물었다.

"흠, 그래…… 그래……." 하고 라스콜리니코프는 중얼거렸다. "그런데 이봐……, 난 문득 그런 생각이 들었는데…… 아무래도 그건 무슨 환상 같기만 하단 말이야."

"넌 무슨 말을 하고 있는 거야? 난 너의 얘기를 도대체 알아들을 수가 없어."

"너희들은 언제나 그렇게 말하고 있지 않나." 하고 그는 입을 일그러뜨리며 쓴웃음을 흘리면서 말을 계속했다. "내가 미쳤다고. 그런데 나 자신도 문득 그렇게 느껴진단 말이야. 어쩌면 난 정말 미쳤고, 다만 환상만을 보았던 것 같아!"

"대체 무슨 말을 하고 있는 거야?"

"누가 알아! 어쩌면 나는 정말 미쳤는지도 몰라. 요 2, 3일 동안에 일어난 일이 모두 단순한 상상인지도 모르지 않느냔 말이야……."

"아, 로쟈! 또 머리가 이상해진 모양이군……. 대체 그는 무슨 말을 했나? 무슨 용건으로 왔었어?"

라스콜리니코프는 대답하지 않았다. 라즈민은 잠시 생각에 잠기더니, "자, 내 보고를 좀 들어봐." 하고 말문을 열었다. "너에게 들렀었으나 너는 자고 있었어. 그래 식사를 끝내고 포르피리한테 갔었지. 자묘토프는 아직 거기에 있었어. 난 이내 그 말을 끄집어내려고 했으나 잘 되지 않았어. 아무리 해도 잘 말할 수가 없었단 말이야. 그들은 내 말을 잘 알아듣지도 못했고 알아들으려고도 하지 않았어. 그러면서도 당황하는 기색은 전혀 보이지 않는 거야. 나는 포르피리를 창가로 불러서 얘기를 해보았으나, 이것 또한 잘 통하지가 않는단 말이야. 그가 외면을 하면, 나도 외면을 했었지. 마침내 나는 그 녀석 코빼기에 주먹을 내밀고 친척의 한 사람으로서 네놈을 두들겨 패겠다고 말해주었지. 그러나 그 녀석은 나를 힐끔 노려볼 뿐이었어. 그래 나는 침을 탁 뱉고 돌아와버렸지. 정말 시시한 얘기야. 자묘토프하고는 한 마디도 하지 않았어. 그래서 난 일을 망쳐놓았구나 하는 생각을 하면서 층계를 내려오다가, 문득 이런 생각을 했었지. 어째서 우리들은 서로 이처럼 속을 썩이고 있느냐, 하고. 너에게 무슨 위험이라도 닥쳤다면 그거야 떠들어대는 것도 무리가 아니지만 말이야. 너의 신상에는 아무 일도 없지 않은가! 너는 이 일에는 관계가 없으니 그만 내버려둬. 나중에 그들을 비웃어주면 될 것 아냐. 만약 내가 너라면 오히려 놀려주겠어. 두고 봐, 종내 그놈들은 부끄러워서 쥐구멍을 찾게 될 거야. 우선 좀 두고 보자고. 두들겨 패는 것은 나중에라도 할 수 있는 일이니까. 지금은 웃어버리기로 하자!"

"그야 물론이지!" 라스콜리니코프는 대답했다. '하지만 내일은 뭐라고 말할 작정일까!' 라고 그는 속으로 생각했다. 이상하게도 '라즈민이 진상을 알게 되면 어떻게 생각할까?' 하는 생각 같은 것은 여태껏

단 한번도 그의 머리에 떠오르지 않았던 것이다. 이렇게 생각하고, 라스콜리니코프는 찬찬히 그를 바로보았다. 그는 포르피리의 방문에 관한 이 라즈민의 보고에는 그다지 흥미를 느끼지 않았다. 그토록 그의 머리에는 많은 일이 넘나들고 있었던 것이다.

그들은 복도에서 루진과 마주쳤다. 루진은 정각 8시에 와서 방을 찾고 있었으므로 세 사람은 같이 들어갔으나, 서로 마주보지도 않았거니와 인사도 하지 않았다. 두 청년은 앞질러 들어갔지만 루진은 예의를 지켜, 현관에서 외투를 벗느라고 머뭇거렸다. 플리헤리야는 그를 맞으려고 문턱까지 나왔고 두냐는 오빠와 인사를 나누었다.

루진은 안으로 들어서서 사뭇 상냥하고도 전날보다 한결 의젓하게 여인들과 인사를 주고받았다. 그러나 당황해서 어찌할 바를 모르는 눈치였다. 플리헤리야도 역시 당황한 모습으로 서둘러 사모바르가 끓고 있는 둥근 식탁에 둘러앉도록 모두를 안내했다. 두냐와 루진은 식탁 양쪽 끝에 서로 마주보는 의자에 자리잡았다. 라즈민과 라스콜리니코프는 플리헤리야와 마주보게 되어——라즈민은 루진 옆에, 라스콜리니코프는 누이동생 옆에 앉았다.

한순간 모두 침묵에 잠겼다. 루진은 향수 냄새가 풍기는 마직 손수건을 꺼내어 코를 풀었으나 교양있고 신사답게 보이려고 애쓰는 그 태도에는 역시 자신의 체면을 손상당한 데 대한 충분한 설명이라도 요구하려는 굳은 결심 같은 것도 엿보였다. 그리고 현관에서부터 그의 머릿속에는, 외투도 벗지 않고 그냥 되돌아가버림으로써 두 여인을 뼈에 사무치도록 엄중히 혼을 내주려고도 생각했으나, 차마 그렇게 할 수는 없었다. 게다가 이 사내는 무슨 일이고 분명히 해두는 성미였으므로 이 자리에서 그 사정을 밝혀보지 않을 수 없었던 것이다. 이렇게도 노골적으로 자기의 명령이 무시된 이상 뭔가 내막이 있음이 틀림없다, 그렇다면, 먼저 그 내막부터 규명하는 것이 옳다, 그들을 혼내주는 것은 언제든지 할 수 있는 일이고, 그것은 완전히 자기 수중에 있는 일이라고 생각을 바꾸었던 것이다.

"도중에 별고 없으셨으리라 믿습니다만." 하고 그는 플리헤리야에게 형식적인 인사말을 했다.

"덕택에 무사했습니다, 루진 씨."

"다행한 일입니다. 아브도차 양도 피곤하시지 않나요?"

"나는 젊고 건강하니까 피로할 것도 없었지만, 어머님은 몹시 피로하셨던 것 같아요" 하고 두냐는 대답했다.

"그건 정말 어쩔 수 없는 일이지요. 우리나라의 철도는 지독하게도 길어서요. 소위 '어머니 러시아'는 그야말로 광대 무변하니까……. 어제는 마중나가고 싶은 생각이 태산 같았습니다마는 사정이 있어서 그 시간에 알맞게 대어 나갈 수가 없었습니다. 하지만 별다른 일은 없었겠지요?"

"아니예요, 루진 씨. 우리들은 퍽 낙심했었지요." 하고 플리헤리야는 목소리에 유난히 힘을 주면서 다급하게 말했다. 그러고는 "만약 어제 하느님이 드미트리 씨를 보내주시지 않았더라면, 우리들은 어떻게 됐을지 모르겠어요. 이분이 바로 드미트리 프로코피치 라즈민 씨입니다." 하고 덧붙여 말한 뒤 그를 루진에게 소개했다.

"아니, 벌써 뵀었습니다……, 어제." 하고 루진은 적의에 찬 눈으로 라즈민을 흘겨보며 말하고는 얼굴을 찌푸린 채 입을 다물어버렸다. 대체로 루진이라는 사내는 겉으로는 퍽 쾌활하고 상냥하게 보일 뿐만 아니라 자신도 상냥하게 보이려고 애쓰면서도, 뭔가 조금만 마음에 거슬리면 곧장 그 장점을 팽개쳐버리고 분위기를 밝게 만들기보다는 오히려 밀가루 부대처럼 만들어버리는 형의 인간이었다. 모두들 다시 입을 다물고 말았다. 라스콜리니코프는 굳게 침묵을 지키고 있었고, 아브도차는 때가 올 때까지는 침묵을 깨뜨리지 않겠다고 생각하고 있었으며, 라즈민은 아무 할 말이 없었다. 그런 까닭에 플리헤리야는 다시금 마음을 졸이기 시작했다.

"마르파 부인이 돌아가셨다는데, 그 소식을 들으셨나요?" 하고 그녀는 각별히 간직해두었던 애깃거리를 끄집어내면서 말문을 다시 열었다.

"물론 들었지요. 그것도 제일 먼저 들었습니다. 게다가 지금도 스비드리가이로프 씨가 부인의 장례를 마치자마자 곧바로 페테르부르크로 향했다는 것을 알려드리려고 온 것이지요. 적어도 내가 입수한 가장 정확한 정보니까 그것은 틀림없는 사실일 것입니다."

"페테르부르크로? 여기에?" 하고 두냐는 불안스럽게 묻고는 어머니와 서로 얼굴을 마주보았다.

"정말 그렇습니다. 게다가 그가 출발을 몹시 서둘렀다는 것과 그 외에 여러 가지 사정으로 미루어보아 그에게는 무슨 뚜렷한 목적이 있는 것만은 틀림없습니다."

"저런! 그 사람은 여기까지 와서 또 두냐를 괴롭히려는 건 아닐까요?" 하고 플리헤리야는 소리쳤다.

"내 생각으로는, 부인께서나 아브도차 양께서 그다지 걱정하실 것은 없다고 생각됩니다. 물론 댁에서 그 사내와 무슨 관계를 맺으려는 생각을 가지시지만 않는다면 말입니다. 나 자신도 주의해서, 그가 지금 어디서 유숙하고 있는지 찾고 있습니다."

"아아, 루진 씨, 당신은 지금 얼마나 나를 놀라게 했는지 도저히 모르실 겁니다!" 플리헤리야는 말을 계속했다. "나는 그분을 겨우 두 번밖에 보지 않았으나, 무서운 사람같이 느꼈습니다. 돌아가신 마르파 부인도 그 사람이 죽였다고 나는 믿고 있습니다."

"그 점은 그렇다고만은 할 수 없습니다. 정확한 정보를 가지고 있습니다. 그 사나이가 이를테면, 모욕이라는 정신적인 영향으로 그 사태를 촉진시켰는지는 모르나, 그 점에 대해서 이의(異議)를 내세우고 싶지는 않습니다. 또한 그 사람의 평소의 소행이나 성질은 말씀하신 대로라고 저도 생각합니다. 그 사내는 지금도 많은 재산을 가지고 있

는지, 마르파가 그에게 얼마나 남겨주고 갔는지는 모르겠습니다만 그
런 것은 곧 알게 될 것입니다. 그러나 물론 이 페테르부르크에 오면,
약간이라도 돈을 가지고 있을 테니, 그 사내는 곧 전날과 같은 인간으
로 되돌아갈 것입니다. 그 사내는 완전히 타락해서 방탕에 몸을 망친
그런 사람 중의 하나입니다. 나는 확고한 근거를 가지고 있습니다만,
운 나쁘게도 8년 전에 그 사내에게 반해서 빚에서 구해준 마르파는 또
다른 점에서도 그 사내를 도왔던 것 같습니다. 다만 그 부인의 노력과
희생 덕택으로 반드시 시베리아로 보내져야 할 정도로 잔인한 범죄사
건, 이를테면 기괴한 살인과 같은 성질의 형사사건이 초기에 무마가
된 것입니다. 말하자면 그는 이런 인간입니다. 알고 싶어하시는 것 같
아서 말씀드리는 겁니다.”
　“아아, 어쩌면!” 하고 플리헤리야는 외쳤다.
　라스콜리니코프는 주의깊게 들었다.
　“당신은 정확한 정보를 가지고 계시다니 정말입니까?” 하고 두냐는
날카롭고 야무지게 물었다.
　“나는 죽은 마르파한테서 은밀히 들은 것을 말하고 있을 뿐입니다.
한 마디 미리 양해를 구하고 싶은 것이 있습니다만, 법률상의 견지에
서 본다면 이 사건은 꽤 애매한 것입니다. 이 페테르부르크에, 레스리
히라는 고리대금도 하고 딴 장사도 하는 외국 여자가 살고 있었지요.
아마 지금도 그대로 있는 모양인데 이 레스리히라는 여자와 스비드리
가이로프 씨는 옛날부터 몹시 친하고 더군다나 남모를 관계를 맺고
있었습니다. 그런데 이 여인 집에 먼 친척 되는, 벙어리며 귀머거리
인, 15, 6세쯤 되는 질녀가 있었습니다. 이 레스리히는 그녀를 대단히
미워하고 매사에 잔소리를 하였으며 때로는 무참할 정도의 매질까지
도 했습니다. 그런데 어느날 고미다락방에서 목을 맨 것을 발견하게
되었습니다. 계집애는 자살이라고 판정되어 극히 형식적인 절차를 거
쳐 사건이 결말지어졌습니다. 그런데 후일 이 계집아이는…… 스비드

리가이로프에게 무참한 능욕을 당했던 것이라고 밀고한 자가 있었습니다. 그러나 이건 그다지 확실한 것은 아니었지요. 그런데 그 밀고한 여자는 독일 여자였고, 소문난 악녀였습니다. 그래서 결국 사건은 마르파 부인의 노력과 돈으로 이 일은 소문만으로 끝나고 말았던 것입니다. 그러나 이 소문은 적지않은 의미를 지닌 것이었습니다. 물론 당신이나 아브도차 양께서도 그 집에 계실 때, 6년 전, 그러니까 농노제도가 있을 때 하인으로 있던 피르카가 그에게 심한 학대를 받아 죽었다는 얘기를 들으셨겠지요."

"내가 들은 내용은 그것과 전혀 반대입니다. 피르카는 자기 손으로 목을 매어 죽었다던데요."

"그렇습니다. 그러나 그것은 스비드리가이로프의 끊임없는 학대와 매질이 그 사내에게 그러한 죽음을 가져오게 한 것입니다. 아니, 더 적절하게 말한다면 죽지 않고는 못 배기게 만든 것이지요."

"그것은 잘 모르겠습니다." 하고 두냐는 대수롭지 않다는 듯이 말했다. "내가 들은 것은 퍽 이상한 얘기지요. 그에 의하면 피르카는 우울증 기미가 있는 자칭 철학자며, 여러 사람들의 말에 의하면 지나치게 책을 많이 읽었다던데요. 목을 맨 것도 스비드리가이로프 씨로부터 매를 맞았기 때문이 아니라, 남에게 놀림을 받았기 때문이라더군요. 내가 있을 무렵에는 그 사람은 하인을 잘 다루어서, 하인들로부터 환심을 많이 사고 있었지요. 하지만 피르카가 죽은 데 대해서는 모두 그 사람을 비난하고 있었습니다."

"그러고 보니 아브도차 양께서는 갑자기 그 사내를 변호하고 싶으신 것 같군요." 애매한 미소로 입을 실룩거리며 루진은 이렇게 말했다. "사실, 그 사내는 여자에 대해서는 엉큼하기 짝없는 놈입니다. 변사(變死)한 마르파가 그 슬픈 실례입니다. 나는 다만 틀림없이 당신 눈앞에 다가오는 그 녀석의 새로운 계획에 관해서, 당신과 당신의 어머니에게 충고를 드려서 도움이라도 드릴까 하고 생각했을 따름입니다. 그 사내는, 다시금 빚 때문에 감옥에 끌려가고 말 것입니다. 마르 파는 아이들의 장래를 생각하고, 그 사내에게 소유권을 넘겨줄 생각 은 조금도 하지 않았습니다. 그래서 그 사내에게 무엇을 남겨놓고 갔 다손치더라도, 꼭 필요한 범위 내의 것뿐이었고 별로 가치도 없는 일 시적인 것에 한했으므로, 그런 성벽(性癖)을 가진 사내로서는 1년도 채 지탱하지 못할 것이라고 생각합니다."

"루진 씨, 제발 부탁합니다." 하고 두냐는 말하였다. "스비드리가이 로프 씨에 대한 얘기는 그만둡시다. 그런 얘기를 듣고 있으면 기분이 나빠진단 말예요."

"그는 방금 나한테 왔다 갔어." 하고 라스콜리니코프는 처음으로 침묵에서 벗어나 급하게 말했다.

사방에서 놀랍다는 외침이 일어났다. 일동은 그에게 눈길을 모았 다. 루진까지도 흥분하기 시작했다.

"한 시간 반 전, 내가 자고 있을 때 들어와서 나를 깨우고는 자기 소개를 했어." 하고 라스콜리니코프는 말을 계속했다. "그는 자못 허 물없는 태도였고, 유쾌해 보였어. 그리고 그는 나하고 친밀해지기를 몹시 바라더군. 더욱이 그 사내는 몹시 너를 만나고 싶어하더라. 두 냐, 나더러 그 중간 역할을 해달라고 청하더라. 그는 너에게 얘기할 것이 있다고 말하면서 그 내용을 말했어. 그밖에도 말이야 두냐, 확실 한 얘기라고 하면서, 마르파가 죽기 1주일 전에 유언을 하고 너에게 3,000루블을 남겨주었다며 그 돈은 머지않아 네가 받게 될 것이라고 말하더라."

"아이, 고마워라!" 플리헤리야는 소리지르면서 십자가를 그었다. "그분을 위해서 기도해라, 두냐, 기도해라!"

"그건 확실한 일입니다." 루진이 느닷없이 말했다.

"그래서 어떻게 됐어요?" 하고 두냐는 서둘러 말했다.

"그리고 그가 말하기는 자기도 그다지 부자는 아니며, 재산은 모두

지금 숙모한테 가 있는 아이들 소유로 되어 있다는 거야. 그리고 지금
은 내 하숙 근처에 유숙하고 있다지만, 그 여관이 어딘지는 모른다.
물어보지 않았으니 말이야……."

"그러나 대체 무엇을, 무엇을 두냐에게 제안하려는 것일까?" 하고
겁을 집어먹은 플리헤리야가 물었다. "너에게는 말했다고?"

"네, 말하더군요."

"뭐라고 하던?"

"이따 말씀드리지요." 라스콜리니코프는 입을 다물고 자기 찻잔을
집어들었다.

루진은 시계를 꺼내어 보았다.

"나는 볼일이 있어서 가봐야 되겠습니다. 그러면 방해도 안 될 것
이니 말입니다." 하고 약간 비위가 상한 듯한 표정으로 말하면서 자리
에서 일어섰다.

"가지 마세요, 루진 씨." 하고 두냐가 말했다. "당신은 밤새도록 계
실 작정으로 오신 것 아니예요? 더욱이 당신은 어머니하고 직접 하실
말씀이 있다고 편지에 쓰시지 않았어요.?"

"그건 말씀대로입니다, 아브도차 양!" 하고 루진은 다시 의자에 앉
으면서 의젓한 태도로 말했으나 모자를 손에 그대로 들고 있었다.

"나는 정말 당신과 당신의 어머님과 얘기할 생각이었습니다. 중요
한 일에 관한 얘기입니다. 그러나 당신 오빠는, 내 앞에서는 스비드리
가이로프 씨의 제안을 얘기할 수 없다고 하니, 나도 역시…… 이 사람
앞에서는…… 중요한 몇 가지 점에 대해서는 얘기하고 싶지도 않고,
또 할 수도 없습니다. 더욱이 그토록 부탁드린 중요한 일이 받아들여
지지 않았으니까요……."

루진은 쓰디쓴 표정을 짓고 몹시 점잖은 체하면서 입을 다물었다.

"우리가 만나는 자리에 오빠를 동석시키지 않도록 해달라는 당신의
희망을 받아들이지 않은 것은 내가 그렇게 고집했기 때문이에요." 하

고 두냐가 말했다. "당신은 오빠한테 모욕을 당했다고 편지에 쓰셨지만, 그렇다면 즉시 만나서 해명을 하고 두 분이 화해하셔야 한다고 생각했어요. 만약 오빠가 당신을 정말 모욕했다면, 오빠는 당신에게 사과해야 하며, 또 그렇게 하리라고 믿습니다."

루진은 금세 활기를 되찾았다.

"아브도차 양, 이 세상에는 아무리 선량한 의지를 지니고 있다 하더라도 잊을 수 없는 모욕이 있습니다. 무슨 일이든 간에 일정한 한계가 있어서, 그것을 넘어서는 것은 위험한 것입니다. 왜 위험하냐 하면, 한번 넘어서면 절대로 되돌아 설 수 없기 때문입니다."

"내가 말씀드린 것은 그게 아닙니다, 루진 씨!" 좀 안타까운 듯이 두냐는 상대편의 말을 가로막았다. "잘 생각해주세요. 우리들의 장래는 이 문제가 하루바삐 원만히 해결될 수 있느냐에 달려 있습니다. 나는 거리낌없이 솔직하게 말씀드립니다만, 그렇게 하는 수밖에 없을 것 같아요. 만약 당신이 조금이라도 나를 아껴주신다면, 별로 어려울 것도 없을 것으로 생각됩니다만. 이 일은 오늘이라도 곧 해결해야 할 거예요. 거듭 말씀드리지만, 만약 오빠에게 잘못이 있다면 오빠도 사과하실 것으로 생각됩니다."

"당신이 문제를 그렇게 다루는 데는 놀랐습니다." 루진은 점점 초조해졌다. "나는 당신을 아끼고, 또 존경하는 동시에 당신 가족 중에 어느 한 사람을 사랑하지 않는다는 것은 극히 있음직한 일입니다. 아무리 당신의 행복을 바란다고 하더라도 마음에 없는 의무까지 짊어질 수는 없는 일이니까요."

"아, 그렇게 화를 내지 마세요, 루진 씨." 두냐는 정성어린 어조로 말을 가로막았다. "그리고 내가 언제나 믿었던, 믿고 싶은 슬기롭고 점잖은 사람이 되어주세요. 나는 당신에게 귀중한 약속을 했습니다. 나는 당신의 약혼녀예요. 이 일은 저에게 맡겨주세요. 그리고 저에게 공평하게 일을 처리할 힘이 있다고 믿어주세요. 내가 심판관의 역할을 맡는 것은, 오빠에게나 당신에게나 뜻하지 않은 일일 거예요. 나는 오늘 당신의 편지를 보고, 꼭 이 자리에 참석해주시도록 오빠에게 부탁할 때에도, 내 생각은 조금도 알리지 않았어요. 제발 잘 생각해주세요. 만약 두 분이 화해하시지 않으신다면, 나는 당신네들 중 한 분을 택하지 않으면 안 돼요. 당신 쪽에서나 오빠 쪽에서나 일을 그렇게 만들었으니 말예요. 나는 이 선택을 잘못하고 싶지도 않고 잘못해서도 안 됩니다. 당신을 위하려면 오빠하고 인연을 끊어야 하고, 오빠를 위하려면 당신과 헤어져야 합니다. 지금 나는 그분이 나를 아껴주는 오빠인지 아닌지, 또 내가 당신에게 있어서 소중한 인간인지 아닌지, 그리고 또 내 가치를 인정해주고 계시는지 어떤지, 당신은 내 남편인지 아닌지, 그러한 것들을 확실하게 알고 싶고 또한 알려주실 수 있을 것으로 생각하고 있어요.”

“아브도차 양!” 하고 루진은 화가 나서 소리질렀다.

“당신 말은 나에게 참으로 의미심장합니다. 아니, 더 숨김없이 말한다면, 당신네들과의 관계를 생각해서 내 입장에서 본다면, 오히려 모욕으로 생각됩니다. 나를…… 이 오만한 청년과 같이 취급하시는 것이 얼마나 모욕적이고 납득이 안 가는 일이라는 것은 새삼 말할 것까지도 없는 일이지만, 지금 하신 말씀에 따르면 당신은 나에게 하신 약속을 어길 가능성을 스스로 인정하고 있습니다. 당신은 ‘나냐, 오빠냐’ 하고 말하고 있습니다. 그것은 곧, 내가 당신에게는 별 의미도 지니지 않는 존재라는 것을 알리고 있는 셈입니다……. 나는 우리들 사이에 존재하고 있는 관계에서 보거나…… 의무에서 보거나…… 그런 것은 절대로 용납할 수가 없습니다.”

“뭐라고요?” 두냐는 발끈해서 소리질렀다. “나는 당신의 이해(利害)를, 오늘날까지 나에게 소중했던 것, 나의 생활 전체였던 것과 똑같이 생각하고 있었는데 당신에 대한 나의 인식이 모자란다고 해서 그렇게 화를 내실 거야 없지 않겠어요!”

라스콜리니코프는 잠자코 독기어린 미소를 지었다. 라즈민은 온몸을 떨었다. 그러나 루진은 이 반박에는 상대도 하지 않고, 한 마디 한 마디에 대해서 점점 집요하고 초조해 했다. 마치 싸움이라도 할 듯이.

"이제 평생의 반려가 되는 남편에 대한 사랑은 형제에 대한 사랑을 능가하지 않으면 안 됩니다." 그는 교훈적인 어조로 말했다. "어쨌든 나는 똑같이 취급당하는 것은 참을 수가 없습니다……. 아까 나는 방문한 사연을, 오빠 앞에서는 말하고 싶지도 않고, 말할 수도 없다고 주장했습니다만, 하여간 나는 다시 한번, 당신의 어머님께, 가장 근본적이며 나에게는 가장 모욕적인 것이 되는 점에 대해서 꼭 설명드려야 되겠습니다. 부인의 아드님은 말입니다." 하고 그는 플리헤리야를 향해 고개를 돌리면서 말했다. "어제 라수드킨 씨가, 아마 그런 이름이었지요? 용서하십시오, 성함을 잊어서……." 하고 그는 상냥하게 라즈민에게 고개를 숙였다. "계시는 앞에서 내 생각을 곡해해서 모욕했습니다. 언젠가 커피를 마시면서 집안 얘기를 할 때 말했습니다만 내 생각으로는, 세상의 쓴맛을 다 겪은 가난한 여자와의 결혼은, 부유하게 자란 여자와의 결혼보다도 도덕적으로 유리하고 부부 관계상으로도 유리하다고 말했던 것입니다. 내가 보기에는 부인의 아드님은 부인의 편지에 근거를 두고 내 말을 평가했던 것 같았습니다. 부인의 아드님은 일부러 어리석을 정도로 나의 뜻을 과장해서는 내가 무슨 간악한 의도라도 가지고 있는 듯이 나를 비난했습니다. 플리헤리야 부인, 제발 오해를 풀어주시고, 그렇게 함으로써 내가 안심할 수 있게 해주신다면 그것으로 만족하겠습니다. 내가 말한 것을 로지온 씨에게 보낸 편지에 어떻게 쓰셨는지 들려주시면 좋겠습니다."

"나는 기억하지 못하는데요!" 하고 플리헤리야는 당황해서 말했다. "나는 내가 이해하고 있는 대로만 써 보냈습니다. 로쟈가 당신에게 어떻게 말했는지 모르겠습니다만……. 어쩌면 그애가 몹시 과장해서 말했는지도 모르겠습니다."

“그러나 부인의 암시가 없고서는 아드님도 과장할 리가 없지 않습니까?”

“루진 씨.” 하고 플리헤리야 부인이 위엄있게 말했다. “나와 두냐가 당신 말을 나쁘게 생각하지 않는 것은 우리들이 여기까지 와 있는 것으로도 증거가 되지 않습니까?”

“그래요, 어머니!” 하고 두냐는 찬성하듯 말했다.

“그러니까 내가 나쁘다는 말씀이군요!” 루진은 불끈 화를 냈다.

“루진 씨, 당신은 모든 일을 로쟈의 죄로 돌리시지만, 당신도 종전의 편지에 그 아이에 관해서 거짓말을 쓰시지 않았습니까?” 플리헤리야 부인은 기운을 내서 이렇게 덧붙였다.

“난 거짓말 같은 건 조금도 쓴 기억이 없는데요.”

“당신은 이렇게 쓰셨습니다.” 루진을 돌아다보지도 않은 채 라스콜리니코프가 이렇게 격한 어조로 말을 시작했다. “내가 어제 돈을 준 것은, 바로 말에 치어 죽은 사람의 미망인이었습니다. 그걸 미망인이 아니라, 그의 딸에게 주었다고 쓰셨습니다(그 딸은 어제까지는 나는 본 일이 없습니다). 당신이 그렇게 쓴 것은 나와 가족과 싸움을 붙이기 위한 것이며, 그 때문에 옹졸한 표현으로 자기가 알지도 못하는 여자의 소행을 덧붙여 쓴 것입니다. 그건 모두 비열한 중상입니다.”

“실례지만.” 하고 분노에 몸을 떨면서 루진이 대답했다. “그 편지에서 당신의 성격과 행위에 언급한 것은, 다만 누이동생과 어머님의 의뢰를 이행한 것이었습니다. 즉, 당신을 방문했을 때의 모양은 어떠하였으며, 당신이 나에게 어떤 인상을 주었는지 알려 달라는 것이었습니다. 그런데 지금 지적된 편지의 내용에 관해서는 거기에 한 줄이라도 사실과 틀리는 점이 있다면, 보여주십시오. 즉, 당신이 돈을 낭비하지 않았다든지. 그 가족은 불행하기는 하지만 더러운 인간은 한 사람도 없었는지 하는 점을 말입니다.”

“하지만 내 생각으로는 당신의 모든 장점을 있는 대로 전부 털어모아도 지금 당신이 비난하고 있는 그 불행한 아가씨의 새끼손가락 하나의 가치에도 미치지 못할 것입니다."

"그렇다면 당신은 그 아가씨를 기회만 있으면 당신의 어머님이나 누이동생과 동석하게 하실 작정이군요."

"알고 싶다면 말씀해드리겠습니다만, 난 어제, 이미 그 아가씨를 어머님이나 누이동생하고 함께 만나게 했습니다."

"로쟈!" 하고 플리헤리야가 소리질렀다. 두냐는 얼굴을 붉히고, 라즈민은 눈가에 주름살을 지어 보였다. 루진은 독기 찬 웃음을 빙긋 한 번 웃고는 거만한 자세를 보였다.

"아브도차 양, 당신도 아시다시피" 하고 그는 말했다. "이렇게 되어서는 서로 화해고 뭐고 없지 않습니까? 이렇게 된 이상 문제는 간단하지요. 서로 끝장이 난 것으로 알아야 하겠지요. 그러니 말입니다. 댁의 가족끼리 집안 얘기를 하시는 데 방해가 되지 않도록 난 이만 실례해야 되겠습니다." 이렇게 말하고 그는 의자에서 일어서더니 모자를 손에 집어들었다. "그런데 떠나기 전, 한 말씀만 더 여쭙고 가야겠습니다. 앞으로는 이와 같은 자리나 타협 같은 것은, 나로서는 결코 바라지 않는다는 것을 알아주셨으면 합니다. 이 점에 대해서는 각별히 플리헤리야 부인께 부탁하고 싶습니다. 왜냐하면 지난번의 편지는 다른 사람 아닌 플리헤리야 부인께 드린 것이었기 때문이지요."

플리헤리야는 약간 언짢은 것 같았다.

"당신은 우리를 자기 마음대로 하려는 것 같군요, 루진 씨. 왜 당신의 소청이 실현되지 않았느냐 하는 것은 그 이유를 아까 두냐가 설명해드리지 않았습니까. 이 아이는 내 딸이지만, 훌륭한 생각을 가지고 있다고 난 생각합니다. 그런데 또 당신이 우리에게 보낸 편지 내용은 마치 무슨 명령이라도 하는 양 일방적인 것이었어요. 우리가 언제부터 당신의 명령이나 의사에만 따라야 하게 됐다는 것이지요? 이런 말씀을 드린다면 언짢아 하실는지는 모르겠습니다만, 내 생각으로는 당

신은 좀더 관대하고 동정적으로 대해주셔야 할 것으로 생각해요. 왜
냐하면, 우리 모녀는 모든 것을 다 버리고 당신 하나만 믿고 이곳까지
온 사람들이니까 말이에요. 그러고 보면 우린 정말 당신 마음대로 할
수 있는 궁지에 빠져 있다고도 볼 수 있거든요.”

“아아니, 꼭 그렇다고는 말할 수 없을 것 같은데요, 플리헤리야 부
인. 아마 때 맞추어 잘된 일 같습니다만 마르파 부인이 남겨주신 돈
3,000루블의 얘기가 나오자마자 나에 대한 태도가 갑자기 차가워졌으
니 말입니다.” 하고 그는 가시 돋친 말로 그렇게 덧붙였다.

“그렇게 말씀하시는 것을 보니, 당신은 정말 궁지에 빠져 있고, 의
지할 거라고는 아무것도 없는 것을 이용할 것 같이만 생각되는군요.”
하고 두냐가 몹시 화난 듯이 말했다.

“그렇다고 시인하는 것은 아닙니다만 적어도 지금은 그런 비열한
생각은 없습니다. 그리고 또 스비드리가이로프 씨가 당신 오빠를 통
해서 제안한 것을 지금 당신에게 전달하려는 마당에 내가 있어서는
안될 것이 아니겠습니까? 내 추측으로는, 그 제안 내용이 어쩌면 당신
에게는 몹시 중요하고도 퍽 즐거운 의미를 지니고 있을 것으로 생각
되는군요.”

“정말 심술궂은 말씀이로군요.” 하고 플리헤리야는 외쳤다. 라즈민
은 안절부절못하는 상태로 눈을 부라리며 얘기를 듣고 있었다.

“두냐, 넌 이래도 부끄럽게 생각되지 않니?” 하고 라스콜리니코프
가 물었다.

“부끄러워요, 오빠.” 하고 그녀는 말하고는, “루진 씨, 이젠 돌아가
주세요!” 하고 분노로 새파랗게 질린 얼굴을 루진에게 돌리면서 소리
쳤다.

루진은 일이 이렇게 야릇하게, 아니 절망적인 방향으로 결말이 날
줄은 미처 생각지 못했던 것 같았다. 그는 너무나도 자신을 믿었고,
자신의 우월한 처지에 도취되고 있었으며, 따라서 불쌍한 처지에 빠

져 있는 상대방을 얕잡아보고 거기에다 지나치게 기대를 걸고 있었던 것이다. 그런 관계로 자신이 이렇게 소외되어가는 것이 도저히 믿기지 않는 것이었다. 그의 얼굴은 창백하게 질려버렸고, 입술은 바르르 떨고 있었다.

"아브도차 양, 지금 이와 같은 마지막 송별 말씀을 들은 이상, 이 방 문을 한번 나서게 되면 다시는 되돌아오지 않을 것입니다. 잘 생각해보십시오! 난 한번 결심한 것은 절대로 바꾸는 성미가 아니니까요. 이 점 각오해두시는 것이 좋을 것입니다."

"아무튼, 뻔뻔스럽기 짝이 없는 사람이군요!" 두냐는 후닥닥 자리에서 일어서면서 소리쳤다. "나 역시 되돌아오시는 것은 질색이에요!"

"뭐라고요? 허허, 그래요!" 바로 조금 전까지도 이런 결말이 되리라고는 꿈에도 생각지 않았던 그로서는 할말이 없어져버렸다. "그렇다고요? 알겠습니다! 그런데 말입니다, 아브도차 양! 나에게도 할말이 있다는 것을 아셔야 합니다."

"당신에게 무슨 권리가 있다고 그런 말씀을 하시는 거지요?" 하고 플리헤리야는 발끈 노해가지고 두 사람의 대화에 끼여들었다. "당신은 우리에게 무엇을 해주었다고 할말이 있다는 거예요? 도대체 당신은 우리에게 어떤 권리를 갖고 계시지요? 흥, 당신 같은 쩨쩨한 사람에게 내 딸을 줄 수 있겠어요? 하여튼 나가주실까요? 이젠 다시 우리에게 상관하지 말아주어요! 하긴 우리가 나빴는지도 모르지요. 이따위 잘못된 짓을 저질렀으니 말예요. 내가 더 나빴지요……."

"하지만, 플리헤리야 부인." 하고 루진은 미친 사람처럼 흥분하고 말았다. "당신은 나하고 약속을 하셨지 않습니까? 그런데 그것을 일방적으로 파기해버리고…… 그리고 끝내는…… 마지막에 가서는 나에게 손해만 잔뜩 끼치고 말입니다……."

이 마지막 불평은 루진의 성격을 적나라하게 드러내는 비열한 것이었기 때문에, 분노를 누르려고 새파란 얼굴로 이빨을 앙다물고 있던 라스콜리니코프는 갑자기 더 견딜 수가 없게 되어 커다랗게 웃음을 터뜨리고 말았다. 그러나 플리헤리야는 앞뒤도 모를 정도로 약이 오르고 말았다.

"손해를 보셨다고요? 손해라니 어떤 손해를 말씀하시는 거지요? 아무런들, 우리 트렁크를 두고 하시는 말씀은 아니겠지요? 그건 그 차장이 공짜로 날라다주었지 않습니까? 그런데도 우리가 당신에게 손해를 보이게 했다는 거예요? 정말, 정신 차리세요, 루진 씨. 내 생각으론 말예요, 당신이 우리 모녀를 손아귀에 넣고 마음대로 하려고 날뛴 것이지, 우리가 당신에게 손해를 보게 했거나 당신을 괴롭힌 것은 아니란 말예요!"

"이젠 그만 하세요, 어머니! 제발 그만해두세요!" 하고 아브도차는 어머니를 말렸다. "루진씨, 부탁입니다. 어서 돌아가주세요!"

"그러지요. 하지만 마지막으로 한 마디만 더 하고 가겠습니다!" 그는 거의 자제력조차도 잃고 있었다. "당신 어머님께서는 이미 잊어버리신 것 같은데, 난 당신에 대한 온갖 나쁜 소문이, 멀고 가까운 곳을 불구하고 파다하게 나돌고 있을 때 당신을 아내로 맞이할 결심을 했습니다. 당신을 위해서 세상에 나돌고 있는 고약한 소문을 없애고, 당신의 참된 모습을 세상 사람들에게 보여주고 알려주기 위해서 그렇게 결심했던 것입니다. 그렇다면 나로서는 당신의 칭찬과 감사를 기대해도 좋을 만하단 말입니다. 그런데도 그것이…… 하여튼 이제 잘 알았습니다. 나도 지금 이 순간에 깨달았다고나 할까요. 세상 사람들의 여론을 무시하고 당신을 아내로 삼으려 했던 것이 얼마나 어리석은 일이었던가를 말입니다……."

"이 자식, 모가지가 두서너 개 되는 줄로 알고 있는 모양이지!" 하고 라즈민이 의자에서 벌떡 일어서더니 금세라도 주먹을 휘두를 것 같은 자세를 취하면서 고함쳤다.

"당신은 정말 야비한 사람이에요!" 하고 두냐가 말했다.

"말할 필요조차 없어! 손댈 필요도 없고!" 하고 라스콜리니코프는 라즈민을 말리면서 소리쳤다. 그러고는 몸이 부딪칠 정도로 루진에게 가까이 다가가서, "빨랑빨랑 나가주시오!" 하고 점잖게 한 마디 한 마디 힘주어 말했다. "더 이상 군소리 말고 말이오. 만약 그렇게 하지 않으면……."

루진은 몇초 동안, 분노에 씰룩거리는 창백한 얼굴로 그를 노려보았으나 홱 몸을 돌리더니 그대로 나가버렸다. 이 사내가 떠나가면서 그에게 품은 분노와 증오는 더없이 강렬한 것이었음은 말할 나위도 없었다. 모든 죄는 라스콜리니코프에게 있고, 모든 원인은 그에게서 비롯된 것이라고 루진은 속으로 단정하고 있었다. 다만 논할 만한 사실은 그가 계단을 내려가면서도, 어쩌면 이 사태가 꼭 절망적이라고는 볼 수 없지 않은가? 두 여인만 상대한다면 아직 예전의 관계로 되돌려 세울 수도 있지 않을까? 아직도 회복시킬 가망은 있는 것이라고 생각한 점이다.

3

무엇보다도 중요한 건 그가 마지막 순간까지도 일이 그렇게 낙착되리라고는 꿈에도 생각지 않았던 점이다. 그는 최후의 막다른 처지에 몰려 있으면서도, 불우한 처지에 빠져 있는 두 여인이 자기의 부(富)와 세도를 박차고 자기 그늘에서 빠져나가리라고는 예상도 못했고, 따라서 오만한 태도와 자신을 버리지 않았다. 이와 같은 생각을 그에게 품게 한 것은 다른 것이 아닌 그 자신이 지닌 허영심과 자만심이었다. 루진은 보잘것없는 집안 출신으로 어쩌다가 좀 출세한 편에 들게 된 인간이었으므로, 병적일 정도로 자만심이 강했고, 자신의 재능과 능력을 과대 평가하고 있었다. 그는 때대로 거울에 자기 얼굴을 비춰 보고 자기 도취에 빠지기도 했다. 그런데 그가 무엇보다도 소중하게 여기는 것이 있었다. 그것은 다름이 아닌 자신의 재산이었다. 온갖 고생과 피땀 흘려 모은 돈은, 그로 하여금 남과 같은 인간 구실을 하게 한 큰 힘이 되기도 했던 것이다.

루진은 조금 전 두냐에게, 자기는 온갖 나쁜 소문에도 불구하고 그녀를 자기 아내로 삼으려 했다는 것을 비통한 심정으로 말했는데, 그것은 그의 진심에서 우러난 말이었고, 두 여인의 배은망덕한 언동이 몹시 괘씸하게 생각되었던 것이다. 하긴, 두냐에게 청혼했을 무렵엔 이미 마르파의 입으로 그것이 사실이 아님이 밝혀진 뒤였고, 그 소문이 터무니없는 것이라는 것을 충분히 알고 있기는 했다. 따라서 두냐가 무고하다는 것을 이 마당에 와서 부인할 수도 없는 것이다. 그런데도 불구하고 그는 두냐를 자기의 아내로 맞아들임으로써, 그녀로 하여금 자기와 동등한 대우를 받을 수 있는 인간으로 끌어올리려 했던 것을 스스로 높이 평가했고, 그것을 무슨 큰 자랑같이 생각하고 있었다. 그런 까닭으로, 남몰래 마음속에서 만족하고 스스로 탄복했던 그 생각을 서슴없이 두냐에게 말해버렸던 것이고, 동시에 자신의 이 훌륭한 생각에 탄복하지도 않고, 칭찬도 하지 않는 그들의 태도가 이해되지 않았고 괘씸하기조차 했던 것이다. 라스콜리니코프를 방문했을 때에도, 그는 자신의 소행을 떳떳한 자랑거리로 여기고, 상대방으로부터 존경과 그지없는 감사를 받을 것으로 생각했었다. 그러므로 지금 계단을 내려가면서 자기는 더없는 무참한 배신과 모욕을 당했다고 생각하지 않을 수 없었다.

두냐는, 그에게는 없어서는 안 될 존재였다. 그러므로 그녀를 단념한다는 것은 그에게는 생각할 수조차 없는 일이었다. 이미 오래 전부터, 몇 년 동안이나, 그는 결혼이라는 것을 다시없는 즐거움으로 여기고 있었고, 계속 돈을 모으면서 때가 오기를 기다리고 있었다. 그는 행실이 단정하고, 가난하면서도(꼭 가난한 사람이 아니어선 안 되었다) 뛰어나게 아름답고 품위와 교양도 갖춘 젊은 여인인 동시에 온갖 고생을 겪은 소심한 여인으로서, 언제나 자기 앞에서 고분고분하게 굴고 자기를 위대한 사내로 우러러보고 한평생 생명의 은인처럼 받들어 줄 그런 여인을 남몰래 꿈꾸며 바라고 있었다. 그는 이 매혹적인 테마로 그 얼마나 많은 정경(情景)을, 그리고 그 얼마나 많은 에피소드를 머릿속에서 떠올렸는지 모른다. 생각만 해도 마음이 들뜨는 오랜 그 꿈이 지금 곧 거의 실현되려는 단계에까지 도달했던 것이다. 그는 아브도차의 아름다운 용모와 교양에 탄복하였고 동시에 그녀가 극히 불우한 처지에 있다는 것을 알고 더한층 강한 욕망을 가지게 되었다. 게다가 그녀에게는 자신이 꿈꾸던 것보다는 훨씬 더 훌륭한 것이 많았다. 긍지와 개성이 있고, 미덕을 갖추었으며, 교양과 두뇌의 발달은 자신보다 앞서 있는(그것을 직감적으로 알고 있었다) 아름다운 아가씨가 나타나서 자기를 은인으로 생각하고 평생을 그에게 바치며 노예처럼 자기를 섬기려 한다. 이렇게 훌륭한 여인을 완전히, 그리고 영원히 지배할 수 있는 사람은 다른 사람 아닌 바로 자신인 것이다……. 때마침 나타난 그녀로 말미암아 그는 오랜 숙고와 기다림 끝에, 마침내 입신 출세에 대한 새로운 길을 모색하게 되었고, 대담한 변경을 가했으며, 보다 넓은 활동무대에 발을 들여놓음과 동시에 오래 전부터 갈망하던 보다 높은 사회로 서서히 진출할 결심을 하게 됐었다. 요컨대, 눈에는 보이지 않는 그녀의 힘을 빌려 페테르부르크에서 한번 이름을 떨쳐보겠다고 생각하였던 것이다. 그는 여자의 힘이 참으로 크다는 것을 잘 알고 있었다. 아름답고 부덕과 교양을 갖춘 여인의 매력은 그의 인생 항로에 놀랄 만한 힘이 되는 귀중한 구실을 할 것이라는 것을 알고 있었으며, 또 그럴 것으로 믿었다……. 그런데 지금 이와 같이 모든 것이 태산이 무너지듯 눈앞에서 무너지려고 하고 있는 것이다! 이 뜻하지 않은 서글픈 결렬이 그에게 미친 작용은, 마치 맑은 하늘에서 난데없는 벼락이라도 떨어진 것과 조금도 다름없는 것이었다. 그 것은 일종의 추악한 장난 같기도 했고, 너무나도 어이없는 일이기도 했다. 조금 거드름을 피워봤을 뿐이고, 미처 의견을 말해볼 틈도 없 이, 농담과도 같은 시시한 얘기에 휩쓸려서 몇 마디 말한 것으로 말미 암아 이렇게도 중대한 결과를 초래하고 말다니! 게다가 그는 이미 그 나름대로 두냐를 사랑하고 있었고, 공상 속에서는 이미 오래 전부터 그녀를 지배하고 있었는데도——그것이 갑자기 이와 같은 결과로 끝 나고 만 것이다……. 아니다! 내일이라도, 곧 조금도 지체하지 말고 이 일을 바로잡아야 되겠다. 개선하고, 정리하고, 수습해야 되겠다. 그러자면 먼저 모든 사고의 원인이 된 그 오만하기 짝이 없는 풋내기 를 해치워버리지 않으면 안 된다. 또한 라즈민이라는 작자도 있다. 그 러나 그따위 것은 아무것도 아니다. 그 풋내기와 다름없을 테니까. 그 런데 그가 진실로 겁내는 사람은 따로 있었다. 그 사람은 다름 아닌 바로 스비드리가이로프였다.

요컨대 너무나도 많은 걱정거리가 눈앞에 몰려오고 있었던 것이다.

"아냐, 내가 누구보다도 나빴어요." 하며 두냐는 모친을 포옹하고 입을 맞추면서 말했다. "난 그 사람의 재산에 눈이 뒤집혔던 거예요. 하지만 그렇게나 그 사람이 못난 사람인 줄은 몰랐단 말예요. 오빠, 내가 좀더 일찍이 그 사람의 본성을 알았더라면 이런 일은 일어나지 않았을 거예요. 너무 나를 책망하지는 말아주세요, 네? 오빠!"

"하느님의 도움이야! 하느님께서 일깨워주시지 않았던들!" 하고 플 리헤리야는 중얼거렸으나, 그 말투에는 힘도 없었고, 절박한 느낌 같 은 것도 엿보이지 않았다.

일동은 서로 기뻐하였고, 5분도 채 지나지 않아서 커다란 웃음소리 를 내고 있었다. 이따금 두냐만이 아까의 그 일을 생각하는 것 같았는 데, 그녀는 얼굴이 파래졌다가 붉어졌다가 했다. 플리헤리야도 자기가 이렇게 기뻐하게 되리라고는 상상조차 하지 않았었다. 오늘 아침까지만 해도, 루진과의 결렬은 그녀에게는 무서운 불행으로 생각되었던 것이다. 라즈민도 누구 못지않게 기뻤다. 그는 그 기쁨을 아직 입으로 드러내지는 않았으나 그의 기쁨은 흡사 100킬로그램도 더 되는 무거운 돌덩이를 가슴 위에서 들어낸 것 같은 느낌이었고, 열병에라도 걸린 것처럼 몸을 떨기조차하였다. 지금이야말로, 그는 그녀들을 위해서 자기의 한평생을 바칠 수 있는 권리를 얻었다고 생각했다……. 지금도 아직 많은 문제가 없는 것은 아니다! 그리고 앞으로도 역시 그럴 것이라고 그는 자기 자신의 상상의 결과에 겁내고 있었다. 오직 라스콜리니코프만은 몹시 언짢은 기색을 하고 멍하게 자리에 앉아 있었다. 그는 누구보다도 앞장서서 루진을 배척했던 사람이었음에도 불구하고 아까의 그 일에는 관심조차 갖지 않는 것처럼 보였다. 두냐는 아직 오빠가 몹시 노하고 있는 것으로 생각하고 있었고, 플리헤리야는 아들을 두려워하는 눈초리로 가만히 바라보고 있었다.

“스비드리가이로프는 오빠에게 뭐라고 말했어요?” 하고 두냐는 그의 곁으로 다가가서 물었다.

“아, 그래, 그것이 나도 궁금하구나!” 하고 플리헤리야도 소리쳤다.

라스콜리니코프는 고개를 들었다. “그 사람은 너에게 기어이 1만 루블을 주고 말겠다는 거야. 그리고 그땐 나도 입회한 자리에서, 너를 한번 만났으면 좋겠다고 하더란 말이야.”

“만나고 싶다고? 그건 절대로 안 돼!” 하고 플리헤리야는 소리질렀다. “정말 뻔뻔스러운 사람이구나. 그런 돈을 너에게 주려고 하다니!”

그리고 난 다음 라스콜리니코프는 스비드리가이로프와의 얘기를(꽤 솔직하게) 전했다. 그러나 마르파의 유령에 관한 대목은 생략해버렸다. 필요없는 얘기를 구질구질하게 지껄이는 것이 싫었기 때문이었다.

“그럼, 오빠는 그 사람에게 뭐라고 대답했어요?” 하고 두냐가 물었다.

"처음엔 너에게 아무것도 전해줄 수 없다고 말해주었지. 그랬더니 그 사내는 자기 스스로 어떤 수단이라도 다 동원해서 너와 만나고 말겠다는 거야. 그리고 말이야, 자기가 너에게 열을 올린 것은 일시적인 감정에 지나지 않았고, 지금은 네게는 손톱만한 느낌도 가지고 있지 않다고 단언했어. 그 사내는 네가 루진하고 결혼하는 것이 몹시 못마땅한가봐. 그의 말은 대체로 앞뒤 두서도 없고 지리멸렬한 것이었어."

"오빠에게는 그 사람이 어떻게 보였어요? 어떻게 생각하고 계세요?"

"솔직하게 말해서, 괴상한 사람이야. 1만 루블을 제공하겠다고 말하는가 하면은, 자기는 부자가 아니라고 말하기도 하고 말이야. 어딘가 여행을 간다고 했다가는 금세 그 말은 잊어버리고 곧 결혼하게 될 거라고 말한단 말이야. 자기에게 중매를 드는 사람이 있다고 하면서 그러더라. 물론 그가 그렇게 이 말 저 말 지껄이는 이면에는 속셈이 있는 것이 틀림없어. 그리고 그 속셈이라는 것이 좋지 않은 일이라는 것은 틀림없는 일이야. 만약에라도 말이야, 너에게 어떤 꿍꿍이속이라도 가졌다고 하면 그건 정말 어리석은 일이지. 하여튼 난 너를 위해서 그 돈만은 깨끗이 거절해버렸어. 대체로 그 사내는 보기 드문 괴짜였어. 어떻게 보면 머리가 좀 돈 것 같기도 했지. 하지만, 내가 잘못 본 것인지도 몰라. 그 자의 그런 태도나 얘기가 일종의 속임수였는지도 모르니 말이야. 그래도 마르파 부인이 죽은 것은 그 사내에게는 여간 큰 충격이 아니었던 모양이야……."

"하느님, 부인의 영혼이 편히 잠드시도록!" 하고 풀리헤리야가 소리쳤다. "난 죽을 때까지 그 부인을 위해서 기도하겠어. 그렇지, 두냐, 그때 2, 3,000루블이 없었던들 우린 어떻게 됐을지도 모르지 않니? 꼭 하느님께서 내려주신 것 같아! 사실은 말이야, 로쟈, 오늘 아침에만 해도 우리 수중에 돈이라고는 3루블밖에 없었어. 그래, 할 수 없이 난 두냐와 함께 전당포에 시계를 잡히려고 생각했어. 그 사람 쪽에서 먼저 눈치채고 도와주기 전에는 우리가 먼저 궁색한 말은 안 하기로 작정하였기 때문이다."

두냐는 스비드리가이로프의 소망을 전해 듣고 적지 않은 충격을 받았던지 그 자리에 꼿꼿이 선 채로 뭔가 생각에 잠겨 있었다.

"그 사람, 뭔가 무서운 계략을 꾸미고 있는 것이 틀림없을 것 같아요!" 하고 그녀는 공포에 질린 표정으로 혼잣말처럼 중얼거렸다.

라스콜리니코프는 그녀의 심상치 않은 태도에 놀랐다.

"난 앞으로 아무래도 그 사내와 자주 만나게 될 것 같아." 하고 그는 두냐에게 말했다.

"모두 조심합시다! 난 그 작자가 있는 곳을 찾아내고 말겠어!" 하고 라즈민이 눈을 부라리며 큰소리로 말했다.

"꼭 찾아내고야 말 테다! 로쟈는 아까 나에게 이렇게 말했거든요. '누이동생을 지켜주라' 고 말예요. 당신도 허락하시겠지요, 아브도차 양?"

두냐는 방긋이 웃고는 그에게 손을 내밀었다. 그러나 그녀의 얼굴에서는 불안과 공포가 사라지지 않고 있었다. 플리헤리야는 근심스런 표정으로 두냐를 가만히 바라보았다. 그러나 그녀는 3천 루블이라는 돈으로 말미암아 마음은 한결 밝아진 듯했다. 15분쯤 지났을 때에는 모두 더없이 들뜬 기분에 휩쓸리게 되었다. 라스콜리니코프는 말참견은 별로 하지 않았으나 그들의 대화에 조용히 귀를 기울였다. 라즈민은 열변을 토하고 있었다.

"왜 두 분은 돌아가시려 합니까?" 그는 환희에 넘치는 표정으로 마구 떠들어댔다. "당신네들은 시골 구석에 가서 뭘 하시겠다는 겁니까? 무엇보다도 중요한 것은 모두 함께 이곳에 살면서 의지하고 서로 돕는 것입니다 ——지금도 서로가 얼마나 필요로 하고 있는가를 곰곰이 생각해보시란 말입니다! 어쨌든 당분간이라도 말입니다……. 그리고 저를 믿을 수 있는 친구로 생각해주십시오. 서로 친한 사이가 되어보잔 말입니다. 그렇게만 되면, 반드시 굉장한 일을 할 수 있게 될 겁니다. 조용히 제 말을 들어보십시오. 이제 자세히 말씀드릴 테니 말입니다——제 계획을 남김없이 말씀드리겠어요! 이것은 오늘 아침에, 그러니까 아무런 일도 일어나기 전에, 제 머릿속에 번뜩였던 일이기는 합니다만, 실은 이런 얘기입니다. 저에게는 숙부님이 한 분 계시는데 (불원간, 제가 여러분께 소개해드리겠습니다만, 정말 존경할 만한 분이지요) 그 숙부님이 1,000루블의 돈을 갖고 계시는데, 숙부님 자신은 연금으로 생활하고 계시기 때문에 돈이 그다지 필요없는 처지란 말입니다. 그래서 2년 전부터 숙부님은 이자를 6부씩만 내고 그 돈을 나더러 빌려쓰라는 거였어요. 그런데 그 숙부님이 저에게 자꾸만 돈을 갖다 쓰라고 조르는 것은 딴 뜻이 있어서가 아니고 한 마디로 말해서 저를 도우시려는 것입니다. 그래도 저 역시 돈이 필요없어서 빌리지는 않았는데, 금년엔 숙부님이 상경하시면 그 돈을 빌리기로 작정했단 말입니다. 그리고 당신네들이 다시 또 1,000루블, 그 3,000루블 중에서 뚝 떼어 저에게 빌려주시면 일은 그것으로 멋지게 시작할 수 있게 되는 겁니다. 이렇게 우리는 먼저 뜻과 힘과 돈을 한덩어리로 모으는 겁니다. 자, 그러면 우리는 그 돈으로 무엇을 하느냐?”

여기서 라즈민은 자신의 계획을 늘어놓기 시작했다. 그는 우리나라의 출판업자나 서적상들이 자신의 상품에 대한 인식이 부족하여 업자들 거의가 손해를 보고 있으며, 좋은 책만 만들어내면 웬만하면 수지를 맞출 수가 있고 때로는 거액을 벌 수도 있다고 누누이 설명했다. 출판업엔 이미 2년이나 경험을 쌓았고, 3개국의 외국어에도 능한 라즈민으로서는 능히 가질 만한 소망이었다. 엿새 전에, 그가 ‘난 독일어도 시원찮아서’ 하고 말하면서 자신이 청부 맡았던 번역 작업을 절반 떼어 자기로 하여금 3루블의 선불금을 받게 했던 것을 라스콜리니코프는 생각해 냈다. 그는 라스콜리니코프에게 일거리를 안겨주려고 일부러 시원찮다고 말했던 것이고, 라스콜리니코프도 그것을 잘 알고 있었다.

　"왜, 어째서, 우리는 이렇게 좋은 기회를 놓친단 말입니까? 우리들의 수중에 가장 중요한 자금이 —— 우리들의 돈이 들어오게 되었는데도 말입니다!" 하고 라즈민은 더욱 열을 올렸다. "물론 대단한 노력이 필요합니다. 부인과 아브도차 양과 그리고 저와 로쟈하고 말입니다……. 지금도 출판업으로 막대한 이익을 올리고 있는 자가 많습니다. 그런데 이 사업에서 가장 중요한 점은 대체 무엇을 번역해야 하느냐는 것을 먼저 알아야 한다는 것입니다. 그러나 번역도, 출판도, 공부도 뭣이건 동시에 해나갑시다. 이와 같은 경우엔 제가 소중한 구실을 할 것을 먼저 알아야 한다는 것입니다. 뭐니뭐니해도 전 경험이 있으니까요. 벌써 2년 동안이나 출판업계에서 밥을 먹었으니 말입니다. 그러니 그들 출판업자의 영업 수법이나 사업 방법을 모조리 다 알고 있지요. 전 그들에게 지지 않을 자신이 있습니다. 그들은 신이 아니니까요. 도대체, 왜 진수성찬을 눈앞에 두고 외면할 필요가 있겠습니까? 저 혼자만 하더라도 수지맞을 책을 두세 권 알고 있단 말입니다. 제 이 가슴에 가만히 숨겨놓고 있지요. 번역해서 출판한다는 아이디어만으로도 한 권에 100루블쯤 문제없이 받을 수 있는 책이란 말입니다. 그 중에는 아이디어 요금을 500루블 준다 해도 팔 수 없는 것도 있답니다. 당신네들은 어떻게 생각하시는지 모르겠습니다만, 제가 어느 출판업자에게 이것을 가르쳐준다 해도 아마 그 업자들은 제 말을 믿지 않을 겁니다. 왜냐고요? 그들은 한 마디로 멍텅구리들이기 때문입니다. 그런데 사업상 여러 가지 귀찮은 일은 모두 저에게 맡겨주십시오. 인쇄업자와의 교섭이라든지, 종이의 구입이라든지 판매 같은 일 말입니다. 그런 일쯤은 구석구석 모르는 것이 없으니까요. 그렇지요, 처음엔 조그맣게 시작하는 겁니다. 그러고는 점점 키워가는 거지요. 아무리 어쩐다 하더라도 먹고 살아가는 것은 문제 없습니다. 본전을 잃을 그런 염려는 조금도 없는 것입니다."

　두냐의 눈에는 생기가 넘쳐 흐르고 있었다.

"당신이 얘기하신 것, 정말 그럴 듯하군요, 라즈민 씨." 그녀가 말했다.

"난 이런 얘기는, 물론 아무것도 모릅니다만" 하고 플리헤리야가 자신의 의견을 말했다. "그건 정말 잘될 것 같군요. 너무나 생소한 일이라 짐작하기도 곤란하지만 말예요. 만약 그렇게 한다면, 결국 우리는 여기 머물러 있어야 되겠네요."

그녀는 로쟈를 바라보았다.

"오빠는 어떻게 생각하세요?" 하고 두냐가 말했다.

"난 굉장히 좋은 아이디어라고 생각해." 하고 그는 대답했다. "회사를 만든다는 것은 벌써부터 생각할 필요는 없는 것이지만 5, 6권쯤은 출판해도 성공하리라고 믿어지는구나. 나도 틀림없이 잘 팔릴 책을 하나 알고 있어. 그러면 이 녀석에게 사업을 경영할 만한 능력이 있느냐 없느냐가 문제가 되겠는데, 그 점에 대해서는 추호도 걱정할 필요는 없다고 생각해. 이 녀석은 하여튼 그 방면에 대해서는 정통한 사람이니까 말이야……. 하긴 더 의논도 하고 연구도 해야겠지만 말이야……."

"만세!" 하고 라즈민은 환성을 질렀다. "그런데 잠깐 기다려주십시오. 여기, 이 건물 안에 비어 있는 셋방이 하나 있습니다. 집주인은 이 방 주인과 같은 사람이지요. 그런데 그 셋방은 딴 채로 되어 있고, 이쪽 셋방들과는 가로막혀 있지요. 가구도 다 갖추어져 있고, 방세도 그다지 비싸지 않은 편이고, 크지는 않지만 방도 세 개나 있습니다. 그러니 우선 그것을 빌리도록 하는 것이 좋겠어요. 시계는 제가 전당포에 가서 돈과 바꿔올 테니 말입니다. 그렇게 하면 만사가 잘될 것 같습니다. 가장 요긴한 것은 당신네들 세 사람이 한집에서 살 수 있게 된다는 일입니다. 로쟈도 함께 말입니다……. 이봐, 로쟈! 어디 가는 거야?"

"저런, 로쟈, 너 지금 돌아가려는 거냐?" 하고 플리헤리야는 놀란 기색을 보이면서 물었다.

"아아니, 하필 이때에!" 하고 라즈민이 소리쳤다.

두냐는 의아스러운 표정을 드러내면서 오빠를 바라보았다. 그는 모자를 집어들고 자리를 뜨려는 자세를 하고 있었다.

"뭐야, 모두 나를, 영원히 사라지는 사람으로 여기는 표정을 짓고 있잖아!" 하고 그는 뭔가 좀 이상한 어조로 말했다.

그는 빙긋 웃는 것 같았으나 그것은 미소가 아니라 쓴웃음 같았다. "하지만 어쩌면 이것이 마지막이 될지도 모른다는 것을 누가 알겠어?" 하고 그는 무심코 필요없는 말까지 덧붙이고 말았다.

가슴속에 생각하고 있던 것이 무의식중에 입에서 새어나왔던 것이다.

"너, 도대체 어떻게 된 거야?" 하고 어머니가 소리질렀다.

"어디 가세요, 오빠?" 하고 두냐도 불안스러운 얼굴로 물었다.

"아니, 잠깐 들를 데가 있어서, 꼭 가봐야 할 일이 있어서 말이야." 하고 그는 몹시 애매한 대답을 했으나, 그 태도는 적지않이 당혹스러워했다. 그러나 그의 창백한 얼굴에는 뭔가 뚜렷한 결심 같은 것이 엿보이고 있었다.

"난 말씀드리지 않을 수 없다고 생각하고 있었지요……. 여기 오면서 어머님께는 말씀드려야 되겠다고 생각했어요……. 두냐, 너에게도. 우리는 얼마 동안 헤어져 있는 것이 좋겠다고 말이지. 난 요즈음 마음이 편치 않아. 어쩐지 기분도 좋지 않고 말이야……. 나 곧 돌아오겠어요. 내가 이리로 오도록 하지요……. 올 수 있으면 말이지요. 난 당신들을 잊지 않습니다. 그지없이 사랑하고 있어요……. 이건 내 진정이고 결심이기도 해요……. 아무튼 나에게 상관하지 말아주시오! 나를 혼자 있게 해주어요! 난 그렇게 하기로 벌써부터 결심했습니다……. 이건 돌이킬 수 없는 굳은 결심입니다……. 설혹 나의 신상에 무슨 일이 일어나더라도, 내가 어떤 경우에 처하더라도 나는 혼자 있고 싶단 말입니다. 나를 깨끗이 잊어주십시오. 그렇게 하시는 것이 좋겠습니다……. 나에 대해서 이 사람 저 사람에게 묻지 말아주세요. 필요할 때에는 내가 이리로 오든지, 아니면 내가 당신네들을 부를 테니 말입니다. 어쩌면, 모든 것이 제자리로 돌아갈는지 모르겠습니다……. 하지만 지금 나를 사랑하신다면, 단념해주십시오……. 그렇잖으면 난 당신들을 증오하게 될 것 같아요……. 자꾸 그런 생각이 드는군요……. 그럼 안녕히 계세요!”

“저런!” 하고 플리헤리야는 울부짖었다.

어머니도 딸도 너무나도 어처구니없는 그의 말에 놀란 나머지 기절할 지경이었다. 라즈민도 마찬가지였다.

“로쟈, 로쟈!” 하고 가련한 어머니는 비통한 소리로 부르짖었다.

그러나 아들은 천천히 문간으로 걸어갔다. 두냐가 그의 뒤로 다가갔다.

“오빠! 오빠는 어머니를 어떻게 할 작정이세요!” 하고 그녀는 눈에 분노를 담고 작은 소리로 말했다.

그는 괴로운 듯 창백한 얼굴로 누이동생을 돌아보았다.

“아무것도 아니다. 난 또 올 거야. 자주 오게 될 거야!” 하고 그는 자기가 무슨 말을 하고 있는지조차 모르는 것 같은 당황한 태도로 힘없이 중얼거리고는 후딱 방 밖으로 나가고 말았다.

“냉혹하고 심술궂은 이기주의자!” 하고 두냐가 소리쳤다.

“저 녀석은 미친 사람입니다. 냉혹해서 그런 것은 아닙니다. 머리가 어떻게 된 것 같단 말입니다! 당신은 그것을 모르겠습니까? 정말로 모른다면, 당신이 냉혹한 사람이지요…….” 라즈민은 그녀의 손을 으스러질 정도로 움켜잡고 뜨거운 입김을 토하면서 그녀에게 속삭이다시피 말했다.

“저 곧 돌아오겠습니다!” 그는 죽은 사람처럼 정신을 잃고 있는 플리헤리야에게 그렇게 소리지르고는 방 밖으로 뛰쳐나갔다.

라스콜리니코프는 복도 끝에서 그가 오기를 기다리고 있었다.

"난 네가 달려올 것을 알고 있었지." 하고 그는 말했다. "저 두 사람한테로 돌아가서 함께 있어주게……. 내일도 그 사람들과 함께 있어주면 고맙겠어……. 지금부터는 계속, 언제나 그들과 지내주게나. 난…… 또 올는지도 몰라……. 가능하면 말이야. 그럼 잘 있어!"

이렇게 말하고 그는 손도 내밀려고 하지 않고, 라즈민으로부터 멀어져갔다.

"대체 너 지금 어디로 가는 거야? 왜 그러느냐? 무슨 일이라도 생겼단 말이냐? 이럴 수가 있을까!" 라즈민은 너무나도 어이가 없어, 어찌할 바를 모른 채 이렇게 중얼거렸다.

"이젠 더 이상 말하지 않겠다. 더 이상 묻지도 마라. 난 자네에게 대답할 말이라고는 아무것도 없으니 말이야……. 앞으로는 나에게 오지 말아다오. 어쩌면 내가 이리로 오게 될는지도 모르니까……. 나에겐 상관하지 말아줘. 하지만, 저 두 사람은…… 보살펴주면 좋겠어. 내 말을 알아듣겠나?"

복도는 어두웠다. 두 사람은 램프 불 옆에 서 있었다. 라즈민은 평생을 두고 이 순간을 잊을 수가 없었다. 라스콜리니코프의 불타는 듯한 눈길이 점점 강렬해지면서 라즈민의 마음과 의식을 날카롭게 찔러왔다. 갑자기 라즈민은 몸을 부르르 떨었다. 뭣인가 기괴한 것이 두 사람의 사이를 뚫고 지나가는 듯했다. 그 어떤 상념이 무슨 암시와도 같이 번득였던 것이다. 오싹 하는 공포와도 같은 것이, 그리고 추악한 그 무엇이, 이미 두 사람이 모두 깨닫고 만 것이기는 하지만…… 두 사람의 머릿속을 동시에 스쳤다. 라즈민은 죽은 사람처럼 새파랗게 질리고 말았다.

"이젠 알았겠지?" 라스콜리니코프는 얼굴을 처참할 정도로 일그러뜨리고 느닷없이 말했다. 그러고는 "저 두 사람한테로 돌아가주게." 하고 한마디 말을 던지다시피 남겨놓고는 홱 몸을 돌려 건물 밖으로 사라져버렸다.

그날 밤, 플리헤리야의 숙소에서 일어난 일에 대해서는 자세히 말하지 않기로 한다. 라즈민은 되돌아오자, 두 사람을 안심시키기 위해 갖은 애를 다 썼다. 로쟈는 아무래도 신경이 쇠약해 있는 것 같다, 그러니 좋은 의사에게 보일 필요가 있을 뿐만 아니라 어디 조용한 데라도 가 있게 해서 정양할 필요가 있을 것 같다, 그러니 그를 될 수 있는 대로 자극하지 않도록 해야 되겠다, 앞으로 자주 오겠다고 했으니 틀림없이 다시 올 것이다, 그때 이름난 의사에게라도 진찰을 받도록 자기가 주선하겠다 등등……. 요컨대 그날 밤을 계기로 라즈민은 플리헤리야의 아들이 되었고, 아브도차의 오빠가 되었다.

4

라스콜리니코프는 그 길로 소냐가 사는 도랑가에 있는 아파트를 향해 걸어갔다. 아파트는 3층집이었는데 녹색으로 칠한 오래 된 건물이었다. 그는 문지기한테서 옷가게를 하는 카페르나우모프가 살고 있는 방을 물어서 대강 그 위치를 알았다. 그는 곧 뒷마당 한쪽 구석에 계단이 있는 것을 발견하고 2층으로 올라가서는 집 뒤쪽, 2층을 두르고 있는 복도로 나섰다. 카페르나우모프가 살고 있는 방의 입구는 어디쯤일까 생각하면서, 어둠 속을 어슬렁어슬렁 걷는 사이, 두서너 걸음 앞에서 문이 하나 열렸다. 그는 기계적으로 그 문을 붙잡았다.

"누구세요?" 하고 여자의 불안스러운 목소리가 들렸다. "납니다……. 당신한테 왔습니다." 하고 라스콜리니코프는 대답하고 조그마한 현관으로 들어섰다. 거기에는 납작한 의자 위에 비뚤어진 놋쇠 촛대에 불이 켜져 있었다.

"당신이었군요! 어머!" 하고 소냐는 가냘픈 소리로 말하고 장승처럼 서 있었다.

"당신 방은 어디로 가야 합니까? 이쪽입니까?" 이렇게 말하고 라스콜리니코프는 그녀를 보지 않으려고 애쓰면서 급히 방으로 들어갔다.

잠시 후 소냐가 촛불을 들고 들어왔다. 촛불을 아래로 내려놓고 뜻하지 않은 그의 방문에 적잖이 놀랐는지 표현할 수 없는 흥분에 사로잡혀 어쩔 줄을 모른 채 멍하게 그의 앞에 서 있었다. 별안간 그녀의 창백했던 얼굴에는 붉은 기운이 돌고 눈에서는 눈물이 스며나왔다 ……. 그녀는 불쾌하기도 하고 부끄럽기도 하고 감미롭기도 했다. 라스콜리니코프는 슬쩍 외면했다. 그러고는 테이블 앞의 의자에 앉았다. 그동안에 그는 힐끗 방안을 훑어볼 수 있었다.

방은 크긴 하지만 천장이 몹시 낮았으며 카페르나우모프한테서 빌리고 있는 단 하나의 방이었다. 왼쪽 벽에는 그 방으로 통하는 닫혀진 문이 있었다. 반대편 오른쪽 벽에도 문이 하나 있었는데 그 문은 언제나 꽉 닫혀 있는 것이었다. 그 문 저쪽에는 다른 사람이 사는 방이 있었다. 소냐의 방은 광처럼 보였는데, 무섭게도 뒤틀려 있는 네모꼴로, 마치 불구라는 느낌을 주는 방이었다.

도랑 쪽을 향한 창문이 셋 달린 벽은 방안을 비스듬히 지르고 있어서 한쪽 구석은 예각을 이루고 있어, 흐린 빛으로는 잘 보이지 않을 만큼 깊숙이 들어가 있었다. 그리고 다른 쪽 구석은 보기 싫게 둔각을 이루고 있었다. 이 큰 방안에 가구라고는 거의 없었다. 오른쪽 구석에 침대가 놓여 있고, 그 옆 문가에는 의자가 하나 있었다. 침대가 있는 벽 쪽에는 다른 방으로 통하는 문 옆에 파란색 커버가 덮여 있는 엷은 판자로 만든 허술한 테이블이 있고, 그 주변에는 등의자가 두 개 놓여 있었다. 그리고 맞은편 벽을 따라서, 예각을 이룬 구석 근처에 조그마한 잡목 장롱이 텅 빈 방안에 잊혀진 듯이 외롭게 놓여 있었다. 그것이 이 방에 있는 것의 전부였다. 닳아서 낡아빠진 누런 벽지는 구석구석이 시꺼멓게 때가 묻어 있었다. 겨울이면 축축하게 젖어서 탄산가

스가 배어들기 때문이리라. 한눈으로 봐서도 가난이 눈에 띄었다. 침대 가장자리에조차 커튼이 없었다.

소냐는 염치없이 방안을 두리번거리고 있는 손님을 말없이 응시하다가 마침내 마치 재판관이나 자기 운명을 결정하는 사람 앞에 나아간 것처럼 두려움을 느끼고 몸을 오들오들 떨기 시작했다.

"이렇게 늦은 시간에 방문하게 돼서…… 벌써 11시지요?" 역시 눈을 아래로 떨군 채 라스콜리니코프가 물었다.

"네!" 하고 소냐는 중얼거렸다. "아, 참, 그렇군요!" 하고 마치 이 한 마디에 살아날 구멍이라도 발견한 듯이 황급히 말했다. "방금 집주인 댁의 시계치는 소리를 들었어요……. 그래요."

"나는 마지막으로 당신한테 왔습니다." 처음으로 여기에 온 라스콜리니코프는 침울한 얼굴로 말을 계속했다. "나는 어쩌면 당신을 다시는 못 만나게 될지도 모릅니다……."

"어디로…… 여행이라도 가시게 되나요?"

"모르겠습니다……. 모든 것이 내일 아침에 결판 날 것입니다……."

"그럼, 내일 우리 어머니에게도 못 가시는 거예요?" 소냐의 목소리가 떨렸다.

"모르겠습니다. 모든 것이 내일 아침이면 알게 될 것입니다……. 문제는 그게 아닙니다. 나는 한 마디 하고 싶은 말이 있어서 이렇게 찾아왔습니다……."

그는 그녀에게로 생각에 잠긴 시선을 보냈다. 그는 문득 그녀가 자기 앞에 아직 서 있는 것을 깨달았다.

"왜 서 계십니까? 앉으세요." 그는 어조를 바꾸어 조용하고 상냥한 목소리로 말했다.

그녀는 앉았다. 그는 상냥하고 동정어린 눈초리로 한동안 그녀를 바라보았다.

"어쩌면 이토록 말랐습니까! 이 손 좀 봐요! 너무나 야위었군요. 죽은 사람의 손처럼 투명한데요."

그는 그녀의 손을 잡았다. 소냐는 가냘픈 미소를 지었다.

"나는 언제나 이런 걸요." 하고 소냐가 말했다.

"집에 있을 때부터?"

"네."

"아냐, 그건, 물론, 그렇겠지!" 그는 띄엄띄엄 이렇게 말했으나 그의 표정과 음성은 금세 확 변하고 말았다. 그는 다시 한번 사방을 둘러보았다.

"이 방은 카페르나우모프 씨로부터 빌려서 쓰는 겁니까?"

"네, 그래요……."

"그 집 가족은 저쪽에, 문 건너편에 살고 있습니까?"

"네……. 저쪽에도 이와 똑같은 방이 있어요."

"모두 한방에 살고 있습니까?"

"네, 한방에 살고 있어요."

"나 같으면, 밤엔 이런 방에서 무서워서 못 견딜 것 같은데요." 하고 그는 침울하게 말했다.

"집주인 가족들이 모두 좋은 사람이고 참 친절한 사람들이에요." 하고 소냐는 대답했으나 아직 제정신이 덜 들고 이해도 안 가는 모양이었다. "그리고 가구는 모조리…… 주인 댁 거예요. 그 내외분도 대단히 친절한 사람들이고 아이들도 노상 나한테 놀러 온답니다."

"말을 더듬는 부부 말이지요?"

"네, 그래요……. 주인은 말더듬이고 절름발이예요. 안주인도 역시…… 말을 많이 더듬지는 않지만 말을 제대로 못하는 것 같아요. 안주인은 참 좋은 분이에요. 주인은 전에 머슴살이하던 분이에요. 아이는 모두 일곱이나 됩니다……. 맏아들만이 말을 더듬고, 다른 아이들은 몸이 허약할 뿐이며…… 더듬지는 않아요……. 어디서 그분들 애기를 들으셨어요?" 하고 그녀는 약간 놀란 빛으로 이렇게 덧붙였다.

"그때, 당신 아버님이 모든 걸 나에게 얘기해주셨습니다……. 당신이 6시에 나가서 8시가 지나서 돌아온 것도, 카체리나 부인이 당신의 침대 옆에서 무릎을 꿇고 있었던 일도……."

소냐는 난처한 얼굴을 했다.

"나는 오늘 그분을 만날 뻔했어요." 그녀는 머뭇거리면서 작은 소리로 말했다.

"누구를?"

"아버지 말예요. 나는 거리를 거닐고 있었어요. 요 앞 긴 모퉁이에서, 아마 9시쯤 됐을까요? 아버지가 내 앞을 걸어가고 계시지 않겠어요. 꼭 우리 아버지를 닮아 있었어요. 난 어머니 집에 들르려고 생각했던 참이었는데."

"당신은 산책이라도 하고 있었나요?"

"네." 소냐는 다시 난처한 표정을 지으면서 대답했다.

"당신은 카체리나 부인에게 얻어맞을 뻔한 일이 더러 있었다면서요? 집에 있을 때 말입니다."

"어머, 천만에요. 무슨 말씀을 하시는 거예요? 그런 일은 없어요!" 소냐는 약간 놀란 듯한 얼굴로 그를 바라보았다.

"그럼, 당신은 그분을 사랑하고 있습니까?"

"어머니를? 네, 그야, 물론이지요!" 소냐는 별안간 괴로운 양, 팔짱을 끼면서 슬픈 듯이 말끝을 흐렸다. "아아! 어머니를…… 당신이 그분을 아셨더라면. 그분은 정말 어린애 같아요……. 그분은 머리가 돈 사람 같아요……. 너무나도 슬픔에 지친 탓으로. 예전에는 참 영리한 여자였어요……. 얼마나 마음이 너그럽고…… 얼마나 착한 사람이었는지 몰라요! 당신은 아무것도 몰라요……. 아아!"

소냐는 마치 절망한 듯 흥분하여, 손까지 떨면서 말했다. 그녀의 창백한 볼은 다시금 빨갛게 물들고, 눈에는 괴로움이 드러났다. 아마 많은 일들이 그녀의 마음속 심금을 건드려서, 그것을 표현하고, 얘기하고, 변호하고 싶은 마음이 간절한 모양이었다. 만약 이렇게 표현할 수 있다면, 일종의 동정심이 그녀의 얼굴 전체에 피어올랐다.

"그분이 때렸다고요! 대체 무슨 말씀을 하세요! 아, 때렸다니! 설사 때렸기로서니 그게 어떻다는 거예요! 더군다나 몸도 약해요……. 그분은 정의를 찾고 계세요……. 마음이 아주 맑고 깨끗한 분이에요. 그분은 무슨 일이고 정의가 없으면 안 된다고 생각하고 있고 그것을 구하고 계세요……. 어떠한 괴로움을 받더라도 그릇된 일은 하지 않아요. 그분은 이 세상의 모든 일이 올바르게 될 수는 없다는 것을 알지 못하기 때문에 더욱 마음이 불안한 것 같아요……. 마치 어린애 같아요, 꼭 어린애 같단 말예요! 그러나 그분은 올바른 사람이에요, 올바른 사람이고 말고요!"

"그러나 당신은 어떻게 되는 겁니까?"

라스콜리니코프의 물음에 소냐는 그를 뚫어지게 바라보았다.

"그 사람들은 모두 당신을 의지하고 있지요. 그거야 확실한 일인 줄 압니다. 여태까지도 당신은 그들을 맡아왔을 겁니다. 그리고 돌아가신 아버님도 당신한테 술값을 얻으러 가끔 왔었지 않습니까? 그건 그렇다 하고, 이제 당신은 어떻게 하실 작정입니까?"

"모르겠어요." 소냐는 슬픈 듯이 대답했다.

"모두 거기서 계속 사실 작정인가요?"

"글쎄요, 어떻게 하실는지, 집세가 밀려 있으니 말예요. 오늘도 집주인 아주머니가 집을 비워 달라고 말했을 때, 어머니는 당장 나가주겠다고 말씀했다지 않아요."

"대체 그분은 누굴 믿고 그렇게나 도도하게 말씀하시는 걸까요? 당신에게 기대고 있는 건 아닐까요?"

"어머, 어찌 그런 말씀을 다 하세요? 그런 말씀일랑 하지 말아주세요! 우린 한 가족이고 같이 있는 것이니 말예요." 소냐는 금세 다시 흥분해서 몹시 초조한 빛을 보였다. 그녀가 안절부절못하는 모습은 카나리아 같은 작은 새가 성이 나서 팔딱거리는 것과 흡사하였다.

"그분의 처지가 되고 보면 어쩔 도리가 없지 않겠어요? 대체 그분을 어떻게 해야 좋을까요, 정말 어떻게 해야 좋단 말인가요?" 이렇게 그녀는 몹시 흥분하여 뜨거운 입김까지 토하면서 그에게 다그치듯 물었다.

"오늘도 그분은 울고 있었어요! 그분은 머리가 혼란하단 말이에요. 당신은 그걸 모르셨어요? 굉장히 혼란해 있단 말예요. 내일은 뭣이든지 제대로 해야겠다, 반찬도 장만해야겠다고 마치 어린애처럼 걱정을 하는가 하면 울컥 피를 토하기도 하고, 대성통곡을 하기도 하고, 어떤 땐 불에 덴 사람처럼 날뛰다가는 벽에 머리를 사정없이 부딪기도 하고 말예요. 그러다간 스스로 달래기도 하고, 당신을 구세주처럼 여기는 말을 지껄이기도 하고, 어떤 땐 또, 어디 돈이라도 좀 빌려서 나와 함께 자기 고향으로 가자고 하기도 하고 말예요. 그래 시골에 가면 아가씨들을 입사시키는 큰 기숙사를 만들어서 너를 그곳 사감으로 삼겠다, 그리고 모든 것을 새롭게 다시 시작하도록 하자, 이렇게 주워섬기기도 하는 거예요. 그분은 그것이 진실인 것처럼 생각하고 있고, 스스로 흥에 겨워서는 나에게 키스도 하고 끌어안기도 하고 나를 위로도 하는 거예요. 꼭 어린애처럼 그런 터무니없는 꿈을 쫓고 있단 말예요. 그런 사람에게 어찌 마음 거슬리는 짓을 할 수 있겠어요? 그런 짓을 하면서도 오늘 같은 날은 온종일 혼자서 집안 청소를 하고 바느질을 하고, 그 약한 몸으로 커다란 물통에 물을 가득 담아 가지고 들고 다니기도 하고요. 그러다가 나중엔 숨이 차서 방바닥에 탁 쓰러져버리기도 했단 말예요. 오늘 아침에는 나하고 포렌카와 리다의 구두를 사려고 시장에 함께 갔었지요. 그애들의 구두가 너무 낡아 떨어졌기 때문이에요. 그런데 준비해 가지고 갔던 돈이 모자랐어요. 아주 많이 말예요. 당신은 잘 모르시겠지만 그분은 무척 눈이 매운 분이시기 때문에 정말 예쁘고 아이들에게 알맞는 구두를 골라냈던 거예요……. 그

가게 앞에서 많은 사람이 보고 있는데도, 돈이 모자란다고 그만 울음을 터뜨리지 않겠어요……. 정말 불쌍해서 볼 수가 없었단 말예요.”

“이제 알 것 같군요. 왜 당신이 이런 생활을 하고 있는지를.” 라스콜리니코프는 비통한 웃음을 얼굴에 떠올리면서 말했다.

“그럼, 당신은 불쌍하다고 생각되지 않으세요? 불쌍타고 말예요.” 이렇게 부르짖으면서 소냐는 앉아 있던 의자에서 벌떡 일어섰다. “하지만 난 알고 있어요. 당신 자신도 아무것도 모르는 처지임에도 불구하고 당신이 가진 것 전부를 그분에게 주어버렸지요. 그런데 그분의 사정을 눈으로 직접 보셨다면, 정말 어떻게 생각하실지 모르겠군요! 그런데 그렇게나 불쌍한 사람인데도, 난 얼마나 여러 번 그분을 울렸는지 몰라요! 불과 지난주에만 하더라도 그랬지요! 난 정말 매정했어요! 아버지가 돌아가시기 1주일 전이었는데, 난 그만 너무나도 잔인한 일을 하고 말았던 거예요! 그것도 한두 번이 아니었지요. 아, 오늘도 종일 그때 그 일을 회상하고 얼마나 괴로워했는지 몰라요!”

소냐는 괴로운 생각에 몸과 손을 비틀면서 그렇게 말했다.

“당신이 잔인한 사람이라고?”

“네, 그래요. 내가 말예요! 바로 내가 말예요! 내가 그때 가니까,” 그녀는 울면서 말을 계속했다. “돌아가신 아버지가 이렇게 말씀하시는 거였어요. ‘좀 읽어주지 않으려나, 소냐. 어쩐지 두통이 나는구나. 좀 읽어다오……. 여기 책이 있으니 말이야.’ 아버지 머리맡엔 손때 묻은 얇은 책이 한 권 있었어요. 같은 건물에 사는 레베자트니코프 씨로부터 빌려온 책이었어요. 아버지는 그런 책들을 노상 빌려다가 보고 계셨지요. 그런데 난 ‘이젠 돌아가야 해요.’ 이렇게 말하고는 그 책을 읽어드리지 않았던 거예요. 내가 집에 들른 목적은 어머니에게 헌옷 가게에서 산 옷을 보여드리려고 했던 것인데, 그 헌옷은 리자베타 씨가 나에게 아주 싼 값으로 팔아준 거였지요. 말이 헌옷이지 새옷과 다름이 없었어요. 어머니는 그것을 보시더니 무척 마음에 들었나봐요. 그걸 직접 입어보시고는 거울에 비춰보기도 하고, 어울리느냐고 묻기도 하고, 그야말로 흠뻑 반한 것처럼 야단법석을 하시지 않겠어요. 그러다가는 하시는 말씀이 '나에게 이걸 줄 수가 없겠니? 평생 잊지 않을 테니 말이다' 라고 하지 않겠어요. 그게 그렇게 탐이 났던 모양이에요. 하지만 그분은 그 옷을 입고 어떻게 하겠다는 것이었을까요? 그건 다름이 아니라, 다만 옛날 행복했던 시절을 생각했기 때문인 것 같았어요. 그분은 거울에 자기 자태를 비춰보고 황홀한 기분에 빠지기도 했어요. 그렇지만 그분에게는 의복이라고는 아무것도 없었어요. 정말 아무것도 없었어요. 벌써 몇 년 동안이나 말예요! 그런 처지인데도 그분은 누구에게도 동정을 바라거나 청하지를 않으셨어요. 꿋꿋한 긍지를 가지고 있었기 때문이지요. 오히려 남이 원하면 자기 것을 서슴없이 주어버리는 그런 사람이었지요. 그런데 그날은, 나에게 그걸 달라고 하지 않겠어요. 얼마나 마음에 들었으면 그런 말을 하시겠어요! 그런데 난 그만 아까운 생각이 들어서 '이런 것, 어머니가 가질 만한 것이 못되잖아요?' 하고 말해버렸던 거예요. 그렇게 말해버렸지요. 가질 만한 것이 못되지 않느냐고 말예요. 그분에게는 그런 말을 해서는 안 될 일인데! 어머니는 가만히 나를 바라보셨지요. 나에게 거절당한 것이 몹시 마음에 걸렸던 것 같았어요. 마음 아파하는 기색이 역력히 드러나 보였는데……. 헌옷 한 가지 때문이라기보다는 나에게 거절당한 것이 마음을 아프게 했던 것 같아요. 아아, 지금이라도 그런 것을 되돌려서 다시 할 수는 없을까요? 내가 그분에게 한 말이나 행동을 전부 취소해버릴 수는 없을까요? 어머, 나 좀 봐! 어쩌자고 이런 얘기를…… 당신에게는 아무 상관도 없는 일을 말예요!"

"당신은 그 헌옷 가게를 하는 리자베타 씨를 알고 있었던가요?"

"네……. 당신도 알고 계시나요?" 소냐는 약간 놀란 듯한 기색으로 되물었다.

"카체리나 부인은 폐병입니다. 그것도 악성이지요. 아마 곧 돌아가실 것 같습니다." 라스콜리니코프는 그녀의 물음에는 대답하지 않은 채 이렇게 말했다.

"아녜요, 그럴 리는 없어요. 절대로 그렇지는 않아요!" 소냐는 이렇게 말하면서 무의식중에 그의 두 손을 붙잡았는데, 그 모양은 마치 아무쪼록 그렇게는 되지 말아달라고 애원하는 것처럼 보였다.

"하지만, 차라리 죽어버리는 것이 낫지 않을까요?"

"아녜요! 그렇지 않아요. 절대로 그렇지 않단 말예요!" 그녀는 무서운 생각이 들었는지 몹시 창백해진 얼굴로 몇 번이나 되풀이 말했다.

"그렇다면, 아이들은? 만약의 경우엔 당신은 그 아이들을 어떻게 하실 작정인가요? 자기가 맡지 않을 경우에 말입니다."

"아, 난 모르겠어요……." 소냐는 거의 미친 사람처럼 흥분된 말투로 이렇게 소리치고는 두 손으로 머리를 감싼 채 가슴속에 얼굴을 파묻어버렸다. 그녀는 이미 수없이 이런 생각을 해봤던 것이고, 그의 말은 그녀의 가장 아픈 곳을 다시 한번 찔러버린 것에 지나지 않았다.

"그건 그렇다 치고, 만약 당신의 어머니가 병이 무거워져서 입원이라도 하게 되는 날에는, 당신은 어떻게 하겠습니까?" 하고 그는 잔인한 질문을 했다.

"어머! 당신은 무슨, 그런 말씀을 다 하세요? 그런 일은 절대로 없을 거예요!" 이렇게 말하는 소냐의 얼굴은 심한 놀라움으로 보기 흉하게 일그러지고 말았다.

"왜, 절대로 없다는 겁니까?" 라스콜리니코프는 심각한 얼굴에 엷은 미소를 띠고 말했다. "당신은 보험에도 들어 있지 않으니 그 사람들은 어떻게 되는 거지요? 온 가족이 떼지어 거리로 나가서 고통스런 기침만 연신 해대는 카체리나 부인을 앞장 세우고 문간마다 찾아다니면서 거지 노릇을 하고, 아이들은 배고파 울부짖고, 어머니는 오늘처럼 담벼락에 미친 듯이 머리를 부딪고, 그러고는 쓰러져서 경찰관에 의해 병원에 끌려가고, 끝내는 죽어버린다, 아이들은……."

“아녜요! 절대로 아녜요! 그런 짓을 하느님이 시킬 리가 없어요!” 소냐는 불이라도 토하듯 미친 사람처럼 소리쳤다. 그녀는 모든 운명이 그에게 달려 있기라도 한 것처럼 애원하는 눈초리로 상대방을 바라보았다.

라스콜리니코프는 의자에서 벌떡 일어나더니, 방안을 왔다갔다 하기 시작했다. 그는 1분 정도 계속 서성거렸다. 소냐는 깊은 슬픔에 넋을 잃고, 두 손과 고개를 힘없이 아래로 떨어뜨린 채 장승처럼 서 있었다.

“저금을 할 수는 없나요? 급할 때를 대비해서 말입니다.” 하고 그는 그녀 앞에 우뚝 걸음을 멈추면서 말했다.

“할 수가 없어요.” 하고 소냐는 가냘픈 소리로 대답했다.

“그렇겠지요. 하지만, 한번이라도 해본 적은 있겠지요?” 그는 거의 조소에 가까운 웃음을 띠면서 그렇게 덧붙여 물었다.

“있어요.”

“그럼, 그게 계속되지 않았던 모양이지요! 아니, 그건 말할 나위도 없는 일이지만! 물을 것도 없는 일이지!”

그는 다시 서성이기 시작하면서 그렇게 말했다. 잠시 동안 두 사람은 말이 없었다.

“수입이 매일 있는 것은 아니지요?”

소냐는 다시 입을 연 그의 말에 얼굴을 붉히고 난처한 듯한 표정을 지었다.

“네.” 하고 그녀는 겨우 들릴 정도의 작은 소리로 대답했다.

“포렌카도 틀림없이 당신과 같은 신세가 될 거요.” 하고 그는 느닷없이 말했다.

“아녜요! 절대로 아녜요! 그럴 리가 없어요, 없고 말고요!” 소냐는 날카로운 칼날에 옆구리라도 찔린 것처럼, 무서울 정도로 얼굴을 일그러뜨리며 말했다.

“하느님은, 하느님은 결코 무서운 짓은 허락하지 않을 거예요!”

“그렇지만 딴 사람들에게도 허락하고 계시지 않습니까?”

“아녜요, 아녜요! 하느님이 그애들을 지켜주실 거예요, 하느님이 말예요!” 하고 그녀는 정신나간 사람처럼 같은 말을 되풀이했다.

“어쩌면, 하느님은 계시지 않는지도 모르겠군요.” 라스콜리니코프는 심술사납게 이렇게 대답하고 자신이 내뱉은 그 말에 기쁨조차 느끼면서 큰소리로 웃기 시작했다.

갑자기 소녀의 얼굴에 격렬한 변화가 일어나고 경련 같은 것이 스쳐갔다. 그녀는 원망스러운 눈초리로 상대방을 흘끗 바라보더니 뭔가 말을 끄집어내려는 것 같았으나 아무 말도 하지 않고, 두 손으로 얼굴을 감싸고는 울음을 터뜨리고 말았다.

“당신은 카체리나의 머리가 이상하다고 했지만 당신이야말로 미친 사람 같군요.” 하고 라스콜리니코프는 한동안 다물고 있던 입을 열고 이렇게 말했다.

5분 가량 시간이 흘렀다. 그는 아무런 말 한마디 없이 그녀에게는 눈길도 보내지 않고 방안을 맴돌고 있었다. 그러나 얼마 후, 그는 그녀에게로 다가갔다. 그의 눈은 번뜩이고 있었다. 그는 두 손으로 그녀의 어깨를 붙잡고, 똑바로 그녀의 눈물어린 눈동자를 뚫어지게 바라보았다. 그의 눈은 불타는 듯했고, 입술은 바르르 떨리고 있었다……. 그러나 다음 순간, 그는 후딱 허리를 아래로 굽히더니 마룻바닥으로 얼굴을 가지고 갔다. 그리고 그녀의 다리에 입을 맞추었다. 소녀는 소스라치게 놀라 그에게서 몸을 빼어 뒤로 물러났다. 그의 눈초리는 바로 미친 사람의 그것과 같았다.

“무슨 짓을 하는 거예요, 당신은? 나 같은 사람에게 말예요!” 그녀는 새파랗게 질려 소리쳤다. 곧 심장이 터질 것 같았다.

라스콜리니코프는 일어섰다.

“난 당신에게 무릎을 꿇은 것은 아니오. 난 모든 인류의 고통에 대해서 무릎을 꿇었던 거요.” 이렇게 난폭하게 말하고는 창문 쪽으로 떨어져 나갔으나 곧 되돌아와서 이렇게 덧붙였다. “내가 여기 오기 전, 어떤 염치없는 인간에게 이렇게 말해주었지. 네놈은 그 아가씨의 새끼손가락만큼도 가치없는 놈이라고 말이오. 그리고 난 오늘 영광스럽게도 그 아가씨가 내 누이와 동석할 수 있게 해주었다고 말했단 말이오.”

“어머, 무슨 그런 말씀을 다 하는 거예요? 누이동생도 있는 자리에서?” 하고 소냐는 깜짝 놀라 소리질렀다. “나하고 동석케 했다니! 영광스럽게라고……이렇게 더러운 여자인데……아, 당신은 왜 그런 말씀을 하시는 거예요?”

“내가 당신을 두고 그렇게 말한 것은 더러워진 죄 때문이 아니오. 당신의 위대한 그 고통 때문이지. 당신은 스스로 죄지은 여자라고 말하고 있는데 그건 옳은 말이오.” 하고 그는 감격한 듯한 어조로 덧붙였다. “당신이 죄지은 여자가 된 까닭은, 무엇보다도 자신을 죽이고 남의 희생이 된 때문이지. 그건 무서운 일이 아니고 뭐냔 말이오. 당신은 당신 자신도 증오하고 있는 이 진탕 속에서 살고 있소. 그리고 ‘눈만 뜨면’ 이런 짓을 한다고 누굴 제대로 돕는 것도 아니고, 누구도 구할 수 없다는 것을 스스로 잘 알고 있소. 그런데도 그 속에서 빠져나오지 않는 것은 얼마나 무서운 일이냔 말이야! 마지막으로 나에게 한 가지 가르쳐주시오.” 하고 그도 미친 사람처럼 외쳤다. “왜, 어떻게, 이와 같은 치욕과 비열이, 당신의 내부에서 신성한 감정과 공존하고 있느냔 말이오? 차라리 큰마음먹고 깊은 물 속으로 뛰어들어 단번에 결말을 내버리는 것이 옳겠다는 생각이 들지 않나! 그것이 몇천 배나 더 영리한 일일 거란 말이야!”

“그렇담, 저 사람들을 어떻게 하라는 거예요?” 소냐는 고뇌에 가득 찬 눈초리로 그를 바라보면서 힘없이 되물었다. 그러면서도 그의 무서운 제안에는 조금도 놀라는 기색을 보이지 않았다. 라스콜리니코프는 의아스럽게 그녀를 바라보았다.

그는 그녀의 눈초리 하나로 모든 것을 파악했다. 그것은 이미 그녀의 머릿속에 있었던 생각 같았다. 어쩌면 그녀는 절망을 느끼고 그동안 몇 번이고 단번에 끝장을 내버리려고 진지하게 생각했었는지도 모른다. 그렇게 생각하지 않았더라면 지금 그의 제안에 놀라지 않을 리 없었을 것이다. 그녀는 그의 말이 잔인하다는 것조차 깨닫지 못하고 있었다. 그의 비난과 그녀의 치욕에 대한 그의 남다른 견해에도 그녀는 무관심했다. 그러나 현재 자신이 더없이 더럽고, 더없이 치욕스러운 신세라는 것을 생각하고 그녀는 오래 전부터 괴로워했다는 것을 그는 알 수 있었다. 그렇다면 무엇이 그녀로 하여금 단번에 끝장내겠다는 결심을 여태까지 실천하지 못하게 했을까 하고 그는 생각했다. 여기까지 생각하자 그는, 그 불쌍한 아이들과 폐병에 걸린, 거의 미친거나 다름없는 카체리나가 그녀에게는 어떤 의미를 지니고 있다는 것을 마침내 깨닫게 되었다.

그러나 그렇다고는 하더라도, 소냐가 이만한 개성을 가지고 있고, 시원찮은 것이기는 하나 교육도 받은 이상, 어떠한 어려움이 있다손 치더라도 이대로는 더 이상 견디지 못할 것 같다는 생각도 들었다. 그리고 그는, 왜 이토록 오랜 시일을 두고 투신 자살도 않고 발광도 하지 않았는가 하는 의문도 가져보았다. 물론 그에게는 소냐의 신세는 유일한 현상도 아니고, 예외적인 현상도 아니라 할지라도 이 사회에서 필연적인 것이 아니고 그야말로 우연적인 현상이라는 것도 알 수 있었다. 그렇지만 그 우연성은 다소의 교육도 받은 그녀가 이 끔찍한 길에 나설 때, 제1보를 내디뎠을 때 그녀를 죽였어야 하지 않았던가? 대체 무엇이 그녀를 말렸단 말인가? 음탕의 맛이었을까? 하지만 이 치욕스러운 행위는 그녀로 하여금 기계적으로 움직이게 했을 뿐, 진짜 음탕은 단 한 방울도 그녀의 마음에 스며들어 있지 않다. 그녀가 그의 앞에 서 있는 것을 보면 그도 알 수 있는 일이다…….

'이 여인에게는 세 가지 길이 있다'고 그는 생각했다. '강에 몸을 던지느냐, 미쳐서 병원으로 들어가느냐, 아니면…… 지능을 혼탁케 하고, 마음을 마비시키는 음탕 속으로 뛰어드느냐'다. 셋째번 방법은 그에게는 너무나도 끔찍한 것으로 생각되었다. 그러나 그는 이미 회의가(懷疑家)였고, 사고방식도 추상적이었으며, 젊고 잔인했으므로, 마지막의 해결방법, 즉 음탕을 택하는 편이 옳을 것으로 믿지 않을 수 없었다.

'그러나 과연 그럴 수 있는 일일까?' 하고 그는 마음속에서 부르짖었다. '과연, 이제까지 깨끗한 정신을 유지하고 있는 이 여인이 끝내는 악취에 넘치는 진구렁 속으로 끌려들어가고 말 것인가? 지금도 끌려든 상태라고 말할 수 있지 않을까. 그리고 이 추악한 행위를, 그녀는 이미 아무렇지도 않게 여기게 되었기 때문에 여태까지 참아올 수 있었던 것은 아닐까? 아니야, 결코 아니야. 그럴 리는 없다!' 하고 그는 아까 소녀가 외친 것처럼 부르짖었다. '아니야, 여태까지 그녀의 투신 자살을 말린 것은 죄의식 때문이다. 그것은 "저 사람들" 때문인 것이다……. 그것도 그녀가 아직 미치지 않았다는 것을 전제로 하고 생각할 수 있는 일이다. 아니야, 그녀는 미쳐 있지 않다고 말할 수 없을는지도 모르지 않는가? 과연 그녀는 건전한 판단력을 가지고 있는 것일까? 건전한 판단력을 가지고 있으면서 그녀와 같은 그런 생각을 할 수 있는 것일까? 파멸의 심연으로 끌어넣으려는 악취에 가득찬 수렁 위에 앉아서, 위험하다고 조언하는 것을 뿌리치고 귀까지 막아버린 채 견딜 수 있을 것인가? 아니면 무슨 기적이라도 바라고 있는 것일까? 틀림없이 그럴 것 같기도 하다. 그러나 이런 태도야말로 발광의 징조가 아닐까?'

그는 이 생각에 집착했다. 이와 같은 결론은 다른 어떠한 결론보다도 그에게는 만족하게 생각되었다. 그는 가만히 그녀를 바라보았다.

"그렇다면, 당신은 정성을 바쳐 하느님께 기도하고 있었다는 말이오?" 하고 그는 상대방에게 물었다.

소냐는 침묵한 채로 서 있었고 그는 그녀 옆에 서서 대답을 기다리고 있었다.

"하느님이 계시지 않았던들, 나는 여태까지 살아올 수도 없었을 거예요!" 그녀는 번뜩이는 눈초리로 그를 힐끗 바라보고는 상대편의 손을 움켜잡으면서 그렇게 말했다.

'그래, 역시 그랬었군!' 하고 그는 생각했다.

"하지만, 당신이 하느님을 아무리 믿는다 해도 하느님은 당신에게 아무것도 해준 것이 없지 않소?" 하고 그는 날카로운 어조로 그녀에게 물었다.

소냐는 대답할 말을 찾지 못한 사람처럼 입을 열지는 않았으나 어깨와 가슴은 흥분으로 커다랗게 물결치고 있었다.

"아무 말도 하지 말아요! 묻지 말아주세요! 당신에게는 그럴 자격이 없어요!" 그녀는 분노어린 눈초리로 그를 노려보면서 느닷없이 소리쳤다.

'그랬구나! 역시 그랬었구나!' 하고 그는 가슴속에서 몇 번이고 되풀이 말했다.

"뭣이든지 다 해주신단 말예요!" 하고 그녀는 다시 고개를 아래로 떨어뜨리면서 작은 소리로 말했다.

'이것이 해결 방법이다! 이것이 해결에 대한 설명이다!' 그는 호기심에 찬 눈빛으로 상대편을 바라보면서 가슴속에서 그렇게 결론지었다.

새롭고, 야릇한, 거의 병적이라고 할 수 있을 그 어떤 감정을 느끼면서, 그는 창백하고 수척한 얼굴에 불길 같은 분노를 담은 채 전신을 떨고 있는 그녀를 바라보는 사이, 그와 같은 것은 정말로 불가사의한 일로, 있을 수 없는 일로 생각되기 시작했다. '신들린 여인이다!' 하고 그는 생각했다.

장롱 위에 책이 한 권 얹혀 있었다. 그는 아까부터 왔다갔다 하면서 책이 있는 것을 보았으나, 이제야 그것을 손에 들고 똑똑히 보았다. 그것은 러시아말로 된 신약성서였다. 손때가 묻은 가죽 표지의 책이었다.

"이걸 어디서 구했소?" 하고 그는 방 저쪽 구석에서 그녀에게 물었다. 그녀는 아까부터 계속 같은 자리에 서 있었다.

"누가 갖다준 거예요." 그녀는 내키지 않는다는 듯이 상대편의 얼굴도 보지 않고 대답했다.

"누가 갖다준 거요?"

"리자베타 씨가 갖다주었어요. 내가 부탁을 했더니 말예요."

'리자베타가! 이건 이상하다!' 하고 그는 생각했다.

소냐에 관계되는 것은 그에게는 시간이 갈수록 이상하게만 보였다. 그는 책을 들고 촛불 쪽으로 갔다. 책장을 넘기기 시작했다.

"나사로의 얘기는 이 책 어디쯤에 있지요?" 그는 느닷없이 물었다.

소냐는 꼼짝도 않고 마룻바닥을 내려다보면서 대답을 하지 않았다. 그녀는 책상 옆에 서 있었다.

"나사로의 부활에 대한 얘기는 어디쯤에 씌어 있지요? 좀 찾아주지 않겠소, 소냐?"

그녀는 옆눈으로 그를 훔쳐보았다.

"싫어……. 제4복음서에 있어요……." 그녀는 거칠게 말했다.

"찾아내서 나에게 좀 읽어주오." 하고 말하더니 그는 의자에 걸터앉으면서 책상에 두 팔을 올려 턱을 괴고는 얘기를 들을 채비를 했다.

"3주일만 지나거든 정신병원으로 왕림해주실까요. 난 아무래도 그곳 신세를 져야 할 것 같으니 말이오." 하고 그는 혼잣말을 지껄였다.

소냐는 라스콜리니코프의 괴상한 부탁을 듣자 내키지 않는 걸음걸이로 그에게 다가가 책을 손에 들었다.

"대체 당신은 성경책도 안 읽어본 것 같군요!" 그녀는 날카로운 어조로 말했다.

"아주, 옛날에…… 학교 다닐 때, 읽어본 일은 있지요. 자아, 읽어줘요!"

"교회에 가본 일도 없나요?"

"가본 적 없소. 당신은 자주 가시오?"

"아녜요." 하고 소냐는 낮은 소리로 대답했다. 라스콜리니코프는 빙긋 웃었다.

"알았어……. 그렇다면, 내일 아버지의 장례식에도 안 갈 작정이오?"

"가야지요. 저, 지난주에도 가서…… 기도드리고 왔어요."

"누구를 위해?"

"리자베타, 그분, 도끼에 맞아 죽은 분이에요."

그는 신경이 자꾸 날카로워지고 현기증 같은 것을 느꼈다.

"네……. 그 사람 정말 정직한 분이었어요……. 그분은…… 어쩌다가 한번씩 오곤 했지요……. 그런데 올 수 없게 된 거예요. 나는 그분과 책도 읽고…… 얘기도 하곤 했었어요. 그분은 천당에 가셨을 거예요."

이 고리타분한 설교 같은 말은 그의 귀에 이상하게 울렸다. 그리고 리자베타와의 교제도, 두 사람이 서로 닮아 있다는 것도 그에게는 새로운 사실이었다.

'여기 있다가는 나까지 신들린 사람처럼 되고 말겠는걸!' 하고 그는 생각하고, "읽어주시오!" 하고 강요하듯 거칠게 말했다.

소냐는 머뭇거리고 있었다. 심장은 터질 듯 뛰고, 까닭도 없이 읽어줄 용기가 나지 않았던 것이다. 라스콜리니코프는 고통스런 심정으로 '가련한 광녀(狂女)'를 바라보고 있었다.

"뭣 때문에 읽어드려야 되는 거죠? 당신은 하느님을 믿지 않으면서……." 하고 그녀는 괴로운 듯 숨을 몰아쉬면서 낮은 소리로 말했다.

"읽어주어요! 난 당신이 읽어주는 걸 듣고 싶단 말이오!" 하고 그는 말했다. "리자베타에게도 읽어주었잖소!"

소냐는 책을 들고 책장을 넘겼다. 손은 떨리고 소리는 나오지 않았다. 두 번이나 읽으려 했으나 맨 첫구절을 제대로 발음할 수가 없었다.

"그런데 여기 한 사람의 병자가 있었다. 베다니에 사는 나사로라 ……." 그녀는 안간힘을 썼으나 겨우 이 몇 마디밖에는 읽지 못했다. 숨이 차고 가슴이 터질 것 같았기 때문이다.

소냐가 왜 성경을 읽어주기를 주저하는지 그 까닭을 라스콜리니코프는 조금은 알고 있었다. 그러나 그 이유를 알면 알수록 더욱 거칠게 그녀에게 읽기를 강요했다. 그녀가 지금 '자기의 것'을 모조리 노출해 버리는 것이 얼마나 괴로운 일일 것인가 하는 것도 그는 알고 있었다. 이와 같은 감정은 그녀가 어릴 적부터, 그러니까 불행한 아버지와, 머리가 돈 계모 슬하에서 온갖 학대를 받던 그 시절부터 간직해온 그녀의 비밀이었는지도 모른다. 그러나 그와 동시에 그는 지금에야 알게 되었고, 또 확실히 알게 된 것이지만, 그녀는 지금 성경의 낭독을 시작하면서 괴로운 생각도 했고, 뭔가 몹시 두려워하고 있으면서도, 그 반면, 그와 같은 위구와 고민에도 불구하고, 다른 사람 아닌 이 사내에게, 그것도 꼭 '지금' —— '설사 나중에 어떻게 되더라도!' 괴로울 정도로 낭독해주고 싶었던 것이다……. 그는 그것을 그녀의 눈빛에서 짐작했고 그녀의 감격에 넘친 흥분으로 그것을 깨닫게 되었다……. 그녀는 정신을 차리고 목소리를 가다듬어 요한복음 제11장을 19절까지 계속 낭독하였다.

"많은 유대인이 마르다와 마리아에게 그 오라비의 일로 위문하러 왔더니 마르다는 예수 오신다는 말을 듣고 곧 나가 맞되 마리아는 집에 앉았더라. 마르다가 예수께 여짜오되, 주께서 여기 계셨더면 내 오라비가 죽지 아니하였나이다. 그러나 나는 이제라도 주께서 무엇이든지 하느님께 구하시는 것을 하느님이 주실 것을 아나이다."

여기서 그녀는 다시 낭독을 그쳤다. 다시 또 목소리가 떨려올 것 같은 예감이 들어 부끄러웠던 것이다.

"예수께서 가라사대, 네 오라비가 다시 살리라. 마르다가 가로되, 마지막 날 부활에는 다시 살 줄을 내가 아나이다. 예수께서 가라사대, 나는 부활이요 생명이니 나를 믿는 자는 죽어도 살겠고 무릇 살아서 나를 믿는 자는 영원히 죽지 아니하리니, 이것을 네가 믿느냐. 가로되, 주여……."

소냐는 여기서 몹시 괴로운 듯 숨을 쉬고, 한 마디 한 마디를 힘주어 낭독했다. 그 모습은 많은 사람 앞에서 설교라도 하는 것같이 보였다.

"주는 그리스도시요, 세상에 오시는 하느님의 아들이신 줄 내가 믿나이다."

소냐는 여기서 낭독을 중지하고 그를 바라보려 하다가는 금세 그 마음을 눌러버리고 서둘러 그 다음을 읽기 시작했다. 라스콜리니코프는 앉은 채로 꼼짝도 않으며, 턱을 괸 두 팔을 책상 위에 얹고는 귀를 기울여 듣고 있었다. 이런 모양으로 33절까지 읽어나갔다.

"마리아가 예수 계신 곳에 와서 보이고 그 발 앞에 엎드리어 가로되, 주께서 여기 계셨다면 내 오라비가 죽지 아니하였겠나이다, 하더라. 예수께서 그의 우는 것과 또 함께 온 유대인들이 우는 것을 보시고 심령에 통분히 여기시고 민망히 여기사 가라사대, 그를 어디 두었느냐. 가로되, 주여, 와서 보옵소서, 예수께서 눈물을 흘리시더라. 이에 유대인들이 말하되, 보라, 그를 어떻게 사랑하였는가, 하며 그중 어떤 이는 말하되, 소경의 눈을 뜨게 한 이 사람이 그 사람은 죽지 않게 할 수 없었더냐, 하더라."

라스콜리니코프는 흥분에 넘친 눈초리로 그녀를 지켜보고 있었다. 그렇다, 역시 그랬던 것이다!

그녀는 이미 진짜 열병에 걸려 전신을 부들부들 떨고 있었다. 그가 기대했던 것이 바로 이것이었던 것이다. 위대한 전대미문(前代未聞)의 기적 얘기를 하는 동안에 그녀는 위대한 승리감에 사로잡히고 말았다. 그녀의 목소리는 세찼고, 승리의 기쁨에 넘쳐 있었다. 그녀는 눈앞이 캄캄해지고, 성경의 글귀가 헝클어져 보였다. 그러나 읽고 있던 곳은 암기하고 있었다. "소경의 눈을 뜨게 한 이 사람이…… 할 수 없었더냐……"라는 마지막 구절을 읽을 때에는 소리를 낮추고 불신자며 소경이었던 유대인의 의혹과 비난과 중상을 전하고, 그 유대인들이 별안간에 벼락이라도 맞은 듯이 땅바닥에 엎드려 울음을 터뜨리면서 신앙으로 빠져들어가는 감격어린 장면을 온갖 열정을 쏟으며 그에게 알려주었다……. '이 사람도, 소경과 같은 이 사람도, 이 성경 구절을 듣는다면 역시 신앙을 갖게 되는지도 모른다. 그렇다! 정말 그렇다! 지금이라도! 바로 지금이라도.' 하고 그녀는 생각하며 기쁜 기대에 가슴을 떨었다.

"이에 예수께서 다시 속으로 통분히 여기시며 무덤에 가시니 무덤이 굴이라 돌로 막았거늘, 예수께서 가라사대, 돌을 옮겨놓으라, 하시니 그 죽은 자의 누이 마르다가 가로되, 주여, 죽은 지가 나흘이 되었으매 벌써 냄새가 나나이다."

그녀는 이 나흘이라는 말에 힘을 주어 낭독했다.

"예수께서 가라사대, 내 말이 네가 믿으면 하느님의 영광을 보리라 하지 아니하였느냐, 하신대, 돌을 옮겨놓으니 예수께서 눈을 들어 우러러 보시고 가라사대, 아버지여, 내 말을 들으신 것을 감사하나이다. 항상 내 말을 들으시는 줄을 내가 알았나이다. 그러나 이 말씀하옵는 것은 둘러선 무리를 위함이니, 곧 아버지께서 나를 보내신 것을 저희로 믿게 하려 함이니이다. 이 말씀을 하시고 큰 소리로, 나사로야, 나오라. 부르시니 죽은 자가……."

그녀는 더욱 감격한 양 전신을 떨면서 소리 높여 낭독을 계속했다.

"수족을 베로 동인 채로 나오는데 그 얼굴은 수건에 싸였더라. 예수께서 가라사대, 풀어놓아 다니게 하라, 하시니라. 마리아에게 와서 예수의 하신 일을 본 많은 유대인들이 저를 믿었으나……."

소냐는 더 이상 낭독하지 않았다. 낭독할 수가 없었던 것이다. 그녀는 책을 덮어버리고 후딱 일어섰다.

"나사로의 부활 얘기는 이것뿐이에요." 그녀는 거친 어조로 이렇게 말하고는 고개를 옆으로 돌리고 한동안 꼼짝 않고 서 있었는데, 그 모양은 마치 눈이 부셔 상대편을 바라볼 수 없다는 태도 같았다. 그녀는 그때까지도 계속 떨고 있었다. 비뚤어진 촛대에 켜 있던 촛불은 얼마 안 가서 곧 꺼질 듯이 되어 이 가난에 찌든 방안에, 기이한 운명으로 한데 어울려서 영원의 말씀을 듣고 있던 살인범과 매춘부를 희미하게 비추고 있었다. 이렇게 얼마간의 시간이 흘렀다.

"난 좀 할말이 있어서 온 거요." 라스콜리니코프는 찌푸린 얼굴로 느닷없이 그렇게 말하고는 일어서서 소냐에게로 다가갔다. 상대편은 입을 다문 채 그를 바라보았다. 그의 눈초리는 몹시 사납게 변해 있고 뭔가 중대한 결심이라도 한 것처럼 보였다.

"난 오늘 내 육친과 인연을 끊어버리고 왔소." 하고 그는 덧붙였다. "함께 가주시오……. 난 이렇게 당신한테 온 거요. 우리들은 모두 저주받은 인간이란 말이야. 그러니 함께 가면 돼!"

그의 눈빛이 번뜩이기 시작했다.

'꼭 미친 사람 같구나.' 이번에는 소냐가 이렇게 생각했다.

"어디로 가자는 거예요?" 하고 그녀는 두려운 마음을 누르며 그에게 물었다.

"내가 그걸 어떻게 알아? 다만 알 수 있는 것은 당신과 나는 같은 길을 가는 사람이라는 것뿐이오. 영원한 길동무라는 말이지! 난 이것만은 확실히 알고 있소! 그뿐이야. 행선지가 서로 조금도 틀리지 않는단 말이오!"

그녀는 그를 뚫어지게 바라보았으나 아무것도 알 수가 없었다. 그녀가 알고 있는 것은 오직 상대가 더없이 불행한 사나이라는 것뿐이었다.

"당신이 그들에게 말해보았자, 그들은 누구 한 사람 알아주지 않

을 거요." 하고 그는 말을 계속했다. "하지만 나는 알 수 있었어. 나
에겐 당신이 필요하다는 것을 말이오. 그래서 난 이렇게 당신을 찾아
온 거요."

　"무슨 말씀인지 알 수가 없군요……." 하고 소냐는 작은 소리로 말
했다.

　"이제 곧 알게 될 거요. 당신도 역시 그랬었어! 일을 저지르고 말았
단 말이야. 당신은 당신 자신의 목에 손을 댔어! 당신도 한 생명을 죽
였어! 당신 자신의 생명을(어느 쪽이든 생명임엔 틀림이 없소)……. 사정
만 허락했더라면, 당신은 맑은 정신과 이성으로 살아갈 수 있는 인간
이 되었을지도 모르지. 하지만 결국엔 센나야에서 평생을 마치고 말
운명이란 말이오. 그러나 당신은 견딜 수 없을 거요. 외롭게 혼자 있
으면 나 역시도 그렇지만, 미쳐버리고 말 거요. 당신은 벌써 미친 사
람처럼 돼가고 있어. 결국 그것은, 우리는 함께 같은 길을 가야 한다
는 것을 뜻하는 거요! 갑시다!"

　"왜? 왜 그런 말씀을 하시는 거죠?"

　소냐는 상대의 말을 의아스럽게 생각하면서 그렇게 말했다.

　"왜냐고? 어쨌든 이대로만 있을 수는 없지 않아! 그것이 이유란 말
이야! 정말 진지하게, 그리고 정확하게 판단하지 않으면 안 돼! 어린
애처럼 울고 있을 때가 아니잖소! 만약에 말이야, 내일이라도 당신이
병원에 실려가버리면 어떻게 되지? 그 사람은 머리가 돈데다가 폐병
에 걸려 있으니 머지않아 죽어버리겠지만, 그렇게 되면 아이들은 어
떻게 되지? 포렌카가 몸을 망치지 않고 견디어 나갈 성싶소? 당신은
거리 모퉁이에서 거지 노릇하는 아이들을 본 일이 없어? 난 그 거지아
이들의 어미들이 어디서 어떤 상태로 살고 있는지 이미 잘 알고 있단
말이오. 그런 환경에서는 어린이들도 어린이답게 살 수가 없는 거요.
일곱 살만 되면 타락해버리거나 아니면 도둑놈이 되어버리거든. 그런
데 어린이라는 건 그리스도의 화신(化身)이어야 마땅할 것이 아니겠

어? '하느님의 나라는 그들의 것'이라니 말이오. 그리스도는 어린이를 사랑하라고 분부하셨어! 그들은 미래의 인류일 거란 말이지……."

"그럼 어떻게 하라는 거죠? 어떻게 하면 좋겠어요?" 하고 소냐는 경련이라도 일으킨 듯이 전신을 비틀면서 비장한 목소리로 되풀이 말했다.

"어떻게 하면 좋겠느냐고? 파괴해야 할 것은 서슴없이 파괴해버리는 거요. 그러면 되는 거지. 그러고선 모든 고통을 혼자 짊어지는 거요! 어때? 못 알아 듣겠소? 곧 알게 될 거요……. 자유와 권력이야. 그 중에서도 중요한 것은 권력이지! 벌벌 기는 벌레 같은 놈들에 대하여, 개미떼에 대하여, 권력을 쥐는 일이야……. 이게 목적이란 말이오! 이걸 잘 기억해두오! 이것이 당신에게 남기는 마지막 말이오. 어쩌면 우리 두 사람이 이렇게 얘기를 나누는 것도 이것이 마지막이 될는지도 몰라. 내가 내일 이리 오지 않게 되면 당신은 집에 가만히 앉아서도 내 소식을 듣게 될 거요. 그때 지금 내가 한 말을 생각해보면 살아가는 동안에 언젠가는 내 말의 의미를 알게 될 때가 올 거요. 만약 내가 내일 또 여기 오게 되면, 누가 리자베타를 죽였는지 당신에게 가르쳐주겠어. 그럼 잘 있어요!"

소냐는 경악하여 새파랗게 질리고 말았다.

"당신, 정말 누가 죽였는지 알고 계시는 거예요?"

그녀는 심장이 얼어붙는 무서움을 느끼고 놀란 눈초리로 상대를 바라보면서 물었다.

"알아. 그러니까 말하겠다는 거지……. 당신에게, 당신 한 사람에게만, 난 당신을 택했어. 난 당신에게 용서를 얻으려고 온 것은 아니오. 다만 말하려고 온 것뿐이오. 난 훨씬 전부터, 아버지가 당신 얘기를 했을 때부터 나는 이것을 얘기할 사람으로 당신을 택했소. 리자베타가 아직 살아 있을 적부터, 그걸 생각하고 있었지. 안녕! 손을 내밀지 말아요. 그럼 내일 또!"

그는 나가버렸다. 소냐는 미친 사람을 전송하듯이 그를 전송했다. 그러나 그녀 자신도 미친 사람 같았다. 자신도 그걸 느꼈다. 그녀는 아찔했다. '아아! 그분은 어떻게 리자베타를 죽인 사람을 알고 있을까? 그 말은 무슨 뜻일까? 아아, 무섭다!' 그러나 이 순간 '그런 생각'은 머리에 떠오르지 않았다. 아무리 해도…… '아아, 그이는 무섭게도 불행한 것이 틀림없다! 어머니와 누이동생을 내버렸다는데 무슨 까닭일까? 무슨 일이 있었을까? 그분은 무슨 생각을 하고 있을까? 대체 그분은 무슨 뜻으로 그런 말을 나에게 했을까? 그이는 내 발에 키스하고 말했어……. 말하고 있었어(그렇다, 그분은 확실히 그렇게 말했다). 나 없이는 살 수 없다고……. 아아!'

소냐는 그날 밤, 밤새도록 열과 악몽에 시달리면서 지냈다. 그녀는 몇 번이나 잠자리에서 벌떡 일어나서는 울다가 손을 비비 꼬곤 하다가 나중엔 앞뒤도 모르게 열병과도 같은 깊은 잠에 떨어지기도 했고, 포렌카나 카체리나나 리자베타의 꿈을 꾸기도 했으며, 복음서를 읽었던 일과 그를…… 새파랗게 질려 있는 얼굴에 불타는 듯한 눈초리를 하고 있는 그를, 꿈에서 보았다……. 그는 그녀의 다리에 키스하고 울고 있었다……. 아아, 어떻게 할까!

오른쪽 문 저쪽, 소냐의 방과 게르트루다 카르로브나 레스리히의 방을 가로막고 있는 문 저쪽에는 레스리히 부인 방에 속하는 중간 방이 있고, 오래 전부터 비어 있었다. 그건 셋빙으로 내놓고 있었으므로, 그 광고가 문간과 도랑 쪽으로 향해 있는 창문 유리에 붙어 있었다. 소냐는 전부터 이 방에는 사람이 살지 않는다고 생각하고 있었다. 그런데 이 텅 빈 방의 문 옆에서 스비드리가이로프가 그동안 서서, 숨을 죽이고 엿듣고 있었다. 라스콜리니코프가 방을 나가버리자, 그는 잠시 생각하다가 발끝으로 걸어 빈방과 잇달아 있는 자기 방으로 돌아와서 의자를 한 개 집어다 소냐 방으로 통하는 문 옆에다가 살짝 갖다놓았다. 두 사람의 대화는 그에게 무척 흥미있고 뜻있게 생각되었고, 자못 마음에 들었다 ——그래서 앞으로, 이를테면 내일에 대비해서 또한 지금 같이 꼬박 1시간이나 서 있는 괴로움을 다시는 되풀이하지 않기 위해서, 그리고 모든 점에 충분한 만족을 얻기 위해서 조금이라도 편하게 하려고 의자를 갖다놓은 것이다.

5

　이튿날 11시 정각에 라스콜리니코프가 경찰서의 예심과(豫審課)에 들어가서 포르피리에게 면회를 청했을 때, 그는 너무 오래 기다리게 하는 데 적지않이 놀랐다. 그가 불려 들어가기까지는 적어도 10분은 걸렸다. 그의 생각으로는 그들은 이내 달려들어야 했다. 그럼에도 불구하고 그가 응접실에 서 있으니까, 보기에 그와는 아무 관계도 없어 보이는 사람들이 연방 오가고 있었다. 사무실 같아 보이는 다음 방에는 서기가 몇 사람 앉아 사무를 보고 있었는데, 그 중 누구 한 사람 라스콜리니코프가 누구며, 어떤 위인인지 알려고 하는 것 같지도 않았다. 불안하고 의아한 눈초리로 그는 사방을 두리번거리면서 근처에 무슨 감시인 같은 것이라도 지키고 있지 않을까, 자기가 어디라도 가버리지 않을까 은밀히 망을 보고 눈이라도 번득이고 있지 않을까 하고 살펴보았으나 그런 기척은 아무 데도 없었다. 그는 다만 분주하게 서성대는 사무 보는 사람의 얼굴과 그 밖의 몇 사람의 얼굴을 봤을 뿐이며, 설령 그가 지금 곧 아무 데로나 뛰쳐나가버리더라도 누구 한 사람 그것을 문제삼을 사람도 없을 것 같았다. 그래서 만약 수수께끼 같은 어제의 사나이가, 땅에서 솟아난 듯한 그 환상 같은 사나이가, 모든 것을 알고 있고 모든 것을 봤다면 지금 자기를 이렇게 서서 태연하게 기다리게 할 리가 만무하다는 생각이 그의 머릿속에서 굳어져갔

다. 그리고 그가 11시나 돼서 내키는 대로 어슬렁어슬렁 스스로 나타
날 때까지 멍청히 기다리고 있을 리 없지 않은가? 그러고 보면, 혹은
그 사내는 아직 아무것도 밀고하지 않았거나…… 혹은 아무것도 모르
고, 자기 눈으로 전연 아무것도 보지 않았던지 둘 중의 하나다(그렇
다, 어떻게 그 자가 볼 수 있었단 말인가?). 그러니까 어제 자기에게 일어
난 모든 것은, 역시 초조한 병적인 상상력이 과장한 환상에 지나지 않
았다고 할 수 있다. 이와 같은 추측은 아직, 어제 불안과 절망이 가장
심했던 무렵에 그의 마음속에서 굳어지고 있었던 것이다. 이제 모든
것을 돌이켜 생각해보고 새로운 투쟁에 대한 마음의 준비를 하는 동
안, 그는 자신이 떨고 있는 것을 별안간 깨달았다. 그 한없이 미운
포르피리가 두려워서 자기가 떨고 있다는 생각이 들자 분노가 끓어올
랐다. 그에게 있어서 무엇보다도 무서운 것은 그 사내와 만난다는 것
이었다. 그는 이 사내를 한없이 증오하고 있었다. 증오 때문에 어쩌다
가 자기를 스스로 폭로하지나 않을까 하고 오히려 두려워하는 형편이
었다. 그 증오가 너무나도 강해서 떨림은 금세 멈추고 말았다. 그는
냉정하고 대범한 얼굴로 들어갈 채비를 했다. 그리고 될 수 있는 대로
침묵을 지키고 살펴보며 귀를 기울이기로 하여 이번만큼은 무슨 일이
있더라도 병적으로 초조한 자기의 성질을 이겨내겠다고 굳게 마음먹
었다. 마침 이때 그는 포르피리한테 불려갔다. 이때 포르피리는 자기
방에 혼자 있었다. 방은 크지도 작지도 않았으며, 방안에는 인조 피혁
을 씌운 소파 앞에 놓인 대형 책상, 사무용 테이블, 벽장, 몇 개의 의
자 등이 있었다. 모두가 참나무로 만들어진 관급품으로 손질이 잘되
어 있었다. 정면의, 벽이라기보다는 오히려 칸막이 벽이라고 할 수 있
는 곳에 닫혀 있는 문이 하나 있었다. 그 칸막이 벽 저쪽에도 확실히
무슨 방이 잇달아 있는 것 같았다. 라스콜리니코프가 들어가자, 포르
피리는 곧 그 문을 닫아버렸으므로, 그들 두 사람만 방안에 마주앉게
되었다. 그는 보기에도 무척 명랑하고 상냥한 태도로 손님을 맞았다.

그러나 채 몇 분도 지나기 전에 라스콜리니코프는 몇 가지 징후에 의해서 상대편이 뭔가 좀 당황하고 있는 것을 알았다. 그것은 뜻밖의 일로 어리둥절했거나 혹은 혼자서 무슨 비밀 일을 하다가 들킨 사람과도 같았다.

"아아, 선생! 어서 오십시오……. 이렇게 먼 데까지." 그에게 두 손을 내밀면서 포르피리가 말하기 시작했다. "자아, 노형! 어서 앉으십시오. 당신은 선생이라든지 노형이라고 불리는 것을 싫어하실는지 모르겠군요. 이렇게 되면 지나치게 허물없이 구는 것 같지요? 제발 너무 허물없이 군다고 생각하지는 마십시오. 자아, 이 소파에……."

라스콜리니코프는 상대방에게서 눈길을 떼지 않은 채 의자에 앉았다.

이렇게 먼 데까지라든지, 염치 없는 데 대한 사과라든지, 'tout court'라는 불어 등 이 모든 것이 너무나도 뚜렷한 징후였다. '그러나 이 사내는 나에게 두 손을 내밀면서, 한 손도 쥐게 하지 않고 슬쩍 빼버렸다.' 이런 상념이 그의 머리를 스치고 지나갔다. 두 사람은 서로를 살펴보았으나 쌍방의 눈길이 마주치자 두 사람은 번개처럼 재빨리 눈길을 돌려버렸다.

"나는 신고서를 가지고 왔습니다……. 시계 건에 대한 겁니다만. 서식은 이것으로 되는지, 아니면 고쳐 써야 될까요?"

"뭐라고요? 신고서라고요? 좋습니다……. 걱정 마십시오." 포르피리는 어디론지 급히 갈 데라도 있는 것처럼 몹시 서두르며 이렇게 말하고 나서 신고서를 손에 들고 훑어보았다.

"잘됐군요. 틀린 곳은 없습니다. 이거면 다 됩니다." 그는 같은 뜻의 말을 자꾸 되풀이하더니 그 서류를 책상 위에 놓았다. 잠시 후, 그는 화제를 딴 곳으로 돌리면서 그 서류를 다시 집어들고는 자기의 사무용 책상 위로 옮겨놓았다.

"당신은 확실히, 어제 말씀하셨지요. 나에게…… 공식적으로 ……

나와 그 살해된 노파와의…… 관계를 듣고 싶다고 말입니다.”하고 라
스콜리니코프가 말문을 열었다. 그러나 그 순간, ‘무엇 때문에 내가
“확실히”라는 말을 사용했을까?’ 하는 생각이 번개처럼 머리에 스쳤
다. 그러나 다음 순간, ‘왜 또 나는 이 “확실히”라는 말을 사용한 것
을 걱정하고 있을까?’ 하는 생각이 뒤따랐다.

　그리고 그는 문득 ‘나의 의혹은 포르피리와 조금 접촉한 것뿐이고,
두세 마디 말을 주고받은 것만으로 그만 태산처럼 부풀어 올랐지 않
느냐……. 이건 극히 위험한 짓이다. 신경이 곤두서고, 흥분이 지나친
때문이 아닐까.’ 하는 생각을 갖게 되었다. ‘이것 야단났는데! 정말
이래서는 안 되는데……. 단단히 말조심을 해야겠구나.’

　“네, 네, 걱정하실 것 없습니다! 염려 마십시오. 시간은 얼마든지
충분히 있으니까요. 염려 마십시오. 시간은 있습니다.”하고 포르피리
는 중얼거리면서, 책상 옆을 이리저리 왔다갔다 하였다. 그러나 그의
그 동작에는 무슨 목적이 있는 것이 아니고, 그저 무의식적인 동작같
이 보였다. 그는 창문께로 뛰다시피 급한 걸음으로 걸어갔다가는 사
무용 책상 쪽으로 급히 돌아왔다가 하면서, 라스콜리니코프의 의아심
에 가득찬 눈초리를 피하는가 하면, 우뚝 그 자리에 걸음을 멈추고는
상대편을 뚫어지게 바라보기도 하는 것이었다. 이런 거동을 되풀이하
는 것은 그의 작달막한 몸뚱이가 벽에 굴러갔다가 튕겨나오는 축구공
처럼 보여 참으로 진기한 꼬락서니였다.

　“시간이 있습니다, 시간이 있다니까요! 어떻습니까, 담배는? 가지
고 계시다고요? 자, 이걸 한 대 태우십시오.”하고 그는 손님에게 담
배를 한 개비 내밀면서 말을 계속했다. “실은 말입니다. 난 당신을 이
방으로 모셨습니다마는 나의 주택은 저쪽에 보이는 칸막이 건너편에
있습니다. 관사인데 말이지요. 지금은 사택에 있습니다. 얼마 동안이
긴 하지만 말입니다. 이곳은 여러 가지 수리할 곳이 많아서지요. 거의
끝나가고 있긴 하지만……. 관사라는 건 참 편리한 점이 많지요. 당

신도 그렇게 생각하지 않습니까?”

“네, 참 좋겠지요.” 하고 라스콜리니코프는 거의 조소에 가까운 눈초리로 그를 바라보면서 대답했다.

“참 편리하고 좋습니다. 정말 좋지요!” 포르피리는 엉뚱한 다른 생각을 가지고 있는 것 같으면서도 이런 말을 되풀이했다. “정말 좋단 말입니다!” 그는 마지막으로 이렇게 거의 외치다시피 말해버리고 갑자기 라스콜리니코프에게 시선을 던지면서 그에게서 두 걸음쯤 앞에서 걸음을 멈추고 우뚝 섰다. 관사는 좋은 것이라고 바보처럼 몇 번이고 되풀이한 것은 그것이 유치하기 짝이 없는 말이라는 점에서, 그가 지금 손님에게 쏟고 있는 진지하고 열띤 눈길과는 너무나도 동떨어진, 정반대의 거동이었다.

그런데 그런 점이 라스콜리니코프의 증오심을 더한층 강하게 부채질했다. 그는 그 조소적이고 사람을 얕보는 것 같은 도전이 아무래도 견딜 수 없었다.

“그런데 말씀이지요, 이렇게 되는 건 아닙니까?” 그는 거의 상대편을 무시하는 눈초리로, 또한 무시하는 것이 즐거운 것 같은 표정으로 느닷없이 이렇게 물었다. “요즈음 말입니다, 어느 예심 판사고 간에 모두 즐겨 쓰는 법률상의 정서 같은 것이 있는 모양이지요. 법률적인 수법이랄까요, 그런 것이 말입니다. 처음에는 엉뚱한 것부터, 아주 시시한 얘기부터, 하긴 어쩌다가 진지한 얘기도 있긴 하겠습니다만, 어쨌든 전연 관계가 없는 말부터 끄집어내서는 피의자를 푹 안심시켜놓고, 아니 이렇게 말하는 것이 적당할는지 모르겠습니다. 즉, 피의자의 주의를 엉뚱한 곳으로 쏠리게 하고, 경계심을 완전히 잠들게 해놓고는 느닷없이 한 대 쾅 먹인단 말입니다. 말하자면 상대편이 무방비 상태로 있을 때, 생각지 못한 묘한 방법으로 상대편의 머리통을 향하여 뭔가 운명이라도 좌우할 만한 위험하기 짝이 없는 질문을 마구 퍼부어대는 그런 수법 말입니다. 그렇게 하고 계시지요? 요즈음도 여러 가지 규칙이나 법령 속에 그런 수법이 강조되고 있다던데요?"

"그렇게 말씀하시는 걸 보니…… 그 뭡니까, 당신은 내가 이렇게 관사 얘기를 끄집어낸 것도 그…… 무엇이라고…… 말씀하시는 것 같군요……. 그렇죠?" 이렇게 말한 포르피리는 그 가느다란 눈을 두어 번 깜빡거렸다. 퍽 유쾌한 것 같은, 그리고 교활한 것 같은 표정이, 한순간 그의 얼굴을 스치고, 이마의 주름살이 잠깐 잡혀졌다가 눈매가 더욱 가늘어지더니 갑자기 라스콜리니코프의 눈을 쏘아보며 전신을 흔들면서 신경질적이고 지속적인 커다란 웃음을 터뜨렸다. 이쪽도 억지로라도 웃어보려고 하는 순간, 포르피리가 이쪽도 웃고 있는 것을 보고는 얼굴이 거의 자주색으로 변할 정도로 크게 껄껄대는 바람에 라스콜리니코프의 혐오감은 단번에 경계심을 능가하고 말았다. 라스콜리니코프는 웃음을 딱 그치고, 금세 곰살스러운 표정으로 계속 웃고 있는 포르피리를 단번에 증오에 찬 시선으로 노려보았다. 두 사람에게는 다같이 실수가 있었다. 그것은 포르피리가 맞대놓고 손님에게 조소를 퍼붓고 있고, 손님은 그 웃음을 증오하는 심정으로 받아들이고 있는데도 그러한 상황에도 거의 당황하지 않고 있다는 점이다. 이것은 라스콜리니코프에게는 의미심장한 것이 아닐 수 없었다. 이것으로 미루어보아 아까 포르피리가 당황한 것같이 보이고, 안절부절 못한 것같이 보였던 것은 모두가 가장된 거동이었고, 라스콜리니코프 자신이 그 올가미에 걸려든 것을 의미했다. 그리고 이것은 곧 뭔가 자기도 모르는 일이 있고, 뭔가 목적이 있는 것이 틀림없으며, 어쩌면 이미 만반의 준비를 갖추고 그것이 곧 지금에라도 정체를 드러내서 자신을 와락 습격하게 될는지도 모른다는 생각을 그에게 품게 했다.

그래서 그는 곧장 용건을 마쳐버리려고 자리를 일어서면서 모자를 집어들었다.

"포르피리 씨," 하고 그는 의연한 자세이기는 하나 좀 들뜬 어조로 입을 열었다. "당신은 어제, 나에게 심문할 것이 있다고 좀 와달라고 말씀하시지 않았습니까(그는 유달리 '심문'이라는 말에 힘을 주었다)? 난 그래서 온 것입니다. 만약 물어보실 일이 있으면 물어주십시오. 그렇잖으면 이만 가봐야 되겠습니다. 전 좀 바쁜 몸이니까요, 볼일이 있단 말입니다……. 난, 당신도 아시겠지만……. 그 말에 밟혀 죽은 관리의 장례식에 참석해야 됩니다……." 하고 덧붙이고 나서는 그는 자신이 덧붙인 말에 스스로 화를 내고 더욱 초조한 낯빛으로 변해서 이렇게 말했다. "난 말입니다, 이런 일에는 이제 지겨워 견딜 수가 없게 되었습니다. 아시겠습니까? 그리고 벌써부터 이 일이 약간의 원인이 되어 앓고 있기도 합니다……. 그러니, 요컨대," 그는 병이라고 한 말이 아까의 그것보다 더욱 잘못된 말인 것 같아 당황한 나머지 보다 큰 소리로 말해버렸다. "요컨대, 심문을 하시든지, 아니면 지금 곧 돌려보내주시든지 해주십시오……. 그리고 심문하신다면 정식으로 해주시지 않으면 안 됩니다! 그렇잖으면 제가 승복할 수 없으니까요. 그럼, 오늘은 이만 돌아가도 되겠군요. 우리들 두 사람만으로서는 어떻게 할 수도 없을 테니 말입니다."

"아니, 무슨 말씀을 하십니까! 당신에게 무엇을 심문할 게 있다고." 하고 포르피리는 금세 태도를 홱 바꾸어 웃음을 딱 그치고, "별일이 있는 것도 아니니 염려 마십시오." 하고 말하더니 다시 또 방안을 이리저리 빠른 걸음으로 맴돌기 시작했다. 그러다가 갑자기 라스콜리니코프를 자리에 앉게 한 후, "염려 마십시오, 시간은 얼마든지 있습니다. 염려 마십시오, 시간은 있으니까요. 이런 일은 시시한 일 아닙니까! 뿐만 아니라 어려운 걸음을 잘해주셨다고 난 생각하고 있단 말입니다……. 그래서 이렇게 당신을 손님으로 모시고 있는 게 아닙니까. 다만 내가 방금 터뜨린 폭소에 대해서는 로지온 씨, 용서해주시기 바랍니다. 로지온 로마노비치라고 했지요? 당신 아버지의 성함이 말입니다……. 난 신경이 날카로운 편이어서 당신의 핵심을 찌른 듯한 말씀에 그만 웃음을 터뜨리고 만 것입니다. 난 말입니다, 웃기를 좋아하

지요. 한번 웃기 시작하면 어떤 땐 30분이나 계속될 때도 있습니다
……. 웃다가 태어난 사람같이 말입니다. 비만증에 걸려 있는 처지라
웃다가 뇌일혈이라도 일으키지 않을까 하고 몹시 걱정도 하고 있지
요. 자아, 앉으시죠, 왜 그러십니까? 자아, 선생, 앉지 않으시면, 난
선생이 화낸 것으로 여기겠습니다……."
　라스콜리니코프는 노여움에 얼굴을 찌푸린 채 말없이 상대편의 얘
기를 듣고 있다가 의자에 주저앉았다. 그러나 손에서 모자는 놓지 않
았다.
　"로지온 씨, 한 가지 당신에게 말하자면 성격론을 설명하는 뜻에서
나 자신의 얘기를 해두겠습니다." 하고 포르피리는 방안을 왔다갔다
하면서 손님에게는 시선도 보내지 않고 말을 계속했다. "난 말입니다,
보시다시피 이렇게 독신이고 사교계에 출입도 않는 이름없는 인간에
불과합니다. 게다가 융통성도 사교성도 없는 돌덩이 같은 사람이지
요. 그래서…… 당신은 알고 계시는지도 모르겠습니다만 로지온 씨,
우리나라, 즉 러시아에서도, 그 중에서도 이 페테르부르크의 사회에
서는 서로 깊이 사귀지는 않고 있으나 서로 존경은 하고 있는 그런 사
람들, 즉 우리 두 사람처럼, 비교적 배운 데가 있는 축에 드는 사람들
끼리 만나서 자리를 같이 하게 되면, 보통 30분 이상은 얘기를 하지
않는 경향이 있습니다. 화젯거리를 찾지 못하는 거지요 —— 서로 긴장
해버리고, 마음이 굳어져서 겸연쩍은 표정만 짓는단 말입니다. 그러
나 이것이 부인들이나 상류사회의 경우가 되면 달라지지요. 그 사람
들은 모두 화제를 가지고 있단 말입니다. 그것도 아주 풍부하게 말이
지요. C'est de rigueur(이것은 필요 불가결한 것입니다). 그런데 우리들처
럼 중류층 인간은——모두 부끄러움을 잘 타고 얘기를 좋아하지 않습
니다……. 바꾸어 말한다면 얘기보다는 사색을 좋아하는 거지요. 왜
이런 현상이 일어날까요? 사회적인 관심이 없는 탓인지, 아니면 우리
는 너무나 성실하여 서로 속이는 일은 하기 싫어서 그런 것인지, 그

어느 쪽인지는 잘 알 수 없습니다만. 당신은 어떻게 생각하십니까? 그렇게 모자를 쥐고 있는 것을 보니 금방이라도 일어설 것처럼 보이는데요……. 난 당신을 만나 이렇게 기쁜데 말입니다."

라스콜리니코프는 모자를 다시 놓고 계속 침묵한 채 무뚝뚝한 표정으로 포르피리의 허황한 실속없는 얘기를 듣고 있었다. '이 사람, 정말 엉뚱한 소리를 지껄여서 나의 주의를 딴 곳으로 돌리려는 것인가?'

"커피는 대접하지 못하겠는데요. 장소가 장소라서 말입니다. 하지만, 하지만 친구하고 한 5분쯤, 이렇게 유쾌한 시간을 못 보낼 것도 없지 않겠습니까!" 하고 포르피리는 쉬지 않고 입을 놀렸다. "그런데 말입니다. 이런 관리 생활이라는 것이 ──아, 참, 내가 이렇게 자꾸 왔다갔다하며 서성이는 것을 용서해주십시오. 난 당신이 행여나 노하시거나 언짢게 생각하시지나 않을까 하고 걱정이 되어서요. 난 보시다시피 운동이 무척 필요한 사람이란 말입니다. 5분 정도만 걸어도 기쁘거든요……. 게다가 치질까지 있으니……. 이걸 앞으로 운동을 해서 고치려고 작정하고 있지요. 얘기를 들으니까, 5등관이나 4등관, 아니 3등관의 관리들까지도 건강을 위한답시고 줄넘기 운동을 하고 있다더군요. 정말 요즈음은 과학의 시대라고 할 수 있겠지요……. 그렇습니다…… 자, 그러면 이 관청의 직무로 되어 있는 심문이나 기타 여러 가지 형식적인 문제에 대해서 말입니다……. 방금 당신 자신도 심문에 대한 말씀을 하셨습니다만…… 그건 실제로 로지온 씨, 이 심문이라는 것이 어떤 경우엔 피의자보다도 심문자 쪽이 당황할 때가 있거든요……. 이 점에 대해서는 당신도 아까 한 마디 핵심을 푹 찌른 날카로운 말씀을 하셨지만 말입니다(라스콜리니코프는 분명히 그런 말을 한 일이 없다고 생각했다). 정말 그런 경우엔 사람을 갈피조차 못 잡게 만든단 말입니다. 정말 당혹하게 되지요. 그러니 그만, 배운 도둑질처럼 한 가지 말만 자꾸 되풀이하고 마는 거지요! 지금 한창 개혁이 진행중이니까, 우리들도 하다못해 이름 정도는 바꾸게 되리라고 믿어집니다만. 허허허헛. 그런데 말씀이지요, 법률적인 방법이란 문제에 대해서는——당신의 그 멋진 표현을 빌리자면 말입니다——당신의 의견과 동감이란 말입니다. 그 어떤 피고라도, 그야말로 흙만 파먹는 무식한 농부인 피고라도 말입니다. 처음엔 아무런 관계도 없는 질문을 퍼부어놓고, 당신의 교묘한 표현을 빌리면, 나중에 가서 별안간에 머리통을 한 대 쾅 치는 일쯤은 누구나가 다 알고 있는 수법이지요. 허허허, 골통에다가, 당신의 기묘한 비유대로 말입니다! 허허, 그러고 보니 당신은 정말로 그렇게 생각하신 것 아닙니까. 난 관사 얘기를 당신에게…… 어떻게 하려고 생각하고 있었다고 말입니다……. 허허허, 당신은 정말 묘한 사람이군요. 아니, 더이상 말하지 않겠습니다! 아, 참, 그랬지, 이 기회에 한 마디만 더 해야 되겠는데요. 말은 말을 끄집어내게 하고, 사상을 불러일으키는 모양이지요. 당신은 아까 정식 운운 하셨는데, 그 심문에 관해서 말입니다……. 그 정식이란 대체 무슨 말씀인지요? 형식 같은 것은 없습니다. 대개의 경우 아무짝에도 소용없는 것이지요. 어떤 땐 말이지요, 잠시 사이좋게 몇 마디 주고받는 것이 그것보다 훨씬 유익한 경우가 있단 말입니다. 당신이 말한 정식이란 것은 어디로 달아나는 물건이 아니니 조금도 염려는 마십시오. 한 가지 묻겠습니다만, 형식이란 것은 대체 무엇이라고 생각하십니까? 형식 같은 건 어떤 경우에도 예심판사를 묶어두지는 못하는 겁니다. 예심판사의 직무라는 것은, 이것은 말하자면 일종의 자유예술이니까요. 일종이라기보다는 완전히 다른 종류의 것이라고도 말할 수 있을 겁니다……. 허허허!"

포르피리는 여기서 말을 그치고 숨을 크게 몰아쉬었다. 그는 지칠 줄도 모르고 마구 지껄여댔는데, 그야말로 무의미한 말을 두서없이 늘어놓는가 하면, 불쑥불쑥 수수께끼 같은 말을 주워섬기기도 하였고, 엉뚱한 곳으로 말머리가 빗나가기도 했다. 방안을 뛰어다니다시피 분주히 왔다갔다했는데, 짧고 통통한 발을 쉴새없이 움직였고, 눈은 한결같이 마룻바닥만 내려다보았으며, 오른손을 등 뒤로 돌리고, 왼손을 끊임없이 뒤흔들면서 손짓을 하는데, 그 몸짓은 지껄이는 말과는 조금도 들어맞지 않아, 달리 말해서 조금도 어울리지 않았다. 그동안 라스콜리니코프가 발견한 일이지만, 포르피리는 방안을 맴돌면서 두 번쯤 문 옆에 발을 세우고 뭔가 귀를 기울이는 시늉을 했다……. '이 사람, 누군가를 기다리고 있구나?' 하고 라스콜리니코프는 생각했다.

"아니, 그건 정말 당신 말씀이 맞는 겁니다." 하고 포르피리는 유쾌한 듯이, 그리고 몹시 순진한 듯한 눈초리로 라스콜리니코프를 바라보면서(그 때문에 이쪽은 놀라서 몸을 떨고 도사렸다) 말을 계속했다.

"정말 그대롭니다. 퍽 재미있게 법률적 형식을 조소하셨습니다마는, 허허허! 확실히 그, 물론 전부라고 말하진 않겠습니다. 우리들이 사용하는 의미심장한 심리적 방법이라는 것은 원래가 우스꽝스러운 것이라고 할 수 있는 것이고, 게다가 형식에 지나치게 얽매이게 되면, 유해 무익한 것으로 돼버릴 수도 있는 것입니다만. 그렇습니다……. 아니, 또 형식에 대한 얘기로 되돌아와버렸군요. 그건 그렇다 하고 가령 내가 내게 맡겨진 어떤 사건에 관해서, A든가 B든가 C든가를 범인이라고 인정한다고 하기보다는 혐의가 있다고 한번 단정해봅시다……. 그런데 당신은 법률가를 지망하는, 공부하고 있는 몸이라고 했지요, 로지온 씨?"

"네, 공부했었습니다……."

"그렇다면, 지금 당신에게 한 가지 말씀드리자면 장래의 참고로서 ──라고 말해도, 내가 뭐, 건방지게 당신에게 가르침을 베풀겠다는 것은 아니니 오해는 말아주십시오. 그처럼 당신은 범죄에 관한 훌륭한 논문을 발표하고 계시는 분이니 말입니다! 감히 난, 다만 한 가지 사실로서 예를 들어보겠다는 것뿐입니다. 그러니 말입니다. 내가 이를테면 A라든가, B라든가 C라든가, 이 중의 한 사람을 범인이라고 생각한다고 합시다. 여기서 한 가지 묻겠습니다만, 가령 내가 그 범인에 대한 증거를 입수하고 있다 하더라도 때가 되지도 않았는데 당사자를 지분댈 이유가 어디 있겠습니까? 범인에 따라서는 될 수 있는 대로 빨리 체포해야 될 경우도 있습니다. 그러나 성질이 다른 범인도 있는 것입니다. 꼭 있고 말고요. 그런 경우, 범인으로 하여금 거리를 나돌아다니게 해서는 안 된다는 법은 없을 것입니다. 허허허, 아니 내가 보기엔 당신은 내 말을 완전히 이해하지 못하는 것 같군요. 그러면 좀더 알기 쉽게 설명해보지요. 내가 가령 범인을 너무 서둘러 미결 감방 안으로 잡아넣었다고 합시다. 그러면 그것이 범인에게 내가 정신적인 힘을 준 것이나 다름이 없는 결과가 된다 이 말씀입니다. 허허허, 웃고 계시군요."

라스콜리니코프는 조금도 웃으려고는 하지 않았다. 그는 입술을 딱 오므리고, 불타는 듯한 시선을 포르피리에게 쏟으며 앉아 있었던 것이다.

"그런데 그 중에서도 그 어떤 일부의 인간을 취급하는 경우에는 그렇게 된단 말입니다. 왜 그렇게 되느냐 하면 말이지요, 인간은 천차만별인데 적용될 수 있는 실제적인 방법이라는 것은 한 사람에 한 가지씩밖에는 없기 때문입니다. 당신은 조금 전에 증거라는 말씀을 하셨지요. 그것은 말이지요, 증거라는 것은 확실히 중요한 것이기는 합니다마는 그런데 대부분의 증거라는 것이 이렇게도 해석할 수 있고 저렇게도 해석할 수 있는 것이라서요. 내가 예심판사고, 즉 약자이기 때문에 고백합니다만, 심리 결과를, 이를테면 수학적으로 명쾌하게 표시하고 싶다! 2×2=4라는 식으로 분명한 증거를 쥐고 싶다! 조금도 이론(異論)의 여지가 없는, 그런 증거를 절실히 소망한단 말입니다. 그런데도 말입니다, 설령 저놈이 범인이 틀림없다는 확신이 나에게 있다손치더라도 그 사내를 적절하지 않은 시기에 감방 속에 처넣어보십시오 ──이따위 짓을 하게 되면 난 그 범인의 증거를 포착하는 방법을 스스로 포기하고 마는 결과가 되지 않겠습니까? 왜 그러냐고요? 그거야, 간단한 이치지요. 범인에게 일정한 안정된 상태를 부여하게 된다, 바꾸어 말해서 심리적인 안정을 주게 되는 결과가 되고, 따라서 그 범인은 나의 올가미 속을 손쉽게 빠져나가서는 단단한 껍질 속에 파묻혀버리게 되니깐 말입니다. 들은 바에 의하면 그 세바스토폴 전쟁 때 알마 강가의 전투 직후, 식자들은 정면 공격을 가해서 단번에 세바스토폴을 점령해버리는 것이 아닌가 하고 모두 크게 걱정했다더군요. 그런데, 적이 정공법의 포위전으로 나와 최초의 평행호(平行壕)를 파기 시작하는 것을 보고 식자들은 크게 기뻐하며 안도의 한숨을 쉬었다지 않습니까! 즉, 정공법의 포위전이 되면 공략이 언제라고 기약할 수 없게 되는 것이므로 적어도 두 달쯤은 결말이 지연될 것이기 때문이지요! 또 웃고 계시는군요. 아직 내 말을 믿지 않는 것 같은데요? 그야 물론, 당신 생각도 틀렸다고는 할 수 없지만 말입니다! 이런 것은 모두가 개별적인 케이스니까, 당신의 말씀도 일리가 있는 것이지요. 지금 내가 들먹거린 예는 확실히 개별적인 케이스입니다! 그러나, 이 경우에 로지온 씨, 이런 것도 생각해보시지 않으면 안 될 것입니다. 일반적인 케이스라는 것은 온갖 법률적인 형식과 법칙을 적용할 수 있고, 그와 같은 형식이나 법칙이 도출될 만한, 무슨 교과서에라도 실릴 만한, 그런 일반적인 케이스 같은 것은 사실상으로는 전혀 존재하지 않는다는 것을 말입니다. 그 이유는 달리 있는 것도 아닙니다. 어떤 사건이라도, 어떤 범죄라도, 그것이 현실적으로 발생하는 순간 이미 개별적인 케이스가 되고 말기 때문입니다. 그런데 실제는 앞에서 든 예와는 전연 닮지 않은 경우도 있기는 합니다. 때로는 그런 예에 속하는 일로 말미암아 우스운 사건이 일어날 때도 있습니다. 가령, 내가 지금 어떤 사람을 완전히 혼자 있게 해둔다고 합시다. 그리고 그 사람을 잡아들이지도 않거니와 불안스럽게도 하지 않고, 그 대신 이쪽은 그 사람에 대한 것을 모조리 알고 있고, 또 파악하고 있으면서, 밤낮 가리지 않고 철저하게 감시하고 있다는 것을 일정한 시간에 상대편에게 알려준다든지, 아니면 그런 눈치를 보여주는 것입니다. 이렇게 해서 그 사람이 나에게 끊임없이 감시되고 있다는 의식을 갖게 하면, 종래에 가서, 그 작자는 지칠 대로 지쳐, 정말이지 자수하지 않고 못 배긴단 말입니다. 게다가 형편과 사정에 따라서는, 그 2×2=4라는 식으로, 말하자면 수학적인 외관을 지닌 일까지 감행하게 되지요. 이것은 참으로 유쾌한 현상이지요. 이런 것은 아까 말한 농부 같은 사람에게도 보이는 일입니다. 그러니 말입니다, 명색이 지식을 가진 현대인, 그것도 특정한 어떤 방면에 남다른 발달을 보이고 있는 인간쯤 되면 더할 나위도 없는 것입니다. 그러니 그런 경우엔 그 인간이 어떤 방면에 발달한 인간이냐 하는 것을 파악하는 것이 극히 중요한 일로 등장하는 것이지요. 그건 신경입니다, 신경. 이것을 당신은 도통 모르고 있어요. 요즈음 사람들은 모두가 병적이고, 헬쑥해 있고, 신경질적이고…… 그리고 누구 한 사람 예외없이 화도 잘 내니 말입니다! 이런 점은 내 입장에서 본다면 하나의 광맥이지요! 그러니 나로서는 그 자가 아무 구속 없이 시내를 마음대로 싸돌아다닌다고 해도 조금도 걱정이 안 되는 것입니다. 뭐, 걸을 수 있을 때 마음대로 걷게 내버려두자는 것이지요. 그렇잖아요. 그 자는 나의 먹이고, 나에게서 멀리 달아나지도 못한다는 것을 알고 있으니 말이지요. 어디로 도망하면 좋을 것 같습니까! 허허허, 외국일까요? 외국으로 도망가는 건 폴란드인 정도지 그 '사내'는 아니거든요. 하물며 이쪽은 철저한 감시망을 펴고, 만반의 조치를 해놓고 있는데 말입니다. 그럼 내륙지방으로 깊숙이 도망친다고 생각해볼까요? 그런데 그런 곳에는 농민들이 살고 있거든요. 흉포한 진짜 러시아인이 말입니다. 그러니 현대적 교양이 있는 인간이라면 우리나라 농민들과 같은 이방인들과 같이 사는 것보다는 차라리 감옥생활을 택할 것입니다. 허허허, 그러나 이런 것은 실속 있는 얘기가 못되고 그저 표면적인 것에 불과합니다. 도대체 도망친다는 것은 어떤 것일까요! 그것은 형식적인 것이지 중요한 핵심은 그런 데 있는 것이 아니란 말입니다. 그 자는 도망칠 데가 없어서 도망치지 않는 것이 아니지요. 내 주변에서 심리적인 이유로 도망치지 못하는 것입니다. 허허허! 어떻습니까? 내 이 표현이 말입니다. 그 자는 설령 도망칠 데가 있어도 자연의 법칙에 따라 나에게서 달아나지 못하는 것이라니까요. 촛불에 모여드는 하루살이 같은 것을 한번 보십시오. 꼭 그것과 같은 이치지요. 그자는 촛불 주위를 맴도는 하루살이처럼 내 주변을 쉴새없이 빙글빙글 돌고 있단 말입니다. 자유의 몸도 반갑지 않고, 우울증에 빠지고, 신변을 형편없이 어지럽히고 그러고는 새끼줄에 얽히듯이 자기 손으로 자기 몸을 얽어서는 죽음보다 더한, 고통스러운 번민을 시작한다……. 그뿐인가요, 스스로 나에게 2×2=4라는 식과 같은 수학적인 증거까지 만들어주는 것입니다. 약간 시간을 넉넉히 주면 말입니다……. 그리고 쉴새없이 내 주위에서 맴돌다가는 그 행동 반경을 차차 줄여서는 마침내 탁 걸려들게 되는 것이지요! 막바로 내 입으로 뛰어드는 것입니다. 그러면 난 그때 비로소 슬쩍 삼켜버리는 것입니다. 이건 정말 유쾌한 일이지요. 허허허! 당신은 내 말을 믿지 않는 것 같군요?”

라스콜리니코프는 대답도 하지 않고, 창백한 얼굴로 꼼짝않고 앉아서 여전히 긴장한 표정으로 포르피리의 얼굴을 응시하고 있었다.

‘도통한 것 같은 강의로구나!’ 하고 그는 얼음장 위에 앉은 것 같은 무서운 한기를 느끼면서 이렇게 생각했다. ‘이쯤되면 어제의 일 같은, 고양이가 쥐를 지분대는 것과는 좀 다른데. 이 작잔 나에게 자기의 능력을 과시하고…… 암시를 걸고 있는 것은 아니겠지. 이 사내는 그런 유치한 짓을 할 인간은 아니니 말이야. 이 작자에게는 뭔가 달리 노리는 것이 있는 것 같군! 뭣을 노리고 이러는 것일까? 홍, 아니꼽구나. 이놈은 나를 위협하여 의표를 찌를 참이로구나! 네놈은 증거를 쥐고 있는 것도 아니고, 어제의 사내만 하더라도 가공의 존재가 아니었더냐! 네놈은 나를 당혹케 하고 초조하게 만들어서 한칼에 요절을 내버리겠다는 속셈이지. 하지만 그렇게 호락호락 넘어갈 내가 아니란 말이야! 네놈도 그따위 소리를 길게 지껄이다가는 자신이 판 구덩이 속으로 떨어지고 말 테니, 자신의 구덩이로 말이야. 그런데 왜, 어쩌려고, 무슨 목적으로 이렇게까지 나에게 암시를 걸려고 하는지 모르겠어……. 나의 신경이 병적일 만큼 쇠약해 있다는 것을 이용하려는 것일까? 안 되지! 네놈은 이리저리, 수고스럽게도 잔뜩 잔재주를 피우고 있는 모양이지만 함부로 지껄이고 있는 동안에 네 손으로 판 구덩이에 스스로 떨어지고 말 거란 말이야……. 자아, 그러면 네놈이 얼마나 훌륭한 잔재주를 피우는지 구경이나 좀 해보자꾸나.'

그래서 그는 무서운 미지의 결말에 대비하여 혼신의 용기로 무장했다. 이따금, 그는 포르피리에게 덤벼들어 그 자리에서 죽여버리고 싶은 생각이 들었다. 그런데 이 증오심이야말로 이 방에 들어온 순간부터 스스로 두려워하고 있었던 것이다. 그는 입술이 바싹바싹 말라붙고, 심장이 터질 듯이 뛰었으며, 숨결이 거칠어짐을 느꼈다. 그러나 그는 때가 올 때까지 침묵을 지키기로 결심했다. 그는 자신의 경우, 그것이 최선의 전술임을 깨달았던 것이다. 왜냐하면 그는 말을 하지 않을 뿐만 아니라, 침묵함으로써 오히려 적을 초조하게 만들어 적으로 하여금 도리어 말을, 그것도 귀중한 말을 지껄이도록 만들 수 있을 것 같았기 때문이다. 적어도 그는 그런 결과를 기대하고 있었다.

"아니, 내가 보기엔 당신은 내 말을 믿지 않으시는 것 같은데, 내가 시시한 농담이나 늘어놓는 줄 아시는 모양이군요." 하고 포르피리는 더욱 쾌활해져 쉴새없이 허허허 하고 웃으면서 방안을 다시 맴돌기 시작했다. 그는 말을 계속했다. "그거야 물론 그러시겠지요. 난 꼬락서니부터가 사람을 웃기도록 돼 있으니까요. 마치 오뚝이처럼 생겼으니 말입니다. 하느님이 사람들을 웃기려고 이렇게 만드신 것 같아요. 어릿광대지요. 그러나, 난 당신에게 이런 말씀은 드려야 할 것 같습니다. 한 가지 다시 되풀이하겠습니다만, 당신, 선생, 로지온 씨, 당신은 아직 젊고, 말하자면 청춘이니까, 이 세상의 모든 청년들처럼 인간의 지성을 무엇보다도 높이 평가하고 계시겠지요. 당신은 유희적인 영지(英智)의 번득임이나 추상적인 결론에 매혹되어버립니다. 그런데 그것이 옛날에 있는 오스트리아의 군사회담과 꼭 닮았단 말입니다. 그들은 도면 위에서는 나폴레옹까지도 분쇄하거나 포로로 해버렸고, 또 자기 서재에서는 백전 백승의 훌륭한 전략을 세워놓고 있으면서, 그 결과는 엉뚱한 것으로 나타나지 않았습니까? 맥 장군이 전군을 이끌고 항복하고 말았지요. 허허허! 알겠습니다. 알고 있습니다. 내가 문관이면서 주제넘게 전사(戰史)만 들먹거린다고 나를 비웃고 있는 것을 알고 있단 말입니다. 어쩔 수 없지요. 이건 내 약점이기도 합니다. 군사적인 것을 몹시 좋아하기 때문이지요. 그리고 난 이와 같은 전황 보고를 읽는 것을 퍽 즐깁니다……. 그러고 보면 난 길을 잘못 든 것 같은 생각도 더러 한답니다. 난 군복을 입었어야 했는데 말입니다. 어쩌면 나폴레옹은 될 수 없었을지라도 소령 정도는 되었을 것입니다. 허!허!허! 그런데 이번에는 그 개별적인 케이스에 대한 얘기를 좀 자세히 말씀드리기로 하지요. 현실이나 자연이라는 것은 소중한 것이지요. 그런데, 진지하게 얘기하는 것이니까 제발 이 늙은이의 얘기를 귀담아 들어주십시오, 로지온 씨." 이런 말을 듣고 보니 35세가 될락말락한 포르피리가 실제보다는 훨씬 더 늙어 보였다. 어떻게 보면 목소리도 변한 것 같고 허리도 굽어 있는 것 같았다. "그런데 난 솔직한 사람이 되어서…… 난 솔직한 사람이지요, 그렇잖습니까? 어떻습니까, 당신 생각은? 난 꼭 그렇다고 생각합니다만, 이런 것을 당신에게 보수도 요구하지 않고 공짜로 가르쳐드리니 말입니다. 허, 허! 그러나 얘기는 계속하겠습니다. 기지(機智)라는 것은 내가 알기로는 굉장한 것이지요. 이것은 말하자면 자연의 아름다움이고, 인생의 위안이지요. 이것만 있으면 어떠한 요술이라도 해낼 수 있을 것 같단 말입니다. 이런 것은 인간이기 때문에 흔히 있는 일입니다만, 자신의 망상에 열중하고 있는 우리 주변의 예심판사들이 통찰하지 못할 때도 있습니다! 그런데 그런 경우에는 자연이라는 것이 예심판사를 구출해주지요. 반갑지도 않은 일이지만요! 그런데 기지를 믿고 '모든 장벽을 뛰어넘으려고'(당신의 기지에 넘치는 교묘한 표현을 빌린다면 말입니다) 하는 청년은 이런 점을 생각하려고 하지를 않습니다. 가령 그가 거짓말을 한다고 합시다. 즉, 개별적인 케이스에 속하는 인간이 남몰래 교묘한 거짓말을 한다고 합시다. 자, 이젠 이것으로 승리했다, 일이 잘됐다 하고 기뻐하려는 그 순간, 그자는 덜컥 가버린단 말입니다. 가장 흥미있고 가장 소문나기 쉬운 장소에서 기절하고는 쓰러져버리지요. 그거야 어쩌다가 병 때문에 그렇게 될 수도 있겠고, 숨이 차서 그럴 수도 있겠지요. 그러나 역시 그 거짓이라는 것이 동기가 되는 것만은 틀림없지요. 그자는 거짓말을 비할 데 없이 잘했지만 자연이라는 것을 미처 계산하지 못했던 것이지요. 이런 점에 함정이 있습니다. 그런데 때로는 자신의, 기지의 유희에 몰두하고 있는 사이에 자기에게 혐의를 걸고 있는 인간을 우롱하기 위하여, 아주 진짜처럼, 때로는 아주 가짜처럼 얼굴빛을 변해 보이는데 그것이 너무나 진짜 같다든지 하게 되면, 혹은 일부러 가짜처럼 해 보였다는 것을 알게 되면, 그만 또 한 가지 힌트를 상대편에게 제공하고 마는 결과가 된단 말입니다. 설령 처음엔 속여 넘길 수가 있다고 하더라도 이쪽도 그에 못지않은 인간인 이상, 하룻밤만 천천히 생각해보면 환하게 알아낼 수 있게 된단 말입니다. 그뿐만 아니지요. 스스로 앞질러 가서는 상대편이 원하지도 않는 곳에서 얼굴을 내밀기도 하고, 반대로 입을 다물고 있어야 할 곳에서 지껄이기도 하고, 허허! 끝내는 제 발로 걸어와서는 왜 이렇게 오랫동안 나를 체포하지 않습니까 하고 묻게 되지요. 허허허! 이런 일은 아무리 기지가 풍부한 인간에게도, 심리학자나 문학자에게도 있는 일이지요! 자연은 거울입니다. 더없이 맑은 거울이지요. 그러니 자신의 모습을 그 거울에 찬찬히 비춰보는 것이 좋은 일일 것 같군요. 대체로 이상과 같다고 말할 수 있을 것입니다! 그런데 대체 어떻게 된 일입니까? 그렇게 새파란 얼굴을 하고 말입니다. 로지온 씨, 숨이 찬 모양이지요? 창문을 열어드릴까요?"

"아닙니다. 염려 마십시오." 하고 라스콜리니코프는 소리치고 나서 별안간 큰 소리로 웃어댔다. "아무 염려 마십시오."

포르피리는 그의 맞은편에서 발걸음을 멈추고는 잠시 후, 상대편의 웃음에 휩쓸린 것처럼 같이 웃기 시작했다. 라스콜리니코프는 발작적이었던 웃음을 금세 딱 그치고는 소파에서 일어섰다.

"포르피리 씨!" 하고 그는 커다란 소리로 말했으나, 실은 다리가 덜덜 떨려 겨우 몸뚱이를 지탱하고 있었다. "나도 이제 분명히 알았습니다. 당신이 나를 그 노파와 리자베타를 죽인 범인으로 지목하고 있다는 것을 말입니다. 난 분명히 말씀드려둡니다만, 난 이따위 일엔 진절머리가 납니다. 그러니 말입니다. 당신이 법적으로 나를 추궁할 만한 근거가 있다고 생각하시거든 추궁해주시고, 체포하시려면 체포해주십시오. 그러나 나를 맞대놓고 조소하거나 우롱하는 것은 결코 허용할 수 없습니다……."

그는 갑자기 입술이 바르르 떨리고, 눈은 미칠 듯 치미는 분노에 불탔으며 여태까지 참고 있던 그의 목소리가 온 방안에 쨍쨍하게 울려 퍼졌다.

"용서할 수 없습니다!" 하고 그는 느닷없이 주먹으로 쾅 하고 책상을 내리치면서 고함쳤다. "아셨어요, 포르피리 씨? 결코 허용할 수 없습니다!"

"아아니, 어떻게 된 일입니까!" 하고 포르피리는 놀란 표정으로 소리쳤다. "보십시오! 로지온 씨! 도대체 어쨌다는 겁니까?"

"용서할 수 없소!" 하고 라스콜리니코프는 다시 한번 고함치려 하였다.

　“좀 조용히 해주십시오! 사람들이 놀라서 이리로 달려오겠습니다. 그렇게 되면 서로 곤란하지 않겠습니까? 조금은 앞뒤 생각도 해보셔야지요.” 하고 자기 얼굴을 라스콜리니코프의 얼굴에 갖다대다시피 하고는 속삭이는 듯한 소리로 말했다.

　“용서할 수 없습니다, 결코 용서할 수 없어요!” 하고 라스콜리니코프는 기계적으로 반복하였으나 그 역시 어느새 속삭이는 소리로 변하고 있었다.

　포르피리는 후닥닥 몸을 날려 창문께로 달려가더니 들창문을 활짝 열었다.

　“방안 공기를 바꾸지 않으면 안 되겠군요. 신선한 공기로 말입니다! 그리고 물도 좀 마셔야겠군요. 정신을 차려야 합니다. 이건 틀림없는 발작 증세인데요!” 이렇게 말한 그는 물을 가져오려고 문을 나서려다가 그쪽 구석에 물주전자가 있는 것을 보고 얼른 그것을 들고 왔다.

　“자, 어서 한 모금 마시세요.” 하고 그는 컵에 물을 따라 라스콜리니코프에게 내밀었다. “이럴 때엔 물만 좀 마셔도 한결 나을 겁니다.” 포르피리가 놀라는 모습과 걱정하는 품이 너무나도 자연스러웠기 때문에 라스콜리니코프는 입을 다문 채 호기심어린 눈으로 상대편을 노려보았다. 그러나 물은 받아들지 않았다.

　“로지온 씨! 그런 짓을 하다간, 정말로 머리가 이상하게 될 것입니다. 그러지 마시고 이 물을 조금이라도 마시세요. 자, 어서!”

　그는 그래도 그 컵을 라스콜리니코프의 입으로 갖다 대려고 하다가 그만 그 손을 거두어들이고 말았다. 그의 얼굴에는 난처한 표정이 어른거리고 있었다.

　“그렇고 말고요, 일종의 발작이지요!” 이런 것을 그대로 내버려두면 큰일 나지요. 잘못되면 지난번의 병이 또 도질 수도 있는 거니까요.” 하고 포르피리는 더없이 친절한 말투로 지껄였으나 그의 얼굴엔 딱하기 그지없다는 심정도 드러나 있었다.

"도대체 당신은 왜 이렇게 자신의 건강에 유의하지 않는 겁니까? 어제 라즈민이 와서 말이지요——그런데 말이지요, 내가 독설가라니 모두가 싫어하는 줄은 알고 있지만 말입니다. 그 녀석이 내 성미를 근거로 해서, 엉뚱한 결론을 내립디다그려……. 정말 놀랐지요! 어제 당신이 돌아가고 난 뒤, 그 녀석이 와서 함께 식사를 했어요. 그런데 그 녀석이 지껄이는 말이란 정말 가관이었습니다. 한마디로 난 두 손 바짝 들고 말았다고나 할까요. 난 정말…… 어쩔 수도 없는 일이로구나 하고 생각했었지요! 그 녀석은 당신이 보내서 온 것이 아니었던가요? 하여튼 자리에 앉으십시오, 라스콜리니코프 씨. 부탁입니다, 우선 좀 앉으십시오!"

"아뇨, 내가 보낸 건 아닙니다! 물론, 난 그가 당신 댁을 방문한 것도, 무슨 일로 갔느냐는 것도 알고는 있었습니다만." 하고 라스콜리니코프는 또렷한 말투로 단호하게 대답했다.

"알고 계셨다고요?"

"네, 그렇습니다. 그런데 그것이 어쨌다는 겁니까?"

"다름이 아니라, 로지온 씨. 그런 것이 문제 되는 것이 아니지요. 당신이 엄청난 짓을 하고 있다는 것을 내가 알고 있다는 것이 문제가 될 것 같은데요. 난 무엇이든 다 알고 있는 사람이니까요. 당신이 땅거미가 지고 어두운 밤의 장막이 드리워지려는 시각에 셋방을 구한답시고 남의 집 초인종을 누르고는, 또 피에 대한 것을 물어보기도 하면서, 이웃 사람과 문지기들을 어리둥절하게 만든 것도 난 다 알고 있지요……. 하여튼 당신이 그런 짓을 하게 되면 자기 손으로 자기를 미치게 만드는 결과밖엔 안 될 것입니다. 정말 그러다간 나가떨어지고 말아요! 당신의 가슴속엔 분노가 부글부글 들끓고 있겠지요. 그것도 숭고한 분노가 말입니다. 처음엔 운명에 우롱되었기 때문에, 다음엔 경찰로부터 모욕당했기 때문에. 그래서 당신은 이리저리 뛰어다니면서 한시바삐 결판을 내고 싶었던 거지요. 왜냐하면 이와 같은 어처구니없는 혐의가 몸서리칠 정도로 지겨워졌기 때문이지요. 그렇지요? 당신의 심정을 정통으로 알아맞혔지요? 어쨌든 당신이 이렇게 초조하게 날뛰면, 당신뿐만 아니라 라즈민까지 지치게 하고 말 것입니다. 그 녀석은 이런 일을 견뎌내기에는 너무나 호인이기 때문입니다. 당신 자신도 알고 계시겠지만, 당신은 병에 걸려 있는 사람이고 그 녀석은 선의(善意)를 가진 자라고 할 수 있으니, 병이 옮는다면 그 녀석에게로 옮기 쉽단 말입니다……. 당신의 마음이 좀 가라앉았다면 얘기를 하겠습니다마는…… 좀 앉으십시오, 부탁이니까요. 안색이 몹시 나쁜데요. 푹 좀 쉬어야 되겠습니다. 어서 앉으십시오."

라스콜리니코프는 앉았다. 몸이 떨리는 것은 멈추었으나 대신 전신에 열이 났다. 심한 놀라움에 넋을 빼앗긴 채 친절한 양 자기에게 수작을 걸고 있는 포르피리를 물끄러미 바라보았다. 그는 상대편의 말을 한 마디도 믿지 않았다. 그러나 믿고 싶다는 일종의 불가사의한 욕구는 느끼고 있었다. 그는 셋방 구하는 일로 포르피리가 무심코 흘린 말에 커다란 충격을 받았다. '이건 어떻게 된 일이냐. 그렇담, 이 녀석은 그 셋방 구하는 일까지도 알고 있단 말인가?'라는 생각이 언뜻 머리에 떠올랐다. '게다가 자진해서 나에게 얘기까지 해주는구나!'

"그렇지, 참 우리가 취급했던 어떤 재판에서도 이와 거의 비슷한 병적이고 심리적인 사건이 있었지요." 하고 포르피리는 재빠른 말투로 계속했다. "역시 그것도 자기 스스로 자기에게 살인죄의 올가미를 씌운 것이었지요. 그런데 씌우는 수법이 괴상망측했단 말입니다. 머릿속에서 얘기 줄거리를 하나 꾸며가지고는, 마치 실제에 있었던 것처럼 자백을 하고, 꼭 진실인 것처럼 범죄 상황을 진술했지요. 그러니 모두가 속을 수밖엔 없었지요. 그런데 그것이 알고 보니, 그 본인은 어쩌다가 우연하게 살인 사건의 원인에 다소 관계를 갖게 되었다는 것뿐이었고, 그것도 법적으로 처벌될 만한 것도 아니었단 말입니다. 그런데 그 사람은 자기가 살인자들에게 동기를 주게 되었다는 것을 알자 금세 끙끙 앓게 되고, 의식이 이상해지고, 온갖 환각에 시달리고 끝내는 머리가 돌아버렸지요. 게다가 자신은 살인범이란 생각에 빠져버렸단 말입니다! 물론 사건은 대법원에서 밝혀지고, 그 사내는 무죄라는 것이 판명되어 곧 석방됐지만 말입니다. 정말 놀랄 만한 사실이지요! 그러니 말입니다. 당신도 조심하셔야 되겠단 말입니다. 저녁마다 남의 초인종을 누른다거나 피 얘기를 묻고 다닌다거나 해서 자신의 신경을 스스로 지치게 하면 나중엔 하다못해 뇌염 정도라도 걸리게 될 거란 말입니다. 난 이와 같은 심리적인 문제도 많은 경험과 연구로 소상하게 알고 있지요. 그런데 당신과 같은 상태가 계속되면 나중엔 창문이나 종루에서 뛰어내리고 싶어진단 말입니다. 그런 기분이란 건 이상하게도 굉장히 매력적인 것이거든요. 초인종도 역시 마찬가지 이치입니다……. 병이지요, 로지온 씨. 그건 병이란 말입니다. 당신은 자신의 병을 대수롭지 않게 여기고 계시는 것 같은데, 그래서는 안 되지요. 한번쯤 경험 있는 의사에게 상의해보시도록 하십시오. 그, 당신이 단골로 다니는 뚱보 의사는 신통찮을 겁니다……. 당신은 일종의 열에 들떠 있는 거지요! 그런 것은 모두가 열에 들떠 정신이 혼미해진 탓입니다!"

한순간 라스콜리니코프는 눈앞이 캄캄해옴을 느꼈다.

'이 녀석이 지껄이는 말은 진심에서 우러나온 것일까?' 하는 생각이 그의 머리를 스쳤다. '결코 그럴 리는 없다. 그럴 수는 없는 것이다!' 그는 그 생각을 금세 떨쳐버렸다. 그렇게 생각하면 정말로 발광하고 말 것만 같았기 때문이다.

"그건 정신이 혼미해져서 저지른 일이 아니란 말이오. 틀림없이 제정신으로 한 짓이란 말입니다." 하고 그는 소리치면서 자신의 판단력을 총동원하여 포르피리의 속셈을 들추어내려고 안간힘을 썼다. "제정신이란 말입니다. 제정신이라니까요! 아시겠습니까?"

"그럼요, 알고 있지요. 알고 있고말고. 당신은 어제도 열병 같은 것은 앓고 있지 않다고 말씀하셨지요. 그뿐입니까, 아주 절대 그렇잖다고 장담까지 하셨지요! 당신이 지금 말하려는 것을 난 이미 다 알고 있습니다! 홍 그러지 말고, 내 말을 좀더 들어보십시오. 로지온 씨, 하다못해 이 정도라도 말입니다. 가령 말입니다, 당신이 실제로 그런 범죄를 저질렀거나, 어떤 형태로든지 이 고약한 사건에 관련되어 있다고 한다면, 그때 가서도 그것은 내가 제정신으로 한 짓이다, 정신이 열에 들떠서 한 짓은 아니라고 우겨댈 수 있겠습니까? 더군다나 아까처럼 억지스럽게 말입니다 —— 그렇게 될 수 있는 것일까요? 그런 일이 있을 수 있는 것일까요? 천만에! 내 생각으론 그게 정반대란 말입니다. 만약 뭔가, 자신의 소행에 마음의 가책이라도 받는 것이 있다면 당신은 당신 자신을 위해서라도 그것은 열 때문이다, 정신이 혼미했던 때문이다 라고 주장해야 될 거란 말입니다! 그렇잖습니까? 그렇게 생각되시지 않습니까?”

이 질문에는 뭔가 교활하고 음흉한 속셈이 있는 것이 드러나 보였다. 라스콜리니코프는 자기 쪽으로 다가오는 포르피리를 비켜 뒤로 물러서면서 입을 다문 채 그를 쏘아보았다.

“그리고 라즈민 씨의 일도 그렇지요. 자진해서 온 것인지, 아니면 당신이 충동질을 해서 오게 된 것인지 하는 문제 말입니다. 그런 경우에도 그것은 그의 자유 의사로 온 것이지 내가 충동질해서 오게 된 것은 아니라고 말해야 옳았을 것입니다! 그런데 당신은 그런 것을 숨기거나 속이려 하지 않았습니다. 뿐만 아니라 도리어 내가 충동질해서 그를 보냈다고 주장하고 계십니다!”

라스콜리니코프는 결코 그를 충동질했다고 주장한 일이 없었다. 오싹 하는 소름을 등줄기에 느꼈다.

“당신은 거짓말만 하고 계십니다.” 하고 그는 입술을 심하게 일그러뜨리며 힘없는 소리로 천천히 말했다. “당신은 지금 나에게, 너의 속마음을 다 알고 있고 너의 대답도 이미 다 짐작하고 있다는 것을 보이려 하시는 거지요?” 하고 말하면서도 이제 어떻게 더 말해야 좋을지 생각할 수조차 없음을 느꼈다.

“당신은 나를 위협하려거나 아니면 나를 놀리고 있단 말입니다.”

그는 그런 말을 힘없이 지껄이면서도 그에게서 눈길을 떼지 않았다. 그의 눈길에는 점점 증오가 더해갔다.

“당신은 거짓말만 하고 있소!” 하고 그는 소리쳤다.

“범인에게 있어서 최상의 모면책은 숨길 필요가 없는 것은 될 수 있는 대로 숨기지 말아야 한다는 것을 당신 자신도 잘 알고 있으면서 말입니다. 난 당신의 어떤 말도 믿지 않습니다!”

“당신은 정말 마음이 비뚤어진 사람이군요!”

포르피리는 허허허 하고 웃었다.

“당신은 다루기 힘든 사람인데요. 꼭 편집광(偏執狂) 같군요. 그러니 내 말을 조금도 믿지 않으려는 것이지요. 그런데 당신에게 말해둡니다마는 당신은 이미 내 말을 믿고 있다는 것을 아셔야 합니다. 이미 4분의 1미터나 말입니다. 난 곧, 당신이 1미터 전부를 믿도록 만들어 보이겠습니다. 왜냐고요? 난 진심으로 당신을 좋아하고 행운을 바라고 있기 때문이지요.”

라스콜리니코프의 입술이 다시 바르르 떨리기 시작했다.

“정말 그렇습니다. 난 그렇게 바라고 있습니다. 그래, 난 더 이상 말하지는 않겠습니다만,” 하고 그는 몹시 다정스러운 태도로 라스콜리니코프의 팔을 가볍게 붙잡고 지껄여댔다. “더 이상 말하지 않겠습니다만, 아무쪼록 병환에 조심하여주시고 잘 조리하시기 바랍니다. 그리고 지금 가족까지도 여기 와 계시는 처지라니 그분들도 잘 돌보셔야 하지 않겠습니까. 당신은 그분들을 안심시키고 보살펴야 하실 텐데 오히려 놀라게 하고 걱정만 끼쳐드리는 게 아닙니까…….”

“그런 게 당신하고 무슨 상관이 있다는 말입니까? 대체 당신은 어떻게 그런 것까지 다 알고 계신지요? 왜 그처럼 관심을 가지십니까?

그것은 곧, 당신은 나의 모든 동태를 조사해서 그것을 나에게 보여주려는 것이지요?”

 “무슨 말씀을! 이런 것은 모두 당신한테서 들은 말입니다! 당신은 너무나 흥분하셨기 때문에 자신이 말한 것을 미처 깨닫지 못하고 있습니다. 라즈민으로부터도 어제 아주 재미있는 얘기를 실컷 들었지요. 아니, 당신은 내 말을 막았습니다만, 이 말은 해두어야겠군요. 당신은 그 시기심 때문에, 날카로운 기지(機智)를 풍부하게 지니고 있으면서도 사물을 정확하게 판별할 수 없는 것입니다. 예를 들면, 다시 또 같은 화제로 되돌아갑니다만, 그 초인종 얘기도 그렇습니다. 그렇게 귀중한 재료를, 그렇게 뚜렷한 사실을(그건 훌륭한 사실이니까요!) 난 숨김없이 당신에게 말씀드렸지 않습니까. 적어도 예심판사인 나의 입으로 말입니다. 그런데도 당신은 그것을 아무렇지도 않게 생각하신단 말입니다! 만약 내가 손톱만큼이라도 당신에게 혐의를 걸고 있다면, 이와 같은 행동으로 나올 수가 있겠습니까? 만일 내가 그랬다면 처음부터 당신의 의혹심을 잠들게 해놓고 내가 그런 사실을 알고 있다는 것을 숨겨서 당신의 주의를 엉뚱한 곳으로 돌린 후, 별안간에 골통을 내리쳐서(당신의 표현을 빌립니다만) 상대편을 아연실색케 해야 하지 않았겠습니까? 그것은 곧 ‘도대체 당신은 밤 10시가 넘고 11시가 다 돼서, 그 살인 사건이 있었던 집에 들어가서 무엇을 했습니까? 무슨 이유로 초인종을 눌렀습니까? 그리고 무슨 까닭으로 피 얘기를 물었습니까? 왜 문지기를 당황하게 하고, 경찰서 부서장한테 가보라고 권했습니까?’ 하고 물었을 겁니다. 만약 내가 조금이라도 당신에게 혐의를 두고 있었다면, 무엇보다도 먼저 이렇게 하지 않았겠습니까? 그리고 소정 절차에 따라 당신한테서 진술서를 받고, 가택수색을 하고, 그리고 당신을 체포했을 것입니다. 한 마디로, 내가 그런 행동을 취하지 않았다는 것은 곧 당신에게 조금도 혐의를 걸고 있지 않다는 것을 의미하지 않습니까? 그런데도 당신은 지금 건전한 정신을 잃고 계시

기 때문에, 되풀이 말씀드립니다만, 당신은 엉뚱한 오해를 하고 계시
는 겁니다!"

라스콜리니코프는 온몸을 부르르 떨었다. 포르피리의 눈에도 그것
이 뚜렷이 보였다.

"거짓말만 하고 있다!" 그는 소리쳤다. "당신의 속셈이 무엇인지는
모르지만 아무튼 당신이 말하고 있는 것이 모두가 거짓인 것만은 틀
림없습니다. 아까 당신이 하신 말씀은 그런 뜻이 아니었습니다. 내가
잘못 듣지도 않았습니다……. 당신은 거짓말을 하고 있는 겁니다."

"내가 거짓말을 하고 있다고?" 하고 포르피리가 상대편의 말을 가로
챘다. 그의 얼굴에는 분노라기보다는 조소가 담겨져 있었고, 라스콜리
니코프가 자기를 어떻게 생각하든 그따윈 상관없다는 도도한 태도마저
드러내고 있었다. "내가 거짓말을 하고 있다고요? 그럼 내가 당신에게
어떤 행동을 했다는 겁니까? 적어도 예심판사인 내가 말입니다. 난 당
신에게 온갖 변호 방법을 가르쳐드렸고, 여러 가지 사실도 알려드렸
으며, 심지어 '병이라든지, 열병의 발작, 심한 모욕, 우울증, 경찰관
들'에 이르기까지, 심리적인 상태에 대한 해설까지 해드렸지 않습니
까? 네, 그렇지요? 허허허! 물론 그것은――덧붙여 말씀드립니다만 그
와 같은 심리적 변호법이라든지, 구실이나 변명 같은 것은 대체로 애
매하기 이를 데 없는 것이기는 합니다만. '병을 앓고 있었다, 열에 들
떠 있었다, 환각이었다, 그런 생각이 들었을 뿐이다, 기억이 나지 않
는다,' 이렇게 말할 수도 있겠지요. 그렇다면, 당신은 병으로 열이 나
서 의식을 잃고, 환각을 봤다고 하겠지만 그럼, 왜 똑같은 환각만 보
는지, 다른 환각도 볼 수 있을 텐데 말입니다. 그렇지요? 허허허!"

라스콜리니코프는 경멸하는 눈빛으로 오만하게 상대편을 바라보았
다.

"요컨대" 하고 그는 후딱 일어나면서 큰소리로 이렇게 외쳤다. "요
컨대, 내가 알고 싶은 것은 당신이 나를 완전히 혐의 없는 자로 인정

하느냐 어떠냐는 것입니다. 그것을 말해주십시오. 포르피리 씨, 분명하게 밝혀주십시오. 지금 곧!"

"아무튼 당신은 참으로 귀찮은 사람이군요. 정말 골치 아픈 사람이야!" 하고 포르피리는 자못 유쾌하고 교활한, 조금도 걱정스러운 기색이 없는 낯으로 소리쳤다. "당신은 그런 것을 알아서 무엇합니까? 아직 당신의 마음을 불안하게 하기도 전에 그토록 많은 일을 알려고 하십니까. 정말 당신은 어린애 같군요. 손아귀에 불을 넣어달라고 보채는 것과 같습니다! 그리고 당신은 뭣 때문에 그토록 걱정하고 계십니까? 무슨 이유로 그러십니까, 네? 허허허!"

"다시 한번 말씀드립니다만," 라스콜리니코프는 격분해서 말했다. "난 더 이상 참을 수 없습니다!"

"무엇을 말입니까? 알지 못하는 불안 말입니까?" 하고 포르피리는 말을 막았다.

"그런 지독한, 사람을 놀리는 말씀일랑 하지 말아주십시오! 난 그런 것이 싫습니다……. 싫다고 하지 않습니까! 내 말 알아들으시겠습니까? 다시금 주먹으로 책상을 탕 치고 그는 외쳤다.

"자, 조용히 하십시오. 조용히! 남들이 듣지 않습니까! 진심으로 충고합니다만, 자신을 소중히 하십시오. 농담이 아닙니다." 하고 포르피리는 속삭이듯 말했으나 이번에는 아까 그 여자와 같은 친절함도, 겁내는 표정도 그 얼굴에는 떠오르지 않았다. 뿐만 아니라 지금 그는 눈썹을 찌푸리고, 일체의 비밀과 애매한 태도를 단숨에 팽개쳐버리고는 엄하고 솔직한 명령을 내렸다. 그러나 그것은 한순간에 지나지 않았다. 가슴이 서늘해진 라스콜리니코프는 이내 격분했으나 이상하게도 그러한 격분의 절정에도 불구하고 다시금 조용히 얘기하라는 명령에 복종하고 말았다.

"더 이상 나는 괴로움을 받고 싶지 않습니다!" 그는 별안간 조금 전과 같은 어조로 속삭이듯 말하며 명령에 복종하지 않을 수 없는 자기 자신을 괴롭고 증오스럽게 느꼈다. 그리고 그런 의식 때문에 한층 더 심한 격분에 사로잡혔다. "나를 체포하는 것도 좋고, 가택수색을 하는 것도 좋습니다마는 다만 정식으로 처리해주십시오. 사람을 우롱하는 일은 그만둬주십시오! 그런 무례한 짓은……."

"뭐, 형식에 관해서는 염려 마십시오." 포르피리는 여전히 교활한 미소를 짓고 만족스럽게 라스콜리니코프를 바라보면서 말을 가로막았다. "난 당신을 오늘 가정적으로, 한 사람의 친구로서 초대한 것이니 말입니다."

"나는 당신의 우정은 바라지도 않습니다. 그런 건 침이라도 뱉아주고 싶을 뿐입니다. 아시겠습니까? 자, 보십시오. 난 모자를 가지고 나갑니다. 자, 체포할 생각이 있거든 어떻게 해보시지."

그는 모자를 들고 문간으로 걸어나가려고 했다.

"그런데 깜짝 놀랄 만한 것을 구경하시지 않으시겠습니까?" 포르피리는 다시금 그의 팔꿈치 조금 위쪽을 가볍게 잡고 그를 문가에 멈추어 세우면서 허! 허! 하고 웃었다. 그는 분명히 유쾌하고 장난기 섞인 태도를 보였다. 이 때문에 라스콜리니코프는 완전히 제정신을 잃었다.

"깜짝 놀랄 만한 것이란 뭣입니까? 어떤 것이죠?" 그는 걸음을 딱 멈추고 겁난 듯이 포르피리를 바라보면서 물었다.

"깜짝 놀랄 만한 것은, 보십시오, 저기 저 문 저쪽에 있습니다. 허허허!" 그는 자기 관사로 통하는 칸막이에 붙은 문을 손가락으로 가리켰다. "달아나지 못하도록 잠가두었습니다."

"뭣을 말입니까? 어디에? 뭣을?" 라스콜리니코프는 문 옆으로 다가가서 열려고 했으나 문은 자물쇠가 걸려 굳게 잠겨 있었다.

"잠겨 있습니다. 자, 이게 열쇠입니다."

그는 정말 호주머니에서 열쇠를 끄집어내더니 상대편에게 보였다.

"넌 거짓말만 지껄이고 있어!" 라스콜리니코프는 이젠 참질 못하고 소리치기 시작했다. "거짓말 마라! 이 빌어먹을 어릿광대 같은 놈!"

그는 이렇게 외치면서 문 쪽으로 뒷걸음질쳤으나 조금도 기가 죽지 않는 포르피리에게 덤비는 것을 그치지 않았다. "난 모든 것을 다 알고 있단 말이야!" 하고 그는 포르피리에게로 다가갔다. "너는 거짓말만 하고 나를 놀리고 있단 말이야!" 라스콜리니코프는 필사적인 표정으로 계속 고함을 질렀다. "넌 그따위 수작으로 나로 하여금 정체, 아니 증거를 드러내게 하려는 것이지……."

"이젠 그럴 필요도 없지 않겠습니까? 로지온 씨, 당신은 이미 제정신이 아니지요. 그렇게 소리치지 말아요. 사람을 부르겠소."

"거짓말 마라! 무슨 일이 있담! 사람을 부르겠으면 불러보라지! 넌 내가 병을 앓고 있다는 것을 알고 있으니까, 사람을 미치도록 만들어서 꼬리를 잡으려는 것이지. 그게 너의 속셈이지! 증거가 있을 리 없어. 만일 있다면, 자묘토프식의 어리석기 짝이 없는 시시한 추측 같은 것이나 있을 뿐이야……. 넌 나의 성미를 알고 있으니까, 나를 미치도록 화를 내게 해서 대뜸 내 앞에다가 목사나 배심원 같은 것들을 불러다놓고 나를 놀라게 하고는 나한테서 항복을 받겠다는 속셈이지? 넌 그놈들을 기다리고 있는 게지? 응? 무엇을 기다리고 있나? 어디 있어? 내보여봐?"

"여봐요, 이런 데에 무슨 배심원이 있소! 인간이란 별의별 상상을 다 하는 것이군! 그렇게 날뛰면, 당신 말대로 정식으로 하긴 다 틀렸소. 당신은 아무것도 모르는군요. 정식으로 한다는 건, 그렇게 덤비지 않더라도 달아나지 않는 거요. 이제 곧 스스로 알게 될 거요……." 문 쪽으로 귀를 기울이면서 포르피리는 중얼거렸다.

사실, 이 순간 다음 방의 바로 문가에서 떠드는 소리가 들렸다.

"아, 오는군!" 하고 라스콜리니코프는 소리쳤다. "네가 저놈들을 부르러 보냈지……. 네가 기다리던 놈은 저놈들이지! 넌 미리 계획하고 있었구나……. 자, 그놈들을 모두 이리로 불러들여라. 배심원이고 증인이고 네 마음대로 내놔봐! 나도 준비가 다 돼 있으니 말이야! 준비가 돼 있단 말이다!"

그러나 그때 참으로 괴이한 일이 벌어졌다. 라스콜리니코프는 물론 포르피리까지도 그런 결말이 되리라고는 예측할 수 없을 만큼, 보통의 경우에는 도저히 생각할 수 없는 일이 일어났다.

6

후일 라스콜리니코프가 이때의 일을 상기했을 때, 그 상황은 다음과 같은 것이었다.

문 저쪽에서 들렸던 소음은 별안간 커지더니 문이 빠끔히 열렸다.

"뭐 하고 있는 거야?" 포르피리는 못마땅한 듯이 소리질렀다. "미리 일러두었는데도……."

그 순간 대답은 없었으나 문 저쪽에는 몇 사람이 있어서 누군가를 떠밀고 있는 것 같은 기척이 들려왔다.

"거기서 도대체 뭣 하는 거야?" 포르피리는 조급한 듯 다시 또 물었다. "미결수 니콜라이를 데리고 왔습니다." 하는 누군가의 목소리가 들렸다.

"아직 그럴 필요는 없어. 저쪽으로 데리고 가! 좀더 기다리고 있어! 어쩌자고 그러는 거냐! 아무튼 엉망이군!" 문쪽으로 뛰어가면서 포르피리는 이렇게 떠들었다.

"그러나 이 자식이……." 또 같은 목소리가 말했으나 뚝 끊어지고 말았다.

그러자 2분도 채 되기 전에 문 밖에서는 진짜 격투가 벌어졌다. 그리고 별안간 누군지 힘껏 떠미는 듯했다. 곧이어 누군지 새파랗게 질린 사내가 느닷없이 포르피리의 서재로 성큼성큼 들어왔다.

사내는 언뜻 보기에 아주 이상한 모습을 하고 있었다. 그는 똑바로 앞을 보고 있었으나, 그의 눈에는 아무것도 들어오지 않는 듯했다. 눈에는 굳은 결심 같은 것이 번득이고 있었으나 동시에 흡사 형장(刑場)에라도 끌려가는 사람인 양 온 얼굴이 창백하게 질려 있었고 핏기라고는 말끔히 가셔버린 입술은 파르르 떨고 있었다.

그는 아직 젊은 사람이었는데 평민의 복장에 머리는 짤막하게 깎고, 마르고 갸름한 얼굴에 여윈 중키의 메마른 느낌을 주는 사내였다. 뜻하지 않게 떠밀린 듯한 한 사나이가 그의 뒤를 따라 뛰어들어오더니 그 먼저 들어온 사내의 어깨를 붙잡으려 했다. 그것은 간수였다. 그러나 니콜라이는 와락 팔을 뿌리치고는 다시금 그로부터 빠져나왔다.

문가에는 몇 명의 호기심에 찬 구경꾼이 모여 있었다. 어떤 사람은 방안에 들어서려고 했다. 이것은 삽시간에 일어난 일이다.

“저리 가, 아직 일러. 이쪽에서 부를 때까지 기다리고 있어! 어쩌자고 이렇게 빨리 데리고 오는 거야?” 포르피리는 어쩔 줄 모르는 듯 좀 당황해 하면서 뱉듯이 중얼거렸다.

“어떻게 된 거야, 넌?” 하고 포르피리는 놀란 듯 소리쳤다.

“제가 잘못했습니다! 저의 소행입니다! 제가 살인을 했어요!” 니콜라이는 좀 헐떡였으나 꽤 높은 음성으로 말했다.

한 10초 동안 침묵이 흘렀다. 모두 어안이벙벙한 듯했다. 간수까지도 물러서서 니콜라이한테 가까이 가려는 생각도 하지 않고 기계적으로 문가로 물러가서 장승처럼 우뚝 서 있었다.

“뭐라고?” 순간적인 마비에서 깨어난 포르피리가 소리쳤다.

“난 살인잡니다!” 잠시 입을 다물고 있다가 니콜라이는 다시금 되풀이했다.

“뭐라고?…… 네가…… 왜…… 누구를 죽였다는 거냐?”

포르피리는 분명히 당황한 듯했다.

니콜라이는 다시금 잠시 입을 다물고 있었다.

"알료나와 그 동생 리자베타는 내가…… 죽였단 말입니다……. 도끼로 말입니다. 귀신에 홀렸던 것 같습니다……." 그는 별안간 이렇게 덧붙이고 다시금 입을 다물었다. 그는 그동안 무릎을 꿇고 있었다.

포르피리는 잠시 생각에 잠긴 듯 서 있었으나, 별안간 벌떡 일어나서 부르지도 않았는데 모여든 구경꾼들을 손을 흔들어 쫓아버렸다. 그들은 이내 사라지고 문은 닫혔다. 그리고 그는 구석에 선 채로, 놀라서 니콜라이를 바라보고 있는 라스콜리니코프를 흘끗 보고, 그쪽으로 걸어가려다가 뚝 걸음을 멈추고 그를 보더니 이내 시선을 니콜라이에게로 옮겼다. 그리고 그는 라스콜리니코프와, 또 니콜라이를 번갈아 쳐다보다가 별안간 뭣에라도 이끌린 듯이 니콜라이 쪽으로 다가섰다.

"어째서 넌 귀신에 홀렸다느니 어쨌다느니, 그따위 소리를 지껄이는 거냐?" 하고 그는 증오어린 얼굴로 소리쳤다. "네가 귀신에 홀렸는지 어쨌는지 나는 아직 묻지도 않았는데! 자, 말해봐! 네가 죽였단 말이야?"

"살인자는 접니다……. 지금부터 말씀드리겠습니다."

"쳇! 뭣으로 죽였어?"

"도끼로 죽였습니다, 전부터 준비했던."

"쳇, 덤비지 마라! 혼자서 했나?"

니콜라이는 질문을 이해하지 못했다.

"혼자 죽였나?"

"혼잡니다. 드미트리에게는 죄가 없습니다. 그자는 전연 관계가 없습니다."

"드미트리 애긴 하지 않아도 돼! 쳇…… 그럼 어째서 너는 그때 층계를 뛰어내려갔어? 문지기가 너희들 두 사람을 보았다고 하던데?"

"그건 내가 회피하기 위해서였습니다……. 그때 드미트리와 같이 뛰어내려간 것입니다." 니콜라이는 미리 생각해둔 듯 얼른 이렇게 말했다.

 "흥, 역시 그럴 줄 알았다." 하고 포르피리는 증오에 찬 듯한 소리로 외쳤다. "넌 누구에게 배운 것 같은 말을 하고 있군!" 그는 혼잣말처럼 중얼거리다가, 별안간 다시 라스콜리니코프한테로 생각을 돌렸다.
 그는 분명히 니콜라이에게로 정신이 쏠려서 잠시 동안 라스콜리니코프의 일은 잊고 있었던 것같이 보였다. 그래서 문득 정신이 들자 당황하기까지 했다.
 "로지온 씨! 실례했습니다." 하고 그는 라스콜리니코프에게로 달려갔다. "이래서는 어떻게도 할 수 없습니다. 돌아가주시기 바랍니다……. 여기 계셔야 별 수 없으니 말입니다……. 나 자신도…… 보시다시피 이런 뜻하지 않은 상황에 빠져버려서! 그럼 돌아가주십시오!"
 이렇게 말하고 그는 상대편의 손을 붙잡으며 문쪽을 가리켰다.
 "당신도 아마, 이런 일은 예상도 하시지 않았던 모양이지요?" 라스콜리니코프는 아직 아무것도 명백히 알 수는 없었으나 이미 그동안에 약간의 기운을 되찾고 이렇게 말했다.
 "당신도 예상하지 않으셨겠지요. 보십시오, 당신 손이 그토록 떨리고 있지 않습니까! 허허!"
 "당신도 역시 떨고 있는데요, 포르피리 씨."
 "그야 나도 떨고 있습니다만. 이렇게 되리라고는 꿈에도 생각지 않았으니까요……."
 그들은 이미 문간에 서 있었다. 포르피리는 라스콜리니코프가 나가기를 초조하게 기다리고 있었다.
 "그런데 그 깜짝 놀랄 만한 것은 보여주지 않으시렵니까?" 라스콜리니코프가 불쑥 말했다.
 "그러나 당신은 아직도 이를 덜덜 떨면서 그러시는군요, 허허! 당신도 비꼬기를 좋아하는 사람이군요! 그럼 다시 만날 때까지."
 "난 이것으로 '영원한 작별'이라고 생각합니다만!"
 "모든 것이 하느님께 달려 있습니다! 그렇지요, 모든 것이 하느님

의 뜻에 달려 있지요!" 이상하게 일그러진 미소를 지으면서 포르피리
는 중얼거렸다.

사무실을 걸어나올 때 라스콜리니코프는 뭇사람들이 자기를 응시하
고 있는 것을 알았다. 그는 재빨리 현관 대기실 안의 사람들 틈에서,
그날 밤 경찰에 가자고 말했던 그 집 문지기 두 사람이 있는 것을 발
견했다. 그들은 무언가를 기다리고 있는 것같이 보였다. 그런데 그가
계단을 내려서자마자 별안간 자기 등뒤에서 포르피리의 목소리가 들
려왔다. 돌아다보니 포르피리가 헐레벌떡 쫓아오고 있었다.

"한마디만, 로지온 씨. 모든 게 하느님의 뜻에 달렸습니다만, 그러
나 역시 정식으로 몇 가지 물어보지 않으면 안 될 것으로 생각합니다.
그래서 또 만나게 될 것입니다. 그렇게 알아주십시오!"

이렇게 말하고 포르피리는 미소를 지으면서 그의 앞에서 발을 멈추
었다.

"그렇게 알아주십시오." 하고 그는 다시 덧붙였다.

그는 무엇인가를 더 말하고 싶었으나 말하지 못하는 것처럼 보였다.

"포르피리 씨, 조금 전의 일은 제발 용서해주십시오. 난 지나치게
흥분했던 것 같습니다." 좀 뽐내보려는 욕망까지 일으킬 정도로 기운
을 회복하던 라스콜리니코프는 이렇게 말했다.

"천만에, 천만의 말씀입니다." 자못 기쁜 듯이 포르피리는 말을 받
았다. "나도 그렇습니다……. 나는 비꼬는 성질이 돼서 부끄럽게 여
기고 있습니다. 정말 부끄럽습니다. 다시 뵙게 되겠지요!"

"그리고 서로 철저하게 이해합시다." 하고 라스콜리니코프가 포르
피리의 말을 가로채고 말했다.

"좋은 말씀입니다. 서로 철저하게 이해하도록 합시다." 포르피리
는 맞장구를 치면서 눈을 가늘게 뜨고 정색한 태도로 상대편을 바라
보았다.

"이제 명명일(命名日) 잔치에 가십니까?"

“아니, 장례식에 갑니다.”

“아 참, 장례식이었지요! 그럼 몸조심하십시오, 부디…….”

“나로서는 뭐라고 인사를 드려야 할지 모르겠습니다.”

이미 층계를 내려가던 라스콜리니코프는 이렇게 상대방의 말을 받고는 문득 포르피리 쪽으로 몸을 돌렸다. “앞으로 더 많은 성공을 빈다고나 할까요. 그러나 뭡니까, 당신네들의 직무도 참 우스꽝스럽습니다!”

“왜 우스꽝스럽다는 겁니까?” 하고 역시 돌아가려던 포르피리는 귀를 기울이며 되물었다.

“그렇지 않습니까? 그 불쌍한 니콜라이를 당신들은 당신들의 그 독특한 수법으로 비참할 정도로 괴롭히고 추궁해서 자백을 받았을 겁니다. 낮이나 밤이나 증거를 눈앞에 들이대고는 ‘너는 살인자다, 너는 살인자다…….’ 하고 괴롭혔을 것입니다. 그런데 이제 그 사내가 자백해버리자, 당신은 다시 ‘거짓말 마라! 너는 살인자가 아니다! 너는 그런 짓을 할 수 있는 인간이 못 된다! 누군가가 가르쳐준 대로, 마음에도 없는 말을 지껄이고 있다.’ 하고 뼈가 녹아나도록 괴롭히려고 합니다. 자, 이래도 우스꽝스럽지 않습니까, 우스꽝스런 직업이 아니란 말입니까?”

“허허허! 아까 내가 니콜라이에게 ‘마음에도 없는 말을 하고 있다.’고 말했었는데 역시 당신은 그걸 눈치채고 계셨군요.”

“눈치채지 않을 수 있습니까?”

“허허, 참 예민하십니다. 정말 눈치가 빠르시군요. 무슨 일이든지 눈치가 보통이 아니시군요. 정말 당신은 유머를 잘 쓰십니다. 익살의 참맛을 터득하고 계십니다……. 허, 허, 소설가로서는 고골리가 이런 특징이 최고도로 발달된 사람으로 알려져 있다지요?”

“그렇지요, 고골리가 그렇지요!”

“그렇지요……. 그럼 또 뵙겠습니다.”

"그럼 안녕히 계십시오."

라스콜리니코프는 곧장 집으로 돌아갔다. 그는 몹시 머리가 혼란하였으므로 집으로 돌아오자마자 이내 소파에 몸을 던지고 잠시 쉬면서 조금이라도 생각을 바로잡아보려고 애쓰며 15분쯤 꼼짝도 하지 않고 있었다. 그는 니콜라이에 관해서는 생각해보려고도 하지 않았다. 그는 심한 충격을 받았다. 니콜라이의 자백 속엔 지금 그가 도무지 이해할 수 없는, 설명할 수조차도 없는, 놀라운 일이 담겨져 있는 것을 어렴풋이 알 수 있었다. 그러나 니콜라이의 자백은 엄연한 사실이었다. 이 사실의 결과는 즉각 그에게 명백해졌다. 거짓이란 언제나 드러나고 마는 것이므로, 그렇게 되는 날엔 그에 대한 취조도 시작되리라. 그러나 적어도 그렇게 되기까지는 자유의 몸이므로 그동안에 일찌감치 자신의 안전에 대한 대책을 세우지 않으면 안 된다. 아무래도 위험은 피할 수 없는 것으로 생각되니 말이다.

그렇다고는 하지만 이 위험은 어느 정도일까? 상황은 차차 뚜렷해졌다. 포르피리와의 조금 전의 장면을 대강 생각해볼 때, 그는 다시한번 공포에 떨지 않을 수 없었다. 물론 그는 아직 포르피리의 속셈을 속속들이 아는 것은 아니었다. 조금 전의 그의 목적을 다 간파할 수는 없었다. 그러나 술책의 일부는 폭로되었다. 그리고 포르피리의 결정적인 승부의 한 수가 그에게 얼마나 무서운 것인가를 그 자신 이상으로 잘 알 수 있는 사람은 없었을 것이다. 자칫했으면 그는 완전히 정체를 드러내고 말았을지도 모른다. 포르피리도 그의 병적인 성격을 알고 첫눈에 정확하게 그를 간파한 후, 지나치게 결단적이긴 했으나 거의 확실한 행동을 취했다. 조금 전에 라스콜리니코프는 자신에게 몹시 불리한 행동을 취했으나 그렇다고 증거를 드러낼 그런 정도는 아니었다. 또한 이와 같은 것은 어디까지나 상대적인 것이다. 그러나 과연 포르피리는 지금 이런 것을 이해하고 있을까? 잘못 판단하고 있는 것은 아닐까? 오늘 포르피리는 어떤 결과를 바라고 있었던 것일까?

그는 오늘 무엇을 준비하고 있었을까? 그렇다면 그것은 대체 무엇일까? 정말 그는 누구를 기다리고 있었던 것일까? 만약 니콜라이 덕택으로 그렇게 뜻밖의 파국이 오지 않았더라면 오늘 두 사람은 어떠한 모양으로 작별하게 되었을까? 포르피리는 속셈이나 수법을 거의 보여주고 말았다. 물론 일대 모험이기는 했으나 아무튼 보여주었다. 만약에 포르피리가 좀더 정확한 그 무엇을 파악하고 있었더라면, 그것까지도 다 드러내어 보여주었을는지도 모른다. 라스콜리니코프는 어쩐지 그런 생각이 들었다. 그 깜짝 놀랄 만한 것이란 대체 무엇일까? 단지 나를 우롱하기 위해서였을까? 그것은 무슨 뜻으로 한 말이었을까? 어떤 것일까? 그 말 속에는 그 어떤 증거라든가 유력한 기소 이유 같은 것이 숨겨져 있는 것은 아닐까? 그것은 어제의 그 사내였을까? 그 사내는 어디로 사라져버렸을까? 그 사내는 오늘 어디에 있을까? 만약 포르피리가 무슨 확증 같은 것을 가지고 있다면, 말할 것도 없이 어제의 그 사내와 관련되어 있을 것이다……

그는 머리를 떨어뜨리고 무릎 위에 팔꿈치를 괴고 두 손으로 얼굴을 감싸고 소파에 앉았다. 신경질적인 전율이 온몸의 구석구석에 남아 있었다. 마침내 그는 모자를 집어들고 일어서서는 잠시 생각하다가 문께로 갔다.

그는 어쩐지 적어도 오늘 하루만은 자기 신변에 위험이 닥치지는 않을 것으로 판단되었다. 그러자 가슴속에는 그 어떤 기쁨 같은 것이 울컥 치밀어오르는 것을 느꼈다. 그는 일각이라도 빨리 카체리나에게로 가고 싶었다. 장례식에는 이미 늦어버려 시간에 맞춰 갈 수는 없을 것이나 미사에는 참석할 수 있을 것이다. 그곳에만 가면 반드시 소냐를 만날 수 있을 것이다. 그가 걸음을 멈추고 잠시 생각하는 사이, 병적인 미소가 입가에 떠올랐다.

"오늘이다! 오늘이다!" 그는 거듭 중얼거렸다. "그렇다. 오늘중으로 해야지! 어떤 일이 있어도 오늘 안으로 마쳐야 한다!"

그가 문을 열려고 한 순간 문이 저절로 열리는 바람에 그는 소스라치게 놀라 움찔하고 뒤로 물러섰다. 문이 천천히 열리더니 불쑥 사람이 나타났다. 어제의 그 땅 속에서나 솟아난 듯한 사나이였다.

사나이는 문지방 위에 서서 잠자코 라스콜리니코프를 힐끔 한번 훑어보고는 방안으로 들어섰다. 그 사나이는 어제와 조금도 다름없는 모양과 옷차림을 하고 있었으나, 그러나 얼굴과 눈초리에는 심한 변화가 일어나 있었다. 지금 그는 어딘지 모르게 풀이 죽은 것처럼 보였고 잠시 섰다가 깊은 한숨을 내쉬었다. 만약 여기에다 손바닥을 한쪽 볼에 대고 고개를 기울여 보인다면 흡사 시골 아낙네같이 보였을 것이다.

“무슨 일이십니까?” 라스콜리니코프는 죽은 사람처럼 파랗게 질려서 물었다.

사나이는 잠시 말없이 있다가 별안간 허리를 굽혀 마루에 닿도록 머리를 숙여 절을 했다. 적어도 오른쪽 손은 마루에 닿았다.

“어떻게 된 겁니까?” 하고 라스콜리니코프가 소리치자,

“제가 나빴습니다.”

사나이는 작은 소리로 말했다.

“뭣이 말이오?”

“제가 나쁜 생각을 품었었습니다.”

두 사람은 서로 마주보았다.

“전 너무나 화가 났었단 말입니다. 그때 당신이 거기 오셔서 아마 많이 취해 계셨겠지만 문지기더러 경찰에 가라고도 하시고 피에 대한 일도 물어보셨을 때 모두 당신을 술주정꾼으로 알고 그냥 내버려두는 것이 마음에 걸렸던 거지요. 그래 밤새도록 제대로 잘 수 없었단 말입니다. 그래서 난 당신의 주소를 기억하고 있었으므로 어제 여기로 모든 것을 살펴보려고 왔었습지요……”

“누가 왔었다구요?” 하고 라스콜리니코프는 상대편의 말을 가로막았으나 서서히 기억이 되살아났다.

“접니다요. 당신에게 미안한 짓을 했지요.”

“그렇담, 당신은 그 아파트에 사는 사람이오?”

“네, 그렇습죠. 전 그곳에 사는 사람인뎁쇼, 그땐 그 녀석들과 함께 문간에 서 있었는데 벌써 잊어버렸습니까? 전 오래 전부터 그곳에 가게를 가지고 있습지요. 모피 상점을 말입니다. 집에서 주문을 받아 이럭저럭 살고 있답니다……. 그런데 그때 제일 비위에 거슬렸던 것은 …….” 문득 라스콜리니코프는 그저께 문 옆에서 벌어졌던 정경이 생생하게 머리에 되살아났다. 그땐 그 자리에 문지기들 말고도 몇 사람이 함께 서 있었고 여자들도 있었다는 생각이 났다. 그는 그들 중의 어떤 자가 이따위 놈은 대뜸 경찰에 끌고 가라고 소리치던 것도 머리에 떠올랐다. 그러나 그렇게 떠들어대던 사나이의 얼굴은 생각나지 않았고, 지금 만나도 알 수는 없을 것 같지만 자기가 그 소리가 들리던 곳을 향하여 몇 마디 말을 던진 것은 기억에 남아 있었다.

그러면 이것으로 어제의 그 공포는 완전히 해소된 셈이 된다. 자기는 이렇게 ‘시시한 일’로 자칫하면 신세를 망칠 뻔했던 것이다. 자칫 큰일날 뻔했었다고 생각을 하니 등골이 오싹해왔다. 그렇다면, 이 사나이는 셋방 얻는 일과 피에 관한 문답 외에는, 남들에게 떠벌리고 다닐 만한 사실은 아무것도 알지 못하고 있다고 단정할 수 있었다. 그러므로 포르피리도 역시 열에 들떠서 한 것 말고는 어떤 의미로도 해석될 수 있는 심리 외에는 확실한 증거라고는 단 하나도 파악하지 못하고 있는 셈이 된다. 그러니까, 이 이상 아무런 증거가 나오지 않는다면(——증거 같은 것이 더 이상 나올 리 없다, 절대로 나올 리 없다……) 그들은 나를 어떻게도 할 수 없을 것이 아닌가? 가령 나를 체포했다고 하더라도, 무엇을 증거로 기소할 수 있겠는가? 이렇게 따져보니 포르피리는 이제 겨우 셋방 얻는 일에 대한 것만 알았을 뿐, 그 전에는 아무것도 몰랐다고 생각할 수 있었다.

“그러면, 오늘 포르피리에게…… 내가 그곳에 간 것을 얘기한 것은 당신이었군요?" 하고 그는 뜻밖의 생각에 깜짝 놀라 외쳤다.

"포르피리라뇨?"

"예심판사 말이오."

"얘긴 제가 했습지요. 문지기들이 가지 않으려고 해서 제가 갔던 겁니다."

"오늘 말이오?"

"당신이 오시기 조금 전이었습죠. 그리고 그 사람이 당신을 몰아세우는 것을 빠짐없이 다 들었지요."

"어디서? 무엇을? 언제 말이오?"

"그곳 칸막이 뒤에서 말입니다. 쭉 그 자리에 있었습죠."

"뭣? 그럼 깜짝 놀랄 만한 것이란 결국 알고 보니 당신을 두고 한 말이었군요? 왜 이렇게 됐지? 정말 놀랐어!"

"사실은 이렇게 됐습죠." 하고 상인은 얘기를 시작했다. "문지기들은 아무리 내가 말해도 시간이 너무 늦었느니, 지금 가봤자 잔소리나 듣게 마련이라느니 하면서 자꾸 꽁무니만 빼기에 난 어떻게나 화가 나던지 참을 수가 있어야지요. 밤새도록 잠도 제대로 못잘 정도였습죠. 그래 내가 직접 살펴보기로 했습니다. 그래 어제 겨우 좀 조사된 것이 있어서 찾아갔지요. 처음 갔을 때에는 자리를 비우고 계시지 않았기에 한 시간 후에 다시 갔습죠. 그러나 면회를 허락받지 못했습니다. 그래서 세번째 가서 겨우 그분 방으로 안내됐는데 전 아는 대로 모조리 얘기를 했단 말입니다. 그런데 그 사람은 내 얘기를 듣자 방안을 왔다갔다 서성이면서 주먹으로 자신의 가슴을 툭툭 치고 '당신들은 왜 나를 이렇게 괴롭히는 거요? 이 악당들 같으니라구! 진작 그런 줄 알았다면 경호대를 따르게 해서 그 녀석을 호출하는 건데.' 하지 않겠습니까. 그는 곧 어디로 달려가더니 누굴 한 사람 불러와서는 방 구석에서 의논을 시작합디다. 그런 뒤 다시 내게로 오더니 뭘 묻기도 하고 잔소리를 하기도 했죠. 전 그때 잔소리를 많이 들었습죠. 그래 전 샅샅이 말씀드렸던 겁니다. 어제 그 학생은 내가 묻는 말에 제대로 대답도 못했다느니, 그 학생은 내가 누군 줄 아마 몰랐을 것 같다느니 하고 얘기를 하고 있는데, 그분은 그저 방안을 뛰어다니면서 자기 가슴을 때리다가 혼자 화를 내다가 하고 있었습죠. 그런데 마침 그때 당신이 방문했다는 전갈이 왔던 겁니다. 그러자——그분은 알겠소, 칸막이 뒤에서 꼼짝 말고 숨어 있으시오, 하는 거였죠. 그래 손수 의자까지 날라와서는 저를 그 자리에다가 가두어버렸어요. 사정에 따라서는 당신도 심문하게 될지도 모른다고 말입니다. 그런데 니콜라이가 끌려온 것은 당신이 돌아가고 난 뒤였었습니다만, 그때서야 겨우 저를 그 자리에서 나오게 했었죠. 내가 물러날 때 그분은 다시 한번 더 와서 심문을 받아야 될 거라고 말씀하더군요……."

"그럼, 니콜라이는 당신이 있는 자리에서 심문을 받았소?"

"그분은 당신이 물러가고 난 뒤, 곧 저까지 내보냈기 때문에 잘 모르긴 하지만, 우리가 없을 때 심문한 것 같습니다." 상인은 여기서 말을 끊자 곧 또 코가 땅에 닿을 만큼 공손한 절을 했다.

"당신을 중상하기도 하고, 앙심을 품기도 한 것 용서하십시오."

"하느님이 용서해주실 거요." 하고 라스콜리니코프가 대답하자

상인은 다시 또 공손한 절을 했다. 그러고는 천천히 몸을 돌려 방을 나갔다.

'자, 이렇게 되고 보니 만사가 더 애매하게 되고 말았구나.' 하고 라스콜리니코프는 되풀이해서 중얼거리면서 여느 때와는 달리 힘차게 방을 나섰다.

'자, 이제부터 다시 싸워야지.' 하고 그는 계단을 내려가면서 증오에 찬 웃음을 띠고는 혼잣말을 지껄였다. 그 증오는 자기 자신을 향한 증오였다. 그는 자기 자신이 '겁쟁이'인 것이 생각나자 경멸과 수치를 느꼈다.

제 **5** 부

1

듀냐와 플리헤리야를 상대로 운명을 좌우할 만한 얘기를 나눈 이튿날 아침, 루진은 일시에 술이 깨어버리는 듯한 느낌이 들었다. 더없이 불쾌하게 느낀 것은, 이미 엎질러진 물이긴 하지만 어제까지만 해도 꿈같이 여겼던 일을, 그래도 있을 수 없는 일로 알았던 일을, 이제 기정 사실로 받아들이지 않을 수 없게 되었다는 것이었다. 상처받은 자존심이라는 검은 뱀에 밤새도록 물린 것만 같았다. 잠자리에서 일어나자 루진은 곧장 거울을 들여다보았다. 분노 때문에 하룻밤 사이에 온몸에 담즙이 퍼져서 황달병이 되지 않았나 하고 걱정했기 때문이다. 그러나 그 점은 아직 무사하였다. 그는 의젓하고 하얀, 요즘 살이 오르기 시작한 자기 얼굴을 바라보았다. 이 정도라면 어디를 가더라도 어여쁜 색시를 얻을 수 있겠지, 하는 자신이 붙었으므로 한순간 자위할 수 있었다. 그러나 문득 제정신이 들자, 그는 침을 탁 뱉었다. 그 일 때문에 그는 동거자인 레베자트니코프로부터 말없는 비꼼과 조소를 받게 되었다. 루진은 이 조소를 눈치채자 마음속으로 이 젊은 친구에 대한 대출 계정에 그것을 계산해두었다. 요즈음 이 친구에 대한 대출 잔액이 자꾸 불어나고 있었던 것이다. 그가 무심코 어제의 면담 결과를 레베자트니코프에게 말해버린 것은 잘못이었다는 생각이 들자 이 친구에 대한 증오심이 더욱 배가하고 말았다. 이것은 그가 초조한 나머지 침착성을 잃고 순간적인 감정으로 마음속을 드러냄으로써 범하고 만 커다란 실수였고, 어제로서는 두번째의 실수라고 할 수 있다 ……. 게다가 그날 오전엔 불쾌한 일만 연달아 일어났다. 대법원에 걸려 있는 사건도 그렇게나 분주하게 뛰어다니면서 교제를 하고 애를 썼는데도 불구하고 머지않아 패소하게 될 형편에 있었다. 그 중에서도 각별히 마음을 죄게 한 것은 코앞에 다가온 결혼을 위하여 빚낸 돈으로 새로 꾸민 셋방 집주인과의 문제였다. 이 집주인은 갑자기 벼락부자가 된 독일인 직공이었는데, 이 사람은 셋방 임대 계약을 해약하자는 루진의 청을 거절할 뿐만 아니라, 거의 새집처럼 수리한 셋방을 그냥 되돌려주겠다는데도 계약서에 규정한 해약금을 전액 지불하라고 우기고 있는 것이다. 가구 역시 그랬다. 매매계약만 맺은 채 그 가구는 하나도 인수하지 않았는데도 선금으로 지불했던 돈을 한푼도 되돌려주려고 하지 않는 것이다. '그 가구 대금이 아까워서 일부러 결혼할 수는 없는 것이 아니냐!' 하고 루진은 몹시 분격하였으나, 동시에 실현 가능성도 없는 생각이 다시 한번 그의 머릿속에 번득였다. '과연, 그 일은 돌이킬 수 없을 정도로 끝장이 나고 만 것일까? 다시 한번 밀고 나가보면 어떨까?' 두냐를 머릿속에 떠올리면, 그는 강한 욕망과 유혹을 느끼게 되었다. 그는 숨 막힐 듯한 이 순간을 참고 견뎠다. 이럴 때 무슨 저주라도 퍼부어서 당장 라스콜리니코프를 죽여버릴 수 있다면 그는 서슴없이 그 짓을 감행했을 것이다.

'나의 실수는 그것뿐만이 아니었다. 그 두 여인에게 돈을 조금도 주지 않았던 것도 큰 잘못이었다.' 그는 침울한 심정으로 레베자트니코프의 집으로 돌아오는 도중 줄곧 이렇게 생각했다. '제기랄! 난 어쩌자고 유태인처럼 쩨쩨하게 굴었던가! 더없이 미련한 짓이 아니었던가! 난 그 두 여인들을 일단 궁지에 몰아넣음으로써, 나를 하느님처럼 의지하고 공경하도록 만들 참이었는데 말이야. 그들이 그렇게 나올 줄이야 어찌 알 수 있었으랴! 쳇, 그러지 말고 내가 그 두 여인에게 쉴새없이 온갖 선물을 했더라면 좋았을 것을. 그 납체금이니, 화장품이니, 보석이니, 금붙이니 하는 것들을 말이야. 하다못해 크노프 상점이나 영국 상점에서 팔고 있는 시시한 물건이라도 사라고 가령 1,500루블만 던져주었더라도 일은 이렇게 뒤틀리지 않았을 것이 아닌가……. 좀더 일이 순조롭게 진행됐을 건데. 그렇게만 했더라면 그쪽에서도 그렇게 나오진 못했을 것이 아니겠어! 그뿐인가, 그들은 만약 파혼이 되는 경우엔 나에게서 받은 선물이나 돈을 깨끗이 돌려줄 수 있는 곧은 성미를 가진 사람들이란 말이야. 게다가 그런 것을 되돌려주려면 마음이 쓰리고 아까운 생각이 들 테고 어쩌면 양심의 가책마저 받게 될 것이거든. 그리고 또 그렇게 친절하고 싹싹하게 선심도 잘 쓰는 사람을 어떻게 불쑥 내쫓아버릴 수 있겠느냐고 생각했을 텐데 말이야……. 아이쿠! 실수도 이만저만한 실수가 아니었구나!' 이렇게 생각한 루진은 다시 한번 입을 앙다물고 원통해 하였고 자기 자신이 바보였다고 생각했다.

이와 같은 결론에 도달했으므로 그는 집을 나설 때보다 두 배나 더 불쾌한 심정을 안고 귀가하였다. 그는 카체리나의 방에서 진행되고 있는 추도식 준비에 적지않은 관심을 가지게 되었다. 이 추도식에 대한 소문은 이미 어제부터 귀가 아프도록 전해 듣고 있었고 자기도 초청받은 것이 생각났다. 그는 다만 자기 일 때문에 정신없이 이리저리 뛰어다니느라고 미처 그 일에 대해 신경 쓸 겨를이 없었던 것이다. 카체리나가 집을 비운 틈에(묘지에 가고 없었다) 식사 준비가 다 된 식탁 옆에서 분주히 일하고 있는 리페베츠셀 부인에게 급히 달려가서 물어본 바에 따르면, 추도식은 성대하게 거행하기로 되어 있었고 아파트의 주민들은 거의 초대를 받았는데 개중에는 고인과 안면도 없는 사람까지 포함되어 있었고, 카체리나와 싸움까지 했던 레베자트니코프도 초청되었으며, 뿐만 아니라 그는 셋방살이 주민들 가운데서는 손꼽는 유지로서 그의 참석을 모두가 학수고대하고 있다는 것까지도 알게 되었다. 또 그 아마리아도 여러 가지 불쾌한 말썽이 있었음에도 불구하고 초청되었는데, 그녀는 마치 주인 대리나 되는 것처럼 안팎으로 부지런히 설치고 다니면서 일을 보았다. 그녀는 상복을 새 명주천으로 아래위를 단정하게 갖추어 입었고, 그것으로 하여 약간 으스대는 기색마저도 드러내 보이고 있었다. 이와 같은 사실과 정보를 근거로 루진은 그 어떤 일을 꾸며보기로 몰래 작정하고 자기 방, 즉 레베자트니코프의 방으로 되돌아왔다. 그가 이런 생각을 가지게 된 것은 라스콜리니코프도 추도식에 초청된 손님의 한 사람이라는 것을 알았기 때문이다.

레베자트니코프는 어쩐 일인지 하루종일 자기 방에 틀어박혀 있었다. 이 사나이와 루진 사이에는 일종의 기묘한 관계가 이루어져 있었다. 루진이 그의 방에 더부살이를 하게 된 바로 그날부터 좀 지나칠 정도로 그를 경멸하고 미워하였는데, 그러면서도 그를 다소 두려워하고 있었다. 그가 페테르부르크에 도착한 후 이 사내의 방에 기숙하게 된 것은 쩨쩨한 경제 관념에 의한 것만이 아니라, 하긴 그것이 주요 원인이긴 하였으나, 그것 말고 다른 이유도 있었다. 그가 아직 지방에 있었을 때 그의 피후견인이었던 레베자트니코프가 가장 진보적인 젊은 진보자의 일원으로서 그 어떤 전설적인 서클에서 중요한 역할을 하고 있다는 소문을 듣고 심한 충격을 받은 바 있었다. 그 서클이란 것이 사회의 모든 측면에서 인간 자체를 경멸하고, 모든 인간의 비행을 폭로하는 조직적이고도 강력한 것이었으므로 루진은 일찍부터 그에 대하여 일종의 공포심 같은 것을 느끼고 있었다. 물론 그 자신은 시골에 있었던 관계로 이와 같은 일에는 깊이 아는 것도 없었고 정확한 개념이나 소신 같은 것도 갖고 있지 않았다. 그는 다른 사람들과 마찬가지로 페테르부르크에는 진보주의자·허무주의자·폭로주의자

등이 있다는 것은 알고 있었다. 많은 사람들이 그렇기도 하지만 그 역시 그 의미나 의의(意義)를 터무니없이 과장하고 왜곡하여 생각하고 있었다. 그가 근래 가장 두려워한 것은 그 중에서도 폭로였다. 이것은 활동 무대를 페테르부르크로 옮기려고 꿈꾸고 있던 그에게는 가장 큰 불안의 씨였던 것이다. 어디에도 비할 수 없을 정도로 그 점에 대한 그의 공포심은 컸다. 몇 년 전, 지방에 있을 때, 출세길을 뚫으려고 평소 그가 매달리고 적지않은 도움까지 받았던 도내에서 손꼽히는 유력자의 비행이 무참하리만큼 크게 폭로된 사건을 두 번이나 목격한 일이 있었다. 첫번째의 사건은, 폭로된 인물에 대한 단순한 추문으로 끝나고 말았으나, 두번째 사건은 자칫했으면 굉장히 복잡한 사태로 발전할 기세를 보이기까지 했다. 이와 같은 일을 겪은 바 있는 그로서는 페테르부르크로 오자마자, 그와 같은 사건의 진상을 규명하고, 동시에 필요하다면 남보다 앞질러서 그 '우리나라의 젊은 세대'와 손을 잡으려고까지 생각했었다. 이런 경우, 그가 의지할 수 있는 사람이라고는 레베자트니코프밖에 없었고, 결과적으로 그의 도움을 받게 된 것이었다. 이번에 라스콜리니코프를 방문했을 때, 제법 아는 체하고 몇 가지 문자를 뇌까릴 수 있었던 것도 레베자트니코프 덕택이었다.

말할 것도 없이 그는 레베자트니코프가 지극히 저속한 인간이라는 것을 이내 간파했다. 그러나 그렇다고 해서 루진이 품고 있던 의문이 풀린 것은 아니었고, 어떤 자신이나 용기가 생긴 것도 아니었다. 설령 그가 진보주의자들은 미친놈들의 집단이라고 확신하게 되었다손치더라도, 그 자신이 품고 있던 불안이나 공포심은 해소될 수 없는 것이었다. 원래 그는 그러한 학설이나 사상이나 조직 같은 것에는 관심을 가지지도 않았거니와, 자신과는 아무런 관계도 없는 것으로 생각하고 있었다. 그에게는 자기 나름대로의 독특한 목적이 있었던 것이다. 그에게 필요한 것은 일각이라도 빨리 다음과 같은 것을 살피고 파악하는 일이었다. 즉, 여기서는 무엇이 어떻게 전개되고 있는가? 그들에게는 조직적인 세력이 있는 것일까? 내가 정말로 두려워해야 할 만한 것이 있는가? 내가 어떤 일을 꾸몄을 때 그들은 자기를 폭로할 것인가, 아닌가? 폭로한다고 치면, 도대체 무엇을 폭로할 것인가? 그리고 지금 그들은 무엇을 폭로하고 있을까? 그뿐만 아니다. 만약 그들에게 세력이 있다고 한다면 무슨 술책이라도 써서 그들을 한번 멋지게 이용할 수는 없는 것일까? 동시에 꼭 그럴 필요가 있을까, 아니면 없는 것일까? 이를테면, 그들을 사이에 넣어 가지고, 자신의 출세를 보장할 그 어떤 실마리라도 붙잡을 수는 없을까? 이와 같은 일들이었다. 요컨대 그의 눈앞에는 몇백 가지나 되는 의문이 산더미처럼 쌓여 있는 셈이었다.

그런데 이 레베자트니코프라는 사나이는 어떤 관청에 다니고 있는 사람으로, 선병질(腺病質)이며, 연주창을 앓은 적이 있는, 몸집이 조그마한 사나이였다. 그의 얼굴은 금발이 이상하게 보일 정도로 희었고, 턱수염을 무성하게 기르고 있었다. 그런데 그는 1년 내내 눈병을 앓고 있었다. 성질은 비교적 온화한 편이었으나 말투나 행동엔 언제나 자신이 넘쳐 있었고, 때로는 사람을 무시하는 듯한 태도를 보일 때도 있었는데, 그럴 땐 그의 풍채에 어울리지 않아 보는 사람들로 하여금 웃음을 참지 못하게 했다. 그래도 그는 아마리아의 아파트에서는 꽤 훌륭한 입주자로 지목되어 있었다. 그가 술도 먹지 않는데다가 방세도 꼬박꼬박 제때에 지불하였기 때문이다. 이와 같은 장점을 가지고 있었음에도 불구하고, 레베자트니코프에게는 어딘가 모자라는 데가 있었다. 그가 진보주의자와 '우리나라의 젊은 세대'에 뛰어든 것은 젊은이의 단순한 정열에 기인한 것이었고, '언제나 최신 유행의 사상에 덤벼들어 곧장 그것을 속화(俗化)하고, 때로는 참된 봉사를 지향하는 모든 기운을 우스운 것으로 병들게 하는 속물들이나 팔푼이 같은 것들, 그리고 무엇 하나 제대로 배우지도 못한, 고루한 무리들로 이루어진 온갖 잡동사니 집단의 무리 중의 하나에 지나지 않았던 것이다.

그런데 레베자트니코프는 몹시 상냥한 성미를 가진 사나이면서도 자기의 동거인이고 전의 후견인이었던 루진이 조금은 못마땅하게 여겨졌다. 대수롭지도 않은 일로 말미암아 서로 그런 감정 상태로 떨어지고 만 것이다. 그것은 아무리 멍청한 데가 있는 사나이라 할지라도 루진이 그를 속이고 심중에서 그를 경멸하고 있는 일이나, '이 사내는 보기와는 전혀 다른 인간이다'고 생각하고 있는 것을 눈치채지 못하지는 않았기 때문이다. 그는 루진에게 푸리에의 체계(體系)며 다윈의 학설을 설명해주려고 해도 루진은 어쩐지 냉랭한 태도만 취했고, 최근에 이르러서는 욕지거리까지 하는 것이었다. 그렇게 된 까닭은 레베자트니코프가 보잘것없는 속물에 지나지 않고, 어쩌면 허풍선이일는지도 모르겠다는 생각이 들었던 것과, 그가 자신이 속한 서클 내에서도 주요 인물들과는 전혀 교제도 없고, 그가 떠벌이는 주의 주장 같은 것도 어디선가 주워 들은 극히 피상적인 것에 불과한 것처럼 보였다는 것, 그리고 자신을 선전할 때에도 이론이 분명치 않고 어물거리기만 한 것 등을 미루어 생각해볼 때, 어쩌면 그는 아무것도 모르는 저열한 인간인 것같이 생각되었고, 만약 이 생각이 틀림없는 것이라면 그는 도저히 폭로가는 될 수 없을 것으로 루진에게도 판단되었기 때문이었다. 덧붙여 말해두지만, 루진은 일주일 전부터(특히 처음에는) 레베자트니코프의 몹시 진기한 찬사를 기꺼이 받아들이고 있었다. 이를테면, 레베자트니코프로부터, 머지않아 메시찬스카야 거리에 새로운 '코뮨'이 창설되는데, 당신은 그 창설에 원조를 아끼지 않으시겠지요라든가, 또 예를 들어 두냐가 결혼 첫달부터 몰래 애인을 만든다 하더라도 당신은 그것을 방해하지는 않겠지요라든가, 앞으로 당신 슬하에 태어날 자식에 대해서는 세례 같은 것은 받게 하지 않으시겠지요라든가 하는 여러 종류의 말을 걸어도 그는 반박도 하지 않았을 뿐만 아니라 일체 침묵만 지키고 있었던 것이다. 루진은 언제나 이와 같은 칭찬을 들어도 반박하거나 겸손해 하는 일이 없었을뿐더러 그 칭찬하는 방법까지도 용인하고 있었다. 그처럼 그는 어떤 찬사라도 좋아했고 기뻐하였다.

이날 아침, 무슨 이유에서인지 5푼 이자가 붙어 있는 채권을 현금으로 바꿔온 루진이, 책상 앞에 앉아 돈과 채권 다발을 계산하고 있었다. 돈이라고는 가져본 적이 없는 레베자트니코프는 방안을 왔다갔다 서성거리면서 그 돈더미를 태연히 바라보았다. 게다가 그는 멸시하는 듯한 기색까지도 보였다. 루진으로서는 레베자트니코프가 이와 같은 대금을 태연한 심정으로 보아넘길 수는 절대로 없을 것으로 생각되었고, 레베자트니코프는 그 나름대로, 루진이라면 어쩌면 자기를 정말로 그렇게 생각하고도 남을 사나이고, 게다가 책상 위에 늘어놓은 돈다발로 나의 마음을 자극하고 애태우게도 해서, 나로 하여금 보잘것없는 존재라는 것과 그와 나 사이에는 현격한 차이가 있다는 것을 깨닫게 할 기회가 온 것을 내심 즐거워하고 있겠지 하는 생각을 하게 되었고, 따라서 비통한 울분 같은 것이 가슴속에서 치밀어오르는 것을 뼈아프게 느끼고 있었다.

레베자트니코프는 루진 앞에서, 새롭고 특수한 '코뮨'의 창설이라는, 놀랄 만한 화제를 늘어놓았음에도 불구하고 그가 여느때와는 달리 조금의 관심도 보이지 않음을 알았다. 그가 주판알을 탁탁 튕기면서 내뱉듯 한 마디씩 던지는 반박이나 단평(短評)은 무척 노골적이고 감정적인 것이었으며, 사뭇 버릇없어 보이는 듯한 조소까지도 깃들어 있었다. 그러나 '휴머니스틱'한 레베자트니코프는 루진의 그와 같은 정신 상태는, 어제 두냐와의 결렬 때문에 받게 된 충격 탓이라고 여겼고, 일각이라도 빨리 화제를 그쪽으로 돌리고 싶어 애가 탔다. 그는 이 문제에 대하여 존경할 만한 자기의 친구를 위로하는 일도 될 뿐만 아니라 의심할 여지도 없이 상대편의 정신적 발달에 크게 도움이 된, 진보적이며 선동적인 의견을 얼마간 가지고 있다고 자부하고 있었던 것이다.

"대체 그곳에선 추도식을 어떻게 할 참인지? 그 과부댁 말이야." 하고 루진은 레베자트니코프가 신나게 떠벌리고 있는 것을 가로막으면서 불쑥 이렇게 물었다.

"전혀 모르시는 것처럼 말씀하시는군요. 어제 우린 그 얘기를 하지 않았습니까? 그와 같은 의식에 대한 나의 의견도 말씀드렸었는데 ……. 그런데 당신도 그 과부댁으로부터 초청을 받았다면서요? 그리고 그 여자와 어제 얘기도 하셨고……."

"나는 설마 그 바보 같은 거지 여자가, 다른 또 한 명의 바보인 …… 그 라스콜리니코프로부터 받은 돈을 몽땅 추도식에 써버릴 것이라고는 꿈에도 생각지 못했지. 아까 그 옆을 지나면서 무척 놀랐어. 술이니 뭐니 하고 대단한 준비를 했더군! 게다가 손님도 몇 사람 초대한 것 같았는데…… 정말 무슨 심산인지 알 수가 없단 말이야!" 무슨 목적이라도 있는 것같이 루진은 말머리를 그쪽으로 돌리면서 말을 계속했다. "뭐라고? 자넨 나도 초청받았다고 말했지?" 하고 그는 고개를 쳐들면서 불쑥 덧붙여 말했다. "대체 언제 그런 얘길 했을까?" 난 기억이 없는데. 그렇더라도 난 가지 않을 거야. 그런 델 가서 뭣 해! 어제 잠깐 지나다가 그 사람과 만나 가난한 관리의 미망인으로서 일시 보조의 형식으로 1년치의 연금을 받게 될지도 모르겠다고 얘기를 했을 뿐인데. 그럼 그 여자가 나를 초대한 것은 그 때문인가? 헤헤!"

"나 역시 갈 생각이 없습니다." 레베자트니코프가 말했다.

"그야, 그렇겠지. 자기 손으로 때렸으니깐. 꺼리는 것도 무리가 아니지. 헤헤헤!"

"누가 때렸습니까? 누굴?" 레베자트니코프는 별안간 움찔하고 얼굴을 붉혔다.

"자네지. 한 달쯤 전에 카체리나를 때린 것 말야! 어제 그 여자한테서 들었지……. 자네들의 신념이란 대체로 그런 정도겠지! 그렇다면 그 여성 문제라는 것도 아무리 해도 실패로 돌아갈 것 같군. 헤헤헤!"

　이렇게 말한 루진은 좀 마음이 가라앉았는지 다시 탁탁 주판을 튕기기 시작했다.

　"그런 것은 모두 터무니없는 중상입니다!" 이 이야기가 나올까봐 언제나 겁을 내고 있던 레베자트니코프는 불끈 화를 냈다. "그건 전연 사실과는 다릅니다. 그건 다른 얘깁니다……. 당신이 잘못 들은 겁니다. 헛소문에 지나지 않습니다! 난 그때 다만 자기 방어를 했을 뿐입니다. 그 여자가 먼저 나에게 덤벼들어서 나를 할퀴려고 했습니다……. 게다가 그 여자는 나의 턱수염을 쥐어 뜯었단 말입니다……. 어떤 사람에게도 자기 방어는 허용되어야 하지 않겠습니까? 그리고 난 누구든지 나에 대한 폭행은 용서하지를 않으니까요……. 그게 내 주의지요. 그런 게 허용된다면 바로 전제주의나 다름없이 될 게 아닙니까? 대체 난 어떻게 했으면 좋았을까요? 멍청히 그 여자 앞에 서 있었어야 옳았을까요. 난 다만 그 여자를 밀쳐냈을 뿐이란 말입니다."

　"헤헤헤!" 하고 루진은 간사한 웃음을 계속했다.

　"당신은 화가 나고 초조하니까 나에게 덤벼드는 거지요……. 그건 쓸데없는 일이고 여성문제하고도 전혀 관계가 없는 일입니다. 당신은 아무래도 오해하고 있는 것 같군요. 난 사회적으로 여성은 모든 점에 있어서, 특히 체력에 있어서, 이건 이미 확인된 일이기는 합니다만, 남성과 동등하다고 한다면, 이와 같은 경우에도 동등하지 않으면 안 된다고 생각한단 말입니다. 물론 난 그 후에 그러한 문제는 본질적으로 존재하지 않는다고 판단했습니다만. 하지만 치고 받는 싸움 같은 것은 존재할 리도 없고, 앞으로의 사회에서는 그런 것이 있어서도 안 될 것으로 생각됩니다. 그런데 그런 싸움에도 평등이 있다고 생각하는 것 자체가 우스운 얘기지요. 난 그런 것도 모를 만큼 바보는 아닙니다. 그런데 육탄전과 같은 싸움은 없어지지 않을 겁니다……. 언젠가는 없어지겠지만 아직은 이같이 일어나고 있습니다……. 쳇, 당신을 상대로 얘기를 하고 있으면, 어쩐지 머리가 혼란해지고 만단 말입니다! 내가 추도식에 안 가는 것은 그와 같은 못마땅한 일이 있었기 때문이지요. 난 다만 주의 주장에 따라 안 가는 것이고, 추도식이니 뭐니 하고 고루한 폐습에 물들어 있는 사람들과는 어울리기가 싫어서 안 가는 겁니다. 물론 참석해서 나쁠 것은 없다고 생각되기는 합니다. 그들을 조소해주기 위해서 말입니다……. 하지만 교회에서 아무도 안 온다니 그건 큰 유감이군요. 그들이 온다면 나도 꼭 가보려는데 말입니다.”

“자네의 그 생각은, 남의 잔칫집에 초대를 받아 가서 그 잔치 음식과 주인에게 침을 뱉겠다는 것이나 다름없군! 그렇지 않나?”

“아니지요, 침을 뱉겠다는 것이 아닙니다. 항의하겠다는 것뿐입니다. 난 유익한 목적이 있어서 가려는 겁니다. 간접적으로 계몽과 선전이 될 테니까. 인간은 누구나 계몽과 선전의 의무가 있는 것이고 그 방법은 과격할수록 효과적인 겁니다. 난 사상의 씨를 뿌리게 되는 셈이지요……. 그리고 그 씨앗으로부터 사실이 탄생하는 것입니다. 그러니 어째서 내가 그들을 모욕한다고 말할 수 있겠습니까? 처음에는 반발하거나 노할는지도 모르겠습니다만, 세월이 흐르면 그 무리들도 나의 생각에 따르게 될 것이고 자기들의 이익을 깨닫게 될 겁니다. 현재 우리 동지들 중에서 테레베파──이 사람은 지금 코뮨에 가입하고 있습니다만──가 사람들로부터 비난을 받은 일이 있었지요. 그녀가 집을 뛰쳐나와…… 사내에게 몸을 맡겼을 때, 자기 부모한테 편지를 보냈는데, 그 편지 속에 부모들의 인습적인 사고방식을 비난하고, 그와 같은 부모 슬하에서 생활할 수는 없으니 자유 결혼을 허락해 달라고 청했단 말입니다. 그래서 어떤 사람들은 그건 너무 지나치다, 부모에게는 좀 너그럽게 썼어야 되지 않았겠느냐 하고 말썽이 있었던 것이지요. 그런데 내 생각으론 그런 걱정들이 무척 시시하다는 겁니다. 좀 너그럽게 쓸 것이 아니라, 반대로 좀더 과격하게 적극적인 자세로 저항했어야 옳았다는 겁니다. 또 이런 일도 있지요. 저 바렌츠 같은 여인은 7년 동안이나 같이 살아온 남편과 두 자식까지 헌신짝처럼 버리고 이렇게 딱 잘라 말했었지요. 그녀가 남편에게 보낸 편지에서 이렇게 주장했습니다. '전 당신과 함께 사는 한, 행복은 얻지 못할 것 같은 생각이 들었습니다. 당신은 코뮨이라는 특이한 사회 기구가 있다는 것을 저에게 숨기고 나를 속여왔습니다마는 전 그런 당신의 태도를 결코 용납할 수가 없습니다. 최근에 어떤 고명한 분으로부터 그런 얘기를 듣고 느낀 바가 있어서 전 그분에게 몸과 마음을 송두리째 바치기로 결심하였고, 동시에 그분과 힘을 합하여 새로운 하나의 코뮨을 창설하기로 결정했습니다. 이와 같은 것을 솔직하게 말씀드리는 것은 당신을 속이기가 싫기 때문입니다. 그것은 불성실한 일이 될 테니까요. 당신은 금후 마음대로 해주십시오. 저를 찾을 생각은 결코 하지 마세요. 이미 때가 늦었으니 말입니다. 그럼 부디 행운이 있으시기를 빕니다.' 이렇게 말입니다. 그와 같은 경우엔 이렇게 솔직하게 써야 하는 겁니다!"

"그 테레베파라는 여자는 자네가 언젠가 벌써 세 번이나 자유결혼을 한 사람이라고 말한 그 사람 아니야?"

"사실은 전부 두 번뿐입니다. 하긴 네 번이건, 열다섯 번이건 그런 건 상관 없는 일이지만 말입니다. 난 부모가 살아계시기만 한다면 철저히 저항할 것입니다……. 내 신세는 흡사 한 토막의 빵조각처럼 외톨이가 돼버렸으니 정말 유감스럽게 됐지요. 지금은 저항할 상대가 없어져버렸단 말입니다. 정말 분한 노릇입니다."

"간덩이가 뚝 떨어질 정도로 놀라게 해주고 싶단 말이지? 헤헤! 그럼 마음대로 해보게!" 하고 루진은 상대편의 말을 가로막았다. "그런 것 말고, 내가 한 가지 물어보고 싶은 게 있는데……. 자네, 그 죽은 관리의 딸을 알고 있지? 그 빼빼 마른 아가씨 말이야! 그 아가씨에 대한 소문은 정말인가?"

"그게 어쨌다는 겁니까? 내 생각으론, 즉 나의 소신으로는, 그런 여성이야말로 가장 정상적인 상태의 여성이라고 말하고 싶습니다. 어째서 정상이 아니란 말입니까? 그게 바로 distinguons(차별)이라는 거지요. 현대 사회에서 그 같은 상태는 완전한 정상 상태라고는 할 수 없겠지요. 왜냐하면 그건 강제된 상태이기 때문입니다. 하지만 앞으로 이 사회에서는 완전한 정상으로 인정될 것입니다. 왜냐하면, 자유 의지일 것이기 때문입니다. 현재도 그녀에게는 그런 권리가 있습니다. 그녀는 심한 고민을 했습니다만 그것은 그녀 자신을 위한 기금(基金) 같은 것이고, 따라서 그녀로서는 그 기금을 마음대로 사용할 수 있는 권리로 가지고 있는 것이지요. 말하자면 그녀가 가진 자본이지요. 말할 것도 없이 미래 사회에서는 그와 같은 기금이나 자본은 필요 없게 됩니다. 그리고 그녀의 역할도 그 의의가 달라져서, 분명한 합리적인 것으로 될 겁니다. 소피아(소냐) 양 개인에 대해서 말한다면, 그녀의 행동은 오늘날의 사회제도에 대한 정력적이고 인격적인 저항이라고 볼 수 있고, 그 점 존경하고도 있습니다. 나는 그 여자를 보면 기쁨조차도 느낄 정도입니다!"

"하지만, 소문에 따르면, 그 아가씨를 아파트에서 쫓아낸 것은 바로 자네라던데!"

레베자트니코프는 맹렬한 분노에 휩싸였다.

"그건 중상 모략입니다!" 하고 그는 떠들기 시작했다. "사실과는 전혀 다릅니다! 그야말로 오해지요! 그런 얘기는 그 무렵 카체리나 부인이 사정을 모르고 함부로 지껄였던 것에 불과해요. 난 조금도 소냐 양의 마음을 거슬리는 짓을 한 일이 없습니다. 난 개인적 감정을 떠나 단지 그녀를 계몽해서 그녀로 하여금 저항정신을 갖게 하려고 노력한 데 불과합니다……. 나에게 필요한 것은 저항뿐이었고 게다가 소냐 자신도 이미 이 아파트에 염증을 느끼고 있었던 겁니다!"

"코뮨에라도 가입하자고 권했었나?"

"당신은 노상 엉뚱한 소리만 하고 있습니다. 그것도 아주 서툴게 말입니다. 참고로 말씀드리지만, 당신은 무엇 한 가지라도 제대로 알고 있는 것이 없단 말입니다. 코뮨이라는 것은 그런 역할을 하는 것이 아니라 도리어 그와 같은 역할은, 현재 그 본질이 완전히 변질돼서 이쪽에서는 우매한 것이 저쪽에서는 보다 지적인 것으로, 이쪽의 현재 상황에서는 부자연한 것이 저쪽에서는 전적으로 자연스러운 것으로 변하고 마는 겁니다. 모든 것은 인간이 어떠한 상황에 놓여 있느냐, 그 환경이 어떠하냐에 따라 결정되는 겁니다. 모든 것은 그 환경 여하에 달려 있고, 인간 그 자체는 문제가 아닌 겁니다. 그런데 소냐 양과는 지금도 사이좋게 지내고 있는데, 이것만 보더라도 그녀가 결코 나를 적대시하거나 자기를 모욕한 사람으로는 보지 않는다는 훌륭한 증명이 될 것입니다. 확실히 난 그녀에게 코뮨에 가입하라고 권하고 있습니다. 하지만 이 코뮨은 다른 것들과는 전혀 다른 기반에 입각한 것이란 말입니다! 우리들은 독자적인 코뮨을 만들려는 겁니다. 그것은 종전의 흔해빠진 것들보다는 그 기반이 훨씬 광범위한 것입니다. 우리들이 믿는 이론으로는 진일보한 것이지요. 우리들은 더 많은 것을 부정하고 있습니다. 도브롤류보프[1]가 관(棺) 속에서 기어나온다 하더라도 난 그와 한바탕 논쟁할 용의가 있습니다. 벨린스키[2] 같은 사람도 굴복시킬 자신이 있습니다. 그러나 지금은 소냐 양에 대한 계몽에만 주력할 생각입니다. 그 아가씬 굉장히 멋진, 마음씨도 고운 아가씨니까요!"

"그러니까 그 고운 마음씨를 이용하겠다는 거로군. 그렇지? 헤헤헤!"

"아닙니다. 결코 그게 아니지요! 그 반대입니다!"

---

1) 1836~61년. 50년대 후반부터 60년대 초에 걸쳐 활약한 러시아의 좌익적 사회·문예비평가.
2) 1810~48년. 19세기의 30~40년대에 활약한 러시아의 유명한 문예비평가.

"흥, 반대라고? 헤헤헤! 말은 잘하는군!"

"아닙니다. 정말입니다! 대체 내가 무엇 때문에 당신에게 거짓말을 하겠습니까? 천만의 말씀입니다. 그런데 정말 나 자신도 이상하게 생각하고 있어요. 그녀는 나를 만나기만 하면 그저 어쩔 줄을 몰라 한단 말입니다. 부끄러운 듯이 얼굴을 붉히고 순결한 그 얼굴에 귀여운 미소까지 띤단 말입니다."

"그래, 자네는 그녀를 계몽하고…… 헤헤! 그녀에게 증명을 해서 보여주겠다는 건가! 그렇게 부끄러워할 건 없다고 말이야. 그렇지?"

"사실과는 전혀 다른 얘깁니다. 전적으로 오해하고 계시는군요! 당신은 그야말로 조잡하게, 옹졸하게 ——이렇게 말씀드리는 건 실례입니다만 ——계몽이란 말을 해석하고 있군요! 당신이야말로 아무것도 모르고 있습니다. 정말, 당신은 아직…… 사람이 덜 됐어요! 우리들은 여성이 자유를 얻게 되기를 희구하고 있는데, 당신은 그릇된 한 가지 생각밖에 못하고 있습니다……. 난 여성의 순결이라든지, 수치심 같은 문제에 대해서는 여기서는 언급하는 것을 피하겠습니다만, 그녀가 나에 대하여 취하는 그 순결한 태도는 완전히 인정해주지 않으면 안 된단 말입니다. 그것은 그녀의 의지이기도 하고 그녀의 권리이기도 하니까요. 물론 그녀 쪽에서 나에게 '난 당신과 함께 살았으면 좋겠어요.' 하고 말한다면 난 더없는 행운아로 생각하겠습니다. 난 그 아가씨를 무척 좋아하니까요. 내가 알기로는 지금까지 나만큼 그녀의 장점을 존중하고 예의바르게 대한 사람은 없을 겁니다. 그래서 난 기대하고 있다고 해도 틀린 말이 아니지요!"

"그렇다면 그녀에게 뭣이든 한 가지 선물이라도 해보지 그래. 내기를 걸어도 좋아. 자넨 이런 건 생각해보지 않았나?"

"아까도 말씀드렸지만, 당신은 아무것도 모르고 계시단 말입니다. 그녀의 처지는 물론 그렇게 되어 있지요. 하지만 이 경우엔 문제가 달라집니다! 전혀 다르지요! 당신은 덮어놓고 그녀를 경멸하고 있습니다. 당신은 어떤 사실을 경멸의 대상으로 오해하시고 이미 그 사람을 인도적인 관점에서 보는 것을 거부하고 있습니다. 당신은 아직 그녀가 어떤 성격의 인간인지를 모르고 있습니다. 다만 내가 유감스럽게 생각하는 것은 요즈음 무슨 영문인지 독서를 전혀 그만두고는 나에게 책을 빌리러 오지 않는 일입니다. 전엔 부지런히 책을 빌리러 찾아 왔었는데 말입니다. 또 한 가지 유감스러운 것은, 그처럼 저항할 수 있는 정력과 결단력을 갖추고 있으면서도——이건 이미 그녀가 드러내 보인 일이지만——그녀에게는 역시 자주성, 소위 독립·독보(獨步)의 정신이 아직 희박하고, 어떤 종류의 인습적인 사고방식이나…… 우매한 사고방식에서 완전히 벗어나지 못하고 있다는 일입니다. 그러나 그러면서 그녀는 어떤 문제에 대해서는 각별히 잘 이해하고 있었습니다. 이를테면, 손에 키스하는 문제, 즉 남자가 여자의 손에 키스를 한다는 것은 결국 남자가 여자를 차별하는 것이고, 결과적으론 모욕하는 것이 된다는 문제 같은 것을 올바르게 이해하고 있었단 말입니다. 우리 동지들 사이에서 이 문제가 토론되고 있었으므로 나는 그것을 곧장 그녀에게 전해주었었지요. 프랑스의 노동조합에서는 타인의 거실에 자유롭게 출입할 수 있다는 문제에 대하여 그녀에게 해설해주고 있는 참입니다.”

“그건 또 무슨 말이야?”

“요즈음, 코뮨 단원들은 남자의 방이건 여자의 방이건 간에 딴 단원들의 방에 수시로 출입할 수 있는 권리가 있느냐 없느냐 하는 문제에 대해 토의했었는데, 그 결론은 있다는 것이었지요.”

“그렇다면 그 남자나 여자가 그때 한창 생리적 욕구를 만족시키고 있는 경우라면 어떻게 되지? 헤헤헤!”

레베자트니코프는 마침내 분통을 터뜨리고 말았다. “당신은 노상 그런 소리만 하는군요. 그런 야비한 ‘생리적 욕구’라는 한 가지 말밖엔 모르시나요?” 하고 그는 증오에 찬 소리로 고함치듯 말했다. “흥,

난 지금 그 시스템에 대한 얘기를 하고 있는 중인데 그런 말을 끄집어
내다니 정말 괘씸하군요. 제기랄! 당신 같은 사람이나 그런 소릴 하겠
지만. 게다가 뭣보다도 잘못된 것은——문제의 핵심이 무엇인지도 모
른 채 먼저 그런 일에 관심을 가지는 일입니다. 그리고 또 자기들의
생각이 옳고 자랑할 만한 것이라도 되는 것처럼 뻔뻔스런 표정을 짓
는단 말입니다. 흥! 난 그동안 몇 번이나 되풀이 말해왔지만 이런 문
제를 초심자에게 설명할 수 있는 것은 인간이 이미 그 시스템을 믿게
되고, 이미 성장하여 일정한 방향으로 나아가서 마침내 최후의 단계
에 도달된 시기에만 한한다는 겁니다. 그런데 한 가지 물어보겠습니
다만, 그것이 가령 맨홀이라고 한다면, 그 맨홀에도 어떤 치욕스럽고
경멸할 만한 것이 있다고 생각하십니까? 나의 경우는 솔선하여 아무
리 더러운 맨홀에라도 뛰어들어 깨끗이 청소할 각오까지 되어 있습니
다. 그건 결코 자기 희생도 무엇도 아닌 것입니다! 고상하고 사회적으
로 유익한 활동이 있을 뿐입니다. 다른 어떠한 활동보다도 가치가 있
는, 예를 들면 라파엘로나 푸시킨 같은 사람의 활동보다도 훨씬 더 고
상한 활동입니다. 그것을 고상하다고 말하는 것은 이쪽이 훨씬 더 현
실에 유익하기 때문입니다.”

“그래, 보다 고상하겠지, 보다 더 고상하구말구, 헤헤헤!”

“보다 고상하다는 것은 무엇을 말하는 겁니까? 인간활동을 그런 표
현으로 정의한다는 것은 나로선 이해할 수 없군요. ‘보다 고상한’ 이라
든가 ‘보다 관대한’ 같은 것은 무의미하고 무가치한 일입니다. 우리들
이 부정하고 있는 낡은 인습적인 말에 지나지 않습니다! 인류에게 유
익한 것은 모두 고상한 것입니다. 내가 알 수 있는 것이란 오직 하나,
유익이란 말뿐입니다! 아무리 비웃어도 좋습니다만, 사실은 사실이니
말입니다!”

루진은 크게 웃었다. 그는 이미 계산을 다 마치고 돈도 챙겨 넣은
뒤였으나 무슨 까닭인지 그 일부만은 책상 위에 놔두고 있었다. 이

'맨홀 문제'는 그 자체가 아주 더러운 성질의 것인데도 불구하고 그동안 수차에 걸쳐 루진과 그의 젊은 친구 레베자트니코프와의 불화(不和)의 원인이 돼 있었던 것이다. 그런데 그 문제가 더욱 우습고 시시하게 보였던 것은 무엇보다도 레베자트니코프가 노발대발하고 있었기 때문이다. 루진은 그것을 기분 전환의 계기로 삼고 도리어 즐기고 있었는데, 그럴 때의 루진은 어디까지나 레베자트니코프를 놀리는 기분이었음은 말할 것도 없다.

"당신은 어제 그 일이 뜻대로 잘 안 됐기 때문에 나에게 화풀이를 하려는 것이지요?" 마침내 레베자트니코프는 이런 말까지 하고 말았다. 그는 대체로 노상 '독립·독보'라든가 '저항'이라든가 하고 부르짖으면서도, 루진에 대해서만은 과감하게 반항도 하지 못했고, 오히려 예전부터 습관처럼 돼 있는 일종의 공손한 태도를 지니고 있었다.

"그런데 한 가지 물어보겠는데," 루진은 오만한 태도로 화난 듯이 상대편의 말을 막으며 입을 열었다.

"자넨 그 아가씨와 친하단 말인가? 그렇다면 그 아가씨를 잠시 이 방으로 불러올 수 없겠나? 아마 그곳 사람들이 묘지에서 돌아온 모양이니까 말이야. 봐, 우르르 들어오는 발 소리가 들리지 않아! 난 그 아가씰 좀 만났으면 하는데."

"무슨 일이 있습니까?" 하고 레베자트니코프가 의아스러운 눈초리로 물었다.

"아냐, 그저 좀 만나둘 필요가 있어서. 난 오늘이나 내일이라도 이곳을 떠나야 할 사람이 돼서 말이야. 떠나기 전에 한 마디 알려줄 것이 있어……. 물론 그 아가씨하고 얘기할 땐 자네가 동석해도 상관없네. 그렇게 하는 것이 좋을 것 같아. 그렇게 하잖으면 자네가 오해할는지도 모르니까."

"난 아무렇지도 않습니다. 그저 좀 궁금할 뿐입니다. 만약 꼭 만나야 할 용건이 있으시면 그 아가씰 불러오는 건 조금도 어려운 일이 아닙니다. 당장 불러오도록 하지요. 난 절대로 방해하지 않겠습니다.”

과연 5분도 안 되어서 레베자트니코프는 소냐를 데리고 왔다. 그녀는 몹시 놀란 기색을 보이면서 망설이는 듯한 겁먹은 태도로 들어왔다. 그녀는 처음으로 사람을 만나거나, 새로운 교제를 트기 시작할 때면, 언제나 이렇게 두려워하고 부끄러워했다. 이것은 그녀가 어릴 적부터도 그랬던 것이지만 요즈음에는 한층 더 심해져 있었다. 루진은 그녀를 상냥하고 공손하게 맞아들였는데, 그 태도에는 뭔가 들뜬 것 같은, 그러면서도 허물없는 친구라도 맞는 것 같은, 서글서글한 데가 있었다. 이와 같은 것은 루진의 말대로 명예와 관록을 지닌 사람이, 어떤 의미에서는 흥미조차 있는 젊고 아름다운 여성과의 첫 대면에 보다 잘 어울리는 태도였다. 그는 급히 서둘러 그녀를 자기의 맞은편 의자에 자리잡게 했다. 소냐는 자리에 앉자 사방을 두리번거렸는데 ——레베자트니코프로부터 책상 위의 돈으로 한 바퀴 시선을 돌린 뒤 루진에 이르러서는 그만 못박힌 듯이 상대편으로부터 떨어지지 않았다. 레베자트니코프가 문간 쪽으로 나가려 하자 루진은 손짓으로 소냐를 그대로 앉아 있게 하고는 자리에서 일어나 레베자트니코프를 불러 세웠다.

“라스콜리니코프가 그곳에 있던가? 와 있더냔 말이야?” 하고 그는 레베자트니코프에게 작은 소리로 물었다.

“라스콜리니코프 말입니까? 그 속에 있습니다. 왜 그러십니까? 응, 그곳에 틀림없이 있을 겁니다……. 조금 전에 있는 걸 봤으니까요……. 그래 그 사람은 왜 물으시지요?”

“아냐, 그렇다면 더욱 자네가 나하고 같이 있어주어야 되겠어. 나와 그 아가씨와 단둘이 있는 일이 없도록 말이야. 별일이야 없겠지만, 그래도 오해받는 일은 피해야 하니까. 난 라스콜리니코프가 그쪽에서 떠벌리고 다니는 것이 싫단 말이야……. 내 말의 뜻을 알겠지?”

“아, 알고 말고요, 알고 말고요!” 레베자트니코프는 금세 깨달은 것 같았다. "그렇군요. 당신에겐 그런 권리가 있지요……. 내 생각으론 당신의 위구심이 좀 지나친 것 같기는 하지만 말입니다. 그러나…… 당신에게는 그와 같은 권리가 있는 것만은 틀림없어요. 좋습니다. 내가 여기 있기로 하지요. 방해가 안 되도록 저쪽 창문께로 가서 있겠습니다. 내 생각으론, 분명히 당신에겐 그와 같은 권리가 있습니다."

루진은 소파에 다시 앉자, 맞은편에 앉아 있는 소냐를 굳어진 표정으로 바라보았다. '당신도 이상하게 생각할 건 없어요.' 하는 말이 금방이라도 그의 입에서 튀어나올 것 같은 표정이었다. 소냐는 더욱 불안해지고 침착성을 잃고 말았다.

"먼저 한 가지 말씀드릴 것은, 당신 어머님께 내 사과 말씀을 전해주십사 하는 겁니다……. 아마 그렇지요? 카체리나 부인은 당신 어머니 되시죠?" 하고 루진은 적이 무거운 말투로, 그러면서도 상냥한 태도로 말문을 열었다. 그가 그녀에게 극히 우호적인 태도로 접촉하려 하고 있음이 뚜렷이 드러나 보였다.

"네, 그렇습니다. 말씀대로예요. 저의 어머니 되십니다." 하고 소냐는 빠른 말투로 두려운 듯이 대답했다.

"그러시다면, 어머님께 한말씀 전해주십시오. 난 부득이한 사정으로 모처럼 받은 친절한 초청에 응할 수 없게 되었다고요. 그 장례식에 말입니다."

"그렇습니까 그렇게 전해드리겠어요, 지금 곧." 그렇게 말하자 소냐는 부리나케 의자에서 일어났다.

"얘긴 이것으로 다 끝난 것이 아닙니다." 루진은 그녀가 너무 단순하고 예의에조차 익숙지 못한 것을 보자 싱긋 웃고는 그녀를 다시 자리에 앉도록 만류하였다.

"소냐 양, 만약 당신이 내가 이런 시시한 일로 만나자고 한 것으로 생각하셨다면 잘못된 생각입니다. 나는 다른 목적이 있어서 만나자고 한 것입니다."

소냐는 당황하여 다시 의자에 앉았다. 책상 위에는 회색빛과 무지개빛의 지폐[1]가 눈에 띄었으나 그녀는 그 돈뭉치에서 얼굴을 돌리고 루진 쪽을 바라보았다. 자기 같은 여인이 남의 돈에 눈길을 보낸다는 것이 용서할 수 없는 실례인 것처럼 생각되었던 것이다. 그녀는 또 루진이 왼손에 들고 있는 금테 안경과 그 손의 가운데손가락에 끼고 있는 크고 노란색으로 빛나는 아름다운 반지에 눈길을 보내려 하였으나 ──급히 눈길을 딴 데로 돌려버렸다. 그러나 그녀에게는 눈길을 보낼 만한 곳이 없었다. 결국 다시 루진을 바라보는 도리밖에 없게 된 것이다. 루진은 아까보다 더 의젓한 태도로 점잖게 다시 말을 시작했다.

"어제 우연히 지나다가 상심하고 계시는 카체리나 부인을 만나 잠시 얘기를 나누었는데, 그때 보니까 이렇게 말씀드리면 어떻게 생각하실는지 모르겠습니다만, 그분은 어딘가 좀 정신이 이상한 것 같았습니다……."

"그렇습니다……. 좀 정상이 아니에요." 하고 소냐는 서둘러 맞장구를 쳤다.

"한마디로 병적인 상태라고나 할까요."

"그래요. 한 마디로…… 그렇다고 할 수 있을 거예요. 병적이라고 말예요."

"그렇고 말고요. 그래서 말입니다만 인도주의적인 감정과 흔히 말하는 동정심으로 난 그분의 피할 수 없는 불행을 조금이라도 덜어드리고 싶어졌습니다. 내가 보건대 그 불우한 처지에 빠져 있는 가족 모두가 오로지 가냘픈 당신에게만 매달리고 있는 것 같기 때문입니다."

"좀 여쭈어보겠습니다만," 하고 소냐는 벌떡 일어서면서 말했다. "어제 저의 어머니에게 무슨 연금인가 받을 수 있을 것이라고 말씀하

---

1) 회색 지폐는 25루블, 무지개빛은 100루블 지폐임.

신 모양이지요. 그래서 어머닌 어제 당신께 그 연금을 받을 수 있도록 힘써주십사고 부탁드려야겠다고 말씀하셨습니다. 그런데 그게 가능한 일일까요?”

“전혀 불가능한 일입니다. 어떤 의미로는 터무니없는 생각이라고도 할 수 있지요. 난 다만 재직중에 사망한 관리의 미망인에게는 일시금이 지급된다는 말씀을 드렸을 뿐입니다──그것도 무슨 연줄이라도 있어야 하는 거지만──그런데 돌아가신 당신 아버지께서는 소정 기간의 근무도 안 하셨을 뿐만 아니라 최근엔 출근도 제대로 못했다지 않습니까. 그러니 더욱 가망이 없다고 봐야지요. 사실상 당신 어머니에겐, 그런 연금을 받을 만한 아무런 권리도 없다고 난 생각합니다……. 그런데도 그분은 연금 생각만 하고 계시니, 헤헤헤! 정말 여간한 부인이 아니시군요.”

“정말 그래요. 연금 얘긴 말예요……. 그것도 어머닌 남의 말을 잘 듣는 호인이 돼서 그런 거예요. 너무 사람이 좋아서 누구의 말이라도 잘 믿어버려요. 게다가 머리도 좀 이상한 상태니까요……. 사정이 그래요……. 그만 실례하겠습니다.” 소냐는 이렇게 말하고 다시 일어서서 나가려 하였다.

“실례입니다만, 당신은 아직 내 얘기를 끝까지 듣지 않았습니다.”

“네, 그래요. 끝까지 듣지 않았어요.” 하고 소냐는 중얼거렸다.

“그러니 좀 앉으십시오.”

소냐는 몹시 난처한 듯 머뭇거리다가 다시 주저앉았다. 세번째 앉는 셈이었다.

“불행한 어린 자식까지도 있는 그분의 그 가련한 처지를 보고 난──이미 말씀드린 바와 같이──내 능력에 알맞게, 즉 내 능력껏 좀 도와드렸으면 합니다. 예를 들면 그분을 위해서 모금을 한다든지, 복권 같은 것을 판다든지 해서 말입니다. 내가 당신에게 말씀드리려 한 것은 바로 이 얘기였습니다.”

"네, 고마운 말씀입니다……. 이렇게 염려해주시는 당신에게 하느님께서." 소냐는 가만히 상대방의 얼굴을 바라보면서 더듬거리는 어조로 간신히 이렇게 말했다.

"어려운 일은 아닙니다. 그러나…… 그건 나중에 또…… 아니 지금이라도 하려면 안 될 것도 없습니다만. 저녁에 다시 만나서 구체적으로 의논토록 합시다. 저녁 7시경에 이 방으로 다시 와주시면 좋겠습니다. 레베자트니코프 군도 협조해주리라고 생각합니다……. 다만 한 가지 미리 말씀드려놓고 싶은 것은, 내가 귀찮게 당신을 이리로 오시게 한 것은 오로지 이 일 때문이었다는 것을 알아주셔야 된다는 겁니다. 그리고 내 의견으로는 돈을 카체리나 부인에게 직접 건네주어서는 좋지 않을 것 같고 위험하기조차 할 것 같다는 것입니다. 그 이유는 어제의 그 추도식의 규모를 봐서도 알 수 있는 겁니다. 말하자면, 다음날 먹을 빵 한 조각도…… 게다가 신발 하나 없는 처지에, 오늘은 자마이카산의 람주며 아마도 아데이라산이 틀림없는 포도주며, 게다가, 게다가, 게다가 커피까지 사들여오니 말입니다. 난 지나치다가 언뜻 보게 된 것입니다만. 날만 새면 그런 것들 모두가 빵 한 조각에 이르기까지 당신의 부담이 되고 말 것이 아닙니까. 내 개인적인 의견입니다만 앞으로 모금을 한다 하더라도 그 불행한 미망인에게는 돈에 대해서는 일체 알리지 말고, 다만 당신만 그렇게 알고 일을 추진해야 할 것으로 생각된단 말입니다. 어떻습니까? 내 생각이 과히 틀리지는 않았지요?"

"저로선 잘 모르겠어요. 하지만, 어머니가 그렇게 한 것도 이번이 처음이에요……. 어머니는 그저 추도식을 성대하게만 하고 싶었던 거예요……. 어머니는 원래 무척 영리한 분이에요. 하지만…… 뜻대로 하세요. 전 진정으로, 진정으로…… 우리 가족 모두가 당신에게 …… 하느님도 당신을…… 아버지 없는 아이들도……."

소냐는 말도 채 맺지 못하고 울음을 터뜨리고 말았다.

"대체로 그런 뜻입니다. 아무튼 그렇게만 알고 계십시오. 그럼 우선 당신의 어머니를 위해서, 당분간의 용돈으로 내 돈을 우선 좀 갖다 쓰시도록 하십시오. 그러데 한 가지 덧붙여두겠습니다만 내 이름은 입 밖에 내지 마시기 바랍니다. 자, 이것을…… 나에게도 걱정거리가 좀 있어서 많이 드릴 수는 없습니다만……."

이렇게 말한 루진은 10루블짜리 지폐를 소냐에게 내밀었다. 소냐는 그것을 받아들자 빨갛게 얼굴을 붉히더니 자리에서 일어서서는 무슨 말인지 중얼중얼하면서 몇 번이고 고개를 숙여 절을 하였다. 루진은 거드름을 피우며 문간까지 그녀를 배웅했다. 소냐는 제정신을 잃을 만큼 흥분하고 녹초가 될 정도로 지쳐서, 마침내 방 밖으로 뛰어 나오자 몹시 당혹한 심정으로 카체리나에게 돌아갔다.

이렇게 두 사람의 일이 진행되고 있는 동안, 레베자트니코프는 얘기에 방해가 되지 않도록 세심한 주의를 하면서 방안을 거닐거나 창가에 기대 서 있기도 했으나, 소냐가 돌아가자 별안간 루진에게 다가가서 몹시 진지한 표정으로 상대편에게 손을 내밀었다.

"난 빠짐없이 다 들었고, 남김없이 다 보았습니다." 하고 그는 마지막 말에 유난히 힘을 주며 말했다. "정말 훌륭한 일입니다. 난 이렇게 말하고 싶습니다. 인도적인 행위라고 말입니다. 당신은 그러면서도 자신을 드러내지 않으려 하였습니다. 난 이 눈으로 똑똑히 보았단 말입니다! 솔직하게 말한다면, 내 주의 주장으로는 개인적인 자선(慈善)은 공감하지 않습니다. 왜냐하면 그와 같은 자선은 사회악을 뿌리 뽑을 수 없을 뿐만 아니라 도리어 그러한 악을 조장하는 결과도 되기 때문입니다. 그러나 그런데도 불구하고 난 당신의 행위를 보고 기쁨을 누르지 못했다는 것을 말씀드리지 않을 수 없습니다. 에, 에, 정말 훌륭한 일입니다."

"뭐, 그런 일쯤이야 별것도 아닌데." 하고 루진은 얼마간 흥분한 모습으로 무슨 까닭인지 레베자트니코프의 얼굴을 유심히 바라보면서 중얼거리듯 말했다.

"아니 그건 시시한 일이 아닙니다! 당신같이 어제의 일로 오욕을 당하고 분개해 있으면서 동시에 남의 불행을 생각할 수 있는 사람—— 그런 사람을…… 설사 자기 행위로 사회적인 과실을 범하고 있으면서도——그래도…… 존경을 받을 만합니다! 나는 말입니다, 루진 씨. 당신이 이런 일을 할 수 있으리라고는 생각지도 않았습니다. 더욱이 당신의 사고방식에서 미루어 생각해본다면, 당신의 사고방식이 당신 자신을 얼마나 방해하고 있는지 모릅니다. 이를테면 어제의 실패가 당신을 얼마나 흥분시키고 마음을 어지럽히고 있는지." 사람이 좋은 레베자트니코프는 다시금 루진에 대한 호감이 더해짐을 느끼면서 말했다. "뭣 때문에, 대체 뭣 때문에 그 결혼이, 그 합법적인 결혼이 꼭 필요하단 말입니까? 존경하는 루진 씨, 뭣 때문에 당신은 합법적 결혼을 할 필요가 있다는 겁니까? 자, 원하신다면 나를 때려도 좋습니다. 나는 그 혼담이 깨지고 당신이 자유롭게 된 것을 기뻐합니다. 당신이 인류를 위하여 아직 완전히 타락하지 않았다는 것이 기쁘단 말입니다……. 자, 이제 이것으로 내 생각은 남김없이 다 말씀드린 셈입니다!"

"그건 말이야, 자네들이 부르짖는 자유결혼 같은 것을 해서, 여편네가 부정(不貞)을 하게 하거나, 남의 자식을 양육하는 그따위 짓이 싫기 때문이야. 그래서 나에게는 합법적인 결혼이 필요하단 말이야!" 그저 대답을 하기 위한 대답인 듯이 루진은 이렇게 말했다. 그는 몹시 마음에 걸리는 일이라도 있는지, 깊은 생각에 잠긴 듯하였다.

"자식? 당신은 자식 문제에 관해서 말씀하셨지요." 레베자트니코프는 진군 나팔소리를 들은 군마처럼 몸을 떨었다. "자식이라는 것은 사회문제입니다. 그 중에서도 가장 큰 사회문제란 점엔 나도 동감입니다. 그러나 자식에 관한 문제는 달리 해결 방도가 있을 겁니다. 사람에 따라서는 가정적인 것은 모조리 부정하는 것과 같이 자식이라는 것을 완전히 부정하는 자도 있습니다. 자식 문제는 뒤로 돌리고 지금은 아내의 부정에 대해서 토론해봅시다. 실은 이것이 나의 약점입니다. 그 불결한 경기병식(輕騎兵式), 혹은 푸시킨적인 표현은 장래의 사전에서는 생각할 수도 없는 것입니다. 그런데 그 부정이라는 것은 대체 무엇일까요? 왜 부정이란 말입니까? 정말 시시하다! 이와는 반대로 자유결혼에는 그런 부정 같은 것이 있을 수 없습니다. 부정이라는 것은 모든 법률적 결혼의 자연적인 산물에 지나지 않는 겁니다. 이를테면 그의 수정·항의에 지나지 않습니다. 그러므로, 그러한 의미에서는 부정은 조금도 부끄러운 것이 아닙니다. 만약 내가——시시한 일을 가정하는 것 같습니다만——합법적인 결혼을 한다면 나는 오히려 당신들이 저주하는 부정을 기뻐할 겁니다. 그런 경우, 나는 아내에게 이렇게 말하겠습니다. '여보, 지금까진 다만 당신을 사랑했을 뿐이었으나 이제부턴 당신을 존경하겠소. 왜냐하면, 당신은 멋지게 저항했기 때문이오!' 라고 말입니다. 아니 당신은 웃고 계시는군요? 그건 아직 당신이 인습적인 사고방식에서 벗어날 힘을 갖고 있지 않기 때문입니다. 제기랄, 나 역시 그거야, 합법적인 결혼을 했으면서 아내에게 배반당하는 것이 얼마나 불쾌한 일인가는 잘 알고 있습니다. 그러나 그것은 다만 서로 굴욕을 주고받는 비열한 사실의 비열한 결과에 지나지 않습니다. 자유결혼의 경우처럼 부정이 공공연해지면, 그때는 이미 부정은 존재하지 않게 되고, 그런 것을 생각할 수조차 없게 되며 부정이라는 말조차 없어집니다. 그뿐만 아닙니다. 당신의 부인은 그와 같은 행위에 의해서 당신을 얼마나 존경하고 있는가를 증명하는 결과가 될 뿐입니다. 왜냐하면, 부인은 당신이라는 사람을 아내의 행복을 방해하지 않는 사람, 새 남편이 생겼다고 해서 아내에게 복수를 하지 않을 정도의 진보적인 사람으로 생각하고 있음을 드러내는 것이 되기 때문입니다. 제기랄! 난 이따금 이와 같은 것을 공상합니다. 만약 내가 장가가는 일이 있으면, 쳇, 아니 만약 내가 결혼한다면, 그것이 자유결혼이건 합법적 결혼이건 매한가지지만 나는 만약 아내가 언제까지고 정부를 만들지 않는다면 자진해서라도 아내에게 데려다줄 것입니다. 그리고 아내에게 이렇게 말할 것입니다. '여보, 나는 당신을 사랑하고 있으나 이보다 더 당신에게 존경을 받고 싶소. 그래서 이렇게 하는 거요!' 하고 말입니다. 내 말이 틀렸습니까? 틀린 데라도 있습니까?"

루진은 얘기를 들으면서 헤헤헤 하고 웃었다. 그러나 별로 흥미를 느끼는 것 같지는 않았다. 오히려 제대로 듣지도 않는 것 같았다. 그는 확실히 다른 일을 생각하고 있었던 것이다. 이윽고 레베자트니코프도 그것을 눈치챘다. 루진은 흥분해서 손을 비비면서 생각에 잠겨 있었다. 레베자트니코프는 나중에, 이것저것 여러 가지로 생각한 결과 뭔가 집히는 데가 있었다⋯⋯.

2

무슨 이유로, 돌아버린 카체리나의 머리에 이와 같은 무의미한 추도식 생각이 났던 것인지 그 원인을 정확하게 설명하기는 어려운 일이다. 정말, 이 일로 말미암아 라스콜리니코프로부터 마르메라도프의 장례식 비용으로 받은 20루블 가운데서 10루블 가까운 돈을 써버린 것이다. 어쩌면 카체리나는 그 추도식을 분명히 격식에 맞게 거행함으로써 아파트의 주민 모두에게, 그 중에서도 아마리아 같은 사람에게, 남편은 그들보다 결코 뒤진 인간이 아닐뿐더러 어쩌면 훨씬 더 훌륭했을는지도 모르겠다, 그들 가운데의 누구도 그에 대하여 뽐내는 권리 같은 것은 없다는 것을 알려주는 것이 고인에 대한 자기의 의무라고 생각했는지도 모른다. 혹은 또, 이 경우에 가장 크게 작용한 것이 그 가난뱅이만이 가지는 독특한 자존심의 소치일는지도 모른다. 즉, 대개의 가난뱅이는 우리나라의 사회생활 가운데서 빠뜨릴 수 없는 사회적 의식에 즈음하여, 다만 '남에게 지지 않겠다', 남들로부터 '비난을 받지 않겠다' 하고, 없는 힘을 억지로 짜내어 보잘것없는 저금통장마저도 탈탈 털어버리는, 그와 같은 가난뱅이의 자존심에 의한 것인지도 모른다. 그리고 또, 카체리나는 이 세상의 모든 것으로부터 버림을 받은 듯한 심정에 빠져 있는 지금, 이 기회에, 바로 이 순간에, 천대받는 추잡한 세상살이들에게 자기는 남 못지않는 생활방식이나 손님 접대 방법도 알고 있을 뿐 아니라, 이와 같은 운명을 감수하도록 양육받은 것도 아니며, 상류계급이라고도 할 수 있는 대령의 가정에서 자라왔을뿐더러 손수 마루를 청소하거나, 저녁마다 아이들의 누더기 같은 옷을 빨래하도록 양육된 것도 아님을 보여주고 싶었던 것이 아닌가 생각된다. 이와 같은 자존심과 허영심의 발작적 충동은 때로는 몹시 가난한 생활에 지쳐버린 사람들에게 찾아들어 초조하고 억제할 수 없는 욕구로 변하는 일이 있는 법이다. 더군다나 카체리나는 절대로 천대받은 사람은 아니었다. 그녀는 환경 때문에 죽게 될는지는 모르지만, 정신적으로 학대를 받거나, 위협해서 굴복시킬 수는 없었다. 더욱이 소냐가 그녀의 머리가 이상하다고 말한 것은 충분히 근거 있는 말이었다. 그렇다고 확실히 그렇게 단언할 수는 없지만, 최근 이 1년 동안에 그녀의 불쌍한 머리는 너무나 시달림을 받아왔으므로 얼마간 변하지 않을 수 없었던 것이다. 의사의 말에 의하면, 폐병의 격심한 진전은 역시 머리의 지적(知的) 작용을 저해하는 원인이 된다는 것이다.

술은 있었으나 종류가 많았던 것은 아니며, 마데이라산 포도주가 있었던 것도 아니었다. 그런 것은 과장에 지나지 않았다. 그렇다 해서 술이 전연 없었던 것은 아니다. 워트카·람주·리스본 포도주 등이 있었는데, 모두 지독한 하급품이었지만 양은 충분했다. 음식으로서는 성반(聖飯) 이외에 아마리아 부인 댁의 부엌에서 날라온 서너 접시의 요리가 있었다. 그 가운데에는 블린[1]도 섞여 있었다. 그 밖에 식후에 마실 차와 펀치 술을 위해 사모바르가 한꺼번에 두 개나 준비되어 있었다. 장보기는 카체리나 자신이, 무엇 때문에 리페베츠셀 부인 집에 기거하고 있는지 아무도 모르는 초라한 폴란드 사내를 데리고 처리했다. 이 사내는 이내 카체리나한테 일을 도우러 가서 시근벌떡거리며, 자기의 일하는 솜씨를 남의 눈에 띄도록 애를 쓰면서 어제 진종일과 오늘 오전을 꼬박 뛰어다녔다. 그리고 그는 사소한 일까지 연방 카체리나에게 물어보기도 했고, 그녀를 찾으러 시장까지 뛰어갔다 오기도 했다. 그리고 그녀를 파니 호룬지나[2]라고 연방 불러댔으므로, 처음에는 이 친절하고 성질이 좋은 사람이 없었더라면 자기는 꼼짝 못했을 것이라고 말하던 그녀도 나중에는 진저리를 내고 말았다. 카체리나의 성질은, 처음 보는 사람은 누구나 할 것 없이, 그지없이 훌륭하고 아름다운 색채로 칠해서 사람에 따라서는 몹시 민망스러울 만큼 성급히 칭찬하는 버릇이 있었다. 그리고 상대편을 칭찬하려는 나머지, 있지도 않는 것을 궁리해서는 나중엔 자기 자신도 정말로 그렇게 믿어버리는 것이었다. 그런데 그 후에 갑자기 환멸을 느끼게 되고 몇 시간 전만 해도 입에 침이 마르도록 칭찬하고 숭배하던 사람에게 온갖 욕지거리와 악담을 서슴없이 퍼붓고 침을 뱉고 밀어내버리기 일쑤였다. 그는 원래 웃기를 잘하는 명랑하고 온순한 성격이었으나 끊임없는 불행과 실패를 겪은 탓으로 모든 사람이 평화와 기쁨 속에 살게 되기를 너무나 강하게 원하기도 하고, 그것을 지나치게 요구하게 되었으므로 생활상의 극히 사소한 부조화나 몹시 사소한 실패라도 그녀를 거의 광분 상태로 몰아넣었다. 지금까지 가장 빛나는 희망과 공상을 품고

---

1) 러시아식의 빵 이름.
2) 폴란드어로 소위 부인이란 뜻.

있었는가 하면 이내 운명을 저주하고, 닥치는 대로 찢어버리고, 던지고, 머리를 벽에 부딪치기 시작하는 것이다. 아마리아는 무슨 까닭인지 갑자기 카체리나의 특별한 신뢰와 존경을 얻었는데, 그것은 다만 추도식이 계획되었을 때 아마리아가 충심으로 일체의 수고를 맡겠다고 나선 때문인 것 같다. 그녀는 식탁 준비에서부터 식탁보와 식기와 기타 여러 가지를 준비하고, 자기 부엌에서 요리까지도 하겠다고 자청했던 것이다. 카체리나도 일체를 아마리아에게 맡기고, 알아서 하도록 당부해놓고는 자기는 묘지로 갔다. 실제로 모든 것이 훌륭하게 준비되어 있었다. 식탁은 깨끗하게 식탁보로 덮여 있었고, 식기·포크·나이프·술잔·컵·찻잔 이런 것은 물론 여러 셋방살이하는 사람들로부터 빌려 모은 것이라 모양도 크기도 달랐으나, 하여간 소정 시간까지는 각각 제자리에 놓여져 있었다. 그래서 아마리아는 훌륭하게 역할을 다했다고 느끼면서 검정 옷에 새 상장(喪章)을 단 실내모자를 쓰고, 빈틈없이 몸치장을 하고 자랑스러운 모습으로, 돌아온 사람들을 영접했다. 이 긍지는 당연한 것이었으나, 왜 그런지 카체리나의 마음에는 거슬렸다. '아마리아가 없었으면 식탁 준비도 하지 못했을 것처럼 뽐내는 꼬락서니를 하고 있어!' 그녀에게는 새 상장이 달린 모자도 역시 비위에 거슬렸다. '어쩌면 이 못난 독일 여자는 자기가 여주인이랍시고 자비심에서 가난뱅이 세입자들을 도와주는 것을 뽐내고 있는 게 아닐까? 자비심에서라, 흥! 천만의 말씀! 이 카체리나의 아버지는 대령이고 거의 지사에 비길 만해서, 때로는 40명분의 식사를 준비한 적도 있다오. 그렇고 말고, 저 아마리아 이바노브나쯤이야. 아니, 루드위고브나쯤은 부엌에도 들여놓지 않았을 거야…….' 그렇기는 하나, 카체리나는 때가 올 때까지는 자기의 감정을 드러내지 않기로 작정하였다. 그래서 내심 은근히 오늘은 아마리아를 어떻게 하더라도 좀 혼을 내서 자신의 신분을 새삼 깨닫게 해주려고 크게 다짐함과 동시에 우선은 그녀를 무시하는 태도만 취하기로 작정하였다.

그런데 또 한 가지 불쾌한 일이 카체리나를 초조하게 하는 원인이
되었다. 장례식에는 묘지까지 따라온 폴란드 사내를 빼놓고는 초대받
은 세입자들은 누구 한 사람 오지 않은 데 반하여, 추도식에는, 즉 식
사에는 시시하고 궁상맞은, 대부분 인간답지도 않은 누더기 같은 가
난뱅이들만 모여든 것이다. 더욱이 그들 중에 좀 나이도 들고, 지위도
있어 보이는 패들은 짐짓 약속이나 한 듯이 쑥 빠져버렸다. 이를테면,
세입자들 중에서도 가장 지위가 높아 보이는 루진 같은 사람도 나타
나지 않았다. 어제 저녁에 이미 카체리나는 온 세상 사람들, 즉 아마
리아, 포렌카, 소냐, 폴란드인, 그리고 그 외의 많은 사람에게, 그 사
람은 참으로 고귀한 인품을 지닌 사람이고, 각 방면에 관계와 연고가
있는 유지며 부자이고, 자기의 첫 남편의 친구이고, 자기 아버지 집에
도 출입한 일이 있는 신사로서 이 사람이 자기에게 상당한 연금이 나
오도록 갖은 수단을 다해주겠노라고 약속까지 해주었다고 허풍을 떨
었던 것이다. 그러나 여기서 한 마디 양해를 구해놓고 싶은 것은 카체
리나가 설령 남과의 연고 관계나 재산을 자랑하는 일이 있더라도 그
것은 일체 어떤 이해 관계나 개인적인 타산이 있어서 그러는 것이 아
니고 전연 무욕하며, 이를테면 감정이 넘쳐흐르는 대로 그저 남을 칭
찬하고 싶고, 그리고 상대편에게 더 가치를 부여해주고 싶은, 그러한
기쁨에서 나온 것이었다. '비열한 청년 레베자트니코프'도 루진의 본
을 땄는지 참석하지 않았다. '그 사내는 어떻게 생각하고 있는지 모르
겠다. 그저 불쌍해서 동정하는 마음으로 초대를 한 것인데 말이야. 그
것도 루진과 한방에 동거하고 있기 때문에 큰마음먹고 불러준 건데.'
그리고 또 혼기가 지난 아가씨를 데리고 사는 부인도 역시 모습을 보
이지 않았다. 이 사람은 아마리아의 아파트에 입주한 지 2주일밖에는
되지 않았고, 마르메라도프가 살았을 때 어쩌다가 술에 만취되어가지
고 귀가하여 소동을 피우거나 하면 집주인 댁에 뛰어가서 몇 번이나
항의를 한 일이 있었고, 그렇게 했다는 소식도 이미 아마리아를 통하

여 다 듣고 있는 처지였다. 그것은 이 여주인이 카체리나와 입싸움을
했을 때, 당장 이 집에서 쫓아내고 말겠다고 위협을 한 끝에 '당신네
들은 죽었다 다시 태어나도 그 사람들 발 밑에도 못 따라갈 고귀한 셋
방살이에 폐를 끼치고 있다'고 목청껏 소리친 일이 있었기 때문이다.
그동안 어쩌다가 서로 지나치는 일이 있을 때엔 저쪽에서 고개를 돌
리고 이쪽을 무시하는 듯한 태도를 취했기 때문에 더욱 그녀를 초대
하지 않을 수 없었다. 이렇게 하면 이곳 아파트의 주민들은 '정말 교
양 있는 사고방식을 가진 분이시고, 자질구레한 감정이나 원한 따위
는 깨끗이 잊는 훌륭한 부인'이라고 자기를 평가해줄 것으로 생각했
기 때문이다. 그녀가 식사에 참석하게 되면, 이미 돌아가신 자기 아버
님이 예전에는 지사와 비길 수 있을 정도로 훌륭한 분이었다는 얘기
와 더불어 그들 모녀의 그릇된 태도, 즉 서로 만났을 때 얼굴을 돌려
버리고 인사도 나누지 않는 일을 따끔하게 주의를 줄 생각도 가지고
있었다. 그리고 뚱보 중령——사실은 퇴역한 2등 대위——도 오지 않
았는데 그의 불참 이유는 어제 아침부터 술에 만취되어 녹초가 되었
기 때문이라고 했다. 이렇게 된 결과, 참석한 사람은 그 폴란드인 사
내와, 기름때 묻은 연미복을 입고, 고약한 냄새를 피우는 데다가 얼굴
에는 여드름이 더덕더덕하고 꾀죄죄한 옷차림을 한 사무원 한 사람
과, 옛날에 어느 우체국에 근무한 일이 있고, 오래 전부터 누가 무슨
연유로 이 아파트에 입주케 하고 있는지도 모르는, 귀머거리에다가
눈조차 잘 안보이는 찌들은 노인 한 사람 등, 이런 정도에 지나지 않
았다. 나중에 주정쟁이 퇴역 대위도 그 모습을 잠시 보였으나 이 사람
은 양정국(糧政局)의 관리였음에도 불구하고, 함부로 큰소리로 웃어젖
히는가 하면 조끼조차 입지 않은 무례하기 짝이 없는 짓을 했다. 그리
고 정체도 알 수 없는 어떤 사내가 카체리나에게는 조문의 인사도 하
지 않고 대뜸 식탁에 자리잡고 앉았고, 한 남자는 예복이 없는 것은
고사하고 평복조차 없어, 잠옷바람으로 참석하려고도 했는데, 이것은

너무나 지나친 일이었으므로 아마리와와 폴란드인이 갖은 애를 써서 돌려보냈다. 그런데 그 폴란드인도 이 아파트에서는 한번도 본 일이 없는 생면 부지의 폴란드인을 두 사람이나 데리고 왔다. 이와 같은 일들이 쌓이고 쌓여 카체리나의 신경은 곤두설 대로 곤두서서, 마음이 몹시 편치 않았다. '이건 정말 누구를 위해 이런 요리를 만들었는지 모르겠다'는 생각이 들 뿐이었다. 자기 자식들은 손님을 위해서 방구석으로 쫓겨가, 옷궤짝 위에다가 음식상을 차려놓고 벤치에 걸터앉아 식사를 하였다. 언니인 포렌카는 동생들에게 밥을 먹여주기도 하고 그 시중을 들면서, 어엿한 집안의 자식답게 콧물을 닦아주기도 하고 보채는 동생들을 타이르기도 하고 있었다. 요컨대 이러한 사정으로 카체리나는 더욱 오만한 태도로 손님을 대하게 된 것이다. 몇 사람의 손님에게는 거드름을 피울 뿐만 아니라 험악한 눈초리로 노려보기조차 하면서 자리를 권하기도 했다. 그런데 그녀는 내심 이렇게 손님다운 손님이라고는 아무도 오지 않게 된 것이 아마리아 때문이라고 생각하고 있었다. 따라서 그녀는 아마리아에 대해 오만하고 거친 태도를 취하였고, 아마리아도 그 눈치를 채고 마침내 분개하고 말았다. 분위기가 이쯤 되고 보니 일이 제대로 진행될 리가 없었다. 그러나 마침내 손님 일동이 참석하였다.

라스콜리니코프가 방에 들어온 것은 가족들이 묘지에서 돌아온 직후였다. 카체리나는 그가 온 것을 보고 춤이라도 출 듯이 몹시 기뻐하였다. 그 까닭은 많은 손님 가운데서도 그 한 사람만이 교양있는 손님일뿐더러, '누구나 다 알고 있듯이 2년 후에는 이곳 대학의 교수가 될 분'이었기 때문이고, 둘째로는 그가 공손한 태도와 말투로 장례식에 참석하지 못한 데 대한 사과의 인사를 그녀에게 했기 때문이다. 그녀는 그를 손수 안내해서는 자기 자리의 왼편에 자리잡게 하고——오른편에는 아마리아가 앉아 있었다——음식들이 고루고루 나누어지고 있는지의 여부에 신경을 쓰면서 동시에 며칠 전부터 갑자기 심해진 기침을 괴로운 듯이 계속하면서 라스콜리니코프를 돌아보고는 가슴에 꽉 찬 감정이며 이상하게 빗나가고 만 오늘의 추도식에 대한 불만 같은 것을 소곤거리듯 토해내기 시작했다. 그것은 모여든 손님에 대한 불만이기도 했지만 특히 집주인 여자에 대한 분노의 표시이기도 했다.

"이렇게 된 것은 저 뻐꾹새가 나빴기 때문이에요. 내가 누구 말을 하고 있는지 아세요? 저 사람 말예요, 저 사람!" 하고 카체리나는 턱으로 집주인을 가리켜 보였다. "보세요. 저렇게 눈을 접시처럼 뜨고 있잖아요. 자기 얘기를 하는 것을 눈치챈 것 같아요. 하지만 무슨 얘기를 하는지를 모르니까 눈알만 굴리고 있군요. 꼭 부엉이 닮았어요! 호호호! 콜록 콜록 콜록! 당신도 이미 아시고 계시겠지만, 저 사람은 여기 오신 분들에게 자기는 인정과 의리를 아는 사람이라는 것을 과시하고 뽐내려 하고 있는 거예요. 난 저 사람을 훌륭한 사람인 줄 알고 돌아가신 주인의 친지분들을 초대해 달라고 부탁을 했었는데, 보시다시피 이런 도깨비 같은 인간들, 불결하기 이를 데 없는 거지 같은 것들만 모아놓지 않았겠어요! 저 더러운 꼴을 하고 있는 사내를 보세요. 저건 두 줄기 콧물이 다리 구실을 하는 영락없는 도깨비예요! 그리고 저 폴란드인도 그렇지요…… 호, 호, 호! 콜록, 콜록, 콜록! 이 아파트에 사는 사람들은 누구 한 사람 저 치들을 본 일이 없어요. 나도 물론이고요. 저 치들은 뭣 때문에 왔을까요. 뻔뻔스럽기 짝이 없네요, 저어, 여보세요!" 하고 그녀는 느닷없이 손님에게 말을 걸었다. "당신, 블린을 드셨어요? 많이 드세요! 맥주도 드시고 말예요. 워트카는 안 드시겠어요? 저것 보세요. 굽실굽실 절을 하고 있지 않아요. 아마 몹시 배가 고팠던 모양이에요. 정말 불쌍하지요. 그러니 좀 먹여주어야겠지요. 조금도 귀찮게 굴지는 않으니깐요. 다만…… 난, 저 빌려온 은수저가 걱정이군요……. 아마리아 부인!" 하고 이번에는 갑자기 그녀에게 좌중이 다 들을 수 있을 만한 큰소리로 말을 붙였다. "어쩌면 당신이 빌려주신 은수저를 도둑 맞을지도 몰라요. 당신이 살피세요. 난 책임을 질 수 없으니깐요, 호호호!” 그녀는 다시 라스콜리니코프를 돌아보더니 눈짓으로 아마리아를 가리켜 보이면서 자신의 기발한 발언을 자랑하듯 커다랗게 웃기 시작했다.

“그래도 모르는 모양이에요. 이번에도 말예요! 멍청하게 입만 딱 벌리고 앉아 있지 않아요? 저 꼴 좀 보세요. 꼭 진짜 부엉이 같지요? 새 리본을 단 부엉이예요. 하하하!”

그녀의 비웃음은 말을 마치는 순간 심한 기침으로 변하여 5분 동안이나 계속했다. 손수건에는 피까지 조금 묻었고, 이마에는 진땀이 번져 있었다. 그녀는 말없이 그 피를 라스콜리니코프에게 보였다. 얼마 후 기침이 가라앉자 그녀는 기운을 되찾고 불그스름한 볼을 그에게로 가져가 속삭이듯 말을 시작했다.

“사실은 말예요. 전 저 집주인 부인에게 그 부인 모녀를 불러 달라고 부탁을 했었지요. 제가 누구 애길 하고 있는지 아세요? 아무튼 저는 대단히 미묘한 부탁을 했던 셈이에요. 이런 일에는 만사를 세심하게 처리해야 될 텐데도 그 집주인 여자는 엉뚱한 짓을 하고 말았어요. 그 어디서 떠돌다 온 사람인지도 모를, 그 거만하고 시골뜨기 냄새가 물씬물씬 나는 모녀가 말예요. 그 여편네의 꼴이란 정말 가관이거든. 어딘가 시골에 사는 소령의 미망인인데 연금을 받겠다고 운동하러 이곳에 와 있다나봐요. 그런데 나이가 이미 쉰다섯이나 되는데도 눈썹을 새까맣게 칠하고 도깨비처럼 하얗게 분을 바르는가 하면, 입술은 새빨갛게 칠하고 있단 말예요. 이 일은 모르는 사람이 없어요……. 그런 짐승만도 못한 주제에 초대도 거절했을 뿐만 아니라, 참석 여부조차 알려주지 않았단 말예요. 그런 것은 최소한의 예의고 도리인데도 말이에요. 루진 씨는 또 왜 안 오시는 건지 알 수가 없군요. 그건 그렇다 하고, 소냐는 어디 있는지 모르겠네요. 어디 갔을까? 아, 저기 오는군요! 왜 이제 오는 거야, 소냐? 어디 갔다 오는 거지? 어버님의 장례인데도 불구하고 그렇게 돌아다니면 어떻게 하는 거야? 로지온 씨, 애를 당신 옆에 앉게 해주세요. 자, 여기가 네 자리야. 아무거나 어서 좀 먹어. 그래 블린이 좋겠구나. 내 지금 곧 갖다줄게. 아이들에게도 주었는지 모르겠다. 포렌카, 너희들에게도 다 있니? 콜록, 콜록, 콜록! 그래그래 얌전히 있어야 해요! 리다, 그리고 너, 콜랴, 그렇게 시끄럽게 해서는 안 돼요. 도련님답게 얌전히 앉아 있어야 해요. 뭐라고? 소냐?"

소냐는 서둘러 좌중에 다 들릴 정도의 큰소리로, 루진을 대신하여 아주 우아한 말만 골라가며 그가 참석하지 못하는 사과 말을 어머니에게 전했다. 그녀는 또 루진이 수일 내에 틈을 내어 이리로 방문해서 문제의 용건을 상의하고, 금후 어떤 일을 해야 될 것인지, 뭣을 기획해야 좋을지를 결정하겠다고 전해 달라는 부탁을 하더라고 덧붙였다.

소냐는 이 얘기를 전해줌으로써 카체리나의 마음을 가라앉게 하고 커다란 기쁨을 안겨줌과 동시에 어머니의 자존심을 흠뻑 만족시킬 수 있을 것으로 생각했다. 그녀는 라스콜리니코프에게 가볍게 인사를 한 뒤 그의 옆자리에 앉았다. 그녀는 웬일인지 옆자리에 있는 라스콜리니코프를 한번 곁눈질로 훔쳐보았을 뿐 더 이상 그를 보려고도 하지 않았거니와 그와의 대화도 피하고 있는 것 같았다. 그녀는 어머니의 비위를 맞추려고 연신 어머니를 바라보았으나 두 사람 사이에는 아무런 대화도 없었다. 카체리나도, 소냐도 상복이 없었으므로 입지 않고 있었다. 소냐가 입은 옷은 약간 검은빛이 도는 짙은 갈색이었고, 카체리나가 입은 것은 줄무늬가 있는 사라사 천으로 만든 거무스름한 단벌 옷이었다. 루진의 제안을 보고하는 일은 일사천리로 마쳤다. 카체리나는 거드름을 피우며 소냐의 말을 다 듣고 나서, 역시 뻐기는 듯한 말투로 루진의 안부를 자기 딸에게 물었다. 그리고 곧 좌중에 거의 다 들릴 정도의 큰 목소리로, 루진과 같은 사회적 지위와 훌륭한 자격을 갖춘 분이 그 유례를 찾아보기 힘들 정도로 기이한 모임인 이 자리에 참석했더라면 그야말로 부자연스러운 것이 되었으리라고 라스콜리니코프에게 말했다.

"그러니 말예요, 로지온 씨. 당신이 이 성의뿐인, 보잘것없는 자리에 마다않고 참석해주신 것을 진심으로 감사드립니다." 하고 그녀는 또다시 큰소리로 말했다. "그건 돌아가신 남편과 각별한 교분이 있었기 때문인 것으로 알고 있지만 말예요."

그러고 나서 그녀는 몹시 빼기는 태도로 좌중의 손님들을 한 바퀴 휘둘러보고는 별안간 아주 친절한 듯이 귀머거리 노인에게 "불고기를 더 드세요. 리스본 포도주는 드셨는지?" 하고 물었다. 노인은 대답도 하지 않았고, 옆자리에 있던 사람이 집적거렸으나 그것이 무엇을 뜻하는지조차도 몰라 멍하니 입을 딱 벌리고만 있었다. 그런데 이것이 이 좌석을 조금은 밝은 분위기로 이끄는 계기가 되었다.

"아무렴, 저렇게나 멍청할 수 있을까! 보세요, 저것 좀 보세요. 어쩌자고 저런 사람을 다 데리고 왔을까요? 루진 씨에 대해서는 전 정말 훌륭한 분이란 생각을 가지고 있어요." 하고 카체리나는 라스콜리니코프를 향해 얘기를 계속했다. "그리고 그분은 딴 사람들과는 비교도 할 수 없는 분이에요." 이렇게 딱 잘라 말하고는 험악한 표정을 짓더니 아마리아를 바라보았다. 아마리아는 상대편의 기세 등등한 눈초리에 겁을 집어먹고 일순 몸을 움츠렸다. "그 뭣처럼 꾸미고 다니는 모녀 같은 것들과는 비교도 안 됩니다. 그따위 여자들은 우리 아버지 같으면 식모로도 써주지 않았을 거예요. 돌아가신 우리 주인이라면 식모로 채용해주는 영광을 그녀들에게 베풀었을는지도 모르지요. 죽은 그이는 워낙 속없이 좋은 사람이었으니 말예요."

"정말 그랬지요. 한잔 하는 것을 퍽 좋아했지요. 언제나 얼큰하게 취해 있었으니까요!" 하고 전직 양정국 관리가 열두째의 워트카 술잔을 비우면서 느닷없이 소리질렀다.

"돌아가신 저의 주인은 확실히 그랬어요. 그게 큰 약점이었지요.

누구나 다 아는 일이지만 말예요.”하고 카체리나는 그 사나이에게로 말머리를 돌렸다. “하지만 말예요, 그이는 온화하고 마음씨 고운 분이었어요. 처 자식도 사랑할 줄 알고 소중히 할 줄 알았어요. 그이의 나쁜 점이라고는 너무나도 호인이어서 자기 발바닥만도 못한 시시한 녀석들과 술을 마신 일이지요. 그런데 말이에요, 로지온 씨. 그이 호주머니에서 닭 모양의 생강과자가 나왔단 말예요. 정신을 잃을 정도로 만취되어 있었어도 아이들의 선물은 잊지 않고 있었단 말예요.”

“닭이라고요? 당신은 닭이라고 말씀하셨지요?”하고 양정국 관리가 외쳤다.

그러나 카체리나는 대답하지 않았다. 그녀는 뭔가 생각에 잠긴 듯하더니 커다란 한숨을 푹 내쉬고는 다시 조용히 말문을 열었다.

“당신도 딴 사람들과 마찬가지로 내가 돌아가신 남편에게 가혹하게 대했었다고 생각하고 계시겠지요?” 그녀는 라스콜리니코프에게 말을 걸었다. “사실은 그게 아녜요. 그이는 저를 존경하셨어요. 워낙 얌전한 분이 돼서 말예요. 그러니 어떤 땐 불쌍하게 생각될 때도 있었어요. 가끔 가다 방구석에 가만히 앉아서 저를 뚫어지게 바라볼 때도 있었어요. 그럴 땐 정말 그이가 가엾게 생각되었고 어떻게든지 다정하고 친절하게 해드리려고 결심했지만 그게 다 소용 없는 짓이었어요. 조금만 내가 너그럽게 대하면 당장 고주망태가 돼서 돌아오니 말예요.”

“정말 그랬지요. 언제 봐도 관자놀이의 머리털이 쥐어뜯긴 채 있었으니까요. 나는 그것을 수없이 목격했지요.”하고 양정국 관리가 워트카 한 잔을 목구멍으로 쏟아넣은 다음 이렇게 떠벌렸다.

“관자놀이의 털쯤 뽑아버리는 것은 아무것도 아니예요. 빗자루로 먼지 쓸듯 쓸어버려야 할 못난 인간들이 있단 말예요. 이건 저의 남편을 두고 하는 말은 아녜요!”하고 카체리나는 양정국 나리에게 대뜸 내쏘았다.

그녀의 불그스름한 얼굴엔 붉은 반점이 더욱 짙어지고 조금만 더 있으면, 그녀는 한바탕 소동을 겪지 않을 수 없을 것같이 보였다. 모두가 헤헤헤 웃고 있는데 몇 사람은 그녀의 상대가 되고 있는 양정국 나리를 집적거리기도 하고 귀엣말을 서로 주고받기도 했다. 좌중은 그 두 사람의 말씨름에 커다란 흥미를 느끼고 은근히 충동질을 하기 시작했다.

"한 마디 물어보죠. 대체 당신은 방금 무슨 말을," 하고 양정국의 전직 관리가 말문을 열었다. "즉, 누구를 두고 한 말이오? 하지만, 아 아니, 더러워서! 과부니 말이야! 미망인이니 말이야! 좋아, 덮어두기로 하지……. 용서하기로 했어!" 그는 이렇게 말하고는 워트카를 한 잔 꿀꺽 삼켰다.

라스콜리니코프는 그지없는 혐오감을 느끼면서 묵묵히 앉아 주고받는 얘기를 듣고만 있었다. 그는 카체리나가 그의 접시에 쉴새없이 갖다놓는 음식에 다만 예의상 손을 대기는 했으나, 입에까지는 가져가지 않았다. 그는 가만히 소냐를 바라보았다. 그런데 소냐는 불안스러운 표정으로 변해갔다. 그녀는 이 추도식이 이대로 평온하게는 끝나지 않을 것 같은 예감이 들어 카체리나가 자꾸만 거칠게 흥분해가는 것을 두려운 마음으로 지켜보고 있었다. 그녀는 시골에서 올라온 모녀가 카체리나의 초대에 불응한 것이 자기 때문이라는 것을 알고 있었다. 아마리아의 입을 통하여 그 모친 되는 사람이 '어찌 그런 더러운 계집애 옆에 우리 딸을 앉게 할 수 있겠습니까?' 하고 역습하더라는 얘기를 들었던 것이다. 소냐는 이 얘기를 카체리나도 알고 있을 것으로 짐작하고 있었다. 카체리나에게 있어서 그 모녀가 소냐에게 가하는 모욕은 자기 자신이나 자기 자식들이나 자기 부친에 대한 모욕보다도 훨씬 더 큰 의미를 지니고 있었다. 요컨대 치명적인 모욕인 것이다. 그러므로 지금 이 마당에 와서는 그 거지 같은 모녀에게 자기 자신의 처지를 새삼 깨닫게 해주기 전에는 카체리나의 마음이 결코 평온을 되찾을 수 없을 것이라는 것을 소냐는 알고 있었다. 마침 그때 이런 기회를 바라고나 있었던 것처럼 누군가가 식탁 구석 쪽에서 흑빵으로 만든 두 개의 심장에다가 화살을 꽂은 것을 접시에 얹어 소냐에게로 보내왔다. 이것을 본 카체리나는 울컥 화를 내며 대뜸, 이따위 짓을 한 고약한 주정쟁이는 누구냐고 소리쳤다. 불길한 예감을 느낌과 동시에 거만스러운 카체리나의 태도에 분개하고 있던 아마리아는 좌석의 험악해진 분위기를 가라앉히고, 나아가 자신의 평판을 높이려고 느닷없이 두서도 없는 얘기를 끄집어냈다.

"내가 잘 아는 '약방의 카를'이라는 사내가 한밤중에 마차를 타고 있었는데 마부가 그 카를을 죽여버리려고 했어요. 그래 카를은 제발 그러지 말라고 필사적으로 빌었어요. 그리고 울었어요. 두 손을 모았어요. 깜짝깜짝 놀랐어요. 무서워서 심장이라도 꿰뚫린 것처럼." 그녀는 이렇게 얘기를 시작했다. 카체리나는 히쭉 한번 웃고는 곧, 아마리아 당신은 러시아말로 얘기할 주제도 못된다고 빈정대듯 타박을 주었다.

그러자 상대편은 더욱 성을 내고서는, "저의 아버지 베를린에서 굉장히, 굉장히 높은 사람이었어요. 언제나 이곳 저곳 호주머니만 뒤지고 있었어요." 하고 반박했다. 웃기를 잘하는 카체리나는 참을래야 참을 수가 없어 그만 폭소를 터뜨리고 말았다. 이 때문에 아마리아도 분통을 터뜨릴 뻔하였으나 간신히 억누를 수 있었다.

"보세요, 부엉이를 말예요. 저 부엉이를!" 카체리나는 몹시 들떠서 라스콜리니코프에게 귀엣말을 시작했다. "호주머니에 손을 넣고 돌아다녔다고 얘기한다는 것이, 남의 호주머니를 뒤지고 다녔다는 얘기가 되고 말았잖아요. 콜록, 콜록! 로지온 씨, 당신도 짐작하셨겠지요. 이곳 페테르부르크에 사는 외국인들은 모두가 바보들처럼 보인단 말예요. 그렇게 보이지 않으세요? '약방의 카를은 심장이 뚫린 것처럼'이니, 그 사내는 바보 같은 자식 마부를 때려 눕히려 하지도 않고 두 손을 모았어요, 울었어요, 굉장히 부탁했어요, 라는 얘기를 부끄러움도 없이 척척 해대니 말예요. 정말 바보 같잖아요. 게다가 그녀 자신은 그런 얘기가 굉장히 감동적이란 생각은 가지면서도 자신이 바보라는 건 모르고 있으니 말예요. 내 생각으로는 저 주정쟁이 양정국 나리가 훨씬 더 똑똑하다고 하겠어요. 적어도 한때는 날린 적이 있는 바람둥이로 보이니 말예요! 다만 자신의 마지막 지성까지 마셔버린 듯하지만 말예요. 저런 패들은 모두 한결같이 온순하고 예의범절만 깍듯이 바를 뿐예요. 아무 짝에도 쓸모 없는 인간들이지요. 노하고 있어요. 저것 보세요. 노하고 있지요. 하하하! 콜록, 콜록, 콜록!"

카체리나는 몹시 흥분하여 이런 얘기를 지껄이다가는 느닷없이 연금을 받게 되면 고향으로 돌아가 양가집 딸들을 입학시키는 기숙학교를 만들 작정이라고 떠들기도 했다. 이 얘기는 아직 라스콜리니코프에게는 얘기한 바 없는 것이었으므로 그녀는 매력에 넘치는 자신의 구상을 신나게 설명하기 시작했다. 그런데 어느 틈에 그렇게 됐는지는 모르나 그녀의 손에는 예전의 그 상장이 쥐어져 있었다. 그것은 고인이 된 마르메라도프가 술집에서 라스콜리니코프에게 자기 아내 카체리나가 여학교 졸업식 때 높은 사람들 앞에서 숄 댄스를 추었다는 얘기를 했을 때 언급한 일이 있는 바로 그 상장이었다. 이 상장은 분명히 카체리나가 기숙학교를 세울 수 있는 자격이 있음을 증명하는 것이었다. 그러나 가장 중요한 사실은 그 상장이 시골에서 올라온 그 괘씸한 모녀가 이 추도식에 참석했을 때, 그 두 여인을 얼굴도 못들 정도로 망신을 주고 자기는 귀족 못지않은 대령 가문에서 태어난 양가집 출신으로서 요즈음 부쩍 많아진 여자 사기꾼 같은 너희들 모녀하고는 하늘과 땅처럼 근본이 다른 사람이라는 것을 똑똑히 보여주려고 미리부터 준비되었다는 일이다. 그 상장은 곧 손님들의 손에서 손으로 옮겨졌으나 카체리나는 그것을 말리려 하지 않았다. 왜냐하면 그 상장에는 en toutes lettres(틀림없이) 그녀가 7등 문관의 훈장 소유자의 딸이라는 것이 밝혀져 있었으므로, 따라서 대령의 자식이나 다름이 없다는 것이 증명되어 있었기 때문이다.

이런 일로 하여 더욱 오만해진 카체리나는 곧장 T시(市)에 펼치려는 자신의 계획을 상세히 설명하기 시작했다. 자기가 기숙학교 교사로 채용할 대상자에 대한 얘기며, 여학교 시절에 프랑스어를 배운 바 있는 망고트라는 늙은 교사에 대한 얘기도 했다. 그 망고트라는 교사는 지금은 퇴직하여 T시에서 여생을 보내고 있는데, 적당한 보수만 주면 지금도 교사로 데리고 올 수 있을 것으로 생각된다고 했다. 얘기는 마침내 소녀의 일로 옮겨가서 "이애도 나와 함께 T시로 가서 내 일을 돕기로 했다"는 말까지 했다. 그런데 그 말이 채 끝나기도 전에 식탁 한쪽 구석에서 킥킥거리는 웃음소리가 터져나왔다. 카체리나는 그 웃음소리를 짐짓 못 들은 체하고는 더 한층 소리를 높이더니 소녀는 자기의 조수로서는 둘도 없는 적임자고 훌륭한 소질조차 갖추고 있으며, "온순하고, 참을성이 있으며, 헌신적이고, 교양도 풍부하다"고 격한 말투로 지껄여댔다. 그 얘기를 하는 동안에 그녀는 두 번이나 일어서서 소녀를 끌어안고 키스했다. 소녀는 빨갛게 얼굴을 붉혔고 카체리나는 끝내 울음을 터뜨리고야 말았다. 그녀는 울면서 "난 신경이 지칠 대로 지쳐 더 이상 견딜 수가 없으니 이제 자리를 거두었으면 좋겠어요. 게다가 음식도 다 떨어졌으니 말예요. 그럼 이젠 차를 가져오도록." 하고 말했다. 마침 그때 누구하고도 말을 나누지 못하고 시무룩하게 앉아 있던 아마리아가 별안간 입을 열었다. 그녀는 최후의 모험이라도 하는 양 불쾌한 심정을 억누르면서 감연히 카체리나에게 말했다. 당신이 창설하려는 기숙학교에서는 아가씨들이 속옷을 항상 깨끗이 하도록 각별히 유의해야 할 것이고, 그 속옷을 자주 살펴보기 위하여 똑똑한 사감을 한 사람 채용해야 할 것으로 생각된다, 그리고 그 학생들이 밤에 이불 속에서 책을 읽지 않도록 철저한 단속을 해야 할 것으로 생각된다고 주의를 하는 것이었다. 사실상 신경이 곤두서 있었다기보다는 지칠 대로 지쳐 있었고, 오늘의 추도식 행사로 말미암아 기진맥진해 있던 카체리나는 즉각 아마리아에게, "사람을 어떻게 알고 그따위 간섭을 하는 거요? 당신은 아무것도 모르는 사람이니 입 다물고 있어. 속옷 같은 것은 교장이 될 내가 걱정할 성질의 일이 아니고 복장을 담당하는 직원이 할 일이야. 밤에 소설 읽는 것도 당신이 염려하지 않아도 다 적절하게 처리하도록 되어 있어." 하고 야무지게 쏘아붙였다. 아마리아는 울컥 머리 끝까지 화가 치밀어, 난 다만 당신을 위해서 말해준 것에 지나지 않는데 그렇게 말하는 법이 어디 있느냐, 그리고 당신은 몇 달째 방세도 내지 않고 있지 않느냐고 내쏘았다. 그러자 카체리나는, 당신은 나를 생각해서 한 말이라고 하지만 그건 전부 거짓말에 지나지 않는다, 어제만 하더라도 돌아가신 주인의 유해가 방안에 있을 때 그 방세를 내라고 나를 얼마나 괴롭혔느냐, 그렇게나 인정머리없는 사람이 나를 생각한다니 정말 배꼽이 다 웃을 일이다, 하고 상대편에 지지 않으려는 듯이 소리쳐 대꾸했다. 아마리아는, 당신은 그 모녀를 초대했다, 그러나 그 두 여인은 오지 않았다, 그 부인들은 고상한 사람들이고 따라서 고상하지 않은 사람 집에는 오지 않는다, 하고 서투른 러시아말로 응수했다. 그러자 카체리나도 언성을 더욱 높여 당신 같은 사람은 원래가 비천한 출신이기 때문에 무엇이 고상한 것인지조차도 모른다, 하고 소리쳤다. 아마리아는 견디다 못해, "우리 아버지 베를린에서 굉장히 굉장히 높은 사람이었다. 언제나 두 손으로 이곳저곳 호주머니를 뒤지고 있었다. 그리고 항상 이렇게 프흐, 프흐, 하고 있었다." 하고 자랑했다. 그러고는 자기 아버지의 풍채를 똑똑히 보여주려는 듯이 의자에서 벌떡 일어서더니, 두 손을 호주머니에 쑤셔넣고는 입에서 프흐, 프흐 하고 괴상한 소리를 내기 시작했다. 그러자 세입자 일동은 일제히 폭소를 터뜨리면서 두 사람의 입싸움이 육탄전으로 발전하기를 바라는 듯 모두 아마리아를 충동질했다. 일이 이쯤 되니 카체리나도 참을 수가 없어 모두 잘 들으라는 듯이 커다란 소리로, 아마리아에게는 파테르(아버지)가 절대로 없었을 것이다, 아마리아는 주정쟁이 폴란드인에 지나지 않고, 예전에는 어디 식모 노릇이나 하던 사람임이 틀림없을 것이다, 하고 욕지거리를 해댔다. 아마리아는 삶아놓은 새우처럼 벌겋게 상기되어, 내가 보기엔 카체리나야말로 파테르가 없었을 것이다, 나에게는 베를린에 파테르가 있었다, 그리고 기다란 프록코트를 입고 언제나 프흐, 프흐 하고 있었다, 하고 새된 목소리로 외쳤다. 카체리나는, 내 신분은 누구나 다 알고 있다, 이 상장만 보더라도 아버지가 대령이라는 것이 명기되어 있다, 그런데 아마리아의 아버지는——만약 아버지라는 것이 있었다면——어디 우유 배달을 하든가 페테르부르크의 폴란드 사람일 것이 틀림없다, 그 증거로 아버지를 어떻게 불러야 좋을지도 모른다, 하고 몹시 경멸하는 듯한 말투로 떠들었다.

그러자 아마리아는 노발대발하여 주먹으로 식탁을 탁 내리치면서, 나는 아마르 이반이고 아버지는 요한이었다, 그리고 시장(市長)을 하고 있었다, 그런데 카체리나의 파테르는 한번도 시장이 아니었다, 하고 날카로운 목소리로 마구 악을 썼다. 카체리나는 의자에서 벌떡 일어서자 위엄과 냉정을 갖춘 목소리로——얼굴은 창백했고 가슴은 몹시 헐떡이고 있었다——상대편을 향하여, 가슴을 몹시 헐떡이고 있었다. 상대편을 향하여, 앞으로 또다시 뻔뻔스럽게 거지 같은 자기 아버지와 우리 아버지를 같은 사람으로 취급하는 일이 있으면, 그땐 너의 그 모자를 빼앗아 짓밟아버리고 말겠다고 윽박질렀다. 이 말을 듣자 아마리아는, 난 집주인이므로 당신이 오늘 즉시 이 집을 나가주기 바란다고 목청껏 소리쳤다. 그러고는 온 방안 사람들이 놀랄 정도로 날뛰더니 무슨 생각이 들었는지 갑자기 식탁 위에 있던 스푼을 긁어모았다. 사람들은 모두 자리에서 일어나 웅성거리기 시작했고, 아이들은 울음을 터뜨렸다.

소냐는 카체리나를 말리려고 하였다. 그러나 그때, 아마리아가 황색 감찰(鑑札)이 어쩌고저쩌고 하며 떠들자 카체리나는 소냐를 밀어내고는 아마리아에게 달려들려고 하였다. 그 순간 문지방에 루진이 불쑥 모습을 나타냈다. 그는 우뚝 선 채로 험상궂은 눈초리로 방안을 한 바퀴 휘둘러보았다. 카체리나는 그에게로 달려갔다.

3

"루진 씨! 하고 그녀는 목청껏 소리쳐 불렀다.

"당신만이라도 내 편을 들어주세요! 저 바보 같은 여자에게 말 좀 해주세요! 지금 이렇게 상심하고 있는 귀부인을 그렇게나 괴롭힐 것이 뭐 있느냐고요. 그따위 짓을 하면 재판 받게 된다고 말예요. 난 직접 총독에게 고소할 거예요……. 저 여잔 벌을 받아야 해요……. 우리 아버지에게 귀여움을 받은 것을 잊지 마시고 이 불쌍한 아비 없는 아이들을 지켜주세요."

"실례입니다만 부인……, 실례입니다만 부인……," 하고 루진은 상대편을 떨쳐버리려 하였다. "난 당신 아버지하고는 한번도 만난 일조차 없습니다……. 실례입니다만 부인(누군가 큰 소리로 웃어대는 사람이 있었다)! 그리고 당신과 아마리아 부인과의 싸움에 상관하고 싶지도 않습니다. 난 볼일이 있어서 잠시 들른 것이니까요……. 다름이 아니고 당신의 의붓딸 소피아…… 이바노브나 하고…… 아마 그런 이름이었지요? 지금 당장 만나야 될 일이 있어요. 미안하지만 안으로 좀 들어갔으면 합니다……."

이렇게 말하며 루진은 카체리나를 밀어내고 소냐가 서 있던 건너편 구석으로 걸음을 옮겼다.

카체리나는 벼락이라도 맞은 사람처럼 그 자리에 멍하니 서 있었다. 그녀는 루진이 무슨 까닭으로 자기 아버지와의 연고를 부정했는지 미처 이해할 수가 없었던 것이다. 그녀는 루진과 아버지와의 관계를 무슨 신성한 것이라도 되는 양 굳게 믿고 있었다. 루진의 냉랭하고 경멸에 찬 태도에서 그녀는 충격을 받았다. 다른 사람들도 그의 출현으로 말미암아 냉정을 되찾았다. 이 냉랭한 태도를 지닌 사내가 그 방의 분위기에 결코 조화되지 않은 것은 차치하고라도 그가 여기까지 걸음을 하게 된 것은 무슨 중대한 용건이 있음이 분명한 것으로 보였다. 그렇다면 무슨 일이라도 일어날 것이 틀림없었다. 소냐의 옆에 라스콜리니코프가 앉아 있는 것은 미처 모르는 모양이었다. 1분도 안 돼서 레베자트니코프도 모습을 나타냈다. 그는 방안에는 들어오지 않고 몹시 의아스러운 표정으로 귀를 기울이고만 있었다.

"이렇게 실례한 것을 용서해주시기 바랍니다. 좀 중대한 일이 있어서……." 루진은 누구에게랄 것도 없이 덤덤히 말하기 시작했다. "전 여러분이 이렇게 모여 있는 것이 더없이 반갑게 여겨집니다. 아마리아 부인, 당신은 집주인이시니까 지금부터 내가 소냐와 주고 받는 얘기를 각별히 귀담아 들어주시기 부탁드립니다. 그럼, 소냐 양." 하고 그는 겁에 질려 어찌할 바를 모르고 있는 소냐를 정면으로 바라보면서 말을 계속했다. "실은 지금 레베자트니코프 군의 방에서 아까 당신이 왔다 간 직후 내 책상 위에 두었던 돈 가운데 100루블 지폐가 한 장 없어졌습니다. 만약 당신이 그 돈의 소재를 우리들에게 알려주신다면 난 더 이상 문제로 삼지 않겠습니다. 결코 법적 문제로는 만들지 않겠습니다. 그러나 그렇지 못할 때에는 부득이 비상수단을 쓸 도리밖에 없겠습니다. 그렇게 되는 경우, 자기 자신을 원망할 도리밖에 없을 겁니다."

방안은 물을 뿌린 듯 조용해졌다. 울고 있던 아이들까지도 숨을 죽였다. 소냐는 죽은 사람처럼 새파랗게 질려 루진의 얼굴만 뚫어지게 바라보고 서 있었다. 그녀는 그의 말의 진의를 미처 깨닫지 못하는 것처럼 보였다. 몇 초가 지났다.

"자, 어떻게 된 겁니까?" 루진은 그녀를 뚫어지게 바라보면서 말했다.

"전 모르겠어요……. 전 무슨 영문인지 모르겠어요……." 소냐는 가냘픈 소리로 겨우 이렇게 말할 뿐이었다.

"모른다고요? 정말 모르나요?" 하고 루진은 되묻고 난 뒤 몇 초 동안 입을 다물고 있더니, "잘 생각해봐요, 마드모아젤!" 냉정하고 엄숙한 말투로 다시 입을 열었다. "잘 생각해보시는 게 좋을 겁니다. 시간을 좀 드릴 테니 말입니다. 당신도 짐작하시겠지만 나에게 어느 정도 확신이 없었다면 이렇게 당신에게 죄를 씌우는 일은 하지 않을 겁니다. 만약 당신이 무고하다면 나에게도 적지 않은 책임이 있는 일이니까요. 난 그런 것도 잘 알고 있는 사람입니다. 오늘 아침 난 필요해서 액면 총액 3,000루블에 5푼 이자가 붙어 있는 채권을 몇 장 현금으로 바꿔왔습니다. 집에 돌아와서——레베자트니코프 군이 그 증인입니다마는——돈 계산을 해서 2,300루블은 지갑에 넣어 그것을 프록코트의 옆 주머니에 넣었습니다. 그래 책상 위에는 500루블이 남아 있었는데, 그 돈 속에 100루블짜리 지폐가 세 장 섞여 있었습니다. 마침 그때 당신이 들어왔던 것입니다. 내가 불러서 말이지요. 그런데 당신은 얘기하는 동안에도 그저 안절부절못하고 불안스러운 태도를 보였으며 미처 얘기도 끝나기 전에 세 번이나 일어서서 방을 나가려고 하였습니다. 이와 같은 일은 모두 레베자트니코프 군이 증명해줄 것입니다. 마드모아젤, 난 당신도 분명히 인정하리라고 믿습니다만, 내가 레베자트니코프 군을 통하여 당신을 부른 것은 오직 당신의 가족이신 카체리나 부인의, 난 이분이 거행한 추도식에 참석은 못했습니다마는 의지할 데 없는 가련한 처지에 동정하여 이분을 위해서 모금을 하거나 복권을 만들어 팔 의논을 하려고 했던 것입니다. 그래 당신은 나에게 감사하다는 인사를 몇 번이나 했고, 심지어 감격의 눈물까지 흘렸습니다. 지금 내가 사실 그대로를 상세히 말씀드리는 것은 이것을 근거로 당신 자신의 기억을 한번 더듬어 봐달라는 것이고, 또한 아무리 사소한 일이라도 결코 내 기억에는 그것이 사라지지 않는다는 것을 당신이 알아야 된다고 생각하기 때문입니다. 그러고 나서 난 책상 위의 돈에서 10루블짜리 지폐를 집어 당신 어머니를 원조하는 첫선물로 당신에게 드렸습니다. 여기까지의 일은 모두 빠짐없이 레베자트니코프 군도 보고 있었습니다. 난 당신을 문간까지 배웅을 하고 ——그동안에도 당신은 쉴새없이 안절부절못하고 있었습니다만 ——그 뒤 레베자트니코프와 둘이서 10분 남짓 얘기를 나눈 후 레베자트니코프는 외출하였고 난 혼자 남아 책상 위의 돈을 챙겼습니다. 그런데 이게 웬일입니까. 세 장 있었던 100루블짜리 중 한 장이 연기처럼 사라지고 없어졌지 뭡니까. 그래 한번 판단해보십시오. 난 결코 레베자트니코프 군은 의심할 수 없습니다. 생각할 수조차 없는 일입니다. 그리고 또 내가 계산을 잘못했다고는 도저히 생각할 수 없는 일입니다. 왜냐하면 당신이 오기 직전에 계산을 다 마쳤었는데 그때는 틀림없이 딱 들어맞았으니 말입니다. 그런데 당신 자신도 인정하시겠지만 방안에 계시는 동안 그저 안절부절못했고 세 번이나 방 밖으로 달아나려 하였으며, 당신이 손을 그 책상 위에 한참 동안 얹어놓고 있었다는 것 등을 생각하고, 또 당신의 사회적 신분이나 그에 관련이 없지 않을 습성 같은 것까지 종합해본 결과 끔찍한 일이고, 나 자신의 본의도 아니며 매우 가혹한 일이기는 하나 당신에게 일단 혐의를 두지 않을 수 없었던 것입니다. 아울러 말씀드리고 싶은 것은, 나 자신으로서는 분명한 확신이 있는 일이지만 일의 성질로 봐서 나의 이 행동은 하나의 모험임엔 틀림없다는 사실입니다. 그러나 보시다시피 나는 이 일을 덮어두지 않고 과감하게 들고 나왔습니다. 왜 그런 줄 아십니까? 그 이유는 간단합니다. 그것은 바로 당신의 그 배은망덕 때문입니다. 어떻게 생각하십니까? 시궁창에 빠져 있는 당신의 어머니를 구출하고 싶어서 나는 당신을 불렀습니다. 그리고 10루블이라는 돈도 부조했습니다. 그런데도 당신은 바로 그 자리에서 사람을 배반했습니다. 결코 용납될 수 없는 일입니다. 처벌을 받아야 합니다. 본보기로 벌을 받아야 한단 말입니다. 잘 판단하십시오. 그리고 당신의 진실한 친구로서 충고합니다 ——물론 당신은 나 말고는 친한 친구가 없을 것이므로 ——자, 어떻게 하시렵니까?”

“전 당신의 물건을 훔친 일이 없습니다.” 소냐는 공포를 느끼며 입속말로 간신히 대답했다. “전 분명히 10루블은 받았습니다. 자, 이걸 도로 받으세요.” 호주머니에서 손수건을 끄집어내더니 그것에 싸두었던 10루블짜리 지폐를 루진에게 내밀었다.

“그렇다면 100루블은 시침을 뗄 참인가요?” 그는 그 돈을 받으려 하지 않고 모질게 책망하기 시작했다.

소냐는 주위를 둘러보았다. 모두들 그야말로 험악하고 조소와 증오에 가득 찬 표정으로 그녀를 노려보고 있었다. 그녀는 라스콜리니코프를 바라보았다. 그는 벽 쪽에서 팔짱을 끼고 장승처럼 서서 불타는 듯한 눈초리로 그녀를 바라보고 있었다.

“아, 이 일을 어쩌면 좋담!” 하고 그녀는 부르짖었다.

“아마리아 부인, 경찰에 알려야 할 테니 좀 수고해주시면 고맙겠습니다. 우선 수위를 부르도록 해주십시오.” 하고 루진은 몹시 온화하게 말했다.

“이런 망측한 일이 다 있군요! 난 이 계집애가 훔친 것이 틀림없다고 생각해요.” 아마리아가 두 손바닥을 딱딱 치면서 말했다.

“부인도 그렇게 생각하고 있었다고요?” 루진은 상대편의 말꼬리를 붙잡았다. “그 말씀은 곧 전에도 이와 같은 일이 있었다는 것을 뜻하는 말인 것 같군요. 그럼, 아마리아 부인, 지금 말씀하신 것, 잊지 말아주시기 바랍니다. 하기야 증인은 많이 있지만 말입니다.”

사방에서 웅성웅성 떠들기 시작했다.

“뭐라고?” 카체리나는 제정신을 되찾자 우리 안에서 탈출한 짐승처럼 루진에게로 달려들었다. “뭐라고? 당신, 이 아이가 도둑질을 했다는 말이죠? 이 소냐가? 정말 비열한 사람이군요!” 이렇게 말하자 그녀는 소냐에게로 달려가서 뼈만 앙상하게 남은 두 팔로 그녀를 와락 껴안았다.

“소냐! 넌 어쩌자고 이 따위 사람한테서 10루블이나 받아온단 말이냐? 정말 멍텅구리 같은 계집애로구나, 이리 줘! 어서 이리 내놔 ── 자, 받아요!” 이렇게 말하면서 카체리나는 소냐의 손에서 빼앗은 10루블짜리 지폐를 똘똘 뭉쳐서 루진의 얼굴을 겨누고 홱 던져버렸다. 그 종이는 상대의 눈에 맞았다가 마룻바닥으로 떨어졌다. 아마리아가 뛰어가서 그 돈을 주웠다. 루진은 노발대발했다.

“이 미친년을 그냥 둬서는 안 되겠다.” 하고 루진은 소리쳤다.

문간에는 레베자트니코프와 몇 사람의 얼굴이 보였다. 이 사람들 가운데에는 시골서 올라온 그 모녀의 얼굴도 섞여 있었다.

“뭐라고? 미친년이라고? 내가 미쳤단 말이야? 이놈!” 카체리나가 세찬 소리로 고함쳤다. “네가 이놈, 미친놈 아니냐? 소냐가, 너 같은 놈의 돈을 훔쳤단 말이냐? 그럼 소냐가 도둑년이란 말이냐? 이애는 말이야, 자기 것을 남에게 줬으면 줬지 뺏는 사람은 아니란 말이야. 나쁜 놈의 자식 같으니라구!” 카체리나는 이렇게 말하고 신경질적인 소리로 커다랗게 웃음을 터뜨리더니 방안을 이리저리 날뛰기 시작했다. “여러분은 이 고약한 사람을 어떻게 생각하세요?” 하고 그녀는 루진을 손가락으로 가리켰다. 그러고는 아마리아가 눈에 띄자 “아앗, 너도 한뱃속이구나. 이 쌍년 같으니. 너까지 맞장구를 쳐서 우리 애를 도둑년으로 만들려들다니 정말 괘씸한 인간들이로구나! 이 더러운 프러시아 계집년아! 우리 애는 네놈의 방에서 돌아와서는 여기서 한 발짝도 밖엔 안 나갔단 말이야! 로지온 씨 옆에 쭉 함께 앉아 있었어! 이애를 조사해보라구! 아무 데도 가지 않았으니 돈을 훔쳤다면 애의 몸 속에 감춰뒀을 것 아냐! 자, 찾아보라구! 어서 찾아보란 말이야! 만약 못 찾아내면 그땐 네가 혼날 줄 알아라! 책임을 져야 한단 말이야! 황제 폐하께, 황제 폐하께 달려가서 말이야, 목숨을 걸고라도 호소할 테다!
이젠 남편도 없는 불쌍한 여자가 됐으니 폐하 계시는 곳에 들어갈 수
있을 거다. 통과시켜준단 말이야. 틀림없이 통과시켜줄 거야! 이애가
하도 온순하니까 그걸 노리고 그런 간악한 수작을 하다니! 오냐, 나도
끝까지 해볼 테다! 자, 어서 찾아봐! 어서 찾아봐!"

카체리나는 미친 듯이 날뛰며 루진을 끌어당겨 소냐에게로 밀어붙
였다.

"나는 이미 각오하고 있습니다. 책임은 집니다. 하지만 좀 떠들지
마십시오. 부인! 좀 진정하십시오! 당신의 격한 성질도 내가 잘 알고
있습니다……. 그러나…… 그것은…… 그것은…… 어떻게 된 것일
까." 루진은 중얼거렸다. "그런 짓은 경찰이 할 일이고…… 증인이야
얼마든지 있긴 하지만 말입니다……. 얼마든지 조사할 수 있는 권리
도 있습니다만…… 그렇지만 상대가 여자가 돼서 좀 곤란하군요…….
아마리아 부인께서 좀 도와주시면 몰라도 말입니다……. 원래는 이렇
게 할 필요도 없는 것인데…… 이걸 어떻게 하지?"

"누구든 네가 원하는 사람에게 시키면 될 게 아냐!" 하고 카체리나
는 소리쳤다.

"소냐, 호주머니를 다 뒤집어 모두에게 보여줘요! 봐! 이놈! 보라
고. 아무것도 없지? 여긴 아까 그 손수건밖엔 아무것도 없어! 알았나!
이쪽도! 봐! 알았어? 이제 알았냔 말이야!"

이렇게 부르짖으며, 카체리나는 양쪽 호주머니 속을 모조리 까서
뒤집어 보였다. 그런데 두번째의 오른쪽 호주머니에서 난데없이 종이
쪽지 같은 것이 튀어나오더니 공중에 포물선을 그리며 루진의 발부리
에 떨어졌다. 그것은 누구에게나 다 보였다. 모두가 앗 하고 소리쳤
다. 루진은 몸을 구부리고 두 손가락으로 그것을 주워들더니 높이 치
켜들고 펴 보였다. 그것은 여덟 겹으로 접어놓은 의심할 수 없는 100
루블짜리 지폐였다. 루진은 모두에게 잘 보라는 듯이 돈을 쥔 손을 한

바퀴 흔들어 보였다.

"도둑년! 이 집에서 당장 나가. 경찰을, 경찰을!" 아마리아가 소리치기 시작했다. "이년들을 시베리아로 쫓아내야 한다! 나가!"

사방에서 노성이 충천했다. 라스콜리니코프는 이따금 한번씩 루진을 곁눈질할 뿐, 소냐한테서 눈길을 떼지 않고 있었다. 소냐는 넋 잃은 사람같이 그 자리에 기둥처럼 서 있기만 했다. 놀란 것 같지는 않았으나 별안간 얼굴이 새빨개지더니 처절한 비명과 더불어 두 손으로 얼굴을 감쌌다.

"아녜요! 난 그런 짓 하지 않았어요! 난 모르는 일이에요!" 그녀는 가슴이 터질 것 같은 통곡을 터뜨리며 카체리나의 가슴에 파고들었다. 카체리나는 그녀를 두 팔로 껴안았다. 그 모습은 적으로부터 딸을 지키려는 것같이 보였다.

"소냐! 소냐 난 네가 무고하다는 것을 안다! 난 믿지 않아!" 카체리나는 소리치면서——모든 것이 이미 명백해졌는데도——그것을 무시하고 어린애라도 달래듯이 그녀의 얼굴과 손에 수없이 키스를 퍼부었다. "너를 도둑년이라니, 당치도 않는 말이다. 저놈은 나쁜 놈이야!" 그녀는 그 자리에 있는 사람들을 향하여 외쳤다. "당신들은 아직 아무것도 몰라요! 모르고 말고! 이애가 어떤 아이인지, 얼마나 착한 마음을 가진 아이인지를 말이야! 이애가 남의 것을 훔치다니 생각할 수 없는 일이에요! 이애는 당신네들이 원한다면 자기 단벌 옷이라도 벗어줄 그런 아이란 말이에요! 이애는 그런 애예요! 이애는 황색감찰을 받기는 했어도 그건 우리 식구가 굶어 죽을 처지에 빠졌기 때문에 자신을 희생하고 가족을 도우려 했기 때문이에요. 이젠 다시는 못 볼 사람, 돌아가신 여보! 보이나요! 보았어요? 이게 바로 당신에게 바치는 추도식이에요! 오오, 여보! 이애를 변호해주세요! 당신들은 왜 그렇게 서 있기만 하죠? 로지온 씨! 당신조차 우리를 무시하는군요! 당신도 그걸 정말이라고 믿나요? 당신들을, 당신들을 모조리 다 합쳐도 이애의 새끼손가락만도 못해요! 하느님! 제발 우리를 지켜주소서!"

폐병에 시달리고 의지할 데조차 없는 가련한 카체리나의 처절한 부르짖음은 그 자리에 있던 사람들의 가슴을 찌른 것 같았다. 그 고통에 일그러진 핏기 하나 없는 까칠한 얼굴, 검붉은 피가 묻어 있는 메마른 입술, 가쁜 숨결에 밀려 나오는 쉰 목소리, 흡사 어린애의 울음과도 같이 가냘프고 비통한 울음소리, 절망에 빠져 필사적으로 하느님께 매달리는 탄원, 이와 같은 그녀의 모습은 너무나도 불쌍하고 안타깝게 보였으므로 사람들은 어느덧 이 불행한 여인에게 동정심을 갖게 된 것 같았다. 루진이 누구보다 먼저 동정심을 드러내보였다.

"부인! 부인!" 그는 조용히 불렀다. "이건 당신과는 관계 없는 일입니다. 어느 누구도 당신의 소행이라든가 당신도 공모자라고는 하지 않습니다. 하물며 당신은 호주머니까지 뒤집어서 우리에게 보여주지 않았습니까? 그러니 당신은 조금도 몰랐던 일임엔 틀림없습니다. 만약 가난에 못이겨 소냐 양이 그런 짓을 했다면 나도 얼마든지 동정할 겁니다. 그런데 마드모아젤, 당신은 왜 솔직하게 고백하지 않는 겁니까? 처음이었기 때문에 부끄러워서 그랬나요? 아니면 너무 놀라서 그랬나요? 어쨌든 당신네들의 심정은 잘 알겠습니다. 잘 알고 말고요……. 대체 왜 이런 짓을 했나요! 참 알 수 없군요! 그리고 여러분!" 하고 그는 둘러싸고 있는 주위 사람들을 둘러보면서 말을 계속했다. "여러분! 난 개인적인 모욕을 당한 셈입니다만, 그러나 이 가련한 모녀에 대한 동정심으로 저 사람들을 용서해주고 싶습니다. 마드모아젤, 오늘의 이 치욕은 당신의 장래에 좋은 교훈이 되리라 생각합니다." 그는 말머리를 소냐에게로 돌렸다. "그래서 난 이 문제를 더 이상 따지지 않기로 하겠습니다. 불문에 붙이겠습니다. 더 이상 말하지 않겠습니다!"

루진은 곁눈질로 라스콜리니코프를 훔쳐보았다. 그러나 두 사람의 시선은 공중에서 정면으로 부딪쳤다. 라스콜리니코프의 이글거리는 눈초리는 상대편을 불태워버릴 것 같았다. 한편 카체리나는 아무 말도 들리지 않는 듯 소녀를 껴안고 키스만 하고 있었다. 아이들도 조그마한 손으로 소녀를 붙잡고 있었다. 포렌카는——무슨 영문인지도 모르고——울부짖다가 지쳐 있었고, 그 귀여운 얼굴은 소녀의 어깨에 파묻혀 있었다.

“야! 정말 비열한 놈이로구나!” 그때 갑자기 문간 쪽에서 커다란 고함 소리가 들려왔다.

루진이 획 돌아보았다.

“정말 비열하다!” 레베자트니코프는 루진의 눈을 노려보면서 다시 한번 소리쳤다.

루진은 움찔하고 몸을 한번 떨었다. 그 모양은 누구에게도 보였다——나중에 모두 이 일을 상기했다——레베자트니코프는 방안으로 한 걸음 들어섰다.

“당신은 정말 뻔뻔스럽게도 나를 증인이니 뭐니 하고 들먹거리고 있군요!” 하고 그는 루진 쪽으로 다가가며 말했다.

“그건 또 무슨 뜻이야, 레베자트니코프 군?” 하고 루진이 중얼거렸다.

“그건 말입니다. 당신이 남을 중상하고 비방하는 사람이란 뜻입니다.” 레베자트니코프는 도수 높은 근시 안경을 낀 눈으로 상대편을 똑바로 바라보면서 열띤 어조로 이렇게 말했다. 분해서 견디지 못해 하는 것처럼 보였다. 라스콜리니코프는 그에게 눈길을 보내며, 그의 말을 한 마디도 놓치지 않으려는 듯 뚫어지게 그를 바라보았다. 그러나 잠시 침묵이 흘렀다. 루진은 거의 제정신을 잃은 듯했다.

“만약 그것이 자네가 나에게……” 그는 밑도 끝도 없이 더듬거리기 시작했다. “대체 자넨 어떻게 된 거야? 정신이 있나?”

“나야 멀쩡하지만 당신이야말로…… 사기꾼 아닙니까! 이건 정말 무서울 정도로 비열한 인간이군! 난 처음부터 끝까지 다 들었단 말예요. 난 어쩌나 보려고 끝까지 기다렸지요. 왜냐하면 당신의 말을 이해할 수 있었기 때문이죠. 그런데 당신은 도대체 뭣 때문에 이런 비열한 짓을 하는지 난 전혀 알 수가 없군요.”

“내가 무슨 짓을 했다는 거야! 그따위 잠꼬대 같은 소리는 그만 두어! 자네, 혹시 술에 취한 것은 아닌가?”

“당신 같은 비열한 인간은 마시겠지만 난 그런 짓은 안합니다. 여태까지 워트카 한 모금도 마신 적이 없으니까요. 술을 마신다는 건 내 신념에 어긋나는 일이거든요. 그런데 여러분, 어떻게 된 일인지 아십니까? 이 사내는 바로 자기 손으로 소냐 양에게 그 100루블 지폐를 주었던 것입니다. 나는 이 눈으로 똑똑히 보았단 말입니다. 난 목격자입니다. 하느님께 맹세해도 좋습니다. 이 사내가 말입니다!” 하고 레베자트니코프는 한 사람 한 사람에게 따지듯이 이렇게 되풀이 말했다.

“너 미쳤어? 이 돼먹지 못한 놈!” 하고 루진이 찢어질 듯한 목소리로 외쳤다. “바로 그 본인이 네 앞에 서 있지 않나……. 본인이 방금 이 자리에서 10루블 외에는 나에게서 아무것도 받지 않았다고 시인했지 않은가. 그런데도 내가 어떻게 이 아가씨에게 돈을 줬다는 거야?”

“난 봤어요! 난 봤단 말이오!” 하고 레베자트니코프는 거듭 소리쳤다. “설령 이것이 내 신념에 어긋나는 일일지라도 어디까지나 이 일을 밝히고 말겠습니다. 재판관 앞에 나가서 선서를 해서라도 말입니다. 난 당신이 이 사람의 호주머니에 지폐를 슬그머니 밀어넣는 걸 봤단 말입니다. 난 어리석게도 당신이 동정심에서 넣어주는 것으로 알았던 겁니다. 당신이 문간에서 이 사람과 헤어질 때, 이 사람이 돌아보고 당신과 악수할 때, 이 사람 호주머니에 한 손으로 슬그머니 넣어주었습니다. 난 똑똑히 봤단 말입니다!”

루진은 새파랗게 질렸다.

“무슨, 그따위 미친 소리를!” 하고 그는 뻔뻔스러운 태도로 소리쳤다. “창문께에 서 있었으면서, 어떻게 그 지폐를 알 수 있었단 말이야, 너의 착각이야! 이만저만한 근시가 아니니 말이야! 넌 잠꼬대를 하고 있어!"

"뭐라고? 잠꼬대라고? 난 당신 말과 같이 좀 떨어진 데에 서 있기는 했소. 그리고 그것을 분간하기는 어려웠습니다. 그러나 난 다른 이유로 그것이 100루블짜리 지폐라는 것을 확실히 알고 있었습니다. 왜냐하면 당신이 10루블 지폐를 주려고 할 적에——난 이 눈으로 똑똑히 보았습니다만——당신은 100루블 지폐도 책상에서 집었습니다. 그것은 내가 그 책상 바로 옆에 서 있었기 때문에 분명히 볼 수 있었고, 난 그 순간 얼핏 어떤 생각이 떠올라 그것을 잊어버릴 수 없었던 겁니다. 당신은 그 지폐를 집어서는 손에 계속 쥐고 있었습니다. 그 후에 난 그걸 생각지도 않고 있었는데 당신이 일어서려다가 오른손에 쥐고 있던 지폐를 왼손으로 옮기려다가 떨어뜨릴 뻔했을 때, 당신이 당황하는 것을 보고 다시 그 돈을 생각해낸 것입니다. 난 그때 어떻게 생각하고 있었느냐 하면, 당신은 아무도 모르게 이 사람에게 선심을 베풀려고 작정하고 있는 줄로 알았단 말입니다. 내가 그렇게 생각했다는 점에 대해서는 여러분도 수긍하리라 믿어집니다. 그래서 난 유심히 보고 있었던 것인데 마침내 당신은 교묘하게 이 사람 호주머니에 돈을 밀어넣었고 나는 그것을 봐버린 겁니다. 난 분명히 봤습니다. 정말 똑똑히 봤습니다. 맹세를 해도 좋습니다."

레베자트니코프는 흥분한 나머지 숨이 차서 헐떡거렸다. 사방에서 외치는 소리가 들렸다. 그것은 경악의 외침소리였고, 그 소리 속엔 위협하는 소리도 섞여 있었다.

모두들 루진한테 몰려들었다. 카체리나는 레베자트니코프에게로 달려갔다.

"레베자트니코프 씨, 나는 당신을 오해하고 있었습니다. 제발 이애를 보호해주세요. 이애의 편은 당신뿐이에요! 이애는 고아예요! 하느님이 당신을 보내주셨어요! 레베자트니코프 씨, 정말 고마워요. 정말

고맙습니다!" 이렇게 말하고 카체리나는 미친 사람처럼 그의 발앞에 무릎을 꿇었다.

"터무니없는 소리야!" 하고 루진은 미친 듯이 격분하여 외쳤다. "자네는 헛소리만 뇌까리고 있어! '잊었다, 생각난다, 그렇게 보였다'——대체 그게 무슨 소리야! 그러니까 내가 일부러 지폐를 넣었단 말이지? 무엇 때문에! 무슨 목적으로? 나와 이 여자 사이에 어떤 관계가 있다고?……"

"무엇 때문에? 그게 바로 내가 궁금하게 여기는 일이란 말이오. 하지만 내가 말한 것은 틀림없는 사실이오. 그건 정말이란 말입니다! 내가 잘못 볼 리도 없지 않습니까? 난 그때 당신에게 감사하고 당신 손을 잡으면서도 이 의문이 머리에 떠오른 것을 지금도 잘 기억하고 있으니까요. 정말 당신은 죄 많은 사람이군요. 난 당신이 그걸 살짝 집어넣을 때, 이 사람은 어쩌자고 저럴까, 왜 저렇게 슬그머니 밀어넣는 것일까 하고 이상하게 생각했단 말입니다. 그리고 난 그 의문에 대해서 나 나름대로 해석도 했었지요. 그것을 본 순간에 말입니다. 즉, 개인적인 자선이나 동정은 그것이 결코 근본적인 개선이 될 수 없다고 주장하고 있는 나의 소신을 당신이 잘 알고 있기 때문에 그와 같은 큰돈을 자선이라는 명목으로 상대편에게 건네주는 것이 쑥스럽고 나에게도 민망한 일이라고 생각하여 결국 저렇게 아무도 모르게 희사하려는 것이 아닐까? 하고 생각했던 것입니다. 그리고 또 이런 생각도 해봤지요. 어쩌면, 이 사내는 그녀에게 뜻하지 않은 선물을 해서 그녀가 자기 집에 돌아가서 100루블이라는 큰돈이 난데없이 호주머니에서 튀어나오는 것을 발견하고 깜짝 놀라며 기뻐하도록 만들려는 것이나 아닐까 하고 말입니다. 자선가 중에는 자기의 자선 행위를 극적으로 꾸미기를 좋아하는 사람이 있다는 것을 나는 알고 있습니다. 그리고 이런 생각도 떠올랐지요. 저 사람은, 나중에 돈이 호주머니에 들어있는 것을 발견한 그녀가 고맙다는 인사를 하러 오는가 안 오는가 시험하려는 것이나 아닐까, 또는 저 사람 자신이 그런 일로 인하여 상대편으로부터 감사받는 것을 피하고 싶기 때문이 아닐까? 이른바, 자기 오른손에도 알리지 않는다는 주의 주장에 따른, 그런 훌륭한 생각 때문이 아닐까? 하고 생각했지요……. 한 마디로 말해서 그때 나에게는 너무나도 많은 생각이 떠올랐기에 나중에 그 생각들을 찬찬히 따져보았던 것입니다. 그러나 나는 당신의 그 은밀한 행동을 입 밖으로 내어 당신에게 물어볼 수가 없었습니다. 너무나 미묘한 일이었으니까 말입니다. 그런데 나중엔 이런 걱정도 생겼었습니다. 즉, 소냐 양이 그 돈을 미처 발견하기도 전에 그 돈을 잃어버리지나 않을까 하고 말입니다. 그래서 나는 이리로 와서 그녀에게 당신 호주머니에 100루블짜리 지폐가 들어 있다는 것을 얘기해주려고 마음 먹었지요. 나는 여기로 오기 전에 코빌라트니코프 부인 방에 들러 《실증적 방법의 일반적 결론》이라는 책을 전해주고, 특히 독일 경제학자인 피데릿트의 논문을(바그너의 논문도 함께) 잘 읽어보라고 권한 후, 이곳으로 온 것인데, 와서 보니 이따위 소동이 벌어지고 있지 않습니까! 만약 내가 당신이 그녀 호주머니에 100루블을 넣는 것을 목격하지 않았다면 과연 내가 이같은 생각들을 할 수 있었겠습니까? 그런 생각을 할 수 있겠느냔 말입니다."

레베자트니코프는 이렇게 자기의 관찰과 소견을 논리적으로 따지고 밝히는 긴 말을 마치자 기진맥진하였고, 얼굴엔 비지땀이 흘렀다. 아마 그는 러시아말로 조리를 세워 알아듣기 쉽게 설명할 만한 능력이 없었던 것 같았다. 하긴 다른 나라 말도 아는 것이라곤 없었지만, 그는 이 거창한 변호를 마치고 나서 단번에 기력을 소모하여 금세 수척해진 것 같은 느낌이 들었다. 그러나 그의 열띤 연설은 커다란 효과를 가져왔다. 그는 흥분해서 열성과 확신을 아낌없이 드러내어 말했으므로 그 자리에 있던 사람들은 누구를 불문하고 모두 그의 말을 믿게 된 것 같았다. 루진은 갑자기 분위기가 자기에게 불리해졌음을 깨달았다.

"자네 머리에 어떤 바보 같은 생각이 떠올랐다 한들 그것이 나하고 무슨 상관이 있단 말인가?" 하고 그는 외치기 시작했다. "그따위 말이 무슨 증거가 된다고! 그건 모두 자네가 꿈에서나 본 것이겠지! 그뿐이야! 난 단언하지만 자넨 터무니없는 거짓말을 하고 있어! 자넨 나에게 무슨 악의라도 품고 있는 게 분명해! 그래서 나를 중상하고 있는 거야! 즉, 내가 자네의 그 자유사상적인, 무신론적인 사회적 제안에 찬성하지 않았기 때문에 그 앙갚음으로 꾸며댄 수작임에 틀림없어! 그렇지? 그럴 거야!"

그러나 루진의 이와 같은 필사적인 변명도 그를 유리한 입장으로 되돌려줄 수는 없었다. 뿐만 아니라, 오히려 사방에서 불만의 소리가 요란하게 터져나왔다.

"얘기를 엉뚱한 곳으로 끌고 가는군!" 하고 레베자트니코프는 소리쳤다. "멋대로 지껄이는군! 경찰을 불러! 난 선서라도 하겠어! 그런데 한 가지 알 수 없는 것은 뭣 때문에 이 사람이 이따위 비열한 행동을 했느냐는 거다! 아아! 정말 불쌍하고 비열한 인간이구나!"

"무엇 때문에 이 사내가 그런 짓을 했는지 나는 설명할 수 있습니다. 필요하다면 선서를 해도 좋습니다!" 마침내 라스콜리니코프가 단호한 어조로 입을 열고 한 발짝 앞으로 나섰다.

그는 보기에도 자신에 차 있었고, 의젓하며 침착하였다. 언뜻 봐서도 그는 진상을 알고 있음이 분명해 보였다. 이제 사건은 누구에게나 막다른 고비에 다달았음을 느끼게 했다.

"이제 나는 모든 것을 명백히 알 수가 있게 됐습니다." 하고 라스콜리니코프는 레베자트니코프를 마주 바라보면서 말을 계속했다. "나는 아까부터 이 사건 속에는 무슨 비열한 흉계가 있지나 않을까 하고 의문을 갖고 주시했습니다. 그것은 나만이 알고 있는 특별한 사정에 말미암은 것인데, 그것을 이제 얘기하겠습니다. 모든 문제의 열쇠는 그 안에 있습니다. 레베자트니코프 씨, 지금 당신이 밝힌 귀중한 증언으로 해서 모든 것이 근본적으로 명백해졌습니다. 제발 여러분, 꼭 들어주십시오. 이분은" 그는 루진을 가리켰다. "최근 어느 아가씨에게, 즉 나의 누이동생 아브도차 로마노브나 라스콜리니코바에게 청혼을 했습니다. 그런데 페테르부르크에 와서, 그저께 처음 만나자마자 나하고 싸웠습니다. 그래서 난 그를 방에서 쫓아버렸습니다. 이 일에는 증인이 두 사람 있습니다. 이 사람은 속이 여간 검지 않습니다. 그저께는 나도 아직 이 사내가 이곳 아파트의 레베자트니코프 씨와 함께 살고 있다는 것까지는 몰랐습니다. 그래서 그 싸움이 있었던 당일, 즉 그저께 내가 돌아가신 마르메라도프 씨 친구의 자격으로 그 미망인인 카체리나 부인에게 장례비용으로 돈을 몇 푼 보낸 일을 이 사내가 알고 있으리라고는 꿈에도 생각지 못했습니다. 그런데 이 사내는 이내 그것을 우리 어머니에게 편지로 써 보내서, 내가 있는 돈을 모조리 카체리나 부인에게라기보다는 소냐에게 주어버렸다고 보고하고, 게다가 비열하기 짝이 없는 말로 이 소냐의 사람됨을 비난했습니다. 즉, 나와 소냐와의 사이에 무슨 특별한 관계라도 있는 것처럼 비쳤습니다. 이것은 여러분도 짐작하실 수 있으시겠지만 내가 두 사람, 즉 어머니와 누이동생이 장만해준 돈을 좋지 못한 목적에 몽땅 낭비해버렸다고 고자질을 해서 나를 어머니와 누이동생으로부터 이간시키려는 배짱을 가졌던 것입니다. 그래서 간밤에 나는 이 사내 앞에서 돈은 카체리나 부인에게 장례비용으로 준 것이지 소냐에게 준 것은 아니다, 소냐는 그저께만 해도 알지 못하는 사이였으며, 얼굴도 본 적이 없다고 증명해주었고, 진상을 밝혔던 것입니다. 그땐 난 루진씨에게, 당신의 장점을 몽땅 긁어모아도 소냐의 새끼손가락만도 못할 것이라고 말해주었습니다. 그러자 이 사내가, 그렇다면 당신은 누이동생과 소냐를 합석시킬 수 있느냐고 묻기에, 난 그런 일은 오늘 이미 해버렸다고 대답해주었습니다. 이 사람은 내 어머니와 누이동생이 자기가 꾸며놓은 중상모략대로 나하고 싸우지 않는 것을 보고 몹시 속이 상해서 어머니와 누이동생에게 말끝마다 용서할 수 없는 폭언을 토하기 시작했습니다. 그래서 마침내 서로 돌이킬 수 없는 결렬을 맞게 되었고 이 사람은 두 사람이 있는 집 밖으로 쫓겨 났었지요. 모두가 어제 일어난 일입니다. 그래서 지금, 특히 주의해주셔야 할 것은, 다름이 아니라 만약 지금 소냐가 도둑이라는 증명이 확실해진다면, 첫째는 나의 누이동생과 어머니에 대해 자기가 품고 있던 의심이 거의 정당했다는 것을 증명하게 되는 것입니다. 즉, 소냐를 내 누이동생과 동등하게 취급한 데 대해 이 사내가 분개한 것은 당연한 일이며, 나를 공격한 것은 나의 누이동생, 즉 자기의 약혼녀의 명예를 보호한 것이 됩니다. 한마디로 말해서 이 사건을 통해서 그는 다시 한번 나를 가족과 이간시켜서 다시금 두 사람의 환심을 사려고 기대했음이 분명합니다. 이 사람이 나에게 개인적인 복수를 기도했던 것은 새삼 말할 것도 못됩니다. 왜냐하면 이 사내는 소냐의 명예와 행복은 나에게는 극히 귀중하다고 생각하는 근거를 가지고 있으니까요. 이것이 그의 속셈의 전부입니다. 나는 이 사건을 이와 같이 이해하고 있습니다! 이것이 원인의 전부이고 다른 원인은 결코 없습니다.”

대체로 이같이 라스콜리니코프는 자기의 설명을 끝냈다. 그의 말은 열심히 듣고 있는 사람들의 외침으로 줄곧 중단되긴 했으나 그런 방해가 있었음에도 불구하고 그는 침착하고 정확하며 또렷하게, 그리고 단호하고 날카롭게 자신에 넘치는 어조로 말을 맺었다. 그의 확신에 찬 태도와 엄숙한 표정은 모여 있는 모든 사람에게 굉장한 감명을 주었다.

“그렇습니다, 그렇습니다. 정말 그렇습니다!” 레베자트니코프는 몹시 흥분해서 맞장구를 쳤다. “그건 반드시 그럴 겁니다. 이 사내는 소냐가 아까 우리 방에 들어오자마자 나에게 ‘라스콜리니코프가 와 있더냐? 카체리나 부인 댁의 손님 속에 그가 보이지 않더냐?’ 하고 물었으니까요. 이 사내는 당신이 이 자리에 있어주기를 원하고 있었던 것이 분명합니다. 그건 틀림없을 겁니다!”

　루진은 입을 다문 채 경멸의 웃음을 얼굴에 띠고 있었다. 그러나 얼굴은 새파랗게 질려 있었다. 그는 어떻게 해서 이 자리에서 벗어날 것인지 궁리하고 있는 것처럼 보였다. 그는 될 수만 있으면 모든 것을 팽개치고 그 자리를 피해갔을는지도 모르겠다. 그러나 지금은 불가능했다. 그렇게 한다는 것은 자기에게 쏟아진 비난과 힐책을 정당한 것으로 인정함과 동시에 자기가 소냐를 중상했음을 자백하는 결과밖에는 안 되기 때문이다. 그렇잖아도 이미 거나하게 취한 패들이 몹시 흥분하고 있었다. 그런데 전직 양정국 관리는 잘 알지도 못하면서도 누구보다 먼저 소리치고 루진에게 아주 불쾌한 사태의 수습 방법을 몇 가지 제안했다. 여러 방에서 많은 사람들이 몰려들었다. 그 중에는 취하지 않은 사람도 있었다. 세 명의 폴란드 사람은 격분해서 연방 "파아네 라이다크(이 악당놈!)" 하고 소리치고 있었는데, 그때마다 여러 가지 위협하는 말을 폴란드어로 내뱉았다. 소냐는 몹시 긴장하여 듣고 있었으나 졸도했다가 깨어난 사람처럼 사태의 흐름을 제대로 이해하지 못하는 것 같았다. 그러나 그녀는 라스콜리니코프로부터 눈길을 돌리려고는 하지 않았고, 이 사람이야말로 자기를 살려줄 사람이라고 생각하는 것처럼 보였다. 카체리나는 괴로운 듯이 씩씩거리며 숨을 몰아쉬었으며, 몹시 지친 모습이었다. 아마리아 부인은 누구보다도 가장 바보스러운 표정을 짓고 입을 딱 벌린 채 무엇이 어떻게 되는지 분간도 못하면서 꼼짝 않고 서 있었다. 그녀는 다만 루진이 무서운 곤경에 빠져 있다는 것만은 알고 있었다. 라스콜리니코프는 다시 또 말을 하려고 했으나 사람들이 루진의 주위에 몰려들어 외치고 떠들고 야단법석을 하는 바람에 끝내 입을 열지 못하고 말았다. 그러나 루진은 욕지거리와 위협이 비오듯 쏟아지는데도 조금도 그것을 두려워하는 기색이 없었다. 그는 소냐를 죄인으로 만들려던 수작이 완전히 실패로 돌아간 것을 알자 별안간 뻔뻔스런 태도로 나왔다.
　"미안합니다. 여러분, 좀 실례합시다. 밀지 마시고 길 좀 내 주십시오!" 둘러싸고 있는 군중을 헤치면서 그는 말했다. "그리고 제발 그따위 위협은 그만 둬주십시오. 나는 단언합니다. 그렇게 해봤자 아무 소용 없습니다. 어떻게 하겠다는 겁니까? 그런 일로 겁낼 내가 아닙니다. 오히려 당신네들은 폭력으로 형사사건을 은폐한 일에 책임을 져야 할 것이오. 여자 도둑의 범행은 명백하게 드러났으므로 난 끝까지 추궁하겠습니다. 재판소에는 소경이나 주정쟁이만 있지는 않으니까요⋯⋯. 이름 난 무신론자에다가 선동자며 자유사상가인 이따위 인간의 진술 같은 것은 재판관은 절대로 믿지 않습니다. 이 두 사람은 순전히 개인적 감정으로 나를 몰아세우고 있는 겁니다. 이 두 사람은 얼빠진 자들이므로 스스로 그것을 인정하고 말았지 않습니까⋯⋯. 그럼, 이만 실례합니다."

"이젠 내 방에서 당신 냄새라고는 조금도 나지 않도록 당장 아무 데라도 이사해주시오. 우리들의 관계는 이것으로 끝났습니다. 그런데도 나는 두 주일 동안이나 정성껏 이 사내에게 온갖 것을 알려주고 가르쳐준 것을 생각하니⋯⋯ 정말 허망하군요⋯⋯."

"레베자트니코프 군, 난 아까 자네가 만류했을 때도 다른 곳으로 옮기겠다고 말하지 않았나! 이제 마지막으로 자네는 바보에 지나지 않는다는 것을 한 마디 덧붙여두는 바네. 하루속히 그 근시안과 돌대가리를 고쳐놓기 바라네! 그럼, 여러분, 이만 실례합니다."

그는 몰려 있는 사람들을 밀치고 나갔다. 그러나 전직 양정국 관리는 몇 마디 욕지거리만으로는 그를 놔주기 싫었던 모양으로 식탁 위의 술잔을 움켜쥐자마자 루진을 향해 내던졌다. 그런데 그 술잔은 엉뚱하게도 아마리아 부인에게 들어맞았다. 그녀는 비명을 질렀다. 양정국 관리는 팔을 휘두르는 바람에 몸의 중심을 잃고 식탁 아래에 쿵하고 쓰러지고 말았다. 그 틈에 루진은 자기 방으로 돌아갔다. 그리고 30분도 채 안 돼서 그의 모습은 이 아파트에서 사라지고 말았다. 천성이 소심한 소냐는 예전부터 누구보다도 자기는 희생되기 쉽고 모욕되거나 짓밟히기 쉽다는 것을 알고 있었다. 그러나 그녀는 이 순간까지도 누구에게든지 신중하고 온순하게 대하기만 한다면 불행만은 피할 수 있을 것으로 생각하였다. 그랬던 만큼 이번에 당한 모욕은 견딜 수 없을 정도로 괴로웠다. 물론 그녀는 무슨 일이든——이번의 재난까지도——아무 불평도 하지 않고 참을 수도 있었다. 그러나 처음 순간에는 너무나 괴로웠다. 그래서 지금 자기의 결백이 드러나고 이겼음에도 불구하고 최초의 실신 상태가 지난 후 모든 것을 분명히 알고 생각해보니 무력함과 모욕감이 아프도록 가슴에 죄어들었다. 마침내 그녀는 히스테리를 일으키고 말았다. 그녀는 참지 못하고 밖으로 뛰쳐나가 자기 집으로 달려갔다. 루진이 나간 바로 직후였다. 아마리아는 컵에 맞아 여러 사람들의 웃음거리가 된 것을 생각하니 견딜 수 없을 정도로 화가 치밀어 카체리나에게 고함을 지르면서 덤벼들었다. 웃음거리가 된 것이 카체리나 탓이라고 생각했기 때문이다.

“방을 내놔요! 지금 당장! 집을 나가란 말이야!” 하면서 그녀는 카체리나의 물건을 닥치는 대로 마루 위로 집어던지기 시작했다. 그렇잖아도 거의 죽은 것처럼 정신을 잃고 숨을 헐떡거리며 새파랗게 질려 있던 카체리나는 침대 위에서 벌떡 일어나더니 아마리아에게 덤벼들었다. 그러나 그녀는 싸움 상대가 되지 않았다. 아마리아는 무슨 날개라도 던져버리듯이 그녀를 동댕이쳐버리고 말았다.

“뭐라고! 당치도 않게! 남을 중상한 것도 모자라서 ——이 망할년이 나까지! 이게 무슨 짓이야! 남편의 장례날에 잔뜩 얻어먹고는 고아까지 데리고 있는 과부를 집에서 쫓아내다니! 어디로 가란 말이야?” 가련한 여인은 헐떡거리면서 울부짖었다. “하느님!” 하고 별안간 그녀는 눈빛을 번득이면서 소리쳤다. “이 세상엔 정의가 없는 것입니까? 이 가련한 고아들을 지켜주시지 않고 누구를 지키렵니까! 그러나 두고 보자! 세상에는 심판도, 진리라는 것도 있을 게다! 나는 그걸 찾아내겠다! 죄 받을 년! 조금만 기다려보란 말이야! 포렌카, 이애들하고 같

이 있거라. 내 곧 돌아오마! 밖에서라도 좋으니 기다리고 있거라. 가
봐야지. 이 세상에 정의가 있는지 없는지 보고 올 테다."

이렇게 부르짖으며 카체리나는 죽은 마르메라도프가 무슨 얘기 끝
에 말하던 그 녹색 목도리를 머리에 뒤집어쓰고, 아직도 방안에서 서
성이고 있는 술취한 세입자들의 틈을 헤집고 비명을 내지르고 눈물을
쏟으며 거리로 뛰쳐나갔다. 무슨 일이 있더라도 정의를 발견해야 되
겠다고, 그야말로 막연한 목적을 가슴에 품고서 포렌카는 아이들을
데리고 구석에 있는 궤짝 위에 움츠리고 앉아, 무서움에 온몸을 오들
오들 떨면서 어머니가 돌아오기를 기다렸다. 아마리아는 방안을 돌아
다니며 날카로운 소리로 고함치다간 통곡을 터뜨리기도 하고 손에 집
히는 대로 내던지기도 하면서 미친 사람처럼 날뛰고 있었다. 세입자
들은 제멋대로 지껄이고 있었다. 개중에는 지금 일어난 일을 제나름
대로 해석을 해서 결론을 내리는 자도 있었다. 싸우는 자도 있고 노래
를 부르는 자까지도 있었다…….

'이젠 나도 돌아가야지!' 하고 라스콜리니코프는 생각했다. '자, 소
냐, 들어보자꾸나, 이번엔 무어라고 말할 것이지!'

그는 소녀의 집을 향하여 걸음을 옮겼다.

4

라스콜리니코프는 자기 가슴속에 그토록 공포와 고통을 품고 있었
음에도 불구하고 루진에 대해서는 용감하게 소냐를 변호했다. 그는
아침녘에 그토록 고민했기 때문에 점점 더해가던 불쾌한 기분을 씻어
내는 계기가 되었던 오늘의 일이 차라리 유쾌한 것으로 생각되기도
했다. 그러나 소녀를 도와주려는 그의 노력 속에는 개인적인 감정이

깃들어 있었음은 말할 나위도 없다. 그건 그렇다 하더라도, 그의 머리에서 떠나지 않는 절박한 문제는 소냐를 만나는 일이었다. 그는 그녀를 만나면, 누가 리자베타를 죽였는지를 얘기해주지 않으면 안 되게 되어 있었고, 그렇게 되면 무서운 고통을 맛보지 않으면 안 될 것이 분명했으므로 그와 같은 생각을 머리에서 씻어버리려고 스스로 애쓰고 있었다. 그러고 보니 카체리나 집에서 나오면서 '자, 소냐, 이제 당신은 뭐라고 말할 테요?' 하고 마음속에서 외쳤던 것은 분명히 조금 전의 루진에 대한 승리에 의기양양하여 도전적인 흥분 상태에 빠져 있었기 때문인 것 같았다. 그러나 이상한 일이 일어났다. 카페르나우모프 댁까지 왔을 때 그는 별안간 전신에서 힘이 빠지는 것을 의식함과 동시에 무서운 공포가 덮쳐오는 것을 느꼈다. 그는 '리자베타를 살해한 범인을 꼭 가르쳐줘야만 하나?' 하는 기묘한 의문을 품고 생각에 잠긴 듯이 문 앞에서 걸음을 멈추었다. 이 의문은 참으로 기이한 것이었다. 왜냐하면 그는 이것을 말하지 않을 수 없을뿐더러 설령 일시적이나마 그 순간을 연기하는 것조차도 불가능하다는 것을 알고 있었기 때문이다. 그러나 그는 그것을 연기하는 게 왜 불가능한지는 알 수 없었다. 다만 그렇게 느꼈을 뿐이었다. 그리고 그는 이 필연성에 대하여 자신이 너무나도 무력하다는 괴로운 의식에 거의 압도되고 말았다. 그래서 더 이상 고민하고 싶지 않았으므로 그는 급히 문을 열고 문지방에 서서 소냐를 바라보았다. 그녀는 책상 위에 팔꿈치를 괴고 양 손으로 얼굴을 감싸고 앉아 있었으나 라스콜리니코프를 보자 황급히 일어나서 기다리고 있었다는 듯이 그의 쪽으로 걸어나왔다.

"정말 당신이 안 계셨더라면 나는 어떻게 되었을까요!" 그녀는 방 가운데서 서로 얼굴이 마주치자 급히 말했다. 그녀는 분명히 어서 이 말을 했으면 하고 애태우고 있었던 것처럼 보였다. 그래서 그녀는 그를 기다리고 있었는지도 모른다.

라스콜리니코프는 책상 쪽으로 걸어가서 조금 전까지 소냐가 앉아 있던 의자에 앉았다. 그녀는 어제와 마찬가지로 그가 있는 곳에서 꼭 두 걸음쯤 떨어진 자리에 와서 섰다.

"어때요, 소냐?" 하고 말하는 순간 그는 자신의 목소리가 떨리고 있음을 알았다. "모든 일은 '사회적 환경과 그에 수반된 관습' 여하에 매인 것이오. 당신도 아까 그것을 깨달았겠죠?"

그녀의 얼굴에 고민의 빛이 떠올랐다.

"어제의 얘기는 하지 말아주세요." 하고 그녀는 그의 말을 가로막고 말했다. "부디 그 얘기는 끄집어내지 말아줘요. 그것 말고도 괴로운 일이 너무나 많은데."

그녀는 자기의 말이 그의 비위라도 거슬리게 하지는 않았나 하고 움찔했으나 곧 미소를 띠고는 말을 계속했다. "난 정말 바보예요. 아까 그곳에서 이리로 도망쳐오고 말예요. 거긴 지금 어떻게 돼 있나요? 전 곧 다시 가볼까도 했으나 당신이 이리로 오실 것 같은 생각이 들어서!……."

그는 그녀에게 아마리아가 방을 비우라고 성화를 부리고 있다는 것과 카체리나가 '진실을 찾으러' 어디론가 밖으로 뛰쳐나가버렸다는 것을 얘기해주었다.

"저런! 큰일 났군요." 소냐는 소리쳤다. "어서 가봐야죠……."

"당신은 여전하군!" 라스콜리니코프는 못마땅한 듯이 고함쳤다. "당신 머릿속에는 그들 생각밖엔 없는 모양이야. 나하고 좀 같이 있으면 어떘소?"

"하지만, 어머니가……."

"카체리나 부인은 집을 나간 이상 어차피 이곳에 들르리라 생각되오! 그냥 내버려두어도 틀림없이 이리로 올 거요." 그는 불만스럽게 덧붙였다. "그때 당신이 없으면 더 안 좋을 것 아니오?……"

소냐는 괴로운 듯이 망설이며 한동안 서 있다가 다시 의자에 앉았다. 라스콜리니코프는 묵묵히 마룻바닥만 내려다보고 생각에 잠겨 있었다.

"루진이 단념했으니 다행이지만" 하고 그는 소냐를 보지도 않은 채 말을 시작했다. "만약 그자가 그런 생각을 먹고 그럴 계획으로 그렇게 했다면 당신은 영락없이 감옥으로 끌려가고 말았을 거요. 만약 나와 레베자트니코프가 없었더라면 말이오! 그렇잖소?"

"그래요!" 그녀는 가냘프고 힘없는 소리로 말했다. "그래요!" 그녀는 안절부절못하면서 정신없이 되풀이 말했다.

"그런데 난 자칫했으면 그 자리에 없었을지도 몰랐소! 레베자트니코프 군도 전혀 우연한 일로 그 자리에 나타났던 것 같아!"

소냐는 잠자코 있었다.

"만약 감옥에라도 들어갔다면, 그땐 어떻게 되었을 것으로 생각하오? 내가 어제 한 말을 기억하고 있겠지요?"

그녀는 여전히 대답하지 않았다. 그는 대답을 기다리고 있었다.

"난 당신이 '그런 소릴랑 말아줘요! 그만해요!' 하고 소리칠 줄 알았소." 하고 라스콜리니코프는 웃으려 하였으나 그 웃음은 어색하기만 했다. "왜 그러고 있소? 왜, 아무 말도 않는 거요?" 하고 그는 잠시 후에 물었다. "무슨 얘기라도 해봐요! 나는 말이오, 레베자트니코프 군이 말하는 '문제'를 당신 같으면 어떻게 해결할 것인지 그것을 알고 싶단 말이오." 그의 정신은 차차 혼란해지는 것 같았다. "아니, 난 진지하게 말하는 거요. 자, 이렇게 상상해봐요! 소냐, 당신이 루진의 계획을 다 알고 있었다고 합시다. 그 때문에 카체리나도 그리고 아이들도, 당신마저도――당신은 자신을 아무렇게나 생각하고 있기 때문에――파멸하지 않을 수 없다는 것을 알고 있었다면, 그것도 확실히 알고 있었다면 결과는 어떻게 되었을까? 포렌카도 역시 같은 처지요……. 그애도 당신과 같은 길을 밟게 마련이 아니겠소? 그래서 이런 문제가 당신 손에 달렸다고 한다면 당신 생각으로는 루진과 그애들 중에 누가 살아야겠다고 생각하느냔 말이오. 루진이 살아서 추잡한 일을 계속하게 하느냐, 아니면 카체리나가 죽어버려야 하느냐 하는 경우가 생기면 당신은 어떻게 해결하겠소? 어느 쪽이 죽어야 한다고 생각해? 난 그것을 묻고 싶소.”

소냐는 불안스러운 듯이 그를 바라보았다. 그녀는 이 애매한, 무엇인지 멀리서 스며드는 듯한 막연한 말 속에 무슨 특수한 것이 깃들어 있는 것처럼 느꼈다.

“나는 처음부터 당신이 그런 것을 물으실 것 같았어요.” 떠보는 듯한 눈초리로 그를 바라보면서 그녀는 이렇게 말했다.

“그래, 좋아요. 그렇다고 하고 당신은 어떻게 해결하겠소?”

“당신은 왜 그런 있을 수 없는 일을 묻는 거예요?” 소냐는 몹시 못마땅한 표정으로 되물었다.

“그럼, 루진이 살아서 비열한 짓을 하는 것이 좋다는 말이오? 당신은 그런 것조차 해결할 용기도 없는 모양이지?”

“하느님의 마음은 알 수 없잖아요……. 어째서 당신은 물어서는 안 될 것만 물으세요? 그런 것이 나의 결단에 달려 있다니, 어떻게 그럴 수가 있어요? 난 누군 살아야 하고 누군 죽어야 한다고 심판할 사람이 아니잖아요!”

“거기에 하느님의 뜻이 끼어든다면 어쩔 수 없는 일이지.” 라스콜리니코프는 침울하게 말했다.

“그러지 말고, 솔직하게 말해주세요. 당신에게 무엇이 필요한가를!” 소냐는 고통스러운 표정으로 외쳤다. “당신은 어떤 속셈이 있어서 얘기를 자꾸 그쪽으로 끌고가는 것 같군요. 당신은 나를 괴롭히려고 오신 것 같아요!”

그녀는 더 이상 참지 못하고 갑자기 울음을 터뜨리고 말았다. 라스콜리니코프는 우울한 적막감을 느끼며 그녀를 응시했다. 그렇게 5분쯤 지났다.

“확실히 당신 말이 옳소!” 이윽고 그는 조용히 말하기 시작했다. 그는 별안간 딴 사람이 된 것 같았다. 짐짓 뻔뻔스럽게 보이던 도전적인 태도도 사라지고 없었다. 어느덧 목소리까지 조용하게 변해 있었다. "어제 나는 스스로 용서를 빌러 오지는 않겠다고 말했었죠. 그런데 지금 나는 용서를 빌려는 거나 다름없이 말을 시작하고 말았소……. 내가 루진의 얘기와 하느님의 뜻을 들먹거린 것은, 그 모두가 나 자신을 위한 것이었소!…… 즉, 나는 용서를 빈 것이었소! 소냐……."

그는 미소를 지었으나 그 창백한 미소 속에는 힘 없는 그 무엇이 섞여 있었다. 그는 아래로 고개를 떨구고 두 손으로 얼굴을 감쌌다.

별안간 소냐에 대한 찌르는 듯한 날카로운 증오의 감각이 그의 마음에 번득였다. 그는 이 느낌에 움찔해서 고개를 들어 그녀를 응시했다. 그러나 그는 자기를 유심히 바라보고 있는, 불안스럽고 애처로운 그녀의 눈길과 마주쳤다. 그 눈길에는 사랑이 어려 있었다. 그의 증오는 환상처럼 스러졌다. 그것은 증오가 아니었던 것이다. 그는 하나의 감정을 다른 감정으로 잘못 안 것이다. 그것은 그 순간이 온 것을 뜻한 데 지나지 않았다.

그는 다시금 두 손으로 얼굴을 감싸고 고개를 떨구었다. 갑자기 그는 새파랗게 질려 의자에서 일어나 소냐를 흘끗 보았으나 아무 말도 하지 않고 아무 생각 없이 그녀의 침대로 옮겨 앉았다.

이 순간은 그의 느낌으로는 그가 노파의 등 뒤에 서서 품에서 도끼를 빼들고 '이제 더 이상 한 순간도 주저할 수 없다'고 느꼈던 순간과 무섭게도 흡사했다.

"왜 그러세요?" 하고 소냐는 무서워 떨며 물었다.

라스콜리니코프는 말을 한 마디도 할 수가 없었다. 그는 이런 식으로 고백을 시작하리라고는 전혀 예상하지 않았으므로, 대체 지금 자기가 어떻게 하려는 것인지 자기 자신조차 알 수 없었다. 그녀는 조용히 그에게로 다가와서 침대 위에 나란히 앉아 그의 얼굴에서 눈을 떼지 않고 기다렸다. 심장은 몹시 두근거렸고, 두 사람 사이의 침묵은 견딜 수 없게 되었다. 그는 죽은 사람처럼 창백해진 얼굴을 그녀에게로 돌렸다. 그의 입술은 무슨 말인가 하려고 애를 쓰는 듯하다가는 힘없이 일그러졌다. 소냐는 공포심에 사로잡혔다.

"왜 그러세요?" 그에게서 살짝 물러서면서 그녀는 이렇게 되풀이 물었다.

"아무것도 아니야, 소냐. 무서워할 것 없소……. 아무것도!" 그는 정신을 잃은 사람처럼 중얼거렸다. "왜, 나는 소냐를 괴롭혀왔을까?" 그녀를 바라보면서 그는 이렇게 덧붙였다. "정말 왜 그랬을까? 난 벌써부터 이런 질문을 나 자신에게 해왔지요, 소냐……."

그는 15분 전만 해도 이 질문을 자신에게 했는지는 모르지만 지금은 온 몸에 끊임없는 전율을 느끼면서 정신없이 그렇게 말했다.

"아아, 당신은 정말 고민하고 계시는군요!" 하고 그의 얼굴을 들여다보면서 동정어린 어조로 말했다.

"모든 것이 쓸데없는 것이야……. 그런데 소냐." 그는 어떻게 된 셈인지 몹시 창백한 얼굴로 잠깐 히죽 웃었다. "……어제 내가 당신에게 무슨 말을 하기로 했는지 기억하고 있겠지?"

소냐는 불안스럽게 다음 말을 기다렸다.

"나는 돌아갈 적에 어쩌면 이것이 영원한 이별인지도 모르겠다, 그러나 만약 내일 다시 오게 된다면, 당신에게…… 누가 리자베타를 죽였는지를 말하겠다고 했지."

그녀는 갑자기 전신을 부들부들 떨기 시작했다.

"그래서 난 얘기하러 온 거요."

"그럼 정말 당신은 어제……" 그녀는 간신히 소곤거리듯 말하고는 "하지만 어떻게 그걸 아세요?" 갑자기 제정신이 든 듯 빠른 말로 물었다. 소냐는 몹시 괴로운 듯이 숨을 쉬었다. 그녀의 얼굴은 더욱 창백해갔다.

"난 알고 있지요."

그녀는 잠시 입을 다물고 있다가는, "그 사람을 발견하셨나요?" 하고 떨리는 목소리로 물었다.

"아니오, 발견한 게 아니오."

"그럼, 어떻게 그걸 아세요." 그녀는 다시금 1분 정도 침묵했다가 다시 간신히 들릴 만한 소리로 물었다.

라스콜리니코프는 그녀 쪽으로 몸을 돌려 그녀를 뚫어지게 쏘아보았다. "알아맞혀보시오." 조금 전과 다름없는 일그러지고 힘없는 미소를 띠고 그는 이렇게 말했다.

소냐는 전신에 경련이 이는 것을 느꼈다.

"당신은 나를…… 어째서 당신은 나를 그토록…… 놀라게 하는 거예요?" 그녀는 어린애처럼 미소를 지어 보이며 중얼거렸다.

"나는 말하자면 그 사내와 친한 친구지요……."

라스콜리니코프는 집요하게 그녀를 바라보며 얘기를 계속했다.

"그 사내는 리자베타를 죽일 생각은 없었어……. 그 사내는 그녀를 뜻하지 않게 죽였을 뿐이오……. 그 사내는 노파만을 죽이려고 했던 거야……. 노파가 혼자 있을 때…… 들어갔었지……. 그런데 거기에 리자베타가 들어온 거요……. 그래서 그 사내는…… 리자베타까지 죽이고 만 거요."

다시 무서운 1분이 흘렀다. 두 사람은 서로 마주보고 있었다.

"이래도 짐작할 수가 없어?" 그는 느닷없이 이렇게 물었다.

"짐작할 수가 없어요." 소냐는 간신히 들리는 소리로 소곤거리듯 말했다.

"잘 생각해보시오." 이렇게 말하자마자 다시금 조금 전에 느낀 그 감각이 갑자기 그의 마음을 얼어붙게 했다. 그는 소냐를 바라보았다. 순간, 그 얼굴에서 리자베타의 얼굴을 본 듯했다. 도끼를 들고 다가갔을 때의 리자베타의 얼굴 표정을 생생하게 상기했다. 어린애가 갑자기 무엇에 놀랐을 때와 같은 공포에 질린 표정으로 두 손을 앞으로 내밀고는 벽 쪽으로 뒷걸음질쳤던 것이다. 지금 소냐에게도 그때와 똑같은 현상이 일어나고 있었다. 그녀는 완전히 기력을 잃은 듯하였고 그때의 그 거동처럼 공포에 질려, 갑자기 왼손을 앞으로 내밀고 그의 가슴을 손가락으로 가볍게 누르고는 침대에서 천천히 일어서더니 차츰 상대편으로부터 멀어져갔다. 그러면서도 그에게 쏠렸던 그녀의 눈길은 미동도 하지 않았다. 그 순간 그녀의 공포가 그에게로 옮아갔다. 그녀와 똑같은 놀라움이 그의 얼굴에도 나타난 것이다. 똑같은 눈초리로 그는 그녀의 얼굴을 바라보았다. 그런데 두 사람은 똑같이 어린애와 같은 미소까지 띠고 있었다.

"알았지?" 하고 그는 마침내 속삭이듯 작은 소리로 말했다.

"아아!" 그녀의 가슴에서 무서운 비명이 튀어나왔다. 그녀는 얼굴을 베개에 파묻고 맥없이 침대 위에 쓰러졌다. 그러나 이내 몸을 벌떡 일으키더니 재빨리 그의 곁으로 다가가, 그의 양손을 그 가느다란 손가락으로 꽉 움켜쥐면서 못박힌 듯 그 자리에 서서 상대편을 응시했다. 그녀는 이 최후의 필사적인 응시로 어떤 가냘픈 희망의 실마리나마 찾아내려는 것 같았다. 그러나 희망은 없었다. 이젠 의심할 여지는 조금도 없었다. 모든 것은 '그대로'였다. 후일 이 순간을 돌이켜 생각했을 때도 그녀는 언제나 이상 야릇한 느낌이 들었다. 그때 어째서 이제는 조금도 의심의 여지가 없다고 단정했던 것일까? 사실, 그와 같은 일을 사전에 예감하고 있었다고는 말할 수 없지 않은가? 그런데 그것을 그가 입에 담자마자 그녀는 갑자기 그것을 예감했던 것처럼 느꼈던 것이다.

"그만, 소냐, 이제 제발 그만해요! 나를 괴롭히지 말아주오!" 그는 괴로운 듯이 애원했다.

그는 이런 식으로 그녀에게 털어놓으리라고는 전혀 생각지 않았던 것인데, 결과는 이런 모양으로 되고 말았다.

그녀는 제정신을 잃은 듯이 벌떡 일어서서는 두 손을 비비면서 방

한가운데까지 갔으나 빠른 걸음으로 되돌아오더니 어깨가 맞닿도록 그의 곁에 나란히 앉았다. 그러고는 갑자기 그녀는 무엇에라도 찔린 듯이 몸을 떨고 소리를 지르더니 무엇 때문인지 자기도 모르게 그의 앞에 몸을 내던지듯 무릎을 꿇었다.

"어쩌자고 당신은, 대체 어쩌자고 당신은 그런 짓을 했어요!" 하고 그녀는 절망적으로 소리치며 일어서더니 그의 목을 끌어안았다.

라스콜리니코프는 휘청거리며 서글픈 미소를 띠고 그녀를 바라보았다.

"당신은 참 이상한 여자요! 소냐, 난 당신에게 '그 일을' 자백했는데, 나를 끌어안고 키스를 하다니, 당신은 제정신을 잃고 있는 모양이지."

"아녜요, 지금 세상에서 당신보다 더 불행한 사람은 아무도 없어요!" 그녀는 그의 말을 듣지도 않고 미친 듯이 이렇게 소리치더니 다음 순간 히스테리라도 일으킨 듯 훌쩍거리며 울기 시작했다.

이미 오랫동안 맛보지 못한 감정이 그의 가슴에 물결처럼 밀려들어 단번에 그의 마음을 부드럽게 해주었다. 그는 그 감정을 거역하려고는 하지 않았다. 눈물이 두 방울 눈에서 흘러나와 속눈썹에 맺혔다.

"그럼, 당신은 나를 버리지 않겠다는 말이오, 소냐?" 그는 실낱 같은 희망을 느끼면서 그녀를 쳐다보고 이렇게 물었다.

"네, 네, 언제까지나! 어디까지나!" 하고 소냐는 소리쳤다. "난 당신을 따라가겠어요! 어디든지 따라가겠어요!…… 아아, 하느님, 아아, 저는 불행한 여잡니다!…… 왜, 어째서 나는 좀더 빨리 당신을 알지 못했을까? 왜, 당신은 좀더 빨리 내게 와주지 않았어요? 아아, 하느님!"

"그러니까 이렇게 온 것 아니오."

"지금? 이젠 어떻게도 할 수 없지 않아요?…… 함께, 함께!" 그녀는 정신을 잃은 듯이 이렇게 되풀이하며 다시 그를 끌어안았다. "당신과 함께 징역이라도 가겠어요!"

그는 갑자기 온몸을 부르르 떨었다. 그리고 그의 입술에는 조금 전과 같은, 증오에 넘치는 멸시하는 듯한 미소가 어려 있었다.

"난 말이오, 소냐, 징역 갈 생각은 없는지도 몰라." 하고 그는 말했다.

소냐는 재빨리 그를 바라보았다.

불행한 사나이에 대한 연민과 고통에 찬 동정의 발작이 가시자, 다시금 살인자라는 무서운 생각이 그녀의 가슴을 찔렀다. 갑자기 변한 그의 어조에서 그녀는 문득 살인자의 목소리를 들었다. 그녀는 움찔하며 그를 바라보았다. 어째서, 어떻게, 무엇 때문에 그런 일이 생기게 되었는지 그녀는 잘 알지 못했다. 지금 이러한 의문들이 그녀의 의식 속에서 일시에 일어났다. 그러자 그녀는 다시 그것을 믿지 않으려 했다. '이 사람이, 이 사람이 살인자라니! 대체 그런 일이 있을 수 있을까?'

"대체 어떻게 된 일이죠? 나는 어디에 서 있는 것이죠?" 그녀는 아직 제정신이 들지 않아 깊은 의혹에서 벗어날 수가 없는 듯 말했다. "어쩌자고 당신은, 당신 같은 사람이…… 그런 짓을 할 수 있었을까요?…… 대체 어찌 된 일일까요?"

"흥, 뭐, 물건을 훔치려 했던 것이지. 이제 그만해요, 소냐!" 그는 피곤한 듯, 그리고 화난 듯한 표정으로 말했다.

소냐는 망연하게 서 있더니 갑자기 이렇게 외쳤다. "당신은 굶주리고 있었지요! 당신은…… 어머니를 도우려고 생각했던 거지요? 그렇지요?"

"그렇지 않소, 소냐. 그렇지 않단 말이오." 그는 이렇게 중얼거리더니, "난 그다지 굶주린 것은 아니오……. 물론 어머니를 도우려는 생각은 있었지만 말이오. 하지만…… 그것이 이유의 전부는 아니란 말이오……. 나를 괴롭히지 말아주오, 소냐!"

소냐는 두 손을 마주쳤다.

"그렇담 이 일이 모두가 참말이군요. 아냐, 아냐, 아냐, 그럴 리 없어! 정말이 아닐 거야! 믿을 수 없는 일이야!…… 조금이라도 돈이 있으면 불쌍한 사람에게 줘버리는 당신이 그런 끔찍한 짓을 할 리가 없어요. 살인강도라니! 아아!" 하고 그녀는 미친 듯이 소리쳤다. "그렇다면, 우리 어머니에게 주신 돈도…… 그 돈도…… 정말 그 돈도……."

"아니오, 소냐." 그는 급히 말을 가로막았다. "그 돈은 아니오. 안심해요! 그 돈은 어머니가 어떤 상인을 통해서 보내준 돈이오. 그 돈은 내가 앓아 누워 있을 때 받았던 건데 그날로 당신 어머니에게 드렸던 거요……. 라즈민은 그 경위를 알고 있어……. 그는 나를 대신해서 그 돈을 받아 왔으니까……. 그 돈은 내 돈이란 말이오. 진짜 내 돈이오."

소냐는 미심쩍은 듯 그의 말을 들으면서 자신의 생각을 가다듬으려고 애를 썼다.

"그런데 '그 돈' 말인데……, 난 그 속에 돈이 있었는지 없었는지 그것조차 모르오." 그는 다소 차분해진 모습으로 덧붙여 말했다. "난 그때, 노파가 목에 걸고 있던 지갑을…… 가죽으로 된…… 돈이 가득 든 지갑이었는데…… 그 지갑을 발견했지만, 그 속을 살펴보진 않았지요. 그럴 겨를이 없었던 거지……. 그런데 물건은 장식용 단추 같은, 시시한 것뿐이었는데…… 그 물건과 지갑은 다음날 아침 V──거리의 어느 집 돌 밑에 숨겨버렸지……. 지금도 고스란히 거기 파묻혀 있을 거요……."

소냐는 열심히 그의 얘기를 들었다.

"그렇다면 왜…… 물건을 훔치려고 그랬다고 말씀하셨나요? 그렇담 당신은 아직 아무것도 훔친 것은 아니잖아요?" 하고 그녀는 지푸라기라도 붙잡으려는 딱한 심정으로 그렇게 물었다. "몰라……. 난──훔칠까 말까 망설였던 거요!" 그는 뭔가 생각하는 듯하더니 갑자기 일그러진 웃음을 얼굴에 띠면서 중얼거리듯 말했다.

"흥! 난 지금 무슨 잠꼬대 같은 소리를 하고 있담!"

소냐의 머리에는 '이 사람은 미친 것이나 아닐까' 하는 생각이 번득였으나, 다음 순간 그런 것이 아니라 자기는 모르는 다른 사정이 있었던 거겠지 하는 생각이 들었다. 그녀는 점점 혼란해지는 자기 자신을 의식했다.

"봐요! 소냐." 하고 그는 격한 심정을 드러내면서 말했다. "봐, 난 이렇게 말하고 싶어! 가령 내가 굶주림 때문에 살인을 했다고 한다면," 그는 한 마디 한 마디에 힘을 주어가며 열띤 눈초리로 상대편을 바라보면서 수수께끼와도 같은 말을 계속했다. "그렇다면 난 지금…… 행복해야 할 거요! 이 점을 이해해 달라고 부탁하고 싶어!"

"하지만 그건 당신과 아무 관련도 없는 일이야 아무 관계도 없단 말이야." 그는 절망적인 목소리로 계속 소리쳤다. "내가 지금 범죄를 저지른 것을 고백했다 하더라도 그게 당신과 무슨 상관이 있단 말인가. 아아, 소냐, 난 지금 이런 짓을 하려고 당신에게 온 것이 아니오!"

소냐는 무슨 말을 하려다가 그만 입을 다물어버렸다.

"내가 어제 함께 가달라고 말한 것은 내게는 당신밖에 없었기 때문이오."

"어디로 가자는 거예요?" 소냐는 겁난 얼굴로 물었다.

"도둑질하러 가자는 것도, 사람을 죽이러 가자는 것도 아니니까 걱정 말아요. 그런 건 아니니까." 하고 그는 비꼬듯 웃었다.

"우리 둘은 서로 전연 다른 인간이니까……. 그런데 소냐, 난 지금 어제 당신을 어디로 데리고 가려고 했던 건지 이제 알겠어! 어제 그렇게 말했을 때에는 나 자신도 잘 몰랐지만 내가 그렇게 부탁했던 것도 여기에 온 것도 목적은 하나야! 나를 버리지 말아주오. 버리지 않겠지, 소냐?"

그녀는 그의 손을 꼭 쥐었다.

'왜, 왜, 난 말해버렸을까. 왜 이 여자에게 모조리 털어놨을까!' 그는 끊임없는 고통에 넘치는 눈으로 그녀를 바라보며 잠시 절망적으로 외쳤다. "당신은 지금 내 설명을 기다리고 있다, 소냐. 그렇게 앉아서 기다리고 있다. 나도 그걸 알고 있소. 그러나 난 당신에게 뭐라고 말해야 하지? 당신은 이 문제에 대해선 아무것도 모른다. 죽도록 고민이나 할 뿐이다……. 나 때문에! 봐! 당신은 또 나를 껴안는군——대체, 왜 나를 껴안는 거지? 내가 스스로 견디지 못하고 '너도 고민해 달라, 그렇게 하면 나의 마음이 편해지니까!' 하고 자기 고민을 남에게 덮어씌우기 위해서 온 것도 아닐 거야. 당신은 이런 비열한 사내를 사랑할 수 있단 말인가?"

"당신 역시 고민하고 계시잖아요!" 하고 소냐는 외쳤다.

"소냐, 나의 근성은 뒤틀려 있어, 당신은 이걸 명심해두란 말이야. 그것만으로도 모든 일을 짐작할 수도 있을 테니까. 내가 여기까지 온 것도 내 마음이 비뚤어져 있기 때문이야. 다른 사람들 같으면 오지 못하겠지. 그러나 나는 겁쟁이고…… 비겁한 사내란 말이야……. 그러나 이런 것은 어쨌든 상관없어! 내가 말하고 싶은 건 그게 아니야……. 지금 얘기해두지 않으면 안 될 것이 있는데 얘기를 끄집어낼 수가 없군……."

그는 말을 그치고 생각에 잠겼다.

"쳇, 우린 사람됨이 달라!" 그는 다시 소리쳤다. "서로 어울릴 상대가 아니란 말이야. 그런데 왜, 왜 나는 여길 왔을까! 난 이것만은 도저히 용서할 수가 없어!"

"아니예요. 아니예요. 오시길 잘했어요!" 소냐는 외쳤다. "내가 알기를 잘했어요, 정말 잘된 거예요!"

그는 괴로운 듯이 그녀를 바라보았다.

"그게 사실이라고 해도 별다른 이유가 있었던 건 아냐!" 하고 그는 결심이라도 한 듯 이렇게 말했다.

"사실은 이렇소, 이렇게 된 거요. 난 나폴레옹이 되고 싶어서 살인을 한 거란 말이오……. 어때, 이젠 알겠소?"

"아, 아니오." 소냐는 머뭇거리며 속삭였다. "하지만 얘기해주세요. 얘길 계속해주세요. 알 수 있을 거예요. 마음속으론 모든 것을 다 알 수 있을 것 같아요!" 그녀는 그에게 간청했다.

"알 수 있겠다고? 좋아! 그럼 얘기하지!"

그는 입을 다물고 오랫동안 생각에 잠겼다.

"사실은 이렇게 된 거요. 난 나 자신에게 이런 질문을 해본 적이 있었지! 예를 들어, 나폴레옹이 내 입장이었다고 하고, 그가 출세 길을 개척하려고 투울롱도, 이집트 원정도, 몽블랑도 넘지 않고, 그런 빛나는 업적 대신에 어떤 늙어 찌들은, 말단 관리의 과부가 가지고 있는 장롱 속에서 돈을 훔치기 위해서는——출세를 위해서 말이야——그 노파를 죽이지 않으면 안 되게 되었다면 나폴레옹은 그런 짓을 감행했을까? 그것이 빛나는 일도 아니고, 게다가 죄스러운 일이라고 주저하지는 않았을까? 이게 바로 내가 고민한 문제였단 말이오. 그래 난, 결과적으로 나폴레옹이라면 주저하지도 않았을 것이고, 이런 짓이 훌륭한 일이 아니라는 생각조차도 하지 않았으리라고 생각되었고, 따라서 나는 부끄러운 생각마저 느끼게 되었어. 만약 다른 방도가 없었다면 그는 물론 생각에 잠길 것도 없이 우물쭈물하지 않고 단숨에 교살해버리고 말았을 거요. 그래서 나…… 망설이는 걸 집어치우고…… 내 독단으로…… 죽여버렸던 거야……. 사실은 바로 이렇게 일어난 거요! 우습겠지? 그래, 소냐. 이 사건에서 무엇보다 우스운 것은 일이 바로 이렇게 해서 일어났다는 그거란 말이오……."

소냐는 조금도 우습다고는 생각지 않았다.

"더 솔직하게 얘기를 계속해줘요——예를 들어 말하지 말고 말예요." 그녀는 더욱 머뭇거리며 간신히 들을 수 있을 정도의 작고 힘없는 소리로 애원했다.

그는 그녀를 향하여 몸을 돌리고 침울한 낯빛으로 그녀를 바라보며 두 손으로 그녀의 손을 잡았다.

"그래, 당신 말대로요, 소냐. 지금 얘기한 것은 시시한 얘기에 지나지 않아. 헛소리나 다름이 없어. 실은 말이오, 당신도 알고 있듯이 내 어머니는 거의 빈털터리야. 누이동생은 불행중 다행으로 교육을 받았기 때문에 이집 저집에서 가정교사 노릇을 하고 있지요. 그러니 그 두 사람은 모든 희망을 나에게 걸고 있었지. 난 대학에 다니다가 형편이 여의치 않아 한때 휴학을 하지 않으면 안 되게 되었었지. 그런데 내가 대학을 계속 다녔더라면 10년이나 12년 뒤에는——사정이 호전될 때에는——난 교사나 관리가 돼서 연봉 1,000루블쯤 받는 신세가 됐을지도 몰라…….” 그의 말투는 암기했던 것을 외우는 듯했다. "하지만, 그때쯤 되면 어머니는 늙으실 것이고 나는 효도는 고사하고 어머니를 마음 편하게 해드릴 수가 없게 된단 말이야. 그리고 누이동생도 그렇지…… 누이동생은 더 곤란해질 것 같았어. 그렇다면 평생을 무엇을 바라고, 모든 것을 비켜가고, 외면하고, 어머니를 팽개치고, 누이동생의 치욕스런 생활을 방관하고 있어야 한단 말인가. 정말 우스운 얘기가 아니오? 대체 무엇을 위해서? 그 두 사람을 버리고 새로운 가족을 위해서란 말인가? ——즉, 처자를 만들고, 그리고 나중엔 그들 역시 빵 한 조각도 없는 신세로 몰아넣기 위해서란 말인가? 그래서…… 그래서 난 이렇게 결심했던 거요. 노파의 돈을 빼앗아 그것을 어머니의 생활비로 드려서 몇 년 동안 편히 지내시도록 하고, 난 대학생활로 돌아가서 졸업 후, 사회에 진출할 기반을 마련하고——그리고 이런 일을 철저히 실천해서 새로운, 완전한 출세의 길을 닦자고 했던 거요 ——대체로 이렇게 된 거야……. 그거야 말할 것도 없는 일이지. 그 노파를 죽인 일이 나쁘다는 것은! 이제 그만두겠소.”

힘없는 어조로 여기까지 얘기를 마치더니 그는 고개를 아래로 푹 떨구고 말았다.

"아아, 그렇지 않아요, 그렇지는 않을 거예요." 하고 소냐는 애달프게 소리쳤다. "대체 어떻게 그럴 수 있단 말예요……. 아녜요. 사실은 그렇지 않을 거예요!"

"당신, 그렇지 않다고 생각하는 것 같군!…… 하지만, 난 진심으로 말한 거요. 사실 그대로를!"

"그게 사실대로라고요? 오오, 하느님!"

"난 다만 이〔蝨〕를 죽였을 뿐이오, 소냐. 아무 이익도 없고 해만 끼치는 더러운 이를 말이오."

"어쩌면, 사람을 이라고 하다니!"

"이가 아니라는 것쯤 나도 알고 있지." 그는 이상한 눈초리로 그녀를 바라보면서 대답했다.

"그런데 나는 지금 거짓말을 하고 있는 거요……. 지금까지 말한 것은 모두 사실과 다르단 말이오……. 당신 말이 옳아요. 그래, 여기엔 전혀 다른 원인이 있어!…… 난 벌써부터 누구하고도 얘기를 않고 있었소. 소냐…… 난 지금 몹시도 머리가 아파요……."

그의 눈은 열병 환자처럼 벌겋게 충혈돼 있었다. 그는 열에 들뜬 사람처럼 불안스러운 미소를 입가에 띠었다. 그는 몹시 흥분해 있으면서도 한편으로는 기진맥진해 있었다. 그가 얼마나 괴로워하고 있는지 소냐는 절실히 알 수 있었다. 그녀도 현기증을 느꼈다. 그리고 그의 말투도 이상했다. 뭔가 알 것 같기도 했다. "그렇지만 어떻게 그럴 수가! 차마 어떻게 그럴 수가! 하느님, 오오, 하느님!" 그녀는 절망을 느끼고 하느님을 찾았다.

"아니오, 소냐. 그건 잘못된 생각이오!" 그는 별안간 고개를 쳐들고 입을 열었는데, 그 모습은 급격한 충격에 다시 제정신을 찾은 것처럼 보였다. "그건 잘못된 생각이오. 오해란 말이오. 그게 아니라…… 이렇게 생각해야 돼! ──그렇다! 정말로 그렇게 생각하는 편이 낫겠어!──난 자만심이 강하고 질투심도 많으며, 근성이 비뚤어지고, 비열하고 집념이 깊은 사내라고 말이오……. 그리고 또…… 어쩌면 미친 사람이라고 생각하는 편이 나을는지도 몰라──이왕이면 모두 실토해버리겠소. 미친 사람이란 말은 그전부터 들어왔으니까!──난 좀 전에 당신에게 대학을 휴학했다고 말했었지. 하지만 계속해서 다닐 수 있었는지도 몰라. 대학 납부금 정도는 어머니가 마련해주셨을는지도 모르고, 구두니 교복이니 하는 것은 내 손으로 마련할 수도 있었으니까! 하다못해 가정교사라도 할 수 있었고, 사실, 한 번에 50코페이카씩 줄 테니까 맡아 달라는 사람도 있었거든. 라즈민도 스스로 벌고 있잖아. 그런데 난 울분이 쌓여서 일하기가 싫었단 말이야. 정말 울화통을 터뜨리고 있었던 거지(이건 정말 멋진 말이로구나). 그래서 난 거미처럼 구멍으로 기어들어가 웅크리고만 있었어. 당신은 구멍 속 같은 내 하숙에 와봤으니 알겠지만……. 당신도 알고 있겠지, 소냐. 낮은 천장에 숨막힐 정도로 좁디좁은 방, 그런 것은 사람을 미치게 하는 거야. 머리고 가슴이고 정신까지도 짓눌러버린단 말이오. 난 그 방을 얼마나 증오했는지 몰라. 그러면서도 난 그 방에서 나오질 않았어! 일부러, 아니 고집으로 나오려 하지 않았던 거요! 밤이고 낮이고 문밖을 나가는 법 없이 처박혀 있었소. 일하기도 싫었고, 밥 먹는 것까지도 싫었소! 그저 온종일 침대 속에서 잠만 잔 거지. 나스타샤가 갖다주면 먹고, 안 갖다주면 굶곤 했지. 그저 내 고집으로 일부러 그런 거요. 밤에 등불이 없으면 암흑 속에서 살았고, 어디라도 가서 초 한 자루라도 얻어오거나 벌어올 생각은 조금도 안 했었지. 공부도 해야 했으나 책은 이미 모조리 팔아먹고 한 권도 없었어. 지금 내 책상에는 먼지만 수북이 쌓여 있소. 난 드러누워 사색에 잠기는 것을 좋아했지. 그러니 온갖 생각을 다 해본 거요. 난 이상한 꿈도 많이 꿨어. 얘기할 것도 못되는 시시한 꿈을 말이오. 그런데 날이 가면서 이런 일이 머리에 떠올랐어……. 아냐, 그게 아니야! 또 엉뚱한 소리를 지껄이려고 하는

구나. 사실은 이래요. 난 그 무렵 노상 이런 의문을 품고 있었지. 난 왜 이다지도 못났을까? 다른 자들이 못난이라는 것은 알면서, 나 자신의 그 못난 점은 왜 고치려 하지 않느냐고. 그런데 난 나중에 깨달았지, 소냐. 만약 모두가 똑똑한 사람이 되기를 기다리려면 시간이 너무 오래 걸리게 되리라고……. 또 이렇게도 느꼈어. 결코 그렇게는 되지 않으리라고. 인간은 변하지 않고 누구도 인간을 개조할 수는 없으니까. 그리고 그런 일을 위해서 힘을 허비할 것도 못 된다고. 정말 그래요! 그게 인간의 법칙이란 거요……. 법칙이야, 소냐! 그건 틀림없어!…… 그래 난 마침내 이런 것을 알게 됐어. 소냐, 두뇌와 정신이 확고하고 강인한 자는 인간을 지배하는 주권자라는 것을! 많은 일을 과감히 해치우는 자는 인간으로서는 올바른 범주에 속한다는 것을 말이야! 보다 많은 것을 성취하는 자가 인간 사회에서 보다 올바른 자가 된다면, 그와 동시에 보다 많은 것을 무시할 수 있는 자는 인간 사회에서는 입법자가 되는 거요. 오늘날까지도 그랬지만 앞으로도 역시 그럴 거요! 오직 소경들만이 그걸 분간 못하고 있을 뿐이란 말이야!"

라스콜리니코프는 이렇게 말하면서도 줄곧 소냐를 바라보고 있었으나 얘기의 내용을 그녀가 이해하고 있는지 어떤지에 대해서는 관심도 없었다. 그는 너무나 격렬한 열정에 휩싸였던 것이다. 그는 일종의 암담한 환희에 취해 있었다. 사실, 그는 오랫동안 누구하고도 얘기하지 않았다. 소냐는 이 음울한 신조가 그의 신앙이기도 하고, 동시에 그의 법칙, 즉 인생관인 것을 어렴풋이 깨닫기 시작했다.

"난 그때 깨달았지, 소냐." 그는 환희에 넘치는 어조로 말을 계속했다. "권력이란 일부러, 아냐, 기를 쓰고 그것을 줍겠다고 덤비는 자만이 수중에 넣을 수 있다는 것을. 그러므로 가장 중요한 일은 오직 하나, 그것을 감행하기만 하면 된다는 것을! 그때 내 머리에 처음으로 한 가지 생각이 떠올랐소. 나 말고는 그 어떤 사람도 일찍이 생각해보지 못했던 생각이! 어느 누구도 말이야! 그러자 내 눈에는 이런 일이 태양처럼 뚜렷하게 비쳐왔어!…… 왜? 오늘날까지 이와 같은 온갖 불합리한 현상을 보면서도 그 꼬리만이라도 붙잡아 내던져버리려는 인간이 없었고, 현재도 없는가, 하는 생각이야! 그래서 난…… 난 단호하게, 과감하게 실행하겠다고 결심했던 거요! 그 결과, 그걸 죽여버리고 말았지!…… 난 과감하게 해치워버린 것뿐이야! 소냐, 이것이 그 원인의 전부야!"

"이제 그만하세요! 말하지 마세요!" 소냐는 두 손을 딱 마주치면서 말했다. "당신은 하느님으로부터 버림받은 사람이에요. 하느님의 저주를 받았어요. 그리고 악마의 손아귀에 넘겨진 사람이에요!……"

"덧붙여 말하는데, 소냐, 난 음침한 곳에 처박혀 있을 때에도 무슨 악마에게 홀려 있는 것이나 아닐까 하고 노상 생각했었어! 그렇다면 그때도 악마 때문이었을까? 응?"

"그만둬요! 놀리는 것은 싫어요. 하느님을 비방하고…… 당신은 아무것도 몰라요! 아무것도 모르고 있어요! 아아! 하느님, 이 사람은 아무것도, 정말 아무것도 모르고 있어요!"

"입 다물어요! 소냐. 난 조금도 놀리고 있진 않아! 악마의 꾐에 빠졌다는 건 나 자신도 알고 있는 일이오! 아무 말도 하지 말아주오! 소냐, 입을 다물어줘요!" 그는 음울한 말투로 집요하게 되풀이했다. "나는 뭣이든 다 알고 있소. 이런 문제는 이미, 벌써, 생각하고 또 생각하고 몇 번이나 내 귀에 내 입으로 속삭였던 일이란 말이오……. 이런 것은 지겨울 정도로 나 자신과 토론했던 일이니까! 조금도 남김없이. 난 그때 그렇게 혼자 토론하는 것이 몸서리치도록 지겨웠소. 그래서 난 일단 그짓을 그만두기로 했었지! 그리고 새출발을 하기로 작정했던 거요. 소냐, 난 확실히 그때 그것을, 혼자 토론하는 일을 그만두고 싶었소! 당신은 내가 앞뒤 생각도 없는 만행을 저질렀다고 생각하는 것은 아니겠지? 난 지각 있는 사람으로서 행동했던 것이고 그것이 나를 파멸케 한 거요! 당신은 이렇게 생각하고 있는 건 아니겠지.

이를테면, 내가 권력을 장악할 권리가 있겠느냐고 자문 자답하기 시작하면——그것은 곧 내가 권력을 쥘 권리가 없다는 것을 나 자신이 모르고 있기 때문이라고! 혹은 또, 이를테면, 인간은 이〔蝨〕냐 하고 질문을 던졌다고 한다면, 그건 이미 나의 경우에 있어서는 인간은 이가 아닌 것이 된다. 그리고 결코 머릿속에서 그런 생각은 해볼 수 없는 인간, 결코 의문 같은 것은 품지 않고, 곧장 돌진할 수 있는 인간에 있어서만이, 인간은 이가 된다는 것을 내가 모르고 있다고 당신은 생각하는 것이나 아닐까? 난, 나폴레옹이라면 이 일을 어떻게 할까, 일을 감행하기 위하여 나서게 될까, 며칠씩 고민하기도 했지만, 이제 나는 나폴레옹이 아니라는 것을 분명히 의식하게 됐어!…… 이와 같은 허망한 자문자답에 굉장한 고통을 겪었지만 난 끝내 참아냈어! 소냐. 그래서 그 모든 짐을 나의 어깨에서 떨쳐버리려고 생각했던 거요. 난 말이야, 소냐. 옳고 그른 데에 대한 판단은 일체 뒤로 미루고 죽여 놓고 보자고 생각했던 거야. 나 때문에, 나 한 사람을 위해서 죽이고 싶어졌던 거야! 난 이것을 거짓말로 덮어두고 싶지는 않았어! 난 나의 어머니를 돕기 위해서 살인을 한 것은 아니었어!——그랬었다면, 그야말로 어리석고 허망한 일이었다고 할 수밖에 없을 거야! 내가 살인을 저지른 것은 돈과 권력을 입수하여 인류의 은인이 되고 싶어서 한 짓이 아니란 말이야! 이것도 어리석은 일이야! 난 그저 죽였을 뿐이야! 나 자신을 위해서. 나 혼자를 위해서 죽였어! 후일 내가 누군가의 은인이 되든, 한평생 거미처럼 모든 사람을 거미줄에 꽁꽁 옭아매어서 그 생피를 빨아먹는 결과가 된다 하더라도 그 순간의 나에게는 고려할 여지도 없는 일에 지나지 않았어!…… 중요한 건 내가 그 살인을 했을 때, 내가 필요로 한 것은 돈이 아니었다는 거요……. 이것을 이해해줬으면 좋겠어. 이젠 내가 같은 길을 다시 걷는다 하더라도 두 번 다시 살인은 하지 않을 거야! 난 그때 완전히 다른 생각, 다른 목적을 가지고 있었어! 난 그 어떤 아주 다른 것을 규명해보고 싶었던 거요! 어떤 다른 것이 나를 그렇게 움직인 셈이야. 난 그때 모두가 이〔蝨〕냐, 아니면 인간이냐?…… 그것을 규명하고 싶었던 거야. 일각이라도 빨리 규명하고 싶었어! 내가 건널 수 있느냐, 어떠냐? 난 벌벌 떨기만 하는 벌레냐, 아니면 '권리'를 가진 인간이냐를……."

"죽이는 권리를? 사람을 죽이는 권리를 가지고 있다는 건가요?"

소냐는 딱 소리가 나게 손뼉을 치고 이렇게 외쳤다.

"이봐요, 소냐!" 그는 초조한 듯 그녀에게 뭐라고 대꾸를 하려 했으나, 멸시하는 듯한 표정으로 도로 입을 다물어버렸다. 잠시 침묵이 흐른 후 그는 다시 입을 열었다.

"나의 얘길 막지 말고 잘 들어요. 소냐, 난 당신에게 한 가지 똑똑하게 일러두고 싶은 게 있소. 난 그때 악마한테 이끌려 그곳으로 갔었지만 나중에 그 악마로부터 넌 거기에 갈 권리가 없다, 넌 누구나와 마찬가지로 한 마리의 이에 지나지 않는다는 충고를 받았다는 것을! 난 악마에게 우롱당한 셈이야. 그렇기 때문에 난 지금 이렇게 당신에게 올 수 있었던 거요. 자, 이 손님을 맞아줘요! 내가 '이'가 아니었더라면 이렇게 당신에게 올 리도 없지 않겠소! 사실은, 그때 내가 그 노파한테 간 것은 다만 시험해보려고 갔던 것뿐이오……. 그렇게 알아줘요!"

"그러고는 죽였군요! 죽였어요!"

"하지만 말이야, 도대체 어떻게 죽였다고 생각해? 사람이 정말 그런 수법으로 사람을 죽일 수 있는 것일까? 다른 사람도 그렇게, 나처럼 사람을 죽이는 것일까?…… 난 어떻게 그 일을 시작했던지 기회가 있으면 다음에 당신에게 얘기해주겠소……. 정말 내가 노파를 죽인 것일까? 난 나 자신을 죽인 것이지 노파를 죽인 것은 아니야! 그때 난 단번에 나 자신을 죽여버린 거요. 영원히!…… 그 노파를 죽인 것은 악마였소. 난 악마였어……. 이제 괜찮아, 이제 상관하지 않아도 돼! 소냐, 나를 그냥 내버려줘요!" 그는 발작적으로 무서운 고독감에 휩쓸리면서 갑자기 이렇게 외쳤다.

"나를 상관하지 말아줘!"

그는 무릎 위에 두 팔꿈치를 짚고 마치 지렛대로 누르듯 두 팔로 자신의 머리를 움켜쥐었다.

"아아! 정말 괴로운가봐요!" 쓰라린 고통의 외침이 소녀의 입에서 튀어나왔다.

"자, 이제 난 어떻게 해야 좋을지, 좀 가르쳐주오!" 그는 절망으로 일그러진 흉한 얼굴을 갑자기 치켜들면서 소녀에게 말했다.

"어떻게 해야 좋으냐고요?" 그녀는 벌떡 일어서더니 눈물이 흥건히 괸 눈을 번득이기 시작했다. "어서 일어나세요!"

그녀가 그의 어깨를 두 손으로 붙잡자 그는 깜짝 놀란 듯하였으나 그 자리에서 일어났다.

"지금 곧, 지금 당장 나가서 네거리에 서서 절을 하고, 당신이 피로 더럽힌 이 대지(大地)에 입 맞추세요. 그리고 온 세상 사람을 향하여 고개를 숙이고 모두에게 들릴 정도의 큰소리로 '나는 사람을 죽였습니다!' 하고 외치세요. 그렇게 하면 하느님은 당신에게 새로운 생명을 주실 거예요. 가시겠지요?" 그녀는 무슨 발작이라도 일으킨 듯이 전신을 와들와들 떨면서 두 손으로 그의 손을 꼭 쥐고 불타는 눈초리로 쏘아보면서 그렇게 물었다.

그는 깜짝 놀랐기보다는 오히려 그녀의 열광에 가슴을 찔린 듯하였다.

"당신 말은 그 징역 얘기인가보군! 소냐, 내가 자수해야 된다는 거요?" 그는 어두운 얼굴로 힘없이 물었다.

"고통을 감수하고, 그로써 자신의 죄과를 속죄하는 거예요. 당신에게는 그것이 필요해요."

"아냐! 난 그따위 인간들에게는 가지 않을 테요, 소냐!"

"그렇담 어떻게, 어떻게 살아갈 작정이에요? 뭣을 믿고 뭣을 의지하고 살아갈 생각이세요?" 하고 소냐는 외쳤다. "앞으로 그렇게 살아갈 수 있으리라고 생각되세요? ──아아, 그 두 분은, 그 두 분은 앞으로 어떻게 될까? ──내가 지금 무슨 말을 하고 있지? 당신은 이미 어머니와 누이동생을 버렸다고 했지요! 안 돼요! 오, 하느님!" 하고 그녀는 외쳤다. "이 사람은 이 모든 것을 이미 다 알고 있습니다. 하지만 당신은 사람과 인연을 끊은 채 어떻게 살아갈 수 있겠어요! 앞으로 당신은 어떻게 될까요! 어떻게……."

"어린애 같은 소린 그만둬요, 소냐." 그는 작은 소리로 말했다. "그 녀석들에게 내가 무슨 죄를 지었단 말이야? 내가 뭣 때문에 가야 해? 이런 것은 모두가 단순한 환상에 불과해!…… 그놈들 자신은 몇백만 명이란 사람을 죽여놓고도 그것을 선행(善行)이라고 생각하고 있지 않아! 그놈들은 비열한 사기꾼 같은 놈들이야! 소냐…… 난 가지 않겠어. 나더러 대체 무슨 말을 하라는 거요? 살인은 했으나 돈은 훔칠 생각이 없어 돌 밑에 숨겨버렸다고 말하란 말이오?" 그는 비꼬는 웃음을 띠면서 이렇게 덧붙였다. "그따위 짓을 하면 그놈들은 나를 우스갯거리로 삼을 거요. 바보 같은 놈이다, 손에 들어온 돈도 훔치지 못하다니 정말 바보 같은 놈이다, 겁쟁이다, 하고 조소할 거요. 그놈들은 아무것도 모르고 있어. 하나도 모른단 말이오. 그놈들은, 소냐, 그런 걸 알 자격도 없는 치들이란 말이야. 뭣 때문에 가겠어? 내가 가다니! 어림도 없는 일이야! 어린애 같은 소리는 그만둬요, 소냐!"

"당신은 괴로울 거예요. 모진 고통을 받을 거예요." 그녀는 그에게 두 손을 내밀고 필사적으로 애원했다.

"난 아무래도 나 자신을 조롱하고 있는 것 같군." 하고 그는 생각에 잠긴 듯 어두운 표정으로 말했다. "아무리 해도 난 아직 인간임에 틀림없고, 이는 아닌 것 같아. 그래서 난 나 자신을 책망하고 있는 거요……. 난 끝까지 싸우겠소."

대담한 웃음이 그의 입술에서 밀려나듯 터져나왔다.

"그토록 무서운 고통을 짊어지고 한평생을, 한평생을 어떻게……."

"글쎄, 그동안에 아무렇지도 않게 되겠지!……" 그는 침울하게 말했다. 그러고는 심각한 얼굴로 "들어봐요!" 하고 1분쯤 사이를 두었다가 입을 열었다. "우는 것은 그만해! 용건은 마쳐야 할 테니. 놈들이 지금 나에게 혐의를 걸고 나를 체포하려고 기를 쓰고 있어요. 난 그것을 당신에게 얘기해주려고 여기 온 거요!"

"아아!" 소냐는 무서운 듯이 소리를 질렀다.

"아니, 무슨 소릴 하는 거야? 당신은 내가 징역 가기를 원하고 있으면서 그렇게 놀랄 건 없잖소! 하지만 보라구. 난 결코 놈들에게 지지 않을 테니까! 난 아직 그들과 맞서볼 자신이 있으니까. 끝까지 버티면 놈들도 어쩔 수 없을 테니. 놈들은 진짜 증거라고는 아무것도 가진 게 없으니까. 어젠 나로서는 일대 위기를 맞았었지. 그땐 정말 아찔했어! 그런데 오늘 다시 형세가 호전됐어! 그놈들이 쥐고 있는 증거라는 것은 모두가 애매한 것뿐이란 말이오! 그놈들의 기소 이유를 도리어 나에게 유리하게 돌려버릴 수 있는 가능성도 있단 말이오! 알겠소? 꼭 그렇게 해 보이고 말 테니! 난 이젠 그 요령도 터득했소……. 하기야 언젠가는 감옥에 끌려가게 되겠지만. 만약 어떤 일이 일어나지만 않았다면 오늘에라도 끌려 갔을는지도 모르지. 어쩌면 지금부터라도, 언제라도 잡혀갈지 모르지. 하지만 난 그따위 겁내지는 않지만, 소냐, 그렇지만 난 잠시 감옥에 들어가 있는 것이지 아주 끌려가는 것은 아니란 것을 알아야 해! 며칠만 고생하면 석방되는 거야! 왜냐하면 그들에게는 확실한 증거라곤 없으니까. 그리고 진짜 나를 끌어 넣을 만한 증거란 앞으로도 절대로 나오지 않을 거요! 이건 내가 만 번이라도 장담할 수 있지! 지금 그들이 입수하고 있는 정도의 증거로는 사람을 감옥에 잡아 넣는다는 건 꿈도 꿀 수 없을 거란 말이오. 자, 이제 그만 해둡시다……. 난 그저 당신이 알아주었으면 해서……. 누이동생과 어머니에게는 적당히 얘기해서 걱정 않도록 하겠어! 누이동생은 지금 그다지 생활이 걱정될 정도는 아니지만……. 그러니 어머니도 역시 같은 처지야. ……자, 얘기는 이것뿐이오. 아무튼 몸조심해요. 내가 감옥에 가거든 면회 와주시고!"

"그럼요, 가고 말고요! 가겠어요!"

두 사람이 나란히 앉아 있는 모습은 태풍으로 무인도의 해안에 표류한 사람처럼 몹시 처량하게 보였다. 그는 소냐를 바라보고 있는 동안에 그녀의 사랑이 얼마나 많이 자신에게 쏟아지고 있는가를 뼈저리게 느낄 수 있었다. 그런데 이상하게도 자기가 그렇게 사랑을 받고 있다는 것이 뭣보다도 그에게는 괴롭게 생각되었다. 확실히 그것은 기묘하고도 무서운 느낌이었다! 소냐에게로 오는 도중, 자신의 희망과 활로는 그녀에게 달려 있는 것 같은 기분을 줄곧 느끼고 있었다. 그는 자신의 고통을 적어도 그 일부분이나마 그녀는 덜어줄 수 있을 것으로 생각했다. 그런데도 불구하고 지금 그녀가 그녀 자신의 모든 것을 자기에게 쏟고 있다는 것을 알자, 조금 전까지도 느끼지 못했던 괴로움이 치밀어올랐고, 참기 어려운 불행에 빠져버렸다는 생각이 그의 의식을 지배하기 시작했다.

"소냐," 하고 그는 말했다. "내가 만약 감옥에 가게 되거든 나에게 오지 말아주오!"

소냐는 대답도 하지 않고 울고만 있었다. 시간이 얼마간 흘러갔다.

"당신, 십자가를 목에 걸고 계시나요?" 그녀는 문득 그런 질문을 했다.

그는 그 질문의 뜻을 미처 몰랐다.

"안 걸고 있지요? 그렇지요? 그럼 자, 이걸 가지세요. 구리로 만든 거예요. 저에겐 또 하나 있으니까요. 리자베타가 가졌던 게 있어요. 난 리자베타와 십자가를 서로 바꿔 가지고 있었어요. 그분은 나에게 자기 십자가를 주었고 난 그분에게 조그마한 성상(聖像)을 드렸었지요. 전 지금부터 리자베타의 십자가를 걸고 다닐 참이에요. 이건 당신에게 드리고……. 받으세요. 내것이니까요. 내것이에요.” 하고 그녀는 애원하듯 말했다. “이젠 괴로움도 같이 할 것 아녜요. 함께 십자가를 짊어져야 하잖겠어요!……”

“그럼, 이리 줘요!” 하고 라스콜리니코프는 말했다. 그는 그녀를 슬프게 하고 싶지 않았다. 그러나 십자가를 받겠다고 내밀었던 손을 도로 거두어들이고 말았다. “지금은 안 받겠소. 다음에 받기로 하지, 소냐!” 그는 그녀를 안심시키려고 그렇게 덧붙여 말했다.

“그래요, 그렇게 하세요. 그게 나을 것 같군요.” 그녀는 흥분하여 그것을 도로 집어들었다. “고통을 받으러 갈 때 걸고 가도록 하세요. 다시 제게 오시면, 그때 제가 걸어드리겠어요. 그리고 함께 기도를 올리고, 그리고 우린 함께 가는 거예요!”

마침 그때 문을 노크하는 소리가 세 번 들리더니,

“소냐 양, 들어가도 좋습니까?” 하고 귀에 익은 점잖은 목소리가 들려왔다.

소냐가 깜짝 놀라 문간으로 달려가자 갈색 머리카락의 레베자트니코프가 방안을 들여다보았다.

5

레베자트니코프는 뭔가 흥분해 있는 것같이 보였다.

“접니다, 소냐 양. 용서하십시오……. 이리로 오면 당신을 만날 수 있을 것으로 생각했습니다.” 그는 라스콜리니코프에게로 시선을 돌리며 말을 건넸다. “아니, 무얼 생각하고 있었다기보다…… 그런 일은 …… 내가 생각하고 있었던 것은…… 우리 아파트의 카체리나 부인이 그만 발광하고 말았습니다.” 그는 라스콜리니코프로부터 다시 소냐에게로 눈길을 돌리며 갑자기 그렇게 말했다.

소냐는 아아, 하고 울부짖었다.

"아무리 해도 그런 것 같습니다. 그런데 말입니다……, 아파트 사람들은 어쩔 줄을 모르고 있습니다. 조금 전에 카체리나 부인이 돌아오긴 했습니다만, 그런데 어느 고관 댁에 갔다가 쫓겨나온 것 같았습니다. 어쩌면 얻어맞았는지도 모릅니다……. 그분은 어떤 장관 댁에 뛰어들었던 모양이지요. 그런데 그 장관은 다른 고관 댁으로 식사 초대를 받아 부재중이었던 모양이었습니다……. 그런데 부인은 또 그집으로 찾아갔던 듯해요……. 그 고관 댁으로 말입니다. 그래가지고는 마침내 자포자기하는 심정으로 마구 떼를 써서 그 장관을 불러냈다는 겁니다. 그런데 한창 식사하는 판에 불려나왔으니 그 장관이 얼마나 약이 올랐겠습니까. 상상해보십시오. 야단을 맞고 쫓겨난 것이지요. 그분 말에 따르면 자기도 지지 않고 그 장관에게 물고 늘어졌다고 하더군요. 붙잡혀 들어가지 않은 것만도 다행이라고나 할까요. 지금 그분은 많은 사람들에 둘러싸여 한참 그 얘기를 하고 있습니다. 그런데 그 얘기를 알아들을 수가 없었습니다. 울다가 떠들다가 소리지르고 발버둥을 치고 있으니 말입니다. 아, 그랬었지. 그분은 이런 소리를 하였습니다. 이제 모든 사람으로부터 버림을 받았으니까, 자기는 이제부터 아이들을 데리고 손풍금을 가지고 거리로 나가서 아이들에게 노래를 부르게 하고 춤도 추게 하고 자기도 같이 그렇게 하면서 돈도 모아야겠다, 날마다 그 장관 댁 창문 아래로 가보겠다. 그리고 '관리였던 아버지를 가진 훌륭한 집안의 아이가 구걸을 하면서 거리를 돌아다니는 꼴을 그자에게 보여줘야 하겠다!' 하고 말하며 아이들을 매질하므로 아이들은 울고 불고 야단이지요. 리다에게는 농가의 노래를 가르치고, 사내아이와 포렌카에게는 춤을 가르치고, 옷은 모조리 갈기갈기 찢어버리고 광대가 쓰는 것 같은 모자를 만들어 아이들에게 씌우기도 하고, 자기는 악기 대신에 두들긴다면서 함석 대야를 들고 나오기도 하고……. 남의 말은 도통 들으려 하질 않습니다……. 이건 정말, 어떻게 된 것일까요? 그야말로 어쩌면 좋을지 모르겠습니다!”

레베자트니코프는 얘기를 더 계속할 것 같았지만, 숨 쉬는 것조차 괴로운 듯 얘기를 듣던 소냐는 별안간 케이프와 모자를 집어들어 몸에 걸치면서 방 밖으로 뛰쳐나갔다. 라스콜리니코프도 그녀를 따라 뛰어나갔다. 레베자트니코프도 뒤따랐다.

“아무리 봐도 미친 것이 틀림없었습니다.” 그는 같이 밖으로 나가면서 라스콜리니코프에게 말했다.

“나는 다만 소냐를 놀라게 하지 않으려고 ‘그렇게 보였다’라고 말했지만, 의심할 여지가 없었습니다. 사람들 말로는 폐병 환자에게는 뇌(腦) 속에 종기가 생기기 쉽다더군요. 유감스럽게도 난 의학에 대해서는 아는 것이 없습니다. 그러나 난 그분을 진정시키려고 애를 써봤습니다만 아무 소용이 없었습니다.”

“그 사람에게 뇌 속의 종기에 대해서 얘기를 했습니까?”

“아니, 종기에 대해서는 분명하게 얘기하진 않았습니다. 얘기를 해봤자 알아들을 사람도 아니니까요. 다만 내가 말하고 싶은 것은 인간이라는 것은 본질적으로 울어야 할 까닭이 없다고 논리적으로 설득하면 울음을 그치게 마련이라는 점입니다. 이건 뚜렷한 사실입니다. 당신은 어떻게 생각합니까? 울음을 그치지 않는다고 생각하십니까?”

“당신 말대로라면 사람이 산다는 것이 너무 편해지지 않을까요?” 하고 라스콜리니코프는 대답했다.

“잠깐 한 말씀 더 드리겠습니다. 물론 카체리나 부인으로서는 좀 이해하기 어려울 것입니다. 그러나 당신은 아시겠지만, 파리에서는 이미 논리적 설득의 방법으로 광인을 치료할 수 있다는 학설이 나와서 성실한 실험이 계속되고 있습니다. 최근에 죽은 훌륭한 학자인 모 교수가 이 방법으로 치료될 수 있다고 생각했던 것 같습니다. 그 사람의 근본적인 생각으로는 광인에게는 그 조직에 특별한 장애가 있는 것은 아니다, 정신착란이란 이를테면 논리적 오해, 판단에 있어서의 착오, 사물에 대한 비정상적인 견해에 불과하다는 것입니다. 그 교수는 환자의 생각을 뒤집어서 마침내 성과를 올렸다는 것입니다. 정말 놀랄 만한 일이 아닙니까? 하긴 그 교수는 그 치료 방법의 하나로서 샤워까지도 이용했다고 하니 그 치료법에는 물론 의문의 여지가 없는 것은 아니지만 말입니다……. 적어도 그렇게 생각되는군요……."

라스콜리니코프는 이미 그의 말을 듣고 있지 않았다. 집 앞까지 오자 그는 레베자트니코프에게 고개를 끄덕여 보이고는 문안으로 들어가버렸다. 레베자트니코프는 얼핏 한번 되돌아보고는 그냥 앞으로 달려갔다.

라스콜리니코프는 자기 방으로 들어가서 방 한복판에 우뚝 섰다. '뭣 때문에 나는 여기로 돌아왔을까?' 그는 그 누르스름한 낡은 벽지와 앞서 말한 그 먼지와 자기의 소파를 훑어보았다. ……안마당으로부터 무언가 날카로운 소리가 계속 들려오고 있었다. 어디서 못이라도 박고 있는 것 같았다……. 그는 창가로 가서 발돋음해서 몹시 긴장한 표정으로 마당을 눈으로 더듬기 시작했다. 그러나 마당은 텅 비어 있었고 두드리는 사람의 모습도 눈에 띄지 않았다. 왼쪽 독채에는 여기저기 열린 창문이 보이고 창틀 위에는 초라한 제라늄 화분이 놓여 있는 것이 보였다. 창 밖에는 빨래가 널려 있었다. 이런 것들은 모두 외듯이 알고 있는 일이었다. 그는 홱 돌아서서 소파에 걸터앉았다.

그는 지금까지 이토록 무서운 고독을 한번도 느껴본 적이 없었다.

그렇다. 소냐를 더욱 불행하게 한 지금에 와서 그는 그녀를 참으로 미워하게 되는지도 모르겠다고 생각했다. '나는 그녀의 눈물을 흘리게 하려고 갔던 것일까? 무엇 때문에, 그녀의 생명을 좀먹는 것이 나에게 그토록 필요했을까? 아아, 참으로 비열하다!'

'나는 홀로 있어야겠다.' 그는 단호하게 말했다. '그리고 그녀에게

는 절대로 감옥으로 면회 오지 않도록 해야겠다!'

5분쯤 지났을 때 그는 고개를 들고 히죽 웃었다. 그것은 괴상한 생각이었다. '어쩌면 징역살이가 나을지도 모르겠다'는 생각이 퍼뜩 떠올랐던 것이다.

그는 머릿속에 떠오른 온갖 생각에 잠긴 채 얼마 동안이나 자기 방 안에 앉아 있었는지 기억이 없었다. 그런데 뜻밖에 문이 열리고 두냐가 들어왔다. 그녀는 처음에는 발을 멈추고 조금 전에 그가 소냐를 본 듯이 문지방 위에서 그를 바라보다가, 방안으로 들어서더니 어제 자기가 앉았던 의자에 그와 마주 앉았다. 그는 말없이 아무 생각도 없는 듯이 그녀를 바라보았다.

"화내지 마세요, 오빠. 그저 잠깐 들렀을 뿐이에요." 하고 두냐는 말했다. 그녀의 얼굴 표정은 생각에 잠긴 듯하였으나 냉랭한 기색은 없었다. 그 눈초리는 맑고 차분했다. 그는 이 여자도 역시 가슴에 애정을 품고 자기에게 찾아온 것이라고 생각했다.

"오빠, 전 '모든 것을' 다 알고 있어요. 라즈민 씨가 다 설명해주었어요. 오빠는 어처구니없는 더러운 혐의를 받고 고민하고 계신다지요……. 라즈민 씨가 말하더군요. 오빠는 공연한 공포심에 사로잡혀 있다고. 아무 염려할 것도 없는데 말예요. 하지만 전 그렇게 생각하지 않아요. 오빠가 얼마나 분개하고 계시며 그 분함은 영원히 흔적을 남긴다는 것도 잘 알고 있어요. 저는 그것이 걱정이군요. 저는 오빠가 우리들을 버리신 것도 비난하지 않겠어요. 또 비난할 수도 없는 일이고요. 지난번에 오빠를 책망한 것을 용서해주세요. 나도 그렇게 느껴요. 만약 저에게 그런 큰 슬픔이 있다면 저 역시 모든 사람으로부터 떠났을 거예요. 어머니에게는 이 말은 한 마디도 하지 않겠어요. 오빠의 당부라고 하며 오빠가 곧 찾아오실 거라고 말씀드리겠어요. 어머니 걱정은 마세요. 제가 안심시켜드릴 테니까요. 그러나 오빠도 너무 어머니를 괴롭히지 마세요. 한번이라도 좋으니 다녀가도록 하세요.

어머니 생각을 좀 해주세요. 오늘 제가 여기 온 것은” 하고 두냐는 일어날 채비를 했다. “만일에 제가 오빠에게 무슨 도움이 되는 일이라도…… 있으면 저의 목숨이라도…… 무슨 일이라도…… 필요할 때가 있으면 저를 불러주시라고 말씀드리러 온 거예요. 말씀만 하시면 전 언제든지 달려올 테니까요. 그럼 가보겠어요. 안녕히!”

그녀는 홱 몸을 돌려 문간으로 걸어나갔다.

“두냐!” 라스콜리니코프는 그녀를 불러세우고 일어나서 그녀 곁으로 다가갔다. “라즈민은 참 좋은 사람이다.”

두냐는 부끄러운 듯 얼굴을 붉혔다.

“그래서요?” 그러고는 잠시 묵묵히 있다가 물었다.

“그 사람은 실제적이고 근면하며 성실하고 그리고 열렬히 사랑할 수 있는 사내다……. 그럼 잘 가거라, 두냐.”

두냐는 얼굴을 빨갛게 붉혔으나, 곧 불안스러운 표정을 지었다.

“오빠, 그건 무슨 말이지요? 우린 정말 영원히 헤어지는 것입니까? 나에게…… 그런 유언 같은 말씀을 하시다니?”

“이러나저러나 마찬가지야……. 그럼 잘 가거라…….”

그는 얼굴을 돌리고 그녀로부터 떨어져 창문께로 갔다. 그녀는 잠시 선 채로 근심스러운 듯이 그를 바라보더니 불안한 채로 나가버렸다. 그는 결코 누이동생에게 냉담했던 것은 아니었다. 한순간(마지막 순간) 그는 누이동생을 끌어안고 ‘작별 인사’를 하고 모든 것을 ‘고백’해버리려고도 생각했다. 그러나 그는 누이동생에게 손조차 내밀지 못했다. ‘지금 내가 껴안았다는 것을 후일 그애가 떠올린다면 오싹해질 것이다. 그리고 내가 자기의 키스를 훔쳤다고 생각할 것이다.’ ‘그런데 “그녀는” 견뎌낼 수 있을까, 정말?’ 그는 몇 분 후에 이렇게 마음속으로 덧붙였다. ‘아니다. 견뎌낼 수 없을 것이다. “그런 사람은” 견뎌내지 못할 것이다. ! 그런 사람은 견뎌낸 적이 없다…….’

그는 소냐를 생각했던 것이다.

창문으로부터 상쾌한 공기가 흘러들었다. 밖은 벌써 조금씩 저물어가고 있었다. 그는 갑자기 모자를 집어들고 밖으로 나갔다.

그는 물론, 자신의 병적인 상태를 걱정하고 있을 수도 없었고, 걱정하려고도 하지 않았다. 그러나 이 끊임없는 불안과 정신적인 공포가 아무런 결과도 남기지 않고 지나갈 리는 없었다. 그가 정말로 심한 열병에 걸려서 드러눕지 않은 것은 끊임없는 내면적 불안이 그의 다리를 지탱하고, 그의 의식을 보존하였기 때문인지도 모른다. 그러나 그것은 일종의 인위적인 것이고 일시적인 것에 지나지 않았다.

그는 정처없이 돌아다녔다. 해가 저물어가고 있었다. 그는 요즈음 들어 일종의 우수를 느끼기 시작했다. 가슴을 찌르는 듯한, 애타는 듯한 우수는 아니었지만 거기에선 무엇인지 끊임없는, 영원한 것이 느껴졌고, 이 차디찬 죽음 같은 애수가 긴 세월 동안 떠나지 않을 것 같은 예감이 들었다. '여섯 자 사방의 공간'에서의 그 어떤 영원에 맞서 있음을 느꼈다. 이 느낌은 해질 무렵이면 더욱 강하게 그를 괴롭히기 시작했다.

'무엇인지 일몰(日沒)에 좌우되는 듯한, 이 그지없이 우둔하고, 순전한 육체적 쇠약함이라니, 웬만큼 정신을 차리지 않으면 무슨 바보짓을 저지를지 모르겠다! 소냐한테 가야 할 것을 두냐한테 가버리게 될지도 모르겠다!' 하고 그는 기가 차서 중얼거렸다.

누군가가 그를 불렀다. 돌아다보니 레베자트니코프가 달려오고 있었다.

"실은 당신에게 갔었습니다. 당신을 찾고 있었지요. 글쎄, 그분은 자기 계획대로 아이들을 데리고 집을 나가버렸습니다. 나는 소냐와 함께 간신히 그들을 찾아냈지요. 그녀는 프라이팬을 두드리며 아이들을 춤추게 하고 있었습니다만, 아이들은 울고만 있더군요. 네거리며 가게들 앞에서 그 짓을 하고 있었는데 구경꾼들이 호기심에 차서 그들 뒤를 줄줄 따라다녔습니다. 자, 어서 가봅시다."

“그래, 소냐는?” 라스콜리니코프는 레베자트니코프의 뒤를 급히 따라가면서 불안스럽게 물었다.

“그저 제정신이 아니지요. 아니, 소냐를 두고 한 말이 아니고 카체리나 얘기입니다만. 그러나 소냐도 정신이 없습니다. 그리고 카체리나는 정말 광란 상태입니다. 단언합니다만 완전히 미쳤습니다. 틀림없이 경찰에 끌려갈 것입니다. 만약 그렇게 되면, 어떤 충격을 받을지, 당신도 짐작하실 수 있을 겁니다. ……그들은 지금 다리 옆의 도랑가에 있습니다. 소냐 양 숙소에서 그다지 멀지 않은 바로 저깁니다.”

다리에서 얼마 떨어지지 않은 곳, 소냐의 아파트에서 두 집도 떨어지지 않은 가까운 곳에 사람들이 떼지어 모여 있었다. 특히 사내아이들과 계집애들이 많이 모여 와 있었다. 갈라지고 찢어지는 듯한 카체리나의 목소리가 다리 쪽으로부터 들려왔다. 그것은 정말 구경꾼들의 흥미를 끌 만한 괴상한 구경거리였다. 여느때의 낡은 옷을 입고, 초록색 숄을 걸치고 보기 흉하게 한 쪽으로 찌그러지고, 해진 밀짚 모자를 쓴 카체리나는 말 그대로 광란 상태였다. 그녀는 지쳐서 헐떡거리고 있었다. 녹초가 된 폐병 환자다운 얼굴은 여느때보다 더 한층 처절해 보였다——더욱이 폐병 환자라는 것은 집에 있을 때보다 바깥 햇빛 아래에서 보는 편이 훨씬 병자티가 나고, 추하게 보이는 법이다—— 그러나 그녀의 흥분상태는 좀처럼 진정되지 않았다. 그녀는 더욱더 초조해갔다. 그녀는 아이들에게 달려들어 소리를 지르고 타이르기도 하고, 여러 사람 앞에서 춤과 노래를 가르치기도 하고, 무엇 때문에 이런 일을 하게 되었는가를 가르쳐주기도 하였다. 그러다가는 아이들이 잘 배우지 못한다고 화가 치밀어 그들을 때리는 것이었다. 그러고는 노래하다 말고 군중 속으로 뛰어가서 좀 깨끗한 옷차림을 한 사람이 걸음을 멈추고 구경하는 것을 보자 그 사나이에게 가문이 좋은, 귀족이라고도 할 수 있는 집에 태어난 아이들이 어쩌면 이 꼴이 됐는가를 설명하기 시작하는 것이었다. 만약 군중 속에서 웃음소리나 놀리는 말이 들리면 그 버릇없는 사람에게 달려들어 욕지거리를 했다. 어떤 사람은 정말 웃었고, 어떤 사람은 고개를 내혼들었다. 아무튼 겁을 집어먹고 있는 아이들을 데리고 있는 광녀(狂女)를 보는 것은 누구에게나 재미있는 구경거리였다. 레베자트니코프가 말한 프라이팬은 없었다. 적어도 라스콜리니코프의 눈에는 띄지 않았다. 그러나 그 대신에 카체리나는 포렌카에게 노래를 부르게 하고, 리다와 콜랴에게 춤을 추게 할 때에는 그 마른 손바닥을 치면서 박자를 맞춰주고 있었다. 그녀는 자기도 같이 노래를 부르려고 했으나 그때마다 괴로운 기침 때문에 둘째 음절에서 끊어지곤 했다. 그 때문에 그녀는 더욱 절망을 느끼고 기침을 원망하면서 울음을 터트리기도 했다. 무엇보다도 그녀를 격노시킨 것은 콜랴와 리다의 울음소리와 겁내는 모습이었다. 정말 레베자트니코프가 말한 대로 아이들에게 거리의 광대처럼 옷을 입히려 했던 것이다. 사내아이는 터키 사람처럼 보이기 위해서 흰 바탕에 빨간색이 섞인 터번을 두르고 있었으나 리다에게는 적당한 옷이 없어서 죽은 남편의 붉은 털실모자 ──라기보다는 실내모라는 편이 나을 듯한 ──를 씌우고 있었다. 모자에는, 죽은 카체리나의 조모의 것인데 오늘날까지 가보로서 트렁크 속에 간직해두었던 흰 타조의 깃털이 꽂혀 있었다. 포렌카는 평소의 옷 그대로였다. 그녀는 어리둥절해서 무서운 듯 어머니를 바라보면서, 잠시도 옆에서 떨어지려고 하지 않았다. 그녀는 눈물을 감추고 있었으나 어머니의 발광을 눈치채고 불안스러운 듯이 사방을 두리번거렸다. 거리의 군중은 무섭게 그 애를 위협했던 것이다. 소냐는 끊임없이 집으로 돌아가자고 애원했다. 그러나 카체리나는 조금도 그 말을 들으려고 하지 않았다.

"그만둬, 소냐. 그만둬!" 그녀는 가쁘게 헐떡이며, 기침을 계속하면서 빠른 말투로 외쳤다. "너는 너 자신이 무엇을 부탁하고 있는지도 알지 못하는구나. 마치 어린애 같구나. 아까 너에게 그러지 않더냐? 그 술 취한 독일 여자 집엔 두번 다시 들어가지 않겠다고 말이야. 나는 세상 사람들에게, 온 페테르부르크 사람들에게 보여주겠다. 평생을 충실하고 정직하게 근무해서, 근무중에 죽었다고도 할 수 있는 아버지를 둔 아이들이 이렇게 구걸하고 있는 꼴을 보여주겠다."카체리나는 벌써 이런 환상을 스스로 만들어서 그것을 맹신하고 있었다. "그녀절한 장군에게 보여주겠다. 보여줘야지. 그리고 너도 바보다, 소냐! 앞으로 우리는 무얼 먹고 살아간단 말이냐? 우리들은 지긋지긋하게 너를 괴롭혔으니까, 더 이상 그러고 싶지 않다! 아아, 로지온 씨. 당신이군요!" 라스콜리니코프를 발견하자 그에게로 달려들면서 그녀는 이렇게 외쳤다. "제발 이 바보에게 잘 일러주세요. 이보다 더 영리한 방법은 없다는 것을 말이에요! 손풍금도 수입이 있답니다. 사람들이 우릴 곧 알아줄 거예요. 거지 신세가 됐을망정, 전에는 가문있는 불쌍한 가족임을 알아줄 거예요. 그놈의 장군은 인제 곧 면직될 테니 두고 보세요! 우리들은 매일 그놈의 창문 밑으로 가겠어요. 그러다가 황제가 지나가시면, 우리들은 그 앞에 무릎을 꿇고 아이들을 앞으로 내밀어 '아버지여! 보호해주십시오.' 하고 여쭐 작정이에요. 황제는 고아의 아버지고, 자비심이 많으니까 꼭 보호해주실 거예요. 두고 보세요. 그놈의 장군을……. 리다! tenez vous droite(몸을 곧바고 세워요)! 콜랴, 넌 어서 춤을 추어야 해! 넌 왜 자꾸 훌쩍거리고만 있는 거냐? 또 울고 있군! 그래 무엇이 무서워서 그 모양이란 말이냐? 이 바보야! 아아, 애들은 정말 속을 썩이는군요. 로지온 씨! 이런 멍텅구리들이 또 어디 있겠어요! 정말 이런 아이들을 데리고는 아무것도 안 되겠어요!……"

그녀는 자신도 울상이 돼서 ──그러나 빠른 말투로 지껄여대는 그녀의 넋두리에 방해가 되지는 않았다── 울부짖고 있는 아이들을 손가락으로 가리켰다. 라스콜리니코프는 그녀를 설득하여 집으로 돌아가게 하려고, 우선 그녀의 자존심에 호소해보기로 했다. 그래서, 당신은 적어도 훌륭한 집안에서 태어난 사람이고, 더군다나 기숙학교를 세워 그 교장까지 할 사람이 이 길거리에서 손풍금이나 켜고 노래나 부르고 있다는 건 당치도 않은 일이 아니겠느냐 하고 말해보았다 …….

 "기숙학교라고요? 하하하! 먼 데 있는 건 아름답게 보인다지 않아요!" 하고 카체리나는 소리내어 웃더니 심한 기침에 휩쓸려들고 말았다. "다 틀렸어요. 우리 가족들은 이 세상에서 버림을 받았어요! 게다가 그 장군 놈!…… 사실은 말예요, 전 그놈에게 잉크병을 집어던졌답니다. 그곳 사환 방에 있는, 평소 서명할 때 쓰는 잉크병을 그놈의 얼굴에 던져버리고 도망쳐 왔지요. 정말 시시한 인간들이에요! 하지만 그놈들이야 어떻게 됐든 상관 없는 일이고, 이제부턴 우리 살아갈 일이 큰 걱정이지요. 이젠 내 손으로 아이들을 먹여 살릴 참예요. 누구에게도 의지하지 않겠어요. 우린 이 아이에게 너무나도 고생을 시켰으니까요." 그렇게 말하면서 그녀는 소냐를 가리켰다. "포렌카, 돈이 얼마나 걷혔는지 보여다오! 어마! 그것밖에 안 돼? 2코페이카밖에 안 되지 않아! 어쩌면 이다지도 괘씸한 인간들일까! 이렇게 야박할 수가 있을까! 기껏 한다는 짓이, 혓바닥만 내밀고 우리 꽁무니만 졸졸 따라다니기만 한단 말이야! 저기 저 멍청이 같은 놈은 무엇을 그렇게 웃고 있어?" 그녀는 군중 속의 한 사람을 손가락으로 가리켰다. "이렇게 된 까닭도 따지고 보면, 이 콜랴가 멍청이같이 굴기 때문이야! 넌 왜 그러는 거냐, 포렌카? 프랑스말로 나한테 얘기해보렴. Parlez moi francais(내게 프랑스 말로 얘기해봐요)! 엄마가 너에게 가르쳐주지 않았어. 아는 대로 말해보란 말이야!…… 그렇게 하지 않으면, 훌륭한 집안에서 태어난 아이들이란 것을 모두들 알아주지 않을 거 아냐. 우린 거리에서 '페트르시카'[1]를 하려는 것이 아니고 품위 있는 고상한 로맨스를 노래 부르려는 것이란 말이야……. 암, 그렇지! 하지만 무슨 노

---

1) 러시아 인형극의 일종.

랠 불러야 좋을까? 당신은 자꾸만 우릴 방해하지만 우리가 여기 걸음을 멈춘 것은 무슨 노래를 부를까 하고 그 곡목을 골라내기 위한 것이었어요, 로지온 씨. 콜랴도 그 노래에 맞추어서 춤을 추어야 되니까요……. 왜냐고요? 당신도 아시다시피 우리들은 미리 아무런 준비도 하지 않았으니까 말예요. 그래서 미리 착실히 준비도 하고 연습도 해서 네프스키 거리로 나갈 작정이란 말예요. 네프스키 거리라면 이곳과는 비교도 안 될 정도로 상류사회의 훌륭한 분이 많이 지나다니니까요. 그분들은 당장 우리들을 알아줄 거예요. 리다는 농부의 노래를 잘 하지만…… 그런데 그 농부의 노래는 누구나 다 알고 있고 모두가 부르는 노래가 돼서…… 그래서 우린 그런 것보다 훨씬 더 좋은 노래를 부르지 않으면 안 된다고 생각해요. …… 어때? 포렌카, 무슨 좋은 노래라도 떠올랐니? 하다못해 너만이라도 이 어미를 도와주면 좋으련만. 난 이제 기억력이 온통 흐려지고 말았어. 그렇지만 않다면 내가 생각해낼 건데! 차마 〈표기병(驃騎兵)은 긴 칼에 기대고〉 같은 걸 부를 수는 없고. 아 참, 그래 프랑스어로 〈Cinq sous〉[1]를 부르기로 하자! 내가 가르쳐줬잖아! 첫째 이 노래는 프랑스말이니까 너희들이 귀족의 자식이라는 것을 단번에 알게 될 거고, 이 노래는 다른 노래보다 훨씬 감동적이니 말이야……. 〈Malborough s'en va-t-en guerre〉[2]라도 좋을 거야! 이건 진짜 아이들 노래고 게다가 어느 귀족 집안에서도 자장가로 부르고 있는 것이니까."

> Malborough s' en va-t-en guerre
>
> Ne sait quand reviendra`……
>
> (출정한 말보루 대장은 언제 돌아오려나……)

---

1) 銅貨 다섯 닢이라는 뜻의 프랑스어.
2) '말보루는 出征했으나' 하는 뜻의 프랑스어.

하고 그녀는 노래하기 시작했으나······.

"아냐, 이것보다는 〈Cinq sous〉가 좋겠어! 애, 콜랴, 손을 허리에 대고, 자, 빨리! 그리고 리다, 너도 저쪽으로 도는 거야! 그러면 엄마하고 폴랴는 노래를 부르면서 박자를 맞출 테니!

> Cinq sous, cinq sous
> Pour monter notre ménage`······
> (동전이 다섯 닢, 동전이 다섯 닢, 이것으로 생활을 꾸려가자니)

쿨룩, 쿨룩, 쿨룩! 그녀는 쉴새없이 기침을 했다. "옷을 바로잡아줘라, 포렌카, 어깨 쪽이 처져 있잖아." 그녀는 기침이 멎는 틈을 타서 가쁜 숨을 몰아쉬며 주의를 주었다. "이제 너희들은 각별히 몸가짐을 점잖게 해야 한다. 누가 봐도 너희들을 귀족의 자식으로 알도록 말이야. 나는 그때 조끼를 좀더 길게 하고 폭도 좀 넓게 하려 했는데 소냐, 네가 자꾸만 '더 짧게 더 짧게' 하고 조르는 바람에 아이들이 저 모양으로 멋적은 꼬락서니가 되고 말았잖니! 뭐라고? 바보 같은 애들이구나! 자, 콜랴, 어서 시작해봐요. 어서, 어서 ──저런! 정말 고약한 애들이군!······.

> Cinq sous, cinq sous`······

또 순경이 왔구나! 여보세요, 당신 무슨 일로 왔죠?"

아닌게아니라, 순경이 한 사람, 둘러싸고 있는 사람들을 헤치고 나타났다. 그와 동시에 통상적인 제복을 입은 문관 한 사람이 모피 외투를 입고 목에 훈장을 달고──이 훈장은 카체리나의 기분을 몹시 유쾌하게 만들었고 순경에게도 영향을 미쳤다──다가왔다. 그 사람은 50세 안팎의 당당한 신사였다. 아무 말도 없이 카체리나에게 다가선 그 신사는 녹색의 3루블 지폐를 그녀에게 쥐어주었다. 그 표정에는 동정심이 드러나 있었다. 카체리나는 그 돈을 받아들자 공손한 태도를 보이기보다는 의식적(儀式的)인 인사를 했다. "감사합니다." 그녀는 잔뜩 위엄을 피우며 지껄이기 시작했다. "우리들이 이런 짓을 하지 않을 수 없었던 이유는, 자……이, 돈을 받아요. 단단히 간수해라, 포렌카, 좀 봐라. 이렇게 불행 속에 빠진 불쌍한 귀족 부인에게 원조의 손을 뻗쳐주시는 너그럽고 훌륭한 마음씨를 가진 분도 계시잖아……. 보세요, 나으리께서 지금 보시고 계시는 우리들은, 훌륭한 가문의 귀족이라고 해도 좋을 만한 유서 있는 집안의 고아들이랍니다……. 그런데도 그 장군 놈은 식당에 버티고 앉아서 멧닭을 먹으면서…… 내가 그 식사를 방해했다고 노발대발하고 있었어요……. 난 이렇게 말해주었지요. '당신은 죽은 내 남편을 잘 아시는 처지니 아무쪼록 이 고아들을 도와주세요. 죽은 그분의 딸이 비열하기 짝이 없는 놈들에게 중상을 받았습니다. 더구나 그이가 돌아가신 그 날에…….'하고 말이지요. 아니, 또 저 순경이 왔네! 도와주세요."하고 그녀는 관리를 보고 소리쳤다. "왜 저 순경은 나만 따라다닐까? 우린 메시찬스카야에서 여기까지 도망쳐왔는데도……. 당신은 무슨 일이 있는 거예요? 바보같으니!"

"거리에서 이런 짓 하는 것은 금지돼 있습니다. 추태를 부려서는 안 됩니다."

"당신이야말로 무례하지 않소! 나는 손풍금장이나 다름없는 사람 아니오! 당신에게 무슨 상관이 있단 말이오?"

"손풍금장이라면 허가증을 가지지 않으면 안 되지요. 그런데 당신은 이렇게 사람을 끌어모아놓고 있질 않소. 주소는 어디요?"

"뭐, 허가증이라고?" 카체리나는 소리치기 시작했다. "난 오늘 남편의 장례식을 마치고 바로 온 거야! 허가증이고 뭐고 어딨어!"

"부인, 부인, 진정하십시오." 하고 관리가 참견했다. "자, 가십시다. 제가 바래다드리지요——이렇게 뭇 사람들 앞에서 좀 보기 안됐습니다. 당신은 몸도 몹시 불편한 것 같기도 하고…….”

“천만에, 천만에. 당신은 아무것도 모르십니다.” 하고 카체리나는 소리쳤다. “우리들은 네프스키 거리로 가야 합니다——소냐, 소냐! 아니 애는 어디로 가버렸지? 울고 있군! 너희들 모두 왜 그러는 거냐?…… 콜랴, 리다, 너희들 어디로 가려는 거냐.” 그녀는 깜짝 놀라 소리쳤다. “어마! 바보 같은 애들이로구나! 콜랴, 리다, 너희들 도대체 어디로 가려는 거야?”

아이들이 없어진 것은, 거리의 군중과 미친 어머니의 행동에 극도로 겁을 집어먹게 된 콜랴와 리다가 순경이 그들을 붙잡으려는 줄 알고 서로 의논이라도 한 것처럼 갑자기 후닥닥 함께 도망을 쳐버렸기 때문이다. 불쌍한 카체리나는 비명을 지르고 울면서 그들을 뒤쫓아갔다. 헐떡거리며 울며불며 뒤쫓아가는 그녀의 모습은 비참하기도 했고 딱하기도 했다. 소냐와 포렌카도 그 뒤를 따라 뛰어갔다.

“데려와달라. 저애들을 데려와줘! 소냐! 아아, 바보! 은혜도 모르는 자식들 같으니라고! 포렌카, 둘을 붙잡아줘!…… 난 너희들 때문에…….”

그녀는 기를 쓰고 달리다가 넘어지고 말았다.

“어머나, 이를 어떻게 해, 피투성이야!” 소냐는 어머니 옆에 쭈그리고 앉아 이렇게 외쳤다.

많은 사람들이 달려와서 주위를 둘러쌌다. 라스콜리니코프와 레베자트니코프도 달려왔다. 관리도 뛰어왔고 순경도 뒤따라왔다. 순경은 일이 귀찮게 될 것 같다고 짐작했는지 손을 휘둘러 사람들을 쫓으며, “골치 아픈 일이로군.” 하고 중얼거린 다음, “자아, 좀 비키시오! 비키시오!” 하고 소리쳤다.

“곧 죽겠어!” 누군가가 외쳤다.

“아냐, 미쳐서 그래!” 다른 사람이 말했다.

"어마! 불쌍해라." 어떤 여자가 십자가를 그으며 말했다. "그 계집애와 사내애는 붙잡았을까? 아, 저기에 데리고 오는군. 누이가 붙잡은 모양이야……. 아무튼 고약한 애들이야!"

카체리나가 길바닥을 벌겋게 물들인 것은, 소냐가 생각한 대로 넘어지는 바람에 다쳐서 흘린 것이 아니라 객혈로 말미암은 것이었다.

"이 피를 보니까 짐작이 갑니다. 난 과거에 이런 걸 본 일이 있습니다." 하고 관리가 라스콜리니코프와 레베자트니코프를 바라보며 말했다. "이건 폐병이란 말입니다. 이렇게 피가 울컥 목구멍으로부터 넘어와서는 숨이 막혀 죽는 겁니다. 내 친척 되는 여인도 이렇게 한 컵이나 되는 피를 토했었지요. 얼마 전의 일입니다……. 그것도 갑자기 그러는 겁니다. 그런데 이대로 두면, 아마 곧 죽게 될지도 모르겠는데요."

"저기, 저기로, 우리 집으로!" 하고 소냐는 애원했다. "저의 집이 저기 있어요!…… 바로 저 집이에요! 셋째집이에요……. 우리 집으로 어서!……" 그녀는 이 사람 저 사람 닥치는 대로 붙들고 울부짖으며 매달렸다. "의사 선생님을 불러주세요. 이 일을 어떻게 한담?"

관리의 수고로 일은 비교적 무사히 수습되었다. 순경도 카체리나를 집으로 운반하는 데에 수고를 아끼지 않았다. 카체리나는 집으로 실려와서 침대에 눕혀졌다. 객혈은 계속되었으나 의식은 차츰 되살아나기 시작했다. 방안에는 소냐 말고도 라스콜리니코프, 레베자트니코프, 관리, 그리고 순경까지 들어왔다. 순경이 그렇게나 기를 쓰고 쫓았는데도 구경꾼 가운데 몇 사람은 소냐의 집 문간까지 극성스럽게도 따라왔다. 포렌카는, 겁에 질려 울고 있는 콜랴와 리다를 데리고 방안으로 들어왔다. 카페르나우모프씨 가족들도 모여들었다. 절름발이에다가 애꾸눈이기도 한 주인 사내가 텁수룩한 머리와 자라는 대로 놔둔 수염을 빳빳이 세우고 괴상한 표정으로 서 있었다. 언제나 놀란 것 같은 표정을 짓고 있는 그의 아내도 와 있었으며, 노상 놀란 표정에다 그 얼굴이 화석처럼 굳어 있고, 입은 어느 때고 다문 적이 없는 바보 같은 그녀의 아이들도 따라와 있었다. 이 숱한 사람들 가운데 스비드리가이로프의 모습도 보였다. 라스콜리니코프는 그를 거리의 군중 속에서 본 기억이 없어서 어디서 이렇게 불쑥 나타났는지, 짐작이 가질 않아서 의아스러운 눈으로 그를 바라보았다.

의사와 사제를 불러와야겠다는 얘기가 나왔다. 관리는 라스콜리니코프에게 이렇게 되면 의사는 소용없겠지만, 그러나 만일을 위해서 데려와야 한다고 말했다. 카페르나우모프가 그 심부름을 맡고 달려나갔다.

이러는 동안에 카체리나는 좀 진정되었고 객혈도 잠시 멎었다. 그녀는 병적이긴 하지만 마음속까지 꿰뚫어보는 듯한 눈초리로, 자기 이마의 땀을 손수건으로 닦아주며 창백한 얼굴을 하고 떨고 있는 소냐를 응시하고 있었다. 마침내 카체리나는 자리에서 일으켜 달라고 청했다. 사람들은 그녀를 부축해서 침대에 앉혔다.

"아이들은 어디 있니?" 그녀는 힘없는 목소리로 물었다. "포렌카, 넌 아이들을 데리고 왔니? 정말 바보같은 애들이야……. 아니 어쩌자고 달아나는 거니……. 아아!"

그녀의 마른 입술에는 아직도 피가 잔뜩 묻어 있었다. 그녀는 점검이라도 하듯 샅샅이 사방을 둘러보았다.

"넌 이렇게 살고 있구나, 소냐! 난 한번도 너에게 와보지도 못했는데…… 이런 일로 오다니……."

그녀는 미안한 듯이 소냐를 보고 말했다.

"우리 모두들 너의 피를 빨아먹었구나, 소냐……. 포렌카, 리다, 콜랴, 이리 와요……. 자, 이제 다 모였구나. 소냐, 제발 이애들을 맡아다오……. 내 손에서 네 손으로…… 난 이제 그만이야!…… 이것으로 내 인생도 끝장인가보다! 아아!…… 이젠 눕혀다오. 죽을 때만이라도 조용히 죽게 해다오……."

모두들 그녀를 다시 눕혔다.

"뭐? 사제님? 필요없어……. 우리에게 그런 돈이 어디 있니?…… 난 아무 죄도 지은 것이 없으니…… 그런 짓 안해도 하느님은 용서해주실 거야……. 내가 얼마나 괴로워했는지 하느님은 아시고 계실 테니까!…… 만약 용서해주시지 않으면, 할 수 없는 일이고……."

그녀는 차츰 의식불명 상태로 빠져들어갔다. 이따금 몸을 떨면서 사방을 둘러보고는 주위의 사람을 알아보는 듯했으나 다시금 실신했고, 숨은 자꾸 가빠갔다. 목구멍에서 무슨 소리가 나는 듯했다.

"나는 그분에게 말했습니다. '각하!'" 그녀는 이렇게 헛소리를 시작했다. 가쁜 숨을 쉬면서 한 마디 한 마디 끊듯이 말했다. "그 아마리아 루드위고브나가…… 아아, 리다, 콜랴! 자, 손을 허리에 대고 빨리, 빨리, 글리세[1], 글리세 파―제 바스큐![2] 발로 장단을 맞추어…… 얌전한 애가 돼야 해요.

> Du hast Diamanten und Perlen……
> (다이아몬드와 진주는 그대 것이오……)

그 다음은 뭐였더라? 옳지, 이렇게 불렀지…….

> Du hast die schönsten Augen.
> Mädchen, was willst du mehr?
> (그지없이 맑은 눈동자를 가지고, 또 무엇을 바라느냐, 처녀야?)

그래, 그렇지 참! Was willst du mehr라니 ――이상한 생각도 했구

---

1) 스텝의 일종.
2) 바스크식의 스텝.

나, 멍텅구리처럼!…… 아, 그렇지, 이런 것도 있었지.

무더운 한낮에 다케스탄 골짜기에서…….

아아, 난 정말 좋아했어……. 난 미칠 듯이 이 노랠 좋아했었단다. 포렌카! 이건 너의 아버지가…… 총각시절에 즐겨 부르던 노래였지……. 아, 그 시절은 정말 좋았어……. 우린, 우린 이걸 부르면 되겠다. 그런데 그게 뭐더라? 뭐라고 시작하는 것이었지……. 아아, 난 잊어버렸어……. 나를 좀 일깨워줘요. 어떤 노래였던가 생각나게 말이야!"

그녀는 몹시 흥분해서 일어나려고 애썼다. 마침내 그녀는 한 마디 한 마디씩 외치며 숨이 가빠갔고 얼굴에는 점점 더해가는 공포를 드러내면서 찢어지는 듯한 무서운 쉰 목소리로,

무더운 한낮에…… 다케스탄의!…… 골짜기에서!…… 납으로 된 총알을 가슴에 맞고!……

하며 노래를 부르기 시작했다. 그러나 그 노래도 몇 마디에 그쳐버리고 눈물을 줄줄 쏟기 시작하더니 가슴을 찢는 듯한 비명과 더불어 "각하!" 하고 외쳤다. "고아들을 돌봐주세요! 죽은 남편과의 정분을 생각해서…… 귀족 못지않은…… 아아!" 그녀는 별안간 제정신이 들자 무엇엔지 깜짝 놀라 움찔해서 사방을 돌아보며 몸을 떨었으나, 이내 소냐를 알아보았다. "소냐, 소냐." 하고 소냐가 자기 앞에 있는 것이 무슨 이상한 일이라도 되는 것처럼 부드럽고 다정한 말투로 말하기 시작했다. "소냐, 소냐, 귀여운 소냐, 너도 여기 있었니?" 모두들 다시 그녀를 일으켜 앉혔다.

"이젠, 그만이야!…… 헤어질 때가 왔어!…… 잘 있어요, 불행한 소냐!…… 모두들 여읜 말을 지치도록 부려먹었구나! 이젠 기진맥진해버렸어!" 그녀는 절망과 증오가 어린 소리로 한번 부르짖는 듯하더

니 힘없이 베개 위로 머리를 떨구고 말았다.

이렇게 그녀는 다시 의식을 잃었으나 이 마지막 혼수상태는 그다지 오래 가지 않았다. 그 싯누런 얼굴은 가죽만 남아 뒤로 축 늘어졌고 입은 딱 벌어져 있으며 다리는 쭉 뻗어버렸다. 그리고 깊은 숨을 한 번 토하더니 마침내 숨을 거두고 말았다.

소냐는 어머니의 시체 위에 쓰러져서 두 손으로 감싸안고 그 여윈 가슴에 얼굴을 파묻고 울부짖으면서 다리에 키스를 퍼부었다. 콜랴와 리다는 아직 무슨 일이 일어났는지도 모르고 있었으나 뭔가 무서운 일이 일어났음을 눈치채고는 어깨를 맞대고 서로 바라보다가는 별안간 함께 울음보를 터뜨리고 말았다. 그 두 아이는 밖에서 입던 옷을 그대로 입고 있었다. 한 아이는 터번을 머리에 두르고 있었고, 다른 아이는 타조의 깃털이 붙은 둥근 모자를 쓴 채였다.

어떻게 해서 굴러나왔는지, 카체리나의 머리맡에 그 '상장'이 놓여 있었다. 라스콜리니코프도 그것을 보았다. 그는 창문께로 물러갔다. 레베자트니코프가 그에게로 다가왔다.

"죽었군요!" 하고 레베자트니코프가 말했다.

"로지온 씨, 당신에게 한말씀 드리겠습니다." 스비드리가이로프가 이렇게 말하면서 그에게로 다가왔다. 레베자트니코프는 자리를 양보하고 어디론가 물러나 가버렸다. 스비드리가이로프는 의아한 표정의 라스콜리니코프를 구석진 곳으로 끌고 갔다.

"이번의 모든 궂은 일, 즉 장례와 그 밖의 자질구레한 일 일체를 내가 맡도록 하겠습니다. 뭐, 그런 일쯤이야 돈만 있으면 되는 일이니까. 이전에 말씀드린 바도 있습니다만, 나에겐 돈이 좀 있으니 말입니다. 난 이 병아리 같은 두 애와 이 포렌카를 한 사람 앞에 1,500루블씩 붙여서 어디 훌륭한 고아원에라도 맡길까 합니다. 그러면 돌아가신 분은 물론이고 소냐 양도 크게 안심이 되리라고 믿습니다. 그리고 또 소냐 양도 그 진구렁 속에서 구해주려고 생각하고 있습니다. 참으로

착한 아가씨니까요. 그렇지요? 그래서 말입니다만, 아브도차 양에게
그분의 1만 루블을 내가 이렇게 썼다고 말씀 전해주셨으면 합니다.”
　“대체 당신은 무슨 목적으로 그런 자선을 베풀려고 하는 겁니까?”
하고 라스콜리니코프가 물었다.
　“아무튼 당신은 의심이 많은 분이군요!” 스비드리가이로프는 이렇
게 대답하면서 웃었다. “전에도 말씀드리지 않았습니까. 그 돈은, 나
에게는 남아도는 돈이라고 말입니다. 그리고 또 인도적인 견지에서라
도 당신은 나의 이만한 일은 허용해야 하지 않겠습니까? 그녀는” 하고
그는 구석의 침대 위에 있는 시체를 가리키면서 “어딘가의 돈놀이하
는 노파와는 달라 ‘이’는 아니지 않습니까. 당신도 찬성하시겠지요?
그렇지요? 실제로, ‘루진이 치욕스럽게 살아가야 하느냐, 아니면 그녀
가 죽어야 하느냐 하는 일이 아닙니까?’ 그리고 만약 내가 구해주지
않으면——이를테면, 포렌카도 같은 길을 밟게…… 되지 않습니까!”
　그는 뭣인가 뜻 있는 듯한 눈짓을 하면서 교활한 얼굴에 유쾌한 빛
마저 띠고 라스콜리니코프에게 이렇게 말했다. 라스콜리니코프는 소
냐에게 말한 자신의 말을 흉내내는 것을 듣는 순간 심장이 얼어붙는
듯한 오싹하는 소름을 느꼈다. 그는 급히 한 발짝 뒤로 물러서며 놀라
는 눈초리로 스비드리가이로프를 바라보았다.
　“어떻게…… 당신은 그걸 알고 있습니까?” 그는 간신히 숨을 쉬면
서 속삭이듯 말했다.
　“그야, 난 벽 하나 사이밖에 안 되는 레스리히 부인 댁에 하숙하고
있으니까요. 이쪽은 카페르나우모프, 저쪽은 나의 오랜 친구인 레스
리히 부인, 그러니까 이웃사촌인 셈이지요.”
　“당신이?”
　“물론.” 스비드리가이로프는 온몸을 흔들고 웃어대면서 말을 계속
했다. “맹세해도 좋습니다만, 난 당신에 대해 굉장한 흥미를 느낀단
말입니다. 우린 친밀해질 것이라고 말씀드린 바 있지요. 틀림없는 예

언을 했지요, 내가. 자, 보세요. 이렇게 친밀해지지 않았습니까. 세월
이 가면 당신도 내가 얼마나 필요한 인간인지를 알게 될 겁니다. 두고
보십시오. 나하고라면 사이좋게 지낼 수 있을 테니까요……."

제 *6* 부

1

라스콜리니코프에게는 이상한 시기가 찾아왔다. 느닷없이 눈앞에 아지랑이가 끼고, 빠져나갈 구멍조차 없는 무겁고 괴로운 고독 속에 갇혀버린 것 같았다. 많은 세월이 지나고 나서 이 시기를 상기했을 때, 그 무렵엔 때때로 의식이 혼탁했었고, 몇 번인가의 기복은 있었으나 그것이 그대로 마지막 파국에까지 계속되었던 것을 깨달을 수 있었다. 또한 이것도 그가 나중에야 확실히 알게 된 것이기는 하지만, 그 당시 그는 많은 문제들, 즉 어떤 사건의 시기나 날짜 같은 것에 많은 착각을 하고 있었다. 적어도 그 후 무슨 일을 상기해서 그 기억을 뚜렷하게 하려고 애쓸 때 제3자로부터 정보를 얻음으로써 비로소 자신의 일을 알게 된 경우도 적지 않았던 것이다. 예를 들면 어떤 사건을 다른 사건과 혼동해서 생각하거나, 어떤 사건을 자기가 순전히 머릿속에서 상상하고 있던 사건으로 잘못 인식하기도 했다. 때로는 극도의 공포로 변한 병적인 괴로운 불안이 그를 억누를 때도 있었다. 그러나 한편 여태까지의 공포와는 판이하게 다른 완전히 무감각한 상태 ——빈사상태에 빠진 인간에게서 볼 수 있는 병적인 무관심과도 같은 무감각 상태에 몇 분, 몇 시간, 때에 따라서는 몇 날이고 사로잡혀 있던 기억도 있었다.

대체로 최근 며칠 동안은 자기 자신이 처해 있는 모든 상태를 이해하는 것을 스스로 기피하고 있는 것 같았다. 그러나 당장 그 자리에서 해결하지 않으면 안 될 긴급한 일에 그는 보다 더한 고통을 느꼈다. 그는 그 어떤 걱정거리에서 해방되기만 하면 얼마나 기쁠까 하고 생각했다. 그런데 그 걱정거리를 소홀히 했다가는 자기의 입장으로 보아 당장에 완전한 파멸을 초래할 우려가 있었다.

더욱이 그의 마음을 불안케 한 것은 스비드리가이로프였다. 그의 마음은 스비드리가이로프에게 멎어 있었다고 해도 과언이 아니었다. 카체리나가 죽었을 때, 소냐의 집에서 스비드리가이로프가 그에게 너무나도 무서운 말을, 너무나도 뚜렷하게 지껄이는 것을 듣고 난 후부터 그의 정상적인 사고는 완전히 교란돼버린 것 같았다.

그러나 그럼에도 불구하고 그는 이러한 새로운 사태를 맞이하고도 왜 그런지 사실을 밝히려고는 하지 않았다. 때로는 어딘지 멀리 떨어진 변두리의 초라한 싸구려 식당에 홀로 앉아 상념에 잠겨 있는 자신을 발견하고 어째서 이런 곳까지 오게 됐는지 스스로 당혹할 때면 문득 스비드리가이로프의 생각이 떠오르기도 했다. 그럴 때면 한시 바삐 그 사내와 얘기해서 될 수 있는 한 명백히 결말을 짓지 않으면 안 되겠다는 의식이 너무나도 뚜렷하게 떠올라 가슴을 죄게 했다. 한번은 성문 밖으로 나가려다가, 여기서 스비드리가이로프가 기다리고 있고, 그들 두 사람은 여기서 만날 약속이 있었다는 망상을 일으킨 적도 있었다. 그런가 하면 또 어떤 때는 새벽녘에 어떤 숲속에서 눈을 뜨고, 어떻게 이런 곳에 오게 됐는지 모를 때도 있었다. 그러나 카체리나가 죽은 후 2, 3일 동안에 그는 소냐의 집에서 두세 번 스비드리가이로프를 만났다. 만나도 두 사람은 서로 별로 하는 말이 없었고, 더구나 긴요한 문제점에 대해선 한번도 화제에 올려본 적이 없었다.

카체리나의 유해는 아직 입관된 채로 있었다. 장례 준비는 물론 온갖 뒤처리는 스비드리가이로프가 맡아 하고 있었다. 그는 라스콜리니코프에게 카체리나의 아이들은 어떤 사람의 도움을 받아, 자신이 원하는 대로 세 아이 모두 시설이 좋은 고아원에 무사히 입소시킬 수 있었다고 보고했다. 그애들을 입소시킬 때 돈을 줬던 것이 큰 힘을 발휘했다고 그는 덧붙였다. 돈을 가진 고아는 알몸뿐인 고아보다는 입소시키기가 쉬웠다고 자랑처럼 말하기도 했다.

그는 소냐의 일도 끄집어내더니 며칠 내에 라스콜리니코프를 찾아가겠다고 말하기도 했다. 그리곤, "의논할 것이 있습니다. 아주 중대한 용건입니다." 하고 라스콜리니코프에게 말하기도 했다. 이와 같은 얘기는 계단 입구 옆에서 서로 주고 받았다. 스비드리가이로프는 라스콜리니코프의 눈을 가만히 바라보더니 갑자기 입맛을 한번 다시고는 낮은 소리로 이렇게 물었다.

"어떻게 되신 겁니까, 로지온 씨? 마치 제정신을 잃기라도 한 사람 같잖습니까? 듣기도 하고, 보기도 하고 계시는 것 같은데도 아무것도 모르시는 모양이군요. 우리 한번 조용히 얘기해보기로 합시다. 다만 내가 바빠서 유감이군요. 내 일도 많은데다가 남의 일까지 맡고 있어서……. 그런데 로지온 씨." 하고 말하더니 그는 느닷없이 이렇게 덧붙였다. "어떤 사람에게나 공기는 필요합니다. 공기가, 공기가 말입니다……. 뭣보다도!"

그는 그때, 계단을 올라온 사제신부와 보좌신부를 지나가게 하려고 얼른 옆으로 물러섰다. 그들은 미사를 드리러 온 것이다. 스비드리가이로프의 배려로 미사는 하루에 두 번씩, 거르는 법 없이 거행됐다.

라스콜리니코프는 스비드리가이로프가 자기 볼일로 외출한 뒤, 혼자 생각에 잠겨 있었으나 이윽고 사제의 뒤를 따라 소냐의 방으로 갔다.

그는 문간에서 걸음을 멈추었다. 미사는 정숙하고 질서있고 구슬프게 시작됐다. 어릴 때부터 그는 죽음에 대하여는 신비한 느낌이나 혹은 일종의 공포 같은 것에 사로잡힐 때가 있었다. 그리고 또 오랫동안 이와 같은 미사에 참례한 적이 없었다. 게다가 이번 경우에는 유달리 무섭고 불안한 것을 느꼈다. 그는 아이들을 바라보았다. 포렌카는 울면서 동생들과 어머니의 관 앞에 무릎을 꿇고 있었고, 그 뒤에는 소냐가 눈물을 흘리며 기도하고 있었다. '요 며칠 동안 그녀는 단 한번도 나를 바로 바라본 적이 없었고, 말 한 마디 걸어오는 법이 없었다'는 생각이 라스콜리니코프의 머리에 떠올랐다.

햇빛이 방안을 밝게 비추었고, 분향의 연기가 조용히 피어오르고 있었다. 사제는 '주여, 평안을 주소서.' 하고 외웠다.

라스콜리니코프는 미사가 끝날 때까지 서 있었다. 사제는 기도와 예배를 마치고 떠나려다가 이상한 눈초리로 주위를 돌아보았다. 미사가 끝난 후 라스콜리니코프가 소냐에게로 다가가자, 그녀는 갑자기 그의 두 손을 붙잡고 머리를 그의 어깨에 기댔다. 이 순간적인 동작은 라스콜리니코프에게 격한 감정을 품게 했다. 이상한 느낌마저 들었다. 어떻게 된 일일까? 자기에 대하여 혐오나 반감은커녕 조금도 겁내는 기색도 없으니 말이다. 그것은 일종의 그지없는 자학이거나, 자기 자신에 대한 경멸감에서 우러난 결과에 따른 것이 아닐까. 그는 아무래도 그런 것 같다고 생각했다.

소냐는 아무 말도 하지 않았다. 라스콜리니코프는 그녀의 손을 힘주어 한 번 꼭 쥐어보고는 후닥닥 밖으로 나와버렸다. 그는 괴로워서 더 이상 견딜 수 없었던 것이다. 그 순간 어디든 깊은 산중에라도 숨어들어가서 평생 혼자 살 수만 있다면 얼마나 좋을까 하고 생각했다. 그런데 문제는 언제나 혼자 있으면서도 아무리 해도 혼자 있는 기분을 느끼지 못하는 데 있었다. 요즈음 그는 교외로 나가거나 거리에 나가거나 어떤 때는 숲속으로 찾아가는 일이 잦았으나, 그곳이 적막하면 적막할수록, 누군가가 옆에 따라와 있는 것 같은 불안을 어찌할 수가 없었다. 그럴 때면 더욱 초조해진 심정을 안고 급히 거리로 돌아와서는 번화가를 돌아다녀보기도 하고 식당이나 술집을 찾아들기도 하였으며, 토르쿠치[1]나 센나야에 가보기도 하였다. 그에게는 오히려 그런 곳이 마음을 편하게 해주는 곳처럼 느껴졌다.

언젠가는 목로 술집에서 유행가를 근 한 시간이나 귀를 귀울이고 들었는데, 그것이 굉장히 유쾌했던 일로 기억되기도 했다. 그러나 노래가 끝날 무렵에는 다시 마음이 불안해지고, 마음에 어떤 가책 같은 것을 느끼게 되었다. '내가 이렇게 노래 같은 것을 듣고 있어도 괜찮은가!' 하는 생각이 들었던 것이다. 그러나 그는 자기가 이렇게 마음이 불안한 것은, 말로써는 표현할 수 없는, 뭔가 즉각 해결하지 않으면 안 될 것이 있기 때문이겠지 하는 생각도 들었다. 생각할수록 모든 것이 헝클어진 실오라기처럼 뒤죽박죽이 돼 있었다. '이왕 이렇게 된 바엔 누구하고든 싸우는 수밖에 없다!…… 다시 한번 포르피리나 …… 아니면, 스비드리가이로프건 간에 맞서 싸워봤으면 좋겠다!…… 이왕이면 일각이라도 빨리…… 그들이 도전해오면 좋겠는데…… 그들이 공격해왔으면!…… 그렇다! 그렇다!' 그는 이렇게 생각하기도 했다. 그런데 갑자기 그는 두냐와 어머니 생각을 하고 마음이 한없이 어지러워지는 것을 느꼈다.

그날 밤, 그는 크레스토프스키 섬의 숲속에서 아침을 맞았는데, 전신은 불덩어리처럼 뜨거웠고, 온몸이 와들와들 떨려 심한 고통을 받았다. 이른 아침, 그는 집으로 돌아와 몇 시간 침대 속에 드러누워 있었다. 어느덧 잠이 들어 오후 2시가 넘어서야 일어났다. 열은 가셔 있었다.

그는 카체리나의 장례식이 오늘이었음을 생각하고, 참석하지 않는 것을 다행으로 여겼다. 나스타샤가 식사를 날라다주었다. 그는 전에 없이 식욕이 왕성하여 거의 남김없이 다 먹고 마셨다. 머릿속은 2, 3일

---

1) 헌옷을 파는 시장.

전보다 맑아졌고 마음도 비교적 가라앉아 있었다. 불과 몇 시간 전까지, 자신이 사로잡혔던 공포가 오히려 이상하게 생각될 정도였다. 마침 그때, 문이 살그머니 열리고 라즈민이 들어왔다.

"야, 식사하고 있군! 그걸 보니까 건강은 좋은 모양이지!" 라즈민은 이렇게 말하고 나서, 의자를 끌어당겨 라스콜리니코프와 마주 앉았다. 그는 전에 없이 뭔가 불안스러운 태도를 숨기려고도 않고 드러내놓고 있었다. 그의 말투로 봐서, 무슨 화나는 일이라도 있는 것 같았다. 그러나 별로 서두르는 기색도 없었고 언성을 높여 짜증을 내지도 않았다. 그의 마음속엔 뭔가 특별한 일이 숨겨져 있는 것같이 짐작되었다. "알겠나, 너." 그는 단호한 태도로 말문을 열었다. "이제부턴 너희들이 어떻게 되든, 난 일체 상관 않겠다. 왜냐하면 난 너의 언동을 아무리 해도 이해할 수 없으니 말이다. 너에게 뭣을 물으러 왔다고는 생각하지 말아줘! 그럴 생각은 조금도 없으니까! 난 그런 것은 바라지도 않아! 설령 네가 네 자신의 비밀을 송두리째 얘기해준다고 해도, 난 듣지 않을 뿐만 아니라 침을 뱉고 나가버리겠어! 내가 여기 온 목적은 다만 네가 정말 미쳤느냐, 아니냐 하는 것을 철저하게 살펴보기 위한 것뿐이야! 너를 미친 사람이거나 아니면 그럴 우려가 적지 않은 인간으로 여기는 사람도 있으니 말이다——우리 주변에 말이야——솔직하게 말해서 나도 그런 견해를 지지하는 쪽이야! 그 까닭은 첫째, 너의 그 어처구니없는, 때로는 괴상한——뭐라고 설명하기조차 어려운——행동으로 미루어본 때문이고, 둘째는 네가 너의 어머니와 누이동생을 대하는 최근의 언동으로 봐서, 그렇게 생각하게 된 거야! 만약 네가 미친 사람이 아니라고 한다면, 넌 사람이 아니거나 비열한 인간임에 틀림없다. 그렇지 않고서야 그 두 사람에게 그따위 행동을 취할 수는 없을 테니까. 한마디로 넌 미쳤다고밖엔 볼 수 없겠어……."

"네가 그 두 사람을 만난 것은 언제지?"

"조금 전이야. 넌 지난번에 만나고 그 뒤로는 안 만났지? 넌 대체 어디로 싸다니고 있는 거야? 제발 부탁이야, 얘기해줘! 난 그동안에 세 번이나 여기 왔었단 말이야! 너의 어머니는 지금 몹시 앓고 계셔! 너에게 오시려는 것을 아브도차 양이 만류했더니 '만약 그애가 병이 났다면, 머리가 이상해지기라도 했다면, 이 어미가 간호를 해야지 그걸 누구에게 맡기겠느냐?'고 말씀하시고 우리 말을 도통 받아들이려 하지 않으셨단 말이야. 그래 할 수 없이 함께 여기 왔었지. 그런데 여기 와보니 네가 있어야지. 어머니는 이 의자에 약 10분간 걸터앉아 계시다가 벌떡 일어서면서 이렇게 말씀하시지 않겠어. '그애가 나돌아다니는 것을 보니, 몸은 건강한 모양이야. 그렇다면 자기 자식 집에 무슨 동냥이나 얻으러 온 것처럼 이렇게 애정을 구걸한다는 것은 꼴사나운 일이고 부끄러운 일이야.' 하고 말이야. 그래서 곧 집으로 돌아가셨는데, 그 길로 병상에 들어눕고는 지금도 고열이 계속되고 있어. '그애는 "제 애인"을 위해선 얼마든지 시간을 내는 모양이야.' 하고 말씀하시기도 했어. 네 어머니가 애인이라고 말하는 것은 소냐를 가리키는 거야. 그게 너의 약혼녀인지 단순한 애인인지는 모르지만 말이야. 그래서 난 그 진부를 살펴보려고 곧장 소냐에게로 가보기로 했지 ——가보았더니, 글쎄 관이 놓여 있고 아이들은 울고 있더란 말이야. 소냐 양은 상복을 만들고 있고. 그런데 넌 보이지 않았어. 그래서 난 인사를 하고 집으로 돌아와서는 아브도차 양에게 그대로 보고했지. 그러고 보면 애인이 있다는 건 터무니없는 소리고 결과적으론 넌 미친 것이 틀림없다는 결론이 나온단 말이야. 그런데 이상하게도 넌 이렇게 앉아서 며칠 굶은 사람 모양으로 밥을 퍼먹고 있지 않나. 하기야 미친 사람이라도 밥이야 먹겠지만서도. 하지만 넌 나에게 아직 한 마디 말도 안 했어! 넌 아무리 훑어보아도 미친 사람으로는 보이지 않아! 그건 확실해! 내가 장담하지. 어쨌든 미친 사람은 아니야. 그러니 너희들 맘대로 하란 말이야. 왜냐하면 나에게도 비밀로 하고 있는 일이 있음이 틀림없으니 말이야. 하지만 난 너의 그 비밀을 알고 싶지도 않고 걱정하고 싶지도 않아. 내가 여기 들른 것은 속이 후련하도록 욕지거리라도 해주려고 한 때문이야." 이렇게 말을 마친 그는 자리에서 일어섰다. "난 이제부터 내가 어떻게 해야 하느냐 하는 것쯤은 알고 있으니까!"

"그래, 그럼 넌 이제부턴 어떻게 하려고 하지?"

"나야 앞으로 뭘 하든, 네가 상관할 건 없잖나!"

"조심해! 홧김에 술이라도 마시려는 거지?"

"어떻게 넌 그걸 알아?…… 어떻게?"

"그런 것도 짐작 못할 내가 아니야!"

라즈민은 잠시 말문을 닫고 있었다.

"넌 판단이 정확해! 그러고 보니 여태까지 한번도 미친 적은 없었던 게로구나!" 그는 갑자기 열띤 소리로 지껄이기 시작했다. "너의 말이 옳아! 난 분명히 홧술을 마시려고 해! 그럼 이만 실례!" 이렇게 말하고 그는 나가려고 했다.

"라즈민, 난 그저께 내 누이동생과 네 얘길 했어."

"뭐! 내 얘길? 대체, 넌 어디서 그녀를 만났어?" 라즈민은 걸음을 멈추고 긴장한 얼굴이 되었다. 그의 가슴속에서 갑자기 심장의 고동이 높아지고 있는 것이 드러나 보였다.

"그애가 이리로 왔었지. 혼자서 말이야. 이 자리에 앉아서 나하고 얘기했었지."

"그 사람이?"

"물론이지. 그 애가."

"그럼 무슨 얘기를 했어…… 나에 대해서 말이야?"

"난 그애한테 그 사내는 성실하고 근면하고 착한 사람이라고 말해주었지. 네가 그애를 좋아한다는 말은 안 했지만 말이야. 그런 말은 하지 않아도 그애는 이미 알고 있을 테니."

"알고 있다고?"

"그래! 알고 있지 않고! 내가 어디로 가든, 내 신상에 무슨 일이 일어나든——난 언제까지고 네가 그 두 사람을 돌봐주었으면 좋겠어! 난 그 두 사람을 너에게 인계하는 셈이야. 알겠나, 라즈민! 내가 이런 말을 하는 것은 네가 그애를 얼마나 사랑하고 있는가를 내가 잘 알고 너의 곱고 깨끗한 마음씨를 잘 알기 때문이야. 그애도 조만간에 너를 사랑하게 될 거야. 아니, 이미 사랑하고 있는지도 몰라. 자, 그래 어떻게 할 테야, 횟술을 꼭 마셔야만 되겠나? 어디 마음대로 해보게나."

"로쟈…… 그런데 말이야…… 쳇, 제기랄! 그런데 자네는 도대체 어디로 가려는 거냐? 그게 비밀이라면 할 수 없지만…… 하지만…… 난 곧 그 비밀을 들춰내고 말 테니까……. 그러나 그 비밀이라는 게 정말 시시한 일일 것이 분명해. 아마 틀림없이 너 혼자 꾸미고 있는 것일 거야. 어쨌든 넌 퍽 재미있는 사내야! 참으로 멋진 사내란 말이야!"

"아까 말해두려다가 미처 못했는데 넌 아까 비밀이나, 숨기고 있는 일은 일체 캐묻지 않겠다고 말하지 않았나. 그게 잘 생각한 일이란 말이야. 때가 올 때까지 나를 이대로 내버려두어. 걱정할 필요가 없어! 모든 일은 때가 오면 알게 될 테니까. 어제는 어떤 사내가 나에게 '인간에겐 공기가 필요하다, 공기가 필요해.' 하고 말했어! 그래서 난 지금부터 그 사내에게로 가서 그 말이 무슨 뜻인지 물어보려고 생각하고 있어."

라즈민은 몹시 흥분하여 우두커니 서서 뭔가 골똘히 생각에 잠겼다.

'이 친구는 틀림없이 정치적 음모에 가담하고 있는 거다! 틀림없어! 그리고 지금 무슨 결정적인 행동이라도 취하려는 것이리라……. 그런 일 아니고는 이 친구가 만사를 비밀로 할 리가 없어!…… 그리고 두냐도 그것을 알고 있음이 틀림없다…….' 그는 마음속으로 그렇게 짐작했다.

“그러니까 아브도차 양이 너에게 왔었단 말이지?” 그는 말에 억양을 붙이면서 말했다. “그리고 지금 넌 공기가 필요하다고 떠드는 친구를 만나러 가겠다는 거지? 그러고 보니 그 편지의 출처도 역시 같은 곳인가?” 그는 혼잣말처럼 중얼거리듯 말했다.

“편지라니, 무슨 편지를?”

“너의 누이동생이 편지를 한 통 받았는데, 몹시 걱정스러운 얼굴을 하고 있더라. 굉장히 말이야. 그런데 내가 너의 말을 끄집어냈더니 그런 말은 하지 말아 달라고 했어. 그러고 나서…… 그리고…… 어쩌면 우리들은 곧 헤어지게 될지도 모르겠다고 말하는가 하면, 곧 뒤따라와서 열띤 어조로 감사하다는 인사말을 하기도 하고 말이야. 그런데 그녀는 자기 방에 들어가서는 문을 잠가버리더구나.”

“그애가 편지를 받았다고?” 라스콜리니코프는 생각에 잠긴 듯한 표정으로 물었다.

“그래, 넌 그것도 모르고 있었나?”

두 사람 모두 잠시 말이 없었다.

“자, 그럼 난 실례하겠어. 로지온, 나도…… 한때는…… 그러나 …… 그만두겠다, 안녕. 사실은, 한때…… 아니, 그만두자, 안녕! 나도 시간이 다 돼서. 술은 안 하기로 했어. 이렇게 되면 그럴 필요도 없으니까……. 쳇, 내가 무슨 말을 하고 있는 거야!”

그는 당황하고 있었다. 문 밖으로 나선 그는 손을 뒤로 돌려 문을 닫았다. 그러나 다음 순간 다시 문을 열고는 안을 들여다보면서 이렇게 말했다.

“한 마디만 덧붙이겠어. 그 살인 사건을 기억하고 있겠지? 응? 그 포르피리가 말이야, 그 노파 살해범을 잡았어! 범인은 자백까지 했다는구나. 증거도 다 나타나고. 그런데 그게 그 페인트 가게의 젊은이라더군! 내가 언젠가 얘기를 해서 너도 기억하겠지? 너는 믿지 않을는지는 몰라도 그 녀석들, 그러니까 문지기와 두 사람의 목격자가 계단 위로 올라왔을 때 계단 위에서 격투를 벌이기도 하고 웃어대기도 하던 놈이 바로 그놈이래! 그 녀석은 자기의 소행을 얼버무리려고 그런 짓을 했다는구나. 나이도 얼마 안 되는 놈이 굉장히 간악하단 말이야. 참 간덩이가 크기도 하지. 좀처럼 믿기 어려운 일이지만 본인이 그렇다고 실토했고, 또 낱낱이 자백했으니 틀림없는 일인 것 같아! 그런데 말이야, 나도 정말 어리석었어. 한 방 먹은 셈이지. 내가 보기에는 그 녀석은 실속도 없는 꾀보일 뿐이고, 법망을 교묘하게 잘 뚫는다는 것뿐이지 결과적으론 별 수 없었지 뭐. 그러니 놀랄 일도 아니지만! 이런 전례는 많단 말이야! 끝까지 그대로 뻗대질 못하고 그만 자백하고 말았으니, 오히려 그 녀석의 말을 믿을 수밖에 없게 됐지. 그렇게 되고 보니 틀림없는 것처럼 보인단 말이야……. 그런데 난 그때 큰 실수를 했지! 그 녀석들 때문에 추태를 부리고 말았어!"

"부탁이야, 너 그 얘기 어디서 들었는지 가르쳐줄 수 없겠나? 그리고 또 넌 그 사건에 왜 그리 관심을 가지지?" 라스콜리니코프는 흥분하여 물었다.

"이건 또 놀라운 질문인데! 왜 내가 관심을 가지느냐고? 이상한 것도 다 묻는구나……. 포르피리로부터 들었어. 딴 사람한테서도 들었지만 말이야."

"포르피리로부터?"

"그래, 포르피리로부터야."

"그래, 그 녀석이 뭐라 하던?" 하고 라스콜리니코프는 놀란 듯이 물었다.

"그 녀석이 요령 있게 해설해주더군. 녀석의 독특한 심리적 해설 방법으로 말이야."

"그 자가 해설해주었다고? 그 사내가 너에게 직접 얘기해주었단 말인가?"

"물론이지, 직접 얘기해주었어. 그럼, 이만 실례! 다시 또 올 테니 그때 얘기하자. 오늘은 바쁜 일이 있어서 말이야. 그 무렵…… 한때는 나도 그렇게 생각했었지만, 하지만, 아니 그만두어야지. 후일로 미루자!…… 이젠 술도 필요없어. 넌 술도 없이 나를 취하게 만들었으니. 난 이미 취해버렸어. 그럼 안녕. 곧 다시 올게."

그는 돌아갔다.

'저 친구는 정치적 음모를 꾸미는 자들과 한 패임이 틀림없다! 틀림없어.' 하고 라즈민은 천천히 계단을 내려가면서 마음속으로 그렇게 단정했다. '그리고 누이동생마저 그 패거리에 끌어넣은 거야. 아브도차 양의 성미로 봐서도 있을 수 있는 일이다. 그래서 두 사람은 남몰래 은밀히 만나고 있는 거야……. 그녀도 그런 기색을 조금은 나에게 보였지 않아! 그녀의 말끝마다 그런 기색이 드러나고 있었지. 아무리 생각해도 그런 일이 아니면 그 복잡한 일을 해석할 도리가 없는걸! 응, 나도 한땐 그런 생각을 가진 적이 있었지. 아무튼 나도 별 생각을 다하는구나. 그렇다. 그건 내가 정신없이 저지른 것이었지. 그에게는 미안한 일이었지만 말이야! 그건 결국 그 녀석이 그때 복도 옆에서 나를 그렇게 충동질한 거야. 하지만 나로서는 그건 정말 더럽고 비열한 생각이었어. 잘했어! 니콜라이, 자백해주어서……. 자, 이것으로 여태까지의 의문은 다 풀린 셈이야! 그 친구의 병도, 그 괴상한 거동도 생각할 필요도 없는 일이야. 그는 대학을 다닐 때도, 그 전에도, 그 후에도 언제나 음울하고 괴팍스러운 사내였으니 말이야……. 하지만…… 그렇다면, 그 편지는 무엇을 뜻하는 것일까? 그 편지엔 뭔가 까닭이 있을 텐데. 그런데 그건 대체 누구한테서 온 것일까? 아무리 해도 이상하단 말이야. 그래, 내가 한번 철저히 조사를 해봐야지.'

그는 두냐를 머리에 떠올리고 여러 가지 일을 생각하려니 답답해졌다. 그는 부리나케 달려갔다.

라즈민이 돌아가자 라스콜리니코프는 자리에서 일어나 창문 쪽으로 몸을 돌려 방안을 이 구석에서 저 구석으로 서성거리기 시작했다. 잠시 후 그는 다시 의자에 앉았다. 그는 전신에 힘이 솟는 것을 느꼈다. 자, 이제 다시 싸워야 한다——즉, 달아날 구멍이 생긴 것이다.

그렇다. 구멍이 생겼다. 여태까지는 마개가 막힌 병 속에라도 갇혀 있는 듯한 숨막히는 고통을 맛보았다. 포르피리의 사무실에서 니콜라이의 소동이 있었던 이후, 그는 출구도 없는 암흑 속에서 숨막히는 생활을 해왔다. 니콜라이의 사건이 있던 바로 그날 소냐의 집에서도 한바탕 그런 일이 있었다. 그때 그는 이 일을 예기했던 것과는 전혀 다른 결말로 이끌어 갔었다. 순간적으로 마음이 약해져서 소냐의 말에 동의하고 말았던 것이다. 그가 자진해서 동의를 했었다. 그런 문제는 혼자 가슴속에 영원히 담아둘 수 없다고 말하는 소냐의 의견에 동의했던 것이다! 그런데 스비드리가이로프는? 스비드리가이로프가 문제였다……. 그는 라스콜리니코프를 불안하게 했다. 확실히 그렇다. 그 녀석은 좀 다른 데가 있다. 어쨌든 스비드리가이로프와 한바탕 싸우지 않으면 안 되겠지! 어쩌면 그 녀석 쪽에 출구가 열려 있을지도 모르는 일이다. 하지만 포르피리만은 별개의 문제였다.

'그래, 포르피리가 자진해서 라즈민에게 해설을 했다고? 심리적인 해설을? 그 독특한 심리적 방법을? 그의 사무실에 니콜라이가 끌려왔을 때 올바른 해석은 오직 하나밖에 없다는 듯이 서로 노려본 일이 있었는데, 그러고도 포르피리는 니콜라이를 진범이라고 생각할 수 있었을까?' 그날 이후 라스콜리니코프는 몇 번이나 그날 포르피리와 주고받은 얘기를 생각해내려고 하였으나 단편적인 기억만 생각날 뿐 전체적인 기억은 도저히 되살릴 수가 없었다. '그때 두 사람 사이에 그렇게나 열띤 논쟁을 벌였고, 그렇게나 많은 거동이 있었고, 몇십 번씩 서로 시선을 부딪치고 큰 소리로 마지막 극한 상태까지 몰고 갔던 것인데, 니콜라이의 자백만으로 이제와서 포르피리의 신념이 뿌리째 흔들릴 리는 만무하지 않은가?'

‘그건 그렇다고 하고! 라즈민마저 나를 의심하기 시작하니, 이건 또 무슨 까닭이란 말인가! 그러고 보니 그 복도의 램프불 옆에서 일어났던 일이 원인인 것 같기도 하다. 그래서 그는 포르피리에게 찾아간 것이리라……. 그렇다면 포르피리는 무슨 이유로 그렇게까지 해서 그를 속였을까?…… 그 사내는 무슨 의도로 라즈민의 눈길을 니콜라이 쪽으로 향하게 만들었을까? 이건 아무리 해도 무슨 꿍꿍이셈이 있어서 한 짓이 틀림없다. 여기엔 틀림없이 무슨 속셈이 있을 것이다. 그렇다면 그 속셈은 무엇일까? 그동안 시간은 많이 흘렀다──시간이 너무 많이 지나간 것 같은데 포르피리한테서는 아무 소식도 없구나. 아무튼 이건 재미없는 일이다…….’

라스콜리니코프는 이렇게 온갖 생각을 하면서 모자를 집어들고 방을 나섰다. 자신의 의식이 비교적 건전하다고 생각해보기는 요근래 처음 있는 일이었다. ‘먼저 스비드리가이로프를 만나야지.’ 하고 그는 생각했다. ‘그 결과야 어떻게 되든, 빨리 결판을 내야 한다. 그리고 그 사내도 나를 기다리고 있을는지도 모를 일이다.’ 이렇게 생각한 순간 그의 가슴속에서는 격렬한 증오가 치밀어올랐다. 때와 사정에 따라서는 스비드리가이로프나 포르피리 두 사람 가운데 한 사람쯤 눈 한번 깜빡하지 않고 죽일 수 있을 것 같기만 했다. 지금 못 죽이더라도 언젠가 죽여버릴 수 있을 것 같았다. “두고 봐라. 두고 봐.” 그는 이렇게 되풀이하여 중얼거렸다.

그런데 입구로 나오는 문을 여는 순간 그는 포르피리와 딱 마주쳤다. 포르피리는 그의 방으로 들어오려는 순간이었다. 라스콜리니코프는 한순간 우뚝 서버렸다. 그러나 그는 포르피리의 출현에 그다지 놀라지도 않았고, 이상하게도 생각지 않았다. 그는 다만 한번 움찔했을 뿐 곧 정신을 가다듬었다. ‘어쩌면 이것으로 결판이 날지도 모른다! 하지만 이 녀석은 어쩌자고 고양이새끼처럼 숨어들었을까. 난 아무 소리도 못 들었는데. 엿들은 건 아닐까?’

"이런 손님이 올 줄은 생각도 못했겠죠, 로지온 씨?" 포르피리는 웃으면서 말을 이었다. "벌써부터 한번 들른다는 것이 그만 바빠서……. 오늘은 마치 지나다가 잠시 들르게 된 겁니다. 어디 외출하시려는 모양인데? 오래 붙잡지는 않겠습니다. 급하시면 담배 한 대 피울 동안이면……."

"자, 앉으십시오, 포르피리 씨. 앉으십시오." 라스콜리니코프는 손님에게 의자를 권했다. 그는 몹시 기쁜 듯이 그리고 다정한 친구라도 맞이한 듯 들떠 보였다. 조금도 꺼리는 기색이라고는 없는 태연한 태도였다! 인간이란 이런 모양으로 강도와 마주앉아도, 몇 시간이고 죽음의 공포를 이겨낼 수 있고, 칼이라도 들이대게 돼면 도리어 공포가 사라지고 용기가 생기는 수도 있는 법이다. 라스콜리니코프는 포르피리와 마주 앉아 눈 한번 깜빡이지 않고 상대편을 응시했다. 포르피리는 눈을 가느다랗게 뜨고 담배에 불을 붙여 빨기 시작했다.

'자, 말문을 열어봐, 어서!' 라스콜리니코프의 입에서는 이런 말이 금방에라도 튀어나올 것만 같았다. '왜 입을 다물고 있는 거냐?'

2

"이놈의 담배라는 건!" 담배 한 대를 다 피우고 난 포르피리는 한숨을 돌리더니 이렇게 입을 열었다. "사람에겐 굉장한 독인데 말입니다, 그걸 끊을 수가 없군요! 기침은 나고 목구멍은 근질근질하고 천식까지도 생기는데 말입니다. 난 소심한 편이 돼서 며칠 전에 B씨에게 진찰을 받아보았는데——그 의사는——환자 한 사람 진찰하는 데 30분이나 걸리는 사람인데, 그 사람이 나를 보고 웃음을 터뜨리지 않겠습니까. 여러 가지 방법으로 진찰을 하고 나서 나에게 말하길 '당신에겐 무엇보다도 담배가 나쁩니다. 폐가 부어 있습니다' 하고 말하질 않겠습니까. 하지만 어떻게 내가 담배를 끊습니까? 담배를 대신할 만한 것도 없는데 말입니다. 술은 좋아하지 않으니까요. 그런데 이게 탈이란 말입니다. 헤헤헤! 술을 못 먹는 것이 탈이란 말입니다. 무슨 일이건 상대적인 것이니까요. 로지온 씨, 무슨 일이건 모두가 다 상대적입니다."

'이 녀석은 대체 무슨 속셈일까? 또다시 관리 근성을 드러내려는 것일까?' 하고 라스콜리니코프는 혐오를 느꼈다. 그런데 갑자기 지난번에 두 사람이 만났던 일이 생각나면서 그때의 울분이 되살아나 파도처럼 그의 가슴에 밀려왔다.

"난 그저께 밤에도 들렀었습니다. 모르시겠지요?" 포르피리는 방안을 두리번거리면서 말을 계속했다. "방안에, 이 방안까지 들어왔었지요. 그때도 오늘처럼 지나다가 들렀던 것입니다. 한번 만나볼까 하고 말입니다. 그런데 와보니 방문은 열린 채로 있었고 아무도 없지 않습니까. 잠시 기다리다가 그냥 돌아가버렸지요. 그런데 문에 자물쇠는 채우지 않습니까?"

라스콜리니코프는 금세 어두운 표정이 됐다. 포르피리는 그의 심정을 꿰뚫은 듯이, "해명하러 왔습니다, 로지온 씨. 난 당신에게 해명해야 할 것이고 또 해명할 의무도 있으니까요." 그는 웃음 띤 얼굴로 말을 계속했으나 다음 순간 갑자기 어둡고 걱정스러운 표정으로 변하더니 얼굴 가득히 우수(憂愁)를 담고 있었다. 라스콜리니코프는 여태까지 한번도 그가 그런 표정을 짓는 것을 본 일이 없었고, 그가 그런 표정을 지으리라고는 생각해본 일조차 없었다.

"전에 우리 두 사람 사이에 이상한 일이 벌어졌었지요. 하긴 우리가 처음 만났을 때 역시 그랬지만서도. 그래서 하는 얘깁니다만, 난 아무래도 당신에게 큰 실례를 한 것 같아서⋯⋯. 난 그렇게 느끼고 있습니다. 그때 우리가 헤어질 때 어땠는지 기억하십니까? 당신이나 나나 모두 신경이 지칠 대로 지치고 다리가 부들부들 떨렸으며 진땀을 흘렸었지요. 그리고 그때 우린 뭣 때문이었는지 신사적이지를 못했지요. 우린 아무래도 신사임엔 틀림없는데 말입니다. 어쨌든 우린 어디까지나 신사이어야 되는데 말입니다. 이건 명심해둘 필요가 있지요. 그때 어떻게 됐었는지 기억하고 계시겠지요……. 우린 그때, 예의조차 잃지 않았습니까!"

'이 녀석, 무슨 말을 하는 거야. 내가 누군 줄 알고 그따위 소릴 지껄이는 거지?' 라스콜리니코프는 고개를 치켜들고 눈을 부릅뜨다시피 하고는 포르피리를 바라보면서 이렇게 생각했다.

"그래서 난 이렇게 판단했지요. 이왕 이렇게 된 바엔 우리 두 사람은 서로 허물없이 지내는 것이 좋겠다고 말입니다." 포르피리는 고개를 약간 뒤로 젖히고 눈은 아래로 떨군 채 말을 계속했는데 그의 태도는 지난번에 자기의 놀림감이 되었던 그에게 더 이상 마음의 부담을 주지 않으려고 애쓰는 것같이 보였다. "그렇지요, 그런 혐의나 그런 상태는 오래 계속될 수 없는 것이니까요. 그때 니콜라이가 단번에 결말을 지어주었기에 망정이지, 그렇지 않았더라면 우리 두 사람의 사이는 어떻게 됐을는지도 모르지 않습니까! 그 괘씸한 장사치 녀석이 우리들 바로 옆의 칸막이 뒤에서 줄곧 숨어 있었으니 말입니다. 당신은 그런 걸 상상할 수 있습니까? 그러나 당신은 이미 이런 일은 잘 알고 계실 줄로 압니다만, 나 역시 그 사내가 나중에 당신한테 들렀었다는 것을 알고 있지요. 하지만 당신이 그때 상상했던 것과 같은 그런 일은 전혀 없었습니다. 그 무렵엔 아직 누구도 호출한 일도 없었고 아무 수배도 하지 않았을 때였으니까요. 왜 수배를 하지 않았느냐고요? 그건 뭐라고 말씀드리면 좋을까요. 그때 난 그런 여러 가지 일로 몹시 지쳐 있었기 때문이지요. 그저 고작 문지기들을 소환하는 절차를 밟을 수 있었을 정도니까요. 당신도 문지기들이 있었다는 것은 지나다가 보셨겠지요. 그때 내 머리에는 어떤 생각이 번개처럼 번득였습니

다. 그때는 나 자신도 틀림없는 것으로 믿었으니까요. 로지온 씨, 그
땐 이렇게 생각했었지요. 한쪽은 놓치고 말았지만, 그 대신 다른 쪽의
꼬리는 꼭 붙잡고 말겠다고 말입니다. 로지온 씨, 당신은 몹시 화를
잘 내는 사람이더군요. 당신의 마음씨나 성미는 물론이고 그 외의 기
본적인 특질——난 부분적으로는 이해하고 있다고 자부합니다만——
그러한 특질을 종합해볼 때 당신은 너무나도 정도가 지나치다고 생각
됐습니다. 그야 물론, 나도 그때, 사람이란 비밀을 다 털어놓아서는
안 된다는 판단을 하고 있었지만 말입니다. 그런 일은 사람이 분통을
터뜨리는 경우에는 있을 수 있는 일이긴 합니다만, 그러나 흔한 것은
아닙니다. 그래서 난 생각했습니다. 약간의 증거만이라도 있었으면
좋겠다고 말입니다. 양귀비 꽃씨만한 증거라도 좋으니 아무튼 손에
넣을 수 있는 것이라면 아무것이라도. 바로 말해서 심리적이 아닌, 물
질적인 것으로 말입니다. 내가 이렇게 소망하게 된 것은 다름이 아니
라, 어떤 사람이 죄를 범했다면 언젠가는 그 사람으로부터 중대한 물
적인 증거가 나타날 것으로 생각하였기 때문입니다. 난 그때, 당신의
성미에 기대를 걸고 있었지요. 아주 큰 기대를 말이지요."

　"그렇다고 하더라도…… 당신은 지금 왜 그 얘기를 하십니까?" 라
스콜리니코프는 자신의 질문 내용을 잘 생각해보지도 않고 그렇게 중
얼거렸다. '이 녀석은 무슨 뜻으로 이런 말을 하는 것일까?' 그는 내
심 당황하였다. '설마 이 녀석은 내가 혐의 없는 자라고는 생각지 않
고 있겠지?'

　"왜 이런 말을 하느냐고요? 난 해명하러 온 것뿐입니다. 난 그것을
신성한 의무라고 생각하고 왔단 말입니다. 난 그때의 일을 남김없이
탁 털어놓고 얘기하고 싶었던 것입니다. 내가 그때 너무나 침착하지
못했던 탓이었지요. 나의 잘못된 생각으로 말미암아 당신을 몹시 괴
롭혔습니다. 로지온 씨, 하지만 나도 악인은 아니니까요. 삶의 의욕을
잃고, 그러면서도 기개는 강한 고집 세고 성미 급한 인간에게 있어서

이와 같은 온갖 것을 짊어지고 살아간다는 것이 얼마나 괴로운 일이라는 것은 나 역시 잘 아니까요. 어쨌든 간에 당신은 고결하고 관대한 성품을 지닌 사람으로 알고 존경하고 있습니다. 그렇다고 해서 내가 당신의 신념에 전적으로 찬성하는 것은 아닙니다만, 이것은 솔직한 저의 심정이고, 따라서 성의를 가지고 분명히 말씀드리는 바입니다. 아무튼 당신을 속일 수는 없으니까요. 난 당신을 알고부터 일종의 애착을 느꼈습니다. 당신은 나의 이런 말에 속으로 웃으시겠지요? 웃는 것은 당신의 권리니까 마음대로 하십시오. 그러나 당신은 나를 처음 보는 순간부터 몹시 싫어하셨습니다. 그러니 본질적으로 나를 좋아하게 될 수는 없다는 것을 잘 압니다. 그러나 어떻게 생각하든 당신 마음대로입니다만, 현재의 나의 소망은 여태까지 내가 당신에게 주었던 온갖 인상을 어떻게든 깨끗이 씻어내고 나 역시 피도 눈물도 있는 인간이라는 것을 증명해 보여드리고 싶다는 것뿐입니다. 이건 나의 진심이고 진정입니다."

포르피리는 위엄있게 말을 끊었다. 라스콜리니코프는 새로운 놀라움에 휩쓸렸다. 포르피리가 자기를 무죄라고 생각하고 있다는 것을 알게 되자 놀라지 않을 수 없었다.

"그때 일어난 전말을 순서대로 일일이 이야기할 필요는 없을 것 같습니다." 하고 포르피리는 말을 계속했다. "그건 오히려 쓸데없는 일이라고 생각합니다. 그리고 나로서는 도저히 될 것 같지 않습니다. 그것을 어떻게 납득이 가도록 설명할 수 있겠습니까? 처음에는 소문이 나돌기 시작했습니다. 그게 어떤 것이며 언제 누구한테서 나왔는지…… 그리고 어떤 원인으로 당신에게까지 미치게 됐는지, 다 쓸데없는 얘깁니다. 나 개인으로 말하면, 그것은 우연히 일어난 일입니다. 정말 우연 중에서도 우연이며, 일어날 수도 있고, 일어나지 않을 수도 있는, 완전한 우연에서 시작된 것이었습니다——그게 어떤 우연이었느냐 하면, 이것 역시 새삼 얘기할 것이 못 된다고 생각합니다. 즉,

모든 소문과 우연이 그때 내 머릿속에서 하나의 생각을 이루게 됐던 것입니다. 어차피 고백한 바에야 모든 것을 깨끗이 고백합니다만, 그때 당신에게 혐의를 건 것은 바로 나였습니다. 그러한, 이를테면 그 전당물에 노파의 메모가 있었느니 뭐니 하는 것은——다 쓸데없는 얘기입니다. 그리고 그때 우연히 그 경찰서에서의 사건을 자세히 들었습니다. 그건 지나다가 엿들은 것이 아니라 어느 특정한 훌륭한 사람으로부터 들었습니다. 그 사람은 자기 자신도 모르는 새에 그 장면을 강조했던 것입니다. 이런 일이 하나하나 겹쳐갔던 것입니다. 로지온 씨! 자, 그러니 그 방면으로 내 생각이 미치지 않을 리 있겠습니까? 백 마리의 토끼를 모아도 한 마리의 말을 만들 수 없으며, 백 개의 혐의를 모아도 하나의 증거가 되지는 않습니다. 영국 속담에도 있습니다만, 그런 것을 이해할 수 있는 것은 훌륭한 분별심이 있는 경우에 한하는 것이고, 화가 머리끝까지 나 있을 때는 판사도 인간인 만큼 감정에 휩쓸리기 쉬운 것입니다. 게다가 나는 당신의 논문을 상기했습니다. 처음 당신이 찾아왔을 때 내가 얘기한 그 잡지의 논문 말입니다. 나는 그때 당신을 놀렸습니다. 그러나 그것은 당신을 유도하여 많은 말을 지껄이게 하려고 했기 때문입니다. 되풀이 말합니다만, 당신은 너무 참을성이 없고 너무나 병적입니다. 당신은 대담하고 오만하고 성실하고…… 감수성이 강한, 아주 풍부한 감수성을 가진 분이라는 것을 난 일찍부터 알고 있었습니다. 그러한 감정은 나도 훨씬 전부터 겪어서 잘 알고 있습니다. 그래서 난 친근한 느낌을 가지고 당신의 논문을 읽었습니다. 그것은 잠이 오지 않는 밤, 미칠 듯이 흥분된 마음으로 구상하신 거겠지요. 그런데 이 억눌린 긍지에 찬 흥분은 젊은 사람에게는 위험한 것입니다. 나는 그때 조롱했습니다만, 지금이니까 말씀드리겠습니다. 나는 대체로 아마추어로서, 당신의 그 젊고 열렬한 최초의 작품을 몹시 좋아합니다. 그것은 연기입니다. 아지랑이입니다. 아지랑이 속에서 현(絃)이 울리고 있습니다. 당신의 논문은 터무니없는 공상적인 것에 불과합니다. 그러나 거기에는 성실함이 엿보입니다. 젊고 굽히지 않는 긍지가 있습니다. 아무것도 겁내지 않는 대담함이 있습니다. 그것은 침울한 논문입니다만 그것도 좋습니다. 나는 당신의 그 논문을 읽고 간직해두었습니다……. 그때 나는 생각했습니다. '이 사내는 이것만으로는 끝나지 않겠다!'고요. 자, 이런 일들이 있었는데 어찌 그때 일어난 사건에 끌려들지 않을 수 있겠습니까? 생각해보십시오. 아아, 난 그 어떤 것들을 말하고 있는 건 아닙니다! 난 그때 그렇게 깨달았다는 것뿐입니다. 이런 일에 숨겨져 있는 게 뭐겠느냐고 생각했습니다 아무것도 없습니다. 전혀 아무것도 없는 것입니다. 사정에 따라서는 전혀 아무것도 없습니다. 그리고 예심판사인 나로서는 그런 일에 열중한다는 것은 추태일 뿐 체면이 서지 않는 일입니다. 내 손아귀에 니콜라이라는 인간이 들어와 있고, 게다가 모든 사실이 밝혀져 있습니다──이런 경우 무어라고 말하든, 사실임에는 틀림없으니까요. 그놈은 그놈 나름대로의 심리적 방법을 쓰고 있습니다. 그 사내도 조사해야 합니다. 아무튼 생사에 관한 중요 문제니까요. 그런데 나는 무엇 때문에 당신에게 이런 설명을 하고 있을까요. 다름이 아니라 당신은 그 이성과 감정으로 모든 사태를 잘 이해해주시고, 그때 적의에 찼던 나의 행동을 책망하지 마시기를 바라기 때문입니다. 그러나 적의에 차 있었던 것은 아닙니다. 이건 정말입니다. 헤헤헤! 당신은 어떻게 생각하십니까? 당신은 그때 내가 당신 집에 가택수사를 오지 않은 것으로 알고 있지요? 왔었습니다. 왔었고 말고요. 헤헤헤! 당신이 여기 누워 자고 있을 때 왔었습니다. 정식도 아니고 난 개인적인 것도 아니었습니다만, 하여튼 왔다 갔습니다. 그리고 당신 집에 있는 것은 증적(證跡)이 없어지기 전에 머리털 하나도 남기지 않고 조사를 했습니다. 그러나 umsonst(허사)였습니다! 나는 이렇게 생각했습니다 이제 이 사내는 올 것이다, 스스로 올 것이다, 머지않아 올 것이다, 만약 죄를 지었다면 반드시 올 것이다, 다른 자는 오지 않아도 이 사내는 온다, 이렇게 생각했습니다. 그리고 기억하고 있습니까? 라즈민이 당신에게 여러 가지 얘기한 것을 말입니다. 그것은 당신을 흥분시키기 위해서 우리들이 계획적으로 꾸민 짓이며, 그가 당신에게 말하도록 일부러 소문을 퍼뜨린 것입니다. 라즈민은 그런 분노를 참지 못하는 사내니까요. 그런데 자묘토프에게는 무엇보다도 먼저 당신의 그 불 같은 성미와 대담성이 눈에 띄었던 것입니다. 그런데 요리집에서 느닷없이 '내가 죽였다'고 지껄이다니 그건 너무 대담합니다. 그래서 나는 만약 그가 유죄라면 정말 무서운 투사라고 생각했습니다. 정말 그때, 난 그렇게 생각했었지요. 그리고 기다렸습니다. 당신이 오기를 학수고대했습니다. 자묘토프는 당신에게 압도당하고 말았습니다……. 즉, 그것이 어느 쪽으로도 해석할 수 있는 심리적 농간이라는 것입니다. 그리고 당신을 기다리고 있으려니까 하느님이 도와주셔서 당신이 오셨습니다. 난 정말 가슴이 두근거렸습니다. 아아, 당신은 왜 그때 오실 필요가 있었을까요? 그리고 당신이 들어왔을 때의 그 웃음을 기억하고 계시겠지요. 그때의 그 웃음소리, 나는 마치 창 너머로 보는 듯이 모든 것을 간파하고 말았습니다. 만약 그러한 특수한 심정으로 당신을 기다리지 않았다면 당신의 웃음소리를 들었더라도 아무것도 깨닫지는 못했을 것입니다만, 그런 기분으로 있다는 건 무서운 것입니다. 그리고 그때 라즈민이——앗! 그렇다, 그 돌, 돌 기억하고 있겠지요? 장물을 숨겨둔 돌을. 그런데 나는 돌이 어느 채소밭에 있는 것이 눈에 보일 듯했지요. 당신은 자묘토프에게 채소밭이라고 하셨지요? 그리고 두번째에는 우리 집에서도 게다가 우리가 당신의 논문을 검토하기 시작하고 당신이 당신 생각을 설명했을 때——내겐 당신의 한 마디 한 마디가 두 가지로 해석되었고 그 말 뒤에는 다른 뜻이 숨어 있는 것으로 들렸습니다. 아니 로지온 씨, 그래서 나는 마지막 기둥까지 와가지곤 거기 이마를 부딪히고 나자 비로소 제정신이 들었지요. 아니 내가 이게 무슨 짓일까! 마음만 먹는다면 이런 것은 모두 최후의 한 점에 이르기까지 달리 설명할 수 있다, 오히려 그것이 자연스럽게 보일 것이라고 생각했습니다. 나도 고민했습니다. '아냐, 이렇게 된 이상 털끝만한 증거라도 잡는 도리밖엔 없다'고 생각하고 있는데 그 초인종을 눌렀다는 얘기를 들었던 것입니다. 나는 전율을 느꼈습니다. '자, 이게 그 털끝만한 증거다! 바로 이것이다!' 하고 생각했습니다. 그때 난 조금도 신중하게 생각하려고 하지 않았습니다. 다만 생각하기가 싫었던 것입니다. 사실 그 순간, 당신을 내 눈으로 볼 수 있었다면 1천 루블이라도 아낌없이 내던졌을 겁니다. 그 상인이 당신을 맞대고 '살인자'라고 말한 뒤에 당신은 그 사내와 1백 보쯤 나란히 걸어가면서 그동안 한 마디도 그 사내를 꾸짖지 못한 그때의 당신의 얼굴이 보고 싶었습니다. 그때 등골이 오싹해지지 않았습니까? 병으로 열에 들떠서 눌렀던 그 초인종은 어떻습니까? 그러므로 로지온 씨, 그때 내가 당신에게 그런 장난을 한 것도 별로 놀라운 것은 못되지 않습니까? 그리고 당신은 그때 왜 나에게 왔습니까? 올 필요도 없었지 않습니까! 당신도 역시 누구에게 등을 떠밀린 것 같았지요. 정말 그때 니콜라이가 우리 둘을 떼어놓지 않았더라면 그야말로…… 그런데 그 니콜라이를 기억하고 계시겠지요? 그것은 참으로 청천벽력이나 다름없는 일이었습니다! 그것은 먹장구름 사이에서 천둥이 치고 번개의 화살이 번득인 것과도 같은 일이었습니다! 자, 나는 그를 어떻게 맞이했겠습니까? 나는 그런 화살 같은 것은 조금도 믿지 않았습니다. 그것은 당신께서 보신 그대로입니다. 그걸 믿다니, 천만의 말씀입니다! 그런데 말입니다. 당신이 돌아가신 뒤에 어떤 문제에 대해서 그 사내는 사리에 맞는 답변을 시작했으므로 난 놀라고 말았습니다. 그러나 난 그 사내의 말을 손톱만큼도 믿지는 않았습니다! 그것만은 철석같이 움직이지 못하는 일이지요. 나는 그때 생각했습니다. 니콜라이가 아무리, 무어라고 말한다 하더라도 그 니콜라이는 결코 사람을 죽이지는 못할 놈이라고 말입니다."

"방금 라즈민으로부터 들은 얘깁니다만, 당신은 지금도 니콜라이를 진범으로 단정하고 있다면서요······."

그는 숨이 막혀 마지막까지 말을 마치지 못했다. 그는 상대편의 속셈을 꿰뚫어보고 있으면서도 한 가닥 기대를 걸고 몹시 흥분한 상태로 얘기를 듣고 있었다. 그는 그것을 믿는 것이 무서웠기 때문에 아예 믿으려 하지 않았다. 그와 동시에 애매한 포르피리의 말 속에서 보다 더 명확하고 결정적인 것을 찾아내고, 포착하려고 마음먹고 있었다.

"라즈민 군 얘깁니까?" 한동안 입을 다물고 있던 포르피리는 라스콜리니코프의 입에서 질문이 튀어나온 것이 몹시 즐거운 듯이 이렇게 소리쳤다.

"헤헤헤! 라즈민 군 같은 사람은 우리가 들먹거릴 대상이 못되지요! 두 사람이면 됐지 제3자까진 필요없지요. 이 일의 성질상 그는 완전히 국외자(局外者)라고 할 수 있습니다. 얼굴이 새파랗게 질려가지고 나에게 달려오고, 야단법석을 떨고 있긴 합니다만서도, 어쨌든 그 사내에게 신경 쓸 것 없습니다. 그러니 우리 화제 속에 그를 끌어넣을 필요가 없는 거지요! 그런데 니콜라이라는 사람은 어떤 인간인지, 즉 내가 그 사내를 어떻게 알고 이해하고 있는가를 당신은 알고 싶지 않습니까? 우선 말할 수 있는 것은 그 사내는 아직 성년이 되지 않은 어린애에 불과하다는 것입니다. 게다가 몹시 겁이 많고 꼭 예술가 타입의 사내라고 할 수 있지요. 내가 이렇게 생각한다고 웃지는 말아주십시오. 순진하고 감수성이 예민하며 인정이 두텁고 동시에 일종의 몽상가입니다. 그리고 또 노래나 춤을 좋아하고, 말재주도 좋아서 그가 얘기를 시작하면 많은 사람들이 모여들 정도라나요. 이런 성품을 가진 사람이기도 하지만 그는 술도 또 잘한답니다. 애주가는 아니지만 어쩌다가 사람들과 어울리게 되면 폭주를 한다지 않습니까. 그야말로 어린애 같은 사람이지요. 그때도 자신이 도둑질을 해놓고도 그것을 기억하지도 못했으니까요. '땅바닥에 떨어져 있는 것을 주웠을 뿐인데 그게 왜 도둑질이 되느냐?' 하고 말할 정도니까요. 당신은 알고 계실는지 어떤지는 모르겠습니다만, 그 사내는 분리파(分離派) 교인[1]이란 말입니다. 아니, 분리파 교인이라기보다는 단순한 일개 분파에 지나지 않는 것입니다만 그 사내의 집안에는 베군파[2] 교인이 있는데 그는 그 사람한테 시골에서 2년간이나 교리 강의를 받았다는군요. 이런 사실은 모두 니콜라이와 그의 고향인 자라이스크 사람들로부터 밝혀낸 것입니다. 그는 그런 정도에서만 그친 것이 아니고 교리에 따라, 광야에 수도하러 가려고 몹시 애썼다고 합니다. 그는 아주 열정적이고 일에 집착하는 성질이 있어서, 저녁마다 하느님께 기도를 올리고 오래된 고서를 탐독했다고 합니다. 그는 워낙 감수성이 강한 사람이었으므로 페테르부르크의 영향을 많이 받은 것 같았습니다. 그중에서도 여자와 술에 말입니다. 그럴 땐 시골의 베군파 교인이고 뭐고 다 잊어버리는 거지요. 내가 들은 바에 의하면 페테르부르크의 어떤 화가는 그에게 굉장한 호감을 가지고 그를 빈번히 찾아왔었다고 합니다. 그러던 중에 바로 그 사건이 일어난 것입니다! 자, 그는 당장 겁에 질렸습니다──그래, 자살을 할까! 도망을 칠까 하는 소동이 벌어지고! 일반 민중들이 법을 잘못 알고 있으니 정말 그것도 골치 아픈 일의 하나지요. 그런 사람 가운데에는 '재판에 붙여진다'는 말만 들어도 그만 기절해버리는 사람도 있으니 하는 말이지요. 이런 건 모두 누구의 잘못일까요! 곧 새로운 재판 제도가 그런 것을 해소시켜주겠지만 말입니다. 정말 하루바삐 그렇게 됐으면 좋겠습니다. 그건 그렇다 하고, 그 녀석 감옥에 들어가 보니 새삼 그 베군파 교인이 생각났던 모양이지요. 그리고 다시 성경도 옆에 두고 부지런히 읽기 시작했고요. 그런데 로지온 씨, 당신은 아십니까? 그들의 '고행한다'는 것이

---

1) 17세기 러시아 정교회에서 분리된 비개혁파의 교인.
2) 교역자를 가지지 않는 비개혁파의 하나.

무엇을 의미하는 것인가를 말입니다. 이건 누굴 위하는 것이 아니고 그저 '고통을 받기 위한 고통'이라는 것입니다. 그것도 관헌으로부터 받는 고통을 더 소중히 여긴다지 않습니까! 예전에 어떤 온순하기 이를 데없는 죄수가 꼬박 1년 동안을 감옥에 갇혀 있던 일이 있었는데, 그는 저녁마다 벽난로 옆에서 성경만 읽었답니다. 그런데 너무 열중했기 때문에 나중엔 머리가 돌아버렸지요. 그래 아무 이유도 없는데 벽돌을 뜯어 들고는 그것을 간수장에게 내던졌다는 것입니다. 그것도 아무렇게나 던진 것이 아니라 상대편이 다치지 않도록 일부러 1미터쯤 떨어진 곳에 던졌다는 겁니다. 하지만 그와 같은 흉기를 가지고 감독에게 덤볐다는 것은 그 죄수에게 얼마나 무서운 결과를 안겨주는지는 누구나 다 쉽게 짐작할 수 있는 일입니다. 그들은 이렇게 해서 고통을 위한 고통을 받으려고 한단 말입니다. 그래서 나는 지금 니콜라이도 '고통을 위한 고통'을 받으려고 그러는 것이나 아닌지 의심하고 있는 중이지요. 이것은 내가 여러 가지 사실을 종합해서 확신하는 일입니다. 다만 그것은 나만 알고 본인은 모르고 있습니다. 어떻게 생각하십니까? 그런 몽상가가 존재하는 것을……. 인정할 수 있겠습니까? 그런데 그런 사람이 흔하단 말입니다. 그 녀석은 이제 와서 그 시골 베군파 교인 생각이 나는 모양이지요. 자살 소동 이래 처음으로 말입니다. 하지만 얼마 안 가서 그 녀석은 자진해서 모든 것을 털어놓을 것으로 생각됩니다. 그 사내는 자신이 살인자라고 끝까지 우길 성싶습니까? 한번 기다려보십시오. 그 녀석의 주장을 뒤집어 보여드릴 테니까요! 난 지금 그 녀석이 자진해서 허위 자백을 취소하기를 고대하고 있는 중입니다. 난 니콜라이가 마음에 들어 그 녀석을 철저하게 연구하고 있지요. 당신 같으면 어떻게 생각하실는지요! 헤헤헤! 그 사내는 어떤 문제에 관해서는 한 마디도 막히는 법 없이 나에게 줄줄 대답하지요. 그는 필요한 정보를 주워 모아서 미리 잘 꾸며두었던 모양입니다. 그런데 다른 어떤 문제점을 푹 찔러 물어볼라치면 그만 당황하여 실수를 연발하고 만단 말입니다. 더 우스운 것은 자기가 모르고 있다는 것조차 모르고 있는 것입니다. 로지온 씨, 그가 그렇게 앞뒤가 맞지 않는 주장을 하는 것은 그 사건은 그 사내 자신의 소행이 아니라는 겁니다. 그건 환상적이고 암흑 속의 사건입니다. 인심은 혼탁해지고 피는 '모든 것을 맑게 해준다'는 문구가 빈번하게 인용되는 현대에 발생한 사건입니다. 쾌락이야말로 인생의 전부라고 부르짖는 설교가 유행하고 있는 현대 사회 속에서의 사건이란 말입니다. 이건 책상 앞에 앉아 꾼 공상입니다. 이론에 의해 충동받은 마음에서 나온 것입니다. 여기에서 제1보를 내디딘 대단한 결심을 볼 수 있습니다마는, 그 결심이란 특별한 어떤 종류의 결심이지요. 감행하긴 했으나 그것은 마치 높은 산에서 굴러 떨어지는 것과 같은, 아니면 높은 종각에서 뛰어내리는 것 같은 심정으로 감행했기에, 범죄를 저지르는 마당에 있어서도 발이 제대로 땅을 밟지도 못했지요. 자기가 들어간 방의 출입문을 닫는 것조차도 잊어버릴 정도인데도 사람을 죽였으니, 그것도 두 사람이나. 이론에 따라서 말입니다. 사람을 죽이긴 하였으나 돈을 훔칠 수는 없었다, 겨우 좀 뺏아온 것은 돌덩이 밑에 숨겨버렸다, 문 뒤에 숨어서 문을 세차게 두드리는 소리를 듣고 초인종이 계속 울리는 것을 들으며 맛보게 된, 그 순간적인 고통으로는 부족했던지 — 나중에 그 초인종 소리를 상기하고 열에 들뜬 사람처럼 그 빈 집을 찾아가 초인종을 눌렀다, 등골을 오싹하게 하는 그 무서운 공포를 다시 한번 맛보기 위해서…… 아무튼 그런 짓은 병에 걸려 제정신이 아닌 상태에서 했다고 치더라도, 그렇다면 이건 어떻게 된 셈일까요. 사람을 죽여놓고도 자기 자신을 하나의 의인(義人)으로 여기고, 인간을 멸시하면서 창백한 얼굴을 한 천사처럼 뻐기며, 뻔뻔스럽게 거리를 나돌아다니고 있으니 말입니다——그래 그게 누구이겠습니까? 로지온 씨. 그게 니콜라이인 줄 아십니까? 결코 니콜라이는 아닙니다."

그의 이 마지막 말은 그때까지 지껄인 말이 부정적이었던 만큼 너무나도 뜻밖의 결론이었고 불의의 화살이었다. 라스콜리니코프는 무엇에라도 찔린 듯 온몸을 와들와들 떨기 시작했다.

"그렇담…… 누가…… 죽였다는 겁니까?" 그는 더 참을 수가 없어 떨리는 목소리로 더듬더듬 물었다. 포르피리 자신도 뜻밖의 질문에 놀라는 태도를 보이면서 의자 등받이 쪽으로 몸을 젖히고 라스콜리니코프를 똑바로 바라보았다.

"누가 죽였느냐고요?" 그는 자신의 귀를 의심하는 듯한 표정으로 이렇게 되묻고는, "그건 '당신'입니다, 로지온 씨! 당신이 죽인 것입니다……." 하고 자신에 넘치는 목소리로 속삭이듯 덧붙였다.

라스콜리니코프는 소파에서 벌떡 일어서서, 몇 초 동안 그대로 서 있더니 한 마디 말도 하지 않고 도로 주저앉아버렸다. 갑자기 가느다란 경련이 그의 얼굴을 스쳐갔다.

"꼭 그때처럼 당신의 입술이 떨고 있군요." 하고 포르피리는 동정 어린 말을 중얼거리고는, "당신은, 로지온 씨, 당신은 오해하고 계셨던 것 같군요." 하고 말했다. 그는 다시 입을 다물었다가 이렇게 덧붙였다. "그래서 그렇게 놀라는 것이지요. 내가 여기 온 것은 모든 일을 다 털어놓고 사건의 진상을 똑똑히 알려드리기 위해서였습니다."

"내가 죽인 게 아닙니다." 하고 라스콜리니코프는 힘없는 입속말로 중얼거리듯 말했는데, 그 태도는 나쁜 짓을 하다가 들킨 어린애처럼 완전히 공포에 질려 있었다.

"아니지요, 그건 당신 소행입니다, 로지온 씨. 어느 누구도 아닙니다. 바로 당신입니다." 포르피리는 자신에 넘치면서도 또한 엄숙한 태도로 조용히 말했다. 두 사람 사이에 침묵이 흘렀다. 그 침묵은 10분간이나 계속됐다. 라스콜리니코프는 책상에 팔꿈치를 올려놓고 입을 다문 채, 두 손으로 자기의 머리털을 쥐어 뜯고 있었다. 포르피리는 냉정한 표정으로 가만히 앉아 있었다. 별안간 라스콜리니코프는 고개를 치켜들고 멸시하는 듯한 눈초리로 포르피리를 바라보았다.

"당신은 또 그 수법을 쓰시려는군요, 포르피리 씨! 언제나 낡아빠진 그 수법 말입니다. 정말 지겹지도 않습니까?"

"아니, 그만하십시오. 지금의 내 처지에서 이것저것 가리게 됐습니까! 지금 여기에 제3자가 있다면 별문젭니다만. 우리는 지금 아무도 모르게 두 사람끼리만 하는 얘기가 아닙니까. 보시다시피 난 달아나는 토끼라도 잡듯이 당신을 잡으러 온 것은 아니지 않습니까. 당신이 자백을 하건 말건 나에게는 그다지 큰 문제가 아닙니다. 당신이 자백하지 않더라도 난 그렇게 믿고 있으니까요."

"그렇담 뭣하러 오셨지요?" 라스콜리니코프는 초조한 듯이 물었다. "다시 한번 묻겠습니다만, 나를 진범으로 생각하신다면 왜 감옥에 잡아넣지 않는 겁니까?"

"흥, 그런 질문을 하시다니! 그렇다면 하나하나 그 이유를 밝혀드리지요. 첫째로는 당신을 그렇게 후닥닥 잡아넣는 것은 우선 나에게 불리하기 때문입니다."

"왜 불리하다는 겁니까? 확신이 서 있다면 마땅히 체포해야 하지 않습니까?"

"흥, 확신이 있다고 해서 일이 다 된 것은 아닙니다. 그 확신이라는 것이 현재로서는 한낱 공상에 지나지 않으니 말입니다. 그리고 또 당신이 '냉정과 침착을 되찾도록 감옥에, 조용한 곳에' 모셔놓을 필요가 어디 있겠습니까? 당신은 그걸 스스로 원하고 계실 정도니까. 내 말의 뜻은 알고 계시리라 믿습니다. 이를테면 내가 그 직공과 대결이라도 시키게 되면 당신은 그에게 '넌 술에 취해 있는 게 아니냐? 난 너를 술주정쟁이로 알고 있는데 그때도 고주망태가 돼 있었겠지?' 하고 말하겠지요——자, 그렇다면 난 당신에게 뭐라고 말해야 하겠습니까? 하물며 당신의 진술이 그 녀석의 진술보다 더 진실처럼 들리게 될 테니 말입니다. 더군다나 그 녀석의 진술이란 전적으로 막연하고, 심리적인 것밖에 없다는 얘깁니다——심리적인 것이란 그 녀석 꼬락서니엔 도저히 어울리지도 않지요. 그런데 당신은 급소를 찌르고 있거든요. 하기야 그 자는 술고래로서 모르는 사람이 없을 정도니까요. 그리고 내가 당신에게 몇 번이나 얘기했지만, 이 심리라는 것은 두 개로 갈라진 꼬리 같은 것이어서 어느 쪽으로도 해석될 수 있는 것인데, 이번 경우에는 둘째 꼬리 쪽이 더 진실에 가깝다고 생각되는군요. 나로서는 현재 당신에게 대항할 만한 뚜렷한 증거를 입수하지 못했습니다. 하지만 언젠가 나는 당신을 수감하게 되리라 생각합니다. 그래서 이렇게 당신을 찾아와 미리 모든 것을 분명히 얘기하고——이건 보통의 경우에는 있을 수 없는 일입니다만——그리고 또 당신이 그렇게 나오면 나에게는 불리하게 된다는 것을 솔직하게 말씀드리는 겁니다. 그리고 둘째는…….”

“그럴 듯한 말씀이군요. 그럼 둘째는 뭡니까?” 라스콜리니코프는 쉴새없이 헐떡거리고 있었다.

“그것은, 이미 말씀드린 대로 난 당신과 대화를 나누는 것이 나의 의무라고 생각하기 때문입니다. 당신으로부터 냉혈한이란 비난을 받기가 싫은 거지요. 당신이야 믿든 안 믿든 상관 없는 일입니다만, 난 당신에게 각별한 호의를 가지고 있습니다. 그러므로 셋째 이유는 될 수 있는 대로 스스로 자수하도록 권하려는 것입니다. 당신이 그렇게만 하면 당신에게나 나에게 몹시 유리할 것이니 말입니다. 난 무거운 짐을 어깨에서 내려놓을 수 있으니까요. 자, 어떻게 하시렵니까——나로서는 숨김 없는 태도가 아닙니까?”

라스콜리니코프는 잠시 생각했다.

“보십시오, 포르피리 씨. 당신은 말끝마다 심리, 심리 하고 말씀하시지만 이건 어느새 수학의 영역으로 비약하고 말았군요. 그런데 만약 그 답이 틀렸을 경우에는 어떻게 하시렵니까?”

“아니, 로지온 씨. 결코 틀리지는 않습니다. 난 손톱만한 것이기는 하지만 증거를 가지고 있으니까요. 그 증거는 내가 그때 발견한 것이지요. 하느님이 주신 것입니다.”

“어떤 증거를?”

“어떤 증거라고 말할 수는 없습니다. 로지온 씨, 어쨌든 지금은 더 이상 지체할 권리가 나에게는 없습니다. 수감하겠습니다. 그러니 잘 생각해주십시오. 그리고 빨리 판단을 내리십시오. ‘현재로서는’ 어떻게 하시더라도 난 상관 없습니다. 이건 오직 당신을 위해서 하는 말이니까요. 그렇게 하시는 것이 당신에게 유리할 것입니다.”

라스콜리니코프는 표독스러운 미소를 지었다.

“이쯤 되면 우스울 정도가 아닙니다. 뻔뻔스럽다고 해도 좋을 것 같습니다. 그래 내가 진범이라 하더라도——난 그것을 결코 시인하는 것은 아니지만——당신 스스로 나를 수감하여 ‘나로 하여금 편히 쉬게 하겠다’고 말씀하고 계시는데, 어째서 내가 당신한테 자수하러 가야 한단 말입니까?”

“천만에, 로지온 씨. 내 말을 액면 그대로 해석해서는 안 됩니다. 어쩌면 완전하게 인정되지 않을는지 모르니까요. 이건 단순한 내 이론에 지나지 않습니다. 게다가 내가 당신 앞에서 무슨 권위자인 것도 아니니 말입니다. 어쩌면 나는 지금도 당신에게 숨기고 있는 것이 있는지도 모릅니다. 당신에게 무엇이든 다 털어놔야 된다는 법도 없으니까요. 헤헤! 그리고 둘째는 당신에게 어떤 이익이 있느냐 하는 문제가 되는데, 그에 따라 당신은 얼마나 감형될 것인지 당신 자신도 알고 계시겠지요. 당신이 자수하는 시기가 어떤 때, 어떤 순간에 행해지는가, 이걸 잘 생각해야 된단 말입니다. 다른 사람이 그 범죄를 뒤집어쓰고, 사건을 더욱 어지럽혀놓고 있는 때가 아닙니까? 나는 하느님께 맹세하겠습니다. 당신의 자수는 순전히 당신 자신의 의사에 의한 것처럼 꾸며드리겠습니다. 이런 심리적인 싸움은 그만두기로 하고, 동시에 당신에 대한 혐의도 전연 없었던 것으로 하겠습니다. 그렇게 되면 당신의 범죄는 일종의 혼미(昏迷) 같은 것으로 될 것입니다. 사실,

정직하게 말해서 정신적 혼미임에는 틀림없으니까요. 난 정직한 사람입니다. 로지온 씨, 그러니 난 약속은 꼭 지킵니다.”

라스콜리니코프는 침울하게 고개를 아래로 떨구고 말없이 앉아 있었다. 그는 오랫동안 생각하다가 또다시 히죽 웃었다. 그러나 그 웃음은 이미 온순하고 서글픈 것이었다.

“아니, 그럴 필요는 없습니다!” 하고 그는 포르피리에게 아무것도 숨기지 않으려는 듯한 태도로 무심코 이렇게 지껄이고 말았다. “조금도 그러실 것 없습니다. 난 당신에게 조금도 감형받고 싶지는 않습니다.”

“글쎄, 난 그걸 두려워하고 있었습니다.” 포르피리는 열띤 어조로 정신없이 외쳤다. “내가 두려워한 건 바로 그겁니다. 감형받고 싶지 않다고 고집하는 당신의 심정 말입니다.”

라스콜리니코프는 침울한 눈초리로 그를 바라보았다.

“아니, 목숨을 그렇게 가볍게 여겨서는 안 됩니다!” 하고 포르피리는 말을 이었다. “당신은 아직 앞날이 창창한 분입니다. 감형이 필요 없다니 그게 무슨 말입니까. 당신은 정말 성급한 사람이군요?”

“앞날이 있다고? 앞날에 무엇이 있단 말입니까?”

“생활이지요! 당신은 예언자도 아니지 않습니까! 대체 당신은 얼마나 알고 있습니까? 구하라, 그러면 얻으리라 이것입니다. 어쩌면 하느님께서도 당신의 자수를 기다리고 계실는지도 모릅니다. 게다가 그것에…… 쇠사슬에 언제까지나 묶여 있는 것도 아니니 말입니다…….”

“감형이 있기 때문이겠죠?……” 라스콜리니코프는 껄껄거리며 웃기 시작했다.

“그럼, 뭡니까? 당신은 부르주아적인 치욕을 겁내는 겁니까? 아마도 그것을 겁내고 있으면서 자신은 그것을 모르고 있는 모양이군요. 그러니까 아직 젊다는 거지요. 그러나, 당신쯤 되는 사람이라면 자수하는 것을 무서워하거나 치욕으로 생각하지는 않을 것 같은데요.”

“쳇, 그따위 어떻게 되든 상관 없어!” 라스콜리니코프는 입도 벌리

기 싫다는 듯이 상대편을 혐오에 찬 눈으로 바라보며 경멸하듯 중얼
거렸다. 그는 어디로 나가려는 듯이 잠깐 일어났다가는 절망의 빛을
띠며 다시 주저앉고 말았다.

"그래, 바로 그겁니다. 어떻게 되든 상관 없다고 생각하는 바로 그
겁니다. 당신은 사람을 신용하지 않게 되었고, 그래서 당신은 내가 아
부라도 하는 것으로 생각하는 것 같습니다. 대체 당신은 얼마나 많은
생을 살았다는 것입니까? 이 세상의 온갖 것을 다 알고 계시단 말씀입
니까? 하나의 이론은 생각해내었으나 깨끗이 실패해버리고, 그야말로
평범한 것이 돼버리고 말았기 때문에 그것이 부끄러워진 것이겠지요.
결과가 비열한 것이었음은 틀림없는 사실입니다. 그러나 당신은 가망
이 없는 비열한은 아닙니다. 절대로 그런 비열한은 아닙니다! 적어도
당신은 오랫동안 자신을 기만하지 않고 단번에 최후의 지점까지 가버
렸으니 말입니다. 내가 당신을 어떤 사람으로 보고 있는지 아십니까?
나는 당신을 이렇게 보고 있습니다. 당신은 다만 신앙이나 신을 발견
하기만 하면, 자신이 갈기갈기 찢긴다 하더라도 미소를 머금고 자기
를 괴롭히는 사람들을 조용히 바라볼 수 있는 사람들 가운데 한 사람
이라고 말입니다. 그러니 빨리 그것을 찾도록 하십시오. 그리고 살아
야 합니다. 당신은 좀더 일찍이 공기를 바꿀 필요가 있었던 겁니다.
그건 그리 어려운 일도 아닙니다. 고통을 겪으면 되는 겁니다. 고통을
겪으십시오. 이런 점에서는 고통을 자청하는 니콜라이가 올바른지도
모르겠습니다. 신앙이라는 게 그리 쉽게 얻어지는 것이 아님은 나도
알고 있습니다——그러나 이것저것 잔꾀를 부리지 말고 생활에 뛰어
드십시오. 걱정할 것은 없습니다. 해안으로 떠밀려가더라도 곧장 일
어설 수 있게 해줄 것입니다. 그러나 그 해안이 어떤 해안인지는 나도
모릅니다. 난 다만 당신은 앞길이 창창하다는 것을 강조하고 싶을 뿐
입니다. 당신이 지금 내 말을 흔해빠진 시시한 설교 정도로 여기고 있
는 줄 나도 알고 있습니다. 그러나 후일 내 말이 생각날 때가 있을 겁

니다. 그래서 이렇게 말씀드리는 겁니다. 당신이 노파를 죽인 건 그래도 낫습니다. 만약 또 다른 이론을 생각해냈다면 그것보다 몇 억 배 더 심한 일을 감행했을지도 모르니까요. 그러니 하느님께 감사해야 할는지도 모릅니다. 당신도 모르는 새 하느님이 지켜주셨는지도 모릅니다. 마음을 크게 가지고 아무것도 겁내지 마십시오. 당신은 눈앞에 다가와 있는 위대한 의무의 수행이 겁나는 것이지요? 아니, 이 마당에 와서 무서움에 떤다는 것은 그야말로 수치스러운 일입니다. 그와 같은 일을 과감히 시작했으면 끝까지 이를 꼭 물고 갈 길을 가야 하지 않겠습니까. 그렇게 함으로써만 정의(正義)라는 것이 살게 되는 것입니다. 정의가 요구하는 것을 주저하지 마시고 실행하십시오. 당신에겐 현재 아무 신앙도 없다는 것을 나는 알고 있습니다. 그러나 인생이 끝난 건 아닙니다. 이제부터가 시작입니다. 마침내 당신도 인생이 무엇인지, 얼마나 소중한 것인지 저절로 알게 될 것입니다. 지금 현재 당신에게 필요한 것은 공기뿐입니다. 공기란 말입니다. 새롭고 신선한 공기만이!"

라스콜리니코프는 부르르 몸을 떨었다.

"도대체 당신은 어떤 사람입니까?" 하고 그는 부르짖었다. "당신은 예언자란 말입니까? 뭡니까? 그렇게 도도하게 사람을 깔보고 거만하게 버티고 앉아서 나에게 잔소리로 설교나 하고 말입니다."

"내가 어떤 사람이냐고요? 난 별 사람이 아닙니다. 다만 인생을 끝장 낸 사람의 하나일 뿐입니다. 감정도 있고 동정도 있고 이것저것 사리도 분별할 줄 압니다만 하여튼 인생을 끝장 낸 사람임엔 틀림없습니다. 그런데 당신은 다르단 말입니다. 하느님은 당신에게 새로운 참된 생활을 마련해놓고 계십니다——하기야 당신의 경우도 그 생활이 연기처럼 사라지고 아무것도 남지 않을는지도 모를 일입니다만——당신이 전혀 다른 인간의 부류로 옮겨진다고 해서 그게 뭐 대단한 일이란 말입니까? 당신과 같은 정신을 가진 사람이 안락한 생활만을 추구하진 않을 것이 아닙니까? 그야 사정에 따라서는 당신의 모습이 인간 사회에서 오랫동안 사라져 있을는지는 모르겠습니다. 하지만 그것을 겁내서야 되겠습니까? 문제는 시간이 아니고 바로 당신 자신입니다. 태양이 되십시오. 그렇게만 되면 모두가 당신을 우러러볼 것입니다. 태양은 무엇보다도 빨리 태양이 되지 않으면 안 됩니다. 왜 그렇게 웃으십니까? 당신은 지금 내가 아부하면서 사람을 꾀려 한다고 생각하시겠지요, 그렇지요? 그런 건 어떻게 생각하시든 난 상관하지 않습니다. 사실, 그럴지도 모르니까요. 헤헤헤! 로지온 씨, 당신은 내가 하는 말을 믿지 않는 것이 좋을지도 모르겠습니다. 앞으로도 절대로 믿지 말아야 되겠지요──이게 내 버릇입니다. 당신의 말대로입니다. 다만 한 가지만 더 덧붙여두겠습니다. 내가 얼마나 비열한 인간인지, 아니면 성실한 인간인지는 누구보다도 당신이 잘 알고 계실 거라고 말입니다!"

"당신은 언제 나를 체포하실 작정이십니까?"

"글쎄요. 하루 반, 아니면 이틀쯤 당신은 나다닐 수 있을 겁니다. 아무튼 잘 생각해보십시오. 하느님께 기도라도 하십시오. 그렇게 하는 것만이 당신에게 유리할 것입니다. 유리하고 말고요."

"그러다가 내가 도망이라도 쳐버리면?" 하고 라스콜리니코프는 야릇한 웃음을 띠면서 물었다.

"아니지요. 당신은 결코 달아날 사람이 아닙니다. 무지한 농부라면 달아나겠지만 말입니다. 지금 유행하고 있는 분파의 신자라면 도망칠 것입니다──남의 사상의 노예가 돼 있는 자라면 말입니다. 그 도이루카 해군 소위[1]처럼 손가락 끝을 한번 보는 것만으로 한평생 믿음에 빠져버리지 않았습니까. 그런데 당신은 이젠 자기 자신의 이론, 즉 신

---

1) 고골리의 작품 《결혼》 속의 에피소드. 그러나 도이루카는 페도호프의 잘못임.

념조차도 믿지 않고 계십니다——그렇다면 어떤 소신으로 달아난단 말입니까? 그리고 또 도망친다고 해도 당신에게 유익한 게 뭐 있겠습니까? 도망자의 생활이라는 것은 굉장히 고통스러운 겁니다. 그런데 당신에게는 일정한 안정된 생활과 자기에게 알맞는 신선한 새로운 공기가 필요합니다. 그런데도 그런 것이라고는 조금도 없는 도망자의 생활을 택할 수는 없지 않습니까? 그러니 당신은 도망친다 하더라도 곧 돌아오고 말 것입니다. 당신은 우리들이 없는 곳에서는 살아갈 수가 없는 사람이니까요. 내가 당신을 수감하면——글쎄요, 두 달 아니면 석 달도 못 가서 갑자기 내 말을 상기하시게 될 것이고, 곧 자백하러 나를 찾아올 것입니다. 그것도 당신 자신이 미처 뚜렷하게 의식하지도 못하는 사이에 말입니다. 아마 그렇게 자백하리라고는 한 시간 전까지도 당신 자신은 모르고 있을 것입니다. 뿐만 아니라 나는 이렇게도 믿고 있습니다. 당신은 고통을 받는 것을 진지하게 생각하기 시작할 것이 틀림없으리라고 말입니다. 현재는 내 말을 믿지 않고 계십니다만, 언젠가는 저절로 믿게 될 것으로 압니다. 왜냐하면 수난이라는 것은 미처 우리들이 예측할 수조차 없을 정도로 불가사의한 힘을 가지고 있는 것이니까요. 수난은 당신의 눈을 뜨게 할 것입니다. 그런데 로지온 씨, 당신은 내가 이렇게 뚱뚱한 것을 이상하게 생각할 필요는 없습니다. 아무것도 아닌 일이니까요. 나 자신도 잘 알고 있으니 말입니다. 그렇게 웃지 말아주십시오. 고통에는 사상이 따르게 마련입니다. 니콜라이가 고통을 자청한 것은 옳은 일입니다. 아무튼 당신은 도망치지 않을 것입니다, 로지온 씨!"

라스콜리니코프는 일어서서 모자를 집었다. 포르피리도 자리에서 일어섰다.

"산책이라도 나가시렵니까? 오늘 저녁은 상쾌한 날씨일 것 같습니다. 소나기라도 한바탕 퍼부어주면 더욱 상쾌해지겠지요. 아니, 비가 안 오는 것이 좋을는지도 모르겠습니다…… ."

그도 역시 모자를 집어들었다.

"포르피리 씨, 아무쪼록 자만하지 않기를 바랍니다." 하고 라스콜리니코프는 고집스럽게 말했다. "오늘 내가 무슨 자백이라도 했다고 생각하시면 그건 큰 오산입니다. 난 당신이 너무나도 별난 사람이기에 그저 호기심으로 얘기를 들어준 데 지나지 않습니다. 난 아무것도 자백은 하지 않았습니다……. 결코 오해는 말아주십시오."

"아, 그건 물론이지요. 잘 알고 있습니다. 아니, 왜 그렇게 떨고 계십니까? 아무튼 안심하십시오. 그런 건 생각 나름이니까요. 산책이나 하십시오. 그러나 너무 오랫동안 산책해서는 안 될 겁니다. 그런데 만일을 위해서 부탁이 좀 있습니다만," 그는 소리를 낮추고 이렇게 덧붙였다. "좀 미묘하면서도 중대한 부탁입니다. 만약에 말입니다, 즉, 만일에…… 그렇습니다, 만일에라도…… 앞으로 4, 50시간 내에 뭔가 엉뚱한 방법으로 이 사건을 결말지어버리려고, 즉 자기 몸에 스스로 손을 대는 일이 있게 될 때는——이런 것은 터무니없는, 그리고 있을 수 없는 가정입니다마는, 그렇게 가정해보는 것을 용서해주시기 바랍니다——간단한 것이라도 상관 없으니까 정확한 기록을 하나 남겨주십시오. 그렇지요. 두세 줄로도 족합니다. 불과 두서너 줄이라도 좋습니다. 그리고 그 돌에 대해서도 적어주십시오. 그렇게 하는 것이 사나이답고 모든 것을 깨끗이 마무리지을 수 있으니까요. 그럼 안녕히……. 좋은 생각을 하셔서 훌륭한 행동을 취하시기 바랍니다."

포르피리는 무슨 까닭인지 라스콜리니코프를 굳이 외면하고 밖으로 나갔다. 라스콜리니코프는 창문께로 다가가서 포르피리가 멀어져가기를 기다려 서둘러 집을 나섰다.

3

그는 스비드리가이로프의 하숙으로 걸음을 재촉하였다. 그 사내로부터 무엇을 얻을 수 있을는지는 자신도 몰랐다. 그 사내에게는 뭔가 그를 지배하는 힘이 숨겨져 있었다. 일단 이것을 의식하자 그는 더 이상 그대로 있을 수가 없었다. 게다가 이젠 그를 만나지 않으면 안 될 시기가 도래한 것이다.

도중에 어떤 의문이 그를 괴롭혔다. 그것은 스비드리가이로프가 그동안 포르피리에게 찾아가지나 않았나 하는 의문이었다. 그의 판단으로는 찾아가지 않았을 것으로 생각됐다. 그는 모든 기억을 더듬어 포르피리를 방문했을 때의 전후 사정을 따져보았다. 그 결과, 스비드리가이로프는 결코 포르피리를 찾지 않았을 것으로 판단되었다.

그러나 찾아가지 않았더라도 그 사내는 앞으로 어떻게 할 것인가? 그 사내는 포르피리를 찾아갈 것인가, 안 갈 것인가?

현재의 판단으로는 가지 않을 것으로 생각되었다. 그 이유는 자기도 설명할 수 없었다. 그러나 설명할 수 있다손치더라도, 지금의 그의 심정으로는 그런 문제로 그다지 괴로워하지는 않았으리라. 확실히 그것은 고민거리임엔 틀림없지마는 그러나 그에게는 대단한 것으로는 생각되지 않았다. 이런 일은 누구나 쉽게 믿지 않겠지만 목전에 다가선 자신의 운명에 대해서는 어떻게 된 셈인지 막연한 걱정밖에는 하지 않았다. 그가 고민한 것은 좀더 다른 종류의, 좀더 중대한, 특수한 것이었다. 그건 자신의 일이었고, 다른 일들과는 다른 성격의 것이었다. 뿐만 아니라 오늘 아침은 여느 때와는 달리 판단력이 좋은 것 같았으나, 극도의 정신적 피로를 느끼고 있었다.

그리고 또 그런 일까지 이미 겪은 지금에 와서 이와 같은 시시한, 새로운 장애를 극복하겠다고 노력을 할 필요가 있겠느냐는 생각도 들었다. 스비드리가이로프가 포르피리한테 자주 출입하지 못하도록 온갖 책략을 꾸미거나 연구하거나 조사하거나 할 필요가 있겠느냐는 것이다.

그런 일은, 이미 그에게는 지겨운 일이었다.

그러나 그럼에도 그는 스비드리가이로프에게로 걸음을 재촉했다. 그는 어쩌면 그 사내로부터 새로운 그 무엇, 즉 어떤 암시나 활로(活路) 같은 것을 얻을 수 있지나 않을까, 하고 기대했는지도 모른다. 물에 빠진 자는 지푸라기라도 붙잡는다고 하지 않던가. 그들 두 사람을 결합시키려는 것도 일종의 운명의 소치, 일종의 본능적인 행동이 아닐까. 그러나 어쩌면 이것은 지나치게 지쳐 있기 때문이었는지도 모르고 절망 때문이었는지도 모른다. 그리고 어쩌면 지금 필요한 것이 스비드리가이로프가 아니고 다른 사람일지도 모르며, 스비드리가이로프는 어쩌다가 이 자리에 잠시 나타났다가 사라진 무의미한 존재에 지나지 않는지도 모른다. 그럼 그에게 필요한 것은 소냐였을까? 하지만 소냐에게는 무엇 때문에 찾아갈 필요가 있을까? 그녀가 우는 것을 다시 한번 보기 위해서? 그렇지 않아도 그는 소냐가 무서웠다. 그에게 있어서 소냐는, 소냐 그 자체가 가차없는 선고였고 변경할 수 없는 결정이기 때문이다. 소냐에게 가면 그녀의 길을 따르느냐, 아니면 자기의 길을 고집하느냐 양자 택일을 해야 한다. 그러니 지금은 갈 수가 없고 만나고 싶지 않았다. 그런 것보다는 오히려 스비드리가이로프라는 사내가 문제였다. 그 사내가 어떤 인간인지 한번 시험해 볼 필요가 있지 않을까? 그리고 보니, 벌써부터 그 사내가 자기에게는 필요한 인간으로 느껴져왔음을 그는 새삼 의식하게 되었다.

그러나 두 사람에게 공통점이라고는 아무것도 없지 않은가! 똑같은 나쁜 일을 한 경우에도, 그건 결코 같은 성질의 것이 아니다. 그 사내

는 음흉하기 짝이 없고 몹시 방탕하고 교활하며 위선적이고 심술 사
나운 인간인지도 모른다. 그리고 그 사내에게는 숱한 소문이 뒤따르
고 있었다. 지금 그는 카체리나의 아이들을 돌봐주고 있으나 무슨 의
도로 그러는 것인지, 또한 그것이 어떤 의미를 지니는지, 아무도 아는
사람이 없었다. 그 사내는 언제나 심상찮은 꿍꿍이속이나 계략을 가
지고 있는 인간이 아닌가.

　이 며칠 동안 라스콜리니코프는 자기를 괴롭히고 불안케 하는 그
어떤 생각을 머릿속에서 지워버리려고 갖은 애를 쓰고 있었다. 그 생
각은 그를 몹시 괴롭혔다. 그는 이런 생각을 했다. 스비드리가이로프
는 그동안 나를 따라다니며 나의 비위를 맞추고 나의 호감을 사려고
해왔다. 그리고 지금까지도 역시 그의 심정에는 변함이 없는 것으로
보인다. 그런데 그는 나의 비밀을 눈치채고 말았다. 한편, 그는 두냐
에게 여전히 야심을 품고 있다. 지금도 물으면 그는 서슴없이 그렇다
고 말하리라. 그러므로 나의 비밀을 수중에 넣고 있는 지금, 그는 나
에게는 일종의 권력자가 되는 셈이고, 따라서 그 권력을 두냐에 대한
무기로서 사용할 수 있지 않겠는가? 그러면 그 결과는 어떻게 될 것인
가?

　이 생각은 그를 꿈속에서조차 괴롭혔다. 이 생각이 보다 뚜렷하게
의식된 것은 스비드리가이로프를 찾아가고 있는 바로 이 순간이 처음
이었다. 생각만 해도 그는 견딜 수 없는 울분을 느꼈다. 만일에 그렇
게 되는 경우, 모든 것은 일변하고 말 것이며, 자기의 입장도 근본적
으로 흔들리고 말 것이 분명하다. 두냐에게는 당장 자신의 비밀을 털
어놓지 않으면 안 되게 될 것이다. 사정에 따라서는 두냐를 보호하기
위해서 난 그에게, 스비드리가이로프에게 굴복해야 될는지도 모른다.
그런데 그 편지는? 오늘 아침 두냐가 무슨 편지를 받았다지 않는가?
페테르부르크에 그 애한테 편지를 보낼 만한 사람이 있는 것일까——
루진으로부터 온 것일까——물론 그자에 대한 감시는 라즈민이 맡고

있긴 하지만, 그러나 라즈민은 아무것도 모르고 있다. 어쩌면, 난 라즈민에게도 고백하지 않으면 안 될지도 모른다. 라스콜리니코프는 이렇게 생각하니 가슴이 미어질 듯한 고통을 느꼈다.

어쨌든 일각이라도 빨리 스비드리가이로프를 만나야 되겠다고 그는 최후의 단안을 내렸다. 언제나 중요한 것은 사건의 본질이지 주변에서 생기는 자질구레한 일은 아니다. 그러나 만일 스비드리가이로프가 두냐에 대하여 어떤 음모라도 꾸미고 있다면…….

라스콜리니코프는 지난 한 달 동안 너무나 시달리고 지쳐서 차분하게 생각할 기력을 잃었고, 따라서 이와 같은 문제에 부딪혔을 때 '그렇기만 하면 그땐 그놈을 죽여버리겠다'고 결심하는 도리밖에 없었다. 그는 지금 이 순간에도 차가운 절망을 느끼면서 그렇게 하리라고 스스로 다짐했다. 그는 괴로운 중압감으로 가슴이 죄어드는 것을 느꼈다. 그는 길 한복판에서 걸음을 멈추고 지금 걷는 길이 어딘지, 자기가 지금 어디 있는지 주위를 두리번거렸다. 그는 방금 지나온 센나야로부터 3, 40보쯤 떨어진 거리에 들어서 있었다. 왼편에 있는 2층 건물 전체는 식당으로 돼 있고 창문은 모두 열려 있었다. 창 너머로 부산하게 오가는 사람들의 모습으로 보아 그 식당은 만원인 것 같았다. 홀에서는 노랫소리가 넘쳐 흘렀고 클라리넷과 바이올린 소리가 흐르고 있었으며, 투르키시, 드럼소리가 울려퍼지고, 그 속에서 여인들의 높은 목소리가 새어나오고 있었다. 라스콜리니코프는 자기가 왜 이 거리까지 왔을까 하고 의심하면서 막 되돌아서려다가 그 식당의 건너편 열려 있는 창문 안쪽에 파이프를 입에 물고 식탁에 앉아 있는 스비드리가이로프를 발견했다. 라스콜리니코프는 형언할 수 없는 전율이 등골을 스치는 것을 느꼈다. 스비드리가이로프도 그를 알아보고 가만히 그를 관찰하고 있었다. 그러다가 갑자기 자리를 떠서 어디론가 가버리려고 했다. 그와 같은 그의 거동에 라스콜리니코프는 더 한층 놀라지 않을 수 없었다. 라스콜리니코프는 모른 체하고 생각에 잠겨 딴 곳을 보는 체 곁눈질로 그의 거동을 계속 살펴보았다. 심장이 더욱 세차게 뛰었다. 아니나다를까, 스비드리가이로프는 그를 만나는 것을 분명히 꺼리는 것 같았다. 그는 입술에서 파이프를 떼더니 슬그머니 자취를 감추려 했다. 그런데 일어서서 의자를 밀쳤을 때 라스콜리니코프가 자기를 관찰하고 있는 것을 깨달은 모양이었다. 두 사람 사이에는, 전에 라스콜리니코프가 잠자는 체하고 있을 때 스비드리가이로프가 방문했을 때와 꼭 같은 장면이 벌어졌다. 스비드리가이로프의 얼굴에는 교활한 웃음이 떠올랐고, 그것이 차차 얼굴 가득히 퍼져갔다. 서로 관찰하고 서로 눈치를 살피고 있음을 두 사람 모두 알아챘다. 마침내 스비드리가이로프가 핫핫핫! 하고 커다란 웃음을 터뜨렸다.

"이거 정말 반갑습니다. 자, 들어오십시오. 납니다!" 그가 창문 안쪽에서 말을 걸었다.

라스콜리니코프는 식당으로 들어갔다.

스비드리가이로프는 큰 홀 바로 옆에 붙어 있는 자그마한 방안에 있었다. 테이블이 20개 남짓 있고 상인, 관리, 그밖의 온갖 종류의 사람들이 가수들의 열정적인 노랫소리에 파묻혀 차를 마시고 있었다. 어디선지 당구치는 소리도 들려왔다. 스비드리가이로프가 앉아 있는 테이블에는 마개를 딴 샴페인 병과 반쯤 채워진 술잔이 놓여 있었다. 그리고 그 작은 홀에는 조그마한 손풍금을 멘 소년과 줄무늬 스커트를 입고 리본이 달린 티롤르 모자를 쓴 열여덟쯤 돼 보이는 건강하고 볼이 빨간 소녀가 있었다. 그 소녀는 옆방에서 떠들썩하게 들려오는 합창소리에는 아랑곳없다는 듯이 소년의 손풍금 반주에 맞추어 시시한 유행가를 쉰 목소리로 부르고 있었다.

"이제 그만 해도 좋아!" 스비드리가이로프는 방안으로 들어오는 라스콜리니코프를 보자 그 소녀의 노래를 그치게 했다.

소녀는 노래를 딱 그치더니 공손한 태도로 그 자리에 무슨 분부라도 기다리는 하인처럼 가만히 서 있었다.

“얘, 술잔 하나 더!” 하고 스비드리가이로프가 소릴 질렀다.

“난, 술을 마시지 않습니다.” 하고 라스콜리니코프가 말했다.

“그건 알아서 하십시오. 당신 때문에 가져오라는 건 아니니까요. 얘, 마셔, 카차! 오늘은 그만 부르고 이제 돌아가도 좋아!” 그는 그녀에게 한 잔 가득히 술을 권하고 나서, 1루블짜리 황색 지폐를 한 장 건네주었다. 카차는 술 잘 먹는 여느 여인들과도 같이 컵에 입을 대고 꿀꺽꿀꺽 단번에 다 마셔버리고 지폐를 호주머니에 쑤셔넣더니 스비드리가이로프가 내미는 손에 키스를 한번 하고는 방을 나갔다. 그녀의 등 뒤로 손풍금을 어깨에 멘 소년이 터덜터덜 따라나갔다. 그들은 거리에서 스비드리가이로프에게 불려 들어왔던 것이다. 그는 페테르부르크에 온 지 불과 2주일도 안 돼서 구석구석 모르는 데가 없게 되었고, 그도 무슨 족장(族長)이나 되는 듯이 거드름을 피웠다. 식당의 급사도 이미 낯익은 단골손님으로 모시고 있었다. 그는 다른 손님이 들어오지 못하도록 문을 닫아버리게 했는데, 그것만 보더라도 그가 이 가게에서 귀한 손님 노릇을 하고 있음이 분명했다. 식당은 불결하고 허술했으며, 아마 2류 축에도 들 성싶지 않았다.

“난 당신을 찾아가고 있는 중이었는데.” 하고 라스콜리니코프는 말문을 열었다. “왜 내가 센나야에서 이 거리 쪽으로 발걸음을 돌렸는지 알 수가 없군요. 난 지금까지 이쪽으로 발을 들여놓은 일이 한번도 없었습니다. 당신한테 가는 길도 이쪽은 아닌데 말이지요. 정말 이상한 일이 다 있군요. 여기서 당신을 만나리라곤 꿈에도 생각지 못했습니다!”

“왜, 당신은 이건 기적이라고 솔직하게 말하지 않습니까?”

“하지만 이건 우연일는지도 모르지 않습니까?”

“이건, 정말. 여기 사람들에게는 이상한 버릇이 있단 말이야!” 하고 스비드리가이로프는 웃었다. “마음속에서는 기적이 있음을 믿고 있으면서도 결코 그것을 인정하려 들지 않는단 말입니다. 바로 당신도 단순한 우연에 불과할는지 모른다고 말씀하시는군요. 이곳 페테르부르크 사람들은 자신의 의견을 드러내는 것을 어찌나 꺼리는지, 상상도 못할 정도거든요. 그러나 당신은 자신의 의견을 갖고 있었고, 그것을 갖는 것을 겁내지도 않았습니다. 그게 바로 내 호기심을 불러일으킨 요소가 되었습니다만."

"호기심 말고 다른 것은 없습니까?"

"그거면 충분하지 않습니까?"

스비드리가이로프는 분명히 흥분해 있었으나, 그것도 잠깐 동안에 그쳤다. 술도 아직 반 잔도 못 마시고 있었다.

"내 생각으론, 당신이 우리 집에 온 것은 당신이 말하는 그 의견이라는 것을 내가 미처 갖기도 전인가 싶군요." 하고 라스콜리니코프는 말했다.

"아니, 그때는 별문제지요. 사람에게는 누구에게나 자기 나름대로의 사고방식이 있는 법이니까요. 기적에 대해서 말씀드린다면 당신은 아무래도 2, 3일 동안 잠만 잔 사람 같군요. 나는 이미 당신에게 이 식당을 가르쳐드렸었으니 당신이 곧장 이리로 오신 건 기적이랄 것도 없습니다. 내가 길을 자세히 설명해드렸고, 몇 시에 오시면 이 가게에서 만날 수 있다고 말씀드렸으니 말입니다. 벌써 잊어버리셨습니까?"

"잊고 있었군요." 라스콜리니코프는 의아스러운 낯빛으로 대답했다.

"그럴 테지요. 하지만 난 두 번이나 당신에게 가르쳐드렸습니다. 이 장소를 당신이 기계적으로 기억해두었기 때문에 당신 자신도 모르는 사이에 발길이 이쪽으로 향한 것입니다. 난 그때 당신에게 이곳을 설명해드리면서 당신이 충분히 내 말을 알아들었다고는 생각지 않았습니다. 그런데 당신은 너무나 서슴없이 자신의 정체를 드러내놓고 있습니다, 로지온 씨. 그리고 또 한 가지 내가 확신하는 바로는 페테르부르크에는 길을 걸으면서 혼잣말을 지껄이는 치들이 굉장히 많다는 겁니다. 이곳은 반미치광이들이 모여 사는 도시입니다. 만약 우리 나라에도 학문이라는 것이 있다면 의학자건 법학자건 철학자건 간에 제각기 전공에 따라서 페테르부르크에 대한 귀중한 연구를 할 수 있을 것 같습니다. 이 페테르부르크만큼 인간의 정신에 심히 우울하고 괴상한 영향을 주는 곳은 없으리라고 생각됩니다. 우선 기후조건만 봐도 그렇습니다. 게다가 이곳은 러시아 전국의 행정상의 중심지가 아닙니까! 그러니 무슨 일에고 이 도시의 독특한 성격이 반영되지 않을 수 없겠지요. 그러나 지금 문제되고 있는 것은 그런 것이 아니라, 내가 이미 몇 번인가 당신을 관찰한 일이 있다는 사실이지요. 당신은 집을 나설 때는 고개를 똑바로 세우고 계십니다. 그런데 스무 걸음도 채 못 가서 그만 고개는 아래로 떨구어지고 손은 등 뒤로 돌려집니다. 눈은 분명히 뜨고는 있으나 이미 앞이건 옆이건 아무것도 보이지 않게 돼버립니다. 그러고는 끝내 입술을 놀리며 혼잣말로 중얼거리기 시작합니다. 나중에는 길 한복판에 우뚝 서서 무슨 연설이라도 하듯 손까지 내흔듭니다. 이건 참으로 좋지 않은 일입니다. 내가 아니더라도 누구나 유심히 보기만 하면 당장 그것을 짐작하게 될 테니 말입니다. 이건 나로서는 사실 아무 관계도 없고 관심도 없는 일입니다만 당신의 그런 거동은 몹시 불리하다는 것을 말씀드리지 않을 수 없군요. 그러나 나는 당신을 치료해드릴 처지도 못되고 그저 충고에 그칠 뿐입니다만서도 어쨌든 당신은 내 심정만은 짐작해주실 것으로 압니다.”

“그렇다면 당신은 지금 내가 미행이라도 당하고 있는 것으로 압니까?” 라스콜리니코프는 무엇이라도 알아냈으면 하는 태도로 그렇게 물었다.

“아니, 그런 것에 대해서는 난 전혀 모릅니다.” 스비드리가이로프는 오히려 의아스러운 얼굴로 그렇게 대답했다.

“그렇다면, 내 문제에 대해서는 상관하지 말아주십시오.” 라스콜리니코프는 찌푸린 얼굴로 중얼거렸다.

"좋습니다. 그럼 당신 얘기는 않기로 합시다."

"난 이걸 묻고 싶군요. 당신이 노상 이 집에 놀러 오시고, 나에게도 두 번이나 이리로 오라고 하셨으면서 아까 당신이 나를 봤을 때, 급히 피하려 하신 것은 무슨 까닭입니까? 난 똑똑히 보았으니까요."

"헤헤헤! 그럼, 당신은 내가 당신 집에 갔을 때 왜 자지도 않으면서 자는 체하고 눈을 감고 계셨습니까? 난 똑똑히 봤으니까요."

"나에겐 그만한 이유가 있었지요……. 그건 당신도 이해하고 계실 것으로 아는데요."

"나도 그렇습니다. 당신은 모르시겠지만 난 나대로의 이유가 있었습니다."

라스콜리니코프는 테이블에 오른쪽 팔꿈치를 올려놓고 오른손 손가락으로 턱을 괴면서 스비드리가이로프를 응시했다. 그는 이전에도 몇 번이나 무서움을 느꼈던 상대방의 얼굴을 한동안 빤히 바라보았다. 그 얼굴은 괴이하기 짝없었는데, 흰 얼굴에 볼은 붉고 새빨간 입술에 밝은 다갈색 수염과, 같은 빛깔의 탐스러운 머리털을 가지고 있었다. 눈은 몹시 푸르게 보였고 눈초리는 지나치게 시무룩해 보였으며, 나이에 비해서 젊게 보이는 그 얼굴에는 뭔가 야비한 데가 있었다. 그의 복장은 화려한 여름옷이었는데 그 중에서도 속옷은 적지않게 멋을 부린 것이 드러나 보였다. 게다가 손가락에는 보석 반지를 끼고 있었다.

"난 당신하고도 관계를 갖지 않으면 안 되는 것일까요?" 라스콜리니코프는 초조함에 못이겨 노골적으로 자기 심정을 드러내면서 느닷없이 이렇게 말했다. "만약에라도 말입니다, 당신이 남을 해치려고 들면, 굉장히 위험한 인간이라 하더라도 말입니다, 나는 당신의 존재 때문에 고통받는 것은 더 이상 싫습니다. 그래서 나는 지금이라도 당장 내가 당신이 생각하고 있는 정도로 그렇게 비열하게 목숨을 아끼는 인간은 아니라는 것을 보여주고 싶습니다. 알겠습니까? 만약 당신이 여전히 내 누이동생에게 야심을 품고 있거나, 최근에 알게 된 그 어떤 사실을 야심을 위해서 이용하려 한다면 나는 감옥으로 끌려가기 전에 당신을 죽여버리고 말겠다고 직접 말해두려고 여기까지 온 것입니다. 그리고 또 나에게 뭣이든 말하고 싶은 것이 있다면——지난번부터 당신은 나에게 뭔가 하고 싶은 얘기가 있는 것같이 보였기 때문입니다만——주저하지 마시고 일찌감치 얘기해주십시오. 시간은 귀중한 것이고, 어쩌면 때를 놓치게 될지도 모르지 않습니까?"

"대체 당신은 뭣이 그렇게 급합니까?" 하고 스비드리가이로프는 호기심에 가득 차 그를 뜯어보듯 바라보면서 물었다.

"누구에게나 바쁜 일은 있는 법이니까요." 라스콜리니코프는 불쾌한 어조로 내뱉듯이 말했다.

"당신은 방금 자진해서 노골적으로 얘기하자고 말씀하시고는 벌써 나의 진지한 질문조차도 거절하십니까?" 스비드리가이로프는 빙긋이 웃으며 말했다. "당신은 언제나 내가 무슨 꿍꿍이속을 가졌다고만 생각하시니까 그런 의심에 찬 눈으로 나를 보게 되는 겁니다. 하긴 당신의 입장이 되고 보면 그럴 수도 있겠지만. 그리고 또 난 당신과 친밀해지기를 원하고는 있지만, 그렇다고 내가 자진해서 수고를 마다 않고 당신의 그 의심이나 오해를 풀어, 생각을 바르게 갖도록 하고 싶지는 않습니다. 왜냐하면 그건 십중 팔구 헛수고로 그칠 것이기 때문입니다. 게다가 난 당신하고 각별히 나눌 만한 얘깃거리도 없는 것으로 생각하고 있었으니까요."

"그렇다면 그땐 왜 내가 그렇게나 필요했죠? 당신은 그때, 귀찮을 정도로 나를 따라다녔지 않습니까?"

"그건 별것 아니었습니다. 단지 흥미있는 대상이었기 때문이지요. 지금 당신이 보여주는 것 같은 그런 기발한 것이 내 마음을 끌었던 것 같습니다. 우선 그렇다고 할 수 있지요. 그리고 또, 당신은 내가 많은 흥미를 느꼈던 아가씨의 오빠고, 일찍이 그 사람으로부터 당신 얘기를 귀가 아프도록 들었을 뿐만 아니라, 그때 당신은 그 사람에게 상당한 영향력을 가진 분이라는 것을 알았기 때문이었지요. 이 정도의 설명으로는 부족합니까? 헤헤헤! 그러나 정직하게 말해서 당신의 질문은 나에게는 대단히 어려운 것이어서 나로선 금방 대답할 수가 없습니다. 그런데 당신이 여기 오신 것은 딴 용무도 있었겠지만 뭔가 새로운 정보라도 얻고 싶었던 게 아닙니까? 그렇지 않습니까? 그렇지요?" 스비드리가이로프는 교활한 미소를 띠며 다그쳐 물었다. "자, 그러지 마시고 한번 상상해보십시오. 이렇게 말하는 나도 기차를 타고 이리로 나올 때는 역시 당신처럼 뭔가 새로운 것을 듣게 되리라, 당신한테서 뭔가 얻어낼 수 있으리라고 기대했습니다. 당신이나 나나, 여간 욕심꾸러기가 아니어서 말입니다!"

"뭣을 얻어내려고 하십니까?"

"글쎄요. 뭐라고 말해야 좋을까요. 나 자신도 잘 모르겠군요. 보시다시피 난 이런 싸구려 술집에서 살다시피 하고 있으니까요. 난 이것으로도 충분히 즐기고 있는 셈이지요. 뭐, 즐긴다기보다는 사람은 원래 앉을 자리만은 있어야 되는 법이니까요. 그건 그렇고——방금 보셨지요? 그 카차도 내 즐거움의 하나지요. 그애는 아주 불쌍한 앱니다. 그런데 생활을 즐긴다고는 해도 그다지 호사스러운 것은 결코 아닙니다. 내가 대식가(大食家)라든지 클럽이나 찾아다니는 식도락가쯤 된다면 또 몰라도 말입니다. 난 이집 요리 정도로 충분히 만족하고 있지요!" 그는 구석 쪽을 가리켰는데 그곳엔 조그마한 식탁 위에 싸구려 비프스테이크가 먹다 남은 채 놓여 있었다. "그런데 당신은 식사는 어떻게 했습니까? 드셨습니까? 난 이미 마쳤습니다. 그런데 술은 그다지 즐기지 않습니다. 기껏해야 샴페인이나 좀 마실 정도지요. 그것도 오늘 오후, 아직 한 잔도 채 못 비우고 있습니다만. 난 한 잔만 마셔도 머리가 아프니 어떻게 할 수도 없지요. 여기 있는 샴페인도 기분을 돋구기 위해서 청한 것에 지나지 않습니다. 난 지금 곧 어디 좀 가볼 데

가 있거든요. 그래서 미리 기분을 내고 있는 겁니다. 아까 내가 국민
학교 학생들처럼 몸을 숨기려 한 것은 볼일 보러 나가는데 당신이 방
해될 것 같아서 그랬던 것입니다. 하지만 아직” 하며 시계를 끄집어내
서 보더니 “한 시간쯤은 여유가 있습니다. 아직 4시 반밖엔 안 됐으니
까요. 그런데 사실 말이지, 사람은 뭔가 직업이 있어야 되겠더군요.
지주가 되든지, 아비 노릇을 한다든지, 창기병이 되든지, 사진장이가
되든지, 아니면 저널리스트가 되든지 말입니다. 그런데 난 아무런 직
업도 없으니…… 때론 따분하기 짝이 없을 때도 있습니다. 이런 처지
라 그런지는 모르겠습니다만 난 당신으로부터 뭔가 새로운 소식이라
도 듣게 되기를 바라고 있었지요.”

“당신은 대체 어떤 사람이며, 무슨 일로 상경하셨습니까?”

“내가 어떤 사람이냐구요? 모르실 겁니다. 귀족입니다. 기병대에 2
년 가량 근무한 일도 있는데 그 뒤 이 페테르부르크에서 얼쩡거리다
가 마르파와 결혼해서 시골로 내려갔었지요. 이게 내 경력입니다!”

“당신은 노름꾼이었다면서요?”

“천만에! 내가 노름꾼이라니. 난 야바위꾼이었습니다. 노름꾼은 아
닙니다.”

“그럼 당신은 야바위꾼이었단 말입니까?”

“그렇지요. 야바위꾼이었지요.”

“그랬으면 더러 얻어맞기도 했겠군요.”

“그런 일도 있었지요. 그게 어떻단 말입니까?”

“그렇담, 당신에게 내가 결투를 신청할 수도 있겠군요……. 따분한
생활에 활기를 불어넣는 일도 될 텐데.”

“당신의 원이라면 난 반대하지 않겠습니다. 난 말 재주가 없는 사
람이 되어서 말입니다. 바른대로 말하겠습니다만, 내가 급히 상경한
것은 여자 때문이었습니다.”

“마르파 부인의 장례가 겨우 엊그제 끝났는데도 말입니까?”

“네, 그렇지요.” 스비드리가이로프는 빙긋 웃으며 말했다. “그게 어떻다는 겁니까? 당신은 내가 여자 말을 하는 것이 몹시 못마땅한 모양이군요.”

“그 말씀은 내가 당신을 방탕한 사내로 여긴다고 생각하시는 게 아닙니까?”

“방탕이라고요! 이건 뜻밖의 비약이군요! 그러나 여자에 관해서는 당신에게 한말씀 드리겠습니다. 난 지금 얘기가 하고 싶어서 못 견딜 지경이니까요. 그런데 한 가지 먼저 물어봐야 되겠군요. 무엇 때문에 난 나 자신을 억제하지 않으면 안 된단 말입니까? 내가 여자를 좋아한다면 여자를 멀리해야 할 이유는 아무것도 없지 않습니까? 여자를 좋아한다는 건 적어도 나에게는 사업에 속합니다.”

“그렇다면 당신은 페테르부르크에서 방탕에만 탐닉할 작정이군요.”

“그렇다고 나쁠 게 있습니까? 난 방탕만 바라고 있습니다. 당신은 방탕이란 말이 몹시 마음에 든 모양이군요 난 솔직한 질문을 좋아합니다. 이 방탕이란 것에는 적어도 뭔가 불변한 것, 자연에 뿌리박은 것이 있어서, 환상 같은 것에는 결코 지배되지 않습니다. 언제나 거센 불꽃 같은 핏속에 머물면서 영원히 마음을 불태우는 그 무엇이 있습니다. 이건 나이가 든다고 해서 결코 꺼져버리는 것은 아니지요. 당신은 어떻게 생각하십니까? 난 그래서 이것을 일종의 사업으로 여기고 있습니다.”

“사업치고는 몹시 위험한 사업이군요. 너무 좋아하지 마십시오. 그건 병이니까요.”

“아무튼 엉뚱한 곳으로 화제가 빗나가고 말았군요! 나도 그게 병이랄 수 있으니까요. 그리고 내 경우엔 아무래도 한도를 넘어서지 않을 수 없지요. 하기야 사람 나름이겠지만서도. 그리고 또 말할 필요조차 없는 일이지만 무슨 일이고 한도를 지키고, 설령 비열한 타산이라 하더라도 항상 타산만 생각해서는 아무것도 안될 게 아닙니까? 난 이 방탕이 없다면 아마 권총자살이라도 해버렸을 겁니다. 올바른 인간은 따분하게 마련이라는 의견엔 나도 찬성을 합니다만서도…….”

“그런데 당신은 권총 자살을 할 수 있습니까?”

“이건 또 무슨 말씀을!” 스비드리가이로프는 혐오어린 표정으로 이렇게 말하고는 “그런 얘기는 그만합시다.” 하고 덧붙였다. 그런데 그의 태도는 몹시 허세를 부리던 처음 태도와는 많이 달라져 있었고 힘이 없어 보였다.

“바른말 하겠습니다만, 난 어쩔 수 없는 약점을 가지고 있습니다. 난 죽음이라는 게 무섭고 죽음에 대한 얘기조차 싫습니다. 내가 약간 신비주의자라는 것은 당신도 알고 계시지 않습니까?”

“아아, 마르파 부인의 유령 말이군요! 그래 요즈음도 나옵니까?”

“아니, 그 말은 하지 말아주십시오. 페테르부르크로 온 후로는 나타나지 않습니다. 그런 것보다는 이쪽 얘기를 합시다. 그러나…… 음! 시간이 없군요. 더 얘기를 못하겠는데……. 유감스럽군요. 말씀드리고 싶은 일도 있지만…….”

“무슨 일이십니까? 여자 관계입니까?”

“네, 그렇습니다. 여자 관계죠. 참으로 뜻밖의 일이 돼서……아니, 내가 얘기하려는 건 그게 아닙니다.”

“당신은 추잡한 이런 주변을 아무렇지도 않게 여기고 계시는군요. 당신은 자제할 힘조차 잃어버린 것 같은데요.”

“당신은 자제력까지 요구하고 계십니까? 헤헤헤! 정말 당신은 놀랄 만한 사람이군요, 로지온 씨. 그걸 모르는 것은 아닙니다만서도, 당신은 나에게 방탕과 미학(美學)의 강의까지 하시려는군요. 당신은 실러이군요. 이상주의자입니다. 물론, 그건 옳은 얘기지요. 만약 그렇지 않다면 오히려 놀랄 일이지요. 하지만 그게 현실 문제가 되면 좀 달라진단 말입니다. 이런! 시간이 다 돼서 정말 유감인데요! 당신은 정말 재미있는 사람입니다. 그런데 당신은 실러를 좋아하십니까? 난 아주 좋아합니다.”

“아무튼 당신은 굉장한 허풍선이로군요!” 라스콜리니코프는 얼마간 혐오감을 드러내면서 말했다.

“아무런들, 그럴 리가 있습니까!” 스비드리가이로프는 웃으며 대답했다. “그 말에 반대는 않겠습니다. 하지만 허풍선이면 어떻습니까. 남을 모욕하지 않는다면 그다지 죄될 것도 없지 않겠습니까! 난 7년 동안이나 마르파와 시골에서 살았기 때문에 당신처럼 머리가 좋은 사람을——영리하고 흥미진진한 사람을——만나 이렇게 얘기하는 것이 굉장히 재미있군요. 게다가 술을 반잔 마셨으니 기분이 좋기도 하고요. 뿐만 아니지요. 내 마음을 들뜨게 하는 재미있는 일도 있지요. 하지만 그 얘긴 오늘은 하지 않겠습니다. 아니, 어디 가시렵니까?” 하고 스비드리가이로프는 깜짝 놀라며 물었다.

라스콜리니코프가 자리에서 일어섰던 것이다. 그는 기분이 몹시 언짢아지고 숨이 찼으며 어쩐지 거북하게 느껴졌다. 그리고 그는 스비드리가이로프라는 사내는 이 세상에서 몹쓸 인간이고, 보잘것없는 인간이며 한낱 악당에 지나지 않는다고 단정해버렸다.

“그러지 말고 좀더 앉아 계십시오.” 스비드리가이로프는 애원하듯 말했다.

“차라도 한잔 하시지 않겠습니까? 아무튼 앉으십시오. 더 이상 시시한 소리는 않겠습니다. 내 얘기는 걷어치우고 다른 얘기를 하나 해드릴까요? 그렇지, 좋으시다면 내가 어떤 여성으로부터 ‘구원’받은 얘기를 해볼까요? 이건 당신이 맨 처음 나에게 던진 질문에 대한 해답도 겸한 것입니다만, 그 여인은 바로 당신의 누이동생인데 말입니다. 얘기해도 좋을까요? 심심풀이로 말입니다.”

“얘기해보십시오. 난 별흥미를 느끼지는 않습니다만, 그런데 당신은 설마……”

“아니, 걱정할 건 없습니다! 아브도차 양은 추잡한 나같은 사람한테서도 많은 존경을 받고 있는 분이니까요!"

4

"어쩌면 알고 계실는지도 모르겠습니다만 ——내가 이미 말씀드린 바도 있습니다만" 하고 스비드리가이로프는 얘기를 시작했다. "난 이 페테르부르크에서 막대한 부채를 짊어지고 그것을 갚지 못하여 채무자 감옥에 끌려간 적이 있었습니다. 그때 마르파가 그 빚을 청산해주고, 나를 감옥에서 내왔다는 것은 새삼 얘기하지 않아도 아시고 계실 줄로 압니다. 여자라는 것은 한번 반하면 홀딱 빠져버리는 성질이 있어서 말입니다. 그녀는 정직하고 여간 영리한 여자가 아니었지요 —— 교양이라곤 없었습니다만 ——그런데 그녀는 질투심이 더없이 강해서 미칠 듯이 날뛰며 나를 비난 공격하더니 끝내는 자기가 먼저 굴복하고 말았지요. 그래서 어떤 계약을 맺게 되었는데, 그 계약은 결혼생활을 하는 동안엔 서로 지켜왔습니다. 나로서는 그녀가 나보다 훨씬 연상인데다가 1년 내내 밝은 얼굴을 하지 않는 것이 문제였지요. 하지만 난 근성이 옹졸하기는 해도 정직한 편이어서 그녀에게, 난 너를 위해 절조는 지킬 수 없다고 솔직히 말해주었습니다. 이 고백은 그녀를 미칠 정도로 노하게 했지만 그래도 나의 솔직하고 정직한 성품이 그녀 마음에 들었던 모양입니다. '미리 저렇게 분명히 얘기하는 것을 보니 나를 속이지는 않겠다'고 생각한 것 같았습니다. 뭐니뭐니 해도 질투심이 강한 여자에겐 이런 것이 문제가 되는 모양입니다. 그녀는 울고불고 앙탈을 했지만, 나중엔 우리 둘 사이에 이렇게 약속을 하게 됐습니다. 첫째는, 내가 마르파를 절대로 버리지 않고 한평생을 그녀의 남편으로서 보낸다. 둘째는, 그녀의 승낙 없이는 집을 비우고 어디에도 나가지 않는다. 셋째는, 어떤 여인도 절대로 애인으로 삼지 않는다. 넷째는, 그 대신 하녀를 건드리는 것은 허락하나 그것도 그녀의 내락 (內諾) 없이는 안 된다. 다섯째는, 우리들과 같은 신분의 여인을 좋아해서는 안 된다. 여섯째는, 이런 일이 있어서는 안 되겠지만, 만일에 내가 어떤 여성을 열렬히 사랑하고 싶은 마음이 생겼을 때는 마르파에게 털어놓고 얘기할 것, 대충 이런 약속이었습니다. 그런데 이 마지막 조항에 대해서는 마르파는 그다지 염려를 하지 않았습니다. 그 여자는 영리한 편이었으므로 내가 경박한 인간이라, 그런 진지하고 열렬한 연애 같은 것은 못할 사람으로 봤기 때문이지요. 그런데 영리한 여자와 질투심 많은 여자는 그 본질이 서로 다른 것이기 때문에 이게 속을 썩였습니다. 사람을 공평하게 판단하려면 선입관이나, 평소 우리들 주변에 있는 사람들이나, 일상적인 관습 등을 도외시하지 않으면 안 될 때도 있는 것입니다. 난 당신의 판단은 다른 사람들의 판단보다 더 믿을 만하다고 생각하긴 합니다만, 어쩐지 마르파에 대해서는 제대로 정확하게 파악하지 못하고 계시는 것 같습니다. 그녀는 좀 이상한 버릇이 있었지요. 솔직하게 말씀드립니다만, 나 자신이 원인이었던 그 숱한 불행에 대해서는 진심으로 미안하게 생각합니다. 글쎄요, 더없이 다정한 아내에게 바치는, 더없이 다정한 남편의 oraison funèbre〔弔詞〕로서는 이 정도로서 충분하리라 생각합니다. 부부싸움 때는 나는 항상 침묵을 지키는 편이었고, 분통을 터뜨리는 법이 없었지요. 그런데 이 신사적인 태도가 큰 효험을 나타냈습니다. 이것은 그녀에게 적지않은 영향을 주었고 그녀도 흐뭇해 했습니다. 그녀는 나의 그런 태도를 자랑거리로 삼기도 했으니까요. 그럼에도 불구하고 당신의 누이동생에게는 참을 수가 없었나봅니다. 대체 어쩌자고 아내는 그렇게 아름다운 여인을 가정교사로 데려다놓았는지 지금도 알 수가 없군요. 그래 난 이렇게 해석하고 있지요. 마르파는 정열적이고 감수성이 강했으므로 그녀 자신이 그 여인에게 반해버렸다고 말입니다

——글자 그대로 반해버린 것이지요. 당신의 누이동생에게 말입니다. 아무튼 당신 누이동생처럼 아름다운 여인은 좀처럼 없을 것입니다! 나도 그만 첫눈에 이거 야단났구나 하고 생각했었지요. 그래 어떻게 한 줄 아십니까? 난 누이동생에게 눈길조차 보내지 않기로 결심했습니다. 그런데 뜻밖에도 아브도차 양이 먼저 수작을 걸어왔단 말입니다. 내 말을 믿으실는지 어쩔는지는 모르겠습니다만, 마르파는 점점 아브도차 양에게 빠져들어 끝내는, 내가 너무 무관심하다, 자기가 쉴 새없이 아브도차 양의 칭찬을 해도 한 마디도 거들지 않는다고 나에게 화를 낸 일도 있었지요. 그녀는 내가 어떻게 해주기를 원했는지는 나도 모릅니다. 아무튼 이렇게 돼서 마르파는 아브도차 양에게 나에 대한 것을 남김없이 샅샅이 얘기해버렸던 것입니다. 그녀에게는 나쁜 버릇이 있어서 누굴 가리지도 않고 집안 비밀을 털어놔버린단 말입니다. 아무라도 붙들고 내 얘기를 지껄이는 겁니다. 그러니 새로 나타난 멋쟁이 친구에게는 굉장했겠지요. 나는 그 두 사람 사이의 대화는 내 얘기뿐이었으리라고 짐작하고 있습니다. 그래, 내 탓으로 돌려진 그 온갖 추문이 모두 그녀의 입을 통해 아브도차 양의 귀에 들어갔다고 알고 있습니다……. 당신도 이런 얘기를 들었을 것으로 압니다만.”

“들었습니다. 루진으로부터 들었지요. 당신 때문에 어린애가 죽은 일도 있다고 하면서 당신을 아주 나쁜 사람이라고 말하더군요. 그런데 그게 정말입니까?”

“제발 부탁입니다. 그런 끔찍한 얘기는 하지 말아주십시오.” 하고 스비드리가이로프는 불쾌한 낯빛으로 그의 질문을 막았다. “만약 그런 터무니없는 얘기가 꼭 듣고 싶다면 다음 기회에 특별히 얘기해드리지요. 지금은…….”

“그리고 또 댁의 하인이 어떻게 됐는데, 그것도 당신 때문이라는 말도 있던데요.”

“제발, 그만하십시오!” 스비드리가이로프는 더 참을 수 없다는 듯이 몹시 화난 표정으로 그의 말을 막았다.

"그 하인이라는 자가, 죽은 뒤에 당신 파이프에 담배를 넣어주었다는 그 사람이 아닙니까?…… 언젠가 당신이 나에게 얘기해준 일이 있는데……." 라스콜리니코프도 자꾸만 초조해졌다.

스비드리가이로프는 라스콜리니코프의 얼굴을 찬찬히 바라보았다. 그의 눈초리에는 악의가 담겨진 엷은 웃음이 번개처럼 번뜩이는 것이 보였다. 그러나 스비드리가이로프는 자신의 감정을 억누르며, 아주 공손한 태도로 대답했다.

"네, 바로 그 사내입니다. 당신도 그런 얘기에 많은 흥미를 가지시는 것 같군요. 언제든 기회가 오면 당신의 호기심을 만족시켜주는 것이 내 의무로 돼버렸군요. 하지만 그런 건 어쨌든 상관 없습니다. 그런데 딴 사람이 보기엔 내가 로맨티시스트로 보이는 모양이지요. 그러고 보니 죽은 마르파가 신비스럽고 흥미있는 온갖 얘기를 당신의 누이동생에게 들려준 데 대하여 나는 죽은 아내에게 얼마나 많은 감사를 드려야할지 모르겠습니다. 아브도차 양이 어떤 인상을 받았는지는 모르겠습니다만, 일이 그렇게 된 것만은 나에게 유리했습니다. 아브도차 양은 불가불 나에게 혐오를 느끼게 됐고, 난 나대로 노상 음침하고 야비한 표정을 짓고 있었음에도 불구하고 그녀는 마침내 내가 불쌍한 사내로 생각되었던 것입니다. 아가씨 마음에 연민의 정이 깃들었다는 것은 그녀에게는 더없이 위험한 일이지요. 이쯤 되면 대개 구해주면 좋겠다, 새 사람으로 만들어주었으면 좋겠다는 생각을 품게 마련이란 말입니다. 나는 당장 이 참새가 스스로 그물 속으로 뛰어들 것을 알고 긴장하여 기다리고 있었지요. 왜 얼굴을 찌푸리십니까, 로지온 씨? 걱정마십시오. 아시다시피 모두가 허사로 돌아간 일이니 말입니다——제기랄! 술을 너무 많이 마셔버렸구나——사실은 난 처음부터 당신 누이동생이 왜 2세기나 3세기의 어떤 조그마한 왕국의 공주나, 어떤 영주, 아니면 소아시아의 총독 따님으로 태어나지 않았는지

늘 유감으로 생각했었지요. 그분은 온갖 고난을 이겨낸 순교자에 못
지않는 분입니다. 그분은 시뻘건 부젓가락으로 가슴을 지져도 방긋
웃고 견딜 사람이니까요. 그리고 또 4, 5세기 무렵이라면 애급의 사막
에 몸을 숨기고 30년 동안이라도 초근 목피로 연명하면서 하느님을 만
나는 기쁨을 누리려 할 사람입니다. 그분은 오직 누군가를 위하여 무
슨 고통이든 한 몸에 그것을 가로맡으려고 끊임없이 염원하고 희구하
고 있으며, 만약 그렇게 안 될 때는 높은 창문에서 뛰어내려 자살이라
도 할 사람입니다. 난 라즈민이라는 사람에 대해서도 몇 가지 소문을
듣고 있습니다. 그 사람은 소문에 따르면 사려와 분별이 있는 얌전한
청년인 모양이지요──그것은 성(姓)만 봐도 알 수가 있지요.[1] 그런
착실한 사람에게 당신의 누이동생을 보호하게 하는 것도 좋은 일로
생각됩니다. 하여튼 난 당신의 누이동생의 인품을 알게 되었고 그것
을 영광으로 생각하고 있습니다. 그러나 처음 만났을 때는, 당신도 아
시겠지만, 대개 경솔하게 굴게 마련이고, 서로 견해가 틀리기도 하는
것이지요. 젠장, 그 사람은 어찌 그렇게도 아름다울까요! 요컨대 그
일은 억제할 수 없는 강렬한 정욕 탓으로 일어난 겁니다. 아브도차 양
은 이 세상에서 둘도 없는 순결한 분입니다──아시겠습니까. 난 이
같은 누이동생의 얘기를, 뚜렷한 하나의 사실로서 당신에게 들려드리
고 있는 것입니다. 그분은 지성이 풍부하면서도 병적일 만큼 순결한
분입니다. 그리고 그런 점이 그 사람에게는 오히려 불리한 요소가 되
는 것 같기도 합니다──그 무렵, 우리 집에 파라샤라는 검은 눈의 하
녀가 있었습니다. 퍽 미인이었지요. 그런데 그녀는 머리가 아주 둔했
습니다. 그런데 이 하녀가 웃음보를 터뜨리는 바람에 온 집안 사람이
다 알게 되고 끝내는 하나의 스캔들이 돼버렸지요. 그런데 어느날 아
침, 식사 후 뜰에 혼자 있는 나에게 아브도차 양이 찾아와서는 파라샤

---

1) 라아줌은 이성(理性)이라는 뜻.

가 불쌍하니 건드리지 말아 달라고 무서운 눈빛으로 나에게 요구했지요. 이것이 그녀와의 첫 대화가 아닌가 싶습니다. 말할 것도 없이 난 그녀의 요청을 받아들이는 것이 명예스러운 일이라 생각했으므로 몹시 진지하게 듣는 척했습니다. 내가 연극을 한 셈이지요. 그로부터 서로 교섭이 시작되었는데, 비밀스러운 얘기부터 화제에 올려 도덕론으로, 다음엔 설교로, 그리고 간원, 애원으로 옮겨가서는 끝내는 눈물까지 ──정말입니다, 눈물마저 흘렸습니다! 젊은 처녀의 몸으로 그렇게 정열적인 설교를 하는 것은 처음 봤습니다. 난 물론 모든 것을 내 잘못으로 돌리고, 광명을 갈망하고 광명에 굶주려 있는 것처럼 보이게 해서 최후에 가서는 여자의 마음을 정복할 수 있는 가장 정확한, 결코 실패하지 않는 비법을 쓰려고 마음먹었던 것입니다. 이 비법이라는 것은 누구나 다 알고 있는 것인데 소위 말하는 '아첨'이라는 겁니다. 이 세상에선 정직같이 어려운 것도 없지만, 아첨같이 쉬운 것도 없습니다. 만약 정직 속에 100분의 1정도만 허위가 섞여 있어도 당장 들통이 나서 추태가 벌어집니다. 그러나 아첨은 하나부터 열까지 모두가 거짓이라도 들어서 싫어하는 자가 없고 만족을 느끼지 않는 자도 없습니다. 뿐만 아니라, 그 아첨이 아무리 서툴더라도 반드시 그 절반쯤은 진실처럼 보이게 마련입니다. 이것은 어느 사회, 어느 계통의 사람들에게도 적용되는 겁니다. 아첨만 잘하면 제아무리 정숙한 아가씨라도 유혹할 수가 있습니다. 하물며 보통의 여인쯤이야 식은 죽 먹기나 다름이 없지요. 지금도 생각하면 절로 웃음이 나옵니다만, 난 예전에 자기 남편, 자기 자식, 자기 절개에 충실했던 어떤 부인을 유혹한 일이 있었습니다. 참 유쾌했지요. 정말 손쉬웠습니다. 그런데 그 부인은 굉장히 절개가 굳은 사람이었지요. 그런데 나의 전술이라는 것은 다만 그 부인의 정숙하에 압도되어 그 발앞에 꿇어 엎드려 있는 것이었지요. 난 낯 두껍게 갖은 아첨을 다하여 처음엔 악수를 하게 되었고, 차차 호의적인 눈길도 교환하게 됐습니다. 어쨌든 이런 방식으로 그녀의 모든 것을 손아귀에 넣어버렸지요. 그런데 그 부인은 자신은 비할 데 없이 정숙하고, 모든 의무, 모든 책임을 깨끗이 다하고 있고, 그런 실수를 한 것은 어쩌다가 순간적으로 본의 아니게 저지르게 된 것에 불과하다고 생각했습니다. 그래 마침내 헤어질 무렵이 돼서 그녀에게, 당신은 나처럼 쾌락을 얻으려 했던 것이오, 하고 말해주었더니 그녀는 미칠 듯이 노하지 않겠습니까. 가련한 마르파도 역시 아첨에는 약했습니다. 그러니 내가 마음만 먹었다면 그녀의 토지를 전부 내 명의로 바꿀 수도 있었지요——그건 그렇다 치고, 난 너무 많이 마셨고, 너무 씨부렁거렸군요——자, 그런데 아브도차 양에게도 이것과 꼭 같은 효과가 나타났다고 말씀드리더라도 노하지 마십시오. 그러나 난 원래 머리가 둔한데다가 참을성조차 없어서 그만 일을 완전히 망쳐버렸습니다. 아브도차 양은 전에도 몇 번인가——한번은 유독 심하게——나의 눈초리에 대해 더러운 것이라도 보는 듯한 태도를 보인 적이 있었습니다. 정말입니다. 왜냐하면 내 눈에는 어떤 불길이 타오르고 있었기 때문이지요. 그 사람은 그것이 무서워 그만 증오를 느끼기 시작한 겁니다. 뭐, 한 마디로 말해서 우리는 헤어진 거지요. 그때 난 또 바보 같은 짓을 저지르고 말았지요. 즉, 지나치게 무례하게 그녀의 그 교훈과 설교를 놀려준 것입니다. 그런데 그 자리에 파라샤가 다시 등장했습니다. 그것도 혼자가 아니었지요——한 마디로 말해서 소동이 시작된 것입니다. 아, 로지온 씨, 만약 당신이 평생에 한번이라도 누이동생의 눈동자가 얼마나 아름답게 빛나는지 보셨더라면! 난 지금 취해 있지만, 진실을 말하고 있습니다. 결코 거짓말이 아닙니다. 나는 그 눈동자를 꿈에서까지 보았습니다. 나는 마침내 그녀의 옷자락이 끌리는 소리만 들어도 견딜 수 없었습니다. 사실, 나는 지랄병이라도 일으킬 것만 같았습니다. 미칠 정도로 내 마음이 불탈 줄은 꿈에도 생각지 못했습니다. 요컨대 나는 꼭 화해하고 싶었습니다만 그걸 단념하지 않으면 안 되었습니다. 그건 불가능했거든요. 그래 내가 어

떻게 했다고 생각하십니까? 사람이란 열중하면 얼마나 바보가 돼버리
는지 모릅니다! 당신도 열중해 있을 때는 아무것도 할 수 없을 겁니
다, 로지온 씨. 그래서 난 아브도차 양이 정말 가난한, 거지와도 같은
── 앗, 용서하십시오. 이렇게 말할 생각은 아니었습니다. 그러나 같
은 뜻이라면 어떻게 말하든 마찬가지가 아니겠습니까──즉, 자기 손
으로 벌어서 살아갈 뿐만 아니라 어머니와 당신을 부양하고 있는──
아, 제기랄, 또 얼굴을 찌푸리시는군요──것을 이용해 나는 그녀에
게 나의 재산 전부를──그 무렵엔 3만 루블 정도는 마음대로 할 수
있었습니다──제공하려고 결심했습니다. 나와 함께 페테르부르크로
도망가기로 약속해주는 것을 조건으로 하고. 물론 나는 그 자리에서
영원한 사랑이라든가 행복이라든가 기타 모든 것을 맹세했음은 말할
나위도 없습니다. 당신은 믿지 않으시겠지만 난 그때 그녀에게 완전
히 반해서 만약 그녀가 나에게 마르파를 죽이든지 독살하든지 하면
결혼하겠다고 말했다면, 난 서슴없이 해치웠을지도 모르겠습니다. 그
러나 모든 것은 당신도 아시다시피 비극적인 결말을 짓고 말았습니
다. 그때 마르파가 그 비열하기 짝이 없는 거짓말쟁이 루진을 찾아내
가지고 혼담을 성립시킨 것을 알았을 때 내가 얼마나 미칠 듯이 고민
했던가는 당신도 짐작하실 줄 압니다──그건 본질적으로 내가 당신
누이동생에게 제안했던 것과 꼭 같은 일입니다. 그렇지요? 네, 그렇지
않습니까? 보아하니 당신은 몹시 관심을 가지고 들으시는 것 같습니
다만…… 당신은 참으로 재미있는 청년이십니다…….”

스비드리가이로프는 참을 수 없는 듯 주먹으로 테이블을 쳤다. 그
의 얼굴은 빨개져 있었다. 핥듯이 한 모금 한 모금 마신 한 잔의 샴페
인이 그에게 병적인 작용을 했음을 눈치챈 라스콜리니코프는 이 기회
를 이용하기로 작정했다. 그의 눈에는 스비드리가이로프가 지극히 수
상한 사람으로 보였다.

“당신의 말을 듣고 확신했습니다. 당신이 상경한 것은 내 누이동생

때문이지요?" 그는 더욱 상대방을 애타게 하기 위해서 드러내놓고 정면으로 말해보았다.

"아, 이제 그만하십시오." 갑자기 정신이 든 듯, 스비드리가이로프가 말했다.

"이미 말하지 않았습니까……. 그렇지 않아도 당신의 누이동생은 내 얼굴조차 보지 않으려 할 것입니다."

"보기조차 싫어한다는 건 나도 확신하고 있지요. 하지만 지금은 그게 문제가 아닙니다."

"보기도 싫어한다는 것을 당신은 확신하고 계신다고요?" 스비드리가이로프는 눈을 가늘게 뜨고 비웃듯이 웃었다. "당신의 말씀과 같이 그분은 나를 좋아하지 않습니다. 그러나 부부간이나 연인 사이에 있었던 일은, 절대로 남이 단언할 수 없는 것입니다. 그런 사이에는 반드시 누구도 모르는, 그들밖에는 모르는 맹점이 있는 법입니다. 당신은 아브도차 양이 나를 증오어린 눈으로만 보았다고 단언할 수 있겠습니까?"

"지금까지 당신이 말씀하신 몇 가지 것 속에서 짐작하게 된 것입니다만, 지금도 당신은 두냐에 대해서 무슨 특별한 속셈과 절박한 꿍꿍이속이 있는 것 같습니다. 물론 비열하기 이를 데 없는 속셈이고 꿍꿍이속이겠지만 말입니다."

"뭐라고? 내가 그런 말을 했던가요?" 별안간, 스비드리가이로프는 속셈이라는 말에 붙은 형용사에는 전혀 관심도 없는 척하고 지극히 순진한 놀라움을 보였다.

"뭐, 지금도 그렇게 말하고 있지 않습니까! 예를 들면 당신은 무엇을 그토록 두려워하고 있습니까? 어째서 지금 그렇게 깜짝 놀랐습니까?"

"내가 놀라고 있다고요? 당신을 무서워하고 있다고요? 오히려 당신이 나를 무서워해야 할 텐데요. cher ami(친애하는 친구여), 그러나 정말 시시한 얘깁니다……. 좀 취했나봅니다. 그건 나도 압니다. 또 쓸데없는 소릴 지껄일 뻔했군요. 더 이상 술은 안 마시겠습니다. 여봐! 물!"

그는 병을 움켜쥐더니 난폭하게 창문 밖으로 내던졌다. 필립이 물을 가지고 왔다.

"이런 것은 모두 쓸데없는 얘깁니다." 스비드리가이로프는 물수건을 이마에 대면서 말했다. "나는 단 한 마디로 당신의 그 의문을 연기처럼 사라지게 할 수가 있습니다. 예를 들면 당신은 내가 결혼신청한 것을 알고 계십니까?"

"전에 나에게 -얘기하시지 않았습니까?"

"내가 얘기했다고요? 깜빡 잊고 있었군요. 그러나 그땐 확실한 얘기는 하지 않았을 텐데요. 왜냐하면 그땐 상대방 여자를 만나기 전이었으니까요. 다만 그런 의향만은 가지고 있었지요. 그런데 지금은 혼담이 성립되어가고 있습니다. 만약 긴급한 일만 없다면 기어이 당신을 데리고 곧장 그 집으로 가보고 싶습니다만——왜냐하면 당신의 의견을 듣고 싶어서입니다. 쳇, 제기랄! 이제 10분밖에 남지 않았구먼. 자, 시계를 보십시오. 그러나 당신에게 얘기하겠습니다. 사실 이 얘기는 내 혼담에 관한 것인데 퍽 재미가 있을 것입니다. 재미 있다고 해도 일종의 독특한 재미입니다. 당신, 어디 가시려는 겁니까? 또 일어서고 있군요."

"아니, 이렇게 된 이상 결코 돌아가지는 않겠습니다."

"절대로 아무데도 안 가신다고요? 두고 봅시다! 수일내에 그 집에 안내하겠습니다. 정말입니다. 신부를 보여드리지요. 그러나 지금은 아닙니다. 당신도 곧 돌아가야 할 테니까요. 당신은 오른쪽으로 나는 왼쪽으로. 당신은 레스리히 부인을 아십니까? 바로 그, 내가 하숙하고 있는 그 집 부인 말입니다. 들으셨습니까? 아니, 당신은 지금 딴 생각을 하고 계시는 모양이군요. 어떤 소녀를, 물 속에서 추운 겨울에 어떻게 했다는 소문이 있는 바로 그 여자 말입니다. 그 말 들으셨습니까? 들으셨느냐고요? 그래, 바로 그 여자가 이 혼담을 성사시켰지요. 그런 생활을 하시자면 몹시 따분하시겠지요, 조금은 기분 전환도 해야 되잖겠어요? 하고 말입니다. 확실히 난 음침하고 따분하게 보이는 사람이니까요. 당신은 쾌활한 사람이라고 생각하십니까? 아니지요. 당신도 침울한 인간입니다. 별로 나쁜 짓을 하는 일은 없지만 언제나 구석에 틀어박혀서 사흘씩이나 말을 하지 않습니다. 그런데 레스리히라는 여자는 풋내기가 아니지요. 당신이니까 이런 얘기를 합니다만 그 여자는 뱃속에 꿍꿍이속을 가지고 있단 말입니다. 내가 싫증을 내서 여편네를 버리고 어디든 가버리고 나면 여편네는 그 여자의 손아귀에 들어가지요. 그러면 여편네를 딴 데 팔아먹으려는 것입니다. 우리들과 같은 계층의 사람이거나 아니면 좀더 높은 위치에 있는 인간에게 말입니다. 그 여자의 말에 의하면, 내 약혼녀의 아버지는 퇴직 관리인데 몸이 몹시 약해져서 벌써 3년 동안이나 안락의자에 앉은 채 자기 발로 걸은 일이 없다는군요. 모친도 있는데 상당히 사리가 밝은 부인이지요. 아들은 시골에서 직장에 다니고 있으나 집안 살림을 도와주지도 않고, 큰딸은 시집을 간 후 아버지의 병 문안도 오지 않는다고 합니다. 그런 처지에다가 조카를 둘씩이나 맡아——자기 아이만으로는 모자라는 모양인지——기르고 있는데 자기 막내딸은 여학교를 중퇴시키고 말았다고 합니다. 바로 이 딸이 앞으로 한 달이면 만 16세가 됩니다. 즉, 한 달만 있으면 시집 보낼 수 있으므로 그 딸을 나에게 주선해주겠다는 것입니다. 그래서 우리들은 그 집으로 갔습니다. 그런데 정말 우스꽝스러웠습니다. 나는 자신을 이렇게 소개했습니다——지주이고 홀아비며, 이름난 가문 출신이고 몇몇 친척도 있고 재산도 있다고 말입니다——자, 이렇게 되면, 내가 쉰 살이고 여자가 열여섯이 채 못 된다는 게 무슨 상관이겠습니까, 누가 그런 것에 신경을 쓰겠습니까? 정말 매혹적이 아닙니까? 매혹적이지요. 핫핫핫! 내가 그 아버지하고 어머니를 상대로 어떤 얘기를 했는지, 그 모양을 당신에게 보이고 싶습니다! 그때의 내 모양은 돈을 내고라도 볼 만한 것이었지요. 딸이 나와서 사뿐히 허리를 굽혀 인사를 하는데 아직 짧은 치마를 입고 방긋이 피기 시작한 꽃봉오리 같은 모습이더군요. 얼굴을 붉히고 아침 노을처럼 빨개지더군요——물론 딸에게는 타일러놓았겠지요—— 당신은 여자의 얼굴을 어떻게 생각하실는지 모르겠습니다만, 내 생각으로는 열여섯이라는 나이는 아직 앳된 눈매, 두려운 듯 머뭇거리는 태도, 부끄러움으로 흘리는 눈물——내 생각으로는 이것은 아름다움 이상입니다. 더군다나 그 아가씨는 그림처럼 아름답습니다. 소용돌이 모양으로 똘똘 말린 밝은 다갈색 머리털, 토실토실한 빨간 입술, 조그마한 발—— 그야말로 멋집니다!…… 이렇게 안면이 생기게 되었을 때, 내가 집안 사정으로 서둘러야 한다고 말했더니 이내 그 이튿날, 즉 그저께 우리 두 사람은 약혼하게 됐습니다. 그때부터 나는 가기만 하면 내 무릎 위에 아가씨를 앉히고 내려놓지를 않습니다……. 그러면 그녀는 아침 노을처럼 얼굴을 붉히고, 나는 연방 키스를 퍼붓습니다. 물론 어머니는, 이 사람은 너의 남편이니까 그렇게 해야 한다고 가르치고 있습니다. 한 마디로 말해서 극락이지요! 그러니 현재의 약혼자라는 신분은 어쩌면 남편이라는 신분보다 나을는지도 모릅니다. 이런 상태에는 소위 la nature et la vérité(자연과 진실)가 있으니까요! 핫핫핫! 나는 그녀와 두세 번 얘기를 했습니다만 결코 바보가 아니었습니다. 그녀는 마치 불타는 눈초리로 간혹 나를 살짝 훔쳐봅니다만——그 얼굴은 라파엘로의 〈마돈나〉를 닮았습니다. 시스틴의 마돈나의 얼굴은 환상적이며 비애에 넘치는 광신자의 얼굴을 하고 있지 않습니까. 그렇게 느껴본 적은 없습니까? 대체로 그런 얼굴입니다. 우리가 약혼한 다음날, 나는 1,500루블 어치의 선물을 가지고 갔습니다. 다이아몬드 패물 하나, 진주 한 개, 은제의 부인용 화장품함 등을 선물한 것이지요. 이것에는 딸, 그 마돈나도 얼굴을 빨갛게 붉혔습니다. 어제도 그녀를 무릎에 앉혔습니다만, 아마 너무 점잖지 못해서겠지만 얼굴이 홍당무가 되어 눈물을 흘렸습니다. 그러나 이것을 눈치채이지 않으려고 애를 쓰니 온몸은 더욱 달아올랐습니다. 그러는 동안에 잠시 모두 나가고 우리 두 사람만 남게 되자 별안간 내 목을 끌어안았는데 ──스스로 이런 짓을 하기는 처음이었지요──자꾸 키스를 하면서 나는 당신을 위해서 온순하고 정직하고 선량한 아내가 되어 당신을 행복하게 하겠다, 그리고 인생을, 생애의 1분 1초까지라도 당신에게 바치고, 어떤 희생도 서슴지 않겠으니 그 대신 당신으로부터 '존경은' 받고 싶다, 그외에는 '아무것도, 어떠한 선물도 필요없습니다' 하고 맹세하였습니다. 이런 열여섯밖에 안 되는 천사 같은 아가씨로부터 부끄러움에 빨갛게 물든 처녀다운 얼굴로 환희의 눈물까지 머금으며 이와 같은 고백을 들으면 어떤 기분이 될지 대개 짐작이 가실 겁니다. 정말 매혹적입니다. 얼마나 매혹적이겠습니까? 확실히 보람 있는 일이겠지요? 네……, 어떻습니까……, 나의 약혼녀의 집에 가보지 않겠습니까? 단, 지금은 안 됩니다!"

"한 마디로 연령과 두뇌 발달의 대단한 차이에 당신은 정욕을 느끼게 된 것이겠지요! 대체 당신은 정말 그런 결혼을 하실 작정입니까?"

"왜요? 해서 나쁠 것은 없지 않습니까! 꼭 할 겁니다. 누구든, 인간이라는 것은 자신의 일은 스스로 연구하는 것이며 자신을 보다 잘 속이는 자가 가장 유쾌하게 살아가는 것입니다. 핫핫! 도대체 당신은 무엇 때문에 선행만을 앞세우며 덤벼듭니까! 좀 너그럽게 대해주십시오. 나는 죄많은 인간이니까요. 헤, 헤, 헤."

"그러나 당신은 카체리나의 자식들을 돌봐주셨습니다. 그러나…… 그것도 그럴 만한 이유는 있는 셈이군요……. 나는 이제 겨우 모든 것을 알았습니다."

"나는 원래 아이들을 좋아합니다. 참 좋아합니다." 하고 스비드리가이로프는 껄껄 웃었다. "이 일에 관해서 자못 재미있는 어떤 에피소드를 얘기할 수 있습니다. 그것은 지금까지 계속되고 있는 얘기입니다. 이곳에 도착한 그날 나는 여러 마굴(魔窟)을 돌아다녀봤습니다. 7년 만이어서 반가운 마음으로 뛰어가보았지요. 당신도 아마 알아차렸었겠지만, 나는 옛 친구나 동료들 만나는 것을 별로 서두르지 않고 있습니다. 될 수 있는 대로 언제까지라도 만나지 않을 생각입니다. 실은 말입니다, 시골에서 마르파 곁에 있을 무렵 이런 비밀 장소에 관한 기억이 죽도록 나를 괴롭혔습니다. 하긴 이런 장소에 들어서면, 이 방면에 지식을 가진 사람이라면, 온갖 일을 발견할 수 있습니다. 제기랄! 너나 할 것 없이 취해 있고, 교양있는 청년들은 하는 일이 없기 때문에 실현될 수 없는 꿈이나 망상 속에서 생명을 불태우고 온갖 이론에 탐닉하여 정신적인 불구자가 되어가고 또 어디서부터인지 유태인들이 밀려와서 번 돈을 감춘다, 그외의 인간들은 모두 방탕을 즐기고 있다, 이래서 페테르부르크라는 도시를 들어선 순간부터, 정들었던 그 분위기를 강렬하게 느끼게 되었지요. 나는 우연한 기회에 어떤 무도회라는 데를 가보게 됐습니다. 그것이 무서운 마굴이어서——그런데 나는 같은 마굴이라도 보다 더러운 곳을 좋아합니다——물론 캉캉춤을 추는 곳인데 그것이 다른 데에는 있을 수 없는, 또 우리 시대에도 없었던 것입니다. 그러고 보니 이런 방면에도 진보라는 것이 있는 모양이지요. 문득 바라보니 귀엽게 옷차림을 한 13세쯤 되어 보이는 소녀가 그 방면의 명수하고 같이 춤을 추고 있었고, 그들 앞쪽에 다른 또 한 쌍이 춤추고 있었습니다. 그리고 벽가의 의자에는 소녀의 어머니가 앉아 있었단 말입니다. 그런데 그게 굉장한 캉캉춤이었지요! 소녀는 쑥스러운듯 얼굴을 붉히더니 끝내는 그것이 모욕으로 느껴졌던지 그만 울음을 터뜨리고 말았습니다. 그러자 명수는 그 소녀를 두 손으로 들어올려, 빙글빙글 돌리며 여러 가지 묘한 재주를 해보였습니다. 이것을 본 주위의 손님들은 와 하고 폭소를 터뜨렸지요——나는 설령 그것이 캉캉춤의 구경꾼이라 하더라도 이런 때의, 이곳 구경꾼들을 좋아합니다. 모두들 크게 웃고는 '그렇다, 그래야 해! 아이들을 데리고 오는 것이 잘못이지!' 하고 떠들어댔습니다. 나는 그런 것은 아랑곳없고 게다가 그들의 향락이 이치에 맞건 안 맞건 상관할 바도 아니어서 곧장 그 소녀의 어머니 곁으로 자리를 옮겨 말을 걸었습니다. 나도 시골에서 갓 올라온 사람인데 이곳 무리들은 누구랄 것도 없이 모두가 개망나니 같은 인간들뿐이며 인간의 참된 가치도 분간할 줄도 모를뿐더러 그에 상당한 경의조차도 나타낼 줄도 모른다는 얘기로부터 시작하여 나에게는 돈이 많이 있음을 은근히 비치고 내 마차로 바래다주겠노라고 제안하여 집까지 바래다주고는 서로 아는 사이가 되었습니다──그 모녀는 어느 셋방살이 집에 더부살이를 하고 있는데 상경한 지 얼마 되지 않았다고 했습니다 ──그래 그 어머니는 당신하고 알게 된 것은 나로서도 딸로서도 대단히 영광입니다, 하고 분명히 말하더군요. 그녀에게서 들은 것입니다만, 그들은 돈 한푼 없고 어느 관청에 무엇인가 탄원을 하기 위해서 왔다는 것이어서, 나는 필요한 수고도 아끼지 않겠고 돈도 빌려주겠다고 제안했습니다. 그런데 그들은 거기서 춤을 가르쳐주는 것으로 잘못 알고 그 야회에 갔다는 것입니다. 그래서 나는 자청해서 소녀의 프랑스어 공부와 춤 배우는 것을 도와주겠다고 제안했더니 그들은 몹시 기뻐하여 영광으로 생각한다면서 승낙했습니다. 그때부터 지금까지 교제를 계속하고 있지요. 원하신다면 함께 가보십시다──지금 당장은 안 됩니다만…….”

“그만 두십시오. 그런 천하고 더러운 얘기는 그만 두십시오. 정말 당신은 타락하고 야비한 호색한이군요!”

“당신은 실러군요. 우리나라의 실러입니다. 실러란 말입니다! Où va-t-elle la vertu se nicher(덕〔德〕은 어디에 있는고)? 사실은 말입니다, 나는 당신이 소리치는 것을 듣고 싶어서 일부러 이런 얘기를 끄집어낸 것입니다. 참 유쾌합니다!”

“물론입니다. 나 역시도 이럴 때는 자신이 우스꽝스럽게 생각될 정도니까요." 하고 라스콜리니코프는 증오에 찬 어조로 중얼거렸다.

스비드리가이로프는 목이 처지도록 큰소리로 웃어댔다. 마침내 그는 필립을 불러 술값을 치르고 자리에서 일어서면서 "아, 너무 취했는걸. assez causé(씨부렁거리는 것은 그만)!" 하고 말했다.

"그야, 물론 당신이 유쾌하지 않을 리가 없지요." 라스콜리니코프는 같이 일어나면서 이렇게 외쳤다. "완전히 타락한 탕아에게는, 뭔가 그런 종류의 무서운 야심을 품고 이런 정사(情事)를 얘기하는 것이니 그게 유쾌하지 않을 리 없겠지요. 더군다나 이런 상황에서 나와 같은 사람을 상대하니까…… 흥분할 만하겠군요."

"그럼, 만약 그러하면" 좀 놀라는 듯한 빛을 띠며 스비드리가이로프는 라스콜리니코프를 바라보면서 대답했다. "만약 그렇다면, 당신 자신도 상당한 파렴치한입니다. 적어도 대단한 소질을 가지고 있습니다. 글쎄요, 의식과잉이라고나 할까요. 정말…… 게다가 실행력도 대단한 것 같군요. 그러나 이 정도로 해둡시다. 당신과 충분히 얘기하지 못한 것이 대단히 유감스럽습니다. 그러나 어차피 당신은 나에게서 떨어져나갈 수는 없지 않습니까……. 그러니, 좀더 기다려보십시오……."

스비드리가이로프는 식당을 나왔다. 라스콜리니코프도 뒤따라 나왔다. 그러나 스비드리가이로프는 그다지 많이 취해 있지는 않았다. 술에 취했던 것은 잠시 동안이었고 술 기운이 금세 사라졌다.

그는 어떤 중대한 걱정거리라도 있는지 얼굴을 찌푸리고 있었다. 속에서 생각하고 있는 그 무엇에 불안하면서도 흥분한 기색이 뚜렷이 드러나 있었다. 라스콜리니코프에 대해서도 몇 분 전부터 그 태도를 홱 바꿔 더욱 무뚝뚝해졌고 나중엔 비양거리기조차 했다. 라스콜리니코프도 그러한 그를 알아차리고 어떤 걱정에 휩쓸려들었다. 그의 눈에는 스비드리가이로프라는 인간이 새삼스레 수상한 사내로 비쳤다. 그는 아무래도 스비드리가이로프의 뒤를 밟아봐야겠다고 생각했다.

두 사람은 한길로 나왔다.

"당신은 오른쪽으로, 나는 왼쪽으로, 아니면 그 반대입니까? Adieu, mon plaisir(그럼 안녕히)! 또 만납시다."

그렇게 말하자 그는 오른쪽의 센나야를 향해 발걸음을 돌렸다.

5

라스콜리니코프도 그의 뒤를 따랐다.

"이건 또 어떻게 된 겁니까?" 하고 스비드리가이로프는 뒤를 돌아보고 소리쳤다. "내가 아까 말씀드렸지요…….”

"난 인제 당신한테서 떨어지지 않을 작정입니다."

"뭐라고요?"

두 사람은 걸음을 멈추고 1분 정도 서로 얼굴을 빤히 쳐다보았다.

"아까 당신이 거나한 기분으로 들려주신 여러 가지 얘기에서" 라스콜리니코프는 날카롭게 대들 듯이 말했다. "난 이렇게 단정적인 결론을 내린 것입니다. 당신은 나의 누이동생에 대한 그 비열한 야심을 아직도 버리지 않았을 뿐만 아니라 오히려 그 당시보다 더 한층 집착하고 있는 것 같습니다. 오늘 아침 누이동생이 무슨 편지를 받은 것을 난 알고 있습니다. 게다가 당신은 줄곧 들떠 있었습니다……. 설령 당신이 말한 그 약혼이 사실이라 하더라도 그것은 내 걱정하고는 무관한 일일 것입니다. 그래서 난 내 눈으로 당신의 말을 확인하고 싶습니다."

그러나 라스콜리니코프는 지금 자신이 무엇을 어떻게 하려고 생각하는지, 또 자신이 무엇을 어떻게 확인하겠다는 것인지, 자기 자신도 뚜렷하게는 말할 수 없었다.

"네에, 그렇습니까! 그렇다면 지금 당장 경찰관을 부를까요?"

"맘대로 하십시오!"

두 사람은 다시 마주 보고 서 있었다. 이윽고 스비드리가이로프의 표정이 달라졌다. 자기의 뜻 깊은 위협에도 끄떡하지 않는 라스콜리니코프를 확인하자 금세 밝고 다정스러운 표정으로 바뀌었다.

"여간 아니시군요! 난 당신의 그 사건에는 일부러 침묵을 지키고 있는 겁니다. 물론 호기심 때문일 뿐입니다만, 그건 정말 환상적이고 엽기적인 사건이지요. 다음 기회로 미루어두려고 했는데 당신은 정말 악착같은 사람이군요. 죽은 사람도 노하게 만들 수 있겠습니다……. 좋습니다. 가봅시다. 다만 한 가지 양해를 구해야겠습니다. 난 지금 집에 들러 돈을 좀 가지고 와야 되겠습니다. 그러고 나서 마차를 타고 섬으로 가서 진탕 한번 놀아보렵니다. 그런데 당신은 내 꽁무니를 따라와 어디로 가시겠다는 겁니까?"

"나도 우선 그 하숙집으로 갈까 합니다. 당신 하숙이 아니라 소냐의 집으로 말입니다. 장례에 참석하지 못한 것을 사과도 해야 되겠고……."

"그럼 좋도록 하십시오. 하지만 지금은 소냐 양이 집에 없을 겁니다. 그 사람은 동생들을 데리고 어떤 고아원의 감독으로 있는, 나하고는 옛날부터 친한 어느 늙은 귀부인을 방문중입니다. 난 카체리나 부인댁의 병아리들, 세 사람 몫의 양육비를 지불하고 그 위에 기부금까지 바쳐서 그 늙은 귀부인의 환심을 산 후, 소냐 양의 처지를 자세히 얘기했더니 그게 굉장히 좋은 결과를 맺었지요. 그래서 그 귀부인의 요청으로 오늘 그 귀부인이 임시 머물고 있는 호텔로 찾아간 것입니다."

"그런 건 상관 없어요. 난 역시 들러봐야 하겠습니다."

"마음대로 하십시오. 난 당신과는 한패가 아니니까 이러자 저러자 할 수는 없는 일이고! 자, 다 왔습니다. 그런데 어떻습니까. 난 이렇게 확신하고 있습니다만 당신이 나를 자꾸만 수상쩍게 생각하는 것은 내가 여러모로 생각해서 지금까지 당신에 대한 일을 물어보지 않았기 때문이라고 말입니다……. 아시겠습니까? 당신은 내가 좀 보통내기는 아니로구나 하고 생각하셨겠지요! 그러니 지금부터라도 더욱 조심할 일입니다."

"그래, 또 문간에서 엿듣겠다는 것입니까?"

"아, 그것 말이군요. 그런데 그 일이 있었는데도 당신이 아무 말도 않고 있었다면 난 더 놀랐을 겁니다. 핫, 핫, 핫! 난 당신이 그때…… 거기서…… 소냐 양에게 한 온갖 듣기 거북한 얘기를 좀 알아들을 수도 있긴 했지만, 도대체 그게 무슨 얘깁니까? 아마 난 시대에 뒤떨어진 인간이 돼서 그럴는지도 모르겠습니다. 도대체 알아들을 수가 있어야지요. 어떻습니까. 최신 유행의 논법으로 한번 설명해주시지 않겠습니까?"

"제대로 엿듣지도 못한 주제에 멋대로 지껄이는군요!"

"난 들었다, 못 들었다 하는 얘기를 하고 있는 게 아닙니다──하기야 좀 엿듣긴 했습니다만──내가 말하고 싶은 것은, 당신은 그 모양으로 노상 한숨만 쉬고 있는데 왜 그러느냐는 것입니다! 이건 틀림없이 실러가 당신 마음속에서 한바탕 소동을 벌이고 있는 것일 겁니다. 그래서 나에게 문간에서 엿들은 것을 비꼬는 말씀을 하시게 된 거요. 어쨌든 일이 그쯤 되었으면 가야 할 곳에 찾아가서 이만저만해서 난 사건을 일으키고 말았습니다, 다소 내 신조와는 어긋나는 점이 있습니다마는 하고 분명히 말해 버리면 될 게 아닙니까. 그리고 또 문간에서 엿듣는 짓은 나쁘고 노파쯤은 아무렇게나 죽여버려도 괜찮다고 생각하신다면 일찌감치 도망치는 것이 좋을 겁니다. 어디 미국쯤 가버리는 것이 좋을 것 같군요! 아직 시간은 있을지도 모릅니다. 도망치십시오, 젊은이! 난 진심에서 말하고 있습니다. 돈이 없다면 내가 드리지요."

"난, 그런 생각은 조금도 하지 않고 있습니다." 라스콜리니코프는 증오에 찬 낯빛으로 그의 말을 막으려 했다.

"알겠습니다——하지만 너무 무리하지 않는 것이 좋을 겁니다. 웬만하면 입을 다물고 계십시오——지금 당신이 어떤 문제로 고민하고 계시는지 난 알고 있습니다. 도덕상의 문제겠지요? 시민의 문제, 즉 인간의 문제겠지요! 그런 것은 팽개쳐버리십시오. 지금의 당신 처지에 그렇게 어렵게 생각하실 건 없지 않습니까? 헤헤헤! 하지만 당신은 역시 시민이고 인간이란 말씀이지요? 그렇다면 그따위 남다른 짓은 할 필요가 없었던 게 아닙니까? 쓸데없는 일을 저지를 것까지도 없었지 않느냔 말입니다. 그래 이번에는 권총 자살인가요? 어떻습니까, 그것도 싫습니까?"

"당신은 지금 나를 쫓아버리려고 일부러 화를 돋우는 거겠지요……."

"당신도 참 이상한 사람이군요. 자, 다 왔습니다. 어서 계단을 오릅시다. 보십시오. 이게 소냐 양의 방입니다. 똑똑히 보십시오. 아무도 없지요. 거짓말인 줄 아십니까? 그렇다면 카페르나우모프 부인에게 물어보십시오. 그 사람은 항상 그 부인 댁에 열쇠를 맡기고 다니니까요. 아, 저기 카페르나우모프 부인이 오시는군요. 네? 뭐라고요? 어디로 말입니까? 자, 들으셨지요. 그 사람은 현재 부재중이고 어쩌면 밤에도 늦게 돌아올 거랍니다. 자, 그럼 내 방으로 가십시다. 아까 나에게도 들른다고 하지 않았습니까? 이게 내 방입니다. 마담 레스리히는 지금 외출중입니다. 그 여잔 1년 내내 가만히 앉아 있는 때라곤 없지요. 무엇이 그렇게나 바쁜지 그저 싸돌아다니고만 있습니다. 하지만 사람이야 참 좋은 분이지요. 이건 장담합니다. 당신이 조금만 분별심이 있었더라면 당신에게도 좋은 도움을 주실 분인데 말입니다. 자, 이걸 보십시오. 지금 이 책상 서랍 속에서 5푼 이자가 붙어 있는 채권을 끄집어냅니다만——보십시오. 많지요!——이걸 오늘 현금으로 바꾸려고 합니다. 어떻습니까, 보셨지요? 이제 더 이상 시간을 낭비할 필요가 있습니까! 책상 서랍에 자물쇠도 걸었고, 방문도 잠갔습니다. 그러니 이제 계단으로 가야지요. 그런데 어떻게 할까요, 합승마차를 타실까요? 난 이 마차로 에라긴 섬으로 갈까 하는데 어떻습니까? 같이 안 가시겠습니까? 이제 싫증이 났습니까? 곧 비가 내릴 것 같기도 합니다만, 그래도 염려할 것 없습니다. 포장을 씌우면 되니까요."

스비드리가이로프는 벌써 마차 위에 올라앉아 있었다. 라스콜리니코프는 그에게 품고 있던 의혹이 적어도 이 순간에만은 잘못된 것으로 생각되었다. 그는 한 마디 대답도 없이 발길을 돌려 센나야 쪽으로 돌아왔다. 만약 그때 그가 걸음을 멈추고 한번만이라도 뒤를 돌아다보았더라면 스비드리가이로프가 불과 백 보도 안 가서 마차값을 지불하고 마차에서 내려서는 것을 볼 수 있었을 것이다. 그러나 그는 그것을 꿈에도 모른 채, 서둘러 길모퉁이를 돌아가버렸다. 그는 가슴 밑바닥에서 끓어오르는 혐오감으로 말미암아 스비드리가이로프로부터 떨어져나와버린 것이다.

"짧은 시간이긴 했으나 그따위 비열한 악당에게 뭔가를 기대했던 것이 한없이 분하고, 바보스럽구나." 하고 그는 부지중에 외치고 말았다. 그러나 사실상 라스콜리니코프는 너무나도 경솔하게 속단을 했던 것이다. 스비드리가이로프라는 인간이 풍기는 체취 속에는 신비적인 것이라고는 할 수 없어도, 적어도 그 어떤 독특한 분위기는 느낄 수 있었을 것이다. 그렇긴 하나 누이동생 문제에 있어서는 스비드리가이로프가 결코 방관하고 있지는 않으리라는 신념을 라스콜리니코프로서는 끝내 버릴 수가 없었다. 하지만 이와 같은 것을 생각하고 염려하는 것은 그에게는 이미 너무나도 지겹고 허망한 일이 아닐 수 없었다.

여느때와 마찬가지로 그는 혼자 길을 걷게 되자 깊은 생각에 잠겨들었다. 다리께까지 다다르자 그는 난간 옆에 발걸음을 멈추고 다리 아래 수면을 내려다보았다. 그런데 그 수면에 비친 자기 얼굴을 내려다보고 있는 사람이 있었다. 그 사람은 뜻밖에도 아브도차였다.

라스콜리니코프는 다리 근처에서 그녀와 마주쳤지만 그녀를 미처 알아보지 못한 채 지나쳐버렸던 것이다. 두냐는 오빠가 그런 멍한 모습으로 거리를 걷는 것을 본 적이 없었으므로 깜짝 놀랐다. 그는 우뚝 걸음을 멈추었으나 그런 모습으로 있는 오빠에게 말을 걸어야 할지 어쩔지 잠시 망설이지 않을 수 없었다. 그때 문득 그녀는 센나야 쪽에서 잰걸음으로 스비드리가이로프가 이쪽으로 다가오는 것을 발견했다.

그런데 다가오고 있는 그 사내는 몹시 주위를 꺼리는 듯이 보였다. 그 사내는 다리 위로는 오지 않고 라스콜리니코프의 눈에 띄지 않으려고 세심한 주의를 기울이면서 길가에 걸음을 멈추고 서 있었다. 그러고는 두냐에게 신호를 보내기 시작했다. 그녀는 그의 신호가 오빠에게는 알리지 말고 살짝 그쪽으로 와달라는 것으로 생각했다.

두냐는 그 신호대로 살짝 오빠 등 뒤로 돌아서 스비드리가이로프에게로 다가갔다.

"빨리 갑시다." 스비드리가이로프는 속삭이듯 그녀에게 말했다. "난 로지온 씨에게 우리 두 사람이 만나는 것을 알리고 싶지 않습니다. 미리 말씀드려둡니다만, 사실은 오빠가 내가 있는 식당으로 찾아와서 여태까지 함께 있었지요. 그래 난 우리 약속 때문에 오빠를 억지로 떼어내버리고 여기로 온 겁니다. 저분은 어떻게 된 셈인지 내가 당신에게 편지 보낸 것까지 다 알고 있었는데 나를 몹시 의심하는 것 같았습니다. 그분에게 편지 얘기를 한 것은 물론 당신은 아니겠지요? 당신이 아니라면 대체 누구일까요?"

"이제 우리도 모퉁이를 돌아섰으니," 하고 두냐는 그의 얘기를 가로챘다. "오빠에게 들키지는 않겠지요. 전 분명히 말씀드립니다만 더 이상 따라가지 않겠어요. 무슨 말씀인지 여기서 얘기해주세요. 길거리라고 해서 얘기 못할 것은 없지 않겠어요?"

"이런 얘기를 어찌 길거리에서 할 수 있습니까! 그리고 또 당신은 소냐 양으로부터 얘기도 들어야 하지 않겠습니까. 또 이유가 있지요. 당신에게 보여드리고 싶은 증거가 두세 가지 있단 말입니다……. 그리고 또 한 가지 덧붙일 것은 내 방으로 들어오지 않겠다고 하시면, 난 일체 설명하지 않고 이 자리를 떠나버리겠습니다. 게다가 당신이 꼭 명심해두어야 할 것은 난 당신이 가장 좋아하는 오빠에 대한 지극히 흥미있는 비밀을 완전히 손아귀에 쥐고 있다는 사실입니다.”

두냐는 머뭇거리며 쏘는 듯한 날카로운 눈초리로 그를 응시했다.

“당신은 무엇을 두려워하고 있습니까?” 하고 상대편은 태연히 말했다. “도시는 시골과 다릅니다. 시골에서도 당신은 내가 한 것보다 더 심한 짓을 나에게 하지 않았습니까? 그런데 여기는 도시니 그런 염려는…….”

“소냐 양에게는 미리 연락이 돼 있겠지요?”

“아닙니다. 그 사람에겐 전혀 얘기하지 못했습니다. 뿐만 아니라 지금 집에 있는지 없는지조차도 모릅니다. 아마 집에 있을 겁니다. 그 사람은 이제 막 어머니의 장례를 마친 참이라 손님 노릇할 처지가 못 되지 않습니까! 때가 될 때까지는 이 얘기를 하고 싶지도 않습니다. 당신에게 알린 것마저도 지금은 후회가 되니까요. 이런 경우엔 자칫 잘못하면 내가 밀고한 것같이 돼버리니 말입니다. 난 바로 저기 저 집에 살고 있지요. 자, 조금만 더 가면 됩니다. 저기 있는 게 우리 아파트의 문지기입니다. 저 문지기는 나를 잘 알고 있어요. 그래 저렇게 나에게 인사를 하고 있지요. 저 사내는 저렇게 서서 내가 여자와 동반하여 걷는 것을 봤으니 물론 당신 얼굴도 봤을 터이므로, 당신이 나를 겁내고 두려워하고 있다면, 경우에 따라서는 저 사람이 당신에게 소중한 역할을 해줄지도 모릅니다. 이런 무례한 말씀을 드려서 미안합니다. 난 어떤 셋방에 더부살이를 하고 있지요. 소냐 양과는 벽 하나를 사이에 두고 있는 이웃사촌이지요. 그 사람도 나처럼 더부살이를 하고 있습니다. 이 2층에는 하숙하는 사람이 빈틈없이 들어차 있습니다. 그러니 어린애처럼 겁낼 것은 없습니다. 그래, 내가 그렇게도 무섭습니까?"

스비드리가이로프는 일그러진 자조적(自嘲的)인 미소를 띠었다. 그러나 그로서는 웃을 때가 아니었다. 심장의 고동소리는 상대방에게 들릴 만큼 세차게 변해갔고, 숨결은 가슴이 막힐 듯이 가빠져갔다. 그는 자신의 그지없이 높아가는 흥분을 감추려고 일부러 큰소리로 말했다. 그러나 두냐는 그 사내의 유별난 흥분을 눈치챌 만한 마음의 여유도 없었다. 아이들처럼 두려워한다느니, 내가 당신 보기에 그렇게도 무서운 인간이냐는 그의 말을 듣고 몹시 약이 올라 있었다.

"전 당신이…… 유별난 파렴치한이라는 것은 잘 알고 있지만 말예요, 당신이 무섭다고는 말하지 않았어요. 안내하세요." 그녀는 침착한 것처럼 보였으나 얼굴은 몹시 창백했다.

스비드리가이로프는 소냐의 방 앞에서 걸음을 멈추었다.

"집에 있는지 없는지 한번 물어봅시다. 없는 것 같은데요. 이건 유감인데! 하지만 곧 돌아온다니 기다려봅시다. 그 사람이 외출했다면 동생들 일로 어느 부인한테 갔을 겁니다. 아이들은 고아가 돼버렸기 때문에 나도 적잖이 돌봐주었지요. 소냐 양이 지금부터 10분 이내에 돌아오지 않으면 그 사람을 댁으로 방문케 하지요. 좋으시다면 오늘에라도 말입니다. 자, 여기가 내 하숙입니다. 내 방은 이 두 개입니다. 그 문 저쪽이 주인 되시는 레스리히 부인이 사는 방입니다. 자, 이번에는 이쪽을 보십시오. 내가 가진 중요한 증거물을 보여드리겠습니다. 내 침실에서 바로 이 문을 거쳐서 텅 비어 있는 저 방으로 들어갈 수 있게 되어 있는데, 저 방 두 개는 세를 주려고 내놓고 있습니다. 이게 그것입니다……. 이건 딴 데보다 더 자세히 볼 필요가 있습니다……."

스비드리가이로프는 가구까지 달린 넓은 방 두 개를 빌려쓰고 있었다. 두냐는 미심쩍은 눈초리로 사방을 두리번거려보았으나, 방안의

꾸밈새, 가구의 배치 등, 어느 한 가지도 별다른 것은 발견되지 않았
다. 그렇다고 눈에 띄는 것이 전연 없는 것은 아니었다. 예를 들면 스
비드리가이로프의 방은 무슨 까닭인지 항상 비어 있다시피 한 두 개
의 방 사이에 끼여 있는 것이 색다르게 보였다. 게다가 그의 방으로
들어가기 위해서는 복도에서 바로 들어가는 것이 아니라 빈 방이나
다름없는 두 방을 거치지 않으면 안 되게 되어 있었다. 스비드리가이
로프는 침실 쪽에서 잠겨 있는 자물쇠를 열어 역시 텅 비어 있는 방을
두냐에게 보여주었다. 그 방도 현재 셋방으로 내놓고 있다고 했다. 그
방을 왜 구경시키는지 몰라서 의아스러운 심정으로 문지방에서 우물
거리고 있는 두냐를 보자 그는 서둘러 설명을 시작했다.

"자, 보십시오. 이 커다란 둘째 방을 말입니다. 이 방문을 자세히
보십시오. 이 문은 잠겨 있습니다. 문간에는 의자가 놓여 있지요. 양
쪽 방에서 날라온 것입니다. 문 바로 저쪽에는 소냐 양의 책상이 놓여
있고, 그녀는 그 옆에 앉아서 로지온 씨와 애기를 하였습니다. 그래서
난 이쪽에서 의자에 앉아 이틀 밤을 두 번 다 수시간 정도씩 엿들었던
것입니다 ——그렇게 했으니 무슨 소리든 엿듣게 된 것만은 틀림없지
않습니까! 어떻습니까?"

"엿들었다고요?"

"엿들었지요. 그럼, 다음엔 내 방으로 가십시다. 여긴 앉을 자리도
없으니 말입니다."

그는 아브도차를 응접실로 쓰고 있는 침실 옆방으로 데리고 가서
의자를 권했다. 그러고 난 다음 그는 책상 저쪽에, 그러니까 그녀로부
터 2미터쯤 떨어진 위치에 자리잡고 앉았는데 그의 눈초리에는 전에
두냐를 공포에 몰아넣었던 그 불꽃이 번득이기 시작했다. 그녀는 움
찔하였으나 다음 순간 정신을 차리고 방안을 다시 한번 둘러보았다.
그것은 무의식적인 동작이었다. 그녀는 아마도 불신하는 기색을 보이
지 않으려 했음이 틀림없었으나, 주위에 인기척조차 없는 것이 그녀

로 하여금 두려움을 품게 했으리라. 그녀는 하다못해 집 주인 부인이라도 있었으면 하고, 그에게 물어보고 싶었으나 자존심 때문에 그만두고 말았다. 게다가 그녀의 가슴에는 또 하나 자기 몸에 절박해 있는 위험보다 몇 배 몇백 배나 더 무서운 그 어떤 괴로운 공포가 있었다.

"이것이 당신의 편지예요." 그녀는 편지를 책상 위에 놓으면서 이렇게 말문을 열었다. "편지에 씌어 있는 그런 일이 있을 수 있겠습니까. 당신은 오빠가 무슨 범죄라도 범한 것처럼 말씀하셨는데, 당신의 말씀은 상당히 분명한 말투였습니다. 그러니 이제 와서 그 말씀을 번복할 수는 없으리라고 생각해요. 아시겠어요? 저는 당신으로부터 그런 것을 듣기 전에, 이미 그와 같은 엉터리 얘기를 들었지만, 전 한마디도 믿지 않습니다. 그것은 그야말로 터무니없는 우스꽝스러운 혐의지요. 저는 그것이 완전히 조작된 일이라는 것도, 그것이 어떻게 돼서 무슨 목적으로 그런 얘기가 만들어졌는지도 충분히 알고 있어요. 당신에게는 증거란 하나도 없을 것 아녜요? 하지만 당신은 증거를 보여주겠다고 아까 약속하셨어요. 그럼 한번 말씀해보세요. 그러나 미리 말씀드립니다만 저는 당신이 하시는 말씀은 결코 믿지 않겠다는 것이지요! 그걸 믿다니……."

두냐는 빠른 말투로 단숨에 말하는 바람에 숨이 차서, 얼굴이 빨갛게 달아올랐다.

"당신이 정말로 믿지 않는다면 위험을 무릅쓰고까지 나를 따라오시지는 않았을 것 아닙니까? 왜 오셨지요? 단순한 호기심에서입니까?"

"나를 괴롭히지 마세요. 어서 말씀이나 해보세요. 어서 그 얘기를!"

"당신이 배짱 있는 아가씨라는 것은 나도 알지만, 그래도 난 당신이 라즈민쯤은 데리고 올 줄 알았습니다. 그런데 그 사람은 함께 오지도 않았고 당신 주변에서도 눈에 띄지 않았습니다. 난 자세히 살펴보았는데도 말입니다. 이건 대담한 행동입니다. 이건 틀림없이 당신이 로지온 씨의 마음을 언짢게 만들지 않으려고 생각하셨기 때문일 겁니다. 당신은 어느 모로 봐도 훌륭한 여성임에 틀림없습니다……. 오빠에 대한 얘기를 어떻게 말씀드려야 좋을지?…… 당신은 방금 그를 분명히 보셨지요? 어떠했습니까?”

“당신은 설마 그것만을 근거로 삼고 이러는 것은 아니겠지요?”

“아닙니다. 난 그게 아니고, 그 사람 자신이 말한 것을 근거로 하고 있는 겁니다. 오빠는 이틀밤을 계속해서 여기 소냐 양을 찾아왔습니다. 난 방금 그 두 사람이 앉았던 자리를 가르쳐드렸지요. 오빠는 그 자리에서 소냐 양에게 모조리 고백하셨단 말입니다. 당신 오빠는 살인잡니다. 그 사람은 자기도 거래한 일이 있는 관리의 미망인인 돈놀이를 하는 노파를 죽였고, 뿐만 아니라 마침 그 자리에 들어왔던 노파의 동생으로 헌옷 장사를 하는 리자베타 부인까지 죽였습니다. 그 사람은 가지고 간 도끼로 그 두 여인을 죽여버렸던 것입니다. 살인의 목적은 금품이었기 때문에 물건도 훔쳤습니다. 현금과 물건을 얼마간 가지고 간 것이지요……. 오빠는 자기 입으로 그 전말을 자세하게 소냐 양에게 들려주었습니다. 그러므로 이 비밀을 알고 있는 사람은 그녀 한 사람뿐이라고 할 수 있습니다만 그녀는 교사(敎唆)라든지 실제의 범죄 같은 것에는 전연 관계가 없습니다. 뿐만 아니라 지금의 당신처럼 그 얘기를 듣고 완전히 겁에 질리고 말았지요. 하지만 걱정 마십시오. 그 사람은 당신 오빠를 밀고하지는 않을 것입니다.”

“그럴 리가 없어요! 절대로 없어요!” 두냐는 완전히 사색으로 변해버린 얼굴에 처절할 만큼 핏기를 잃고 가쁜 숨을 몰아쉬면서 겨우 이렇게 말했다.

“절대로 그럴 리는 없어요. 그럴 이유가 없으니 말예요. 그런 짓을 해야 할 손톱만큼의 이유도 없단 말이에요. 무슨 동기가 있겠어요?……그런 건 모두 거짓말이에요, 거짓말!”

“오빠는 금품을 훔쳤어요, 이게 원인의 전부입니다. 그 사람은 현금과 물건을 가지고 사라졌지요. 하긴 그가 스스로 고백하고 있듯이 돈이고 물건이고 간에 하나도 손대지 않고 그대로 어떤 바위 밑에 숨겨놓았고 지금까지도 그대로 있다고 했습니다. 그러나 물건이나 돈이 그대로 있다는 것은 감히 그 물건들에 손을 댈 용기가 없다는 것뿐입니다."

"오빠가 그런 살인이나 도둑질을 하다니 생각조차 할 수 없는 일이에요! 정말, 그런 일이 있을 수 있을까요?" 하고 두냐는 의자에서 벌떡 일어나면서 소리쳐 물었다. "당신은 우리 오빠를 아시지요? 만나셨지요? 오빠가 그런 사람으로 보이냔 말예요?"

그녀는 마치 스비드리가이로프에게 애원이라도 하듯 처참한 얼굴이었다. 어느덧 자기 자신의 공포는 잊고 있었다.

"아브도차 양, 이런 것에는 수천 수백 만이란 결합과 분류가 있는 법입니다. 도둑은 물건을 훔치기는 하지만 내심으로는 자신이 비열한 인간이라는 것을 똑똑히 압니다. 그 사내는 어쩌면 자신이 멋진 일을 했다고 생각하고 있었는지도 모릅니다. 물론 나도 이것을 다른 사람으로부터 들었다면 나 역시 절대로 믿지 않았을 것입니다. 그러나 자신의 귀를 믿지 않을 수 없었습니다. 오빠는 직접 그 여자에게 말했으니까요."

"대체 어떤…… 이유였습니까?"

"얘기를 하자면 길어집니다만, 아브도차 양, 이 사건은 글쎄, 무어라고 표현하면 좋을지. 글쎄, 그 밑바탕에는 일종의 이론이란 게 있었습니다. 예를 들면, 목적 자체만 좋다면 한두 가지의 죄악쯤은 용납되어야 한다는 것이지요. 죄악 한 가지에 100가지의 선행이란 것이겠지요! 그야 물론 여러 가지 뛰어난 것을 가진 자부심이 지나치게 강한 젊은이에게는 이를테면 3,000루블만 있으면 출세의 길도 평생의 미래도(未來圖)도 일시에 싹 바꿔버릴 수도 있는데, 그 3,000루블이 없다는 사실을 깨달았다면 확실히 굴욕을 느끼지 않을 수 없었을 것입니다. 게다가 굶주림이며 비좁은 방이며 남루한 옷이며 자신의 사회적 지위와, 동시에 누이나 모친의 생활의 비참함에 대한 명확한 의식으로 말미암은 초조감 같은 것을 계산에 넣어서 생각해보십시오. 그러나 가장 큰 이유는 허영심입니다. 자부심과 허영심입니다. 그 사람에게는 다른 좋은 감정도 있을는지 모릅니다만…… 난 뭐 그 사람을 책망하거나 비난하고 있는 것은 아닙니다. 아무쪼록 그렇게는 생각지 말아주십시오. 게다가 그런 일은 나에게는 상관 없는 일이니까요. 그리고 여기엔 약간 독특한 이론이 있었던 것입니다——글쎄요, 별다른 이론은 아닙니다만——그것에 의하면 인간이라는 것은 소재적(素材的)인 인간과 특별한 인간, 즉 보통의 인간과 법률의 대상이 되지 않고 오히려 다른 인간이나 소재들을 위하여 법률을 만드는 인간, 이 두 가지로 나뉘어진답니다. 별다른 것도 아닌 그저 보통의 이론이지요. une théorie comme une autre(흔해빠진 이론)입니다. 그러나 당신 오빠는 나폴레옹에 몹시 흥미를 느꼈던 것 같습니다. 일반적으로 대개의 천재적인 인간은 한두 가지의 죄악에는 구애받지 않을 뿐만 아니라 염두에 두지도 않고 그것을 짓밟고 넘어갔다는 사실에 이끌렸던 것이지요. 아무래도 그는 자기도 천재적인 인간으로 알았던 모양입니다——적어도 한동안은 그렇게 믿고 있었던 것 같습니다. 그 사람은 자못 괴로워했고 지금도 괴로워하고 있는 것 같았습니다만, 그것은 이론을 세우는 능력은 있어도 짓밟고 넘어설 수는 없다, 이것은 곧 자기는 천재적인 인간이 못 된다는 것으로 생각했기 때문입니다. 정말 이런 것은 자부심이 강한 청년에게 있어서는 굴욕적인 일이니까요. 더욱이 현대에는 말입니다……."

"그럼, 양심의 가책은? 당신은, 오빠에게는 도덕적 감정 같은 것은 조금도 없다고 생각하세요? 오빠는 정말 이상한 사람일까요?"

"글쎄요. 아브도차 양, 지금은 모든 것이 혼돈된 시대입니다. 물론 여태까지 단 한번도 질서정연한 시대라곤 없었지만 말입니다. 러시아 사람은 대륙적인 국민이지요. 넓은 국토처럼 기질도 대륙적이고, 그

와 동시에 환상적인 것, 무질서한 것에 이끌리는 경향도 대단히 강합
니다. 그런데 특별히 천재적인 데도 없는 주제에 대륙적인 체하는 것
은 곤란하지요. 기억하고 계시겠지요? 저녁마다 식사 후에 테라스의
의자에 앉아서 우리 두 사람은 이런 테마로 비슷한 얘기를 많이도 했
었지요. 그때 당신은 나에게 내가 대륙적인 안목이 없다고 비난하셨
지요. 어쩌면 우리들이 그런 얘기를 하던 그 시각에 당신 오빠도 여기
서 방안에 틀어박혀 자신의 이론을 다듬고 있었는지도 모릅니다. 아
무튼 우리나라의 지식계급에는 특히 신성한 전통 같은 것은 없으니까
요. 아브도차 양, 다만 누군가가 이럭저럭 서적에 의해 꾸며내거나
…… 아니면 연대기(年代記) 같은 것에서 끄집어내는 것이 고작입니
다. 그러나 그런 짓을 하는 것은 대개 학자들인데 글쎄, 일종의 넋빠
진 인간들이므로 상류계급의 인간들에게는 몹시 불량하게 보일 것입
니다. 그러나 나의 의견은, 당신도 아시는 바와 같이 나는 절대로 남
을 비난하지 않는 사냅니다. 나 자신이 놀고 먹는 사람이고, 앞으로도
그럴 사람이니까요. 난 이런 얘기를 당신에게도 더러 했었지요. 어떤
때 당신이 나의 견해에 공감을 나타내신 적도 있었지요. 그럴 땐 정말
행복감을 느끼기도 했었습니다……. 안색이 대단히 좋지 않군요, 아
브도차 양?"

“나도 오빠의 그 이론을 알고 있어요. 무슨 짓을 해도 용서받을 수
있는 인간에 대하여 쓴, 오빠의 논문을 잡지에서 읽었단 말예요…….
라즈민 씨가 가져다준 건데…….”

“라즈민 씨라고요? 오빠의 논문을 읽었다고요? 잡지에 실린? 그런
논문이 있습니까? 미처 몰랐군요! 그건 퍽 재미있겠는데요! 그런데 당
신은 어디 가시려는 겁니까, 아브도차 양?"

“저, 소냐 양을 만나고 싶어서요." 두냐는 힘없는 목소리로 말했다.
“그 사람을 만나려면 어디로 가면 되나요? 그 사람, 벌써 돌아왔을지
도 모르잖아요. 전 꼭 좀 만났으면 해요. 그 사람 입으로 직접…….”

아브도차는 말끝을 맺지 못했다. 너무나 흥분하여 숨이 가빴던 것이다.

"소냐 양은 새벽까지는 오지 않을 겁니다. 난 그렇게 생각되는데요. 그 사람은 아주 일찍이 오지 않으면 아주 늦게 돌아올 겁니다."

"어머, 그럼, 당신은 거짓말을 하고 있군요! 이제야 알았어요……. 당신은 나를 속인 거예요……. 당신은 허튼소리만 하고 있어요……. 전 당신 말은 믿지 않아요! 믿지 않아요!" 두냐는 거의 광란 상태가 되어 소리쳤다. 그리고 그녀는 실신한 사람처럼, 스비드리가이로프가 다급히 갖다 받친 의자에 쓰러지고 말았다.

"아브도차 양, 왜 그러십니까? 정신 차리십시오. 자, 이 물을 한 모금 마십시오……."

그는 그녀에게 물을 뿌렸다. 두냐는 몸을 떨면서 정신을 차렸다.

'이건 좀 지나쳤나?' 하고 스비드리가이로프는 얼굴을 찌푸리고 중얼거렸다.

"아브도차 양, 안심하십시오! 아시겠습니까? 오빠에게는 친구가 있습니다. 우리가 구하겠습니다. 구해내고 말겠습니다. 원하신다면, 오빠를 외국으로 데려다줄까요? 돈은 넉넉히 있으니까, 표쯤이야 사흘 안에 얻을 수 있습니다. 그리고 그 사람이 사람을 죽였다고 할지라도 그동안에 좋은 일을 많이 할 수 있으니까 그런 죄악쯤 전부 보상할 수 있을 겁니다. 오히려 훌륭한 사람이 될지도 모르지 않습니까! 아니, 왜 그러십니까? 기분은 어떻습니까?"

"엉큼한 사람! 아직도 사람을 조롱하고 있어! 어서 날 내보내줘요!"

"어디로 가시겠습니까? 대체 어디로 가시려는 겁니까?"

"오빠한테. 오빠는 어디 계세요? 알고 계시지요? 이 문은 왜 잠겨 있지요? 어느 틈에 잠갔어요?"

"우리들이 이 방에서 얘기하는 것이 온 집안에 들리게 되면 곤란하기 때문이지요. 난 결코 당신을 놀리고 있는 것은 아닙니다. 다만 그런 말투로 얘기하는 것이 싫어졌을 뿐입니다. 당신은 그런 모습으로 어딜 가시겠다는 겁니까? 오빠를 적(敵)의 손에 넘겨주려는 겁니까? 정말 그런 짓을 하면 오빠를 미치게 할 뿐이고 오빠 스스로 적에게 몸을 던져버리게 될 것입니다. 아시겠습니까? 오빠는 이미 감시를 받고 있고 미행까지 당하고 있습니다. 그런 짓을 하면 당신은 오빠를 그들 손에 팔아넘기는 결과만 가져올 것입니다. 진정하시고 좀 기다려보십시오. 난 조금 전까지도 오빠와 만나 이야기를 나누었습니다. 아직 구출할 희망은 있습니다. 기다리십시오. 자, 앉아서 같이 생각해봅시다. 당신을 만나자고 한 것은 우리 두 사람이 잘 의논해서 좋은 대책을 세우기 위해서였습니다. 자, 앉으세요!"

"어떻게 당신은 우리 오빠를 구할 수 있다는 거예요? 정말 구할 수 있을까요?"

두냐가 앉자, 스비드리가이로프도 그녀 옆에 앉았다.

"그건 모두 당신의 태도 여하에 달렸단 말입니다. 오직 당신의 마음 하나에 좌우된단 말입니다." 그는 눈을 번쩍번쩍 빛내면서 흥분한 나머지 다른 말은 미처 생각지도 못하고 머뭇거리며 속삭이듯 중얼거렸다.

두냐는 깜짝 놀라 뒤로 물러섰다. 그는 의자에 앉은 채 온몸을 부들부들 떨었다.

"당신이…… 당신의 말 한마디에 오빠의 운명이 좌우된단 말입니다!…… 난 당신 오빠를 구하고 말겠습니다. 나에겐 돈과 친구가 있습니다. 난 여권을 두 장 구하겠습니다. 한 장은 오빠 것이고 한 장은 내것입니다. 나에게는 여러 친구가 있습니다. 수완이 좋은 친구들입니다……. 어떻습니까……. 당신에게도 여권을 얻어드리지요……. 당신 어머니에게도……. 라즈민 따윈 필요없지 않습니까? 나도 당신을 사랑하고 있습니다……. 그지없이 당신을 사랑합니다. 당신의 옷자락에라도 키스하게 해주십시오! 키스하게 해주시오! 난 당신의 옷자락 스치는 소리만 들어도 견딜 수가 없습니다. 나에게 분부를 내려주십시오. 시키는 대로 하겠습니다! 무엇이든지 하겠습니다! 할 수 없는 일도 해 보이겠습니다. 당신이 믿는 것이라면 나도 믿겠습니다. 난 무슨 일이고 어떤 일이고 간에 당신 때문이라면 서슴지 않겠습니다. 그런 눈초리로 나를 보지 말아주십시오, 제발! 당신은 나를 미치게 합니다. 당신은 나를 괴롭혀 죽이려 합니다……."

그는 헛소리까지 시작하는 듯했다. 그는 별안간 머리가 멍해지고, 제정신을 잃은 것같이 보였다. 두냐는 용수철에라도 튕긴 듯이 의자에서 일어나 문께로 달려갔다.

"열어주세요! 열어줘요!" 그녀는 두 손으로 문을 흔들면서 문 너머로 사람을 부르며 소리쳤다. "열어 달라니까요! 아무도 없어요?"

스비드리가이로프는 문득 제정신을 차리고 자리에서 일어섰다. 아직도 떨고 있는 그의 입가에 증오어린 조소가 서서히 나타났다.

"밖에는 아무도 없습니다." 그는 말에 사이를 두어 조용히 말했다. "안주인은 외출했으니까 큰소리로 울부짖어봤자 아무 소용 없습니다. 자기만 더 흥분할 뿐입니다."

"열쇠는 어디 있지요? 지금 당장 열어주세요, 지금 당장 말예요. 비열한 사람 같으니!"

"열쇠는 어디 잃어버렸습니다. 찾을 수가 없습니다."

"네? 그렇담, 나에게 폭행을 하겠다는 것이군요!" 하고 두냐는 소리치더니 사색이 되어 방구석으로 뛰어가 옆에 있는 작은 책상으로 몸을 가렸다. 그녀는 고함은 치지 않았으나, 음흉한 가해자를 뚫어지게 쏘아보면서 상대의 일거 일동을 살펴보고 있었다. 스비드리가이로프는 계속 그 자리에서 움직이지 않고, 건너편에 있는 그녀와 서로 마주보고 서 있었다. 그는 자제력을 잃지는 않았다. 적어도 겉으로는 그렇게 보였다. 그러나 그의 얼굴은 여전히 창백했다. 조소는 아직 그의 얼굴에서 사라지지 않고 있었다.

"당신은 방금 '폭행'이라고 말했지요, 아브도차 양. 폭행이라고 생각했다면 내가 얼마나 교묘한 수단을 강구했는지 아셨을 것입니다. 소냐 양은 외출중이고, 카페르나우모프 댁은 멀리 떨어져 있고, 그 사이에는 사는 사람도 없이 닫혀진 채로 있는 방이 다섯 개나 됩니다. 게다가 내 힘은 당신의 두 배나 셀 겁니다. 뿐만 아니라 나에게는 겁나는 것이 없습니다. 당신은 나를 당국에 고소할 수도 없습니다. 당신도 인간인 이상, 오빠를 적의 수중에 인도하고 싶지는 않을 테이니까. 게다가 누구도 당신 말을 진짜로 믿어주지도 않을 겁니다. 그럴 수밖에 없는 것이, 왜 젊은 아가씨가 사내 혼자 있는 곳에 갔느냐고 물으면 할 말이 없어질 것이 분명하니까요, 아브도차 양."

"악당!" 두냐는 격분해서 말했다.

"뭐라고 말해도 좋습니다. 다만 이 점에는 주의해주십시오. 난 아직 가정해서 말했을 뿐이라는 것을 말입니다. 내 개인의 신념에서 말한다면 당신의 말도 옳습니다. 폭력은 분명히 추악한 겁니다. 나는 다만, 만약에라도…… 당신이 내 말대로 오빠를 구하기 위하여 자진해서 내 청을 들어주더라도 그것은 어디까지나 나의 제안에 의한 것인 만큼 당신의 양심에는 손톱만한 가책도 남지 않으리라는 것을 얘기해드리고 싶었을 뿐입니다. 당신은 경우에 따라선 이렇게도 말할 수 있을 것입니다. 그 상황에서, 그 힘에 복종할 수밖에 없었다고 말입니다. 이런 점도 깊이 생각해볼 일입니다. 당신의 오빠와 당신의 어머니의 운명은 당신 수중에 쥐어져 있습니다. 난 당신의 노예가 되겠습니다……. 평생을!…… 난 여기 이렇게 서서 대답을 기다리겠습니다……."

스비드리가이로프는 두냐로부터 여덟 보 정도 떨어져 있는 의자에 걸터 앉았다. 그녀는 상대의 결심이 요지부동한 것을 알았다. 게다가 그의 인간성을 잘 알고 있었다.

별안간 그녀는 호주머니에서 권총을 끄집어내어 오른손에 움켜쥐고 팔을 책상에 얹고 그를 겨누었다. 스비드리가이로프는 튕기듯 그 자리에서 뛰어 일어났다.

"아아, 그랬었군!" 그는 경악한 얼굴에 증오어린 미소를 띠면서 소리쳤다.

"아니, 이렇게 되면, 일이 엉뚱하게 빗나가겠는걸! 당신은 나의 일을 아주 쉽게 해주고 있습니다. 아브도차 양, 대체 당신은 그 권총을 어디서 구했습니까? 설마 라즈민으로부터 얻은 것은 아니겠지요. 아니, 그건 내 권총 아닙니까? 오래 낯익은 권총이군! 난 그 무렵 그 권총을 얼마나 찾았는지 모릅니다……. 그렇다면 내가 시골에서 당신에게 사격술을 가르쳐준 것도 전혀 허사는 아니었군요."

"당신 권총은 아녜요. 당신이 죽인 마르파 부인 것이에요. 악당! 그 사람 집에는 당신 것이라고는 아무것도 없지 않았어요? 전 당신이 무슨 짓을 할지 몰라 만약을 위해서 이것을 간직해두었단 말예요. 한 걸음이라도 앞으로 나왔다간 마지막인 줄 아세요! 난 반드시 당신을 죽이고 말 테니까!"

두냐는 미친 사람처럼 되어 있었다. 그녀는 금세라도 쏘아버릴 듯 총을 겨누었다.

"그렇담, 오빠 일은 어떻게 할 참입니까? 호기심으로 묻는 거지만." 스비드리가이로프는 계속 그 자리에 서서 물었다.

"하고 싶으면 밀고라도 해요! 한 발짝이라도 그 자리에서 움직이기만 하면 쏘아버릴 테니! 당신은 부인을 독살했지요? 전 알고 있어요. 당신이야말로 살인자예요……."

"그렇다면, 당신은 내가 마르파를 죽였다고 믿고 있나요?"

"물론이에요. 바로 당신이지요! 당신이 그것을 은근히 말한 일도 있지 않았어요? 당신은 저에게 독약에 대한 얘기도 했고……. 저는 알고 있지만, 당신은 그것을 구하러 나들이를 한 적도 있지 않아요……. 당신은 미리 계획하고 있었던 거예요……. 확실히 그건 당신의 소행이에요……. 짐승 같은 사람!"

"설혹 그것이 참말이라 할지라도 원래가 당신 탓이니까! 역시 당신 때문이었으니까……."

"거짓말 말아요! 난, 당신을 언제나 증오하고 있었어요……."

"헤헤! 아브도차 양! 당신은 아무래도 그때 광신자처럼 전도에 열중하여 황홀해 했던 일을 벌써 잊어버린 것 같군요……. 그건 당신 눈초리만 봐도 알 수 있습니다. 기억하고 계시겠지요. 아마 초저녁이었지요. 달빛이 흐르고 있었고 어디선가 두견새 우는 소리도 들려오고……."

"거짓말!" 두냐의 눈에 격한 분노의 빛이 번쩍이기 시작했다. "거짓말! 허튼수작만 하고 있어! 거짓말쟁이!"

"거짓말이라고요? 그래 거짓말일지도 모르지! 거짓말이라고 해둡시다. 여자에겐 그런 말을 하는 것이 아닌데!" 그는 엷은 웃음을 띠었다. "난 당신이 쏘리라는 것을 알고 있어! 자, 쏘려면 쏘아봐! 이 귀여운 짐승, 자!"

두냐는 권총을 겨눈 채 죽은 사람처럼 새파랗게 질려 있었고, 핏기 하나 없는 아랫입술을 바르르 떨면서, 불길같이 빛나는 커다란 검은 눈으로 그를 노려보았다. 저쪽이 조금만 움직여도 방아쇠를 당겨버리려고 결심한 것이 분명해 보였다. 스비드리가이로프는 아직 한번도 이토록 아름다운 그녀를 본 적이 없었다. 그녀가 권총을 쳐든 순간 그 눈에 번뜩인 불길은 그를 태워버릴 것 같았다. 그의 심장은 아프도록 죄어들었다. 그가 한 걸음 나서자마자 마침내 총성은 사방의 정적을 깨뜨리고 울려퍼졌다. 총알은 그의 머리를 스치고 등뒤의 벽에 맞았다. 그는 너무나 놀라서 자리에 못박힌 듯했다. 그의 얼굴에서는 야릇한 엷은 미소가 아직 사라지지 않고 있었다.

"벌에 쏘인 것 같군! 정통으로 머리를 겨누다니……. 뭐야 이건? 핀가?" 그는 손수건을 끄집어내어 오른쪽 관자놀이에서 흘러내리는 시뻘건 피를 닦았다. 두냐는 권총 든 손을 아래로 떨구고 공포라기보다는 얼떨떨한 심정으로 스비드리가이로프를 응시하고 있었다. 그녀는 자신이 무슨 짓을 했는지 그게 어떻게 되었는지 전혀 깨닫지 못하는 것 같았다.

"자, 빗나갔군요! 다시 한번 쏘십시오. 기다리지요." 하고 스비드리가이로프는 아직 미소는 띠고 있었으나 어딘지 침울해 보이는 얼굴로 조용히 말했다. "그렇게 하면, 당신은 노리쇠를 젖히기 전에 나에게 붙들리고 맙니다!"

두냐는 파르르 몸을 떨고 재빨리 노리쇠를 젖혀 다시금 권총을 치켜들었다.

"나를 내보내줘요!" 그녀는 필사적으로 소리쳤다. "정말로 또 쏠 테예요……. 난…… 죽여버릴 테야!"

"할 수 없군……. 세 발짝의 거리밖에 안 되니 못 죽일 리는 없지. 그러나 만약 못 죽이면…… 그땐." 그는 눈을 번쩍거렸다. 다시 두 발짝 앞으로 내디뎠다. 두냐는 방아쇠를 당겼다. 그러나 불발이었다.

"장탄이 정확하지 못했던 겁니다. 상관 없습니다. 뇌관이 한 개 더 있지요? 어서 고치십시오. 기다릴 테니까."

그는 그녀 앞에 두 발짝쯤 떨어진 곳에 서서 기다렸다. 그는 난폭한 결심을 품고 정열에 불타는 야비한 눈초리로 그녀를 바라보았다. 두냐는 이 사내가 살아 있는 한, 자기를 놔주지 않을 것으로 판단했다. '그러니…… 그러니…… 물론 지금, 두 발짝의 거리에 있을 때 빨리 죽여버려야지…….'

그러나 별안간 그녀는 권총을 내던져버리고 말았다. "내던졌구나!" 스비드리가이로프는 놀란 듯이 말하고 깊은 한숨을 몰아쉬었다. 무엇인지 단번에 가슴속에서 떨어져나간 것만 같았다. 그것은 단순한 죽음의 공포의 무거운 짐 때문만은 아닐지도 몰랐다. 이 순간 그는 거의 그런 공포를 느끼지 않고 있었다. 그것은 아마 그 자신도 정의할 수 없는, 또 다른 슬프고 침울한 감정으로부터의 해방이었다.

그는 두냐 옆으로 다가가서 한 손으로 조용히 그녀의 허리를 껴안았다. 그녀는 반항하지 않았으나 온몸을 부들부들 떨면서 애원하는 듯한 눈초리로 그를 바라보았다. 그는 무엇인가 말하려 했으나 다만 입술이 일그러졌을 뿐 한마디도 할 수 없었다.

"나를 놔줘!" 두냐는 두 손을 모아 비는 것처럼 말했다.

스비드리가이로프는 바르르 몸을 떨었다. 이 경어를 뺀 그녀의 말투엔 뭔가 아까와는 다른 느낌이 있었던 것이다.

"그럼, 날 사랑하지는 않는 게로군?" 그는 조용히 물었다.

두냐는 고개를 끄덕였다.

"……사랑할 수 없다고?……절대로?" 그는 절망한 듯이 속삭였다.

"절대로!" 하고 두냐는 속삭이듯 대답했다.

스비드리가이로프의 가슴속에서 무언가 암투가 일어났다. 그리고 곧 그것도 그쳤다. 그는 형언할 수 없는 눈초리로 그녀를 바라보았다. 갑자기 그는 손을 떼고 돌아서자 재빨리 창문 쪽으로 물러가서 그 앞에 섰다.

다시 한순간이 지나갔다.

"자, 열쇠입니다!" 그는 그것을 외투 왼쪽 호주머니에서 끄집어내어 두냐 쪽은 보지도 않고, 몸도 돌리지 않은 채 등 뒤의 책상 위에 놓았다. "집으시오. 그리고 빨리 돌아가시오……."

그는 계속 창문 밖을 내다보고 있었다.

두냐는 열쇠를 집으려고 책상 쪽으로 다가갔다.

"자, 빨리! 빨리!" 스비드리가이로프는 여전히 움직이지도 않고, 돌아보려고도 하지 않고 되풀이 말했다. 그러나 이 '빨리'라는 말 속에는 분명히 그 어떤 무서운 느낌이 깃들어 있었다.

두냐는 그것을 느끼고 열쇠를 후딱 집어들자, 문께로 달려가서 급히 자물쇠를 따고는 쏜살같이 밖으로 뛰쳐나갔다. 1분 후에는 도랑가로 나와 미친 사람처럼 정신없이 ××다리 쪽으로 달리고 있었다.

스비드리가이로프는 3분 정도 더 창가에 장승처럼 서 있었으나 이
윽고 고개를 돌려 방안을 한번 휘둘러보고는 손가락으로 살짝 이마를
만져보았다. 그의 얼굴에는 이상한 미소가, 무참하고 비장한 미소가,
절망에 빠진 힘없는 미소가 어리어 있었다. 손바닥에는 벌써 마르기
시작한 피가 잔뜩 묻어 있었다. 그는 그 피를 원망스러운 듯 바라보다
가 수건을 적셔서 관자놀이를 깨끗이 닦았다. 그때 문득, 두냐가 버리
고 간 권총이 눈에 띄었다. 그는 그것을 집어올려 살펴보았다. 그것은
구식으로 소형의 3연발 권총이었다. 속에는 탄환 2발과 뇌관이 하나
남아 있었다. 한번 더 쏠 수 있을 것이다. 그는 잠시 무엇인가 생각하
고 권총을 호주머니에 쑤셔넣고 모자를 집어들고 방을 나섰다.

6

그날 밤, 그는 밤새도록 온갖 식당들과 마굴을 차례차례 돌아다녔
다. 어디선지 카차도 찾아냈다. 그녀는 "비열한 난봉꾼이 어떻게 카차
에게 키스하기 시작했나"라는 새 유행가를 부르고 있었다. 스비드리
가이로프는 카차에게도, 손풍금을 타는 사람에게도, 급사에게도, 어
떤 서기 두 사람에게도 술을 사주었다.

이 두 서기와 관계를 맺은 것은 그들 두 사람이 다 코가 비뚤어져
있었기 때문이다. 한 사람의 코는 오른쪽으로, 다른 한 사람의 코는
왼쪽으로 비뚤어져 있었다. 이것이 스비드리가이로프의 호기심을 불
러일으킨 것이다. 그들 두 사람은 나중에 그를 어느 유원지로 데리고
갔다. 거기서 그는 그 두 사람의 입장료까지 지불해주었다. 그 유원지
에는 가느다란 3년생 전나무 한 그루와 초라한 관목이 세 그루 심어져
있었다. 그밖에 '홀' 이라는 것이 있었는데, 실제는 술집에 불과했으나

거기서는 홍차 정도는 주문할 수 있었고, 초록빛 탁자[1]와 의자가 몇 개 놓여 있었다. 구경꾼을 즐겁게 해주는 것이라고는 엉터리 가수들의 저속한 합창과 코가 빨갛고 어릿광대 같으면서도 몹시 침울한 표정을 짓고 있는 뮌헨 출신의 독일인 주정쟁이 정도였다. 그 서기들이 다른 곳에서 온 서기들과 입싸움을 시작하고 금세 격투까지 벌이려 하기에 스비드리가이로프가 중재를 맡고 나섰다. 그는 15분 가량이나 말렸으나 모두가 우우 떠들어대는 바람에 화해시킬 수가 없었다. 그들이 싸운 원인은, 그들 가운데의 한 사람이 물건을 훔쳐, 마침 그 자리에 와 있던 유태인에게 팔아버렸는데 그 돈을 동료들과 나누기를 거부한 데에 있는 것 같았다. 결국 그 팔아버린 물건이란 '홀'의 티스푼이었음이 밝혀졌다. 그러는 동안에 '홀'의 종업원이 스푼이 없어진 것을 발견하여 사건은 더욱더 복잡해졌다. 스비드리가이로프는 그 물건 값을 그들을 대신하여 변상해주고, 자리에서 일어나 유원지를 나왔다. 시각은 10시경이었다. 그는 그동안 한 방울의 술도 마시지 않았다. 다만 '홀'에서 홍차를 조금 마셨을 뿐이었는데 그것도 체면상 주문했을 뿐이었다. 이럭저럭하는 동안에 푹푹 찌는 듯한 무더운 밤이 되었다. 10시쯤에는 사방에서 무서운 검은 구름이 밀어닥쳐 천둥이 울려퍼지더니 억수로 비가 쏟아졌다. 빗물은 물방울로 떨어지는 것이 아니고 물줄기처럼 되어 땅바닥을 내리치는 것이었다. 끊임없이 번개가 번쩍이고 때로는 번갯불이 하늘을 환히 밝히며 다섯을 셀 정도로 오래 계속되기도 했다. 그는 흠뻑 젖어 집으로 돌아오자 방문을 걸어 잠그고 책상 서랍에서 돈을 있는 대로 다 끄집어내고 두세 가지 서류를 찢어버렸다. 창 밖을 내다보고 천둥소리와 빗소리에 귀를 기울이더니 고개를 한번 내젓고는 모자를 집어들고 문은 잠그지도 않은 채 방을 나섰다. 그는 곧장 소녀의 방으로 갔다. 그녀는 집에 있었다. 그

---

1) 트럼프놀이하는 탁자.

녀는 혼자 있지 않았다. 카페르나우모프의 아이들이 넷이나 그녀를 둘러싸고 있었다. 그들은 차를 마시고 있었다. 그녀는 말없이 공손히 그를 맞아들이고 놀란 얼굴로 그의 흠뻑 젖은 옷에 눈길을 보냈으나 말은 한마디도 하지 않았다. 아이들은 무서운 사람으로 보였던지 그가 들어서자 곧 달아나버렸다.

스비드리가이로프는 책상 앞에 앉자 소냐를 자기 옆에 앉으라고 청했다. 그녀는 머뭇머뭇 얘기를 들을 자세를 취했다.

"소냐 양, 난 불원간 미국으로 떠날는지 모릅니다." 하고 스비드리가이로프는 말했다. "당신을 만나는 것도 이것이 마지막이 되지 않을까 하는 생각이 듭니다. 그래 몇 가지 마무리를 지을까 하고 왔습니다. 어떻게 됐습니까? 오늘 그 부인을 만났습니까? 그 사람이 당신에게 얘기한 것은 나도 알고 있는 터이므로, 새삼 말씀하실 필요는 없습니다." 소냐는 어쩔 줄 몰라 하며 얼굴을 붉혔다. "그 사람들에게는 일정한 관습이 있는 모양입니다. 당신의 어린 동생들 문제는 일단 해결된 셈인데 아이들에게 할당된 돈은 각각 따로 영수증을 받아서 믿을 만한 곳에 맡겼습니다. 그러나 이 영수증은 만일을 위해서 당신이 보관하십시오. 자, 이걸 받아두십시오. 그럼 이건 끝났고……. 그리고 여기에 5푼 이자가 붙은 공채증서가 석 장 있습니다. 전부 3,000루블입니다. 이 돈은 당신 몫이니 받아주십시오. 그런데 이 일은 우리 두 사람만의 일로 해주시고 누가 무슨 말을 하더라도 결코 입 밖에 내지 말아주십시오. 이 채권이 필요할 때가 꼭 있을 겁니다. 생각해보십시오, 소냐 양. 이대로 이 생활을 계속한다는 것은 남보기에도 흉할 뿐만 아니라 이제 그럴 필요조차 없어졌지 않습니까!"

"아이들 때문에도, 어머님 때문에도 우린 너무 큰 폐를 끼쳤는데." 하고 소냐는 빠른 말씨로 말하기 시작했다. "변변히 인사도 드리지 못하고 정말 뭐라고 감사의 말씀을 올려야 할지……."

"아니, 무슨, 그만두시오."

"그리고 이 돈은 정말 고마워요. 하지만 지금은 당장 저에게는 필요가 없어요. 저 혼자니까 어떻게든 먹고 사는 데는 그다지 걱정이 없습니다. 제발 은혜를 모른다고는 생각지 말아주세요. 당신이 그토록 인정이 많으시다면 차라리 이 돈은……."

"이 돈은 당신이 받아두어야 합니다. 받아주십시오. 제발 아무 말 말고 받으십시오. 소냐 양, 난 시간이 없습니다. 당신에게는 그 돈이 필요할 때가 있을 겁니다. 로지온 씨는 권총 자살을 하거나 아니면 브라지밀 가도[1]로 가는 도리밖에는 없을 겁니다." 소냐는 이상한 눈초리로 그를 바라보면서 떨기 시작했다. "하지만 안심하십시오. 난 본인한테서 들었습니다. 난 누구에게도 애기하지 않을 겁니다. 당신은 그때 그 사람에게 자수하도록 권하셨는데 정말 잘하셨습니다. 그 사람은 그렇게 하는 것이 훨씬 유리하니까요. 그런데 브라지밀로 가는 선고가 내려서, 그 사람이 그리로 간다면 당신도 그를 뒤따라 가시겠지요? 어떻습니까? 그렇게 하시겠지요? 만약 그렇다면 곧 돈이 필요할 텐데요. 그 사람을 위해서 필요합니다. 아시겠습니까? 당신에게 드리는 것은 그 사람에게 드리는 것이나 다름이 없습니다. 그리고 또 당신은 그 아마리아 부인에게도 빌린 돈을 갚겠다고 약속하시지 않았습니까? 난 알고 있습니다. 대체 어떻게 하시려고, 잘 생각해보지도 않고 그런 계약이나 채무 같은 것을 짊어집니까? 그 독일 여인의 빚은 죽은 카체리나 부인 것이지 당신의 부채는 아니지 않습니까. 그런 독일 여잔 침이나 뱉아주면 그만입니다. 그래 가지고 어떻게 이 세상을 살아나간단 말입니까? 그런데 만약 누구라도 그동안에 ──글쎄 내일, 모레라도 ──나에 대해서 묻더라도 ──당신에게 묻는 사람이 있을 겁니다── 내가 이렇게 댁을 방문했던 것은 말하지 말아주십시오. 그리고 돈도 절대로 보이지 마십시오. 내가 드렸다는 것도 역시 비밀로 해주십시

───────────────

1) 시베리아로 流刑 갈 때에 지나는 길.

오. 그럼 이만 실례하겠습니다.” 그는 의자에서 일어섰다. “로지온 씨에게 안부 전해주십시오. 한 가지 덧붙여두겠습니다만은, 돈은 필요할 때까지 라즈민 씨에게나 맡겨두십시오. 그 사람은 당신도 아시지요? 참 멋있는 착한 청년이지요. 그 사람한테 가지고 가십시오. 내일쯤에라도……. 될 수 있는 대로 깊숙이 숨겨두십시오.”

소냐는 의자에서 일어나서 놀란 얼굴로 그를 보았다. 그녀는 자꾸 뭔가 얘기하고 싶었고, 듣고 싶었으나 그럴 용기가 나지 않았다.

“왜 당신은 이렇게 비가 오는데 떠나려 합니까?”

“아니, 미국까지 가려는 사내가 비를 겁낼 수야 있겠습니까. 헤헤! 그럼, 안녕히 계십시오, 소냐 양! 오래 사십시오. 오래오래 사세요. 당신은 누구에게나 필요한 사람입니다……. 그리고 라즈민 씨에게 꼭 안부 전해주십시오. 아르카지 이바노비치 스비드리가이로프가 안부 전하더라고 말입니다. 꼭 부탁합니다.”

그는 소냐로 하여금 놀라움과 두려움과 막연하면서도 어두운 의혹을 품게 한 채 그대로 돌아가버렸다.

나중에 안 일이지만, 그날 밤 11시가 넘어 그는 뜻하지 않은 이상한 방문을 했다. 비는 계속 내리퍼붓고 있었다. 그는 쏟아지는 비에 흠뻑 젖은 채 11시 20분경, 바실리예프스키 섬 3가의 마르이 거리에 있는 약혼녀의 누옥을 찾아갔다. 그는 문을 몇 차례나 세차게 두들겨 잠자리에 든 가족들을 깨우고 나서야, 겨우 집안으로 들어갈 수 있었다. 그 때문에 처음엔 무슨 소동이나 난 것 같아 모두 한동안 당황했다. 그러나 스비드리가이로프는 일부러 마음만 먹으면 자못 매력적인 언동도 할 수 있는 재간을 가진 사내였으므로, 어디서 만취되어 제정신조차 잃고 저렇게 찾아온 것이겠지 하고 생각한, 분별심 있는 어른들의 당초의 추측도 이내 해소케 했다. 건강이 더욱 나빠진 남편을 안락의자에 앉혀 스비드리가이로프한테로 밀고 온, 인정이 많고 사려깊은 약혼녀의 어머니는, 여느 때의 습관대로 곧장 완곡하게 질문을 시작했다 ──이 여인은 단도직입적으로 질문하는 법이 없고 언제나 미소 지으며 손을 비비는 일부터 시작하여 꼭 알아야 할 것이 있으면, 예를 들면 결혼식 날짜는 언제가 좋겠느냐고 묻고 싶을 때는, 먼저 파리나 파리 귀족들 생활에 관한 호기심에 찬 질문부터 시작하여 온갖 질문을 늘어놓은 끝에 비로소 처음 목적한 얘기로 되돌아와 바실리예프스키 섬 3가의, 자기 집 얘기로 끌고 갔다 ──다른 때 같으면 이런 화법은 사람들로부터 존경받을 수도 있을 것이지만 이때의 스비드리가이로프에게는 그저 지겹게 들릴 뿐이었다. 그는 처음부터 약혼녀는 잠자리에 들었다는 얘기를 들었지만 오늘만은 기어이 그녀를 만나고 가겠다고 고집했다. 마침내 약혼녀가 그의 앞에 나왔다. 그는, 어떤 중대한 일로 잠시 이곳 페테르부르크를 떠나야 하는데 여러 가지 지폐를 섞어 15,000루블 정도의 돈을 선물로 가져왔으니 이것을 받아달라, 이건 그다지 좋은 선물은 아니나 내가 벌써부터 생각하고 있었던 일이므로 꼭 받아주어야 되겠다고 느닷없이 그녀에게 자기 의사를 밝혔다. 이같은 선물과, 절박한 출발과, 깊은 밤중에, 그것도 억수같이 내리는 비를 맞으며 기어이 찾아오지 않으면 안 되었던 그 필연성 사이에는 어떤 특별한 논리적인 관계가 있는 것인지, 물론 이 정도의 설명으로는 조금도 밝혀지지 않았으나 그의 방문 목적은 순조롭게 이뤄졌다. 이런 경우에 꼭 있게 마련인 '어머!'라든가 '저런?'이라든가 하는 감탄사나 꼬치꼬치 물고 늘어지는 질문이나 놀라움 같은 것들이 어떻게 된 셈인지 갑자기 얌전하고 누그러진 것으로 변해버렸다. 그 대신, 열렬한 감사가 있었고 사려깊은 모친의 눈물 등으로 그것이 보강되었다. 스비드리가이로프는 웃으며 일어서더니 약혼녀에게 키스를 하고 그녀의 볼을 살짝 한번 꼬집어주면서 곧 돌아올 테니 걱정 말라고 몇번이나 말했다. 그러고는 약혼녀의 눈초리에 어린애다운 호기심과 어떤 말없는 질문이 어리어 있는 것을 보자 다시 한번 키스했는데, 그 순간 그는 사려깊은 저 모친이 이 돈을 자물쇠가 달린 그릇 속에 깊이 감추어두겠지 하는 생각이 들어 내심 분했다. 그는 이상한 흥분 상태의 그들을 남겨둔 채 떠나갔다. 그러나 인정 많은 어머니는 거의 속삭이듯 빠른 말로 몇 가지 중대한 의문을 즉석에서 해결해버렸다. 즉, 스비드리가이로프 씨는 큰 인물이며, 여러 가지 사업에도 관계하고 교제도 넓은 부자이므로 머릿속에 무엇을 생각하고 있는지 우리들로서는 도저히 알 수 없는 일이다, 생각이 내키면 어디든 가고 기분이 나면 돈도 가져다준다, 그렇게 생각하면 아무것도 이상할 것이 없다, 그 사람이 물에 빠진 사람처럼 돼가지고 일부러 왔다는 것은 좀 이상하긴 해도 영국인에 비하면 아무것도 아니다, 그리고 그런 상류사회의 사람들은 세상 사람들의 이목에 개의치 않을 뿐만 아니라 구질구질하게 인사를 차리지 않는다, 어쩌면 그 사람은 자기에게는 아무것도 두려운 것이 없다는 것을 보여주기 위해서 일부러 그렇게 했을지도 모른다, 문제는 이 일을 어느 누구에게도 말하지 말아야 한다는 일이다. 그런 것이 원인이 되어 어떤 일이 생길는지도 모르지 않는가, 그리고 또 돈은 일각이라도 빨리 자물쇠를 채워 숨겨놓지 않으면 안 된다, 그래도 다행스런 것은 페도샤가 부엌에 숨어 있어주었다는 것이다, 가장 중요한 일은 그 늙은 여우 같은 레스리히에게는 절대로, 절대로, 절대로, 비밀로 해야 하는 일이다, 등등으로 판단을 내렸다. 가족들은 2시간 동안이나 그 자리에서 움직이지도 않고 소곤거리고 있었다. 그러나 약혼녀는 놀라움과 의아스러움과 서러움을 그대로 지닌 채 먼저 자기 침실로 돌아갔다.

한편 스비드리가이로프는 한밤중인 12시경 ××다리를 건너 페테르부르크를 향해 걷고 있었다. 비는 그쳤으나 으스스한 바람이 불고 있었다. 그는 부들부들 떨고 있었다. 그는 잠시 그 어떤 호기심을 느끼고 의혹을 품은 채 작은 네바 강의 거무튀튀한 수면을 내려다보았다. 얼마 후 그는 추위를 느끼게 되자 방향을 바꾸어 ××거리 쪽으로 걷기 시작했다. 그는 끝없이 길게 뻗어 있는 ××거리를 꽤 오랫동안,

거의 30분 가까이나, 짙은 어둠이 깔린 보도를 몇 번이나 쓰러질 듯하면서도 꾸준히 걸어갔다. 그는 그동안 무슨 호기심이라도 생긴 것인지 보도의 오른쪽을 줄곧 살피며 걸었다. 보도가 다하는 곳까지 거의 다다랐을 때 그는 지난번에 이곳을 지나가면서 바라보았던 목조 건물의 커다란 여관을 생각했다. 여관 이름은 확실하지는 않으나, '아드리아노플'로 기억됐다. 그의 짐작은 틀림없었다. 그런 여관은 이런 변두리에서는 쉽게 눈에 뜨이는 목표물이었으므로 이런 어둠속에서도 어렵지 않게 찾을 수 있었다. 그것은 기다란 목조 건물이었는데 그렇게 늦은 밤중임에도 불구하고 불이 켜져 있었고, 약간의 활기조차 풍기고 있었다. 그는 들어서서, 복도에서 만난 남루한 옷차림의 사내에게 빈 방이 있느냐고 물었다. 남루한 옷을 입은 종업원은 스비드리가이로프를 얼핏 보고 몸을 떨더니 곧장 그를 복도 끝쪽 계단 옆에 있는 누추하게 보이는 좁디좁은 방으로 안내했다. 빈방이라고는 그것밖에 없었던 것이다. 종업원은 분부를 기다리는 듯 이쪽을 돌아보았다.

"홍차는 없어?" 하고 스비드리가이로프가 물었다.

"네, 있습니다."

"그것 말고는?"

"송아지고기·워트카·안주, 이런 것들이지요."

"그럼, 송아지고기와 홍차를 갖다주게!"

"다른 것은 뭐 주문하실 것 없습니까?" 하고 남루한 옷을 입은 종업원이 약간 의아스러운 눈빛으로 물었다.

"그 외엔 필요없어!"

종업원은 몹시 실망한 낯으로 사라져갔다.

'여긴 여간 좋은 곳이 아닌데.' 하고 스비드리가이로프는 생각했다. '난 왜 진작 몰랐을까. 나도 아마 어디 카페 산탕[1]에라도 갔다가

---

1) 음악이나 토막 단막극이 상연되는 카페.

귀로에 한바탕 소동이라도 벌이고 오는 사람으로 보이겠지. 그런데 이런 곳엔 어떤 녀석들이 숙박하는 걸까?'

그는 촛불을 켜고 방안을 자세히 살펴보았다. 방은 너무나 낮아 스비드리가이로프의 키 정도밖에는 안 되었고, 창문은 하나밖에 없었다. 몹시 누추하게 보이는 침대 하나와 페인트칠을 한 테이블과 의자가 방을 거의 점령하다시피 놓여 있었다. 벽은 판자벽에 도배한 것이 있는데 그것도 닳아빠져 무늬는 바래 있고 군데군데 찢겨져 있었다. 벽과 천정의 일부는 고미다락처럼 비스듬히 잘려 있고 그 경사면 위쪽이 방 밖에 있는 계단인 것 같았다. 스비드리가이로프는 촛불을 놓고 침대에 걸터앉아 생각에 잠겼다. 그러나 그는 곧 기묘한, 그치지 않고 때때로 노호에 가까운 소리로 높아지기도 하는 옆방의 소곤거리는 소리에 주의를 기울였다. 이 소곤거리는 듯한 소리는 그가 방에 들어섰을 때부터 쉴새없이 들려왔다. 그는 귀를 기울였다. 어떤 자가 욕지거리로 한 사내를 다그치고 있었는데 그 상대의 소리는 들리지 않았다. 스비드리가이로프가 일어서서 한 손으로 촛불을 가리자 그 순간 벽틈으로 옆방의 불빛이 보였다. 그는 다가가서 그 벽틈으로 안을 들여다보았다. 자기 방보다 조금 더 커 보이는 그 방에는 두 사람이 있었다. 심한 고수머리에 얼굴이 빨갛게 상기된 한 사내가 상의를 벗고 변사(辯士) 같은 자세로 서서 몸의 균형을 잡으려는지 두 다리를 떡 벌리고 한 손으로 가슴을 두드리면서 같은 방에 있는 다른 한 사내에게, 넌 거지와 다름없는 인간이고 아무 관등도 없는 인간이 아니냐, 너를 진구렁에서 끌어내준 것은 나였으니까 내 마음만 내키면 언제든지 너를 쫓아낼 수가 있다, 이런 일은 하느님도 모르시는 일이라는 등 운운하면서 책망하고 있었다. 책망을 받고 있는 친구는 의자에 앉아 있었는데 재채기가 나오려는 것을 억지로 참는 것 같은 표정을 짓고 있었다. 그 사내는 흰 염소 같은 희멀건 눈초리로 변사를 바라보았으나 얘기가 어떻게 진행되고 있는지 조금도 모르고 있는 모양이었고 귀담아 듣지도 않는 것이 분명해 보였다. 테이블 위에는 거의 다 탄 촛불이 켜져 있었고, 빈 병이나 다름없는 보드카 병과 컵·빵조각·오이 먹던 것, 홍차잔 같은 것들이 너절하게 놓여 있었다. 스비드리가이로프는 이 광경을 주의깊게 한번 훑어본 후, 관심 없는 듯이 벽 틈을 떠나 다시 침대에 걸터앉았다.

　남루한 옷을 입은 종업원은 홍차와 송아지고기를 가지고 와서는, 다시 한번 묻고 싶었던지 "뭐 달리 필요한 건 없으십니까?" 하고 물었으나, 없다는 대답을 듣자 그대로 물러가서 다시는 나타나지 않았다. 스비드리가이로프는 몸을 녹이려고 서둘러 홍차를 들이마셨는데, 송아지 요리는 식욕이 전혀 없어 손도 대지 않았다. 열이 좀 있는 것 같았다. 그는 외투와 재킷을 벗고 모포를 덮어쓰고 침대에 누웠다. 그는 짜증이 나서 '하다못해 이런 때쯤은 건강해주었으면' 하고 탄식했다. 방안은 후텁지근했다. 촛불은 희미한 빛을 사방으로 보내고 있었으나, 뭔가 음침한 기분을 자아내고 있었다. 바깥에서는 바람소리가 윙윙 들려왔고, 어느 방에서인지 쥐가 이빨로 나무를 갉아내고 있는 소리가 들려왔다. 그리고 방안에는 무슨 가죽제품의 냄새 같은 것도 엷게 감돌았다. 그는 침대에 드러누웠으나 마치 열에 들뜨기라도 한 것처럼 신음했다. 온갖 생각이 꼬리를 물고 머릿속을 스쳐갔다. 그는 까닭없이 자꾸만 어지러워지는 마음을 달래면서 무슨 생각이든 한 가지에만 골똘히 열중해봤으면 하는 충동을 느꼈다. '이 창문 아래가 마당으로 되어 있는 게 틀림없어.' 하고 그는 생각했다. '나뭇가지가 바람에 살랑거리는 소리가 가까이 들리는군. 난 태풍이 부는 칠흑같이 어두운 밤에 나뭇가지가 바람에 윙윙거리는 소리가 싫어 죽겠어. 정말 듣기 싫은 소리다.' 하고 그는 생각했다. 그리고 다음 순간엔 페트로프스키 공원 옆을 지나다가 들었던 그 소리를 생각했다. 그것도 정말 싫은 소리였다. 그 다음은 또 ××코프 다리며 작은 네바 강도 상기했다. 그러자 아까 다리 위에서 수면을 내려다볼 때 느꼈던 오한 같은 것이 등골을 스치고 지나갔다. '난 태어난 이후 한번도 물을 좋아했던 때가 없었다. 심지어 풍경화 속의 물까지도 싫어했다.' 그는 다시 한번 생각했으나 문득 또다른 묘한 생각이 떠올라서 쓴웃음을 지었다. '이미 이렇게 돼버린 마당에 미적 감각이니, 쾌적함이니, 이런 건 생각할 필요조차 없는데, 이제 와서 이런 생각을 하다니 이건 바로…… 이러한 경우에 반드시 자신이 장소를 고른다는 짐승과 꼭 같지 않은가. 난 그때 페트로프스키 공원 쪽으로 갔어야 했던 것이다. 아마 그쪽은 어둡고 추울 것 같은 느낌이었던 게지, 헤헤헤! 이건 그야말로 유쾌한 기분이 필요했던 것이 아닐까!…… 그건 그렇고, 난 촛불을 끄지 않았지?' 그는 촛불을 불어 껐다. '옆방은 이미 잠들었구나.' 그는 아까의 벽 틈에서 불빛이 보이지 않으므로 그렇게 생각했다. '봐, 마르파, 이럴 때야말로 내 앞에 나타나야 되지 않겠는가. 어둡기도 하고 장소도 안성맞춤이 아니오. 시간도 적절하지 않소. 이런 때에 나타나지 않구서…….'

그런데 이번에는 문득 아까, 두냐에 대한 계획을 실행하기 한 시간 전에, 라스콜리니코프에게 두냐의 보호는 라즈민에게 맡기는 것이 좋을 것이라고 권했던 것이 생각났다. '정말 나는 어쩌면 라스콜리니코프의 추측대로 그때는 무엇보다도 자학적인 심정으로 그렇게 말했던 것이 아닐까. 그렇다고 하더라도 그 라스콜리니코프는 확실히 대담한 놈이야! 그런 무거운 짐을 짊어지다니. 그 엉뚱한 이론인가 생각인가 하는 것만 버린다면 제법 악당다운 악당이 될 수 있는 놈이야! 하지만 지금은 목숨에 미련이 있는 모양이지! 이런 점에서 그런 녀석들은 비겁하거든. 그러나 그런 녀석들이야 어떻게 되든 내가 알 바 아니야, 멋대로 하라구!'

그는 아무래도 잠들 수 없었다. 아까 만났던 두냐의 모습이 조금씩 눈앞에 떠오르더니 갑자기 차가운 전율이 등골을 달렸다. '아니, 이런 생각을 버려야지.' 그는 얼핏 제정신이 들어 그렇게 생각했다. '뭔가

딴 생각이라도 해야겠는데, 난 누구에게도 아직 크게 미움을 산 일이
없고 누굴 미워한 일도 없다. 그러나 이건 확실히 재미없는 징조임에
틀림없다. 아무래도 재미없어! 토론하는 것도 역시 좋아하지 않았고,
화내는 일도 없었다──이것도 좋지 못한 징조다! 하지만 아까 그녀
에게 난 약속도 많이 했었지. 쳇, 제기랄! 아마 그녀라면 나를 똑바로
뜯어 고쳐줄 수 있었을 텐데…….’ 그는 또 이를 악물었다. 그러자 다
시 또 두냐의 모습이 눈앞에 어른거렸다. 그런데 이번에는, 난생 처음
으로 사람을 쏘고서 아래로 떨군 손에 권총을 쥔 채 공포에 질려 죽은
사람처럼 새파랗게 질린 얼굴로 그를 바라보던 그녀의 모습이었다.
그런 모양이라면 그는 그때 두 번 정도는 넉넉히 그녀를 안을 수 있었
을 것이었다. 그녀는 그가 주의하라고 일러주지 않았더라면 자신을
방어하기 위해서 총을 쥔 손을 치켜들지도 못했을 것이 틀림없었다.
그는 그 순간, 그녀가 견딜 수 없을 정도로 불쌍해져서 가슴이 죄어옴
을 느꼈던 일을 상기했다……. ‘쳇, 제기랄! 또 이런 생각을 하는군!
이런 생각은 결코 하지 말아야지! 하지 말아야지……!’

그는 이미 제정신을 잃은 듯했다. 그를 괴롭혔던 오한도 조금씩 사
라져갔다. 그런데 별안간 무엇인가 담요를 덮은 아랫도리 근처를 스
쳐가는 것이 있었다. 그는 오싹했다. ‘쳇, 제기랄! 쥐새끼 같구나!’
그는 생각했다. ‘테이블 위에 송아지고기를 놔두었으니…….’ 그는
담요를 두른 몸을 일으키고 싶지 않았다. 그런데 또, 다리 쪽에서 꾸
물거리는 것이 있었다. 그는 할 수 없이, 담요를 걷어 젖히고 촛불을
켰다. 오한이 완전히 가시지 않은 몸으로 침대를 살펴보았으나 아무
것도 눈에 띄지 않았다. 그런데 담요를 두 손으로 잡고 흔들어보았더
니 쥐새끼가 한 마리 튀어나왔다. 그는 붙잡으려 했으나 쥐는 침대 밖
으로 달아나지 않고 침대 가장자리를 맴돌며 이리저리 달렸다. 쥐는,
어떻게든 붙들려고 손발을 재빨리 놀리는 그의 손가락 사이를 빠져나
가기도 하고 팔 위로 달리기도 하더니 별안간 베개 밑으로 숨어버렸

다. 그는 베개를 걷어찼다. 이번에는 품속으로 뛰어들어 셔츠 밑으로 해서 가슴 쪽에서 등뒤 쪽으로 달렸다. 그는 담요를 덮은 채, 그냥 침대 위에 누워 있었다. 창 밖에서는 스산한 바람소리가 들리고 있었다. '정말 기분 나쁘다!' 그는 짜증스러운 기분을 억누를 수 없었다.

 그는 일어서서 창 쪽으로 등을 돌리고 침대에 걸터앉았다. '이젠 자지 않는 편이 낫겠다.' 하고 그는 마음먹었다. 그러나 창문으로부터 추위와 습기가 스며들어왔다. 그는 그 자리에 앉은 채, 담요를 끌어당겨 몸에 감았다. 촛불은 켜지 않았다. 그는 아무것도 생각하지 않았고 생각하고 싶지도 않았다. 그러나 끊임없이 환상이 일어나고 밑도 끝도 없는 단편적인 상념이 번득이며 머릿속을 스쳤다. 그는 거의 몽롱한 상태에 빠진 것 같았다. 그에게 어떤 환상적인 욕망과 동경을 집요하게 불러일으킨 것은 추위였을까, 어둠이었을까, 습기였을까, 아니면 창 밖에서 울부짖으면서 나뭇가지를 흔들고 있는 바람소리였을까 ──그런데 어느덧 만발한 꽃이 눈앞에 떠오르고 아름다운 경치가 눈앞에 어른거렸다. 맑고 따뜻하고 약간 덥다고도 할 수 있는 날씨에 오순절이기도 했다. 집을 둘러싸고 있는 화단에 향기로운 꽃이 꽂힌 꽃병이 드문드문 놓여 있는 밝고 시원한 층층대. 녹색의 긴 줄기에서 고개를 떨구고 짙은 향기를 풍기고 있는 창가의 유난히 눈길을 끄는 백수선화(白水仙花) 꽃다발. 그는 그곳을 떠나기가 싫어 계단을 올라가니 천장이 높은 넓은 홀이 있었다. 그곳에도 곳곳에 꽃이 놓여 있었다. 마룻바닥에는 금방 베어 온 듯한 싱싱한 풀이 깔려 있고 창문은 모두 열려 있어 신선하고 시원한 공기가 실내로 흘러들고 있었고, 들창 옆에 놓인 새장에서는 빛깔 고운 작은새가 지저귀고 있었으며, 홀 복판에는 하얀 식탁보를 씌운 테이블 위에 관이 놓여 있었다. 관 속에는 온몸이 꽃에 파묻힌 소녀가 하얀 명주 레이스의 옷이 입혀져 두 손을 가슴 위에서 맞잡고 있었고, 다갈색 머리카락은 촉촉히 젖어 있고 장미로 만든 화관이 그 머리에 씌어져 있었다. 경직되고, 선이 뚜렷한 옆 모습은 마치 대리석으로 조각한 것 같은 느낌이었고, 핏기라고는 전혀 없는 입술에 떠도는 미소는 어딘지 어린애답지 않은 그지없는 비애와 뭔가 간절히 호소하고 싶어하는 심정이 깃들어 있는 것처럼 보였다. 스비드리가이로프는 이 소녀가 누구인가를 알았다. 관 옆에는 성상도 없었고 불 켜진 촛대도 없었다. 물론 기도소리도 없었다. 이 소녀는 자살한 사람이었고 나이도 겨우 14세밖에 안 되었다. 그러나 무참히 상처를 받은 그 마음은, 어린애다운 여린 의식을 위협하고 놀라게 했던 그 굴욕과 수모에 멍들었고, 그 천사 같은 순결한 넋이 억울한 치욕감에 시달리자 소녀는 자기 자신을 죽여버렸던 것이다. 바람이 울부짖고, 어둡고 추운 눈 녹는 밤에 마지막 절망의 외침은 누구에게도 들리지 않은 채 스스로 목숨을 버렸던 것이다.

스비드리가이로프는 문득 제정신이 들자 침대에서 내려와 창가로 다가갔다. 어둠속을 더듬어 문고리를 벗기고 창문을 여니 휘몰아치는 바람이 방안으로 쏟아져 들어와서 얼굴과 내의만 걸친 가슴에 서릿발처럼 차가운 것을 안겨주었다. 창문 아래의 마당은 아마도 유원지처럼 돼 있는 것 같았다. 낮에는 여기서 가수들이 노래도 부르고 곳곳에 놓인 테이블에는 차나 술이 얹혀 있었겠지. 그런데 지금은 짙은 어둠이 깔려, 그곳에 그런 것이 있었으리라고 짐작이 갈 뿐이었다. 스비드리가이로프는 상체를 앞으로 굽혀 창틀에 두 팔꿈을 세우고 5분 동안이나 그 어둠 속에서 눈길을 떼지 않았다. 그런데 그 어둠을 뚫고 대포소리가 울려퍼지고 뒤이어 또 한 발이 터지는 소리가 들렸다. '앗, 호포(號砲) 소리다! 물이 많이 불었나 보군.' 하고 그는 생각했다. '내일 아침쯤이면 지대가 낮은 저쪽은 물에 잠기고 말겠지……. 그런데 몇 시쯤 됐을까.' 그렇게 생각한 순간 어디선가 기둥시계 치는 소리가 들려왔다. 그 소리는 3시를 알렸다. '아, 이제 한 시간만 있으면 날이 새겠지! 뭐, 우물거리고 있을 것도 없다. 지금 곧 페트로프스키 공원으로 가자, 그리고 큼직한 관목숲을 찾아야지. 비를 맞았으니 살짝만

건드려도 수없는 물방울이 떨어질 만큼 큼직한 관목숲을!'

그는 창문에서 떨어져 나오자 촛불을 켰다. 조끼와 외투를 걸치고 모자를 쓰고는 촛불을 손에 들고 복도로 나왔다. 그는 좁고 누추한 방에서 자고 있을 남루한 옷차림의 종업원을 찾아내어 숙박료를 지불하려고 했다. '절호의 기회다. 지금보다 더 좋은 기회는 없다!'

그는 꽤 오랫동안 좁은 복도를 왔다갔다하면서 그 사내를 찾았으나 도무지 보이지 않으므로 할 수 없이 큰소리로 불러보려 하는 순간, 어두운 한 구석의 낡은 찬장과 문 사이에 이상한 물건 같은 것이 그의 눈에 어렴풋이 보였다. 촛불을 들이대며 자세히 보니 어린애였다――겨우 다섯 살쯤 되는 계집아이였는데 물에 젖은 누더기 같은 옷을 걸치고 와들와들 떨며 울고 있었다. 그애는 스비드리가이로프를 그다지 겁내는 기색도 없이 약간 놀란 표정이었고, 까만 눈동자로 그를 가만히 바라보더니 다시 훌쩍거리기 시작했다. 계집아이는 창백하고 지쳐 빠진 얼굴을 하고 있었다. 그리고 추위에 몸이 언 것 같았다. '어떻게 이런 곳에 숨어들어왔을까? 밤새 잠도 못 잔 것 같구나.' 그가 여러 가지 질문을 시작하자 소녀는 금방 활기를 띠면서 굉장히 빠른 말투로 어린이다운, 혀가 제대로 돌지 않는 말투로 말하기 시작했다. 그애의 말을 듣고 있으려니 '엄마' 라는 말과 '엄마가 때려' '그릇을 깼어' 라는 뜻인 것 같은, 몇 마디는 알아들을 수 있었다. 계집애는 입을 다물지 않고 자꾸 얘기를 했다. 그 얘기를 겨우 이리저리 종합해본 결과, 이 아이는 아마도 이 여관에 있는 것이 틀림없을 찬모의 자식으로 항상 매만 맞고 자라는 천덕꾸러기로 짐작되었다. 계집아이는 엄마의 그릇을 깨고는 심한 매를 맞고 초저녁에 도망쳐서 뒷마당에라도 숨어 있다가 비를 흠뻑 맞고 난 뒤 견디지 못하여 집안으로 숨어든 것 같았다. 그는 그 아이를 안고 자기 방으로 돌아와서 침대에 앉히고 물에 젖은 옷을 벗겼다. 맨발에 신고 있던 다 떨어진 신은 진흙투성이가 돼 있었다. 밤새 흠뻑 비를 맞았음이 틀림없었다. 그는 아이의 옷을 벗겨 침대에 눕히고 머리까지 담요를 덮어주었다. 아이는 곧 잠들었다. 그 일을 다 마치고 난 그는 또다시 찌푸린 얼굴로 뭔가 골똘히 생각하기 시작했다.

 '또 쓸데없는 짓을 했구나.' 그는 불쾌하고 무거운 심정으로 그렇게 생각했다. '정말 미친 짓이나 다름없구나!' 그는 어서 다시 가서 그 사내를 찾아내 숙박료를 지불하고 여관을 나서야 되겠다고 생각하고 촛불을 집어들었다. '쳇, 그놈의 계집애 때문에!' 하고 그는 원망스러운듯 혼자 속으로 중얼거리면서 밖으로 나오려고 문을 열려다가 침대에 눕혀놓은 계집아이가 잠들었는지 아닌지를 보려고 침대로 돌아갔다. 담요를 살짝 젖혀보니 계집애는 세상 모르고 편히 자고 있었다. 담요를 덮어준 탓인지 얼굴이 빨갛게 물들어 있었다. 그런데 그 빛깔은 여느 아이들의 그것과는 달리, 몹시 짙고 선명한 느낌을 주었다. '이건 몸에 열이 생겼을 때에나 보이는 빛깔이다.' 하고 스비드리가이로프는 생각했다. '아니야, 이건 꼭 술 마신 사람의 홍조(紅潮) 같다. 그것도 잔뜩 마신 술로 말이다. 새빨간 입술은 마치 타는 듯하지 않은가. 이건 어떻게 된 셈이냐?' 문득 그는 그 아이의 속눈썹이 바르르 떨면서 깜박이는 것 같은 느낌이 들었고, 순간적이긴 하나 눈꺼풀이 조금 위로 치켜지고 아무래도 아이 같지 않은 윙크를 하는 것 같은 느낌도 들었다. 계집아이는 잠든 것이 아니라 자는 시늉만 하고 있는 것이 아닌가 하고 생각했다. 과연 그랬다. 그 계집아이의 눈엔 미소가 어려 있었고 바르르 떨던 입술엔 서서히 웃음을 띠기 시작했다. 분명한 웃음을. 뻔뻔스럽고, 도발적인 전혀 아이답지 않은 것이 그 얼굴에 나타나 있었다. 그것은 음란의 모습이었고, 창부의 모습이었으며, 낯두꺼운 프랑스인 매춘부의 모습이 분명했다. 그앤 이미 겁내는 빛도 없이 두 눈을 뜨고 있었다. 어느덧 그애는 부끄러움도 없는 시선으로 그를 훑어보며 그를 유혹하고 있질 않은가……. 그 웃는 얼굴, 그 눈초리, 아이의 얼굴에 드러난 그 야비하고 천박한, 그지없이 추악한 모습에는 그를 모욕하는 것 같은 빛이 깃들어 있었다. '뭐야! 겨우 다섯 살도 안 되는 주제에!' 하고 스비드리가이로프는 오싹 소름이 끼치는 것을 느끼며 중얼거렸다. '대체…… 이건 어떻게 된 일이냐?' 그러나 그 아이는 벌써 그에게 타오르는 듯한 눈길을 보내면서 두 팔을 벌리고 있었다.…… '이 개만도 못한 것이!' 하고 스비드리가이로프는 울컥 구역질이라도 할 것 같은 혐오와 분노를 터뜨리며 그 애를 후려치려고 손을 번쩍 치켜들면서 외쳤다. 바로 그 순간 그는 언뜻 잠이 깼다.

그는 전에 덮었던 담요를 덮고 침대 위에 여전히 누워 있었다. 촛불은 켜 있지 않았으나 이미 희끄무레한 아침 빛이 창으로 비쳐들고 있었다.

'밤새도록 악몽을 꾸었군!' 그는 온몸이 지쳐빠져 떨떠름한 기분으로 잠자리에서 일어났다. 뼈 마디마디가 아팠다. 바깥은 짙은 안개가 내리깔려 아무것도 분간할 수가 없었다. 벌써 5시가 가까웠다. 늦잠을 잔 것이다. 그는 아직 축축한 채로 있는 재킷과 외투를 걸쳤다. 그리고는 호주머니에서 권총을 끄집어내어 뇌관을 매만져 바로잡았다. 다른 호주머니에서는 수첩을 찾아내어 눈에 띄기 쉬운 첫 페이지에 큼직한 글씨로 두세 줄 적어 넣었다. 그는 그것을 두세 번 되풀이 읽었다. 그는 권총과 수첩을 책상 위에 놔둔 채 두 팔꿈치를 책상 위에 올려놓고 무언가 골똘히 생각하기 시작했다. 역시 잠에서 깨어난 파리들이, 손도 대지 않고 밤새 테이블 위에 놓인 채로 있는 송아지고기에 거뭇거뭇 붙어 있었다. 한참 동안 그것을 바라보던 그는 오른손으로 그 중의 한 마리를 잡으려 했다. 잡으려고 오랫동안 갖은 애를 썼으나 끝내 잡지는 못하고 지치기만 하였다. 그러나 곧 쓸데없는 일에 열중하고 있는 자신을 깨닫고 몸을 부르르 떨고는 후딱 방을 나섰다. 1분 후에는 벌써 거리에 나와 있었다.

우유 빛깔의 짙은 안개가 거리를 뒤덮고 있었다. 스비드리가이로프

는 작은 네바 강을 향해 미끄러운 진흙투성이가 된 나무판자를 깐 보
도를 걷기 시작했다. 그의 머릿속에는 밤 사이에 부쩍 불어난 작은 네
바 강의 물과, 페트로프스키 섬과 공원의 촉촉히 젖어 있는 오솔길과,
젖은 풀숲과, 젖은 수목과 관목 그리고 그 관목숲까지 떠올랐다가 사
라져갔다……. 뭐든 다른 것을 생각하려고 그는 찌푸린 얼굴로 길가
의 집들을 하나하나 뜯어보았다. 큰거리에는 한 사람의 통행인도, 한
대의 마차도 눈에 띄지 않았다. 짙은 노란색의 목조 주택들은 덧창문
을 닫은 채 음울하고 더러운 모습을 하고 있었다. 추위와 습기가 몸속
까지 스며들어 그는 오한을 느끼기 시작했다. 이따금 가게들과 야채
상점의 간판에 부딪치면 그는 그것을 하나하나 유심히 읽었다. 판자
를 깐 보도는 이미 다 지났고, 그는 어느 큼직한 석조 건물 앞에 와
있었다. 지저분하고 추위에 움츠린 강아지가 꼬리를 도사린 채 그의
앞길을 가로질렀다. 모피 외투를 입은 주정쟁이가 보도 위에 죽은 듯
이 자빠져 자고 있었다. 그는 그것을 힐끔 보고는 계속 앞으로 나아갔
다. 높게 솟은 망루가 왼편에 바라다보였다. ‘옳지!’ 하고 그는 생각
했다. ‘그렇다. 저곳이 좋겠다! 적어도 관헌(官憲) 앞이니…….’ 그는
자신의 이 새로운 착상에 만족하여 히죽 한번 웃고는 ××거리 쪽으
로 돌아갔다. 곧 망루가 있는 큰 건물 앞에 다다랐다. 닫혀진 그 건물
문 옆에 회색 군인 외투를 입고 아킬레스식 헬멧을 쓴, 몸집이 자그마
한 사내가 한쪽 어깨를 문에 기대고 서 있었다. 그는 게슴츠레한 눈으
로 다가오는 스비드리가이로프를 차갑게 곁눈질했다. 그 사내의 얼굴
에는 유태인에게서 예외 없이 볼 수 있는 어두운 그늘이 감도는 영원
한 비애 같은 것이 드러나 있었다. 스비드리가이로프와 아킬레스식
헬멧을 쓴 사내는 잠시 말없이 서로 빤히 바라보았다. 마침내 아킬레
스는 별로 취한 것 같지 않아 보이는 사내가 그의 세 발짝 앞에 선 채
말 한마디 없이 자기를 노려보는 것이 적지않이 수상쩍게 보였는지
먼저 입을 열었다.

"여보시오, 이곳에 무슨 용무라도 있는 거요?" 그는 몸은 여전히 문에 기댄 채 이렇게 물었다.

"아니오. 안녕하시오!" 스비드리가이로프는 대답하였다.

"여긴 당신이 올 곳이 못 돼요!"

"난 외국으로 가려고 왔소."

"외국으로?"

"그렇소, 미국으로 가려는 거요."

"미국으로?"

스비드리가이로프가 권총을 끄집어내어 노리쇠를 젖히니 아킬레스는 이맛살을 찌푸렸다.

"아니, 그건 또 뭐요, 여긴 장난하는 곳이 아니오!"

"왜, 여기선 안 된다는 거요?"

"여긴 그런 곳이 아니라니까요!"

"염려 마시오. 그런 건 내가 알 바 아니오. 여긴 정말 좋은 자리거든! 안성맞춤이야! 누가 묻거든 이렇게 대답해주시오. 미국으로 갔다고 말이오."

그는 권총을 오른쪽 관자놀이에 들이댔다.

"여보시오, 잠깐만! 여긴 안 돼요! 여긴 그런 짓을 하는 곳이 아니라니간!" 아킬레스는 놀라 눈을 크게 뜨고 몸을 떨었다.

스비드리가이로프는 방아쇠를 당겼다.

7

같은 날 저녁때 6시가 좀 넘어서 라스콜리니코프는 라즈민이 주선해준 바카레프의 아파트에 있는 어머니와 누이동생을 찾아갔다. 아파트 뒤쪽에 있는 계단 입구로 다가서는 그의 발걸음은 어딘지 주저하는 것같이 보였다. 그러나 그는 결코 되돌아서지는 않겠다고 결심하였다. '두 사람은 어떻게도 생각하지 않을 것이다. 아무것도 모르고 있을 테니.' 하고 그는 생각했다. '이미 나를 괴상한 사람으로 여기고 있을 테니까…….' 그의 옷차림은 엉망이었다. 밤새도록 비를 맞았으므로 완전히 더러워지고 누더기처럼 되어 있었다. 간밤에는 어딘지도 모르는 곳에서 혼자 날을 밝혔던 것이다. 그러나 그런 가운데에서도 결심만은 몇 번이나 다지고 있었다.

그는 문을 노크했다. 어머니가 문을 열었다. 두냐는 외출하고 없었다. 하녀조차 나가고 보이지 않았다. 플리헤리야는 너무나 반가워서 처음엔 미처 말도 제대로 못하였다. 그러나 곧 아들의 손을 잡고 방안으로 끌어들였다.

"와주어서 정말 반갑다!" 그녀는 기쁜 나머지 눈물까지 흘리면서 말문을 열었다. "나를 원망하지 말아라, 로쟈. 바보처럼 눈물을 흘린다고 말이야. 이건 우는 것이 아니고 웃고 있는 거다. 넌 내가 울고 있는 줄 알겠지. 왜 난 이런 바보스런 버릇이 있는 걸까. 아무리 참으려 해도 눈물이 나오니 말이다. 이건 너의 아버지가 돌아가시고 난 후에 생긴 버릇인데 자칫하면 그만 눈물이 흐르는구나. 자, 앉거라. 몹시 고단해 보이는구나. 대체 옷이 이게 뭐니?"

"간밤에 비를 맞아서 그래요, 어머니." 하고 라스콜리니코프가 말하기 시작했다.

"아니다. 그런 건 아니야! 괜찮아!" 하고 플리헤리야는 그의 말을 가로막으며 소리쳤다. "넌, 내가 옛날부터 가지고 있는 여자들의 버릇으로 너의 사정을 꼬치꼬치 캐물을 줄 알았지? 염려 마라. 난 다 알고 있으니까. 모조리 다 알고 있단 말이야. 지금은 나도 이곳 도시의 생리를 알 만큼 알았으니까. 확실히 이곳 사람들은 똑똑해. 난 이제야 그걸 알았어. 나 같은 사람이 어떻게 너의 생각을 이해할 수 있겠니?

무리한 일이지. 어쩌면 네 머릿속에는 온갖 일이나 계획 같은 것이 들어차 있을지도 모르는데. 너도 많은 것을 생각하고 있겠지. 그러니 내가 이러쿵저러쿵 할 것도 없지 않겠니? 난 말이다…… 이런! 난 이말저말 두서없는 말만 지껄이고 있구나. 난 말이야 로쟈, 잡지에 실린 너의 논문을 세 번이나 읽었단다. 라즈민이 가져다주었어. 난 그것을 읽고 너무나 놀랐어. 난 내가 정말 어리석었구나 하고 생각했었지. 우리 애는 이런 일을 하고 있었구나 하고 그동안의 의문을 풀게 되었단 말이야. 그리고 말이야, 지금도 그애는 뭔가 새로운 사상을 생각하느라고 골몰하고 있겠지, 그런데 난 그런 줄도 모르고 온갖 고통을 주었고 괴롭혀왔구나 하고 반성을 했단다. 그런데 난 읽기는 했어도 너무 어려워 제대로 알 수가 없더구나. 당연한 일이긴 하지만서도 나 같은 것이 알 수 있는 것이 돼서야 쓰겠니?”

“좀 보여주세요, 어머니.”

라스콜리니코프는 조그마한 책자를 받아들고 자신의 논문이 게재된 부분을 얼핏 훑어보았다. 이것은 그의 현재의 심정이나 입장으로서는 모순된 것이었으나 그는 자신이 쓴 글이 처음으로 인쇄된 것을 보고 여느 필자나 맛보게 마련인 자극적이면서도 흐뭇한 기분을 느꼈다.

게다가 23세라는 그의 연령이 더욱 그 기분을 돋우었다. 그러나 그것도 순간적인 일에 지나지 않았다. 불과 두세 줄만 읽어도 무섭고 허망한 생각이 들어 얼굴을 찌푸리지 않을 수가 없었다. 최근 수개월에 걸친 마음의 갈등이 일시에 머릿속에 되살아났기 때문이다. 그는 가슴이 답답해오고 뭔가 울분 같은 것이 치밀어올라, 논문을 마룻바닥에 내던졌다.

“하지만 로쟈, 아무리 내가 바보라도 말이야. 네가 가까운 장래에 우리나라에서도 이름을 떨치는 학자까지는 몰라도 적어도 일류가는 인사가 될 거라는 건 판단할 수 있거든. 그런데 사람들은 그걸 모르고 네가 미쳤느니, 정신이 돌았느니 하고 있단 말이야. 정말 야비한 벌레

같은 녀석들이지. 그따위 인간들은 재능이 뭣인지도 모르는 것들이란
말이야. 자칫했으면 두냐까지도 그 말을 믿을 뻔했지 ──정말 기가
차는구나! 돌아가신 너의 아버지는 잡지사에 두 번이나 원고를 보낸
일이 있었지 ──처음 것은 시였는데 ──나에게 그걸 베껴놓은 것이
있으니 나중에 보여주지 ── 두번째 것은 본격적인 소설이었다 ── 내
가 억지로 자청해서 정서를 해주었었지 ──그래 우리 부부는 아무쪼
록 잡지에 게재됩소사 하고 정성을 다해 빌었는데도 끝내 게재되지
않고 말았단다! 난 말이야 로쟈, 며칠 전까지만 해도 네 옷차림이며,
사는 것, 먹는 것 등을 보고 얼마나 가슴이 아팠는지 모른다. 하지만
이젠 그런 염려는 쓸데없는 것이라는 걸 알았다. 네가 마음만 먹으면
너의 그 머리와 재능으로 그런 것쯤은 어렵잖게 손에 넣을 수 있는 것
이고, 다만 우선은 그런 먹는 것이나 옷에 신경을 쓰지 않고 오로지
일과 공부에만 정성을 바치고 있는 것을 난 알았으니 말이야……."
　"두냐는 어디 나갔습니까?"
　"그래, 외출했다, 로쟈. 요즈음 그애는 노상 나 혼자만 두고 나돌아
다니는구나. 다행히 라즈민이 자주 들러서 말벗이 되어주는구나. 그
사람이 너의 소식을 알려준단다. 라즈민은 너를 좋아할 뿐만 아니라
존경하고 있더라. 그렇다고 두냐가 나를 허술하게 여긴다는 것은 아
니야. 내가 그애를 못살게 굴거나 잔소리를 하는 것도 아니니 말이야.
그애하고는 서로 성질이 좀 다른 것이 유감이지만 아무래도 그애한테
는 무슨 비밀이 생긴 것 같아. 난 너희들에게 숨기는 일이란 조금도
없는데. 난 두냐가 몹시 영리하고 게다가 나는 물론 너까지 진심으로
사랑하고 있다는 것을 굳게 믿고 있어. 하지만 나중에 무슨 일이나 생
기지 않을지 걱정되는구나. 지금도 너는 이렇게 나를 찾아와서 흐뭇
한 마음을 나에게 안겨주는데도 그애는 나돌아다니고 있으니 말이야.
그애가 돌아오면 이렇게 말해주겠다. 네가 없을 때 오빠가 다녀갔는
데 넌 어디를 싸돌아다니고 있었느냐고. 애, 로쟈, 나에게 그렇게 신

경 쓸 건 없어. 틈이 있으면 들르고, 없으면 할 수 없고. 난 그냥 기다리고만 있을 테니. 난 네가 나를 사랑하고 있음을 알고 있고, 난 그것만으로도 만족하니까. 이렇게 네가 나타나기라도 한다면 그 이상 더 좋은 일이 어디 있겠니? 지금도 이렇게 이 어미를 흐뭇하게 해주려고 찾아왔는데. 난 너의 마음을 다 알고 있어……."

말을 그치자 풀리헤리야는 눈물을 흘리기 시작했다.

"내가 또 이런 못난 짓을 하는구나. 내 걱정은 조금도 하지 마라. 이렇게 바보 같은 어미는 말이야. 어머, 어쩌자고 난 이렇게 앉아만 있었지. 바보처럼." 그녀는 벌떡 일어서면서 소리쳤다. "커피도 있는데…… 너에게 대접할 것도 잊고 있었구나. 이런 게 늙은이의 이기주의라는 것일 게다. 조금만 기다려줘. 곧 커피를 가지고 올 테니, 당장 가지고 올게!"

"어머니, 그만두세요. 전 곧 돌아가야 합니다. 전 그런 것을 마시러 온 게 아닙니다. 그러시지 말고, 제 얘기나 들어보십시오."

풀리헤리야는 약간 놀란 빛을 띠고 그에게로 다가왔다.

"어머니, 설령 무슨 일이 일어나더라도, 저에 대한 무슨 소문이 들리더라도, 또 저 때문에 다른 사람들로부터 어떤 소리를 듣게 되더라도 지금처럼 변함없이 저를 사랑해주실 수 있겠습니까?" 그는 가슴이 벅차서 자신의 입에서 튀어나오는 말이 무슨 뜻인지, 그것이 또 어떤 결과를 초래할 것인지 깊이 생각해보지도 않고 느닷없이 이렇게 물었다.

"로쟈, 로쟈, 어떻게 된 거냐? 그게 무슨 말이냐? 누가 너를 두고 이러쿵저러쿵 말한단 말이냐? 난 누가 뭐라 해도 곧이듣지 않을 거다. 여기 누가 와서 뭐라고 얘기하면 당장 내쫓아버리고 말 테야."

"제가 이렇게 찾아온 것은 오늘날까지 조금도 변함없이 전 어머니를 사랑하고 있었다는 것을 알려드리기 위해섭니다. 그러니 지금 어머니와 단둘이 이렇게 있는 것이 정말 기쁩니다. 두냐가 없으니 더 기쁜 것 같습니다." 그는 어머니 못지않게 격정에 휩싸여 말을 계속했다. "전 어머니에게 직접 말씀드리고 싶은 것이 있습니다. 설혹 어머니가 어떤 불행에 빠진다 하더라도 이것만은 알아주셨으면 합니다. 전 제 몸보다도 어머니를 사랑했고, 어머니는 저를 인정머리없는 놈으로 생각하신 적도 있었으나 그건 모두가 오해였다는 것을 밝혀드리려고 말입니다. 앞으로 이 마음엔 변함이 없을 것입니다. 언제까지나 전 어머니를 사랑할 것입니다……. 자, 이것으로 저도 마음이 놓입니다. 전 먼저 어머니께 이 말씀부터 드려야겠다고 생각했습니다……."

플리헤리야는 입을 다문 채 아들을 껴안고 눈물을 흘렸다.

"로쟈, 대체 어떻게 된 거냐. 난 도통 알 수가 없구나." 그녀는 마침내 이렇게 말했다. "난 근래에 와서 네가 이 어미를 버린 줄로만 알고 있었다. 그런데 이제 보니 너에게는 무슨 큰 슬픔 같은 것이 생기게 된 것 같고, 그래서 너는 몹시 고민하는 것 같구나. 나는 벌써부터 그런 예감이 들었었어, 로쟈. 이런 말을 해서 미안하다. 사실은 나는 노상 그런 생각만 하고 밤마다 잠도 제대로 자지 못하고 있었다. 간밤에는 너의 누이동생도 밤새도록 헛소리만 했는데, 모두 너에 대한 걱정이더라. 조금은 알아들을 수 있었으나 나중엔 무슨 말인지 알 수가 없더구나. 그래서 그런지는 몰라도 오늘은 아침부터 사형장에라도 끌려가게 된 사람 모양으로 마음이 불안하고 들떠서 집안을 줄곧 맴돌면서 이상한 예감만 느껴왔는데 결국 이런 말을 듣게 됐구나! 로쟈, 로쟈, 너 어디 먼길이라도 나서는 거냐? 이곳을 떠나기라도 한단 말이냐?"

"네, 여행을 좀 할까 합니다."

"그렇겠지, 나도 그렇게 짐작했었어! 그런데 그런 경우라면 나도 따라갈 수 있을 게 아니냐? 두냐도 말이야! 그애도 너를 몹시 사랑하고 있으니까, 정말 사랑하고 있어! 그리고 또 우리와 함께 소냐도 데리고 가도 되잖니. 원한다면 말이야. 사실 난 그 아가씰 딸처럼 데리고 있었으면 하고 바라고 있었어. 우리가 함께 떠난다고 하면 라즈민이 준비도 해주고 도와줄 거야!…… 그런데…… 대체 넌…… 어디에…… 갈 작정이냐?"

"그럼, 안녕히 계십시오, 어머니."

"뭣! 오늘이냐!" 그녀는 자식을 영원히 잃기라도 하는 것처럼 깜짝 놀라 외쳤다.

"더 지체할 수가 없습니다. 시간이 없습니다. 꼭 가야 할 사정이 있어서……."

"나도 함께 갈 수 없을까?"

"그럴 수는 없습니다. 어머니는 무릎 꿇고 저를 위해 기도해주십시오. 어머니의 기도라면 하느님도 꼭 들어주실 겁니다."

"그럼 널 위해 성호를 긋게 해다오. 그래, 이러면 되는 거야. 아아, 대체 우리는 뭘 하고 있는 거냐!"

확실히 그는 기뻤다. 이 공포의 시기를 통하여 오늘 이 순간처럼 기뻤던 적은 없었다. 그의 마음은 그지없이 부드러워진 것 같았고 흐뭇하기 이를 데 없었다.

그는 어머니 앞에 엎드려 어머니의 발에 키스했다. 그리고 어머니와 아들은 서로 껴안고 울었다. 어머니는 이젠 그다지 이상하게 생각하는 것 같지 않았고 무슨 말을 더 묻지도 않았다.

그녀는 이미 얼마 전부터 아들의 신상에 무서운 일이, 끔찍한 일이 일어나고 있다는 것을 눈치채고 있었고, 그 무서운 시기가 바로 눈앞에 다가와 있다는 것을 뚜렷이 짐작할 수 있었기 때문이다.

"로쟈, 내 사랑하는 아들아!" 그녀는 흐느껴 울면서 말했다. "지금 넌 네 어릴 때의 모습과 꼭 같구나. 넌 이렇게 매달리고 응석을 부리면서 나에게 키스하곤 했어! 아버지가 살아 계실 때는, 비록 가난한 살림이었지만 네가 있음으로써 단란하고 화목하게 지낼 수 있었다. 아버지가 돌아가셨을 때 난 너를 이렇게 부둥켜안고 너의 아버지 무덤 앞에서 얼마나 울었는지 모른다. 내가 자꾸만 이렇게 눈물을 흘리

는 것도 어미로서 느끼는 그 어떤 예감 때문일 거다. 난 그날 밤, 너
도 기억하고 있겠지만, 처음으로 우리 모녀가 상경했을 때, 너의 모습
을 보고 벌써 모든 것을 눈치 챌 수 있었어! 그래, 난 그때 얼마나 가
슴이 아팠는지 모른다. 그런데 오늘 또 네가 찾아와서, 내가 문을 열
고 너의 얼굴을 처음 봤을 때 그만…… 아, 마지막 순간이 닥쳤구나
하고 생각했지! 로쟈, 로쟈, 넌 설마 지금 당장 떠나는 건 아니겠지?”

“그렇잖습니다, 어머니.”

“그럼, 다시 와주겠니?”

“네…… 오겠습니다.”

“로쟈, 화내지 말아줘! 난 귀찮게 하지는 않겠다. 꼬치꼬치 묻지도
않겠다! 하지만 한 마디만 하고 싶구나. 넌 어디 먼 곳에라도 가는 것
이냐?”

“네, 굉장히 먼 곳입니다.”

“그럼, 거기에 무슨 좋은 일이라도 있단 말이냐? 직장이라든지 혹
은 출세할 수 있는 길 같은 것이?”

“그런 건, 하느님의 뜻에 달렸을 뿐입니다……. 어머닌 저를 위해
기도나 해주세요…….”

라스콜리니코프가 문간으로 걸어 나가자 그녀는 아들을 다시 붙잡
고 절망적인 눈초리로 그를 바라보았다. 어머니의 얼굴은 공포와 절
망으로 일그러졌다.

“이제 그만 진정하세요, 어머니!” 라스콜리니코프는 여기 온 것을
후회하면서 말했다.

“이게 마지막은 아니겠지? 이게 영영 이별하는 것은 아니겠지? 다
시 또 올 거지? 내일이라도 또 와주겠지?”

“오고말고요. 그럼, 안녕히 계십시오.”

그는 겨우 어머니를 뿌리치고 밖으로 나왔다. 상쾌하고 포근한 맑
은 오후였다. 아침부터 하늘은 파랗게 개어 있었다. 라스콜리니코프

는 자기의 하숙을 향하여 터벅터벅 걸었다. 그의 마음은 초조했다. 해질 때까지 완전히 매듭을 지어놓아야 했기 때문이다. 그 일을 마치기 전에는 누구하고도 만나기가 싫었다. 그는 자기 방으로 들어갈 때 나스타샤가 사모바르에서 손을 떼고 가만히 자기를 바라보는 것을 깨달았다. '내 방에 누가 와 있는 것은 아닐까?' 하고 그는 생각했다. 문득 포르피리의 얼굴이 떠오르자 불쾌한 기분이 밀려들었다. 그러나 방 문을 열자 그의 눈에 뜨인 것은 두냐의 얼굴이었다. 혼자 의자에 파묻히다시피 깊숙이 앉아 뭔가 골똘히 생각에 잠겨 있는 것을 보니 꽤 오래 기다린 것 같았다. 오빠는 문지방 위에서 걸음을 멈추었다. 누이동생은 깜짝 놀라 오빠 앞에 장승처럼 우뚝 섰다. 그에게 쏠린 그녀의 눈길엔 공포와 한없는 비애가 드러나 있었다. 그 눈초리만 보아도 이미 누이동생은 모든 것을 알고 있음이 틀림없는 것으로 생각됐다.

"너에게 가까이 가도 되겠니? 싫다면 나가겠다!"

그는 염려스러운 듯이 물었다.

"전 하루 종일 소냐 양한테 가 있었어요. 우린 오빠가 그곳으로 오실 줄 알고 함께 기다렸어요."

라스콜리니코프는 방안으로 들어가자 의자에 털썩 주저앉았다.

"난 어쩐지 기운이 나질 않아, 두냐. 영 지치고 말았어. 지금은 이래서는 안 될 텐데 말이야."

그는 뭔가 미심쩍어하는 듯한 눈초리로 동생을 바라보았다.

"오빠 간밤에 어디 계셨어요?"

"몰라. 잘 기억이 나질 않아! 애, 두냐, 난 말이야, 이제 아무래도 최후의 결심을 해야 되겠기에 이곳저곳 서성거렸지. 네바 강에도 몇 번이나 갔었어! 그런데 그곳에 간 것까지는 기억하겠는데 그 다음은 모르겠단 말이야. 사실은 난 그곳에서 결판을 내버리려고 했었지……. 그런데 그게 잘 안 됐어……."

“정말 잘하셨어요! 우린 그걸 얼마나 걱정했는지 몰라요. 나도 그랬지만 소냐 양도 말예요! 그러니 오빠는 아직 삶을 믿고 있는 셈이군요. 정말 잘하셨어요. 정말 다행이에요!”

라스콜리니코프는 쓴웃음을 지었다.

“난 삶이 꼭 좋은 것이라고는 믿지 않지만, 아까 어머니와 함께 실컷 울고 왔어. 정말 난 삶을 믿지 않지만 그래도 어머니에게 나를 위해 기도드려달라고 부탁했지. 그게 어떤 의미를 가지는 건지 아무도 알 수 없지만. 두냐! 난 어떻게 했으면 좋을지 통 알 수가 없구나.”

“오빠가 어머니에게 갔다 오셨다고? 그럼, 오빠는 어머니에게 얘기를 하셨겠네요?” 두냐는 싸늘한 전율을 느끼면서 소리질렀다. “그래 과단성 있게 말씀하셨군요!”

“아냐, 얘기는 안 했어……. 똑똑히 말하지는 않았어. 하지만 어머니는 대충 짐작하신 모양이야. 어머니는 밤에 네가 헛소리한 것을 다 듣고 계셨으니, 내 생각으론 거의 짐작하고 계시는 것 같았어. 내가 어머니에게 들른 것이 잘못이었는지는 모르겠어. 난 왜 어머니에게 들르려고 마음먹었던 건지 나 자신도 모르겠단 말이야. 난 정말 옹졸한 인간이냐, 두냐.”

“자기가 옹졸하다고 생각하면 고통을 받으러 갈 각오는 돼 있습니까? 오빠는 고통을 받으러 가시겠지요?”

“가고말고! 지금 곧 가겠어! 그래, 난 치욕스런 삶을 포기하려고 투신자살을 해버리려고 생각했었어, 두냐. 그러나 시퍼런 물을 내려다보았을 때 생각을 고쳐먹었지. 만약 내가 오늘날까지 나 자신을 강인한 인간으로 여기고 있었다면, 새삼 치욕을 겁낼 것은 없지 않느냐고 말이야.” 그는 이런 말까지 덧붙였다. “이게 오만이라는 것일까, 두냐?”

“그래요, 오빠, 그건 오만이에요.”

그의 생기 잃은 눈에서 갑자기 불꽃 같은 것이 번득였다. 자기가 아직 잃지 않고 있는 오만을 생각하니 유쾌해진 모양이다.

"그런데 넌 내가 시퍼런 물이 겁이 나서 뒷걸음질쳤다고 생각하지는 않니?" 그는 보기 흉하게 일그러진 웃음을 띠고 누이동생의 얼굴을 바라보았다.

"오빠도, 무슨 그런 말씀을! 그만두세요, 제발!" 두냐는 괴로운 듯이 소리쳤다.

2, 3분 침묵이 흘렀다. 그는 고개를 아래로 떨구고 의자에 앉아 마룻바닥만 내려다보았다. 두냐는 책상 저쪽에 선 채 고통스러운 얼굴로 오빠를 바라보고 있었다. 느닷없이 그는 자리에서 일어났다.

"벌써 늦었어. 어서 가봐야지. 난 지금부터 자수하러 가는 거야. 하지만 난 왜 자수하러 가는지 알 수가 없구나."

커다란 눈물 방울이 그녀의 볼을 타고 내려 마룻바닥에 떨어지기 시작했다.

"너 울고 있구나, 두냐. 그럼 나하고 악수해줄 수 있니?"

"오빠는 고통을 받으러 가는 이상, 벌써 자신의 죄를 절반은 씻었다고도 할 수 있지 않겠어요?" 하고 그녀는 오빠에게 키스하면서 외쳤다.

"죄? 죄라는 건 무엇일까?" 하고 그는 갑자기 미친 듯이 큰소리로 말하기 시작했다. "내가 그 더러운, 이〔蝨〕같이 해로운 노파를, 아무에게도 필요없는 그 노파를 죽인 것을 말하는 거니? 그게 죄일까? 가난한 사람들의 피만 빨아먹는 이를 죽였으니 마흔 가지의 다른 죄도 용서받아 마땅한 거다. 그게 죄가 된단 말이냐? 그게 죄가 된다고는 생각지 않아! 그런 걸 깨끗이 씻어내려고도 생각지 않는단 말이야! 그런데도 왜들 입을 모아 '죄! 죄!' 하고 못살게 구는 거냐! 난 다만 나 자신의 옹졸하고 무능한 것에 싫증이 나서 그래서 자수하려는 거야! 그리고 그 포르피리 말에 따르는 것이 유리할 것으로 생각되기 때문이야!……"

“오빠, 오빠, 오빠는 지금 무슨 말을 하는 거예요? 그렇게 말씀하시지만 오빠가 피를 흘리게 한 것은 사실 아녜요!” 하고 두냐는 절망한 듯이 울부짖었다.

“누구나 모두 피를 흘리고 있어!” 그는 거의 광란 상태가 되어 그녀의 말을 가로챘다. “이 세상에서 폭포처럼 흘려왔고 지금도 그렇게 흐르고 있는 피 말이냐? 샴페인처럼 흐르게 하고 그로 말미암아 주피터 신전에서 왕관을 얻어쓰고 그리하여 인류의 은인이라는 소리를 듣게 한 바로 그 피 말이냐? 너도 다시 한번, 눈을 똑바로 뜨고 잘 보란 말이야! 난 인류에게 행복을 안겨주려고 했다. 그리고 몇 백 몇 천이나 되는 선행을 성취했을는지도 모르는데, 난 이렇게 우매한 옹졸한 짓밖에는 할 수 없었다. 아냐, 우매하거나 옹졸했던 것이 아니야! 다만 좀 서툴렀다는 생각뿐이야. 난 아무래도 나의 그 행동이 우매하고 옹졸했던 것으로는 생각되지 않는다……. 실패하고 보면 무엇이든 우매했던 것으로 생각되는 법이지 ──난 이 우매하고 옹졸했던 행위로, 먼저 자립하고 제1보를 내디딜 자금을 얻으려 했던 거야. 그렇게 하면 헤아릴 수 없는 많은 이익을 이 세상에 가져다주게 되고, 동시에 모든 나의 죄는 속죄가 될 것으로 생각했다……. 그런데, 난 그 제1보조차 제대로 해내지 못했고 견디지 못했다. 왜? 내가 우매하고 옹졸했기 때문이다. 난 절대로, 너희들과 같은 그런 사고방식으로 사물을 보지는 않겠다! 이것이 성공했더라면 영광은 나의 것이었으리라! 그런데, 난 끝내 함정에 빠지고 말았어!”

“하지만 그건 틀린 생각예요! 그게 아녜요! 오빠, 오빠는 무슨 말씀을 그렇게 하세요?”

“아아, 형식이 틀렸다는 거냐? 형식이라는 게 그다지 아름답지 못했다는 것이구나! 난 정말 너의 말을 모르겠어! 아무것도 모르겠어! 폭탄이나 정규의 포위 공격으로 대량살인을 하는 것이 왜 훌륭한 형식이란 말이냐! 아름다운 형식이냐, 어떠냐 하고 생각하는 것 자체가 무력함을 드러내는 첫째 징후란 말이야!…… 난 지금에 이르러서야 비로소 이것을 뚜렷하게 깨달았어! 그리고 지금처럼 뚜렷하게, 내 죄가 죄가 아니라는 생각을 가져본 적이 없었어! 난 여태까지 이 순간처럼 강인한 때도 없었고, 굳은 확신을 가져본 적도 없었어…….”

지칠 대로 지친 그의 창백한 얼굴에 어느덧 핏기가 생겨났다. 그러나 마지막 말을 외쳤을 때 그의 눈길은 문득 문득 두냐의 눈길과 마주쳤고, 그는 그녀의 눈초리에 오빠를 염려하는 근심이 어리어 있는 것을 보고 얼핏 제정신이 들었다. 어찌 됐든 그는 두 여인을 불행 속에 빠뜨리고 만 것이다. 그 원인은 오로지 자신에게 있음을 새삼 느꼈다.

“사랑하는 두냐! 만약 내가 죄를 범했다면 나를 용서해다오 ──물론 정말 죄를 지었다면 나를 용서할 수는 없겠지만 ──그럼 잘 있어! 이제 이런 얘긴 그만두자! 난 또 가봐야 하겠어. 나를 따라오지 말아줘. 정말 부탁이야. 난 또 가봐야 할 곳도 있으니까……. 넌 곧 집으로 돌아가서 어머니를 보살펴드려야 해! 난 이걸 너에게 부탁한다. 이게 너에 대한 마지막 가장 큰 부탁이다. 아무쪼록 잠시도 어머니 곁을 떠나지 말아줘. 난 어머니를 불안하게 해드리고 와버렸어! 어머니가 그 불안을 견뎌낼 수 있을지 모르겠구나. 그대로 내버려두면 어머니는 미치거나 아니면 죽어버릴지도 몰라……. 어머니와 함께 있어다오! 라즈민 군이 도와줄 거야. 난 그 사람에게 그렇게 부탁해놓았어……. 나 때문에 결코 울 필요는 없어! 난 살인범이기는 해도 평생 죽을 때까지 사내답고 성실한 인간이 되도록 열심히 노력할 테니. 어쩌면 곧 너는 내 이름을 듣게 될지도 모르겠는데, 난 절대로 너희들의 체면을 더럽히는 옹졸한 짓은 않겠어! 두고 봐! 뿐만 아니라 그것을 뚜렷하게 드러내 보여주겠어!…… 하지만, 지금은 당분간 헤어져야 되겠구나.” 그는 마지막 말과 약속을 했을 때, 두냐의 표정에 짙은 어둠이 감도는 것을 발견하자 급히 덧붙였다. “왜 넌 그렇게 우는 거냐? 울지 마. 울 거 없어! 울 일도 아니야! 완전히 헤어지는 것도 아니니까! 아, 그렇지. 좀 기다려줘, 깜빡 잊고 있었어!……”

그는 책상으로 다가가더니 먼지투성이가 된 두꺼운 책을 한 권 빼내어 펴고는 책갈피 사이에 끼워 두었던, 상아 바탕에 물감으로 그린 자그마한 초상화를 끄집어냈다. 그것은 수도원에 들어가기를 원하던 그의 예전의 주인집 딸로, 열병으로 죽어버린 그의 약혼녀였던 아가씨의 초상화였다. 그는 잠시, 표정이 풍부하고 병자 같기만 한 그 얼굴을 들여다보다가 키스를 하고는 그것을 두냐에게 건네주었다.

“이 아가씨하고는 ‘그 얘기’를 많이도 했었지.” 그는 감회 깊은 듯 중얼거렸다. “난 아가씨의 가슴속에 이런 시시한 결과로 끝나고 만 내 사상을 많이도 불어넣었었지. 하지만 안심해.” 그는 두냐를 향해 말했다. “그 아가씨는 너와 마찬가지로 내 사상에는 찬성하지 않았었어. 난 그녀가 일찌감치 죽어버린 것이 잘됐다고 생각해! 중요한 것은 모든 것이 지금부터 새출발이라는 점에 있고 현재와 장래도 뚜렷이 나누어지고 만다는 것이다.” 그는 다시 고통을 느끼고 별안간 외쳤다. “모든 것이 새출발이다. 모든 것이 새출발이란 말이야. 하나 난 그에 대처할 만한 각오가 돼 있는 걸까? 나 자신이 그러기를 원하고 있는 걸까? 그러기 위해서는 사람들은 나에게도 시련이 필요하다고 말하고 있다. 어째서 그런 무의미한 시련이 나에게 필요하단 말이냐? 그게 무슨 소용 있는 일이냐? 20년 동안 징역을 살고 온갖 고초로 늙고 병들어 백치처럼 되어야만 지금보다 훌륭한 자각이 생긴다는 말인가? 그렇게 된 연후라면 살 필요조차 없지 않겠는가? 나 자신이 우매하고 옹졸한 인간이라는 것은 이미 오늘 새벽녘에 네바 강가에 섰을 때부터 알고 있는데 말이다!”

마침내 두 사람은 밖으로 나왔다. 두냐는 가슴이 쓰렸다. 그러나 그녀는 역시 오빠를 사랑하고 있었다. 그녀는 걷기 시작했으나 50보도 못 가서 오빠를 다시 돌아다보았다. 오빠의 모습은 아직도 보였다. 그러다 거리의 모퉁이에 다다랐을 때 그도 돌아다보았다. 두 사람은 마지막 시선을 교환했다. 그러나 오빠는 누이동생이 걸음을 멈추고 자기만 바라보고 서 있는 것을 보자, 딱하다는 듯이 어서 가라고 거칠게 손을 내젓고는 총총걸음으로 모퉁이를 돌아가 사라지고 말았다.

'난 심술 사나운 인간이야. 나 자신도 잘 알고 있는 일이지만.' 그는 곧 자신이 두냐에게 사납게 손짓을 한 것을 부끄럽게 여기면서 속으로 그렇게 생각했다. '정말 모를 일이야. 난 그런 값어치도 없는 인간인데도 왜들 모두 나를 그렇게도 사랑해주는 것일까? 아, 차라리 누구한테서도 사랑받지 않고 나 역시 누구도 사랑하지 않게 되었으면 좋으련만——그렇게 된다면 이런 일도 일어나지 않았을 것을! ——하지만 앞으로 15년이나 20년을 지나는 동안에 내 마음이 완전히 굴복하여 무슨 소리를 들을 때마다 나 자신을 살인강도였던 놈이라고 겸손해 하며 남들 앞에서 고분고분하고 훌쩍거리기만 하는 인간이 될 거란 말이냐? 그렇다! 확실히 그렇다! 나를 그런 인간으로 만들려고 그녀석들은 나를 유형(流刑)시키려는 것이다. 그들에게는 그게 필요한 것이다……. 그런 놈들이 이 거리에도 수없이 왕래하고 있지만 그중 어느 한 놈도 비열하고 도둑놈이 아닌 자가 없지 않은가. 아니, 그보다도 더한 인간들이지! ——그들은 모두가 백치 아니냐! 그런데 내가 유형을 받지 않고 달아나버렸다고 하자. 그놈들은 한결같이 공분(公憤)이라도 터뜨리는 것처럼 소동을 일으킬 것이다. 아아, 난 그놈들 중 어느 한 놈도 믿지 않은 놈이 없다!'

그는 깊은 생각에 빠져들었다. '어떤 과정을 밟으면 그런 일이 일어날까? 마침내 내가 이치와 사상을 완전히 팽개치고 그들 앞에 확신을 가진 채 굴복하는 일이! 그러나 어째서 또 그런 일이 일어나지 않는다고 말할 수 있겠는가? 물론 그렇게 돼야 할 것이다. 20년이나 끊임없이 박해받고 나면 완전히 넋을 빼앗기지 않을 수 없으리라. 흐르는 물도 바위를 깎아내니까. 그렇다면 왜 그런 다음에도 살아야 하느냐? 난 왜 지금 이렇게 가고 있는 것일까? 모든 것이 책에라도 적혀

있는 것처럼 그 결과가 너무나도 빤한데 말이야!'
　그는 어제 저녁부터 벌써 백 번도 더 이 질문을 자신에게 던지고 있었다. 그러나 그는 걸음을 멈추지 않았다.

8

　그가 소냐의 방에 들어설 무렵은 뉘엿뉘엿 해가 기울어가고 있을 때였다. 소냐는 몹시 흥분한 상태로 그가 오기를 기다리고 있었다. 처음에 그녀는 두냐와 함께 기다렸다. 두냐가 아침 일찍부터 그녀를 찾아온 것은, 소냐가 그 일을 잘 알고 있다는 스비드리가이로프의 말을 상기했기 때문이었다. 두 여인 사이에 오고 간 대화의 상세한 내용이나, 두 여인이 흘린 눈물, 어느덧 친해진 두 여인에 관해서는 그 얘기를 생략해야겠다. 두냐는 소냐와의 만남에서 오빠는 끝내 외톨이가 되지 않으리라는 기대를 갖게 되었다. 오빠는 맨 먼저 그녀, 즉 소냐를 찾아왔던 것이다. 고백하기 위해서. 오빠에게 사람이 필요했을 때 그는 그녀를 찾았던 것이다. 그렇다면 그녀는 반드시 운명이 이끄는 대로 오빠 뒤를 따라가주겠지, 하고 두냐는 생각했다. 두냐는 그녀에게 묻지는 않았지만 소냐의 마음을 알 수 있었다. 두냐가 소냐를 보는 눈초리에는 일종의 존경 같은 것까지 드러나 있었기 때문에 처음 소냐는 몹시 당황하기도 했다. 왜냐하면 자기는 두냐를 바로 쳐다볼 자격조차 없는 여인으로 생각하였기 때문이다. 라스콜리니코프의 방에서 두 여인이 처음 만났을 때, 두냐로부터 몹시 친절하고 존경하는 태도로 대접 받았기 때문에 그날 이후 두냐의 훌륭한 모습은 그녀의 평생을 통하여 가장 훌륭한, 자기로서는 만져볼 수조차도 없는 영원한 환상으로 그녀의 가슴에 아로새겨져 있었다. 두냐는 기다리다 못해 오빠를 그의 하숙에서 기다리기로 하고 소냐를 혼자 남겨둔 채 돌아가버렸다. 오빠가 그쪽으로 먼저 올 것 같은 느낌이 들었기 때문이다. 소냐는 혼자 남게 되자, 그 사람이 자살하지나 않을까 하고 걱정하기 시작했다. 그것은 곧 공포에 사로잡히는 일이기도 했다. 두냐 역시 벌써부터 그것을 걱정하고 있었다. 그러나 두 사람이 마치 경쟁이라도 하듯 서로 그럴 리는 없겠지 하고 그런 사태를 부정했기 때문에 두 사람이 함께 있을 동안에는 그다지 크게 걱정되지 않았었다. 그러나 지금 이렇게 혼자 있게 되니 그 걱정이 되살아났다. 소냐는, 어제 라스콜리니코프에게는 두 가지 길밖에는 없다 ——브라지밀 가도로 가느냐, 아니면…… 하고 말한 스비드리가이로프의 말이 생각났다. 게다가 그녀는 그가 허영심이 강하고 오만하며 자존심이 높은 데다가 아무 신앙도 가지지 않았음을 알고 있었다. '단지 죽는 게 무서워서 그 사람은 자살을 피하려고 할 것인가?' 하고 그녀는 절망한 나머지 생각했다. 이럭저럭 하는 동안에 해는 기울어졌다. 그녀는 가슴을 에는 모진 슬픔에 싸여 창문에 서서 바깥을 바라보고 있었다. 그러나 창에서는 이웃 건물이 터무니없이 커다란 폐허처럼 보일 뿐이었다. 마침내 그녀는 그가 이미 죽어버렸으리라고 단정하는 순간에 그가 불쑥 나타났다.

그녀의 가슴에서 환희의 외침이 솟구쳤다. 그러나 그의 얼굴을 본 순간 그녀는 별안간 새파랗게 질리고 말았다.

"그렇소!" 라스콜리니코프는 빙긋 웃으며 말했다. "난 당신의 십자가를 얻으러 왔소, 소냐! 나에게 네거리로 가라고 말한 것은 당신이었지 않소! 그런데 이제 그것을 실천하려는 마당에 와서 왜 그렇게 두려워하는 거요?"

소냐는 깜짝 놀라 그의 얼굴을 바라보았다. 그의 태도가 그녀에게는 너무나도 이상하게 보였다. 전율이 그녀의 몸을 스치며 지나갔다. 그러나 다음 순간 그녀는 그의 그런 태도나 말투가 일부러 하는 것임을 간파했다. 그는 그녀와 애기할 때도 왠지 옆으로 고개를 돌리고 그녀를 바라보지 않으려고 했다.

"난 말이오, 소냐, 그렇게 하는 것이 아무래도 유리할 것으로 판단했소. 거기엔 어떤 사정이 있지만……. 그러나 애기를 하면 길어질 뿐만 아니라 해보았자 소용이 없소. 다만 한 가지 화가 나서 견딜 수 없는 일이 있는데 그게 뭔 줄 아오? 그건 다름이 아니라 그 개·돼지 같은 녀석들이 모두 나를 둘러싸고 눈망울을 디룩거리며 나를 정면에서 보거나 나에게 바보스런 질문을 하고, 나는 그 질문에 대답해야 하고, 나를 손가락질하고…… 제기랄! 알겠소? 난 포르피리한테는 안 갈 거요. 난 그자에게는 질렸어. 난 차라리 안면있는 호랑이 부서장한테 갈 테요. 그렇게 하면 그 녀석도 깜짝 놀라게 할 수 있고, 한 가지 효과도 얻을 수 있으니 말이야. 그렇긴 해도 더욱 냉정해야지. 난 아무래도 요즈음은 곧잘 화가 나곤 해요. 거짓말인 줄 알지만 난 지금도 누이동생이 나를 돌아봤다는 것만으로 울화통이 터져 주먹으로 한 대 갈겨주고 싶었어. 그야말로 야비하기 짝이 없는 심리 상태가 아니오! 나도 더럽게 타락하고 말았지! 아무튼 할 수 없는 일이야. 그런데 십자가는 어디 있소?"

그는 안절부절 못하며 한 자리에 1분도 눌러앉아 있질 못하고 마음을 한군데로 집중하지도 못했다. 생각은 꼬리를 물고 일어났으나 자꾸만 엉뚱한 곳으로 비약하기만 했고 말은 밑도 끝도 없이 갈팡질팡하였다. 게다가 손까지 벌벌 떨었다.

소냐는 아무 말 없이 서랍에서 노송나무로 만든 것과 구리로 만든 것 두 개의 십자가를 꺼내어 성호를 그은 다음 그에게도 성호를 긋게 하고는 노송나무로 된 십자가를 그의 가슴에 걸어주었다.

"이건 말하자면 십자가를 짊어진다는 상징이구나, 헤헤헤! 그러고 보면 오늘날까지 내가 고통을 덜 받았다는 말이 되는군! 노송나무 십자가는 일반적으로 널리 쓰이고 있는 거지. 구리로 만든 것은 리자베타 것이라며? 그건 당신이 가지겠다고 했지 ——좀 보여줄 수 없소? 그러니까 그 사람이 이걸 목에 걸고 있었단 말이지. 난 이런 십자가를, 은으로 된 것과 성상이 붙어 있는 것 두 가지를 알고 있지. 난 그때 그 십자가 두 개를 노파의 가슴팍에 던져주고 왔었지. 그게 여기 있으면 좋겠군. 바로 그걸 내가 가져야 할 건데……. 하지만, 난 엉터리 같은 얘기만 하고 있군. 이러다간 가장 긴요한 일은 잊어버리고 말겠어. 아무래도 내가 좀 멍청해진 것 같아!…… 알겠소, 소냐, 사실은 당신에게 먼저 알려주어야 되겠다고 생각한 나머지 이렇게 온 거요……. 그뿐이야. 다만 그것 때문에 온 거란 말이오. 난 더 여러 가지 얘기를 하고 싶은데. 나를 그곳으로 가라고 권한 것은 당신이지! 그래서 난 당신 소원대로 감옥살이를 하게 되는 게 아니오? 그런데도 당신은 울고 있군. 그래 왜 우는 거요? 그만 해! 그만 하라니까! 이런 일은 견딜 수가 없어!"

그러면서도 그의 가슴에서는 새로운 감정이 소용돌이치기 시작했다. 그녀를 보고 있는 동안에 그의 가슴은 터질 것 같았다. '이 여자는, 이 여자는 어떻게 된 걸까?' 하고 그는 마음속으로 생각했다. '나는 이 여자와 비교한다면, 아무것도 아니지 않은가? 왜 이 여자는 울고 있지? 왜 어머니나 두냐처럼 내 뒷바라지를 해주지? 내 유모 노릇이라도 하려는 셈인가?'

"성호를 그어요. 단 한번이라도 좋으니까, 기도하세요." 하고 소냐는 떨리는 목소리로 애원했다.

"아, 좋겠지. 당신이 원한다면 얼마든지, 무슨 짓이라도 하겠소! 진심으로. 소냐, 진심으로 말이오……."

그러나 그는 뭔가 다른 말을 하고 싶었다.

그는 몇 번이나 성호를 그었다. 소냐는 숄을 집어들어 머리에 덮어썼다. 그것은 녹색의 모직 숄로서, 아마도 마르메라도프가 '가족 공용'이라고 했던 바로 그 물건인 것 같았다. 라스콜리니코프의 머릿속

에는 얼핏 그런 생각이 스쳤으나 그다지 개의치 않았다. 실제로, 그는
몹시 주의가 산만해지고 추할 정도로 불안하기만 했다. 정말 어이없
는 일이었다. 그는 소냐가 함께 따라나오는 것을 보자, 더욱 놀라고
말았다.

"어떻게 하려는 거요? 어디로 가려는 거요? 집에 있어요! 난 혼자
가겠소!" 그는 짜증 섞인 소리로 고함을 쳤다. 그러고는 몹시 화난 듯
문간으로 향하면서 "이런 중요한 때에 거창한 동반자는 필요없단 말
이오!" 하고 중얼거리며 바깥으로 나갔다.

소냐는 방안에 혼자 남겨졌다. 라스콜리니코프는 작별인사도 하지
않았다. 이미 그녀 생각은 잊고 있었다. 그의 마음속에는 독기찬, 반
항적인 의혹이 소용돌이치고 있을 뿐이었다.

'이렇게 해야 되는가? 이게 최선의 길일까?' 그는 계단을 내려가면
서 다시 이렇게 생각했다. '생각을 바꾸어 다시 한번 해볼 수는 없을
까? 그곳으로 가지 않아도 될 방법은 없을까?'

그러나 그는 걸음을 멈추지 않았다. 그는 갑자기 이제와서, 새삼스
레 이렇게 망설인다는 것은 결코 용납될 수 없는 일로 느껴지기 시작
했다. 넓은 한길로 나왔을 때 그는 소냐와 작별인사 한마디 하지 않고
나와버린 것을, 그리고 그녀가 자신의 고함소리에 꼼짝 않고 방 가운
데 움츠리고 있던 것이 생각나서 문득 발걸음을 멈추었다. 그 순간 어
떤 생각이 그의 마음에 날카롭게 번득였다──그것은 마치 그를 놀래
주려고 기다리고 있었던 것 같았다.

'대체 무슨 목적으로, 무엇 때문에, 난 그녀에게 갔던 것일까? 난
그녀에게 볼일이 있다고 말하지 않았나! 하지만 무슨 볼일이 있었단
말인가! 볼일이라고는 아무것도 없지 않았는가! 지금 자수하러 간다
는 말을 하려고 갔던가! 하지만 그럴 필요는 없지 않은가! 그렇다면
난 그녀를 사랑하고 있는 것일까? 아니, 그럴 리 없다. 조금 전만 하
더라도 강아지라도 쫓아버리듯 따라오는 그녀를 쫓아버리지 않았는

가! 난 그녀한테서 십자가를 받을 자격이나 있는 것일까? 정말 나도 더럽게 타락하고 말았구나! ——아니야, 그런 게 아니고——난 그녀가 우는 것이 보고 싶었던 것이다. 그녀가 상심하고 고뇌에 시달리는 것이 보고 싶었던 것이다. 아무것에나 매달려 우물쭈물 시간을 끌고 싶었던 것이다. 사람을 보고 싶었던 것이다. 그런 인간밖에는 안 되는 내가 뻔뻔스럽게도 꿈을 꾸었구나. 당치도 않은 꿈을! 난 거지다! 난 한 푼의 값어치도 없는 인간이다. 비열한 사내다! 비열한 사내다!'

그는 도랑가의 길을 걸어갔다. 목적지도 얼마 남지 않았다. 그러나 다리까지 오자 그는 잠시 걸음을 멈추었다. 그리고 다리 쪽으로 방향을 바꾸어 센나야 쪽으로 건너갔다.

그는 좌우를 살피듯이 자세히 바라보며 온갖 것을 눈여겨 봐두려고 애썼다. 그러나 그 어느 것에도 주의를 집중할 수가 없었다. 그 어떤 것이고 그의 주의를 벗어나버리는 것이었다. '이제 1주일이나 한 달만 지나면 나는 그 죄수 마차에 실려서 이 다리를 건너 어딘지 끌려가게 되리라. 그때 나는 어떤 생각을 하며 이 도랑을 바라보게 될까? 지금 일을 어떻게 상기할까?' 하는 생각이 그의 머리를 스쳤다. '바로 저 간판만 해도 그때 나는 저 글자를 어떤 마음으로 읽게 될까? 아아, 저기 〈상회〉라고 씌어 있구나. 저 A를, A라는 자모를 기억해두었다가 한 달 후에 저 A를 본다면, 그때 나는 어떤 기분이 들까? 그러나 이런 것은 모두 쓸데없는 짓이다. 지금 나의…… 근심 같은 건! 그야 물론 흥미있는 일임엔 틀림없다……. 그것은 그런 대로…… 핫핫핫!…… 대체 난 무엇을 생각하고 있는 거야! 나는 아이가 돼버렸구나. 난 나 자신에게 허세를 부리고 있다. 그러나 그렇다고 해서 나 자신을 부끄럽게 여길 것은 없다. 쳇, 마구 부딪쳐오는구나. 나에게 부딪친 것은 저 뚱뚱보였지 ——아마도 독일인임에 틀림없다——대체 저 사람은 방금 부딪친 사람이 누군 줄 알고나 있을까? 저기 저 아이까지 데리고 다니는 여자 거지는 나를 자기보다 행복한 인간으로 알고 있다. 정말 웃기는 일이로구나. 그래 장난삼아 돈이나 몇 푼 던져줘볼까? 아, 호주머니에 5코페이카짜리 한 닢이 남아 있었구나. 어떻게 나에게 이런 돈이 남아 있지? "자, 자아, 받아두시오, 아주머니!'"

"하느님께서 당신을 축복해주시기를!" 하고 말하는 여자 거지의 우는 듯한 목소리가 들렸다.

그는 센나야로 들어섰다. 사람들 속에서 남들과 부딪치는 것이 불쾌했으나 그는 일부러 사람이 많이 보이는 쪽으로 걸어나갔다. 그는 홀로 있기 위해서는 이 세상의 어떤 것이라도 내던질 용의가 있었으나 그러나 1분도 혼자 있을 수가 없음을 스스로 느끼고 있었다. 군중 속에서 한 주정쟁이가 추태를 부리고 있었다. 그 사내는 춤을 추려고 애쓰는 듯했으나 그때마다 땅바닥에 나동그라지곤 했다. 그 모양이 우스워 많은 사람들이 그를 둘러싸고 있었다. 라스콜리니코프는 사람들 틈을 비집고 안으로 들어가 한동안 그 주정쟁이를 구경하였으나 갑자기 혼자 찢어지는 듯한 웃음을 웃더니 1분도 안 되어 딱 그쳐버렸다. 그러고는 그 사내를 잊어버린 듯 한번 힐끗 바라보고는 그 자리에서 빠져나왔다. 이미 그는 자신이 어디 있는지조차 모르는 모양이었다. 그는 다시 걸었다. 광장의 복판까지 왔을 때, 그의 가슴에는 갑자기 어떤 충동이 일어났다. 그는 순간 어떤 움찔하는 느낌과 동시에 자기가 온통——몸도 마음도——사로잡히는 것을 느꼈다.

그는 문득 소냐의 말이 생각났다. '네거리에 나가서 모든 사람 앞에 머리를 조아리고 땅바닥에 키스하세요. 당신은 대지에 대해서 죄를 범했으니까요. 그리고 큰소리로 뭇 세상 사람들에게 "나는 살인잡니다!" 하고 말하세요.' 이 말을 상기하자, 그는 온몸을 부들부들 떨기 시작했다. 요즈음, 특히 이 몇 시간 동안, 빠져나갈 구멍조차 없는 우수와 불안이 완전히 그를 압도해버렸으므로 그는 순수한, 새롭고 충실한 감정 속으로 곧장 빠져들었다. 그 감정은 일종의 발작과도 같이 별안간 그를 엄습하였고 그의 가슴속에서 하나의 불꽃으로 타올랐

으며, 이내 화염이 되어 모든 것을 휩쓸고 말았다. 그 순간 그의 몸
속에 있는 것이 누그러지고 눈물이 왈칵 솟구쳤다. 그는 힘없이 쓰러
지고 말았다.

그는 광장 한복판에 무릎을 꿇고 땅바닥에 몸을 굽혀 환희와 행복
을 느끼면서 그 더러운 대지에 키스했다. 그는 일어서서 다시 머리를
숙였다.

"저것 봐! 굉장히 취한 모양인데!" 하고 가까이 있던 젊은 사내가
말했다.

와아, 하고 웃음소리가 터져나왔다.

"저 사람은 예루살렘에 간다오. 여러분, 자식들과 고향을 작별하고
세상 사람에게 작별인사하는 거라오. 센트 페테르부르크와 그 땅에
키스하는 거라오." 거나하게 취한 한 장사치가 이렇게 덧붙였다.

"아직 젊은 사낸데!" 하고 또 한 사내가 참견했다.

"평민은 아닌 것 같아." 누군가가 거드름을 피우는 음성으로 말했
다.

"요즈음 세상에 누가 귀족이고 누가 평민인지 어떻게 구별한단 말
이냐!"

이러한 모든 야유와 얘기소리가 라스콜리니코프의 기분을 억누르고
말았다. 바로 혀 끝까지 나왔던 '나는 사람을 죽였습니다' 하는 말도
그대로 혀 끝에서 스러져버렸다. 그러나 그는 태연하게 이런 야유를
귓전으로 들으면서 주위를 돌아보려고도 않고 곧장 뒷골목을 지나 경
찰서를 향해 걷기 시작했다. 도중 어떤 환상 같은 것이 얼핏 스쳐갔으
나 그는 별로 놀라지 않았다. 응당 그러리라는 예감이 있었던 것이다.
그가 센나야에서, 두번째로 땅바닥에 몸을 굽혔을 때 자기가 있는 자
리에서 50보쯤 떨어진 곳에서 소냐의 모습을 보았던 것이다. 그녀는
광장에 있는 판잣집에 그의 눈에 띄지 않도록 몸을 감추었다. 그러니
까 그녀는 그의 비장한 행진을 계속 뒤따르고 있었던 것 같았다. 라스

콜리니코프는 이 순간에, 이제 소냐는 영원히 자기에게서 떨어지지 않고 운명이 어디로 그를 끌고 가든지 이 세상 끝까지라도 따라오리라는 것을 느끼고 깨달았다. 그의 마음은 감동으로 뒤집힐 것만 같았다……. 그러나 ——그 순간 그는 이미 운명을 결판내는 장소에 다다르고 있었다.

그는 용감하게 구내로 들어섰다. 3층까지 올라가지 않으면 안 되었다. '아직 시간은 있다'고 그는 생각했다. 아무튼 그는 운명을 결판낼 순간까지는 아직 멀고, 여러 가지 일을 다시 생각할 시간도 남아 있는 것으로 느껴졌다.

그가 올라가는 나선 계단은 먼지투성이였고 계란 껍질이 지저분하게 흩어져 있었다. 방마다 출입문은 열어젖힌 채로 있었고 부엌에서 흘러드는지 탄산가스 냄새가 복도에 감돌고 있었다. 라스콜리니코프는 지난번에 온 후로는 오늘 처음 이곳에 왔다. 발걸음은 무거웠고, 전신에서 힘이 빠져버려 매우 고통스러웠다. 그러나 그는 걸음은 멈추지 않았다. 그런데 잠시 걸음을 멈추지 않을 수 없었다. 깊은 한숨을 토해낸 다음, 옷매무새를 바로잡으며 사람다운 모습으로 들어가야지 하고 생각했기 때문이다. 그러나 '무엇 때문에, 왜 이렇게 해야 되는가?' 하고 자신의 거동을 마음속으로 따져보았다. '이왕 쓴 잔을 마시기로 작정한 몸이라면 이 옷차림이 어떤 꼴이든 상관 없지 않은가? 보기 흉하면 흉할수록 오히려 어울릴 것이다.' 그 순간 벼락 부서장의 모습이 언뜻 머리에 떠올랐다. '그 사내한테 가는 것이 좋을까? 다른 사람은 안 될까? 서장한테로 가는 것은 재미없는 일일까? 지금 당장 되돌아가서 서장 관사로 찾아갈까? 그러면 적어도 가정적인 분위기에서 일을 마칠 수가 있지 않을까?…… 아냐, 아냐! 벼락 부서장에게 가는 것이 옳겠다. 벼락 부서장한테로 가자! 이왕 마실 독주라면 단번에 마셔야지…….'

그는 오싹 차가운 전율을 느끼며, 거의 제정신을 잃은 채 사무실로 들어섰다. 이번에는 그다지 사람들이 눈에 띄지 않았고, 어디 문지기로 보이는 사내와, 시내에서 호출받고 나온 듯한 사내 한 사람이 보일 뿐이었다. 수위는 칸막이 저쪽에 있었으나 그를 돌아다보지도 않았다. 라스콜리니코프는 다음 방으로 들어갔다. 어쩌면 아직 자수하지 않아도 될는지도 모르겠다는 생각이 그의 머릿속에 번득였다. 그 방에는 사복을 입은 서기 한 사람이 사무용 책상 앞에 앉아 서류를 꾸미고 있었다. 저쪽 구석진 곳에도 또 한 사람의 서기가 막 자리에 앉으려는 자세를 취하고 있었다. 자묘토프는 자리에 없었다.

"아무도 안 계십니까?" 하고 라스콜리니코프는 책상에서 서류를 만지작거리고 있는 사복의 사내에게 물었다.

"누굴 만나시려는 겁니까?"

"아아니! 말 소리도 듣지 않고, 모습을 보지 않아도 러시아인의 냄새가 풍긴다……. 이런 옛 얘기가 있었지요, 아마…… 무슨 일로 만났었는지 잘 생각나지 않습니다만 아무튼 잘 오셨습니다!" 갑자기 낯설지 않은 커다란 목소리가 들렸다.

라스콜리니코프는 부르르 몸을 떨었다. 눈앞에 어느새 나타났는지 벼락 부서장이 서 있었던 것이다. 그는 안쪽 세번째 방에서 불쑥 나왔던 것이다. '이야말로 운명이란 것이군.' 하고 라스콜리니코프는 생각했다. '이 사내는 왜 여기 와 있을까?'

"무슨 볼일이 있어서 오셨습니까?" 하고 부서장은 커다란 목소리로 물었다. 보아하니 그는 몹시 기분이 좋은 듯했고, 약간 흥분해 있는 것 같기도 했다. "볼일이 있어서 오셨다면 좀 일찍 오시지 않구요. 난 지금 우연히…… 그건 그렇고, 도움이 될 일이라면 무엇이든……. 그런데 당신에게 바른말 해야겠습니다만……. 에, 댁의 성함이 뭐라고 했지요? 실례입니다만……. "

"라스콜리니코프입니다."

"아, 그렇지요. 라스콜리니코프 씨였지요! 당신은 내가 이렇게 당신을 잊고 있으리라고는 미처 생각하지 못하셨겠지요! 아무쪼록 내가 그런 무성의한 인간이라고는 생각하지 말아주십시오……. 로지온…… 로…… 로…… 로지오루이치, 아마 그랬지요?"

"로지온 로마노비치입니다."

"아, 그랬지, 그랬지, 로지온 로마노비치, 로지온 로마노비치! 난 그 이름을 알려고 무진 애를 썼었어요. 몇 번이나 조회(照會)를 거듭하고. 고백합니다만, 난 그 사건 발생 후 줄곧, 당신과 그렇게 싸운 것을 후회했답니다……. 나중에 다른 사람들로부터 들었는데, 당신은 젊은 문학가고, 게다가 학자라고 하질 않습니까?…… 게다가 이제 막 첫발을 내디디고 있다고요……. 대체로 문학가나 학자치고 첫출발이 평범한 경우라곤 없으니까요! 그리고 나도 나의 아내도——모두 문학을 존중하고 있습니다만, 아내 쪽이 더 극성이지요! 문학과 예술에 말입니다! 인간이란 인격만 훌륭하다면 나머지는 재능과 지성과 이성으로 무엇이든 다 얻을 수 있는 것이지요! 모자, 예를 들면, 모자에 무슨 뜻이 있습니까? 모자 같은 것은 브린이나 마찬가지로 나 같은 사람도 심메르만 점포에 가면 얼마든지 살 수 있는 것입니다. 그러나 그 모자 속에 감추어져 있는, 모자로 덮여 있는 알맹이는 나 같은 사람으로서는 도저히 살 수 없단 말입니다!…… 난 솔직히 말해서 댁에 해명하러 가려고 생각하고 있었지요. 그러나 어쩌면 당신이…… 그건 그렇고, 끝내 댁을 방문하지는 못했습니다……. 그런데 오늘은 무슨 용건으로 이렇게 어려운 걸음을 하셨는지? 소문으로는 시골에서 가족이 오셨다는데?"

"네, 어머니와 누이동생이……."

"댁의 누이동생은 영광스럽게도 한번 뵌 적이 있지요——교양도 있고 굉장히 아름다운 분이더군요. 솔직하게 말해서 그때 당신과 언성을 높였다는 것이 몹시 유감스럽게 생각된단 말입니다. 정말 본의 아닌 일이긴 했습니다만! 그때 당신이 졸도하셨길래 난 잠시 이상한 생각을 했었지요. 나중에 나 자신 곰곰이 따져봤습니다만, 그건 바로 광신과 열광입니다. 당신이 그때 분노하신 것도 당연하지요……. 그런데 이제 가족이 오셨으니 어디 집이라도 옮기시려는 게 아닙니까?"

"아닙니다. 난 그저…… 난 좀 여쭙고 싶은 것이 있어서…… 자묘토프 군을 만나볼까 합니다만……."

"네, 그렇습니까! 두 분이 친한 사이가 되었다는 얘기는 나도 들었습니다. 그런데…… 자묘토프는 여기 없습니다──붙들어놓지 못해서 유감이군요. 그렇지요, 우린 그 사람을 놓치고 말았지요! 전근이 되었습니다. 그래, 어제부터 이곳으론 나오지 않습니다……. 게다가 전출 직전에 입싸움까지 하고 갔지요……. 그것도 거칠기 짝이 없는 입싸움을 말입니다……. 경박한 녀석이지요. 처음엔 장래성이 있어 보였는데, 그게 아니었어요. 정말 그들은 골치아픈 녀석들입니다. 우리나라의 젊은 청년들이란 모두가 그 꼴이지요! 무슨 시험인가 치른다고들 했습니다만, 그 시험이라는 게 아무것도 아니지요. 몇 마디 씨부렁거리고, 좀 허풍이나 떨면 그것으로 끝나는 것이니까요. 당신이나 당신 친구인 라즈민 씨 같은 분들과는 사정이 많이 틀립니다. 당신들의 전문은 학문이니까 한두 개 틀려봤자 그다지 큰 영향이 없을 것이고 낙심도 않겠지요. 하지만 당신의 입장에서 볼 때는 이와 같은 인생의 아름다움이란 것이 모두 공허한 것에 지나지 않는다고 생각하시겠지요. 당신은 금욕주의자고 수도사며, 이 세상을 등지고 살아가는 사람이니 말입니다……. 당신에게는 책이나 펜이나 학문의 연구 등이 무엇보다도 소중할 것이고──따라서 당신의 정신은 그러한 것들 위로 날고 있을 게 아닙니까! 이렇게 말하는 나도 약간은……. 당신은 리빙스턴의 저서를 읽어본 적이 있습니까?"

"아뇨."

"난 읽어봤습니다. 그건 그렇고, 요즈음 니힐리스트가 부쩍 늘었지요. 아무튼 그것도 자연의 추세라고나 할까요, 시대가 시대니 만큼.

네, 그렇지요? 하기야 당신이나 나나……. 당신은 니힐리스트는 아니 겠지요? 솔직히 대답해보십시오. 솔직하게 말입니다!"

"아, 아니, 그렇잖습니다……."

"아니, 아시겠습니까, 나하고는 탁 털어놓고 얘기합시다. 조금도 사양하실 것 없습니다. 나에게는 당신 자신에게 얘기하는 기분으로 말씀해주시면 됩니다! 스루지바[1] 얘기가 되면 문제는 달라집니다만…… 당신은 내가 드루지바[2]라고 말하리라 짐작했지요? 미안하지만 짐작이 빗나갔습니다. 우정이 아니고 한 사람의 시민으로서, 한 사람의 인간으로서 당연히 가지고 있는 인도적 감정, 곧 하느님에 대한 사랑의 감정을 두고 얘기하는 것입니다. 내가 회사원이라면, 공적인 인간이며 그와 동시에 항상 시민의 한 사람으로서 그 시민이 짊어지고 있는 의무에 충실해야 한다고 생각하는 사람입니다……. 당신은 방금 자묘토프를 들먹거렸습니다만, 그 사내는 수상쩍은 뒷골목 술집 같은 데서 샴페인이나 러시아 와인 같은 것을 마시고는 프랑스식인지 뭔지 이상한 짓만 하는 사람입니다──당신 친구인 자묘토프라는 사람은 그런 사내란 말입니다! 그러나 나로 말할 것 같으면 충성심과 고상한 감정에 불타고 있으며, 게다가 높은 계급과 중요한 지위를 가지고 있습니다. 그리고 또 처 자식을 거느리고 있고, 시민으로서나 인간으로서나 그 의무를 빠짐없이 다하고 있습니다. 그런데 그 사내는 어떻습니까? 난 당신을 교양있고 품위 높은 분으로 알고 이렇게 말씀드리는 것입니다. 또 한 가지, 요즈음 산파도 많이 불어난 모양이더군요……."

라스콜리니코프는 의아스러운 듯 얼굴을 치켜들었다. 방금 식사를 마치고 온 것이 분명해 보이는 그 부서장의 밑도 끝도 없는 사설이 그에게는 공허한 바람소리처럼 들렸다가 흔적도 없이 사라지고 마는 것

----

1) 職務.
2) 友情.

이었지만 그래도 어느 정도 그 부서장의 말이 이해되는 것 같기도 했다. 그는 부서장의 말이 어떤 결론을 맺고 끝날 것인지 짐작조차 못하는 안타까운 심정으로 귀를 기울이고 있었다.

"내가 지금 들먹거린 것은 머리를 짧게 깎고 다니는 그 아가씨들을 두고 하는 얘깁니다." 얘기를 좋아하는 부서장은 쉴 새 없이 계속했다. "난 그녀들에게 산파라는 별명을 붙여줬습니다. 이 별명은 그녀들에게도 안성맞춤이지요. 헤헤헤! 의과대학에 다니면서 해부학 같은 것을 배우고 있겠지만, 어떻습니까, 내가 지금 병으로 앓아 누워 있다면, 그녀들에게 병을 고쳐주십시오, 하고 진찰을 받게 될 것 같습니까? 어림도 없는 일이지요, 헤, 헤!"

부서장은 자기의 말 솜씨가 퍽 멋있다고 생각하고 커다란 소리로 웃어댔다.

"글쎄요, 문명 개화에 대한 갈망의 무질서한 표현이라고 보아도 과히 틀리지 않을 것입니다. 일단 문명이 개화된 이상 그것으로 충분하지 않습니까. 어쩌자고 그걸 악용하려고만 하는지 알 수 없습니다. 그 자묘토프처럼 왜 훌륭한 사람들을 모욕하려는 것일까요? 그 녀석은 왜 나를 모욕했을까요? 한번 그 의도를 들어봤으면 좋겠습니다. 그런데 또 요즈음 자살이 빈번하지요? 굉장히 늘었습니다──이건 당신 같은 사람은 상상도 못할 만큼이나 불었습니다. 그게 모두 마지막 한 푼까지 있는 대로 다 써버리고는 이러지도 저러지도 못해서 저지르는 일이란 말입니다. 어리디 어린 계집아이로부터 사내아이, 노인네에 이르기까지…… 그야말로 그 족속은 다채롭습니다. 바로 오늘 아침에도 상경한 지 얼마 되지 않은 어떤 신사에 대한 보고가 있었습니다. 어, 니르군! 여보게, 니르군! 그 신사 이름이 뭐라고 했지? 아까 보고받은 자살자 말이야! 그 페테르부르크 거리에서 권총 자살을 했다는 신사의 이름 말이야."

"스비드리가이로프입니다." 하고 옆방에서 누군가가 목쉰 소리로 관심도 없는 듯이 간단하게 대답했다.

라스콜리니코프는 흠칫 몸을 떨었다.

"스비드리가이로프! 스비드리가이로프가 권총 자살을 했다고요?" 하고 그는 소리쳤다.

"아니, 당신은 스비드리가이로프를 아십니까?"

"네…… 압니다……. 그 사람은 상경한 지 얼마 안 되는 사람입니다……."

"네, 그렇습니다. 최근에 상경했지요. 상처한 사람으로, 품행이 그다지 좋지 못한 사람인데, 갑자기 자살한 것입니다. 그 자살 방법도 상상할 수 없을 만큼 추악했지요……. 수첩에 몇 마디 써놓은 것이 있었는데 그 내용은, 자기는 제정신으로 자살하는 것이므로 아무도 내 죽음에 책임이 없노라 하는 것이었지요. 그 사내는 돈을 좀 가지고 있었다고 하더군요. 그런데 당신은 어떻게 그 사람을 압니까?"

"난…… 잘 아는 사람이지요……. 내 누이동생이 그 사람의 집에서 가정교사 노릇을 했으니까요……."

"아니, 그렇다면, 당신한테서 그 사람에 대한 필요한 정보를 입수할 수 있겠군요. 그래 당신은 그 사람한테서 뭐 좀 이상한 기색은 보지 못했습니까?"

"난 어제 그 사람을 만났었는데…… 하지만 난 아무것도 그런 기색은 발견하지 못했습니다."

라스콜리니코프는 커다란 바위 밑에 깔린 것 같은 고통을 느꼈다.

"또 안색이 창백해지는군요. 방안의 환기가 제대로 안 된 때문인 것 같습니다……."

"이제 가봐야 되겠습니다." 라스콜리니코프는 입속에서 중얼거리듯 말했다. "오랫동안 실례했습니다……."

"아니, 천만의 말씀을. 그럼 어서 가보십시오. 덕분에 참 유쾌했습니다."

부서장은 손을 내밀고 악수를 청했다.

"난, 다만…… 자묘토프를 만나러……."

"알고 있습니다. 덕분에 재미있었습니다."

"저 역시 퍽 유쾌했습니다……. 그럼, 안녕히 계십시오……." 라스콜리니코프는 빙긋 웃어 보였다.

그는 방을 나왔으나 제정신이 아니었다. 게다가 어지럽기조차 했다. 발로 서 있는 것인지 아닌지조차도 모를 지경이었다. 그는 오른손으로 벽을 짚으면서 계단을 내려가기 시작했다. 장부를 손에 든 정원지기 같은 사내가 경찰에 볼일이라도 있는지 계단을 올라오다가 그와 딱 부딪쳤다. 어디선가 개가 짖었고 그 개한테 막대기를 집어던지며 고함치는 여인의 목소리가 들린 것 같았다. 라스콜리니코프는 아래층으로 내려오자 뒷마당 쪽으로 나갔다. 그런데 거기 뒷문 옆에 얼굴이 창백하게 질린 소냐가 서 있었다. 그녀는 무서운 눈초리로 그를 응시하고 있었다. 라스콜리니코프는 그녀 앞에 섰다. 그녀의 얼굴에는 병적인, 지쳐빠진 듯한 표정이, 그리고 절망한 듯한 표정이 일시에 떠올랐다. 그녀가 두 손을 들어 올렸다. 그의 입술에는 추하고 당혹한 듯한 미소가 나타났다. 그는 잠시 서 있었으나 곧 빙긋 웃고는 몸을 돌려 왔던 길로 되돌아섰다. 그는 2층의 경찰관 사무실로 곧바로 걸어갔다.

부서장은 책상 위의 서류를 뒤적거리고 있었다. 그 앞에는 아까 계단에서 부딪쳤던 정원지기 같은 사내가 서 있었다.

"아, 다시 오셨구려! 뭐, 잊으신 물건이라도?…… 그런데 무슨 일이 있었습니까? 그 얼굴이……."

라스콜리니코프는 핏기가 가셔버린 새파란 입술을 떨면서, 눈길을 그에게 고정시킨 채 부서장 쪽으로 다가가더니 한 손으로 책상을 짚고 기대면서 무슨 말을 하려 했다. 그러나 그의 얼굴과 입술은 굳어버렸고 숨결은 거칠어져 좀처럼 말이 나오지 않았다. 뭔가 알아들을 수 없는 소리가 질려 있는 그의 입술에서 간간이 새어나올 뿐이었다.

"몹시 기분이 좋지 못한 모양이군요. 자, 이 의자에, 어서 의자에 앉으십시오! 이리 앉아주십시오! 여봐! 빨리 물 가져와!"

라스콜리니코프는 털썩 의자에 주저앉았다. 그러나 그의 눈길은 몹시 불쾌한 듯한 부서장의 얼굴에서 잠시도 떼지 않았다. 부서장도 그를 거의 1분 동안이나 응시했다. 그때 물을 가지고 왔다.

"그건 내가……" 하고 라스콜리니코프는 애써 정신을 가다듬고 입을 열었다.

"어서 물부터 좀 마십시오."

라스콜리니코프는 한 손으로 물컵을 밀어제치고는 착 가라앉은 소리로 천천히, 그리고 분명하게 말하기 시작했다.

"그건, 그때 관리의 미망인인 노파와 그 누이동생 리자베타를 도끼로 죽이고 물건을 훔친 것은 바로 납니다."

부서장은 딱 벌렸던 입을 오랫동안 다물지 못하고 있었다. 여기저기서 사람들이 몰려왔다.

라스콜리니코프는 다시 한번 자백의 말을 되풀이했다…….

에필로그

1

시베리아. 광막하고 황량한 벌판을 뚫고 흐르는 강가에 러시아의 행정 중심지의 하나인 커다란 도시가 서 있다. 그 도시 안에는 요새(要塞)가 있고 요새 안에는 감옥이 있다. 이 감옥에 제2급 유형수(流刑囚) 로지온 라스콜리니코프가 벌써 9개월째 감금돼 있다. 범행의 날로부터 거의 1년 반이란 세월이 흘렀다.

그의 사건 심리는 그다지 어려운 고비 없이 끝났다. 범인은 꿋꿋하고 정확 명료한 태도와 말씨로 자신의 범죄를 진술했다. 그는 자신을 유리하게 하기 위하여 다른 범인들이 흔히 쓰는 수법이나 진술 태도는 결코 취하지 않았다. 사실을 조금도 왜곡하지 않고, 세밀한 점에 이르기까지 빠뜨림 없이 진술했다. 살인의 경과를 마지막 하나에 이르기까지 차근차근 설명했는데, 살해된 노파가 손에 쥐고 있었던 전당물(판자토막과 금속 조각)의 비밀도 순순히 해명하는가 하면, 피해자로부터 빼앗은 열쇠에 대해서도 상세히 말했고, 궤짝과 그 속에 들어 있던 물건에 대해서는 그 수량까지 말했고, 리자베타를 죽이게 된 수수께끼를 풀어보였으며, 코흐가 와서 노크를 하고 있을 때 뒤이어 대학생이 찾아온 경위와 두 사람이 얘기한 대화 내용도 진술했고 범인인 그가 계단을 뛰어내려갈 때, 니콜라이와 드미트리가 킬킬거리는 소리를 들었다는 일과, 그가 어떤 빈 방에 숨어 있다가 얼마 후 집으로 돌아갔다는 것을 차분하게 공술했다. 그리고 마지막으로 보즈네센스키 거리에 있는 어떤 건물의 뒷문 옆에 돌이 있음을 알려주었다. 그 돌 밑에서는 과연 물건과 돈주머니가 나타났다. 한마디로 사건은 명백하게 파헤쳐진 것이다. 예심판사와 재판소의 판사들은 그의 모든 소행 가운데에서도 그가 돈주머니와 물건을 돌밑에 숨겨놓은 채 그것을 끝내 사용하지 않았다는 사실과, 더욱이 그가 자신이 훔친 물건을 자세히 기억하지 못할 뿐만 아니라 그 수량조차 틀리게 기억하고 있었다는 점에 커다란 관심을 가지게 됐다. 그가 그 돈주머니를 한번도 열어보지 않았고, 그 속에 돈이 얼마나 있었는가 몰랐다는 것 자체가 도무지 있을 수 없는 일 같았기 때문이다. 돈주머니 속에는 지폐로 317루블과 20코페이카짜리 은화가 세 닢 들어 있었다. 상당한 시일 동안 돌 밑에 있었기 때문에 고액지폐 몇 장은 적지않이 상해 있었다. 피고는 다른 점에 있어서는 자발적으로 정직하게 자백했음에도 불구하고 왜 이 점에 대해서만은 허위자백을 하느냐 하는 의문을 해명하기 위하여 관계자들은 적지않은 시일에 걸쳐 고심했다. 그 결과, 몇 사람(심리학자 한 사람은 유달리)은 이런 결론을 내렸다. 즉, 범인은 사실상 그 돈주머니를 열어보지 않았다. 따라서 그 속에는 무엇이 들어 있는지도 몰랐고, 그것을 그대로 딴 물건과 함께 돌 밑에 숨긴 것이다(이것은 그들의 가정이다). 따라서 이 범죄는 일종의 일시적 정신착란, 이를테면 장래의 목적이나 타산에서 이뤄진 것이 아닌 병적인 살인강도의 편집광(偏執狂)의 발작으로 말미암은 것이라고. 마침 그 무렵엔 일시적 정신착란이란 최신 유행의 학설이 등장하기 시작한 때였을 뿐만 아니라 우리나라에서는 어떤 범죄자에 애써 그 학설을 적용하려는 추세에 있었다. 그런 상황에 덧붙여, 라스콜리니코프의 정신 상태가 오래 전부터 상당히 신경질적이고 우울하였다는 사실이, 많은 증인과

의사 조시모프와 그의 옛 학우들, 그리고 하숙집 여주인, 하녀 등으로
부터 청취된 증언에 의하여 밝혀졌다. 이와 같은 사실이, 크게 작용하
여 라스콜리니코프는 흔히 있는 살인범이나 강도범과는 다른, 뭔가
특이한 성질의 범죄자로 판단되었다. 이러한 견해를 주장하는 사람들
에게 몹시 유감스러웠던 것은 피고가 자기 자신을 위하여 조금도 변
호하려 하지 않았던 일이다. 대체 그를 살인으로 유인한 것은 무엇이
냐, 무엇이 그로 하여금 약탈이라는 범의(犯意)를 갖게 했느냐 하는
최종적 질문에 대하여, 그는 모든 원인은 자신의 비참한 처지와 빈곤
과 고립무원(孤立無援)의 상태, 그리고 노파를 죽임으로써 얻을 수 있
으리라고 기대했던 3천 루블의 돈을 밑천으로 삼아 자신의 입신출세
의 제1보를 확립하고 싶었기 때문이라고 지극히 명쾌하고 정확하게
대답했다. 살인이라는 최악의 수단을 결심하게 된 것은 경솔과 소심
한 성격, 게다가 궁핍과 불우에서 오는 초조해진 신경 때문이라고 말
했던 것이다. 그러면 무엇이 자수를 결심하게 했는가라는 질문에 대
하여 그는 진심에서 우러난 회오라고 솔직하게 대답했다. 이러한 그
의 진술은 소박하였고 꾸밈이라고는 전혀 없었다.

그러나 판결은 죄과에 비해서 놀랄 만큼 관대했다. 아마 이것은 범
죄자가 자신을 추호도 변호하려고 하지 않았을 뿐만 아니라 오히려
스스로 자신의 죄를 무겁게 하고 싶어하는 것처럼 보였기 때문인지도
모른다. 그리고 이 사건만이 지닌 특이한 성질과 사정이 충분하게 고
려되었다. 범죄 수행 전의 범인의 병적인 비참한 정신 상태는 털끝만
큼도 의심의 대상이 되지 않았다. 그가 강탈한 물건을 전혀 사용하지
않았다는 사실은 회오의 정이 눈뜬 때문이고 동시에 범죄 수행 당시
의 범인의 정신 능력이 결코 건전한 상태에 있지 않았다는 것을 증명
하는 것으로 간주되었다. 뜻하지 않게 리자베타를 죽이게 된 것도 오
히려 이 가정을 증명하는 실례로 채택되었다. 두 사람이나 살해하는
범죄를 저지르면서도 문을 열어놓은 채 있었다는 것을 잊어버릴 정도

였기 때문이다. 마지막으로, 절망한 광신자[니콜라이]가 허위 자백을 함으로써 사건이 이상하게 분규를 거듭하고 있었을 뿐 아니라 진범에 대해선 명백한 증거는 고사하고 혐의조차 두지 않고 있을 때 자수했다는 것(포르피리는 철저히 약속을 지켜주었다), 이와 같은 모든 사정이 피고의 운명을 경감하는 데 크게 이바지했다.

그밖에, 전혀 뜻하지 않게 피고에게 자못 유리한 사실이 또 하나 나타났다. 전에 대학생이었던 라즈민이 어디서 알아낸 것인지 피고 라스콜리니코프가 대학 재학 당시 호주머니를 털어서 가난한 폐병쟁이 학우 한 사람을 도와주고 거의 반 년이나 부양했다는 정보를 가지고 와서 그의 인간성을 증명하는 증거로 제출했던 것이다. 그런데 그 학우가 사망하고 난 후 혼자 남게 된 노쇠한 부친(그 학우는 14세 때부터 자기 부친을 부양하고 있었다)을 돌봐주고, 나중엔 그 노인을 입원시켰고, 노인이 사망하자 장례까지 치러주었다는 것이었다. 이와 같은 모든 정보는 라스콜리니코프의 운명의 결정에 상당히 유리한 영향을 미치게 하였다. 그리고 또 이전 하숙집 주인이자, 지금은 죽었으나 라스콜리니코프의 약혼녀였던 아가씨의 어머니 미망인 자르니츠나도 역시 자기들이 아직 피야치우르그로프의 다른 아파트에 살 무렵 밤중에 불이 났을 때, 불길에 싸인 어느 방으로부터 두 어린이를 구출하고 그 때문에 화상까지 입은 일을 증언해주었다. 이 사실은 면밀히 조사되었는데 많은 증인에 의해서 상당히 유력한 증언이 행하여졌다. 요컨대 범인이 자수했다는 사실과 죄과의 경감에 유효한 몇 가지 사실이 중요시된 때문에, 피고는 제2급의 유형으로, 그리고 형기도 불과 8년으로 선고받음으로써 사건은 종결되었다.

재판이 시작되고 얼마 되지 않았을 때부터 라스콜리니코프의 모친은 병석에 눕게 되었다. 두냐와 라즈민은 이 재판이 진행되는 동안 그녀를 페테르부르크로부터 얼마 떨어지지 않은 어떤 작은 도시로 옮겼다. 이것은 재판의 진행 상황을 자세히 살펴보려는 의도와, 가능한 한 두냐와 자주 만날 수 있도록 하기 위함이었다. 플리헤리야의 병은 일종의 이상한 신경성으로, 전적으로 그런 것은 아니지만 다소 정신착란적인 것이었다. 두냐가 오빠와 마지막 작별을 하고 집으로 돌아와보니 어머니는 완전히 발병하여 열에 들떠 헛소리를 하고 있었다. 그날 밤 그녀는 라즈민과, 어머니가 오빠 얘기를 물어보면 뭐라고 대답해야 좋을지 상의하고 라스콜리니코프는 장래에 돈과 명예를 가져올 개인적인 어떤 사업을 부탁받고 어디 먼 국경 지방으로 떠났다고 대답하기로 말을 꾸몄다. 그러나 그 두 사람이 놀란 것은 플리헤리야는 이 일에 관해서 당시는 물론 그 이후에도 아무것도 물어보려고 하지 않았던 것이다. 뿐만 아니라 그녀 자신도 아들의 갑작스런 출발에 관해서 하나의 얘기를 꾸며놓고 있었다. 그녀는 눈물을 흘리면서 로쟈가 그녀한테 작별인사를 하러 왔을 때의 모양을 얘기해주는 것이었다. 그리고 그녀 혼자만이 지극히 중대한 비밀 사정을 알고 있다는 것과, 로쟈에게는 강력한 적이 많으므로 일시 몸을 감추어야 한다는 말을 슬그머니 암시했다. 아들의 장래에 관해서는 몇 개의 불리한 사정만 해소되면 의심할 것 없이 훌륭한 성공을 거둘 것으로 생각하고 있었다. 그녀는 라즈민에게 자기 아들은 이제 곧 국가적인 인물이 될 것이며, 그것은 아들의 논문과 빛나는 문학적 재능이 증명하고 있다고 단언했다. 그녀는 이 논문을 되풀이 읽었다. 때로는 커다란 소리로 낭독하기도 했으며 잠 잘 때는 그 논문을 품속에 안고 잤다. 그러나 로쟈가 현재 어디 있느냐는 얘기는 두 사람 앞에서는 피하려 했고——그것만으로도 그녀로서는 의심을 품음직한데도 결코 두 사람에게 묻거나 들으려 하지 않았다. 마침내 그들은 플리헤리야가 어떤 점에 대해서는 이와 같이 이상할 정도로 입을 다물어버리고 얘기를 피하기만 하는 것을 걱정하기 시작했다. 예를 들면 예전에 시골생활을 할 때 그녀는 귀여운 로쟈로부터 편지가 오지 않는가 하고 기다리는 일만을 낙으로 삼고 살아왔는데, 지금은 아들로부터 편지 한 장 오는 일이 없어도 그것을 들먹거리지도 않는 것이었다. 이것은 아무래도 설명할 수 없는 기이한 일이었고, 따라서 두냐는 심상치 않은 불안을 느끼게 되었다. 어머니는 어쩌면 아들의 운명에 관하여 어떤 무서운 예감을 가지고 있어서, 만약 아들에 대한 것을 묻다가 더욱 무서운 사실이라도 듣게 되지나 않을까 하고 겁낸 나머지 일체 침묵을 지키고 있는 것이나 아닐까 하고 그녀는 생각했다. 어쨌든 플리헤리야의 판단력이 건전하지 못하다는 것만은 두냐에게도 분명해 보였다.

그러나 두어 번, 로쟈가 지금 어디에 있는지 그것을 입에 올리지 않고는 대답할 수 없도록 플리헤리야가 얘기를 이끌어간 적이 있었다. 그런데 그에 대한 대답이 플리헤리야로서는 몹시 불만스러운, 이상한 것이 되지 않을 수 없었으므로, 마침내 그녀는 별안간 몹시 비통하고 우울한 얼굴이 되어 과묵한 사람으로 변했다. 이러한 상태는 꽤 오랫동안 계속되었다. 끝내는 두냐도 말을 꾸며대거나 거짓말을 계속한다는 것은 불가능한 것으로 판단하고 결국은 어떤 점에 대해서는 무조건 침묵을 지키는 것이 좋겠다는 결론을 내렸다. 그러나 두냐는 불쌍한 어머니가 일이 무서운 상태에 빠져 있는 것이나 아닌가 하고 의심하고 있다는 것을 분명히 알고 있었다. 두냐는 특히 그 최후의 운명을 결정짓는 전날 밤, 스비드리가이로프와 자기가 만난 뒤, 어머니가 자기의 잠꼬대를 들은 것 같다고 말하던 오빠의 말을 상기했다. 어쩌면 오빠 말대로 어머니는 그때, 내 잠꼬대에 의해서 눈치채거나 알게 된 것이나 아닐까. 병자인 어머니는 간혹 때로는 며칠이고 계속, 어떤 때는 몇 주일씩 깊은 시름이 드리워진 우울한 모습으로 말 한마디 없이 눈물만 흘리기도 하였다. 그러나 어떤 때는 히스테릭하게 유쾌해 하는 경우도 있었다. 그럴 때면 아들이나 자기의 희망, 또는 장래에 관해서 큰소리로 쉴새없이 지껄이곤 했다. 그러다가도 그녀의 환상은 때로는 몹시 괴상한 것이 되는 경우도 있었다. 그럴 때는 두 사람이 그녀를 위로하거나 맞장구를 쳐주거나 했다——맞장구를 치는 것은 우선 자기를 위로하려는 것에 불과하다는 것을 어머니 자신도 알고 있었는지도 모른다——그래도 그녀는 계속 지껄였다.

범인이 자수한 후 5개월이 지난 후에야 선고가 내렸다. 라즈민은 될 수 있는 대로 자주 감옥으로 면회를 다녔다. 소냐도 역시 그랬다. 두냐는 오빠에게 이 이별도 그다지 오래 가지 않을 거라고 맹세하고 있었다. 라즈민도 맹세했다. 열정적인 라즈민은 앞으로 3, 4년 동안에 힘닿는 데까지, 하다 못해 장래에 대비한 기초 정도는 닦고 얼마간 돈도 모아서, 모든 점에서 토지는 비옥한데도 노동력이나 자본이 부족한 시베리아로 이주하여 로쟈가 가는 도시로 따라가 살겠다……. 그리고 모두 함께 새로운 생활을 시작하겠다는 계획을 확고하게 마련해 놓았다. 이별할 때는 모두가 울었다. 라스콜리니코프는 시베리아로 떠나는 마지막 며칠 동안은 몹시 우울했다. 어머니에 대해서 온갖 것을 물으며, 어머니 걱정으로 쉴 새 없이 안절부절 못하고 있었다. 오빠가 너무나도 지나치게 어머니를 걱정하는 것을 본 두냐는 오빠를 걱정하고 자꾸만 불안해지기도 했다. 그는 어머니의 병세를 상세히 알게 되자 얼굴엔 짙은 어둠이 깔리고 괴로운 심정을 드러냈다. 소냐와는 왠지 대화를 피하려고만 했다. 소냐는 스비드리가이로프가 남겨 주고 간 돈으로 벌써부터 라스콜리니코프가 호송되는 수인 부대를 따라가려는 만반의 준비를 하고 있었다. 그 일에 대해서는 아직 라스콜리니코프와 소냐 사이에는 한마디도 얘기를 나누지 않았다. 그러나 두 사람은 제각기 그렇게 될 것으로 생각하고 있었다. 드디어 마지막 작별의 순간이 다가왔을 때 누이동생과 라즈민이 입을 모아 그의 출옥 후의 행복한 생활을 책임지겠다고 열변을 토했으나, 그는 묘한 웃음을 엷게 띠었을 뿐 말이 없었다. 그는 다만 어머니의 병환은 어쩌면 불행한 결과로 끝나게 될 것 같다고 한 마디 예언했을 뿐이었다. 그와 소냐는 마침내 떠나갔다.

그후 두 달쯤 지나서, 두냐는 라즈민과 결혼했다. 결혼식은 쓸쓸하리만큼 조촐했다. 그래도 초대객 가운데는 포르피리와 조시모프도 끼여 있었다. 라즈민은 뭔가 굳은 결심이라도 하고 있는 것 같았다. 두냐는 이 사람이라면 무슨 난관이 있더라도 자기들 두 사람의 소망이나 계획은 남김없이 이룰 수 있으리라고 맹목적으로 믿고 있었다. 또 그렇게 믿지 않을 수도 없는 터였다. 그에게는 무쇠 같은 굳은 의지가 엿보였기 때문이다. 한편 그는 전과정을 이수하기 위하여 대학에 복학했고, 강의를 들으러 나가기 시작했다. 두 젊은 부부는 장래의 계획을 세우고 5년 후에는 시베리아로 이주하기로 결심하였다. 그동안 라스콜리니코프에 대한 뒷바라지는 소냐의 수고에 맡기기로 작정했다.

플리헤리야는 기꺼이 딸에게 라즈민과의 결혼을 축복해주었다. 그러나 결혼 후, 플리헤리야는 더욱더 우수에 잠긴 근심스러운 모습으로 변해갔다. 라즈민은 잠시 동안이라도 그녀를 기쁘게 해주려고 무슨 얘기 끝에 대학생과 그 늙은 아버지에 대한 얘기와, 지난해 로쟈가 두 아이를 죽음 직전에서 구출해주고 그로 말미암아 자신은 화상을 입었었다는 얘기를 해주었다. 이 두 가지 정보는 그렇잖아도 머리가 이상하게 돼 있는 플리헤리야에게 감동적인 충격을 주었다. 그녀는 어디서나 그 얘기를 끄집어내어 아들을 자랑했다. 길거리에서나, 합승마차 안에서나, 남의 가게 앞에서나, 누구라도 얘기 상대가 될 만한 사람이면 덮어놓고 그 얘기를 꺼냈다——두냐가 항상 그녀 옆에 따라다녔지만——그녀는 자기 아들의 논문과 두 아이를 구출한 얘기를 다 시없는 큰 자랑거리로 삼았던 것이다. 두냐는 그것을 말리려고 애썼지만 소용없었다. 두냐가 두려워한 것은 어머니의 병세도 병세려니와, 지난번에 있었던 재판 때의 라스콜리니코프라는 성명을 상기하고 어머니에게 그 말을 끄집어내지나 않을까 하는 것이 더욱 큰 걱정거리였다. 플리헤리야는 화재에서 구출된 두 아이의 어머니의 주소를 어디선가 염탐해와서는 꼭 그 집에 가보고 싶어했다. 날이 감에 따라 그녀의 불안과 초조는 극한에 달하여 자주 울기도 했고, 자리에서 일어나지 못하는 때도 있었으며, 고열에 들떠서 몇 시간이고 헛소리를 지껄일 때도 있게 되었다. 어느날 아침, 그녀는 별안간 자기의 계산으로는 로쟈가 집으로 돌아올 때가 되었는데, 그리고 전에 작별인사를 하러 왔을 때 앞으로 9개월이면 꼭 돌아올 테니 그리 알고 있으라고 말했는데 왜 여태까지 돌아오지 않느냐 하고 흐느껴 울었다. 그녀는 아들을 맞이할 준비를 해야겠다며 온 집안을 깨끗이 치우고, 아들 방으로 정해둔 자신의 방에다가 여러 가지 장식을 했으며, 가구들을 닦고 새 커튼을 달기도 했다. 두냐는 제정신이 아닌 어머니의 거동이 살을 에는 것처럼 쓰라리고 걱정되었으나 아무 말도 없이 어머니의 그 작업을 거들어주었다. 이와 같이 어머니는 끊임없는 환상과 기쁨에 찬 꿈과 눈물 속에서 불안으로 나날을 보내 완전히 정신을 잃고 헛소리만 하게 되었다. 그리고 전신은 불덩어리처럼 높은 열을 뿜기 시작했다. 2주일 후 마침내 그녀는 숨을 거두고 말았다. 그동안 그녀의 헛소리로 미루어보아, 그녀는 두 사람이 상상하고 있는 것보다 훨씬 더 아들의 운명이 끔찍한 것임을 알고 있었던 것으로 짐작됐다.

라스콜리니코프가 시베리아에 도착한 직후부터 페테르부르크와의 통신이 이루어지고는 있었으나 그는 모친의 죽음은 오랫동안 모르고 지냈다. 그 통신은 그를 따라간 소냐를 통해서 이루어지고 있었다. 소냐는 매월 어김없이 페테르부르크의 라즈민에게 편지를 보냈고, 동시에 그로부터 답장을 어김없이 받았다. 처음엔 소냐가 보낸 편지는 두냐와 라즈민에게는 딱딱하고 불만스러운 것이었으나, 나중에는 더 이상 잘 쓸 수 없다는 것을 알게 됐다. 그것은 소냐의 편지를 통해서 그들은 가련한 오빠의 운명에 대해 더없이 충실하고 정확한 소식을 전해 들을 수 있음을 알게 됐기 때문이다. 소냐의 편지는 감옥에서의 라스콜리니코프의 일상생활과 그에 관련된 모든 상황을 간단 명료하게 서술하고 있었는데, 그녀 자신의 희망이나 장래에 대한 추측이나 자신의 감정 같은 것은 한 마디도 덧붙여져 있지 않았다. 그 편지는 라스콜리니코프의 정신 상태나 그의 내적 생활 전반에 걸친 무슨 해명이 아니라 오로지 정확한 사실만을, 즉 그의 입에서 나온 말이나, 그의 건강 상태 등을 자세하게 적고 있었다. 언제 그를 면회 갔더니 그가 어떤 것을 희망했고, 자기에게 뭘 물었고, 혹은 어떤 일을 부탁하였다는 식으로 편지는 씌어져 있었다. 그녀의 이러한 자세하고 정확한 편지 덕택으로 두냐는 불행한 오빠의 모습을 뚜렷하고 정확하게 머릿속에서 그려볼 수 있게 되었다.

그러나 애초에는, 두냐와 그녀의 남편은 그 편지 속에서 기뻐할 만한 사실을 발견하지 못했다. 연달아 부쳐져오는 소냐의 편지에는 라스콜리니코프는 언제나 언짢은 표정이었고 말하기를 싫어하고, 페테르부르크에서 온 편지 얘기를 해주어도 거의 흥미조차 느끼지 않으며, 어쩌다가 어머니의 안부를 물어 그가 이미 진상을 눈치채고 있는 것 같아 보여서 마침내 어머니가 돌아가셨다는 소식을 알려주었는데도 그는 감각조차 잃은 사람같이 조금도 놀라는 기색조차 보이지 않았고, 내심은 어떻든 외견상으로는 그렇게 보였다고 적혀 있었다. 그리고 그녀가 편지에 덧붙인 바에 의하면, 그는 외견상으로는 전적으로 자신 속으로 침잠(沈潛)하고, 철저하게 폐쇄적인 생활을 하고 있는 것같이 보이나 자신의 새로운 생활에 대해서는 극히 솔직하고 담백한 태도를 취하고 있다. 그리고 현재의 자신의 입장을 분명하게 이해하고 있고 쓸데없는 환상이나 기대 같은 것은 가지고 있지 않을 뿐만 아니라 경솔하게 어떤 희망 같은 것을 품는 일도 없으며 ——이것은 그의 입장으로 봐서도 당연한 일이지만 ——예전의 자기 생활과는 엄청나게 동떨어진 새 환경 속에서도 무슨 일에고 거의 놀라거나 괴로워하지 않는다는 것이었다. 그리고 또한 그녀의 보고에 의하면 그의 건강은 만족할 만한 상태라는 것이다. 그는 노역에도 나갔는데 그것을 별로 고통스럽게 여기지도 않았으며 그렇다고 해서 자진해서 노역에 나가는 일도 없었다, 음식에 대해서는 거의 무관심하였으나, 그 음식이라는 것이 일요일과 축제일에 나오는 것 말고는 너무나도 형편없는 것이었으므로 마침내 그도 견디다 못하여 소냐에게 돈을 얻어, 매일 자신의 처소에서 차를 사서 마시기로 했다, 그 외의 일에 대해서는 일체 걱정하지 말라고 소냐에게 이르고 자기에 대한 지나친 걱정은 오히려 화를 치밀게 한다고 말하더라는 것이었다. 그리고 또 소냐가 알려온 바에 의하면 감옥 안의 그의 방은 여러 잡범들과 함께 쓰는 방으로, 그녀는 그 방을 보지는 않았으나 몹시 비좁고 불결하며 누추하기 짝이 없는, 건강에는 더할 수 없이 나쁜 곳이라고 단정하고 있었다. 그는 판자로 된 침대 위에 모포를 한 장 깔고 잠을 잤으나, 조금도 그 것을 불만스럽게 여기지는 않았을 뿐만 아니라 자신의 평안을 위하여 손을 쓰려고는 하지 않았다. 그가 그러한 조악한 생활을 감수하는 것은 무슨 계획이나 의도가 있어서가 아니고 단지 자신의 운명에 대한 체념과 표면적인 무관심으로 말미암은 것이었다. 소냐가 솔직하게 써 보내온 바에 의하면, 그는 처음에는 그녀의 면회에 전혀 관심조차 나타내지 않았을 뿐만 아니라 짜증난다는 듯한 표정을 지었고, 말이라곤 하지 않았으며 그녀에 대하여 냉랭한 태도를 취했었는데 얼마간 세월이 흐른 다음부터는 그도 마침내 그녀의 면회를 기다리게 되었고, 몸이 아파 며칠 면회를 빠뜨리는 경우라도 있으면, 그는 그지없이 섭섭해 한다는 것이었다. 그녀와 그의 면회는 축제일마다 옥문 옆에 있는 위병소에서 몇 분 동안만 허락되었다. 평일에는 노역을 나갔으므로 그녀는 그 노역 장소로 그를 찾아갔고, 때로는 벽돌 공장이나, 이르트위시 강의 강가에 있는 작업장 같은 데서 만나기도 했다. 소냐 자신은 동정해주는 이웃 사람들이 몇 사람 있어서 바느질품을 거들고 있는데, 그 거리에는 부인용 바느질감을 취급하는 가게가 드물어서 이제는 어느 집에서고 자기는 없어서는 안 될 존재가 돼버렸다고 알려왔다. 그러나 그녀는 자기 덕택으로 라스콜리니코프가 당국의 보호를 받게 되고, 노역도 한결 경감된 사실에 대해서는 한마디도 비치지 않았다. 마지막으로 보내온 편지에서 두냐는 최근에 받은 몇 통의 편지보다 유다른 불안과 동요가 드러나 있음을 발견했다. 그는 요즈음 동료 죄수들과 고립하여 일체의 접촉을 피하려 한 때문에 감옥 내의 유형수들로부터 미움을 받게 되고, 그 자신도 며칠이고 입을 여는 일 없이 지내고 있으며, 그런 일로 말미암아 그의 안색은 나날이 나빠져 가고 있다는 것이었다. 그리고 마지막 편지에서 소냐는 갑자기 그가 감옥 안의 병원에 입원했다고 알려왔다.

2

그는 오래 전부터 몸이 불편했다. 그러나 그의 몸을 쇠약하게 한 것은 유형생활에서 오는 공포도, 노역도 아니었으며 음식이나 삭발이나 누더기 같은 죄수복도 아니었다. 아니, 그로서는 그런 정도의 고생이나 고통은 아무것도 아니었다. 뿐만 아니라 그는 오히려 노역을 좋아했을 정도였다. 고된 노역으로 지칠 대로 지쳐버리면 적어도 몇 시간의 숙면을 얻을 수 있었기 때문이다. 음식도 바퀴벌레가 든, 건더기라고는 없는 멀건 국물도 그에게는 문제가 아니었다. 학생시절엔 그런 것도 마시지 못하는 경우가 더러 있었던 것이다. 죄수복은 따뜻해서 그의 생활 양식에 어울리는 것이었고, 족쇄 같은 것에는 아예 신경을 쓰는 일조차 없는 그였다. 그렇다면 삭발한 머리나 얼룩덜룩한 죄수복의 상의가 창피스러웠던 것일까? 그렇다면 누구 앞에서 그런 감정을 느꼈다는 것인가? 소냐란 말인가? 소냐는 그를 두렵게 생각하고 있었으니 그녀에 대하여 수치를 느낄 것은 아무것도 없지 않은가.

그럼 대체 무엇일까? 그는 소냐에 대하여까지 치욕을 느끼고, 때문에 그녀를 의식적으로 경멸하고 난폭하게 괴롭혀왔으나, 그가 부끄러

위한 것은 삭발도 아니었고 족쇄도 아니었다. 그는 자기 긍지에 심한 상처를 받았고, 병이 난 것도 그 때문이었다. 아아, 그가 자기 자신을 죄인으로 인정할 수 있었다면 얼마나 행복했을까! 그렇기만 했다면 그는 그것이 치욕이든 굴욕이든 얼마든지 참아나갈 수 있었을 것이다. 그런데 그는 자기 자신을 아무리 엄중히 비판해보아도, 그리고 냉혹한 양심에 비추어보아도 자신의 과거엔 아무 죄도 발견되지 않았고, 겨우 발견된 것이 있었다면 누구나 흔히 저지르기 쉬운 '실패'라는 것이 있을 뿐이었다. 그가 부끄럽게 여긴 것은 다름이 아니라 자기, 즉 라스콜리니코프라는 자신이 이렇게도 맹목적인 운명의 선고에 따라 너무나 허망하게 우매하고 옹졸한 파멸의 길에 나서게 되었다는 것, 그리고 조금이라도 마음을 가라앉히려고 애쓰면 애쓸수록 정체도 알 수 없는 그 '무의미한 선고' 앞에 굴종하고 굴복하지 않으면 안 된다는 사실이었다.

현 시점에서는 대상도 목적도 없는 불안, 먼 미래에 이르기까지 아무런 보상도 없음이 분명한 희생──이것만이 이 세상에서 그를 기다리고 있는 모든 것이었다. 8년 후에도 서른두 살밖에는 안 되니 얼마든지 새출발을 할 수 있지 않느냐고 하더라도 지금의 그에게는 무의미할 뿐이다. 무엇 때문에 살아야 하느냐? 무엇을 목표로? 무엇을 향하여 매진해야 한단 말인가? 다만 존재하기 위해서 살아야 한단 말인가? 그런데 전에는 자신의 사상을 위해서라면, 희망을 실현시키기 위해서라면, 설혹 그것이 환상에 지나지 않을지라도 자신의 존재를 천만 번이라도 희생시킬 각오를 했었다. 단순히 생존한다는 것만으로는 그는 결코 만족할 수가 없었던 것이다. 그가 소망했던 것은 언제나 한결같이 그 이상의 것이었다. 어쩌면 이같이 왕성한 욕구가 있었기 때문에, 그는 그 당시 남들보다 더욱 많은 것이 허용되어야 할 인간으로 자부했는지도 모른다.

그러므로, 설령 그가 회한(悔恨)을──더없이 쓰라리고 잠조차 잘 수 없는 뼈저린 회한, 무서운 고통과 사형대의 밧줄이나 죽음의 심연을 눈앞에 떠올리게 하는 회한을 맛보게 될 운명을 짊어지게 됐다 하더라도, 아아, 그는 오히려 그것을 기뻐했을지도 모른다. 고통과 눈물——이것 또한 인생이 아닌가. 그러나 그는 결코 자신의 범죄를 후회하지는 않았던 것이다. 적어도 그는, 자신을 감옥 속으로 끌어넣게 된 그 우매하고 비열한 행동에 대하여 일찍이 스스로 분노하여 마지않았듯이 지금은 더욱 자신의 우매함에 울분을 터뜨릴 수는 있었을 것이다. 그러나 이미 감옥으로 들어와 '자유의 몸이 된' 그는 자신의 그 행위를 재검토하고 숙고해보았지만 그 행위가 전에 운명이 결정되려는 무렵에 자신이 생각했던 정도로 우매하고 추악한 행위는 결코 아닌 것으로 생각됐던 것이다.

'대체 어디가? 어떤 점이?' 하고 그는 생각했다. '나의 이 사상이, 이 세상이 생겨나면서부터 끊임없이 일어나고 서로 충돌을 되풀이하고 있는 온갖 다른 사상이나 이론보다도 우매하고 옹졸하다는 말인가? 그 문제를 좀더 자유스러운 입장에서, 저속한 관점이 아닌 보다 높은 차원에서 관찰한다면 나의 사상은 그렇게까지…… 유별난 사상으로는 보이지 않을 것이다. 오오, 5코페이카 은화 한 닢 정도의 값어치도 없는 부정론자와 현인(賢人)들이여, 왜 너희들은 주저하고만 있느냐!'

'나의 행위의 어떤 점이 녀석들에게 추악하게 보이는 것일까?' 하고 그는 중얼거렸다. '그것이 나쁜 짓이기 때문에? 나쁜 짓이란 대체 무슨 뜻이냐? 지금의 나의 양심은 편안하다. 물론 난 형법상의 죄를 범했다. 말할 것도 없이 법률의 조문을 짓밟고 피도 흘렸다. 그러나 그렇다면 법률 조문에 비추어 나의 목을 잘라버리면…… 그것으로 충분하지 않으냐! 그렇다면 합법적으로 물려받은 권력이 아니고 자기 힘으로 그것을 빼앗은, 대다수의 인류의 은인으로 자처하고 있는 자들도 그들이 최초의 제1보을 내디뎠을 때 마땅히 처형돼야 했을 게 아닌가. 그러나 그들은 끝까지 자기 걸음을 걸어갈 수 있었다. 그래서 "그들은 옳다"는 것이다. 그러나 나는 끝까지 걷지 못했다. 나에게는 그 최초의 1보를 내디딜 권리가 없었던 셈이다.'

바로 이 점에 한해서 그는 자신의 죄과를 인정했다. 즉, 끝까지 밀고 나가지 못하고 제1보에서 자수해버린 것이 자신의 죄과라는 것이었다.

그는 또 이런 생각에도 고민하고 있었다——왜 나는 그때 자살하지 않았던가? 왜 나는 그때 거무튀튀한 강물을 내려다보면서 자수하기로 작정해버렸을까? 살고 싶다는 욕망에는 그만한 가치가 숨어 있었던가? 그리고 그 욕망을 극복하기가 그렇게도 힘들었을까? 누구보다도 죽음을 두려워했던 스비드리가이로프는 그와 같은 욕망을 이겨내지 않았던가?

그는 괴로움에 몸부림치면서 자기 자신에게 이와 같은 질문을 던졌다. 그러나 이미 강물을 내려다볼 때부터 자기 자신의 신념에 커다란 허위와 허점이 있었다는 것을 그 자신이 예감하고 있었는지도 모른다는 것을 알지 못하고 있었다. 그리고 그 예감이야말로 자신이 인생에서 장차 맞이하게 될 전환과 갱생과 장래의 새로운 인생관을 예고하는 것인지도 모른다는 것을 깨닫지 못하고 있었던 것이다.

그는 이런 경우, 오히려 본능적인 둔한 중압감만을 인정하려 하였다. 왜냐하면 그 본능을 끊어버릴 수도 없었고 그것을 짓밟아버리고 넘어설 수도 없었기 때문이다(자신이 나약하고 옹졸한 인간이었기 때문에). 그는 동료 죄수들을 보고 그들도 역시 생활을 사랑하고 생활을 귀중하게 여기는 것을 알고 놀라움을 금치 못했다. 즉, 그의 눈에는 감옥에 있는 자들이 자유를 누리고 있을 때보다 더욱 생활을 사랑하고 그 가치를 인정하고 소중히 하고 있는 것으로 보였던 것이다. 그들 가운데의 어떤 자는, 예를 들면 탈옥수 같은 자들은 그야말로 무서운 고통과 고문을 견뎌나가고 있었다. 별것도 아닌 오직 한가닥의 햇살,

그리고 울창한 숲, 어딘지 깊은 산속에 있는 샘 같은 것들이 그들에게는 어떠한 의미를 지니는 것이었던가? 그들은 이미 그 샘을 3년 전에 발견하고 그 샘을 다시 한번 보게 되기를 마치 연인이라도 만나는 것처럼 꿈꾸고, 또는 그 샘가에 우거져 있던 풀숲과 그 속에서 지저귀는 새들까지도 꿈속에서 보는 것이다. 이렇게 자기 주위를 살펴나가는 동안에 그는 더욱더 기이한, 설명조차 하기 어려운 실례를 발견하게 됐다.

감옥에서, 그를 둘러싸고 있는 환경 속에는 미처 그가 발견하지 못한 것이 여러 가지 있었음은 말할 나위도 없다. 게다가 그에게 그런 발견을 할 만한 마음의 여유가 있었던 것도 아니다. 그는 눈을 내리깔고 살았다. 뭣이든 똑바로 보는 것이 싫었다. 정말 그것은 견딜 수 없었다. 그러나 끝내는 그도 경이의 눈을 뜨고 어느덧 전에는 생각지도 못했던 것을 하나하나 응시하게 되었고 발견하게 되었다. 일반적으로 말해서 그가 가장 놀란 것은 자기와 자기 주변의 무리들 사이에는 심연(深淵)이 있다는 사실이었다. 자기와 그들은 마치 이민족 같은 느낌이 들었다. 그와 그들은 서로 불신과 적의를 가지고 대했다. 그는 이러한 사태에 대한 일반적인 원인은 알고 있었고 이해하고도 있었으나 이 원인이 실제에 있어서 이렇게 뿌리 깊고 강력한 것으로는 절대로 생각지 않았다. 감옥 안에는 폴란드인 정치범도 있었는데, 이 무리들은 다른 죄수들을 무식한 인간, 노예 같은 인간으로 여기고 멸시하고 있었다. 그러나 라스콜리니코프는 그들을 그렇게 여길 수가 없었다. 그는 무식한 그들에게도 폴란드인보다는 훨씬 현명한 점이 많다는 것을 알고 있었기 때문이다. 감옥에는 폴란드인들처럼 그들을 경멸하는 러시아인도 있었다——예비역 장교 한 사람과 신학생 두 사람이었다. 그러나 라스콜리니코프는 그들의 잘못된 자세를 분명히 알고 있었다.

그런데도 라스콜리니코프 자신은 모두가 싫어하는 존재가 되었고, 누구 한 사람 그를 가까이하려는 자가 없게 되었다. 뿐만 아니라 모두들 끝내 그를 미워하기 시작했다──왜, 그럴까? 그로서는 알 수 없는 일이었다. 모두들 그를 경멸하고 그를 조소했다. 그러나 그들이 라스콜리니코프보다 훨씬 더 무거운 죄를 짓고 있었다.

"넌 양반 집안의 주인어른 아니냐?" 하고 모두들 그를 놀렸다. "너 같은 놈이 도끼를 메고 다니다니. 그런 짓은 양반이 하는 게 아니야."

사순절(四旬節)의 제2주에 한방의 죄수와 함께 교회에 나갈 차례가 돌아왔다. 그는 그들과 함께 교회에 나가서 기도했다. 그런데 그는 자기도 잘 모르는 원인으로 입싸움을 벌이게 되었다. 모두들 불같이 노해 그에게 달려들었다.

"네놈은 불신자가 아니냐! 넌 하느님을 안 믿지 않느냐!" 하고 모두들 그를 공격했다. "너 같은 놈은 없애버려야 해!"

그는 여태까지 그들과 한번도 하느님이나 신앙에 대해서 얘기해본 적도 없었는데 그들은 그를 불신자로 낙인찍고 죽여버리려 했다. 그는 입을 다물고 대꾸하지 않았다. 죄수 한 사람은 미친 듯이 발악하며 그에게 폭력을 쓰려 했다. 라스콜리니코프는 부드러운 태도로 말 한 마디 하지 않고 그의 공격을 기다렸다. 그는 눈썹 하나 까딱하지 않았고 얼굴의 근육 하나 떨지 않았다. 마침 그때 호송병이 와서 싸움은 그쳤다. 그렇지 않았더라면 피를 보았을 것이 분명했다.

그에게는 또 하나 해명되지 않는 의문이 있었다. 그것은 그들이 왜 그렇게도 소냐를 좋아하느냐 하는 의문이었다. 그녀가 그들의 비위를 맞춰주는 것도 아니었고 또한 그들이 그녀를 자주 만나는 것도 아니었다. 어쩌다가 작업장으로, 라스콜리니코프를 만나러 작업장으로 올 때, 그것도 극히 짧은 시간 그들은 그녀를 바라볼 수 있었을 뿐이다. 그런데도 그들은 그녀를 알고 있었다. 그녀가 그의 뒤를 따라왔다는 것, 그리고 그녀가 지금 어디서 어떻게 살고 있다는 것까지도 알고 있었다. 그런데 그녀는 별로 그들을 도와준 일도 없었고 돈 한푼 동정해준 일도 없었다. 오직 한 번, 크리스마스 때 감옥 안에 있는 모든 죄수에게 나누어주라고 피로그〔만두〕와 빵을 가져다준 적이 있을 뿐이었다. 이런 정도에 지나지 않았는데도 그들과 소냐 사이에는 전보다 좀더 친밀한 관계가 맺어져갔다. 그녀는 그들이 가족에게 보내는 편지를 대필해서 그것을 우편으로 보내주기도 했다. 그리고 먼 곳에서 그들을 면회온 가족들은, 그들의 지시에 따라 그들에게 전하려고 가지고 온 물건들을 그녀에게 맡기고 갔다. 그들의 연인이나 아내들은 그녀를 알고 있었고, 자주 찾아왔다. 그녀가 라스콜리니코프를 만나기 위하여 작업장에라도 올라치면——모두 모자를 벗고 공손히 인사를 했고, 거칠고 우락부락한 죄수들은 "소냐 아주머니, 당신은 우리들의 아주머니야. 친절하고 인정 많은 아주머니야!" 하고 반가워했다. 그녀는 이들에게 미소를 보내 그들의 환영에 답했다. 그들은 그녀의 걸음걸이까지 좋아했다. 그녀가 걸어가는 뒷모습을 바라보고는 입에 침이 마르도록 칭찬하는가 하면, 그녀의 체구가 자그마한 것까지도 찬양의 대상이 됐다. 나중에는 더 이상 칭찬할 구실을 못 찾아 서운해할 정도였다. 심지어 그녀한테 병 치료를 부탁하러 찾아가는 사람까지 생겨났다.

라스콜리니코프는 사순절 말경과 부활절 동안 내내 입원해 있었다. 병세가 좀 회복되어갈 무렵, 그는 고열에 시달릴 때 꿈속에서 보았던 일을 상기했다. 그가 병상에서 꾼 꿈은 이런 것이었다. 아시아의 어느 산간 벽지에서 유럽으로 퍼져온, 처음 보는 무서운 전염병으로 전세계가 희생하게 될 위기에 처했다. 그중 특별한 몇 사람만 빼놓고는 인류 전부가 멸망해야 하게 되었다. 새로운 선모충(旋毛蟲)이라는 인체에 기생하는 미생물이 출현한 것이다. 그런데 이 미생물은 지능과 의지를 갖춘 정령(精靈)이었다. 인간들은 이 미생물에 전염되자마자 즉각 흥분하고 발광했다. 그런데 인간들은 오늘날까지, 그것에 감염된 사람들 정도로 자신을 현명하다고 생각하거나 진리에 대한 신념이 확고하다고 여긴 바가 없었으며, 또한 이때처럼 자신들의 선전이나 학문적인 결론이나, 자신들의 도덕적 신념이나 신앙만큼 확고부동하다고 생각한 적이 없었다. 마을이라는 마을, 거리라는 거리, 민족이라는 민족이 모조리 이에 감염되어 발광하고 있었다. 모두가 불안에 떨고 서로 이해하려 하지 않고 제각기 자기만 진리를 알고 있다고 주장하고, 남들을 보고는 번뇌하고 자기 가슴을 치면서 개탄하고 슬퍼했다. 그리고 누굴 어떻게 심판해야 좋을지도 몰랐고, 무엇을 선으로 하고 무엇을 악으로 삼아야 할지, 서로 의견도 맞지 않았다. 또 누굴 유죄로 하고 누굴 무죄로 해야 할 것인지도 몰랐다. 사람들은 이유 없는 증오 때문에 서로 죽였다. 서로 상대편을 공격하기 위하여 대군을 집결시켰으나 적군을 향하여 진격도 하기 전에, 아군끼리 갑자기 학살을 시작했고, 따라서 집결한 군대는 지리멸렬했고, 병사들은 가리지 않고 서로 달라붙어 찌르고 베고 물어뜯곤 했다. 거리마다 종일 경종을 울려 시민들을 모으려 했으나 누가 무엇 때문에 사람을 모으려 하는지도 몰랐고, 모두가 불안과 공포에 떨 뿐이었다. 모두가 일상생활을 팽개쳤다. 왜냐하면 제출하거나 주장하는 의견이 조금도 일치하지 않았기 때문이다. 이 때문에 논밭의 경작도 중지됐다. 사람들은 사방으로 흩어져서 집단을 만들고는 다시는 떨어지지 말자고 의논했다. 그러나 불과 몇 분 전에 그렇게 의논했음에도 불구하고, 서로 상대편을 책망하고 격투를 벌이고, 칼 싸움을 시작하고, 화재가 일어나고, 기근이 시작되고, 모든 인간, 온갖 것이 멸망의 진구렁으로 빠져들었다. 전염병도 창궐하여 끝없이 퍼져갔다. 온세계에서 살아 남은 인간은 몇 사람에 불과했다. 이 인간들이야말로 새로운 인류를 낳고, 새로운 생활을 시작하여 지상의 모든 것을 일신하고 정화하는 사명을 띤 순결한 선민(選民)이었다. 그러나, 그 선민은 어디서도 아무도 본 사람이 없었고, 누구 한 사람 그들의 말, 그들의 목소리를 들은 자가 없었다.

라스콜리니코프는 이 무의미한 악몽이 이렇게도 우울하고 고통스러운 인상으로 오랫동안 자신의 뇌리에 새겨져 있는 것이 몹시 괴로웠다. 부활절이 지나고 벌써 다음주로 접어들어 있었다. 따뜻하고 화창한 봄날이 계속됐다. 죄수병동의 창문들도 열어젖혀졌다(그것은 격자창이었고, 그 창 아래에 보초병이 순찰하고 있었다). 소냐는 그가 앓고 있는 동안 두 번밖에 문병하지 못했다. 문병 때마다 허가를 받는 것이 까다롭고 힘들었기 때문이다. 그래도 그녀는 병원 뒷마당에서 잠시 동안이나마 그가 수용되어 있는 병동의 창문만이라도 바라보려고 해질 무렵이면 자주 집을 나서기도 했다. 어느날 저녁때, 거의 완쾌한 라스콜리니코프가 한잠 자고 난 뒤, 무심코 창문께로 가서 밖을 내다 보다가 문득 멀리 병원 뒷문 근처에 소냐가 서 있는 것을 보았다. 소냐는 마치 누구라도 기다리고 있는 것처럼 보였다. 그 순간 그의 심장은 칼날에라도 찔리는 것같이 한없이 마음이 아파오는 것을 느꼈다. 이튿날 소냐는 보이지 않았다. 다음날도 역시 그녀는 나타나지 않았다. 그는 안절부절 못하며 그녀를 기다리는 자신을 발견했다. 마침내 그는 퇴원했다. 감방으로 돌아온 그는 동료 죄수들로부터 소냐가 병이 나서 문밖 출입을 못하고 있다는 것을 알았다. 그는 몹시 걱정이 되어 인편으로 그 병세를 알아보았다. 그 결과, 그녀의 병은 그다지 위험한 것은 아님을 알았다. 소냐는 소냐대로 그가 자기를 그렇게 염려해주고 그리워하는 것을 알자, 그에게 연필로 쓴 짤막한 편지를 보냈다. 병은 대단치도 않고 곧 나을 것이며, 병상에서 일어나는 대로 작업장으로 면회를 가겠노라고 적혀 있었다. 라스콜리니코프는 그것을 받아 읽고, 심장이 터질 듯이 뛰는 것을 느꼈다.

끝없이 맑고 화창한 날씨였다. 새벽 6시경, 그는 강기슭에 있는 작업장으로 나갔다. 거기엔 작은 건물에 설화석고(雪花石膏)를 굽는 가마가 설치돼 있었고, 그 석고를 가루로 만드는 시설이 있었다. 그곳으로 세 사람의 죄수가 배치돼 있었다. 죄수 한 사람은 간수를 따라 요새 안으로 무슨 연장을 가지러 갔고, 다른 또 한 사람의 죄수는 장작을 날라다가 가마솥 아궁이에 불을 지피고 있었다. 라스콜리니코프는 건물 밖으로 나와 강물이 일렁이는 기슭으로 다가가 거기에 쌓여 있는 통나무 등걸 위에 걸터앉아 황량하고 막막한 강을 바라보기 시작했다. 강물을 가운데 두고 사방으로 드넓은 경치가 펼쳐져 있었다. 멀리 보이는 강 건너 기슭으로부터 노랫소리가 어렴풋이 들려왔다. 거기에는 눈부신 햇살이 쏟아지는 끝간 데 없이 넓게 펼쳐진 초원에 유목민의 천막이 드문드문 흩어져 있는 것이 어렴풋이 바라다보였다. 거기엔 자유가 있고, 이쪽 인간들과는 조금도 닮지 않은 완전히 종류가 다른 인간이 살고 있고, 거기만은 시간의 흐름조차도 정지해서 옛날의 아브라함과 그 양떼들이 그대로 살고 있는 것처럼 생각되었다. 라스콜리니코프는 걸터앉은 채로 꼼짝도 않고 그곳에서 눈길을 떼지 않았다. 그의 생각은 몽상으로, 그리고 명상으로 옮아갔다. 그는 아무 것도 생각하지 않았으나 어떤 처량한 기분에 젖어들어 그의 가슴은 괴로웠다.

그런데 난데없이 소냐의 모습이 나타났다. 그녀는 발소리를 죽인 채 그에게 다가가서 옆자리에 걸터앉았다. 시각은 이른 아침이었고 차가운 냉기는 아직 가시지 않고 있었다. 그녀는 여느때와 마찬가지로 초라한 낡은 외투를 걸치고 녹색 숄로 머리를 감싸고 있었다. 얼굴에는 아직 병색이 남아 있었고 몹시 수척하여 광대뼈까지 드러나 보였다. 그녀는 그지없이 기뻐하며 상냥한 미소를 띠고 그에게 머뭇거리며 손을 내밀었다.

그녀는 그에게 손을 내밀 때면 언제나 뭔가 두려운 듯이 머뭇거렸다. 때로는 손을 내밀었다가 무슨 봉변이나 당하지 않을까 하고 두려워하는 듯 아예 손을 내밀지 않을 때도 있었다. 그리고 그 역시 내키지 않는다는 듯이 그녀의 손을 쥐었고 언제나 화난 듯한 얼굴로 그녀를 맞이하였으며, 그녀가 와 있는 동안 딱딱한 표정으로 말 한마디 다정스럽게 건네는 일이 없었다. 그런데 오늘은 달랐다. 두 사람의 손은 떨어지지 않았다. 그는 얼른 그녀를 바라보고는 곧 눈길을 아래로 떨구었다. 그들 두 사람을 보는 사람은 아무도 없었다. 간수가 있긴 했으나 다른 곳으로 눈길을 돌리고 있었던 것이다.

왜 그렇게 되었는지 그 자신도 알 수 없었다. 그는 느닷없이 눈에 보이지 않는 힘에 의하여 그만 그녀의 발부리에 던져져버린 것 같은 모양이 되었다. 그는 울면서 그녀의 무릎을 끌어안았다. 처음 그녀는 너무나도 놀란 나머지 얼굴이 죽은 사람처럼 새파랗게 질리고 말았다. 그리고 그 자리에서 벌떡 일어나 부들부들 떨면서 상대를 응시했다. 그러나 그녀는 곧 모든 것을 이해했다. 그녀의 눈은 그지없는 행복으로 빛났다. 그녀는 깨달았던 것이다. 그가 자기를 사랑하고 있다는 것을, 그지없이 사랑하고 있다는 것을. 마침내 그 순간이 다가온 것이다…….

두 사람은 한동안 입을 열지 못했다. 두 사람의 눈에는 눈물이 괴어 있었다. 두 사람 모두 안색은 창백했고 지쳐빠진 모습이었다. 그러나 그 창백한 얼굴에는 새롭게 되살아난 미래의 서광이, 새 생활에의 완전한 갱생의 서광이 빛나고 있었다. 두 사람을 부활케 한 것은 사랑이었고, 두 사람의 마음은 서로 상대편 마음의, 결코 마르지 않는 생명의 샘이 되었던 것이다.

두 사람은 고난을 참고 이겨내기로 결심했다. 두 사람에게는 아직 7년이란 세월이 남아 있었다. 그동안에 그 세월만큼의 무서운 고통과, 그 고통만큼의 행복이 있을 것이다. 그러나 그는 갱생했다. 자신도 그것을 깨달았다. 다시 태어난, 완전히 새로운 자신의 생명으로 그것을 느끼고 있었다. 그리고 그녀에게는, 처음부터 그의 생명과 생활이 그녀 자신의 생명이요 생활이었던 것이다.

그날 저녁, 이미 옥문이 닫힌 뒤, 라스콜리니코프는 판자 침대 위에 누워서 그녀를 생각하였다. 이날 그의 눈에는 여태까지 자기의 적이었던 죄수들 모두가 이미 적이 아닌 것처럼 보였다. 그는 그들에게

다정하게 말이라도 걸어보고 싶은 충동마저 느꼈다. 그러자 모두들 그에게 상냥하게 대해주는 것 같았다. 지금, 그는 그것을 생각하고 있는 것이다. 그런데 그것은 마땅히 그랬어야 하는 것이었다. 이렇게 된 지금 모든 것이 일변하지 않을 수 있겠는가.

그는 그녀를 생각했다. 그는 자기가 얼마나 그녀를 괴롭히고 그녀의 마음을 상하게 했는가를 상기했다. 창백하고 수척한, 자그마한 그녀의 얼굴이 떠올랐으나 이제는 그와 같은 상념에 괴로워하지는 않았다. 지금 그는 자신의 그지없는 애정으로 그녀의 괴로움을 보상해야 한다는 것을 알고 있기 때문이다.

그렇지만 그러한 모든 고통, '온갖' 과거의 고통이 이제 무슨 의미를 지닌단 말인가! 지금 이 최초의 감격을 겪은 그의 눈에는 모든 것이, 자신의 범죄, 선고나 유형까지도 모습뿐인, 자신의 일 같지 않은 괴상한 일로 보였다. 그러나 그는 이날 밤, 더 이상 길게 생각할 수 없었고, 어떤 일에 생각을 집중할 수도 없었다. 지금의 그는 의식적으로 해결하려 해도 아무것도 해결할 수 없었다. 다만 느낄 수 있었을 뿐이다. 변증법을 대신하여 생활이 찾아온 것이다. 그러므로 그의 의식 속에는 과거와는 다른, 새로운 그 무엇이 마땅히 생겨났어야 했다.

그의 머리맡에는 성경이 놓여 있었다. 그는 그것을 기계적으로 집어 들었다. 그 성경은 소냐의 것이었는데, 그녀가 그에게 나사로의 부활에 대한 부분을 읽어주었던 바로 그 책이었다. 유형생활이 시작되었을 무렵, 그는 틀림없이 그녀가 자기를 종교 문제로 괴롭힐 것이고, 성경이나 종교 서적을 억지로 떠맡기리라고 생각했다. 그러나 놀랍게도 그녀는 단 한번도 종교 얘기를 끄집어내지 않았을 뿐만 아니라 성경을 읽으라고 강요하지도 않았다. 이 성경은 그녀가 병을 앓기 조금 전에 그가 먼저 그녀에게 가져다 달라고 부탁해서 그녀가 아무 말 없이 그에게 건네준 것이었다. 그러나 오늘까지 그는 한번도 이 책을 들여다본 적이 없었다.

그는 지금도 손에 들고만 있을 뿐 책을 펼치지는 않았다. 그런데 그의 머릿속에 어떤 생각이 번득였다. 이제와서, '지금, 그녀의 신념은 동시에 나의 신념이 아닐 수 없다. 적어도 그녀의 감정, 그녀의 소망만은…….' 하는 생각이었다.

소냐도 역시 그날 온종일 흥분한 마음으로 보냈다. 지나친 흥분으로 인해 밤중에 병이 재발하기까지 했다. 그러나 그녀는 행복했다. 너무나 행복하여 두려운 생각조차 들었다. 7년, 겨우 7년! 이 벅찬 행복을 느끼기 시작한 순간, 두 사람에게는 그 7년이 7일 정도로밖에 생각되지 않았다. 그는 새 생명에 의한 새 생활이 결코 무상으로 얻어지는 것이 아니고 보다 비싼 대가를 치르지 않으면 안 된다는 것을, 그리고 그 대가를 위하여 보다 더 큰 일을 하지 않으면 안 된다는 것을 잠시 잊고 있었다.

그러나, 여기 벌써 시작되고 있는 새로운 얘기는, 한 사람의 인간이 점차 새로운 인간으로 변모해가는 얘기, 하나의 세계에서 다른 또 하나의 세계로 차차 옮아가는 가운데 그때까지는 전혀 미지였던 새로운 현실을 터득해나가는 얘기다. 그것은 그것만으로도 능히 한 편의 새로운 얘기의 테마가 될 수 있으리라.

그러나 우리의 얘기는 여기서 끝났다. ＊

도스토예프스키와 《죄와 벌》*

얀코 라브린

1

폴리나 수슬로바와의 아무 소득도 없는 마지막 불장난이 있은 뒤, 도스토예프스키는 페테르부르크로 돌아와 또다시 새로운 고난의 수렁 속으로 빠져들어갔다. 귀찮은 채권자, 욕심 많은 친척, 장래의 불안, 주책없는 의붓자식 파차, 간질병의 발작——이 모든 것조차도 그를 둘러싼 환경의 일부에 지나지 않았다. 이러한 고통과 번뇌 속에서 그는 《죄와 벌》을 쓰기 시작했다. 이 소설(이미 개략적인 구상은 작성되어 있었다)은 이미 카트코프에게 예매되어 있었으므로 《러시아 통보(通報)》 1866년도 호에 연재로 발표되었다. 이 소설이 불러일으킨 감동은

---

* 이 글은 도스토예프스키 연구가로 잘 알려진 얀코 라브린(Janko Larvrin) 의 저서 중 일부를 발췌·번역한 것이다. Janko Larvrin, *Fjodor M. Dostojevskij* (Rowohlt Taschenbuch Verlag GmbH : Reinbeck bei Hamburg, 1963), S. 68 ~ 78.

말할 수 없이 컸다. 이 소설 때문에 작자인 도스토예프스키는 국내뿐만 아니라 외국에서까지도 위대한 작가로서의 명성을 확보하게 되었다.

《죄와 벌》은 그 제목 때문에 국외의 독자들로부터 자주 일종의 범죄소설·탐정소설처럼 생각되어왔다.[1] 그러나 자신의 고백으로서 제1인칭으로 기초된[2] 이 작품의 최초의 구상은 이 소설을 심리학적·철학적(혹은 사회철학적)으로 뛰어나게 하기 위해서 이윽고 다른 방법으로 대치되었다. 게다가 대학 재학생이었던 라스콜리니코프에 의해서 저질러진 이중살인은 결국 모든 범죄소설이나 탐정소설을 훨씬 초월해서, 인간의 정신과 의식 상태의 탐구에 도움을 주는 것이다. 범죄의 정신적인 동기가 집필중에도 자꾸 변했다는 것도 매우 중요하다. 카트코프에게 보낸 편지 속에서 도스토예프스키는, 라스콜리니코프는 살인강도를 하겠지만 그것은 어머니를 빈곤에서 구하고, 더 나아가서 예절을 모르는 도락자〔스비드리가이로프〕의 집에 강제로 가정교사로 들어가 오빠를 돕기 위해 불행한 결혼을 하려고 고민하는 여동생 두냐를 구하기 위해서라고 말하고 있다. 그 밖에도 라스콜리니코프는 훔친 돈으로 대번에 인생행로를 바꾸어서 인류의 자선자가 되려고 계획했었다는 당치도 않은 동기도 있었던 것 같다. 마지막으로 도스토예프스키는 자유분방한 전직 대학생의 범죄로서, 극히 야심적이고 극단적인 절망에 빠진 젊은이의 머릿속에서만 발생할 수 있을 '이상(理想)'을 위한 범죄라는 동기를 설정했다.

---

1) 독일어로 번역된 제명은 원작과 거리가 먼 《犯罪와 懲罰》이었다. 최초의 외국어 번역은 프랑스어 번역으로, 《罪와 罰(*Crime et Punition*)》이었다. (獨譯者의 註)

2) 소련의 비평가 레오니드 그로스만의 의견에 의하면, 이 서술방법은 빅토르 위고의 《死刑宣告의 최후의 날》의 영향을 받았다.

자기 확인을 얻으려고 병적일 정도로 노력한 《지하 생활자의 수기》의 메모 속에 도스토예프스키는 이미 다음과 같은 문장을 남기고 있다. "인제 한 걸음만 더 나아가면 극도의 정신착란 범죄〔살인〕로 이른다." 지금 이 소설에서 그 한 걸음이 내디뎌졌다. 그러나 주제는 범죄 그 자체를 위한 것이 아니라, 그보다 더 깊은 곳에 있다.

도스토예프스키의 《죄와 벌》은 심리학적 및 논리학적인 여러 요소가 함께 작용하여 본래의 이야기를 강화·지탱하고 있는 최고의 구성을 갖는 작품이라는 것을 별도로 하더라도, 얄팍한 리얼리즘과는 반대로 본질적인 리얼리즘의 빛나는 실례라고 부를 수 있다. 여기서 작자에게 중요했던 것은 외면적인 묘사보다는 때에 따라 극히 이상한 상황과 대결하는 인간 정신의 내면적인 반응이다.

도스토예프스키는 스트라호프 앞으로 보낸 유명한 편지 속에서 다음과 같이 말하고 있다.

"나는 예술에 대하여 독자적인 이념을 가지고 있습니다. 그것은, 대다수의 사람들이 공상적이라고 보는 것을 나는 진실의 가장 깊은 본질이라고 생각한다는 것입니다. 나는 이미 오래 전부터 일상적인 평범한 것을 무미건조하게 관찰하는 사람을 리얼리스트라고는 생각지 않고 있습니다. 그것은 그야말로 정반대입니다. ……나는 가장 높은 의미에서의 리얼리스트입니다."

이것은 도스토예프스키가 인생의 일상적인 사실을 돌아다보지 않았거나 방관시했다는 뜻은 아니다. 그가 (입센과 마찬가지로) 신문의 열렬한 독자였다는 것은 유명하다. 그러나 그는 나날의 사건 중에서 자기 작품을 위해 필요로 하는 사실만을 추출해서, 그것을 그 자신의 예술 이념에 따라 변경시켰다. 라스콜리니코프의 범죄에 있어서도, 그는 1865년에 일어난 두 부인의 살해 사건(손도끼에 의한)에서 힌트를 얻은 것이다. 그 밖에도 그의 소설 속에 나타나 있는 여러 범죄도, 실제로 신문에 실린 사건을 소재로 한 것이다.

《죄와 벌》의 배경을 이루고 있는 것은 그 대부분이 '학대받는 사람들'이다. 도스토예프스키는 이 작품에서 비참한 술주정쟁이 마르메라도프,[1] 히스테릭한 폐병 환자인 그의 처 카체리나 이바노브나, 계모의 자식들을 굶주림에서 구하기 위해 몸을 파는 청순한 매춘부 소냐와 같은 인간상을 그림으로써 최고의 경지에 달했다. 그리고 그러한 분위기 속에서 새로운 '지하생활자'로서의 로지온 라스콜리니코프가 떠오르는 것이다. 그는 전과는 달리 이번에는 적극적으로 항거한다. 재능과 야심을 겸비한 그는 빈곤에 짓눌리고 사회에 대한 열등감에 괴로워하면서도 항복하기를 거절한다. 그 역시 인간의 성질 중에서 자기 확인을 가장 중요한 충동이라고 생각하고, 권력에 대한 자기의 확고한 의지를 행동에 의해서 증명하려고 결심한다. 게오르그 루카치는, 어느 의미에선 옳지만, 그를 가리켜 19세기 후반의 '라스티냐크'라고 불렀다. 그러나 그는 이보다 훨씬 더 복잡한 존재다.

라스콜리니코프는 어느 의미에서, 푸시킨이나 레르몬토프에 의해서 러시아문학 속에 도입된, 사회적인 은신처를 잃고 자기 확인을 위해 사는 바이런식 주인공들의 후계자다(레르몬토프의 《현대의 영웅》 속의 폐초린은 도스토예프스키가 묘사한 인물 중에서 많은 사람에게 굉장히 강한 영향을 미치고 있는 듯이 생각된다). 그러나 급진적인 무신론과 합리주의 시대인 70년대의 산물인 라스콜리니코프는 필요한 논리적인 결론을 유출하여 거기에 따라 행동했다. 그는, 니체의 말을 빌리자면, '신은 죽었다'는 결론에 도달한 후, 신에 대한 고리타분한 신앙 위에 서 있는 저 도덕적인 가치에 왜 이 이상 집착하지 않으면 안 되는가에 대해

---

1) 도스토예프스키의 최초의 계획은 '술주정쟁이'라는 제목의 소설을 쓸 작정이었다. 마르메라도프는 마리야 드미트리예브나의 최초의 남편 이사예프를 모델로 한 것으로 보인다. 그리고 카체리나 이바노브나는 마리야 드미트리예브나 자신의 성격을 많이 구비하고 있다.

서, 어떠한 합리적인 근거도 인정하지 않았다. 요컨대, 그는 그 자신의 '확고한 의지'를 자기 행동을 규정하는 유일한 원리라고 생각했다. 왜냐하면, 신이 존재하지 않는다면, 인간이 지상의 유일한 신성이고 유일한 입법자이기 때문이다. 이것은 모든 도덕적인 가치가 인간에 의해서 만들어진 것이기 때문에 상대적인 동시에 공상적인 것에 지나지 않다는 것을 뜻하는 것이다. 그리고 만일 이것이 옳다고 한다면, 그 자신의 자아를 긍정하고 그것을 극도로 높일 수 있는 자에게는 '모든 것이 허용되고' 있는 것이다. 한쪽에선 여전히 인기를 얻고 있던 막스 스티르너의 교리와, 또 한쪽에선 시들어가고 있던 나폴레옹 숭배 —— 낭만주의의 여운 —— 를 고려하지 않으면 안 된다. 그러나 '모든 것이 허용된다'는 가르침은 모든 개인에게 적용될 수 있는 것일까. 누구나 자기의 자유의지를 이런 뜻에서 실행할 권리가 있다는 것이 확실하다면, 인생은 곧 가는 곳마다에서 자의(恣意)와 혼돈이 넘쳐 흐르고 말리라. 그렇다면 이 해결책은 어디에 있는가?

라스콜리니코프는(나중의 니체와 마찬가지로) 다음과 같은 논리적인 일보를 내디뎠다. 그는 지배하기 위해서 태어난 소수의 예외적인 인간과, 지배당하고 복종하기 위해서 살고 있는 대다수의 범인으로 전 인류를 분류했다. 극소수의 초인적인 지도자만이 선악의 피안에 있는 것이다. 절대적인 도덕률 같은 것은 존재하지도 않으며, 또 그것을 아는 자에게는 '모든 것이 허용되고 있다'는 비극적인 진실을 이해하고 있는 것은 그들뿐이다. 그러나 그들은 이 진실을 자기 자신을 위하여 보지하고 있다. 여기에 대하여 대중은 그들 자신의 도덕적 환각의 범위 안에 머무르지 않으면 안 된다. 즉, 그들은 지배하는 예외적인 인간이 내적인 목적이나 요청에 의해서 구해진다면 가볍게 초월할 수 있는 저 관습상의 도덕률의 범위 안에 머무르지 않으면 안 되는 것이다. 그리고 예외적인 인간의 자질을 증명하는 것은 그들이 양심의 가책을 느끼거나 꽁무니를 빼거나 하지 않고 용감하게 해치울 수 있는 강인성을 가지고 있다는 사실뿐인 것이다.

라스콜리니코프의 마음속에 무르익은 지성은, 범죄 '그 자체'라는 것은 존재하지 않기 때문에 그와 같은 초인이 필요에 따라 온갖 범죄를 저지를 정당성을 인정했다. 그럴 경우, 유일한 장해는 그 자신이 초인의 한 사람인가, 아니면 복종하게끔 의무지어져 있는 저 '겁쟁이 인간'의 한 사람인가 하는 확신을 얻을 수 없다는 것이었다. 이러한 마음에서 그는 '이념을 위해' 살인을 하리라 결심했다. 그는 순수한 양심에서 대중을 구속하는 도덕률을 초월함으로써 자기가——그것을 초월했기 때문에 ——선택된 자에 속한다는 것을 실증하려고 했다. 그는 몽유 상태에서 자기가 저당 잡히고 있던 전당포의 노파——'불쾌한 벌레'를 살해했다. 그리고 그는 계획적인 것은 아니었지만, 사람이 좋고 머리가 좀 이상한 노파의 동생까지도 죽이고 말았다. 게다가 계획적인 약탈은 살인과는 아무 관계도 없었음에도 불구하고, 몽유 상태에 있던 그는 노파의 침대 밑에 있던 붉은 트렁크 속에서 두서너 가지의 물건을 훔쳤다. 그는 이 물건을 뒤뜰에 숨겨놓았으나, 그후 그 물건에 대해서는 염두에도 두지 않았다. 이 모든 것이 매우 순조롭게 진행되었으므로 범인의 증거는 아무것도 남지 않았다. 이 점에 있어서, 라스콜리니코프는 법률의 도달권 밖에 있었고, 따라서 안전할 수 있었다. 그러나 범행 후 그의 신상에 일어난 것은 예측했던 것과는 반대로 아주 복잡다단한 것이었으므로 현대 최고의 장편소설의 소재로서 충분할 수 있었던 것이다.

2

라스콜리니코프의 범죄는 그의 논리적인 사고와 이성에 의해서 완전히 승인되었다는 것을 잊어서는 안 될 것이다. 그는 어떠한 초월적인 도덕적 가치도 믿지 않았으므로 '모든 것은 허용되고 있다'는 생각을 철두철미하게 받아들였다. 바로 이것이 이 사건의 합리적인 면이다. 그러나 범죄가 거의 이루어졌을 무렵, 불합리한 반동이 시작되었다. 그리고 이것은 그의 논리와 이성의 목소리와는 전혀 다른 것이었다. 그것은 마치 라스콜리니코프의 합리적인 논리가 목숨을 내건 그 모든 것을 파괴하기 위해 그의 무의식의 마음속 밑바닥으로부터 '분신'이 고개를 들고 일어선 것과도 같았다. 그것은 그가 갑자기 살인 행위에 의해서 그 자신이 전세계, 즉 어머니와 여동생을 포함한 전인류로부터 격리되고 말았다는 것을 느낀 데서부터 시작되었다. 우주적인 공허로까지 고조된 고립감은 내부로부터 그를 괴롭히는 그 불합리한 벌의 최초의 단계이고, 그것은 점차로 법률에 의해서 정해진 법보다도 무서운 것으로 변모되어갔다. 라스콜리니코프는 독자적인 이론에 의해서, 진정한 범죄라는 것은 없고 또 '모든 것은 허용되고 있었기' 때문에 그는 자신의 의지를 그의 행동으로써 확인할 권리가 있었고, 또 이것은 마땅히 보증되어야 했다. 그러나 이러한 의론은 지금에 와서 그에게 아무 위로도 되지 않았다. 무의식의 자아로부터 발생한 반동은 지금 아무리 정당한 논리에 의해서도 더 이상 침묵시킬 수 없는 독자적인 진리를 가지고 있었다.

점점 고조되어가는 고립감으로부터 어떻게 해서라도 벗어나기 위해 라스콜리니코프는 성품이 좋고 순결한 마음씨를 가진 매춘부 소냐와의 교제에서 잠시나마 마음의 위안을 찾으려 했다. 스비드리가이로프 같은 인물 속에서는 자기 의지가 방탕한 자의로까지 타락하고 있는 데 반하여, '소냐'는 매춘부라는 직업을 가지고 있음에도 불구하고 겸손과 절대적인 자기 포기로까지 드높여진 기독교적인 이웃에 대한 사랑을 구현하고 있다. 그녀는 라스콜리니코프의 대극이고, 부당한 이유 없는 인종, 그녀가 자기 몸을 희생하여 헌신하고 있는 사람들을 위한 고뇌의 극을 대표한다. 자기 자신의 불운에 쫓기고 고통을 당한 라스콜리니코프는 그녀의 운명을 이해하고 그녀 앞에 머리를 숙인다. 그러나 아직도 그는 자기 자신의 죄를 자백하는 것이 아니라, 자기 나약함, 즉 자기는 결코 진정한 의미에서 예외가 아니었다는 것, 아무 거리낌없이 행동하는 나폴레옹 같은 인간은 아니었다는 것을 자백한다.

"나는 그때 황급히 알고 싶었던 거요. 내가 다른 사람들과 마찬가지로 이〔蝨〕냐, 아니면 인간이냐 하는 것을. 과연 나는 테두리를 넘어설 수 있느냐 없느냐. 나는 그저 벌벌 떨고 있는 버러지냐, 아니면 권리를 가진 인간이냐를 알고 싶었던 거요……." 그는 소냐에게 이렇게 호소한다.

지금 돌이켜보면, '테두리를 넘어서기' 위해서 그가 시도한 방법은 그에게도 믿어지지 않을 만큼 비열하고 초라하게 느껴졌으므로 더 이상 생각하고 싶지도 않았다. 진정한 지배자 나폴레옹 같은 '군주적 성격의 소유자'는 과연 그가 한 것처럼 그런 짓을 했을 것인가. 생각할 수도 없는 일이다. "모든 것이 허용되고 있는 진정한 지배자는 툴롱을 파괴하고, 파리에서 대량학살을 기도하고, 이집트에 군대를 남겨둔 채 철수하고, 50만의 인간을 무턱대고 모스크바로 행진시키고, 그러고 나서 다시 비르나로 몸을 옮겼다. 그 결과, 그가 죽은 후 제단이 마련된 것이다. 그렇기 때문에 모든 것은 허용되고 있다. 아니, 그러한 인간은 살아 있는 인간이 아니라 금속제의 인간과 다를 것이 없다……. 나폴레옹, 피라미드, 워털루, 그리고 불쌍하기 짝이 없는 주름투성이 노파, 제기랄! 구역질이 나는군." 그는 소냐에게 말한다. "나는 다른 사람들과 다름없이 버러지에 지나지 않아……. 만약 내가 버러지가 아니었다면 당신을 찾아올 리가 없지 않느냐 말야……. 나는 노파를 죽인 것일까. 아니 나는 나 자신을 죽인 거요. 노파가 아니오. 나 자신을 영원히 짓이기고 만 거요."

이렇게 그는 죄를 지었다는 의식을 갖기에는 이르지 못했다. 그리고 여동생 두냐가(그녀는 오빠가 살인범이라는 것을 알고 있었다) 정신적인 착란을 일으킨 그에게 범죄는 보상되지 않으면 안 된다고 주의하자, 별안간 그는 동생에게 호통을 쳤다. "범죄라니! 어떤 범죄? 내가 저 더럽고 해로운 이〔蝨〕를, 아무 쓸모도 없는 저 노파를 죽인 걸 말하는 거냐? 그게 범죄란 말이냐. 나는 그렇게 생각하지 않아. 그렇기 때문에 그걸 보상하겠다는 생각은 없는 거야. ……그것이 범죄라고는 도저히 생각되지 않는단 말야."

그러나 논리가 그에게 이렇게 말하게 하는 반면, 정신적인 고립감은 갈수록 무거워져갔으므로, 그는 그 고립감에 압도되어 무의식중에 그 구원으로서 벌을 찾는다. 결국, 그는 당국에 출두하여 논리와 지성과는 완전히 모순된 채 자기가 저지른 죄를 고백한다. 그는 마치 정신적인 공허에서 빠져나가기를 남몰래 원하기라도 한 듯 법률상의 형(시베리아에서 강제노동)에 복종한다. 소냐가 자진해서 그를 따라가 시베리아에서 그의 옆에 머무르는 것은 라스콜리니코프의 완전한 정신적인 변화를 예언하고 있는 듯이 생각된다. 도스토예프스키 자신도 언젠가 그 변화를 그리겠다고 약속한 바 있었다(그러나 이 약속은 실현되지 않았다). 나사로가 죽음의 침상에서 살아났듯이 라스콜리니코프도 자기의 정신적인 죽음으로부터 살아나게 되리라. 그러나 우리가 에필로그에서 알 수 있는 것은, 자기 자신의 불운과 '모든 것이 허용되어 있는' 세계에서의 인간의 운명에 관한 라스콜리니코프의 숙고(熟考)뿐이다. 이 사념이 어떤 것이었던가는 아시아로부터 만연되어오는 질병의 비유적인 꿈속에 표현되고 있다. 의지와 지성을 갖춘 기묘한 세균은 모든 인간을 습격하여 인류를 광기에 들뜨게 한다. 그러나 이 광기는 특이해서 학문과 이성의 과격성과 결부된 자의의 일반적인 광연(狂宴)으로써 나타나는 것이다.

"그러나 인간은 여태껏 이것에 전염된 환자들만큼 자신을 확고부동한 진리를 파악한 현인처럼 생각한 적은 한번도 없었다. 그들만큼 자기의 파악이나 학술상의 결론이나 도덕상의 확신과 신앙 등을 움직일 수 없는 진리인 양 생각한 사람은 전무했던 것이다. 마을이란 마을, 도시란 도시, 그리고 국민이란 국민이 차례차례 그것에 전염되어 미치고 말았다. 모두가 불안한 마음에 사로잡혀, 서로 이해하려 하지는 않고, 저마다 자기 한 사람만이 진리를 파악하고 있는 것처럼 생각하면서, 남을 보고는 번민하고, 자기 가슴을 두드리고 손을 비비면서 울어대는 것이었다. 그리고 누구를 어떻게 재판해야 할지도 모르고, 무엇을 악으로 삼고 무엇을 선으로 삼아야 하는지에 대해서도 의견의 일치를 보지 못했다. 또 누구를 유죄로 하고, 누구를 무죄로 할 것인지도 몰랐다. 사람들은 아무 까닭도 없이 증오에 사로잡혀서 서로 죽이고 또 죽였다……. 화재가 일어나고 기근이 시작되었다. 모든 사람, 모든 것이 멸망해갔다. 전염병은 기세를 떨치고 점점 더 멀리 만연되어갔다."

한 사람의 천재에 의해서 이미 1866년에 묘사된 이 꿈은 그 상징적인 의의에 있어서 예언적이었다. 게다가 이 꿈은 선악에 관한 궁극의 문제를 단지 논리의 면에서 포착한다는 장편소설에 어울리는 종결을 이루고 있다. 도스토예프스키가 《죄와 벌》을 위한 많은 초고 중의 한 곳에 기록한 말에 의하면, "도덕적인 이념은 종교적 감정에서 생긴다. 논리는 결코 그것을 정당화할 수는 없다"는 것이었다.

《죄와 벌》은 판단력이 있는 독자들 사이에서 굉장한 성공을 거두었다. 그러나 다른 한편에서 작자는 증대하는 개인적인 곤란의 소용돌이 속에 말려들었다. 그 하나가 출판인 스텔로프스키와의 무책임한 협정이었다. 그러나 운명의 아이러니에 의해서, 그는 이 협정 덕분에 나중에 그의 두번째 아내가 될 여성과 만나게 되었다. 서서히 그리고 소극적이기는 했지만 그 여자 덕분에 도스토예프스키의 인생은 커다란 변화를 가져오게 되었다.

3

11월 1일까지 배짱이 센 출판사측에 새로운 소설을 양도하지 않으면 어떻게 되는지를 잘 알고 있었음에도 불구하고, 도스토예프스키는 약속한 작품을 한 줄도 쓰지 않은 채 1866년의 여름 한철을 모스크바 교외의 시골에서 보내고 말았다. 10월초 페테르부르크로 돌아온 그는 절박한 기한 때문에 절망에 빠져 있었다. 그리고 이 곤경으로부터 빠져나갈 방책도 막연했다. 이렇게 곤란에 빠져 있을 때 한 친구가 그를 위해 젊고 유능한 속기사인, 안나 그리고리예브나 스니트키나를 소개해주었다.

제목에서 이미 추측할 수 있듯이 이 작품은 그의 도박열 및 폴리나 수슬로바와의 체험의 재현이다. 프랑스인 드 그리에는 수슬로바의 스페인 애인인 살바도르의 별명이다. 한편, 미래의 유산 상속인이 그녀가 죽기를 학수고대하며 기다리고 있는 이 순간에 독일의 루레텐부르크에 나타나서 사교계를 깜짝 놀라게 하는 고귀한 '노부인'은 모스크바 출신의 도스토예프스키의 돈 많은 백모 마담 쿠마니나의 초상이다. 이 소설의 중심에 있는 것은, 서로 분열한 호의를 가진 채, 서로 미워하다가 사랑하고 사랑하다가 미워하는 경박한 폴리나와 그녀의 숭배자 알렉세이 이바노비치다. 황급히 구술된 이 소설이 비록 아무리 부조화한 것일지라도, 여기에는 몇 군데의 빛나는 대목이 있다. 도박의 심리학(혹은 병리학)이 완전할 정도로 재현되어 있다. 이것은 이야기를 1인칭으로 서술하고 있는 주인공에게 적중할 뿐만 아니라, 그 '노부인'에게도 들어맞는다. 그녀는 갑자기 도박에 미쳐, 친척과 그녀를 에워싼 도박사들(그중에는 전형적인 프랑스의 고등 매음도 있다)이 노리고 있던 재산의 대부분을 탕진하고 만다. 굉장한 욕망과 금전 숭배심을 가지고 도박대를 에워싸는 도박자들의 묘사도 또한 뛰어나다. 또 그에 못지않게 이 소설은 우습고 유쾌한 장면으로 넘쳐흐른다. 그렇기 때문에 누구든지 마지막 페이지까지 다 읽기 전에는 책을 손에서 내려놓을 수가 없으리라.

젊은 속기사의 노력 덕분에(다행히도 그녀는 도스토예프스키 작품의 숭배자였다) 이 소설은 26일 만에 완성되었다. 작품은 11월 1일 스텔로프스키에게 넘어갔으므로 도스토예프스키는 경제적 파멸로부터 구출되었다. 그 결과, 45세의 작가와 이제 겨우 갓 스무 살이 된 속기사와의 공동작업은 우정으로 발전하고, 다시 따뜻한 호의로 변하여 결국 도스토예프스키는 그녀에게 구혼을 하게 된다.

"나의 미래는 모두 당신에게 달려 있습니다. 당신은 나의 희망이요, 행복이요, 은혜올시다." 하고 그는 1866년 12월 9일, 안나 앞으로 쓰고 있다. 안나 그리고리예브나의 어머니(스웨덴 출신의 과부였다)는 도스토예프스키를 사위로 받아들여, 결혼식은 1867년 2월 15일에 정중히 행해졌다. 그러나 이것은 도스토예프스키 근친자들의 격렬한 반대를 무릅쓰고 행해졌던 것이다. 미하일 형의 미망인——에밀리야와 네 아이들은 계속해서 그의 원조로 살아가고 있었다. 또 미하일의 그전 애인이며, 그의 두 동생——안드레이와 니콜라이(그는 손을 쓸 수 없는 술꾼이었다), 거기에 다시 전처의 아들 파차가 있었다. 파차는 그후에도 아버지의 집에 살면서, 오만한 태도로 의부(義父)의 젊은 아내를 대하기 시작했다. 이들 근친자들이 어떠한 희망을 도스토예프스키의 문학 수입에 걸고 있었든간에 이 결혼에 의해서 모든 것은 끝나버렸다.

그러나 이 모든 것도 침착하고 현실적인 안나 그리고리예브나를 그다지 흥분시킬 수는 없었다. 그녀는 결코 비범하지도 않았고 훌륭한 성격의 소유자도 아니었지만 정절과 관용의 모범이었다. 우선 첫째로, 그녀는 남편과의 결합이 첫번째 아내나(적어도 그들이 서로 알게 된 초기의), 특히 폴리나 수슬로바[1]와의 사이처럼 격렬한 정열에 입각했다기보다는 오히려 우정과 같은 호의에 입각하고 있었다는 것을 잘 이해하고 있었다. 그리고 그녀 쪽에서도 남편의 수많은 결점을 이해하는 기초로 삼은 것은 조용한 호의였다. 그녀는 결혼 초기에 사소한 말다툼이나 논쟁을 일으킨 적은 있었지만, 불평을 말하거나 언쟁을 하는 일 없이 그의 결점을 감수했던 것이다(그녀는 남편이 결혼 후에도 다시 폴리나와 편지 왕래를 하고 있다는 것을 알았을 때 격렬한 질투를 느꼈지만 이 오해도 얼마 후 곧 풀렸다).

도스토예프스키가 죽은 후 몇 년이 지나서 안나 그리고리예브나는 《회상》 속에서 그를 다음과 같이 묘사하고 있다 ──"그는 다른 사람과 마찬가지로 결점도 있고 장점도 있었다. 그리고 모든 점이 다 훌륭한 것은 아니었다. 그는 큰 아기라고 해야 할 때가 많아서 근무 불능자인 동시에 까다롭고 제멋대로여서 생활이라는 것을 이해할 수 없었다."

그는 확실히 인간 존재의 실제적이면서도 사무적인 면을 이해할 능력이 없었다(그녀는 여기서 그것을 생활이라고 생각하고 있다). 그리고 특히 이런 점에서 안나는 그에게 있어서 하느님의 선물과도 다를 것이 없었다. 그녀는 이 점에서 자기가 얼마만큼 남편에게 도움을 주는가

-----

1) 1881년, 폴리나 수슬로바는 46세로 작가인 바실리 로자노프와 결혼했다. 그는 폴리나보다 16세나 연하였다. 6년 후, 그녀는 애인과 함께 도피하여 남편 곁을 떠났다. 로자노프 자신은 나중에 《大審問官의 傳說》이라는 제목의 도스토예프스키에 관한 주목할 만한 책을 썼다. 도스토예프스키와의 생활에 관한 몇 가지의 흥미있는 《回想》을 남긴 폴리나는 1916년에 사망했다.

2) "나의 채권자들은 더 이상 나를 기다려주지는 않는다. 그리고 내가 여행길에 올랐을 때, 이미 합법적인 조치가 가해져 있었다"고 도스토예프스키는 친구인 시인 아폴로 마이코프 앞으로(1867년 8월 28일자) 제네바에서 쓰고 있다. 실제로 그는 債務禁錮를 강요받았던 것이다.

를 결혼식 직후에 입증했다. 바로 이때 도스토예프스키는 한결같이 돈을 원하고 있는 근친자들과 채권자들로부터 말할 수 없는 고통을 당하고 있었다.[2]

안나 그리고리예브나는 이 난관을 타개하기 위해서 자기와 남편이 외국으로 피신하지 않으면 안 되겠다고 재빨리 결심했다. 여행에 필요한 비용을 조달하기 위해서, 그녀는 대부분의 보석이며 가구까지 저당 잡히지 않으면 안 되었다. 1867년 4월 중순, 두 사람은 러시아를 떠나 4년 동안이나 유럽을 전전한 끝에 다시 조국으로 되돌아왔다.

□ 옮긴이 이 철

한국외국어대 노어과 및 동 대학원 졸업.
외대 서양어대학장, 러시아연구소장, 외대 노어노문학과장 역임.
저·편저서로는 《시베리아 개발사》, 《표준 러시아어》, 《러시아어 문법》,
《러시아 문학사》(공저)가 있고, 역서로는 베르지예프의 《러시아 사상가》,
도스토예프스키의 《악령》《가난한 사람들》, 톨스토이의 《안나 카레니나》
《부활》, 투르게네프의 《아버지와 아들》 외 다수가 있음.

죄와 벌(하)

1980년 7월 25일   초판 1쇄 발행
1992년 10월 20일   초판 14쇄 발행
1994년 3월 30일   2판 1쇄 발행
2014년 4월 25일   2판 8쇄 발행

지은이   도스토예프스키
옮긴이   이   철
펴낸이   윤   형   두
펴낸데   범   우   사

출판등록   1966. 8. 3. 제406-2003-000048호
413-756   경기도 파주시 광인사길 9-13 (문발동)
대표전화   (031)955-6900, 팩스 (031)955-6905

* 파본은 바꾸어 드립니다.

ISBN 89-08-07103-2 04890   (인터넷) www.bumwoosa.co.kr
      89-08-07000-1 (세트)   (이메일) bumwoosa@chol.com

범우 사르비아문고

선배들도 범우사르비아문고로
교양을 쌓고 지식을 살찌웠습니다.
범우사르비아문고는 하루아침에 기획되고
제작된 것이 아닙니다.
15년의 세월 동안 갈고 보완하면서
청소년의 필독도서로 확고히 자리잡은
'청소년도서의 대명사' 입니다.

범우사 서울시 마포구 구수동 21-1
전화 717-2121 FAX 717-0429

범우사가 펴낸 톨스토이 名作選

7 비평판세계문학선

러시아의 대문호로 일컬어지는 톨스토이의 명작 모음.
도스토예프스키와 토마스 만 등이 한결같이 극찬했듯이,
웅대한 스케일의 뛰어난 작품들과 현대 유럽문학 중에서도
이에 비견될 만한 것을 찾을 수 없을 만큼 훌륭한 대작들을
모아 새로운 편집과 장정으로 출간하였다.

❶❷ 부활(상)(하) 이 철(외대 노어과 교수) 옮김

예술적인 성서로까지 불리는 불후의 명작. 효과적인 사건 대치의 방법, 간결한 필치, 서정적인 묘사가
리얼리즘의 최고 경지를 이루는 톨스토이 만년의 장편소설. 크라운변형판/350쪽 내외/각권 값 7,000원

❸❹ 안나 카레니나(상)(하) 이 철(외대 노어과 교수) 옮김

톨스토이 3대 걸작의 하나로, 남편의 관료 기질과 냉정한 인격에 권태를 느낀 안나의 불륜을 그리고 있다.
우리는 여기에서 톨스토이의 허무감, 죽음에 대한 공포감을 읽을 수 있다.
크라운변형판/570쪽 내외/각권 값 10,000원

❺❻❼❽ 전쟁과 평화 1·2·3·4 박형규(전 고려대 교수) 옮김

톨스토이 문학의 최대 걸작이자 톨스토이 예술의 극치를 이루는 서사시적 대하소설. 처절한 전쟁을
그리면서도 등장인물 각자의 생활을 통해 삶의 기쁨을 느낄 수 있게 한 일대 로망이며, 超역사소설적
고전이라 할 수 있다. 크라운변형판/540쪽 내외/각권 값 10,000원

그외의 작품들

톨스토이 참회록 박형규(전 고려대 교수) 옮김

톨스토이의 《참회록》에서 서술된 적나라한 고백의 내용은 죽음을 두려워하지 않고 자연스러운 것으로
받아들이되 민중의 태도에서 배우지 않으면 안 된다는 결론에 이르고 있다.
신국판/250쪽/값 6,000원

사람은 무엇으로 사는가 김진욱 옮김

만년의 톨스토이는 문학, 철학, 과학 등에서는 인간 구원의 길을 찾을 수 없다고 주장하면서 자기
희생적인 민중의 소박한 신앙에서 인간 구원의 길을 찾았다. 이 책은 톨스토이가 바로 이런 점을 염두에
두고 쓴 단편 모음이다. 문고판/152쪽/값 2,000원

범우사
서울시 마포구 구수동 21-1
전화 717-2121/FAX 717-0429

21세기의 경영전략과 생활의 지혜를 제시하는

범우생활신서

<table>
<tr><td>1   적극적 사고방식 N. V. 피일</td><td>• 종합 탈무드 M. 토케이어</td></tr>
<tr><td>2   유태인의 성공법 M. 토케이어</td><td>• 아이아코카 자서전 L. 아이아코카 (외)</td></tr>
<tr><td>3   카네기 처세술 D. 카네기</td><td>• 아이아코카의 경영전략 M. M. 고든</td></tr>
<tr><td>4   유태인의 상술 후지다 덴</td><td>• 한국이 도전해 오고 있다 하세가와 케이타로</td></tr>
<tr><td>5   코스트 다운의 법칙 C. N. 파킨슨</td><td>• 한국의 비극 고무로 나오키</td></tr>
<tr><td>6   하버드식 교섭술 R. 피셔 (외)</td><td>• 하버드 비지니스의 일본 진단 P. F. 드러커 (외)</td></tr>
<tr><td>7   탈무드적 처세술 M. 토케이어</td><td>• 정신의 마력 N. V. 피일</td></tr>
<tr><td>8   카네기 성공철학 D. 카네기</td><td>• 달러가 휴지되는 날 우노 마사미</td></tr>
<tr><td>9   두뇌혁명 T. R. 블랙슬리</td><td>• 興하는 경영 亡하는 경영 오귀진</td></tr>
<tr><td>10   불황을 타개하는 경영전략 G. W. 림러 (외)</td><td>• 21세기에 남길 유산 시무라 가이찌로</td></tr>
<tr><td>11   일본인과 유태인 이사야 벤다산</td><td>• 코스트다운 법칙 C. N. 파킨슨 · M. K. 래스트무지/진웅기</td></tr>
<tr><td>12   유태인식 돈의 철학 후지다 덴</td><td></td></tr>
<tr><td>13   석유왕 폴 게티 P. 게티</td><td></td></tr>
<tr><td>14   무엇이든 하면 된다 R. H. 슐러</td><td></td></tr>
<tr><td>15   아랍인의 행동원리 S. 하마디</td><td></td></tr>
<tr><td>16   유태인의 생활철학 M. 패터슨</td><td></td></tr>
<tr><td>17   일본인을 말한다 M. 토케이어</td><td></td></tr>
</table>